Villospår

Henning Mankell
Villospår

Kriminalroman

O

ORDFRONT FÖRLAG

Stockholm 1999

Henning Mankell, född 1948, är författare, regissör och dramatiker, bosatt i Moçambique.

Henning Mankell: Villospår
Ordfront förlag, Box 17506, 11891 Stockholm
www.ordfront.se forlaget@ordfront.se

© Henning Mankell 1995
Omslagsbild: Mikael Eriksson
Åttonde tryckningen
Satt med Sabon av Ytterlids i Falkenberg
Tryck: Svenska Tryckcentralen AB, Avesta 1999

ISBN 91-7324-626-3

Förgäves skall jag böja, skall jag rista
det gamla obevekligt hårda gallret
– det vill ej tänja sig, det vill ej brista
ty i mig själv är smitt och nitat gallret,
och först när själv jag krossas, krossas gallret

(UR »EN GHASEL« AV GUSTAF FRÖDING)

Dominikanska republiken

1978

Prolog

Strax före gryningen vaknade Pedro Santana av att fotogenlampan hade börjat ryka.

När han slog upp ögonen visste han först inte var han befann sig. Han hade ryckts upp ur en dröm han inte ville förlora. Han hade färdats genom ett säreget klipplandskap där luften varit mycket tunn och han hade haft en känsla av att alla minnen hade varit på väg att lämna honom. Den rykande fotogenlampan hade trängt in i hans medvetande som en avlägsen lukt av vulkanisk aska. Men plötsligt hade där också funnits något annat: ett ljud från en plågad, flämtande människa. Och då hade drömmen brustit och han hade tvingats återvända till det mörka rum där han nu hade tillbringat sex dagar och sex nätter utan att sova mer än några minuter åt gången.

Fotogenlampan hade slocknat. Runt honom fanns ingenting annat än mörker. Han satt alldeles orörlig. Natten var mycket varm. Svetten klibbade innanför skjortan. Han märkte att han luktade. Det var länge sedan han senast hade orkat tvätta sig.

Sedan hörde han det flämtande ljudet igen. Han reste sig försiktigt från jordgolvet och trevade med händerna efter plastdunken med fotogen som han visste skulle stå intill dörren. Det måste ha regnat medan han sov, tänkte han medan han letade sig fram i mörkret. Golvet var fuktigt under hans fötter. På avstånd hörde han en tupp som gol. Han visste att det var Ramirez tupp. Det var alltid den första av byns tuppar som gol innan gryningen. Den tuppen var som en otålig människa. En människa som de som levde inne i staden, som alltid tycktes ha så mycket att göra att de aldrig hann med något annat än att vårda sin egen brådska. Det var inte som här i byn, där allt gick så långsamt som livet egentligen var. Varför skulle människor springa när plantorna de levde av växte så långsamt?

Hans ena hand stötte emot fotogendunken. Han drog ut tygbiten som satt instoppad i öppningen och vände sig om. Flämtningarna som omgav honom i mörkret blev allt mer oregelbundna. Han hittade lampan, drog ur korken och hällde försiktigt i fotogen. Samtidigt försökte han påminna sig var han hade lagt tändstickorna. Asken hade varit nästan tom, det kom han ihåg. Men det skulle ännu finnas två eller tre tändstickor kvar. Han ställde ifrån sig plastdunken och trevade med händerna på golvet. Nästan genast stötte hans ena hand emot tändsticksasken. Han repade eld, drog upp glaskupan och såg hur veken började brinna.

Sedan vände han sig om. Han gjorde det med den yttersta vånda eftersom han inte ville se det som väntade honom.

Kvinnan som låg i sängen intill väggen skulle dö. Han visste nu att det var så, även om han i det längsta hade försökt intala sig att krisen snart skulle vara över. Hans sista försök att fly hade varit i drömmen. Nu fanns inte längre några möjligheter för honom att undkomma.

En människa kunde aldrig rymma från döden. Vare sig sin egen eller den som väntade någon som stod en nära.

Han satte sig på huk vid sängen. Fotogenlampan kastade oroliga skuggor över väggarna. Han såg på hennes ansikte. Hon var ännu ung. Trots att hennes ansikte var blekt och insjunket var hon fortfarande vacker. *Det sista som lämnar min hustru är skönheten*, tänkte han och märkte att han fick tårar i ögonen. Han kände på hennes panna. Febern hade åter stigit.

Han kastade en blick ut genom det trasiga fönstret som var lagat med en avriven kartongbit. Ännu ingen gryning. Ramirez tupp var fortfarande ensam om att gala. *Bara det blir gryning*, tänkte han. *Hon kommer att dö på natten. Inte på dagen. Bara hon orkar andas tills det blir gryning. Då kommer hon ännu inte att lämna mig ensam.*

Plötsligt slog hon upp ögonen. Han grep om hennes hand och försökte le.

– Var är barnet? frågade hon med en stämma som var så svag att han knappt kunde uppfatta hennes ord.

– Hon sover hos min syster och hennes familj, svarade han. Det är bäst så.

Hon tycktes falla till ro med hans svar.

– Hur länge har jag sovit?

– I många timmar.

– Har du suttit här hela tiden? Du måste vila. Om några dagar behöver jag inte ligga här längre.

– Jag har sovit, svarade han. Snart är du frisk igen.

Han undrade om hon märkte att han ljög. Han undrade om hon visste att hon aldrig mer skulle resa sig ur sängen. Var det så att de båda i sin förtvivlan ljög för varandra? För att göra det oundvikliga lättare?

– Jag är så trött, sa hon.

– Du behöver sova för att bli frisk, svarade han och vred samtidigt på huvudet så att hon inte skulle se hur svårt han hade att behärska sig.

Strax efteråt trängde det första gryningsljuset in i huset. Hon hade åter sjunkit bort i medvetslösheten. Han satt på golvet intill hennes säng. Han var så trött att han inte längre orkade försöka hålla fast sina tankar. De vandrade fritt i hans huvud utan att han kunde styra dem.

Första gången han mötte Dolores var han 21 år. Tillsammans med sin bror Juan hade han gått den långa vägen till Santiago de los Treinta Caballeros för att se på karnevalen. Juan som var två år äldre hade redan tidigare besökt staden. Men för Pedro var det första gången. Det hade tagit dem tre dagar att komma fram. Då och då hade de fått åka några kilometer med en oxkärra. Men största delen av vägen hade de gått. Vid ett tillfälle hade de också försökt tjuvåka med en överlastad buss som var på väg mot staden. Men de hade blivit upptäckta när de vid en hållplats hade försökt klättra upp på busstaket och gömma sig bland väskor och sammansnörda bylten. Chauffören hade jagat bort dem och svurit över dem. Han hade skrikit att det inte borde få finnas så fattiga människor att de inte ens hade pengar till bussbiljetter.

– En man som kör en buss måste vara mycket rik, hade Pedro sagt när de fortsatte längs den dammiga vägen som ringlade fram genom oändliga sockerplantager.

– Du är dum, svarade Juan. Biljettpengarna går till den som äger bussen. Inte till den som kör den.

– Vem är det? frågade Pedro.

– Hur ska jag kunna veta det? svarade Juan. Men när jag kommer till staden ska jag visa dig husen där de bor.

Till sist hade de kommit fram. Det hade varit en dag i februari och hela staden levde i den våldsamma karnevalsyran. Förstummad hade Pedro sett alla de färggranna kläderna, med glittrande speglar insydda i fållarna. Ansiktsmaskerna som liknade djävlar eller olika djur hade till en början gjort honom rädd. Det var som om hela staden gungade i takt med tusentals trummor och gitarrer. Juan hade erfaret lotsat honom runt bland gator och gränder. På nätterna sov de på några bänkar i Parque Duarte. Hela tiden kände Pedro en stor oro för att Juan skulle försvinna för honom i människovimlet. Han kände sig som ett barn som var rädd att mista sin förälder. Men han låtsades inte om det. Han ville inte att Juan skulle skratta åt honom.

Ändå var det det som hände. Det var den tredje kvällen, den som skulle vara deras sista. De hade befunnit sig på Calle del Sol, den största av gatorna i staden, när Juan plötsligt hade försvunnit bland de utklädda, dansande människorna. De hade inte avtalat någon plats där de skulle mötas om de kom ifrån varandra. Han hade sökt efter Juan till långt in på natten utan att återfinna honom. Inte heller hade han hittat honom bland bänkarna i den park där de sovit tidigare. I gryningen hade Pedro satt sig vid en av statyerna som stod på Plaza de Cultura. Han hade druckit vatten ur en fontän för att släcka törsten. Men han hade inga pengar för att köpa någon mat. Han hade tänkt att det enda han kunde göra var att försöka hitta tillbaka till den väg som ledde hem. Bara han kommit ut ur staden skulle han kunna smyga sig in på någon av de många bananplantagerna och äta sig mätt.

Plötsligt hade han märkt att någon hade satt sig bredvid honom. Det var en flicka i hans egen ålder. Han hade genast tänkt att hon var den vackraste flicka han någonsin hade sett. När hon upptäckte honom hade han förläget slagit ner blicken. I smyg hade han sett hur hon tagit av sig sina sandaler och gnuggat sina ömma fötter.

Det var så han hade träffat Dolores. Många gånger efteråt hade de pratat om hur Juans försvinnande i karnevalsvimlet och hennes ömma fötter hade fört dem samman.

De hade suttit vid fontänen och de hade börjat prata med varandra.

Det visade sig att Dolores också hade varit på tillfälligt besök i staden. Hon hade sökt plats som hembiträde och gått från hus till hus i de rika kvarteren utan att lyckas. På samma sätt som Pedro var hon barn till en *campesino*, och hennes by låg inte långt från den där Pedro bodde. De hade slagit följe ut ur staden, plundrat bananträd för att äta sig mätta, och gått allt långsammare ju närmare hennes by de hade kommit.

Två år senare, i maj, innan regntiden ännu hade börjat, hade de gift sig och flyttat till Pedros by där de hade fått ett litet hus av en av Pedros farbröder. Pedro hade arbetat på en sockerplantage medan Dolores odlade grönsaker som hon sedan sålde till de uppköpare som kom förbi. De hade varit fattiga men de hade varit unga och lyckliga.

Det var bara en sak som inte var som den skulle. Efter tre år hade Dolores ännu inte blivit gravid. De talade aldrig om det. Men Pedro hade kunnat märka att Dolores blivit alltmer orolig. Utan att han visste om det hade hon också i hemlighet besökt *curiositas* på gränsen till Haiti och sökt hjälp utan att någonting förändrats.

Det hade dröjt åtta år. Men en kväll när Pedro återvände från sockerplantagen hade hon mött honom på vägen och talat om att hon var gravid. I slutet av det åttonde året av deras äktenskap hade Dolores fött en dotter. När Pedro såg sitt barn för första gången hade han genast sett att hon hade ärvt sin mors skönhet. Den kvällen hade Pedro gått till bykyrkan och offrat ett guldsmycke han fått av sin mor medan hon ännu levde. Han hade offrat det till jungfru Maria och tänkt att även hon, med sitt lindade barn, påminde om Dolores och deras nyfödda dotter. Sedan hade han gått hem och han hade sjungit så högt och så starkt att människorna han mötte hade tittat på honom och undrat om han hade druckit för mycket av den jästa sockerrörssaften.

Dolores sov. Hon andades allt häftigare och rörde sig oroligt.

– Du kan inte dö, viskade Pedro och märkte att han inte längre kunde kontrollera sin förtvivlan. Du kan inte dö ifrån mig och vår dotter.

Två timmar senare var allting över. För ett kort ögonblick blev hennes andhämtning alldeles lugn. Hon slog upp ögonen och såg på honom.

– Du måste döpa vår dotter, sa hon. Du måste döpa henne och du måste ta vara på henne.

– Snart är du bra igen, svarade han. Tillsammans går vi till kyrkan och får henne döpt.

– Jag finns inte mer, svarade hon och slöt ögonen.

Sedan var hon borta.

Två veckor senare lämnade Pedro byn med sin dotter i en korg på ryggen. Hans bror Juan följde honom en bit på vägen.

– Vet du vad du gör? frågade han.

– Jag gör bara det som är nödvändigt, svarade Pedro.

– Varför måste du gå till staden för att döpa din dotter? Varför kan du inte låta döpa henne här i byn? Den kyrkan har dugt till både dig och mig. Och våra föräldrar före oss.

Pedro stannade och såg på sin bror.

– I åtta år väntade vi på ett barn. När vår dotter till slut kom så blev Dolores sjuk. Ingen kunde hjälpa henne. Inga doktorer, inga mediciner. Hon hade ännu inte fyllt tretti år. Och hon måste dö. Därför att vi är fattiga. Därför att vi är fulla med fattigdomens sjukdomar. Jag träffade Dolores den gången du försvann under karnevalen. Nu ska jag återvända till den stora katedralen som ligger vid det torg där vi träffades. Min dotter ska döpas i den största kyrka som finns här i landet. Det är det minsta jag kan göra för Dolores.

Han väntade inte på Juans svar utan vände sig bara om och fortsatte att gå. När han sent på kvällen kom fram till den by Dolores en gång hade kommit ifrån stannade han vid hennes mors hus. Ännu en gång förklarade han vart han var på väg. Den gamla kvinnan skakade sorgset på huvudet när han hade tystnat.

– Din sorg driver dig till vansinne, sa hon. Tänk hellre på att din dotter inte mår bra av att skumpa omkring på din rygg den långa vägen till Santiago.

Pedro svarade inte. Tidigt på morgonen dagen efter fortsatte han sin vandring. Hela tiden talade han med barnet som hängde i korgen på hans rygg. Han berättade allt han kunde komma ihåg om Dolores. När han inte hade mer att säga började han om från början igen.

Han kom fram till staden en eftermiddag när tunga regnmoln tornade upp sig vid horisonten. Vid den stora porten till katedralen *Santiago Apóstol* satte han sig att vänta. Då och då gav han sin dotter av den mat han tagit med sig hemifrån. Han betraktade alla de svartklädda präster som passerade förbi honom. Antingen tyckte han de var för unga eller så hade de för bråttom för att vara värdiga att döpa hans dotter. Han väntade i många timmar. Till sist såg han en gammal präst komma gående med långsamma steg över torget på väg mot katedralen. Då reste han sig, tog av sig basthatten och höll fram sin dotter. Den gamle prästen lyssnade tålmodigt på hans historia. Sedan nickade han.

– Jag ska döpa din dotter, sa han. Du har gått långt för något du tror på. I vår tid är det något mycket sällsynt. Människor går sällan långa sträckor för sin tro. Därför ser världen också ut som den gör.

Pedro följde prästen in i den dunkla katedralen. Han tänkte att Dolores fanns i hans närhet. Hennes ande svävade runt dem och följde deras steg fram mot dopfunten.

Den gamle prästen lutade sin käpp mot en av de höga pelarna.

– Vad ska flickan heta? frågade han.

– Som sin mor, svarade Pedro. Hon ska heta Dolores. Jag vill också att hon får namnet Maria. Dolores Maria Santana.

Efter dopet gick Pedro ut på torget och satte sig vid den staty där han tio år tidigare hade träffat Dolores. Hans dotter sov i korgen. Han satt alldeles stilla, djupt försjunken i sig själv.

Jag, Pedro Santana, är en enkel man. Av mina förfäder har jag inte ärvt något annat än fattigdom och oavbrutet elände. Så fick jag heller inte behålla min hustru. Men jag lovar dig att vår dotter ska få ett annat liv. Jag ska göra allt för henne så att hon slipper att leva ett liv som vårt. Jag lovar dig Dolores, att din dotter ska bli en människa som lever ett långt och lyckligt och värdigt liv.

Samma kväll lämnade Pedro staden bakom sig. Med sin dotter Dolores Maria återvände han till sin by.

Det var den nionde maj 1978.

Dolores Maria Santana, så högt älskad av sin far, var då åtta månader gammal.

Skåne

21–24 juni 1994

I

Tidigt i gryningen påbörjade han sin förvandling.

Han hade noga planerat allting för att ingenting skulle kunna misslyckas. Det skulle ta honom hela dagen och han ville inte riskera att hamna i tidsnöd. Han grep den första penseln och höll den framför sig. Från bandspelaren som stod på golvet hörde han det band med trummor som han hade förberett. Han såg på sitt ansikte i spegeln. Sedan drog han de första svarta strecken över sin panna. Han märkte att handen var stadig. Alltså var han inte nervös. Trots att det var nu som han för första gången anlade sin krigsmålning på riktigt. Det som till detta ögonblick hade varit en flykt, hans sätt att försvara sig mot alla oförrätter han ständigt hade utsatts för, genomgick nu den stora förvandlingen till allvar. För varje streck han målade i sitt ansikte var det som om han lämnade sitt gamla liv bakom sig. Det fanns inte längre någon återvändo. Just denna kväll var leken för alltid förbi och han skulle gå ut i det krig där människor måste dö på riktigt.

Ljuset i rummet var mycket starkt. Han hade noga riktat in speglarna han hade framför sig för att undvika att de kastade tillbaka något ljus. När han hade kommit in i rummet och låst dörren bakom sig hade han börjat med att en sista gång kontrollera att han inte hade glömt någonting. Men allt fanns där som det skulle. De väl rengjorda penslarna, de små porslinskopparna med färger, handdukar och vatten. Intill den lilla svarven låg hans vapen uppradade på ett svart tygstycke. Det var de tre yxorna, knivarna av olika längd och sprayburkarna. Han tänkte att det var det enda beslut han fortfarande inte hade tagit. Innan det blev kväll skulle han bli tvungen att välja vilka av dessa vapen han skulle ta med sig. Han kunde inte ta med alla. Han visste dock att beslutet skulle forma sig självt när han väl hade påbörjat sin förvandling.

Innan han satte sig vid bänken och började måla sitt ansikte kände han med fingertopparna på yxornas och knivarnas eggar. De

kunde inte bli vassare. Han lyckades inte motstå frestelsen att tryc-
ka till lite extra med en av knivarna mot fingertoppen. Genast börja-
de han blöda. Han torkade av fingret och knivseggen med en hand-
duk. Sedan satte han sig framför speglarna.

De första strecken i pannan skulle vara svarta. Det var som om
han skar två djupa snitt, öppnade sin hjärna och tömde ut alla min-
nen och tankar som hittills hade följt honom i livet, plågat honom
och förödmjukat honom. Efteråt skulle han fortsätta med de röda
och vita strecken, ringarna, fyrkanterna, och till sist de ormliknande
ornamenten på kinderna. Av hans vita hy skulle ingenting längre
synas. Och då skulle förvandlingen vara klar. Det som funnits innan
skulle vara borta. Han hade återuppstått i skepnad av ett djur och
han skulle heller aldrig mera tala som en människa. Han tänkte att
han inte ens skulle tveka att klippa av sin egen tunga om det blev
nödvändigt.

Förvandlingen tog honom hela dagen. Strax efter sex på kvällen
var han färdig. Han hade då också bestämt sig för att ta med den
största av de tre yxorna. Han stack ner skaftet i det tjocka läderbälte
han hade fastspänt runt midjan. Där satt redan de två knivarna i
sina slidor. Han såg sig runt i rummet. Han hade inte glömt någon-
ting. Sprayburkarna hade han stoppat ner i skinnjackans innerfick-
or.

En sista gång såg han på sitt ansikte i spegeln. Han rös. Sedan
drog han försiktigt motorcykelhjälmen över huvudet, släckte ljuset
och lämnade rummet, barfota som han hade kommit.

*

Fem minuter över nio dämpade Gustaf Wetterstedt ljudet på teven
och ringde till sin mor. Det var en vana som ständigt upprepade sig.
Ända sedan han för mer än tjugufem år sedan hade avgått som justi-
tieminister och lämnat alla sina politiska uppdrag hade han med
olust och avsmak betraktat nyhetssändningarna i teve. Han kunde
inte förlika sig med att han själv inte längre deltog. Under de många
åren som minister och människa i offentlighetens absoluta centrum
hade han varit synlig i teve minst en gång i veckan. Han hade noga
sett till att varje framträdande hade kopierats från filmade inslag till
video av en sekreterare. Nu stod banden i hans arbetsrum och de
täckte en hel vägg. Det hände att han såg på dem på nytt. Det var för
honom en källa till ständig tillfredsställelse att märka att han aldrig
under de många åren som justitieminister hade tappat fattningen

inför en oväntad eller försåtlig fråga från en illvillig journalist. Med en känsla av ohämmat förakt kunde han fortfarande påminna sig hur många av hans kollegor hade hyst fruktan för tevejournalisterna. Alltför många gånger hade de också börjat stamma och trassla in sig i motsägelser som de sedan aldrig lyckades reda ut. Men det hade aldrig hänt honom. Han var en människa som ingen kunde snärja. Journalisterna hade aldrig kunnat besegra honom. De hade heller aldrig kommit hans hemlighet på spåren.

Han hade satt på teven klockan nio för att se den inledande nyhetsöversikten. Sedan dämpade han ljudet. Han drog till sig telefonen och ringde till sin mor. Hon hade fått honom när hon varit mycket ung. Nu var hon 94 år gammal, klar i huvudet, full av oförbrukad energi. Hon bodde ensam i en stor lägenhet i Stockholms innerstad. Varje gång han lyfte telefonluren och slog numret hoppades han att hon inte skulle svara. Eftersom han själv var över 70 år gammal hade han börjat frukta att hon skulle överleva honom. Det fanns inget han hellre önskade än att hon dog. Då skulle han vara ensam kvar. Han skulle slippa att ringa henne, han skulle snart ha glömt hur hon ens såg ut.

Signalerna gick fram. Han betraktade den ljudlösa nyhetsuppläsaren medan han väntade. Efter den fjärde signalen började han hoppas att hon äntligen hade dött. Sedan hörde han hennes röst. Han gjorde sig len i stämman när han talade till henne. Han frågade hur hon mådde, hur dagen hade varit. När han väl hade tvingats inse att hon fortfarande var vid liv ville han göra samtalet så kort som möjligt.

Han avslutade samtalet och blev sittande med handen på telefonluren. Hon dör inte, tänkte han. Hon dör inte med mindre än att jag slår ihjäl henne.

Han blev sittande i det tysta rummet. Allt som hördes var bruset från havet och en ensam moped som for förbi någonstans i närheten. Han reste sig ur soffan och gick fram mot det stora altanfönster som vette mot havet. Skymningen var vacker och mycket stämningsfull. Stranden nedanför hans stora tomt var öde. Människorna sitter framför sina teveapparater, tänkte han. En gång satt de där och såg mig ta struptag på nyhetsreportrarna. Jag var justitieminister den gången. Jag borde ha varit statsminister. Men jag blev det aldrig.

Han drog för de tunga gardinerna och såg noga till att där inte fanns några glipor. Trots att han försökte leva så anonymt som möjligt, i detta hus som låg strax öster om Ystad, hände det att nyfikna människor höll honom under uppsikt. Trots att det hade gått tjugu-fem år sedan han avgick hade han ännu inte blivit helt bortglömd. Han gick ut i köket och hällde upp en kopp kaffe ur en termos. Den hade han köpt under ett officiellt besök i Italien i slutet på 60-talet. Han påminde sig vagt att han hade varit där för att diskutera ökade insatser för att hindra terrorismens utbredning i Europa. Överallt i hans hus fanns påminnelser om det liv han en gång hade levt. Han hade ofta tänkt att han skulle kasta alltihop. Till sist hade dock själva ansträngningen förefallit honom meningslös.

Han gick tillbaka in till soffan med kaffekoppen. Med fjärrkon-trollen slog han av teven. Han blev sittande i dunklet och tänkte på dagen som hade gått. På förmiddagen hade han haft besök av en kvinnlig journalist från en av de stora månadstidningarna som höll på med en reportageserie om kända människor och deras pensio-närstillvaro. Varför hon hade bestämt sig för att besöka honom hade han aldrig helt lyckats reda ut. Hon hade haft med sig en foto-graf och de hade tagit bilder både på stranden och inne i huset. Han hade på förhand bestämt sig för att han skulle tona fram som en äld-re man präglad av mildhet och försoning. Han hade talat om sitt nuvarande liv som mycket lyckligt. Han levde i största avskildhet för att kunna meditera och han hade låtit undslippa sig med för-ställd förlägenhet att han övervägde om han kanske borde skriva sina memoarer. Journalisten som var i 40-årsåldern hade varit im-ponerad och full av underdånig respekt. Efteråt hade han följt henne och fotografen till deras bil och vinkat när de for.

Med belåtenhet tänkte han att han hade undvikit att säga ett enda sant ord under hela intervjun. Det var också en av de få saker som fortfarande intresserade honom. Att bedra utan att bli avslöjad. Att sprida sken och illusioner. Efter de många åren som politiker hade han insett att allt som till sist återstod var lögnen. Sanningen ut-klädd till lögn eller lögnen förtäckt till sanning.

Han drack långsamt upp kaffet. Känslan av välbehag tilltog. Kvällarna och nätterna var hans bästa tid. Då sjönk tankarna un-dan, tankarna på allt som en gång varit och allt som gått förlorat. Det viktigaste hade dock ingen kunnat beröva honom. Den yttersta hemligheten, den som ingen kände till utom han själv.

Ibland kunde han tänka på sig själv som en bild i en spegel som var både konkav och konvex på en och samma gång. Som människa hade han samma dubbeltydighet. Ingen hade någonsin sett annat än ytan, den skicklige juristen, den respekterade justitieministern, den milde pensionären som strövade längs den skånska stranden. Ingen hade kunnat ana att han var sin egen dubbelgångare. Han hade hälsat på kungar och presidenter, han hade bugat med ett leende men i sitt huvud hade han tänkt, *ni skulle bara veta vem jag egentligen är och vad jag tänker om er.* När han stod framför tevekameror hade han alltid placerat den tanken – *ni skulle bara veta vem jag är och vad jag tänker om er* – allra ytterst i sitt medvetande. Men ingen hade någonsin uppfattat det. Hans hemlighet: att han hatade och föraktade det parti han företrädde, de åsikter han försvarade, de flesta av de människor han mötte. Hans hemlighet skulle förbli förborgad tills han dog. Han hade genomskådat världen, identifierat all dess skröplighet, sett tillvarons meningslöshet. Men ingen kände till hans insikt och så skulle det förbli. Han hade aldrig känt något behov av att dela med sig av det han hade sett och förstått.

Han kände ett växande välbehag över vad som väntade. Dagen efter skulle hans vänner komma till huset strax efter nio på kvällen i den svarta Mercedesen med färgat spegelglas i fönstren. De skulle köra direkt in i hans garage och han skulle vänta på deras besök i vardagsrummet med gardinerna fördragna, precis som nu. Han märkte att hans förväntan genast stegrades när han började fantisera om hur flickan de denna gång levererade till honom skulle se ut. Han hade gett besked om att det den senaste tiden hade varit alltför många blondiner. Några hade också varit alltför gamla, över tjugu år. Nu önskade han sig någon yngre, helst av blandras. Hans vänner skulle vänta i källaren där han hade ställt in en teve medan han tog med sig flickan till sitt sovrum. Innan gryningen skulle de vara borta och han skulle redan börja fantisera om den flicka de skulle komma med veckan efter. Tanken på morgondagen gjorde honom så upphetsad att han reste sig ur soffan och gick in i sitt arbetsrum. Innan han tände ljuset drog han för gardinerna. Ett kort ögonblick tyckte han sig skymta skuggan av en människa nere på stranden. Han tog av sig glasögonen och kisade med ögonen. Det hände att sena nattvandrare höll till just nedanför hans tomt. Det hade också vid några tillfällen varit nödvändigt för honom att ringa polisen i Ystad och klaga på ungdomar som gjorde upp eld på stranden och förde oväsen. Han hade ett gott förhållande till Ystadspolisen. De kom alltid omgående och körde bort de som störde honom. Ofta tänkte han på att han aldrig kunnat föreställa sig de kunskaper och kontakter han skulle få genom att vara justitieminister. Inte bara hade han lärt sig förstå den speciella mentalitet som härskar inom den svenska poliskåren. Han hade metodiskt skaffat sig vänner på strategiska punkter inom det svenska rättsmaskineriet. Men lika viktiga hade alla de kontakter varit som han fått inom den kriminella världen. Det fanns intelligenta brottslingar, enskilda individer såväl som ledare för stora brottssyndikat, som han gjort till sina vänner. Även om mycket hade ändrats på de tjugufem år som gått sedan han avgått hade han fortfarande stor glädje av sina gamla kontakter. Inte minst de vänner som ombesörjde att han varje vecka fick besök av en flicka i lämplig ålder.

Skuggan på stranden hade varit inbillning. Han rättade till gardinerna och låste upp en av hurtsarna i det skrivbord han ärvt efter sin far, den fruktade juridikprofessorn. Han tog ut en dyrbar och vackert ornamenterad pärm och slog upp den framför sig på skrivbordet. Långsamt, nästan andäktigt bläddrade han sig fram genom sin samling av pornografiska bilder från fotografikonstens allra tidigaste år. Hans äldsta bild var en raritet, en dagerrotypi från 1855 som han en gång köpt i Paris. Bilden föreställde en naken kvinna som omfamnade en hund. Hans samling var välkänd inom den exklusiva men för omvärlden okända skara män som delade hans intresse. Hans samling bilder från 1890-talet av Lecadre överträffades bara av den samling som ägdes av en åldrig stålverksmagnat i Ruhrområdet. Långsamt bläddrade han genom albumets inplastade sidor. Längst dröjde han vid de sidor där modellerna var mycket unga och man på deras ögon kunde se att de var påverkade av droger. Han hade ofta ångrat att han själv inte tidigare hade börjat ägna sig åt fotografering. Hade han gjort det skulle han idag kunnat vara i besittning av en unik samling.

När han hade gått igenom albumet låste han på nytt in det i skrivbordet. Av sina vänner hade han tagit ett löfte att de vid hans död skulle erbjuda bilderna till en antikvitetshandlare i Paris som hade specialiserat sig på sådana försäljningsuppdrag. Pengarna skulle sedan tillfalla den fond för unga jurister han redan hade skapat men som skulle presenteras först vid hans död.

Han släckte skrivbordslampan och blev sittande i det dunkla rummet. Bruset från havet var mycket svagt. Återigen tyckte han sig höra en moped som for förbi någonstans i närheten. Han hade fortfarande svårt att föreställa sig sin egen död trots att han redan var över 70 år gammal. Vid två tillfällen hade han vid resor i USA anonymt utverkat att få närvara vid avrättningar, ena gången i elektriska stolen, andra gången i den redan då alltmer sällsynta gaskammaren. Det hade varit en egendomligt lustfylld upplevelse att se människor avlivas. Men sin egen död kunde han inte föreställa sig. Han lämnade arbetsrummet och hällde upp ett litet glas likör från barskåpet i vardagsrummet. Klockan närmade sig redan midnatt. En kort promenad ner till havet var det enda som återstod innan han gick och la sig. Han satte på sig en jacka i tamburen, stoppade fötterna i ett par slitna träskor och lämnade huset.

Ute var det vindstilla. Hans hus låg så ensligt att han inte kunde se ljusen hos några grannar. Bilarna på vägen mot Kåseberga brusade på avstånd. Han följde stigen som ledde genom trädgården, ner till den låsta port som förde honom ut på stranden. Till sin förargelse upptäckte han att lampan som satt på en stolpe intill porten var trasig. Stranden väntade honom. Han letade reda på sina nycklar och låste upp porten. Han gick den korta biten ner till stranden och ställde sig precis vid vattenlinjen. Havet var stilla. Långt ute vid horisonten såg han ljusen från ett fartyg som stävade västerut. Han knäppte upp gylfen och kissade i vattnet samtidigt som han fortsatte att fantisera om det besök han skulle få dagen efter.

Utan att han hört något visste han plötsligt att det stod någon bakom honom. Han stelnade till och kände hur rädslan högg tag i honom. Sedan vände han sig hastigt om.

Mannen som stod där liknade ett djur. Frånsett ett par kortbyxor var han naken. Med en ögonblicklig, hysterisk fasa såg han in i mannens ansikte. Han kunde inte avgöra om det var vanställt eller doldes bakom en mask. I ena handen bar mannen en yxa. Han tänkte förvirrat att handen runt yxskaftet var mycket liten, att mannen påminde honom en dvärg.

Sedan skrek han till och började springa därifrån, tillbaka upp mot trädgårdsporten.

Han dog i samma ögonblick som yxans egg klöv hans ryggrad i två delar, strax nedanför skuldrorna. Han märkte heller aldrig hur mannen som kanske var ett djur böjde sig ner på knä och skar en öppning i hans panna och sedan med ett enda våldsamt ryck slet loss större delen av håret och huden från hans hjässa.

Klockan hade just passerat midnatt.

Det var tisdagen den 21 juni.

En ensam moped startade någonstans i närheten. Strax efteråt dog motorljudet bort.

Allt var åter mycket stilla.

2

Vid tolvtiden den 21 juni försvann Kurt Wallander från polishuset i Ystad. För att ingen skulle märka att han gav sig av lämnade han sin arbetsplats genom garageingången. Sedan satte han sig i sin bil och for ner till hamnen. Eftersom dagen var varm hade han låtit sin kavaj hänga kvar på skrivbordsstolen. För dem som under de närmaste timmarna letade efter honom var det ett tecken på att han trots allt måste finnas kvar i huset. Wallander parkerade vid teatern. Sedan gick han ut på den innersta piren och satte sig på bänken som stod vid Sjöräddningens rödmålade barack. Han hade tagit med sig ett av sina kollegieblock. När han skulle börja skriva upptäckte han att han inte hade tagit med sig någon penna. Hans första irriterade impuls var då att kasta skrivblocket i hamnbassängen och glömma alltsammans. Sedan insåg han att det var omöjligt. Hans kollegor skulle inte förlåta honom.

Det var de som trots hans protester hade utsett honom till att hålla tal på deras vägnar när de klockan tre skulle avtacka Björk som samma dag avgick som polischef i Ystad.

Wallander hade aldrig tidigare i sitt liv hållit något tal. Det närmaste han hade kommit var de otaliga presskonferenser han tvingats hålla i och som varit påkallade av olika brottsutredningar.

Men hur tackade man en avgående polischef? Vad tackade man egentligen för? Hade de överhuvudtaget något som helst att vara tacksamma över? Helst av allt skulle Wallander ha velat tala om sin oro och sin vånda över de stora, till synes planlösa omorganiseringar och nedskärningar som i allt större omfattning drabbade polisen.

Han hade lämnat polishuset för att ifred kunna tänka igenom det han skulle säga. Kvällen innan hade han suttit vid sitt köksbord till långt in på natten utan att komma någon vart. Men nu var han tvungen att göra det. Om knappa tre timmar skulle de samlas och överlämna sin present till Björk som dagen efter skulle börja arbeta i Malmö som chef för länets enhet för utlänningsärenden. Han reste sig från bänken och gick längs piren till hamncaféet. Fiskebåtarna vaggade långsamt i sina förtöjningar. Wallander påminde sig tankspritt att han en gång sju år tidigare hade varit med om att ta upp ett lik ur hamnbassängen. Men han slog undan minnesbilden. Talet han skulle hålla till Björk var just nu viktigare. En av servitriserna lånade honom en penna. Han satte sig vid ett bord på uteserveringen med en kopp kaffe och tvingade sig att skriva några ord till Björk. När klockan hade blivit ett hade han fått ihop en halv sida. Han betraktade dystert sitt resultat. Men han visste att han inte skulle kunna göra det bättre. Han vinkade till sig servitrisen som kom och gav honom påfyllning.

– Sommaren låter vänta på sig, sa Wallander.

– Kanske den inte kommer alls, svarade servitrisen.

Frånsett det omöjliga talet till Björk var Wallander på gott humör. Några veckor senare skulle han gå på semester. Det fanns mycket han kunde glädja sig över. Det hade varit en lång och tröttsam vinter. Han kände att han verkligen var i stort behov av vila.

De samlades klockan tre i polishusets matrum och Wallander höll sitt tal till Björk. Sedan överlämnade Svedberg ett nyinköpt kastspö som present och Ann-Britt Höglund gav honom blommor. Wallander hade lyckats lyfta sitt torftiga tal genom att han i stundens ingivelse kommit sig för att återberätta några episoder som han upplevt tillsammans med Björk. Det väckte stor munterhet när han erinrade om hur de båda en gång hade ramlat ner i en gödseldamm när en byggnadsställning rasade ihop. Efteråt drack de kaffe och åt tårta. Björk hade i sitt tacktal önskat sin efterträdare lycka till. Det var en kvinna som hette Lisa Holgersson och närmast kom från ett av de större polisdistrikten i Småland. Hon skulle tillträda efter sommaren. Tills vidare var Hansson ställföreträdande polischef i Ystad. När ceremonin var över och Wallander hade återvänt till sitt rum knackade Martinsson på hans halvöppna dörr.

– Det var ett fint tal, sa han. Jag visste inte att du kunde sånt.

– Det kan jag inte heller, svarade Wallander. Det var ett mycket dåligt tal. Det vet du lika väl som jag.

Martinsson hade försiktigt satt sig i Wallanders trasiga besöksstol.

– Jag undrar hur det ska gå med en kvinnlig chef, sa han.

– Varför skulle det inte gå bra? svarade Wallander. Oroa dig hellre för hur det ska bli med alla nerskärningar.

– Det var just därför jag kom, sa Martinsson. Det går rykten om att bemanningen ska dras in i Ystad på nätter mot söndagar och måndagar.

Wallander betraktade Martinsson vantroget.

– Det går naturligtvis inte, sa han. Vem ska då vakta de arrestanter vi kanske har inne?

– Ryktet säger att den uppgiften ska lämnas ut på anbud till privata vaktbolag.

Wallander såg undrande på Martinsson.

– Vaktbolag?

– Det är vad jag har hört.

Wallander skakade på huvudet. Martinsson reste sig.

– Jag tänkte att du borde veta om det, sa han. Förstår du vad det är som håller på att hända med polisen?

– Nej, sa Wallander. Och det ska du uppfatta som ett både uppriktigt och uttömmande svar.

Martinsson dröjde sig kvar i rummet.

– Var det något mer?

Martinsson tog upp ett papper ur fickan.

– Som du vet har fotbolls-VM börjat. 2–2 mot Kamerun. Du hade tippat 5–0 till Kamerun. Med det resultatet blev du sist.

– Hur kan man bli sist? Antingen tippar man väl rätt eller fel?

– Vi för statistik som visar var vi befinner oss i förhållande till varandra.

– Herregud! Vad ska det vara bra för?

– Det var en av ordningspoliserna som var ensam om att ha tippat 2–2, sa Martinsson och översåg Wallanders fråga. Nu gäller det nästa match. Sverige mot Ryssland.

Wallander var helt ointresserad av fotboll. Däremot hade han vid några tillfällen gått och sett Ystads handbollslag som i perioder hade tillhört de bästa i Sverige. Den senaste tiden hade han dock inte kunnat undgå att märka hur hela nationen tycktes inrikta all sin samlade uppmärksamhet mot en enda sak. Fotbolls-VM. Han kunde inte slå på teven eller öppna en tidning utan att han möttes av oändliga spekulationer över hur det skulle gå för det svenska laget. Samtidigt hade han insett att han inte gärna kunde ställa sig utanför polisens interna tipstävling. Det skulle kunna uppfattas som arrogans. Han tog fram sin plånbok ur bakfickan.

– Vad kostar det?

– 100 kronor. Samma som sist.

Han räckte sedeln till Martinsson som prickade av på sin lista.

– Jag ska alltså tippa resultatet?

– Sverige mot Ryssland. Hur går det?

– 4–4, sa Wallander.

– Det är mycket sällan det görs så många mål i fotboll, sa Martinsson förvånat. Det där är mera som ett ishockeyresultat.

– Då säger vi 3–1 till Ryssland, sa Wallander. Duger det?

Martinsson skrev.

– Vi kanske kan ta Brasilienmatchen på en gång, fortsatte Martinsson.

– 3–0 till Brasilien, sa Wallander snabbt.

– Du har inte särskilt höga förväntningar på Sverige, sa Martinsson.

– I alla fall inte när det gäller fotboll, svarade Wallander och gav honom ytterligare en hundralapp.

När Martinsson hade gått funderade Wallander på det han hade hört. Men sedan slog han irriterat bort tankarna. Tids nog skulle han få veta vad som var sant och inte. Klockan hade blivit halv fem. Wallander drog till sig en pärm med utredningsmaterialet kring en organiserad utförsel av stulna bilar till de forna öststaterna. Han hade hållit på med utredningen i flera månader. Hittills hade polisen bara lyckats komma åt delar av den omfattande verksamheten. Han insåg att den skulle förfölja honom i många månader ännu. Under hans ledighet var det Svedberg som skulle ta över ansvaret. Han hade en stark föraning om att mycket lite skulle komma att ske under hans bortovaro.

Ann-Britt Höglund knackade på dörren och steg in. Hon hade en svart baseballkeps på huvudet.

– Hur tycker du att jag ser ut? frågade hon.

– Som en turist, svarade Wallander.

– Polisens nya uniformsmössor ska se ut så här, sa hon. Tänk dig ordet Polis ovanför skärmen. Jag har sett bilder.

– En sån hamnar aldrig på mitt huvud, sa Wallander. Man kanske ska vara glad över att man inte längre är ordningspolis.

– En dag kommer vi kanske att upptäcka att Björk var en alldeles utmärkt chef, sa hon. Jag tyckte att det du sa var fint.

– Jag vet att talet inte var bra, svarade Wallander och märkte att han blev irriterad. Men ansvaret faller på er som hade det dåliga omdömet att utse mig.

Ann-Britt Höglund stod och såg ut genom fönstret. Wallander tänkte att hon på mycket kort tid hade lyckats leva upp till det rykte som föregått henne när hon kom till Ystad året innan. På polishögskolan hade hon uppenbarat stora anlag för polisarbete. De hade sedan utvecklats ytterligare. Till en del hade hon kunnat fylla det tomrum som Wallander upplevt att Rydberg hade efterlämnat genom sin död några år tidigare. Rydberg hade varit den polis som lärt Wallander det mesta av det han kunde. Ibland tänkte han att det nu var hans ansvar att handleda Ann-Britt Höglund på samma sätt.

– Hur går det med bilarna? frågade hon.

– De stjäls, svarade Wallander. Den här organisationen tycks ha otroliga förgreningar.

– Klarar vi att slå hål? frågade hon.

– Vi spränger den, svarade Wallander. Förr eller senare. Det uppstår ett tomrum några månader. Sen börjar det om igen.

– Men det tar aldrig slut?

– Det tar aldrig slut. Ystad ligger där det ligger. Tjugu mil härifrån, på andra sidan havet finns ett oändligt antal människor som vill ha det vi har. Problemet är bara att de inte har några pengar att betala med.

– Jag undrar hur mycket stöldgods som förs ut med varje enskild färja, sa hon tankfullt.

– Det är nog bäst att inte veta, svarade Wallander.

Tillsammans gick de och hämtade kaffe. Ann-Britt Höglund skulle börja sin semester redan samma vecka. Wallander hade förstått att hon skulle tillbringa den i Ystad, eftersom hennes man som var resemontör med hela världen som arbetsfält befann sig i Saudiarabien.

– Vad ska du själv göra? frågade hon när de hade börjat tala om sina kommande ledigheter.

– Jag åker till Skagen, sa Wallander.

– Tillsammans med kvinnan från Riga? undrade Ann-Britt Höglund med ett leende.

Wallander rynkade förvånat på pannan.

– Hur känner du till henne?

– Det gör alla, svarade hon. Visste du inte det? Man kanske kan säga att det är ett resultat av en ständigt pågående intern spaning, oss poliser emellan.

Wallander var uppriktigt överraskad. Han hade aldrig berättat för någon om Baiba som han träffat i samband med en brottsutredning några år tidigare. Hon var änka efter en mördad lettisk polisman. Hon hade varit i Ystad under julen för snart ett halvt år sedan. I samband med påsken hade Wallander besökt henne i Riga. Men han hade aldrig talat om henne. Han hade aldrig presenterat henne för någon av sina kollegor. Nu undrade han plötsligt varför han inte hade gjort det. Även om deras förhållande fortfarande var bräckligt hade hon dragit upp honom ur den melankoli som präglat hans liv efter skilsmässan från Mona.

– Ja, sa han. Vi ska åka tillsammans till Danmark. Sen ska jag ägna resten av sommaren till att ta mig an min far.

– Och Linda?

– Hon ringde för en vecka sen och sa att hon skulle gå på en teaterkurs i Visby.

– Jag trodde hon skulle bli möbeltapetserare?

– Det trodde jag också. Men nu har hon fått för sig att hon ska göra nån sorts teaterföreställning tillsammans med en väninna.

– Det låter väl spännande?

Wallander nickade tveksamt.

– Jag hoppas hon kommer hit i juli, sa han. Det är länge sen jag såg henne.

De skildes utanför Wallanders dörr.

– Kom och hälsa på i sommar, sa hon. Med eller utan kvinnan från Riga. Med eller utan dotter.

– Hon heter Baiba, sa Wallander.

Sedan lovade han att de skulle komma på besök.

Efter samtalet med Ann-Britt satt han under en dryg timme lutad över pappren som låg på hans bord. Förgäves ringde han två gånger till polisen i Göteborg och sökte en kommissarie som från sitt håll arbetade med samma utredning. När klockan var kvart i sex slog han igen pärmarna och reste sig. Han hade bestämt sig för att äta ute denna kväll. Han klämde på magen och märkte att han fortfarande gick ner i vikt. Baiba hade klagat över att han var för tjock. Efter det hade han inte längre haft några problem med att äta mindre. Han hade också vid några tillfällen tvingat på sig en träningsoverall och gett sig ut att springa, även om han tyckte det var tråkigt.

Han satte på sig sin jacka och bestämde sig för att skriva ett brev till Baiba samma kväll. Just när han skulle lämna rummet ringde telefonen. Han tvekade ett ögonblick om han skulle låta det vara. Sedan återvände han till skrivbordet och lyfte på luren.

Det var Martinsson.

– Bra tal du höll, sa Martinsson. Björk verkade uppriktigt tagen.

– Det har du redan sagt, sa Wallander. Vad vill du? Jag är på väg hem.

– Jag fick just in ett telefonsamtal som var lite underligt, sa Martinsson. Jag tänkte jag skulle höra med dig.

Wallander väntade otåligt på fortsättningen.

– Det var en lantbrukare som ringde från en gård i närheten av Marsvinsholm. Han påstod att det var en kvinna som betedde sig underligt i hans rapsåker.

– Var det allt?

– Ja.

– En kvinna som betedde sig underligt ute i ett rapsfält? Vad gjorde hon?

– Om jag förstod honom rätt så gjorde hon ingenting. Det underliga var att hon överhuvudtaget befann sig ute i rapsen.

Wallander behövde inte tänka efter innan han svarade.

– Skicka dit en ordningspatrull. Det måste vara deras sak.

– Problemet är att alla verkar upptagna just nu. Det har inträffat två bilolyckor nästan samtidigt. En vid infarten till Svarte. Den andra utanför Continental.

– Allvarliga?

– Inga större personskador. Men det är tydligen en väldig röra.

– De kan väl åka ut till Marsvinsholm när de får tid?

– Den där lantbrukaren verkade orolig. Jag vet inte hur jag ska förklara det bättre. Hade jag inte varit tvungen att hämta mina barn skulle jag ha åkt ut själv.

– Jag kan göra det, sa Wallander. Vi ses i korridoren så jag får namn och vägbeskrivning.

Några minuter senare körde Wallander ut från polishuset. Han svängde vänster och tog av mot Malmö i rondellen. Bredvid sig på sätet hade han lagt lappen som Martinsson hade skrivit. Lantbrukaren hette Salomonsson och Wallander kände till vägen han skulle köra. När han kommit ut på E65 vevade han ner bilrutan. De gula rapsfälten böljade på vägens båda sidor. Han kunde inte minnas när han senast hade mått så bra som nu. Han tryckte in en kassett med Figaros bröllop där Barbara Hendricks sjöng Susanna och tänkte på Baiba som han snart skulle träffa i Köpenhamn. När han kom fram till avtagsvägen mot Marsvinsholm svängde han vänster, passerade slottet och slottskyrkan och svängde sedan vänster igen. Han kastade en blick på Martinssons vägbeskrivning och svängde in på en smal väg som ledde rakt ut bland åkrarna. På avstånd skymtade han havet.

Salomonssons hus var en gammal välskött skånelänga. Wallander steg ur bilen och såg sig runt. Vart han än såg sträckte de gula rapsfälten ut sig. Samtidigt öppnades dörren till huset. Mannen som stod på trappan var mycket gammal. Han hade en kikare i handen. Wallander tänkte att han säkert hade inbillat sig det hela. Det hände alltför ofta att ensamma gamla ute på landet förleddes att ringa till polisen av sina egna fantasier. Han gick fram till trappan och nickade.

– Kurt Wallander från Ystadspolisen, presenterade han sig.

Mannen på trappan var orakad och hade fötterna instuckna i ett par trasiga träskor.

– Edvin Salomonsson, sa mannen och sträckte fram sin magra hand.

– Berätta vad som har hänt, sa Wallander.

Mannen pekade ut mot rapsåkern som låg till höger om huset.

– Jag upptäckte henne i morse, började han. Jag vaknar tidigt. Redan klockan fem var hon där. Först trodde jag det var ett rådjur. Sen såg jag i kikaren att det var en kvinna.

– Vad gjorde hon? frågade Wallander.

– Hon stod där.

– Ingenting annat.

– Hon stod och stirrade.

– Stirrade på vad då?

– Hur ska jag kunna veta det?

Wallander suckade invärtes. Sannolikt hade den gamle mannen sett ett rådjur. Sedan hade fantasin tagit överhanden.

– Du vet inte vem hon är? frågade han.

– Jag har aldrig sett henne förut, svarade mannen. Hade jag vetat vem hon var hade jag väl inte ringt till polisen?

Wallander nickade.

– Du såg henne första gången tidigt i morse, fortsatte han. Men du ringde till polisen först sent på eftermiddagen?

– Man vill ju inte besvära i onödan, svarade mannen enkelt. Jag antar att polisen har mycket att stå i.

– Du såg henne i kikaren, sa Wallander. Hon befann sig ute i rapsåkern och du hade aldrig sett henne tidigare. Vad gjorde du då?

– Jag klädde på mig och gick ut för att säga åt henne att försvinna. Hon trampar ju ner rapsen.

– Vad hände då?

– Hon sprang.

– Sprang?

– Hon gömde sig i rapsen. Hukade sig så att jag inte kunde se henne. Först trodde jag att hon hade gett sig av. Sen upptäckte jag henne igen i kikaren. Det hände gång på gång. Till slut tröttnade jag och ringde till er.

– När såg du henne senast?

– Strax innan jag ringde.

– Vad gjorde hon då?

– Hon stod och stirrade.

Wallander kastade en blick ut mot åkern. Han såg inget annat än den böljande rapsen.

– Polismannen du talade med sa att du verkade orolig, sa Wallander.

– Vad gör en människa i en rapsåker? Det måste ju vara något som inte stämmer?

Wallander tänkte att han måste avsluta samtalet så fort som möjligt. Det stod nu klart för honom att den gamle mannen hade inbillat sig alltsammans. Han bestämde sig för att kontakta socialtjänsten dagen efter.

– Det är nog inte mycket jag kan göra, sa Wallander. Hon har säkert redan försvunnit. I vilket fall är det ingenting att oroa sig för.

– Hon har inte alls försvunnit, sa Salomonson. Jag kan se henne nu.

Wallander vände sig hastigt om. Han följde Salomonssons pekande finger.

Kvinnan befann sig ungefär femtio meter ut i rapsfältet. Wallander såg att hennes hår var mycket mörkt. Det avtecknade sig skarpt mot den gula rapsen.

– Jag ska tala med henne, sa Wallander. Vänta här.

Han tog ett par stövlar ur bakluckan på bilen. Sedan gick han mot rapsfältet med en känsla av att situationen var overklig. Kvinnan stod alldeles orörlig och betraktade honom. När han kom närmare såg han att hon inte bara hade långt svart hår utan att hennes hy också var mörk. Han stannade när han hade kommit fram till åkerfästet. Han lyfte ena handen och försökte vinka henne till sig. Fortfarande stod hon alldeles orörlig. Trots att hon fortfarande var långt ifrån honom och den vajande rapsen då och då skymde hennes ansikte, anade han att hon var mycket vacker. Han ropade till henne att hon skulle komma fram till honom. När hon ändå inte rörde sig tog han det första steget ut i rapsen. Genast försvann hon. Det gick så hastigt att han tänkte på henne som ett skyggande djur. Samtidigt märkte han att han blev irriterad. Han fortsatte ut i rapsen och spanade åt olika håll. När han upptäckte henne igen hade hon rört sig mot fältets östra hörn. För att hon inte skulle slippa undan igen började han springa. Hon rörde sig mycket hastigt och han märkte att han blev andfådd. När han kommit henne så nära som drygt tjugu meter befann de sig mitt ute i rapsfältet. Han ropade till henne att hon skulle stanna.

34

– Polis! röt han. Stå stilla!

Han började gå mot henne. Sedan tvärstannade han. Allt gick nu mycket fort. Plötsligt lyfte hon en plastdunk över sitt huvud och började hälla ut en färglös vätska över sitt hår, sitt ansikte och sin kropp. Han tänkte hastigt att hon måste ha burit den med sig hela tiden. Han uppfattade nu också att hon var mycket rädd. Hennes ögon var uppspärrade och hon såg oavbrutet på honom.

– Polisen! ropade han igen. Jag vill bara tala med dig.

I samma ögonblick drev en lukt av bensin emot honom. Hon hade plötsligt en brinnande cigarettändare i ena handen som hon satte till sitt hår. Wallander skrek till samtidigt som hon flammade upp som en fackla. Lamslagen såg han hur hon vacklade runt i rapsfältet medan elden fräste och flammade mot hennes kropp. Wallander kunde själv höra hur han skrek. Men kvinnan som brann var tyst. Efteråt kunde han inte minnas att han alls hade hört henne skrika.

När han försökte springa fram till henne exploderade hela rapsfältet i lågor. Plötsligt var han omsluten av rök och flammor. Han höll händerna framför ansiktet och sprang, utan att veta åt vilket håll han var på väg. När han nådde åkerfästet snubblade han omkull i diket. Han vände sig om och skymtade henne en sista gång innan hon föll omkull och var borta ur hans synfält. Hon hade då armarna uppsträckta, som om hon hade vädjat om nåd inför ett vapen som riktades mot henne.

Rapsfältet brann.

Någonstans bakom sig kunde han höra Salomonsson stå och vråla.

Wallander reste sig på skakande ben.

Sedan vände han sig bort och kräktes.

3

Efteråt skulle Wallander minnas den brinnande flickan i rapsåkern som man med yttersta svårighet erinrar sig en avlägsen mardröm man helst av allt vill glömma. Trots att han hela kvällen och långt in på natten tycktes bibehålla åtminstone ett yttre lugn, kunde han själv efteråt inte minnas annat än ovidkommande detaljer. Martinsson, Hansson och inte minst Ann-Britt Höglund hade förvånats över denna oberördhet. Men de hade inte kunnat se igenom den sköld han hade satt upp framför sig. Inom honom rådde en förödelse som i ett hus som störtat samman.

Han kom hem till sin lägenhet strax efter två på natten. Och det var först då, när han hade satt sig i sin soffa, fortfarande utan att ha tagit av sig de sotiga kläderna och de leriga stövlarna, som skölden brast. Han hade hällt upp ett glas whisky, balkongdörrarna stod öppna och släppte in sommarnatten, när han började gråta som ett barn.

Den flicka som hade bränt sig till döds hade också varit ett barn. Hon hade påmint honom om hans egen dotter Linda.

Under alla sina år som polisman hade han utvecklat en beredskap mot vad som kunde vänta honom när han kom till en plats där en människa hade mött en våldsam och plötslig död. Han hade sett människor som hängt sig, tryckt in gevärspipor i sina munnar, sprängt sig i bitar. På något sätt hade han lärt sig uthärda det han såg och sedan skjuta det åt sidan. Men det gällde inte när det var barn eller ungdomar inblandade. Då var han lika skyddslös som när han en gång börjat arbeta som polis. Han visste att de flesta poliser reagerade på samma sätt. När barn eller ungdomar dog, våldsamt, meningslöst, brast det värn som utgjordes av vanan. Så skulle det också förbli så länge som han fortsatte att arbeta som polis.

Men när skölden brast hade han lagt bakom sig utredningens inledande fas som hade varit exemplariskt skött. Med rester av spyor hängande kring munnen hade han sprungit fram till Salomonsson som vantroget betraktade sitt brinnande rapsfält och frågat om var i huset telefonen fanns. Eftersom Salomonsson inte tycktes ha förstått frågan, eller kanske inte ens hade uppfattat den, hade han knuffat honom åt sidan och fortsatt in i huset. Där hade funnits den beska doften av det liv som levdes av en otvättad gammal man och i tamburen hade han hittat telefonen. Han hade ringt 90 000, och telefonisten som tog emot samtalet påstod efteråt att han hade varit alldeles lugn när han beskrivit vad som hade hänt och kallat på full utryckning. Flammorna från den brinnande åkern hade slagit in genom fönstren som om starka strålkastare hade stått för belysningen denna sommarkväll. Han hade ringt hem till Martinsson och först talat med äldsta dottern och sedan med hustrun innan Martinsson blivit inkallad från trädgården där han höll på att klippa gräs. Så kortfattat som möjligt hade han beskrivit vad som hänt och bett Martinsson att ringa även till Hansson och Ann-Britt Höglund. Efteråt hade han gått ut i köket och sköljt rent ansiktet under vattenkranen. När han hade kommit ut på gårdsplanen igen hade Salomonsson stått orörlig på samma ställe som tidigare, som uppslukad av det obegripliga skådespelet framför honom. En bil med några av de närmaste grannarna hade kommit körande. Men Wallander hade rutit åt dem att hålla sig undan. Han tillät dem inte ens att komma nära Salomonsson. På avstånd hade han hört sirener från brandbilarna som nästan alltid var de som kom först. Strax efter anlände två av ordningspolisens bilar och en ambulans. Det var Peter Edler som var släckningschef, en man som Wallander hade det största förtroende för.

– Vad är det som händer? frågade han.

– Jag ska förklara sen, sa Wallander. Men trampa inte omkring ute i åkern. Det ligger en död människa där.

– Huset är inte hotat, sa Edler. Vad vi kan göra är att avgränsa.

Sedan vände han sig till Salomonsson och frågade hur breda kärrvägarna och dikena mellan åkrarna var. En av ambulansmännen hade under tiden kommit fram till Wallander. Han hade träffat honom tidigare men kunde inte påminna sig hans namn.

– Finns det några skadade? frågade han.

Wallander skakade på huvudet.

– Bara en som är död, svarade han. Hon ligger ute i rapsfältet.

– Då behöver vi en likbil, sa ambulansföraren sakligt. Vad är det som har hänt?

Wallander brydde sig inte om att svara. Istället vände han sig till Norén som var den av polismännen han kände bäst.

– Det ligger en död kvinna ute på åkern, sa han. Innan branden är släckt kan vi inte göra annat än att spärra av.

Norén nickade.

– Är det en olycka? frågade han.

– Närmast är det väl självmord, svarade Wallander.

Några minuter senare, ungefär samtidigt som Martinsson kom, fick han en pappmugg med kaffe av Norén. Han stirrade på sin hand och undrade hur det kom sig att han inte skakade. Strax därefter anlände Hansson och Ann-Britt Höglund i Hanssons bil, och han berättade för sina kollegor vad som hade hänt.

Gång på gång använde han samma uttryck. *Hon brann som en fackla.*

– Det här är ju fruktansvärt, sa Ann-Britt Höglund.

– Det var betydligt värre än så, sa Wallander. Att inte kunna göra nånting alls. Jag hoppas ingen av er nånsin ska behöva uppleva det.

Under tystnad betraktade de brandmännens arbete med att begränsa elden. Ett stort antal nyfikna hade redan samlats men hölls på avstånd av polismännen.

– Hur såg hon ut? frågade Martinsson. Såg du henne på nära håll?

Wallander nickade.

– Nån borde prata med gubben, sa han. Han heter Salomonsson.

Hansson tog med sig Salomonsson in i hans kök. Ann-Britt Höglund gick och pratade med Peter Edler. Elden hade redan börjat avta. När hon kom tillbaka sa hon att allt skulle vara över om en liten stund.

– Raps brinner fort, sa hon. Dessutom är åkern blöt. Det regnade i går.

– Hon var ung, sa Wallander, med svart hår och mörk hy. Hon var klädd i en gul vindjacka. Jag tror hon hade jeans. På fötterna vet jag inte. Och hon var rädd.

– Vad var hon rädd för? frågade Martinsson.

Wallander tänkte efter innan han svarade.

– Hon var rädd för mig, svarade han sedan. Jag är inte helt säker men jag tyckte också att hon blev ännu mera rädd när jag ropade åt henne att jag var polis och att hon skulle stanna. Vad hon dessutom fruktade vet jag naturligtvis inte.

– Hon förstod alltså vad du sa?

– I alla fall förstod hon ordet polis. Det är jag säker på.

En tjock rök var nu allt som återstod av elden.

– Det fanns ingen annan där ute i åkern? sa Ann-Britt Höglund. Du är säker på att hon var ensam?

– Nej, sa Wallander. Jag är inte alls säker. Men jag såg ingen annan än henne.

De stod tysta och tänkte på vad han hade sagt.

Vem var hon, tänkte Wallander. Var kom hon ifrån? Varför tände hon eld på sig själv? Om hon nu ville dö, varför valde hon att plåga sig själv?

Hansson återvände från huset där han talat med Salomonsson.

– Vi skulle ha det som i USA, sa han. Vi skulle ha mentol att smeta under näsan. Fy fan vad det luktade där inne. Gamla män borde inte överleva sina hustrur.

– Be nån av ambulansmännen prata med honom om hur han mår, sa Wallander. Han måste ha fått en chock.

Martinsson gick för att ge besked. Peter Edler tog av sig hjälmen och ställde sig bredvid Wallander.

– Det är snart över nu, sa han. Men jag lämnar en bil här i natt.

– När kan vi gå ut i åkern? frågade Wallander.

– Inom en timme. Röken kommer att hänga kvar ännu ett tag. Men marken har redan börjat svalna.

Wallander tog med sig Peter Edler ett stycke undan de andra.

– Vad kommer jag att få se? frågade han. Hon hällde en femliters-dunk med bensin över sig. Och som allting exploderade runt henne måste hon redan innan ha hällt ut ännu mera bensin.

– Det kommer inte att vara vackert, svarade Edler uppriktigt. Det kommer inte att finnas mycket kvar.

Wallander sa ingenting mer. Sedan vände han sig till Hansson.

– Hur vi än ser på det så vet vi att det var självmord, sa Hansson. Vi har det bästa vittne vi kan få: en polisman.

– Vad sa Salomonsson?

– Han hade aldrig sett henne innan hon dök upp där ute klockan fem i morse. Det finns inga skäl att tro att han inte talar sanning.

– Vi vet med andra ord inte vem hon är, sa Wallander. Och vi vet inte heller vad hon var på flykt ifrån.

Hansson betraktade honom förvånat.

– Varför skulle hon ha varit på flykt? frågade han.

– Hon var rädd, sa Wallander. Hon gömde sig i ett rapsfält. Och när det kom en polis valde hon att sätta eld på sig själv.

– Vad hon tänkte vet vi ingenting om, sa Hansson. Du kan ha inbillat dig att hon var rädd.

– Nej, sa Wallander. Jag har sett tillräckligt mycket rädsla i mitt liv för att veta hur den ser ut.

En av ambulansmännen kom gående emot dem.

– Vi tar med oss gubben till sjukhuset, sa han. Han verkar vara i mycket dålig form.

Wallander nickade.

Strax efteråt kom polisteknikernas bil. Wallander försökte peka ut var någonstans i röken liket skulle finnas.

– Du borde kanske åka hem, sa Ann-Britt Höglund. Du har sett nog ikväll.

– Nej, svarade Wallander. Jag stannar.

Klockan hade blivit halv nio innan röken hade drivit undan och Peter Edler gav besked om att de kunde gå ut i åkern och påbörja sin undersökning. Trots att sommarkvällen var ljus hade Wallander beordrat fram strålkastare.

– Det kan finnas nåt där ute som inte bara är en död människa, sa Wallander. Se er för var ni sätter fötterna. Alla som inte absolut har nåt därute att göra ska hålla sig borta.

Sedan tänkte han att han inte alls ville göra det han måste. Helst av allt hade han åkt därifrån och lämnat över ansvaret till de andra.

Han gick ut i åkern ensam. De andra stod bakom honom och såg på honom. Han fruktade det han skulle få se och han var rädd för att den knut han hade i magen skulle brista.

Han gick rakt på henne. Hennes armar hade fastnat i den uppsträckta rörelse han hade sett henne göra innan hon dog, omgiven av de fräsande lågorna. Håret och ansiktet, liksom hennes kläder var bortbrända. Allt som fanns där var en svartbränd kropp som fortfarande utstrålade rädsla och övergivenhet. Wallander vände sig om och gick tillbaka över den svartbrända jorden. Ett kort ögonblick var han rädd att han skulle svimma.

Kriminalteknikerna började arbeta i det skarpa ljuset från strålkastarna där nattfjärilarna redan hade börjat svärma. Hansson hade öppnat Salomonssons köksfönster för att vädra ut den instängda gammelmanslukten. De drog ut pinnstolarna och satte sig kring köksbordet. På Ann-Britt Höglunds förslag tillät de sig att egenmäktigt koka kaffe på Salomonssons uråldriga spis.

– Han har bara kokkaffe, sa hon efter att ha letat igenom lådor och skåp. Går det bra?

– Det går bra, svarade Wallander. Bara det blir starkt.

Vid sidan av de gamla köksskåpen med dragdörrar hängde en ålderdomlig klocka på väggen. Wallander upptäckte plötsligt att den hade stannat. Han påminde sig att han en gång tidigare, hos Baiba i Riga, hade sett en liknande klocka, och att det också på den hade funnits ett par stillastående visare. Någonting stannar upp, tänkte han. Som om visarna försökte besvärja de händelser som ännu inte hade skett genom att stanna tiden. Baibas man blev avrättad en kylig natt i Rigas hamn. En ensam flicka uppträder som en skeppsbruten i ett hav av raps och tar avsked av livet genom att tillfoga sig den värsta smärta en människa kan utsätta sig för.

Han tänkte att hon hade tänt eld på sig själv som om hon hade varit sin egen fiende. Det var inte honom, polismannen som viftade med armarna, som hon velat undkomma.

Det var sig själv.

Han rycktes ut ur tankarna av tystnaden runt bordet. De såg på honom och väntade att han skulle ta ett initiativ. Genom fönstret skymtade han kriminalteknikerna som i strålkastarnas sken kröp omkring runt den döda kroppen. En fotoblixt flammade till, strax därpå ännu en.

– Var det nån som ringde efter likbilen? frågade Hansson plötsligt.

För Wallander var det som om någon hade slagit en slägga mot hans trumhinnor. Den alldeles enkla och sakliga frågan från Hansson förde honom tillbaka till den verklighet han helst av allt hade velat slippa ifrån.

Bilderna flimrade förbi innanför hans panna, genom de mest sårbara delarna av hans hjärna. Han tänkte att han körde genom den vackra svenska sommaren. Barbara Hendricks röst var stark och klar. Sedan ser han en flicka skygga som ett oroligt djur i det djupa rapsfältet. Från ingenstans kommer katastrofen. Något sker som inte ska kunna ske.

En likbil är på väg för att hämta själva sommaren.

– Prytz vet vad han ska göra, sa Martinsson, och Wallander kom nu ihåg att det var ambulansförarens namn, det han tidigare inte hade kunnat påminna sig.

Han insåg att han måste säga någonting.

– Vad vet vi? började han trevande, som om varje ord bjöd honom motstånd. En äldre ensamstående lantbrukare som är morgontidig upptäcker en främmande kvinna i sitt rapsfält. Han försöker kalla på henne, få henne att försvinna, eftersom han inte vill att rapsen ska trampas ner. Hon gömmer sig för att sedan återkomma, gång på gång. Han ringer till oss sent på eftermiddagen. Jag åker ut hit eftersom våra ordningspatruller är upptagna med några bilkollisioner. Jag har, för att nu säga precis som det var, svårt att ta honom på allvar. Jag bestämmer mig för att åka härifrån och ta kontakt med socialtjänsten eftersom Salomonsson ger intryck av att vara förvirrad. Då dyker kvinnan plötsligt upp bland rapsen igen. Jag försöker få kontakt med henne. Men hon drar sig undan. Sedan lyfter hon en plastdunk över sitt huvud, dränker sig i bensin och sätter eld på sitt liv och sin kropp med en cigarettändare. Resten vet ni. Hon var ensam, hon hade en dunk med bensin, hon tog livet av sig.

Han tystnade tvärt, som om han inte längre visste vad han skulle säga. Efter ett ögonblick fortsatte han.

– Vi vet inte vem hon är, sa han. Vi vet inte varför hon dödar sig själv. Jag är i stånd att ge ett ganska gott signalement. Men det är också allt.

Ann-Britt Höglund plockade fram spruckna kaffekoppar ur ett skåp. Martinsson gick ut på gården och pissade. När han hade kommit tillbaka fortsatte Wallander sitt trevande försök att sammanfatta det han visste och bestämma vad de borde göra.

– Vi måste ta reda på vem hon var, fortsatte han. Det är naturligtvis det mest grundläggande. Det är egentligen det enda som kan krävas av oss. Vi får gå igenom efterlysta personer. Jag ska skriva ner hennes signalement. Eftersom jag fick en känsla av att hon var mörkhyad kanske vi redan från början bör lägga lite extra vikt vid att kontrollera flyktingar och förläggningar. Sedan får vi avvakta vad teknikerna kommer fram till.

– Vi vet i alla fall att det inte är något brott begånget, sa Hansson. Vår uppgift blir alltså att fastslå vem hon var.

– Hon måste ha kommit nånstans ifrån, sa Ann-Britt Höglund. Hade hon gått hit? Kom hon med cykel? Körde hon hit? Var fick hon bensindunkarna ifrån? Det är många frågor.

– Varför just här? sa Martinsson. Varför Salomonssons rapsåker? Den här gården ligger en bra bit från huvudvägarna.

Frågorna blev hängande i luften. Norén kom in i köket och sa att det hade kommit några journalister som ville veta vad som hänt. Wallander som kände att han behövde röra på sig reste sig från stolen.

– Jag ska tala med dom, sa han.

– Säg som det är, sa Hansson.

– Vad skulle jag annars säga? svarade Wallander förvånat.

Han gick ut på gårdsplanen och kände genast igen de två journalisterna. Den ena var en ung kvinna som arbetade för Ystads Allehanda, den andra en äldre man från Arbetet.

– Det ser ut som vid en filminspelning, sa kvinnan och pekade ut mot strålkastarna i den nerbrända åkern.

– Det är det inte, sa Wallander.

Han berättade vad som hade hänt. En kvinna hade omkommit vid en brand. Någon misstanke om brott förelåg inte. Eftersom de fortfarande inte visste vem hon var ville han tills vidare inte säga något mer.

– Kan man ta några bilder? frågade mannen från Arbetet.

– Du kan ta så många bilder du vill, svarade Wallander. Men du får ta dom här. Ingen får gå ut i åkern.

Journalisterna lät sig nöja och försvann i sina bilar. Wallander skulle just återvända till köket när han såg att en av teknikerna som kröp omkring ute i åkern vinkade åt honom. Wallander gick honom till mötes. Han försökte undvika att se mot resterna av kvinnan med de uppsträckta armarna. Det var Sven Nyberg, deras vresige men erkänt skicklige tekniske expert som kom emot honom. De stannade i utkanten av det område som täcktes av ljuset från strålkastarna. En svag vind kom drivande från havet över det nerbrända rapsfältet.

– Jag tror vi har hittat nånting, sa Sven Nyberg.

I handen hade han en liten plastpåse som han gav Wallander. Han flyttade sig ett par steg närmare en av strålkastarna. I plastpåsen låg ett litet guldsmycke.

– Det har en inskription, sa Sven Nyberg. Bokstäverna D.M.S. Det är en madonnabild.

– Varför har det inte smält? frågade Wallander.

– En brand i en åker alstrar ingen värme som smälter smycken, svarade Sven Nyberg. Wallander hörde att han lät trött.

– Det är precis vad vi behöver, sa Wallander. Vi vet inte vem hon är, men nu har vi i alla fall några bokstäver.

– Vi är snart klara att ta bort henne, sa Sven Nyberg och nickade mot den mörka likbilen som stod intill åkern och väntade.

– Hur ser det ut? frågade Wallander försiktigt.

Nyberg ryckte på axlarna.

– Tänderna kan kanske ge nånting. Patologerna är skickliga. Du kan få veta hur gammal hon var. Med den nya gentekniken kan de nog också tala om för dig om hon var född här i landet av svenska föräldrar, eller om hon kom nån annanstans ifrån.

– Det finns kaffe i köket, sa Wallander.

– Helst inte, svarade Nyberg. Jag vill bli färdig här så fort som möjligt. I morgon bitti ska vi gå över hela åkern. Eftersom inget brott är begånget kan det vänta till dess.

Wallander återvände till köket. Han la plastpåsen med smycket på bordet.

– Nu har vi nånting att gå efter, sa han. Ett smycke i form av en madonnabild. Med en bokstavsinskription: D.M.S. Jag föreslår att ni åker hem nu. Jag stannar här en stund till.

– Klockan nio i morgon, sa Hansson och reste sig.

– Jag undrar vem hon var, sa Martinsson. Trots att inget brott är begånget är det ändå som ett mord. Som om hon hade mördat sig själv.

Wallander nickade.

– Att mörda sig själv och att begå självmord är inte alltid samma sak, sa han. Är det så du menar?

– Ja, sa Martinsson. Men det betyder naturligtvis ingenting vad jag tycker. Den svenska sommaren är för vacker och för kort för att sånt här ska behöva hända.

De skildes på gårdsplanen. Ann-Britt Höglund dröjde sig kvar.

– Jag är tacksam för att jag slapp se det, sa hon. Jag tror jag förstår hur du har det.

Wallander svarade inte.

– Vi ses i morgon, sa han.

När bilarna hade försvunnit satte han sig på hustrappen. Strålkastarna lyste som över en ödslig scen där det pågick ett skådespel till vilket han var den ende åskådaren.

Det hade börjat blåsa. Fortfarande väntade de på sommarvärmen. Det var kallt i luften. Wallander märkte att han frös där han satt på trappan. Han kände hur intensivt han längtade efter värmen. Hoppades att den snart skulle komma.

Efter en stund reste han sig och gick in i huset och diskade kaffekopparna de hade använt.

4

Wallander ryckte till i sömnen. Han kände att någon höll på att slita av honom hans ena fot. När han slog upp ögonen såg han att han hade fastnat mellan gaveln vid fotändan och den trasiga sängbottnen. Han var tvungen att vända sig på sidan för att komma loss. Efteråt låg han alldeles stilla. Gryningsljuset trängde igenom den slarvigt nerdragna rullgardinen. Han såg på klockan som stod på bordet intill sängen. Visarna pekade på halv fem. Han hade bara sovit några få timmar och han var mycket trött. Åter befann han sig ute i rapsfältet. Han tyckte att han kunde se flickan mycket tydligare nu. »Det var inte mig hon var rädd för«, tänkte han. »Det var varken mig eller Salomonsson som hon gömde sig för. Det var någon annan.«

Han steg upp och släpade sig ut i köket. Medan han väntade på att kaffet skulle bli klart gick han in i det ostädade vardagsrummet och såg på telefonsvararen. Den röda lampan blinkade. Han tryckte på avspelningsknappen. Först var det hans syster Kristina som talade till honom. »Jag vill att du ringer mig. Helst inom ett par dagar.« Wallander tänkte genast att det hade med deras gamle far att göra. Trots att han hade gift sig med sin hemvårdarinna och inte längre levde ensam var han fortfarande lynnig och oberäknelig till sitt humör. Efteråt kom ett skrapande och otydligt meddelande från Skånska Dagbladet som undrade om han var intresserad av en prenumeration. Han skulle just återvända till köket när det kom ännu ett meddelande. »Det är Baiba. Jag reser till Tallinn några dagar. På lördag är jag tillbaka.« Genast överfölls han av en våldsam svartsjuka han inte förmådde kontrollera. Varför skulle hon resa till Tallinn? Det hade hon inte sagt någonting om när de senast hade talats vid. Han gick ut i köket, hällde upp en kopp kaffe, och ringde sedan till Riga, trots att han visste att hon fortfarande säkert låg och sov. Men signalerna gick fram utan att hon svarade. Han ringde ytterligare en gång med samma resultat. Känslan av oro tilltog. Hon kunde knappast ha rest till Tallinn klockan fem på morgonen. Varför var hon inte hemma? Eller om hon var hemma, varför svarade hon inte? Han tog kaffekoppen i handen, öppnade balkongdörren som vette ut mot Mariagatan och satte sig på den enda stol som rymdes därute. Återigen sprang flickan ute i rapsfältet. Ett kort ögonblick tyckte han att hon liknade Baiba. Han tvingade sig att tänka att hans svartsjuka var obefogad. Han hade inte ens rätt till den, eftersom de båda hade kommit överens om att inte beslå den bräckliga relationen med onödiga trohetslöften. Han påminde sig hur de hade suttit till långt in på natten mot juldagen och talat om vad de egentligen önskade av varandra. Helst av allt hade Wallander velat att de skulle gifta sig. Men när hon talade om sitt behov av frihet hade han genast hållit med henne. För att inte förlora henne var han beredd att hålla med henne om allt.

Trots att det ännu var tidigt på morgonen var det redan varmt i luften. Himlen var klarblå. Han drack kaffet i långsamma klunkar och försökte låta bli att tänka på flickan som bränt sig till döds bland den gula rapsen. När kaffet var slut återvände han in i sovrummet och fick leta länge i garderoben för att lyckas hitta en ren skjorta. Innan han gick in i badrummet samlade han ihop alla smutskläder som låg spridda runt om i lägenheten. De blev till en stor hög mitt på vardagsrummets golv. Han skulle anteckna sig för en tvättid redan samma dag.

Klockan var kvart i sex när han lämnade sin lägenhet och gick ner på gatan. Han satte sig i bilen och påminde sig att han måste besikta den senast sista juni. Sedan svängde han ut på Regementsgatan och följde sedan Österleden. Utan att han hade bestämt sig på förhand svängde han ut ur staden och stannade vid Nya Kyrkogården på Kronoholmsvägen. Han lämnade bilen och promenerade långsamt mellan raderna av låga gravstenar. Då och då skymtade han ett namn han vagt tyckte sig känna igen. När han upptäckte ett födelseår som var samma som hans eget vände han genast bort blicken. Några ungdomar i blå arbetskläder höll på att lasta av en gräsklippare från en flakmoped. Han kom fram till minneslunden och satte sig på en av bänkarna. Här hade han inte varit sedan den blåsiga höstdag för fyra år sedan när de hade spritt ut Rydbergs aska. Björk hade varit med den gången och några av Rydbergs avlägsna och anonyma släktingar. Många gånger hade han tänkt att han borde återvända hit. Men det hade aldrig blivit av, inte förrän nu.

En gravsten hade varit enklare, tänkte han. Med Rydbergs namn inhugget. Det hade varit en punkt där jag kunnat koncentrera minnesbilden. I den här lunden där de dödas osynliga andar blåser omkring återfinner jag honom inte.

Han upptäckte att han hade svårt att helt komma ihåg hur Rydberg hade sett ut. Han håller på att dö bort även inom mig, tänkte han. Snart har också minnet förmultnat.

Han reste sig plötsligt, fylld av obehag. Den brinnande flickan sprang oavbrutet i hans huvud. Han for raka vägen till polishuset, gick in på sitt kontor och stängde dörren. När klockan var halv åtta tvingade han sig att göra klar den sammanfattning kring utredningen med de stulna bilarna som han skulle lämna över till Svedberg. Han la ner pärmarna på golvet för att hans bord skulle vara alldeles tomt.

Han lyfte på skrivunderlägget för att se om där fanns några minneslappar han hade glömt. Istället hittade han en skraplott han köpt flera månader tidigare. Han gnuggade fram siffrorna med sin linjal och insåg att han hade vunnit 25 kronor. Från korridoren hörde han Martinssons röst, strax därpå också Ann-Britt Höglunds. Han lutade sig bakåt i stolen, la upp fötterna på skrivbordet och slöt ögonen. När han vaknade hade han fått kramp i ena vadmuskeln. Han hade sovit i högst tio minuter. I samma ögonblick ringde telefonen. När han grep luren hörde han att det var Per Åkeson från åklagarmyndigheten. De hälsade och bytte några ord om vädret. Under de många år de hade arbetat tillsammans hade de långsamt utvecklat något som ingen av dem berörde men som båda ändå visste var vänskap. Det hände ofta att de var oeniga om ett gripande var motiverat eller om en omhäktning hade fog för sig. Men där fanns också någonting annat, ett förtroende som gick djupare, även om de nästan aldrig umgicks privat.

– Jag läser i morgontidningen om en flicka som brunnit upp ute i en åker vid Marsvinsholm, sa Per Åkeson. Är det nånting för mig?

– Det var självmord, svarade Wallander. Frånsett en gammal lantbrukare som heter Salomonsson var jag enda vittnet till det hela.

– Vad i herrans namn gjorde du där?

– Salomonsson hade ringt. Normalt sett borde en ordningspatrull ha åkt ut. Men de var upptagna.

– Flickan kan inte ha varit nån vacker syn.

– Det var mycket värre än så. Vi får koncentrera oss på att försöka ta reda på vem hon var. Jag antar att det redan har börjat ringa ute i växeln. Oroliga personer som undrar om sina försvunna anhöriga.

– Men du har alltså inga misstankar om brott?

Utan att han förstod varför tvekade han plötsligt om svaret.

– Nej, sa han sedan. Tydligare än så kan man knappast ta livet av sig.

– Du låter inte helt övertygad?

– Jag har sovit dåligt i natt. Det var som du sa: en förfärlig upplevelse.

Det blev tyst. Wallander insåg att Per Åkeson hade något mer han ville tala om.

– Det finns också ett annat skäl till att jag ringer, sa han. Om det kan stanna oss emellan.

– Jag brukar inte vara särskilt lösmynt av mig.

– Minns du att jag för nåt år sen talade om att göra nånting annat? Innan det blir för sent, innan jag blir för gammal.

Wallander tänkte efter.

– Jag minns att du talade om flyktingar och FN. Var det Sudan?

– Uganda. Och jag har faktiskt fått ett erbjudande. Som jag har bestämt mig för att tacka ja till. Jag kommer att vara tjänstledig från september och ett år framåt.

– Vad säger din hustru?

– Det är just därför jag ringer till dig. För att få moraliskt stöd. Jag har inte talat med henne ännu.

– Är det meningen att hon ska följa med?

– Nej.

– Då misstänker jag att hon nog kommer att bli överraskad.

– Har du nån bra idé om hur jag ska lägga fram det för henne?

– Tyvärr inte. Men jag tror du gör rätt. Livet måste vara nånting mer än att sätta folk i fängelse.

– Jag ska berätta hur det går.

De skulle just avsluta samtalet när Wallander insåg att han hade en fråga.

– Betyder det här att Anette Brolin kommer tillbaka som din vikarie?

– Hon har bytt sida och arbetar nuförtiden som advokat i Stockholm, sa Per Åkeson. Var du inte ganska förtjust i henne, förresten?

– Nej, sa Wallander. Jag undrade bara.

Han la på luren. En oväntad känsla av avundsjuka drabbade honom med full kraft. Han hade själv gärna rest till Uganda. Och gjort någonting helt annat. Inget kunde vara värre än att se en ung människa ta livet av sig som en bensinindränkt fackla. Han avundades Per Åkeson som inte bara låtit viljan till uppbrott stanna vid ord.

Glädjen från dagen innan var borta. Han ställde sig vid fönstret och såg ut på gatan. Gräset vid det gamla vattentornet var mycket grönt. Wallander tänkte på året innan, då han under lång tid hade varit sjukskriven efter att ha dödat en människa. Nu undrade han om han egentligen någonsin helt hade blivit fri från den depression han hade drabbats av. Jag borde göra som Per Åkeson, tänkte han. Det måste finnas ett Uganda också för mig. För Baiba och mig.

Länge blev han stående vid fönstret. Sedan återvände han till skrivbordet och försökte få tag på sin syster Kristina. Han försökte flera gånger men det tutade hela tiden upptaget. Han tog fram ett kollegieblock ur en skrivbordslåda. Under den närmaste halvtimmen skrev han en redogörelse för händelserna kvällen innan. Sedan ringde han till Patologen i Malmö utan att få kontakt med någon läkare som hade något att berätta om det sönderbrända liket. Fem minuter i nio hämtade han en kopp kaffe och gick in i ett av konferensrummen. Ann-Britt Höglund talade i telefon medan Martinsson bläddrade i en katalog med trädgårdsredskap. Svedberg satt på sin vanliga plats och kliade sig i nacken med en blyertspenna. Ett av fönstren stod öppet. Wallander stannade innanför dörren med en känsla av att han hade upplevt situationen tidigare. Det var som om han steg in i något som redan hade inträffat. Martinsson såg upp från sin katalog och nickade, Svedberg grymtade något ohörbart och Ann-Britt Höglund tycktes upptagen av att tålmodigt försöka förklara någonting för ett av sina barn. Hansson kom in i rummet. I ena handen hade han en kaffekopp, i den andra plastpåsen med det smycke som teknikerna hade hittat i åkern.

– Sover du aldrig? frågade Hansson.

Wallander märkte att han blev irriterad över frågan.

– Varför undrar du det?

– Har du sett hur du ser ut?

– Det blev sent igår. Jag sover det jag behöver.

– Det är dom här fotbollsmatcherna, sa Hansson. Att dom sänds mitt i natten.

– Jag tittar inte, sa Wallander.

Hansson betraktade honom förvånat.

– Är du inte intresserad? Jag trodde varenda människa satt uppe och tittade?

– Inte så väldigt, erkände Wallander. Men jag har förstått att det kanske är lite ovanligt. Så vitt jag vet har inte rikspolischefen skickat ut något PM om att det är tjänsteförsummelse att inte se matcherna.

– Det är kanske sista gången man får uppleva det, sa Hansson
dystert.

– Uppleva vad då?

– Att Sverige är med i ett VM. Hoppas bara att det inte går alldeles
åt helvete. Jag är mest bekymrad över försvaret.

– Jaha, sa Wallander hövligt. Ann-Britt Höglund talade fortfa-
rande i telefon.

– Ravelli, fortsatte Hansson.

Wallander väntade på en fortsättning som aldrig kom. Däremot
visste han att Hansson syftade på Sveriges målvakt.

– Vad är det med honom?

– Jag är bekymrad över honom.

– Varför det? Är han sjuk?

– Jag tycker han är ojämn. Hans insats mot Kamerun var inte bra.
Underliga utsparkar, konstigt beteende i målområdet.

– Det är vi också, sa Wallander. Även poliser kan vara ojämna.

– Det kan knappast jämföras, sa Hansson. Vi behöver i alla fall
inte göra sekundsnabba bedömningar om vi ska rusa ut eller hålla
oss kvar på mållinjen.

– Fan vet, sa Wallander. Kanske det finns en likhet mellan polisen
som rycker ut och målvakten som rusar ut.

Hansson betraktade honom oförstående. Men han sa ingenting.

Samtalet dog bort. De satte sig runt bordet och väntade på att
Ann-Britt Höglund skulle avsluta telefonsamtalet. Svedberg som
hade svårt att acceptera kvinnliga poliser trummade irriterat med
pennan i bordet för att markera att de väntade på henne. Wallander
tänkte att han mycket snart skulle säga till Svedberg att sluta med
sina meningslösa demonstrationer. Ann-Britt Höglund var en bra
polis, på många sätt betydligt skickligare än Svedberg.

En fluga surrade kring hans kaffekopp. De väntade.

Ann-Britt Höglund avslutade samtalet och satte sig vid bordet.

– En cykelkedja, sa hon. Barn har svårt att förstå att deras mödrar
kan ha nåt viktigare för sig än att åka direkt hem och laga den.

– Gör det, sa Wallander plötsligt. Vi kan ha den här genomgången
utan dig.

Hon skakade på huvudet.

– Jag kan inte vänja dom vid nåt som inte går, svarade hon.

Hansson la plastpåsen med smycket framför sig på bordet.

– En okänd kvinna begår självmord, sa han. Vi vet att inget brott
har blivit begånget. Vi måste bara ta reda på vem hon är.

Wallander fick en känsla av att Hansson plötsligt hade börjat låta som Björk. Han höll på att brista ut i skratt men lyckades behärska sig. Han fångade Ann-Britt Höglunds blick. Hon verkade ha upplevt samma sak.

– Det har börjat ringa, sa Martinsson. Jag har satt en man på att ta emot alla samtal som kommer in.

– Jag ska ge honom ett signalement, sa Wallander. I övrigt får vi koncentrera oss på personer som anmälts försvunna. Hon kan finnas där. Om hon inte finns där så måste nån förr eller senare börja sakna henne.

– Jag ska ta mig an det, sa Martinsson.

– Smycket, sa Hansson och öppnade plastpåsen. En madonnabild och bokstäverna D.M.S. På mig verkar det vara äkta guld.

– Det finns ett dataregister över förkortningar och bokstavskombinationer, sa Martinsson som var den vid Ystadspolisen som visste mest om datorer. Vi kan lägga in kombinationen och se om vi får nåt svar.

Wallander sträckte sig efter smycket och såg på det. Fortfarande fanns märken av sot på smycket och kedjan.

– Det är vackert, sa han. Men de flesta människor i Sverige bär väl fortfarande kors om de har religiösa symboler? Madonnor är vanligare i katolska länder.

– Det låter som om du talar om en flykting eller en invandrare, sa Hansson.

– Jag talar inte om nåt annat än vad smycket föreställer, svarade Wallander. Det är i vilket fall viktigt att det ingår som en del i signalementet. Han som tar emot samtal måste veta hur det ser ut.

– Ska vi släppa det? undrade Hansson.

Wallander skakade på huvudet.

– Inte än, sa han. Jag vill inte att nån ska få en chock i onödan.

Svedberg började plötsligt slå vilt omkring sig och sprang upp från bordet. De andra såg häpet på honom. Sedan påminde sig Wallander att Svedberg var paniskt rädd för getingar. Först när den hade försvunnit ut genom fönstret igen satte sig Svedberg vid bordet.

– Det måste finnas mediciner mot getingallergi, sa Hansson.

– Det är inte fråga om allergi, svarade Svedberg. Det är fråga om att jag inte tycker om getingar.

Ann-Britt Höglund reste sig och stängde fönstret. Wallander undrade över Svedbergs reaktion. En vuxen människas oresonliga skräck för ett litet djur som en geting.

Han tänkte på händelserna kvällen innan. Den ensamma flickan i rapsåkern. Det fanns något i Svedbergs reaktion som påminde om det han hade tvingats bevittna utan att kunna ingripa. En skräck som inte hade några som helst gränser. Han insåg att han inte skulle ge sig förrän han visste vad det var som hade fått henne att bränna sig till döds. Jag lever i en värld där unga människor tar livet av sig för att de inte uthärdar, tänkte han. Om jag ska fortsätta att vara polis måste jag förstå varför.

Han ryckte till av att Hansson sa något som han inte lyckades uppfatta.

– Har vi nåt mer att tala om just nu? undrade Hansson igen.

– Patologen i Malmö tar jag mig an, svarade Wallander. Är det nån som haft kontakt med Sven Nyberg? Om inte så åker jag ut och pratar med dom.

Mötet var över. Wallander gick in på sitt kontor och hämtade jackan. Han tvekade ett ögonblick om han skulle göra ett nytt försök att få tag på sin syster. Eller Baiba i Riga. Men sedan lät han det bero.

Han for ut till Salomonssons gård vid Marsvinsholm. Några poliser höll just på att plocka ner strålkastarstativen och rulla upp kabelvindorna. Huset tycktes igenbommat. Han la på minnet att han under dagen skulle ta reda på hur Salomonsson mådde. Kanske han också hade kommit på något mer som han ville berätta.

Han gick ut i åkern. Det svartbrända fältet bröt skarpt av mot den omgivande gula rapsen. Nyberg stod på knä i leran. På avstånd skymtade han två andra poliser som tycktes söka igenom utkanterna av brandområdet. Nyberg nickade kort mot Wallander. Svetten rann över hans ansikte.

– Hur går det? frågade Wallander. Har du hittat nåt?

– Hon måste ha haft med sig mycket bensin, svarade Nyberg och reste sig upp. Vi har hittat rester av fem halvsmälta dunkar. Förmodligen var dom tomma när branden utbröt. Om man ritar ett streck mellan de platser där vi hittade dom kan man se att hon faktiskt hade ringat in sig.

Wallander förstod inte genast vad Nyberg sa.

– Hur menar du? frågade han.

Nyberg slog ut ena armen i en svepande gest.

– Jag bara menar att hon hade byggt en fästning runt sig. Hon hade hällt ut bensinen i en vid cirkel. Det var hennes vallgravar och till befästningen ledde inte nån ingång. Mitt därinne fanns hon. Med den sista dunken som hon hade sparat åt sig själv. Kanske var hon både hysterisk och förtvivlad. Kanske var hon tokig eller svårt sjuk.

Jag vet inte. Men det gjorde hon. Hon visste vad hon hade bestämt sig för.

Wallander nickade tankfullt.

– Kan du säga nåt om hur hon kommit hit?

– Jag har ringt efter en polishund, sa Nyberg. Men den lär inte kunna följa hennes spår. Doften av bensin sätter sig i jorden. Hunden blir bara förvirrad. Vi har inte hittat nån cykel. Kärrvägarna som leder ner mot E65 har inte heller gett nånting. Hon kan såvitt jag förstår ha landat i den här åkern med fallskärm.

Nyberg tog upp en rulle med toalettpapper ur en av sina undersökningsväskor och torkade svetten ur ansiktet.

– Vad säger läkarna? frågade han.

– Ingenting än så länge, svarade Wallander. Jag antar att de har ett besvärligt arbete framför sig.

Nyberg blev plötsligt allvarlig.

– Varför gör en människa så här mot sig själv? sa han. Finns det verkligen så starka skäl att inte vilja leva att man till och med tar avsked genom att plåga sig så mycket man nånsin kan?

– Den frågan har jag också ställt mig, svarade Wallander.

Nyberg skakade på huvudet.

– Vad är det som håller på att hända? frågade han.

Wallander svarade inte. Han hade absolut ingenting att säga.

Han återvände till bilen och ringde in till polishuset. Det var Ebba som svarade. För att slippa hennes moderliga omsorger låtsades han ha bråttom och vara strängt upptagen.

– Jag åker och talar med lantbrukaren som fick sin åker nerbränd, sa han. Jag kommer in i eftermiddag.

Han återvände till Ystad. I cafeterian på sjukhuset drack han kaffe och åt en smörgås. Sedan letade han reda på den avdelning där Salomonsson skulle vara inlagd för observation. Han stoppade en sköterska och presenterade sig själv och sitt ärende. Hon betraktade honom oförstående.

– Edvin Salomonsson?

– Om han hette Edvin minns jag inte, sa Wallander. Kom han in här igår kväll i samband med branden utanför Marsvinsholm?

Sjuksköterskan nickade.

– Jag vill gärna tala med honom, sa Wallander. Om han inte är alltför sjuk?

– Han är inte sjuk, svarade sjuksköterskan. Han är död.

Wallander betraktade henne oförstående.

– Död?

– Han dog i morse. Förmodligen var det en hjärtattack. Han dog i sömnen. Det är nog bäst att du talar med nån av läkarna.

– Det behövs inte, sa Wallander. Jag kom bara hit för att höra hur han hade det. Nu har jag fått svar.

Wallander lämnade sjukhuset och steg ut i det starka solljuset. Plötsligt visste han inte alls vad han skulle göra.

5

Wallander for hem till sin lägenhet med en känsla av att han måste
sova om han skulle kunna börja tänka klart igen. Att den gamle
lantbrukaren Salomonsson hade avlidit kunde varken han eller nå-
gon annan lastas för. Den som hade kunnat ställas till ansvar, den
som hade satt eld på rapsfältet och skakat Salomonsson så svårt att
han dog, var redan död. Det var händelserna i sig själva, att de över-
huvudtaget hade inträffat, som gjorde honom orolig och illamåen-
de. Han drog ur telefonjacket och la sig sedan på soffan i vardags-
rummet med en handduk över ansiktet. Men sömnen ville inte infin-
na sig. Efter en halvtimme gav han upp. Han satte i telefonjacket,
lyfte luren och slog numret till Linda i Stockholm. På en lapp vid
telefonen hade han en hel serie av telefonnummer som han hade
strukit över. Linda flyttade ofta, hennes telefonnummer varierade
ständigt. Signalerna gick fram utan att någon svarade. Sedan slog
han numret till sin syster. Hon svarade nästan genast. De talade inte
ofta med varandra och nästan aldrig om något annat än deras ge-
mensamma far. Wallander hade ibland tänkt att deras kontakt all-
deles skulle upphöra den dag fadern inte levde längre.

De utbytte de vanliga hövlighetsfraserna utan att de egentligen
intresserade sig för svaren.

– Du hade ringt, sa Wallander.

– Jag är bekymrad för pappa, svarade hon.

– Har det hänt nånting? Är han sjuk?

– Jag vet inte. När besökte du honom senast?

Wallander tänkte efter.

– Det är ungefär en vecka sen, svarade han och kände genast ett
hugg av dåligt samvete.

– Har du verkligen inte möjlighet att besöka honom oftare?

Wallander kände ett behov av att försvara sig.

– Jag arbetar nästan dygnet runt. Polisen är hopplöst underbe-
mannad. Jag besöker honom så ofta jag hinner.

Hennes tystnad sa honom att hon inte för ett ögonblick trodde på det han sa.

– Jag talade med Gertrud igår, fortsatte hon, utan att kommentera det Wallander hade sagt. Jag tyckte hon svarade undvikande när jag frågade hur pappa hade det.

– Varför skulle hon ha gjort det, undrade Wallander förvånat.

– Jag vet inte. Det är därför jag ringer.

– För en vecka sen var han precis som vanligt, sa Wallander. Han var arg för att jag hade bråttom och stannade så kort stund. Men hela tiden jag var där satt han och målade sina tavlor och hade nästan inte tid att prata med mig. Gertrud var glad som vanligt. Men jag måste erkänna att jag inte begriper hur hon står ut med honom.

– Gertrud tycker om honom, sa hon. Det är faktiskt fråga om kärlek. Då står man ut med mycket.

Wallander kände behov av att avsluta samtalet så fort som möjligt. Hans syster påminde honom allt mer om deras mor, ju äldre hon blev. Wallander hade aldrig haft ett särskilt lyckligt förhållande till sin mor. Under hans uppväxt hade det varit hans syster och hans mor mot honom och hans far. Familjen hade varit uppdelad i två osynliga fältläger. Den gången hade Wallander haft ett mycket nära förhållande till sin far. Det var först när han i slutet av sin tonårstid hade bestämt sig för att bli polis som sprickan mellan dem hade uppstått. Fadern hade aldrig kunnat acceptera Wallanders beslut. Men han hade heller aldrig lyckats förklara för sin son varför han så starkt ogillade det yrke denne bestämt sig för, eller vad han borde ha företagit sig istället. Efter det att Wallander hade avslutat sin utbildning och börjat som patrullerande ordningspolis i Malmö hade sprickan vidgats till en avgrund. Några år efteråt hade modern drabbats av cancer. Det hade gått mycket fort. Hon hade fått diagnosen på nyåret och varit död redan i maj. Hans syster Kristina hade lämnat deras hem samma sommar och flyttat till Stockholm där hon fått arbete på det som den gången hette LM Ericsson. Hon hade gift sig, skilt sig och gift sig ännu en gång. Wallander hade träffat hennes förste man en gång men han anade inte ens hur hennes nuvarande man såg ut. Han visste att Linda vid enstaka tillfällen besökte deras hem i Kärrtorp, men av hennes kommentarer hade han förstått att besöken aldrig var särskilt lyckade. Wallander kunde tänka sig att sprickan från deras barndom och uppväxt fortfarande fanns kvar. Den dag fadern dog skulle den slutgiltigt komma att vidgas.

– Jag ska besöka honom redan ikväll, sa Wallander och tänkte på högen med smutstvätt som låg på golvet.

– Jag vill gärna att du ringer mig, sa hon.

Wallander lovade att göra det.

Sedan ringde han till Riga. När det svarade trodde han först att det var Baiba. Sedan insåg han att det var hennes städhjälp som inte talade annat än lettiska. Han la hastigt på luren. I samma ögonblick ringde det. Han hajade till som om han minst av allt hade väntat sig att någon skulle höra av sig.

Han lyfte på luren och hörde Martinssons röst.

– Jag hoppas jag inte stör, sa Martinsson.

– Jag är bara här för att byta skjorta, sa Wallander och undrade varför han alltid kände att han behövde ursäkta sig för att han var hemma. Har det hänt nåt?

– Det har kommit in en del telefonsamtal om personer som är försvunna, sa Martinsson. Ann-Britt håller på att gå igenom dom.

– Jag tänkte mest på vad du har fått fram på dina skärmar?

– Det har varit datastopp hela förmiddagen, svarade Martinsson dystert. Jag ringde till Stockholm för en stund sen. Nån där trodde att dom skulle vara igång igen om en timme. Men han lät inte helt övertygad.

– Vi jagar inga brottslingar, sa Wallander. Vi kan vänta.

– Det ringde en läkare från Malmö, fortsatte Martinsson. En kvinna. Hon hette Malmström. Jag lovade att du skulle höra av dig.

– Varför kunde hon inte tala med dig?

– Hon ville prata med dig. Jag antar att det beror på att det trots allt var du och inte jag som såg henne medan hon levde.

Wallander drog till sig en penna och antecknade telefonnumret.

– Jag var där ute, sa han sedan. Nyberg låg på knä i leran och svettades. Han väntade på en hund.

– Han är som en hund själv, sa Martinsson utan att försöka dölja att han hade mycket svårt för Nyberg som person.

– Han kan vara grinig, protesterade Wallander. Men han är duktig.

Han skulle just avsluta samtalet när han påminde sig Salomonsson.

– Lantbrukaren dog, sa han.

– Vem?

– Mannen i vars kök vi igår kväll drack kaffe. Han fick ett slaganfall och dog.

– Vi borde kanske återställa kaffet, sa Martinsson dystert.

När samtalet var över gick Wallander ut i köket och drack vatten. Länge blev han sedan sittande overksam vid köksbordet. Klockan hade blivit två när han ringde till Malmö. Han fick vänta innan den läkare som hette Malmström kom till telefonen. På hennes röst hörde han att hon var mycket ung. Wallander presenterade sig och beklagade att han hade dröjt med att höra av sig.

– Har det kommit fram nya uppgifter som tyder på att nåt brott har blivit begånget? frågade hon.

– Nej.

– I så fall behöver vi inte göra nån rättsmedicinsk undersökning, svarade hon. Det underlättar det hela. Hon hade bränt ihjäl sig med hjälp av bensin som inte var blyfri.

Wallander märkte att han höll på att bli illamående. Han tyckte han kunde se den svartbrända kroppen, som om den låg alldeles intill den kvinna han talade med.

– Vi vet inte vem hon är, sa han. Vi behöver veta så mycket som möjligt om henne för att signalementet ska bli tydligt.

– Det är alltid svårt med en sönderbränd kropp, sa hon oberört. All kroppshud är bortbränd. Tandundersökningen är inte klar än. Men hon hade bra tänder. Inga lagningar. Hon var 163 centimeter lång. Hon har aldrig brutit några ben i sin kropp.

– Jag behöver hennes ålder, sa Wallander. Det är nästan det viktigaste.

– Det tar nån dag till. Vi utgår från hennes tänder.

– Men om du gissar?

– Helst inte.

– Jag såg henne på tjugu meters håll, sa Wallander. Jag tror hon var ungefär sjutton år. Tar jag fel?

Den kvinnliga läkaren tänkte efter innan hon svarade.

– Jag tycker fortfarande inte om att gissa, svarade hon till slut. Men jag tror hon var yngre.

– Varför?

– Det ska jag svara på när jag vet. Men jag skulle inte bli förvånad om det visade sig att hon bara var femton.

– Kan verkligen en femtonåring sätta eld på sig själv av egen fri vilja? sa Wallander. Jag har svårt att tro det.

– Förra veckan plockade jag ihop resterna av en sjuårig flicka som hade sprängt sig själv i luften, svarade läkaren. Hon hade planerat det mycket noga. Inte minst hade hon sett till att ingen annan blev skadad. Eftersom hon knappt kunde skriva hade hon lämnat en teckning efter sig som avskedsbrev. Jag har hört om en fyraåring som försökte sticka ut ögonen på sig själv eftersom han var så rädd för sin pappa.

– Det är inte möjligt, sa Wallander. Inte här i Sverige.

– Just här, svarade hon. I Sverige. Mitt i världen. Mitt i sommaren.

Wallander märkte att han fick tårar i ögonen.

– Om ni inte vet vem hon är behåller vi henne här, fortsatte hon.

– Jag har en fråga, sa Wallander. En personlig fråga. Det måste göra ohyggligt ont att bränna sig själv till döds?

– Det har människor vetat i alla tider, svarade hon. Därför har man också använt elden som ett av dom värsta straffen eller plågorna man kan utsätta en annan människa för. Man brände Jeanne d'Arc, man brände häxor. Man har i alla tider utsatt människor för elden som tortyr. Smärtorna är värre än man överhuvudtaget kan föreställa sig. Dessutom mister man tyvärr inte medvetandet så fort som man skulle önska. Det finns en instinkt att fly från lågorna som är starkare än viljan att undslippa plågorna. Därför tvingas man av sitt medvetande att inte svimma. Sedan når man en gräns. För en stund blir de sönderbrända nerverna bedövade. Det finns exempel på människor med nittioprocentiga brännsår som för en kort stund har känt sig vara utan skador. Men när bedövningen släpper ...

Hon slutförde inte meningen.

– Hon brann som en fackla, sa Wallander.

– Det bästa man kan göra är att låta bli att tänka på det, svarade hon. Döden kan faktiskt vara en befriare. Hur ogärna vi än vill acceptera det.

När samtalet var över reste sig Wallander, hämtade sin jacka och lämnade lägenheten. Det hade börjat blåsa. En molnskärm hade dragit upp från norr. På väg till polishuset körde han in på Bilprovningen och beställde tid för besiktning. När han kom till polishuset var klockan några minuter över tre. Han stannade i receptionen. Ebba hade nyligen brutit ena handen efter ett fall i sitt badrum. Han frågade henne hur hon mådde.

– Jag blev påmind om att jag håller på att bli gammal, svarade hon.

– Du blir aldrig gammal, sa Wallander.

– Det var snällt sagt, svarade hon. Men det är inte sant.

På väg till sitt rum tittade Wallander in i det rum där Martinsson satt framför sin dataskärm.

– De kom igång för tjugu minuter sen, sa han. Jag håller just på att fråga på signalementet om det finns några försvunna personer som kan passa in.

– Lägg till att hon var 163 centimeter lång, sa Wallander. Och att hon är mellan femton och sjutton år gammal.

Martinsson såg förvånat på honom.

– Femton år, sa han. Det kan inte vara möjligt?

– Man skulle ju förstås önska att det var så, sa Wallander. Men tills vidare ska vi betrakta det som en möjlighet. Hur går det med bokstavskombinationerna?

– Jag har inte hunnit så långt än, sa Martinsson. Men jag hade tänkt sitta här ut över kvällen.

– Vi försöker identifiera en människa, sa Wallander. Vi letar inte efter en brottsling.

– Det är ingen hemma i alla fall, sa Martinsson. Jag tycker inte om att komma hem till ett hus som är tomt.

Wallander lämnade Martinsson och tittade in i Ann-Britt Höglunds rum där dörren stod öppen. Det var tomt. Han gick tillbaka längs korridoren till polisens operationscentral där alla larm och telefonsamtal togs emot. Vid ett bord satt Ann-Britt Höglund tillsammans med en polisassistent och gick igenom en pappersbunt.

– Har vi nåt att gå efter? frågade han.

– Vi har ett par tips som vi ska undersöka närmare, svarade hon. Det ena är en flicka från Tomelilla Folkhögskola som har varit borta i två dagar utan att nån vet varför.

– Vår flicka var 163 centimeter lång, sa Wallander. Hon hade helt felfria tänder. Hon var mellan femton och sjutton år gammal.

– Så ung? frågade hon förvånat.

– Ja, sa Wallander. Så ung.

– Då är det i alla fall inte flickan från Tomelilla, sa Ann-Britt Höglund och la ifrån sig pappret hon hade i handen. Hon är tjugutre och väldigt lång.

Hon letade ett ögonblick i pappersbunten.

– Vi har en till, sa hon. En sextonårig flicka som heter Mari Lippmansson. Hon bor här i Ystad och arbetar på ett bageri. Hon har varit borta i tre dagar från sitt arbete. Det var bagaren som ringde. Han var arg. Hennes föräldrar bryr sig tydligen inte alls om henne.

– Titta lite närmare på henne, sa Wallander uppmuntrande.

Ändå visste han att det inte var hon.

Han hämtade en kopp kaffe och gick till sitt rum. Traven med papper om bilstölderna låg på golvet. Han tänkte att han borde lämna över dem redan nu till Svedberg. Samtidigt hoppades han att några allvarliga brott inte skulle inträffa innan han hunnit börja sin semester.

Klockan fyra träffades de i konferensrummet. Nyberg hade kommit in från den nerbrända åkern där han hade letat färdigt. Det blev ett kort möte. Hansson hade ursäktat sig med att han måste läsa igenom ett brådskande PM från rikspolisstyrelsen.

– Vi gör det kort, sa Wallander. Imorgon måste vi gå igenom alla andra ärenden som inte får bli liggande.

Han vände sig till Nyberg som satt nederst vid bordet.

– Hur gick det med hunden? frågade han.

– Som jag sa, svarade Nyberg. Han hittade ingenting. Om han hade nåt att vittra efter så försvann det i bensindoften som hänger kvar.

Wallander tänkte efter.

– Ni hittade fem eller sex nersmälta bensindunkar, sa han. Det betyder att hon måste ha kommit till Salomonssons rapsåker med nån sorts fordon. Hon kan inte ha burit all den där bensinen själv. Om hon inte har gått flera gånger nånstans ifrån. Det finns naturligtvis en möjlighet till. Att hon inte kom dit ensam. Men det framstår som minst sagt orimligt. Vem hjälper en ung flicka att begå självmord?

– Vi kan ju försöka spåra bensindunkarna, sa Nyberg tveksamt. Men är det egentligen nödvändigt?

– Så länge vi inte vet vem hon är måste vi försöka spåra åt olika håll, svarade Wallander. Nånstans måste hon ha kommit ifrån. På nåt sätt.

– Var det nån som tittade i Salomonssons lagård? frågade Ann-Britt Höglund. Bensindunkarna kanske kom därifrån.

Wallander nickade.

– Nån får åka dit, sa han.

Ann-Britt Höglund anmälde sig själv.

– Vi får vänta på Martinssons resultat, avslutade Wallander mötet. Liksom patologens arbete i Malmö. De kommer att ge oss hennes exakta ålder i morgon.

– Guldsmycket, sa Svedberg.

– Vi väntar med det tills vi kanske har fått nån klarhet i vad bokstavskombinationen kan betyda, sa Wallander.

Han insåg plötsligt något han tidigare alldeles hade förbisett. Bakom den döda flickan fanns andra människor. Som skulle sörja henne. Som för alltid skulle ha henne springande som en levande fackla i sina huvuden, på ett helt annat sätt än han själv.

I deras huvuden skulle elden sätta sina märken. För honom skulle den långsamt tona bort som en ond dröm.

De bröt upp och gick åt olika håll. Svedberg följde med Wallander och fick utredningsmaterialet kring bilstölderna. Wallander gav honom en kort översikt. När de var färdiga blev Svedberg sittande. Wallander insåg att det var något han ville tala om.

– Vi borde träffas nån gång och prata, sa han tveksamt. Om det som händer med polisen.

– Du tänker på indragningarna och på att vaktbolagen ska ta över bevakningen av arrestanter?

Svedberg nickade olustigt.

– Vad hjälper det att vi får nya uniformer om vi inte kan utföra vårt arbete? fortsatte han.

– Jag tror knappast att det hjälper att vi pratar om det, sa Wallander undvikande. Vi har ett fackförbund som får betalt för att sköta dom där frågorna.

– Man borde i alla fall protestera, sa Svedberg. Man borde tala om för folk på gatan vad som håller på att hända.

– Jag undrar om inte var och en har nog av sitt, svarade Wallander, samtidigt som han tänkte att Svedberg naturligtvis hade alldeles rätt. Det var också hans egen erfarenhet, att medborgarna var beredda att gå mycket långt för att försvara och bevara sina polisstationer.

Svedberg reste sig.

– Det var bara det, sa han.

– Ordna en sammankomst, sa Wallander. Jag lovar att vara med. Men vänta till efter sommaren.

– Jag ska tänka på det, sa Svedberg och lämnade rummet med bilstölderna under armen.

Klockan hade blivit kvart i fem. Genom fönstret såg Wallander att det snart skulle börja regna.

Han bestämde sig för att äta en pizza innan han åkte ut till sin far i Löderup. För en gångs skull ville han besöka honom utan att ringa i förväg.

På vägen ut från polishuset stannade han till i dörröppningen till det rum där Martinsson satt vid sina dataskärmar.

– Sitt inte för länge, sa han.

– Fortfarande har jag inte hittat nånting, svarade Martinsson.

– Vi ses i morgon.

Wallander gick till sin bil. De första regndropparna hade redan fallit mot bilplåten.

Han skulle just svänga ut från parkeringsplatsen när han såg att Martinsson kom springande och viftade med armarna. Vi har henne, tänkte han hastigt. Känslan satte sig genast som en knut i hans mage. Han vevade ner rutan.

– Har du hittat henne? frågade han.

– Nej, sa Martinsson.

Sedan såg Wallander på Martinssons ansiktsuttryck att nånting allvarligt hade hänt. Han steg ur bilen.

– Vad är det? frågade han.

– Det kom ett telefonsamtal, sa Martinsson. Dom har hittat ett lik på stranden bortanför Sandskogen.

Jävlar, tänkte Wallander. Inte det. Inte nu.

– Det verkar vara mord, fortsatte Martinsson. Det var en man som ringde. Han verkade ovanligt redig, även om han naturligtvis var chockad.

– Vi får åka dit, sa Wallander. Hämta din jacka. Det blir regn.

Martinsson rörde sig inte.

– Det verkar som om han som ringde visste vem det var som hade blivit mördad.

Wallander såg på Martinssons ansikte att han borde frukta den fortsättning som nu skulle komma.

– Han sa att det var Wetterstedt. Den gamle justitieministern.

Wallander såg oavbrutet på Martinsson.

– En gång till.

– Han påstod att det var Gustaf Wetterstedt. Justitieministern. Han sa en sak till. Han sa att det såg ut som om han hade blivit skalperad.

De stirrade oförstående på varandra.

Klockan hade blivit två minuter i fem onsdagen den 22 juni.

6

När de kom ut till stranden hade regnet tilltagit. Wallander hade väntat medan Martinsson sprungit in och hämtat sin jacka. Under bilresan hade de talat mycket lite med varandra. Martinsson hade förklarat hur de skulle köra. De svängde in på en liten väg bortom tennisbanorna. Wallander undrade vad som väntade. Det som han minst av allt önskade hade inträffat. Om det som mannen som ringde till polishuset hade sagt visade sig stämma var hans semester i fara, det insåg Wallander. Hansson skulle vädja till honom att skjuta upp den och han skulle till slut ge med sig. Det han hade hoppats på, att hans skrivbord skulle förbli befriat från tunga ärenden fram till slutet av juni skulle inte hålla.

De såg sanddynerna framför sig och stannade. En man som måste ha väntat och hört bilen kom dem till mötes. Wallander var förvånad över att han inte verkade vara mer än trettio år. Om det var Wetterstedt som var död kunde mannen inte ha varit mycket mer än tio år när han avgick som justitieminister och försvann ur människors medvetande. Wallander hade själv varit en ung kriminalassistent när det hände. I bilen hade han försökt återkalla Wetterstedts utseende i minnet. Det hade varit en man med kortklippt hår och oinfattade glasögon. Wallander hade vagt erinrat sig hans röst i huvudet. En smattrande stämma, alltid självsäker, aldrig beredd att erkänna ett fel. Så tyckte han sig minnas honom.

Mannen som mötte dem presenterade sig som Göran Lindgren. Han var klädd i kortbyxor och en tunn tröja. Han gav ett omedelbart intryck av att vara mycket upprörd. De följde honom ner på stranden. Nu när det hade börjat regna låg den övergiven. Göran Lindgren ledde dem fram till en stor roddbåt som låg upp och nervänd. På bortsidan fanns en bred springa mellan sanden och båtens reling.

– Han ligger därinne, sa Göran Lindgren med ostadig röst.

Wallander och Martinsson såg på varandra som om de fortfarande hoppades att allt bara var inbillning. Sedan gick de ner på knä och kikade in under båten. Ljuset var begränsat. Men de kunde ändå utan svårighet urskilja den kropp som låg där.

– Vi får vända på båten, sa Martinsson med låg röst, som om han var rädd att den döde skulle kunna höra honom.

– Nej, svarade Wallander. Vi ska inte vända på nånting alls. Sedan reste han sig hastigt och vände sig mot Göran Lindgren.

– Jag antar att du har en ficklampa, sa han. Annars kunde du inte ha upptäckt några detaljer.

Mannen nickade förvånat och plockade fram en stavlampa ur en plastpåse som stod intill båten. Wallander böjde sig ner igen och lyste framför sig.

– Fy fan, sa Martinsson vid hans sida.

Den dödes ansikte var övertäckt med blod. Men de kunde ändå urskilja att huden från pannan upp över hjässan var avsliten och Göran Lindgren hade haft rätt. Det var Wetterstedt som låg därinne under båten. De reste sig upp. Wallander gav tillbaka ficklampan.

– Hur visste du att det var Wetterstedt? frågade han.

– Han bor ju här, svarade Göran Lindgren och pekade upp mot en villa som låg strax till vänster om båten. Dessutom var han ju känd. En politiker som varit mycket på teve kommer man ihåg.

Wallander nickade tveksamt.

– Det måste bli full utryckning, sa han till Martinsson. Gå och ring. Jag väntar här.

Martinsson skyndade sig iväg. Regnet fortsatte att tillta.

– När upptäckte du honom? frågade Wallander.

– Jag har ingen klocka på mig, svarade Lindgren. Men det kan inte ha varit mer än en halvtimme sen.

– Var ringde du ifrån?

Lindgren pekade på plastpåsen.

– Jag har en telefon med mig.

Wallander betraktade honom uppmärksamt.

– Han ligger under en kullvält båt, sa han. Utifrån är han inte synlig. Du måste ha böjt dig ner för att kunna se honom?

– Det är min båt, svarade Göran Lindgren enkelt. Eller min pappas, rättare sagt. Jag brukar ta en promenad här på stranden när jag slutat jobba för dagen. Eftersom det höll på att börja regna tänkte jag lägga in plastpåsen under båten. När jag märkte att den stötte emot nånting böjde jag mig ner. Först trodde jag att det var en bräda som hade fallit ner. Sen såg jag vad det var.

– Det är än så länge inte min sak, sa Wallander. Men jag undrar i alla fall varför du har en ficklampa med dig?

– Vi har en stuga inne i Sandskogen, svarade Lindgren. Vid Myr-gången. Det finns inget ljus där eftersom vi håller på att lägga om ledningarna. Vi är elektriker, både farsan och jag.

Wallander nickade.

– Du får vänta här, sa han. Vi ska ta om alla de här frågorna om en stund. Har du rört nånting?

Lindgren skakade på huvudet.

– Är det nån annan än du som har sett honom?

– Nej.

– När vände du eller din pappa på den här båten senast?

Göran Lindgren tänkte efter.

– Det är mer än en vecka sen, svarade han.

Wallander hade inga fler frågor. Han stod alldeles stilla och fun-derade. Sedan lämnade han båten och gick i en vid båge upp mot det hus som var Wetterstedts. Han kände på porten till trädgården. Låst. Sedan vinkade han till sig Göran Lindgren.

– Bor du här i närheten? frågade han.

– Nej, svarade han. Jag bor i Åkesholm. Min bil står parkerad uppe på vägen.

– Ändå visste du att Wetterstedt bodde i just det här huset?

– Han brukade gå här på stranden. Ibland stannade han till och tittade när vi höll på med båten, farsan och jag. Men han sa aldrig nånting. Han var lite förnäm av sig, tror jag.

– Var han gift?

– Farsan sa att han var frånskild. Det hade han läst i en veckotid-ning.

Wallander nickade.

– Det är bra, sa han. Har du inga regnkläder i den där plastpåsen?

– Jag har dem uppe i bilen.

– Du kan hämta dom, sa Wallander. Har du ringt till nån annan än till polisen och berättat om det här?

– Jag tänkte jag skulle ringa till farsan. Det är ju hans båt.

– Låt bli det för ögonblicket, sa Wallander. Lämna telefonen här, hämta regnkläderna och kom tillbaka.

Göran Lindgren gjorde som han hade blivit tillsagd. Wallander återvände till båten. Han ställde sig att se på den och försökte före-ställa sig vad som hade hänt. Han visste att det första intrycket av en brottsplats ofta var avgörande. Efteråt, under en ofta lång och be-svärlig utredning, skulle han hela tiden komma att återvända till just detta första intryck.

Vissa saker kunde han redan nu konstatera. Det var uteslutet att

Wetterstedt hade blivit mördad under båten. Han hade blivit ditlagd. Han hade blivit undangömd. Eftersom Wetterstedts hus låg alldeles i närheten var det mycket som talade för att han hade blivit dödad därinne. Dessutom anade Wallander att gärningsmannen inte hade kunnat vara ensam. De måste ha lyft på båten för att få in kroppen. Och båten var av den gamla sorten, en klinkbyggd träbåt. Den var tung.

Sedan tänkte Wallander på den avslitna huvudsvålen. Vilket ord var det Martinsson hade använt? Göran Lindgren hade sagt i telefon att mannen hade blivit skalperad. Wallander försökte tänka att det naturligtvis kunde finnas andra skäl till skadorna i huvudet. De visste ännu inte hur Wetterstedt hade dött. Det var inte naturligt att tänka sig att någon med berått mod skulle ha slitit av honom håret.

Ändå var det något i bilden som inte stämde. Wallander märkte att han kände sig illa till mods. Det var något med den avslitna huden som gjorde honom orolig.

I samma ögonblick började polisbilarna anlända. Martinsson hade varit klok nog att säga ifrån om att sirener och blåljus inte skulle användas. Wallander gick undan ett tiotal meter från båten för att de inte skulle trampa ner sanden i onödan.

– Det ligger en död man under båten, sa Wallander när poliserna hade samlats runt honom. Förmodligen är det Gustaf Wetterstedt som en gång i tiden var vår högste chef. Dom som är lika gamla som jag minns i alla fall den tid när han var justitieminister. Han bodde här som pensionär. Och nu är han död. Vi måste utgå från att han har blivit mördad. Vi börjar alltså med att spärra av.

– Det är ju tur att matchen inte går i natt, sa Martinsson.

– Han som har gjort det här är kanske också intresserad av fotboll, sa Wallander.

Han märkte att han blev irriterad över att ständigt påminnas om det världsmästerskap som pågick. Men han undvek att visa någonting för Martinsson.

– Nyberg är på väg, sa Martinsson.

– Vi kommer att få hålla på hela natten, sa Wallander. Det är lika bra vi sätter igång.

Svedberg och Ann-Britt Höglund hade kommit med en av de första bilarna. Strax efter dök också Hansson upp. Göran Lindgren hade kommit tillbaka iförd ett gult regnställ. Han fick upprepa hur han hade upptäckt den döde mannen medan Svedberg noterade. Eftersom det nu regnade mycket kraftigt ställde de sig i skydd av ett träd som växte längst upp på en av sanddynerna. Efteråt bad Wallander Lindgren vänta. Eftersom han ännu inte ville vända på båten hade den tillkallade läkaren fått gröpa ur sanden för att komma så långt in under båten att han kunde konstatera att Wetterstedt verkligen var död.

– Han ska tydligen vara frånskild, sa Wallander. Men vi måste få det bekräftat. Några av er får stanna här. Ann-Britt och jag kan gå upp till hans hus.

– Nycklar, sa Svedberg.

Martinsson gick ner till båten, la sig på magen och sträckte in handen. Efter några minuter hade han lyckats få fram en nyckelknippa ur Wetterstedts jackficka. Martinsson var översmord av fuktig sand när han gav Wallander nycklarna.

– Vi måste få upp ett tak, sa Wallander irriterat. Varför har Nyberg inte kommit än? Varför går allting så långsamt?

– Han kommer, sa Svedberg. Det är onsdag idag. Då brukar han bada bastu.

Tillsammans med Ann-Britt Höglund gick de upp mot Wetterstedts hus.

– Jag minns honom från polishögskolan, sa hon plötsligt. Nån hade satt upp ett fotografi av honom på en vägg och använt det som måltavla för pilkastning.

– Han var aldrig populär hos polisen, sa Wallander. Det var under hans tid vi märkte att nåt nytt var på väg. En förändring som kom smygande. Jag minns det som om vi plötsligt hade fått en huva nerdragen över våra huvuden. Det var nästan skamligt att vara polisman den gången. Det var en tid när man tycktes bekymra sig mer över hur fångarna hade det än över att brottsligheten tilltog alltmer.

– Det är mycket jag inte minns, sa Ann-Britt Höglund. Men var han inte inblandad i nån skandal?

– Det gick många rykten, svarade Wallander. Om både det ena och det andra. Men ingenting blev nånsin bevisat. Jag har hört talas om ett antal poliser i Stockholm som var mycket upprörda den gången.

– Tiden kanske hade sprungit i fatt honom, sa hon.

Wallander betraktade henne förvånat. Men han sa ingenting.

De hade kommit fram till porten i den mur som skilde stranden från Wetterstedts trädgård.

– Jag har faktiskt varit här tidigare, sa hon plötsligt. Han brukade ringa till polisen och klaga över att ungdomar satt på stranden och sjöng på sommarnätterna. En av de där ungdomarna skrev en insändare i Ystads Allehanda och beklagade sig. Björk bad mig åka hit ut och se hur det såg ut.

– Se på vad då?

– Inte vet jag, svarade hon. Men Björk var som du minns mycket känslig för kritik.

– Det var en av hans bästa sidor, svarade Wallander. Han försvarade oss i alla fall. Det är inte alltid det sker.

De hittade rätt nyckel och låste upp. Wallander noterade att lampan vid grinden var trasig. Trädgården de steg in i var välskött. Inga fjolårslöv låg kvar på gräsmattan. Där fanns en liten fontän med vattenspel. Genom sina munnar sprutade två nakna gipsbarn vatten på varandra. En hammock stod i en berså. På en flislagd stenhäll fanns ett utebord med marmorplatta och en grupp stolar.

– Välskött och dyrbart, sa Ann-Britt Höglund. Vad tror du ett sånt marmorbord kostar?

Wallander svarade inte eftersom han inte visste. De fortsatte upp mot huset. Han föreställde sig att villan var byggd i början av seklet. De följde den stenlagda trädgårdsgången och kom till framsidan av huset. Wallander ringde på ytterdörren. Han väntade i över en minut innan han ringde igen. Först därefter letade han reda på rätt nyckel och låste upp. De kom in i en tambur där ljuset stod på. Wallander ropade in i tystnaden. Men det fanns ingen där.

– Wetterstedt blev inte dödad under båten, sa Wallander. Han kan naturligtvis ha blivit överfallen på stranden. Men jag tror ändå att det skedde här inne.

– Varför det? frågade hon.

– Jag vet inte, sa han. Bara en känsla.

Det gick långsamt igenom huset, från källarplan till vind utan att röra någonting annat än strömbrytarna. Det var en ytlig genomgång. Men för Wallander var den ändå viktig. De visste inte vad de letade efter eftersom de inte letade efter nånting särskilt. Men till för några dagar sen hade den man som nu låg död på stranden levt i detta hus. I bästa fall kunde de söka efter spår av hur detta plötsliga tomrum hade uppstått. Ingenstans såg de tecken på minsta oordning. Wallander sökte med blicken efter en tänkbar brottsplats. Redan vid ingångsdörren hade han letat efter märken som tydde på att någon hade brutit sig in i huset. När de hade stått i tamburen och lyssnat in i tystnaden hade Wallander sagt åt Ann-Britt Höglund att ta av sig skorna. Nu tassade de ljudlöst genom det stora huset som tycktes växa för varje steg de tog. Wallander märkte att hans följeslagerska såg lika mycket på honom som på föremålen i de rum de passerade. Han påminde sig hur han många gånger, när han ännu var en ung och oerfaren kriminalpolis, hade gjort samma sak i förhållande till Rydberg. Istället för att känna det som en uppmuntran, en bekräftelse på att hon hyste respekt inför hans kunskaper och erfarenheter, märkte han att det gjorde honom nerslagen. Vaktavlösningen var redan på väg, tänkte han. Trots att de befann sig i samma hus var hon den som var på väg in, medan han redan anade den utförsbacke som väntade honom. Han tänkte på den dag för snart två år sedan när de hade träffats för första gången. Han hade tänkt att hon var en blek och långt ifrån tilldragande ung kvinna som gått ut från polishögskolan med de bästa vitsord. Men hennes första ord till honom hade varit att hon trodde att han skulle kunna lära henne allt det som den isolerade skolmiljön aldrig kunde berätta om den oberäkneliga verkligheten. Det borde vara tvärtom, tänkte han hastigt, medan han betraktade en otydlig litografi där han inte kunde urskilja motivet. Omärkligt har övergången redan skett. Jag lär mig mer av hennes sätt att se på mig än vad hon kan få ut av min alltmer sinande polishjärna.

De stannade vid ett fönster på övervåningen där de hade utsikt över stranden. Strålkastare var redan på plats, Nyberg som äntligen kommit gestikulerade ilsket och dirigerade ett plasttak som hängde på snedden över roddbåten. De yttre avspärrningarna bevakades av polismän i långa rockar. Regnet var nu mycket kraftigt och utanför avspärrningarna fanns bara ett fåtal personer.

– Jag börjar tro att jag tog fel, sa Wallander medan han betraktade hur plasttaket till slut hamnade rätt. Här finns inga spår efter att Wetterstedt blivit dödad inomhus.

– Mördaren kan ha städat, invände Ann-Britt Höglund.

– Det får vi veta när Nyberg gått igenom huset grundligt, sa Wallander. Låt oss hellre säga att jag möter min känsla med en motkänsla. Jag tror ändå det har skett utanför huset.

De återvände under tystnad till nedre botten.

– Det låg ingen post innanför dörren, sa hon. Huset är ingärdat. Det måste finnas en brevlåda.

– Vi tar det sen, sa Wallander.

Han gick in i det stora vardagsrummet och ställde sig mitt på golvet. Hon väntade vid dörren och betraktade honom som om hon förväntade sig att han skulle hålla en improviserad föreläsning.

– Jag brukar fråga mig vad det är jag inte ser, sa Wallander. Men här verkar allting så uppenbart. En ensam man bor i ett hus där allt är på sin bestämda plats, inga räkningar obetalda och där ensamheten sitter som gammal cigarrök i väggarna. Det enda som bryter mönstret är att mannen i fråga nu ligger död under Göran Lindgrens roddbåt på stranden.

Sedan rättade han sig själv.

– En enda sak bryter mönstret, sa han. Att lampan vid trädgårdsporten var trasig.

– Den kan väl ha gått sönder, sa hon förvånat.

– Ja, sa Wallander. Men det bryter i alla fall mönstret.

Samtidigt knackade det på dörren. När Wallander öppnade stod Hansson i regnet med vattnet rinnande över ansiktet.

– Varken Nyberg eller läkaren kommer vidare om vi inte får vända på båten, sa han.

– Vänd den, sa Wallander. Jag kommer snart.

Hansson försvann ut i regnet.

– Vi måste börja leta efter hans familj, sa han. Han måste ha en telefonbok.

– Det är en sak som är märklig, sa hon. Överallt finns minnen från ett långt liv med många resor och otaliga möten med människor. Men det finns inga familjefotografier.

Wallander såg sig runt i vardagsrummet dit de hade återvänt och insåg att hon hade rätt. Det irriterade honom att han själv inte hade tänkt på det.

– Han kanske inte ville bli påmind om sin ålderdom, sa Wallander utan övertygelse.

– En kvinna hade aldrig orkat leva i ett hus utan fotografier av sin familj, sa hon. Det var kanske därför jag tänkte på det.

På ett bord intill soffan stod en telefon.

– Det fanns en telefon i hans arbetsrum också, sa han och pekade. Leta du där så börjar jag här.

Wallander satte sig på huk vid det låga telefonbordet. Intill telefonen låg fjärrkontrollen till teven. Han kunde tala i telefon och se på teve samtidigt, tänkte han. Precis som jag själv. Vi lever i en värld där människor knappast kan uthärda om de inte förmår kontrollera teven och telefonen samtidigt. Han bläddrade igenom telefonkatalogerna utan att hitta några privata anteckningar. Sedan drog han försiktigt ut två lådor i en byrå som stod bakom telefonbordet. I den ena fanns ett frimärksalbum, i den andra klistertuber och en ask med servettringar. Just när han var på väg till arbetsrummet ringde telefonen. Han hajade till. Ann-Britt Höglund dök genast upp i dörren till arbetsrummet. Wallander satte sig försiktigt i soffhörnet och lyfte telefonluren.

– Hallå, sa en kvinna. Gustaf? Varför ringer du inte?

– Vem är det som talar? frågade Wallander.

Kvinnans röst blev plötsligt mycket stram.

– Det här är Gustaf Wetterstedts mor som ringer, sa hon. Vem är det jag talar med?

– Mitt namn är Kurt Wallander. Jag är polis här i Ystad.

Han kunde höra hur kvinnan andades. Samtidigt tänkte han hastigt att hon måste vara mycket gammal om hon var mor till Wetterstedt. Han gjorde en grimas mot Ann-Britt Höglund som stod och såg på honom.

– Har det hänt nåt? frågade kvinnan.

Wallander visste inte hur han skulle reagera. Det stred mot alla skrivna och oskrivna bestämmelser att underrätta en nära anhörig om ett plötsligt dödsfall över telefon. Samtidigt hade han redan sagt vem han var och att han var polis.

– Hallå, sa kvinnan. Är ni kvar?

Wallander svarade inte. Han stirrade hjälplöst på Ann-Britt Höglund.

Sedan gjorde han något han efteråt aldrig kunde bestämma sig för om det varit försvarbart eller inte.

Han la på luren och avslutade samtalet.

– Vem var det? frågade hon.

Wallander skakade på huvudet utan att svara.

Sedan lyfte han telefonluren igen och ringde till Stockholmspolisens högkvarter på Kungsholmen.

7

Strax efter klockan nio på kvällen ringde Gustaf Wetterstedts telefon på nytt. Då hade Wallander fått hjälp av kollegor i Stockholm med att framföra dödsbudet till Wetterstedts mor. Det var en kriminalinspektör som presenterade sig som Hans Vikander vid Östermalmspolisen som ringde till Wallander. Om några få dagar, den första juli, skulle det gamla namnet försvinna och ersättas med »Citypolisen«.

– Hon är underrättad, sa han. Eftersom hon var så gammal tog jag med mig en präst. Men jag måste säga att hon tog det med fattning trots att hon är 94 år gammal.

– Kanske just därför, svarade Wallander.

– Vi håller på att söka efter Wetterstedts två barn, fortsatte Hans Vikander. Den äldste, en son, arbetar vid FN i New York. Dottern som är yngre bor i Uppsala. Vi räknar med att få tag på dom under kvällen.

– Hans frånskilda fru? sa Wallander.

– Vilken av dom? frågade Hans Vikander. Han var gift tre gånger.

– Alla tre, sa Wallander. Vi kommer att ta kontakt med dom själva senare.

– Jag har nånting som kanske intresserar dig, fortsatte Hans Vikander. När vi talade med mamman berättade hon att sonen ringde varje kväll, punktligt klockan nio.

Wallander såg på sin klocka. Den var tre minuter över nio. Han insåg genast betydelsen av det Vikander hade sagt.

– Han ringde inte igår, fortsatte Hans Vikander. Hon väntade till halv tio. Då ringde hon själv upp. Ingen svarade trots att hon påstod att hon lät det gå fram minst femton signaler.

– Och kvällen innan?

– Det kunde hon inte minnas med säkerhet. Trots allt är hon 94 år gammal. Hon sa att hennes närminne var ganska dåligt.

– Hade hon nåt mer att säga?

– Det var lite svårt att veta vad jag skulle fråga om.

– Vi kommer att behöva tala med henne igen, sa Wallander. Eftersom hon redan har träffat dig vore det bra om du kunde åta dig det.

– Jag går på semester andra veckan i juli, svarade Hans Vikander. Till dess går det bra.

Wallander avslutade telefonsamtalet. Samtidigt kom Ann-Britt Höglund in i tamburen efter att ha varit ute vid brevlådan.

– Tidningar för idag och igår, sa hon. En telefonräkning. Inga privata brev. Han kan inte ha legat under den där båten särskilt länge.

Wallander reste sig ur soffan.

– Gå igenom huset en gång till, sa han. Se om du kan hitta spår efter om nåt kan vara stulet. Jag går ner och tittar på honom.

Regnet var nu mycket kraftigt. När Wallander skyndade genom trädgården påminde han sig att han skulle ha besökt sin far. Med en grimas återvände han till huset.

– Gör mig en tjänst, sa han till Ann-Britt Höglund när han hade kommit in i tamburen. Ring min far och hälsa från mig att jag blivit upptagen med en brådskande utredning. Om han frågar vem du är så kan du säga att du är den nya polischefen.

Hon nickade och log. Wallander gav henne telefonnumret. Sedan återvände han ut i regnet.

Brottsplatsen som var upplyst av de starka strålkastarna gav ett spöklikt intryck. Med en känsla av stort obehag steg Wallander in under det uppspända taket. Gustaf Wetterstedts kropp låg på rygg på en plastduk. Den tillkallade läkaren lyste just ner i hans strupe med en ficklampa. Han avbröt sig när han upptäckte att Wallander hade kommit.

– Hur mår du? frågade läkaren.

Det var först då Wallander kände igen honom. Det var samme läkare som några år tidigare hade tagit emot honom en natt på sjukhusets akutmottagning när Wallander trodde att han hade drabbats av en hjärtattack.

– Frånsett det här mår jag bra, sa Wallander. Jag har aldrig fått nåt återfall.

– Följde du mina råd? frågade läkaren.

– Säkert inte, mumlade Wallander undvikande.

Han betraktade den döde mannen och tänkte att han ännu i döden gav samma intryck som han en gång hade gjort i teverutan. Det fanns något bestämt och avvisande i hans ansikte, trots att det var täckt av levrat blod. Wallander böjde sig framåt och såg på såret i pannan som försvann upp mot hjässan där huden och håret var avslitna.

– Hur dog han? frågade Wallander.

– Av ett kraftigt hugg mot ryggraden, svarade läkaren. Det måste ha varit omedelbart dödande. Ryggraden är avklippt strax under skulderbladen. Han måste ha varit död innan han föll till marken.

– Är du säker på att det skedde utomhus? frågade Wallander.

– Jag tror det. Hugget mot ryggraden måste ha kommit från nån som befann sig bakom honom. Med all säkerhet har kraften i slaget gjort att han fallit framåt. Han har sandkorn inne i munnen och ögonen. Det troliga är att det har skett här i närheten.

– Det måste finnas blodspår, sa Wallander.

– Regnet gör det svårt, sa läkaren. Men med lite tur kanske ni kan skrapa er igenom ytlagret och hitta blod som trängt ner så djupt att regnet inte når dit.

Wallander pekade på Wetterstedts deformerade huvud.

– Hur förklarar du det där? frågade han.

Läkaren ryckte på axlarna.

– Snittet i pannan är gjort med en skarp kniv, sa han. Eller kanske ett rakblad. Huden och håret verkar avslitna. Om det har skett innan eller efter han fick hugget i ryggraden kan jag inte svara på än. Det blir ett arbete för patologen i Malmö.

– Malmström får mycket att göra, sa Wallander.

– Vem?

– Igår skickade vi dit resterna av en flicka som bränt ihjäl sig. Och nu kommer vi med en man som blivit skalperad. Den patolog jag talade med hette Malmström. En kvinna.

– Det finns mer än en, sa läkaren. Henne känner jag inte.

Wallander satte sig på huk vid liket.

– Ge mig din åsikt, sa han till läkaren. Vad var det som hände?

– Den som högg honom i ryggen visste vad han ville, svarade läkaren. En skarprättare kunde inte ha gjort det bättre. Men att han blivit skalperad! Det tyder på en galning.

– Eller en indian, sa Wallander tankfullt.

Han reste sig och kände hur det högg till i knäna. Den tid när han ostraffat kunde sätta sig på huk var för länge sedan förbi.

– Jag är färdig här, sa läkaren. Jag har redan gett besked till Malmö att vi kommer in med honom.

Wallander svarade inte. Han hade upptäckt en detalj i Wetterstedts kläder som fångat hans intresse. Gylfen var öppen.

– Har du rört hans kläder? frågade han.

– Bara på baksidan kring hugget mot ryggraden, sa läkaren.

Wallander nickade. Han kände hur illamåendet åter var på väg.

– Får jag be dig om en sak, sa han. Kan du känna efter i gylfen om Wetterstedt har kvar det som bör finnas därinne.

Läkaren såg undrande på Wallander.

– Om nån sliter av honom halva hjässan så kan nån slita av andra saker också, förtydligade Wallander.

Läkaren nickade och drog på sig ett par plasthandskar. Sedan stack han försiktigt in handen och trevade runt.

– Det som ska finnas där verkar vara kvar, sa han när han dragit ut handen.

Wallander nickade.

Wetterstedts lik fördes bort. Wallander vände sig till Nyberg som stod på knä intill båten som nu var rättvänd.

– Hur går det? frågade Wallander.

– Jag vet inte, sa Nyberg. Med det här regnet försvinner alla spår.

– Ändå måste ni gräva imorgon, sa Wallander och berättade vad läkaren hade sagt. Nyberg nickade.

– Finns det blod så hittar vi det. Är det nån särskild plats du vill att vi ska leta på?

– Runt båten, sa Wallander. Sen i ett område från trädgårdsporten ner till havet.

Nyberg pekade på en väska med locket uppslaget. Där låg några plastpåsar.

– Jag hittade bara en ask tändstickor i fickorna, sa Nyberg. Nyckelknippan har du. Men kläderna är av dyrbar kvalitet. Frånsett träskorna.

– Huset verkar vara orört, sa Wallander. Men jag vore glad om du kunde se på det redan ikväll.

– Jag kan inte vara på två ställen samtidigt, svarade Nyberg vresigt. Om vi ska kunna säkra några spår härute måste vi göra det innan allt hinner regna bort.

Wallander skulle just återvända till Wetterstedts hus när han upptäckte att Göran Lindgren fortfarande var kvar. Wallander gick fram till honom. Han såg att Lindgren frös.

– Du kan åka hem nu, sa han.

– Kan jag ringa till farsan och berätta? frågade han.

– Det kan du, svarade Wallander.

– Vad är det som har hänt? frågade Göran Lindgren.

– Vi vet inte än, svarade Wallander.

Det stod fortfarande en klunga nyfikna utanför avspärrningarna och följde polisens arbete. Några äldre människor, en yngre man med en hund, en pojke på en moped. Wallander tänkte med bävan på de dagar som skulle komma. En före detta justitieminister som fått ryggraden avhuggen och dessutom blivit skalperad var en nyhet som tidningarna, radion och televisionen varje dag bad om att förunnas. Det enda positiva i situationen han kunde föreställa sig var att flickan som bränt ihjäl sig i Salomonssons rapsåker skulle slippa hamna på tidningarnas förstasidor.

Han märkte att han var kissnödig. Han gick ner till vattnet och knäppte upp gylfen. Kanske det är så enkelt, tänkte han. Att Gustaf Wetterstedts gylf var nerdragen därför att han stod och pissade när han blev överfallen.

Han började gå upp mot huset igen. Men plötsligt stannade han. Han hade fått en känsla av att han hade förbisett nånting. Sedan kom han på vad det var. Han gick tillbaka till Nyberg.

– Vet du var Svedberg är? frågade han.

– Jag tror han håller på att försöka få fram mer plast och helst också ett par stora presenningar. Vi måste täcka över sanden här om inte allting ska regna bort.

– Jag vill tala med honom när han är tillbaka, sa Wallander. Var är Martinsson och Hansson?

– Jag tror Martinsson for för att äta nånting, svarade Nyberg surt. Men vem fan har tid att äta?

– Vi kan skicka efter nånting åt dig, sa Wallander. Var är Hansson?

– Han skulle informera nån av åklagarna. Och nån mat vill jag inte ha.

Wallander gick upp mot huset igen. När han hade hängt av sig den genomvåta jackan och dragit av sig stövlarna märkte han att han var hungrig. Ann-Britt Höglund satt inne i Wetterstedts arbetsrum och gick igenom hans skrivbord. Wallander gick ut i köket och tände ljuset. Han tänkte på hur de hade suttit i Salomonssons kök och druckit kaffe. Nu var Salomonsson död. Jämfört med den gamle lantbrukarens kök befann Wallander sig här i en helt annan värld. Skinande kopparpannor hängde på väggarna. Mitt i köket fanns en öppen grill med röklucka genom en gammal bakugn. Han öppnade kylskåpet och tog ut en ost och öl. Hårt bröd hittade han i ett av de vackra skåpen som klädde väggarna. Han satte sig vid matbordet och åt utan att tänka en enda tanke. När Svedberg steg in i tamburen hade han just avslutat sin måltid.

– Nyberg sa att du ville tala med mig?

– Hur gick det med presenningarna?

– Vi håller på och täcker in så gott det går. Martinsson ringde till

SMHI och frågade hur länge det skulle hålla på. Det kommer att fortsätta hela natten. Sen får vi ett par timmars uppehåll innan nästa regnväder kommer. Och då ska det dessutom blåsa upp en rejäl sommarkuling.

Det hade bildats en vattenpöl på köksgolvet kring Svedbergs stövlar. Men Wallander brydde sig inte om att be honom ta av sig om fötterna. Hemligheten kring Gustaf Wetterstedts död skulle de knappast komma att finna i hans kök.

Svedberg satte sig och torkade håret med en näsduk.

– Jag har ett svagt minne om att du en gång berättade att du som ung varit intresserad av indianhistoria, började Wallander. Eller minns jag fel?

Svedberg betraktade honom förvånat.

– Det stämmer, sa han. Jag läste mycket om indianer. Jag brydde mig aldrig om att se filmerna som ändå aldrig berättade sanningen. Jag brevväxlade med en indiankännare som kallades Uncas. Han vann en tävling i teve en gång. Jag tror knappast jag var född när det hände. Men han lärde mig mycket.

– Jag antar att du undrar varför jag frågar, fortsatte Wallander.

– Egentligen inte, svarade Svedberg. Wetterstedt har ju blivit skalperad.

Wallander betraktade honom uppmärksamt.

– Har han det?

– Om skalpering är en konst så var det här i det närmaste fulländat. Ett snitt med en skarp kniv över pannan. Sen några snitt upp mot tinningarna. För att få rivtag.

– Han dog av ett hugg mot ryggraden, fortsatte Wallander. Strax under skuldrorna.

Svedberg ryckte på axlarna.

– Indiankrigarna högg mot huvudet, sa han. Det är svårt att hugga mot ryggraden. Du måste hålla yxan snett. Särskilt svårt är det förstås om personen man ska slå ihjäl befinner sig i rörelse.

– Men om han står stilla?

– Det är i alla fall inte särskilt indianskt, sa Svedberg. Det är överhuvudtaget inte särskilt indianskt att mörda människor bakifrån. Eller att alls mörda nån.

Wallander lutade pannan i ena handen.

– Varför frågar du om det här? sa Svedberg. Det är väl knappast en indian som har huggit ihjäl Wetterstedt.

– Vem skalperar? sa Wallander.

– En galning, svarade Svedberg. En människa som gör nåt sånt kan inte vara riktigt klok. Vi bör nog få tag på honom så fort som möjligt.

– Jag vet, sa Wallander.

Svedberg reste sig och försvann. Wallander hämtade en kökstrasa och torkade rent på golvet. Sedan gick han in till Ann-Britt Höglund. Klockan närmade sig halv elva.

– Din far lät inte riktigt glad, sa hon när han stod bakom henne. Men jag tror att han framförallt var irriterad över att du inte hade ringt tidigare.

– Det har han också rätt i, svarade Wallander. Vad har du hittat?

– Förvånansvärt lite, svarade hon. På ytan verkar ingenting ha blivit stulet. Inga skåp är uppbrutna. Jag tror han måste ha haft ett hembiträde för att hålla det här stora huset i ordning.

– Varför tror du det?

– Av två skäl. Dels för att man kan se skillnad på hur en man och en kvinna städar. Fråga mig inte varför. Det är bara så.

– Och för det andra?

– Jag har hittat en almanacka där det står antecknat »skurgumma« och sedan ett klockslag. Två gånger i månaden återkommer anteckningen.

– Har han verkligen skrivit skurgumma?

– Ett gammalt fint och föraktfullt ord.

– Kan du se när hon var här senast?

– I torsdags.

– Det förklarar varför allt verkar så nystädat.

Wallander sjönk ner i en besöksstol på andra sidan skrivbordet.

– Hur såg det ut därnere? frågade hon.

– Ett yxhugg mot ryggraden. Ögonblicklig död. Mördaren sliter skalpen av honom och försvinner.

– Tidigare sa du att du trodde att det hade varit minst två?

– Jag vet, sa han. Men just nu vet jag bara att jag inte alls tycker om det här. Varför slår nån ihjäl en gammal man som har levt isolerad i tjugu år? Och varför tar nån hans skalp?

De satt tysta. Wallander tänkte på den brinnande flickan. På mannen som fått håret avslitet. Och på regnet som föll. Han försökte bjuda de olustiga synerna motstånd genom att föreställa sig hur han och Baiba hade krupit ner i lä bakom en av sanddynerna vid Skagen. Men flickan fortsatte att springa med sitt brinnande hår. Och Wetterstedt låg på en bår som var på väg mot Malmö.

Han tvingade undan tankarna och såg på Ann-Britt Höglund.

– Ge mig en översikt, sa han. Vad tänker du? Vad har hänt? Beskriv det för mig. Utan reservationer.

– Han har gått ut, sa hon. En promenad ner till stranden. För att möta nån. Eller bara för att röra sig. Men han har tänkt sig en kort promenad.

– Varför?

– Träskorna. Gamla och slitna. Obekväma. Men lämpliga när man bara ska vara ute en kort stund.

– Och mer?

– Det hände på kvällen. Vad sa läkaren om tiden?

– Han visste nog inte än. Fortsätt. Varför på kvällen?

– Risken för upptäckt är för stor på dagen. Den här tiden av året är stranden aldrig öde.

– Och mer?

– Det finns inget uppenbart motiv. Men jag tycker man kan ana att mördaren haft en plan.

– Varför?

– Han ger sig tid att dölja liket.

– Varför gör han det?

– För att fördröja upptäckten. För att han vill ha tid att komma undan.

– Men ingen har sett honom? Och varför säger du att det är en han?

– En kvinna hugger knappast av nån ryggraden. En desperat kvinna kan nog slå en yxa i huvudet på sin man. Men hon skalperar inte. Det är en man.

– Vad vet vi om mördaren?

– Ingenting. Om inte du vet nåt som jag inte vet.

Wallander skakade på huvudet.

– Du har sagt ungefär det vi vet, sa han. Jag tror det är dags för oss att lämna huset till Nyberg och hans folk.

– Det kommer att bli stor uppståndelse kring det här, sa hon.

– Ja, svarade Wallander. Imorgon börjar det. Du kan vara glad för att du ska ha semester.

– Hansson har redan frågat mig om jag kan skjuta på den, svarade hon. Jag sa ja.

– Åk hem nu, sa Wallander. Jag tänker säga åt dom andra att vi ska träffas redan klockan sju imorgon bitti för att lägga upp spaningsarbetet.

När Wallander hade blivit ensam i huset gick han igenom det ännu en gång. Han insåg att de så fort som möjligt måste bilda sig en uppfattning om vem Gustaf Wetterstedt hade varit. De kände en av hans vanor, att han varje kväll på ett bestämt klockslag ringde till sin mor. Men alla de vanor de ännu inte kände till? Wallander återvände till köket och letade reda på ett papper i en av kökslådorna. Sedan gjorde han en minneslista åt sig själv inför morgonens inledande spaningsmöte. Några minuter senare kom Nyberg in i huset. Han drog av sig sitt blöta regnställ.

– Vad vill du vi ska leta efter? frågade han.

– En brottsplats, svarade Wallander. Som inte finns. Jag vill kunna utesluta att han blev dödad härinne. Jag vill att du går igenom huset på det sätt som du brukar.

Nyberg nickade och försvann ut ur köket. Strax efter hörde Wallander hur han grälade på en av sina medarbetare. Wallander tänkte att han borde åka hem och sova några timmar. Sedan bestämde han sig för att gå igenom huset ännu en gång. Han började med källaren. Efter en timme befann han sig på övervåningen. Han gick in i Wetterstedts stora sovrum. Öppnade hans garderob. Han drog isär kostymerna och letade på golvet. Från undervåningen kunde han höra Nybergs irriterade stämma. Han skulle just stänga garderobsdörrarna när han fick syn på en liten väska som stod inne i ena hörnet. Han böjde sig ner och tog fram den. Han satte sig på sängkanten och öppnade den. Där fanns en kamera. Wallander gissade att den inte var särskilt dyrbar. Han såg att den var av ungefär samma sort som den kamera Linda hade köpt året innan och att det satt en film i den. Sju bilder av 36 var exponerade. Han stoppade tillbaka den i väskan. Sedan gick han ner till Nyberg.

– Det ligger en kamera i den här väskan, sa han. Jag vill att du får bilderna framkallade så fort som möjligt.

Klockan var närmare midnatt när han lämnade Wetterstedts hus. Regnet var fortfarande mycket kraftigt.

Han körde raka vägen hem.

När han kommit upp i sin lägenhet satte han sig i köket. Han undrade vad som fanns på bilderna.

Regnet slog mot fönsterrutan.

Plötsligt insåg han att en rädsla hade kommit smygande.

Någonting hade hänt. Men han anade nu att det bara var en början av något mycket större.

8

På torsdagsmorgonen den 23 juni rådde minst av allt någon midsommarstämning i polishuset i Ystad. Wallander hade blivit väckt redan klockan halv tre på natten av en journalist från Dagens Nyheter som hade fått tipset om Gustaf Wetterstedts död från Östermalmspolisen. När Wallander efteråt äntligen hade lyckats somna om hade Expressen ringt. Hansson hade också blivit väckt under natten. När de samlades i konferensrummet strax efter sju på morgonen var alla glåmiga och trötta. Nyberg hade också infunnit sig trots att han hade varit sysselsatt med att gå igenom Wetterstedts hus till klockan fem på morgonen. På väg in i rummet hade Hansson tagit Wallander åt sidan och sagt att han måste styra det hela.

– Jag tror Björk visste om att det här skulle hända, sa Hansson. Det var därför han avgick.

– Han avgick inte, sa Wallander. Han blev befordrad. Dessutom hade han minst av allt nån förmåga att se in i framtiden. Han var tillräckligt bekymrad för det som dagligen hände runt honom.

Men Wallander visste att ansvaret för att organisera spaningen efter Wetterstedts mördare skulle hamna hos honom. Deras första stora svårighet låg i att de var underbemannade under sommaren. Han tänkte med tacksamhet på att Ann-Britt Höglund hade varit beredd att skjuta på sin semester. Men vad skulle hända med hans egen ledighet? Om två veckor hade han planerat att vara på väg till Skagen tillsammans med Baiba.

Han satte sig vid bordet och såg på de trötta ansikten som omgav honom. Det regnade fortfarande även om det hade börjat ljusna. Framför sig på bordet hade han en hög med telefonlappar som han fått i receptionen. Han sköt den åt sidan och knackade med en blyertspenna i bordet.

– Vi måste börja nu, sa han. Det värsta som kan hända har hänt. Vi har fått ett mordfall i semestertider. Vi får försöka organisera oss så gott det går. Närmast har vi också en midsommarhelg som kommer att låsa upp ordningspolisen. Men det brukar alltid inträffa nånting som också blir till besvär för kriminalavdelningen. Vi får lägga upp spaningarna med det i tankarna.

Ingen sa någonting. Wallander vände sig till Nyberg och frågade hur det gick med den tekniska undersökningen.

– Bara det kunde sluta regna några timmar, sa Nyberg. Om vi ska kunna hitta mordplatsen måste vi gräva oss igenom ytskiktet av sanden. Det är nästan omöjligt att göra innan den har torkat. Annars får vi bara upp klumpar.

– Jag ringde till meteorologen på Sturup för en stund sen, sa Martinsson. Han räknar med att regnet upphör här i Ystad strax efter åtta. Men det blåser upp till storm framåt eftermiddagen. Och då kommer det mera regn. Men sedan ska det klarna upp.

– Alltid nåt, sa Wallander. Det brukar vara enklare för oss om det är dåligt väder på midsommarafton.

– Den här gången lär vi få hjälp av fotbollen, sa Nyberg. Jag tror inte folk kommer att supa mindre. Men dom kommer att hålla sig vid teveapparaterna.

– Vad händer om Sverige förlorar mot Ryssland? frågade Wallander.

– Det gör dom inte, svarade Nyberg bestämt. Vi vinner.

Wallander insåg att Nyberg var intresserad av fotboll.

– Jag hoppas du har rätt, svarade han.

– Annars har vi inte hittat nånting av intresse kring båten, fortsatte Nyberg. Vi har också gått över strandpartiet mellan Wetterstedts trädgård, båten och ner till vattnet. Vi har plockat upp en del föremål. Men knappast nånting som har intresse för oss. Kanske med ett undantag.

Nyberg tog upp en av sina plastpåsar och la på bordet.

– Det var en av poliserna som drog ut avspärrningsbanden som hittade det här. Det är en sprayburk. En sån som kvinnor uppmanas att ha i sina handväskor och försvara sig med om de blir överfallna.

– Är dom inte förbjudna i vårt land? frågade Ann-Britt Höglund.

– Jo, sa Nyberg. Men den låg där den låg. I sanden strax utanför avspärrningarna. Vi ska leta fingeravtryck på den. Kanske det kan ge nånting.

Nyberg stoppade tillbaka plastpåsen i sin väska.

– Klarar en man att välta den där båten? frågade Wallander.

– Inte om det inte är en person med oerhörda krafter, svarade Nyberg.

– Det betyder att dom var två, sa Wallander.

– Mördaren kan ju ha skottat undan sanden vid båten, sa Nyberg tveksamt. Och skottat tillbaka den efter att han har skjutit in Wetterstedt.

– Den möjligheten finns naturligtvis, sa Wallander. Men låter det troligt?

Ingen kring bordet gjorde några kommentarer.

– Ingenting tyder på att mordet begåtts inne i huset, fortsatte Nyberg. Vi hittar inga blodspår eller andra tecken på en brottsplats. Ingen har heller brutit sig in i huset. Om nåt blivit stulet där kan jag inte svara på. Men det verkar inte så.

– Har du annars hittat nåt som verkar anmärkningsvärt? frågade Wallander.

– Jag tycker hela huset är anmärkningsvärt, sa Nyberg. Wetterstedt måste ha haft mycket gott om pengar.

De begrundade för ett ögonblick vad Nyberg hade sagt. Wallander insåg att det var dags för honom att göra en sammanfattning.

– Det viktigaste av allt är att vi får svar på frågan om när Wetterstedt blev mördad, började han. Läkaren som undersökte kroppen menade att det borde ha hänt på stranden. Han hade hittat sandkorn i munnen och ögonen. Men vi får avvakta vad rättsläkarna säger. Eftersom vi inte har några spår att gå efter eller nåt uppenbart mordmotiv måste vi gå fram på bred front. Vi måste ta reda på vad Wetterstedt var för person. Vilka umgicks han med? Vad hade han för vanor? Vi måste rita en karta över en karaktär, vi måste ta reda på hur hans liv såg ut. Vi kommer heller inte ifrån det faktum att han för tjugu år sen var en mycket känd person. Han var justitieminister. Bland vissa var han mycket populär, av andra var han hatad. Han omgavs av ständiga rykten om olika skandaler. Kan det finnas hämnd med i bilden? Han har blivit nerhuggen och fått håret avslitet. Han har blivit skalperad. Har nåt sånt hänt tidigare? Kan vi hitta några likheter med tidigare mordfall? Martinsson får varmköra sina datorer. Han har haft en städhjälp som vi måste tala med redan idag.

– Hans politiska parti, sa Ann-Britt Höglund.

Wallander nickade.

– Jag skulle just komma till det. Hade han kvar några politiska uppdrag? Umgicks han med gamla partivänner? Det måste vi också klarlägga. Finns det nånting i hans bakgrund som kan ge en antydan om ett tänkbart motiv?

– Sen nyheten kom ut har det redan ringt två personer och erkänt mordet, sa Svedberg. Den ene ringde från en telefonkiosk i Malmö.

Han var så berusad att det var svårt att uppfatta vad han sa. Vi har bett kollegorna i Malmö att höra honom. Den andre som ringde satt på Österåker. Hans senaste permission var i februari. Men alldeles uppenbart väcker Gustaf Wetterstedt fortfarande starka känslor.

– Vi som har varit med tillräckligt länge vet att det också gäller polisen, sa Wallander. Under hans tid som justitieminister hände många saker som ingen av oss har glömt. Av alla dom justitieministrar och rikspolischefer som har kommit och gått var nog Wetterstedt den som minst av alla tog oss i försvar.

De gick igenom de olika arbetsuppgifterna och fördelade dem. Wallander skulle själv höra Wetterstedts städhjälp. De bestämde också att träffas klockan fyra samma eftermiddag.

– Vi har två saker kvar, sa Wallander. För det första kommer vi att invaderas av fotografer och journalister. Det här är nåt som massmedia älskar. Vi kommer att mötas av löpsedlar med ord som *skalpmördaren* och *skalpmordet*. Det är alltså lika bra att ha en pressinformation redan idag. Jag skulle helst vilja slippa hålla i den.

– Det kan du inte, sa Svedberg. Du måste ta ansvaret. Även om du inte vill så är du den som gör det bäst.

– Men jag vill inte vara ensam, sa Wallander. Jag vill ha Hansson med mig. Och Ann-Britt. Ska vi säga klockan ett?

De skulle just bryta upp från mötet när Wallander bad dem vänta.

– Vi kan heller inte släppa efterforskningen av flickan som brände sig till döds i rapsåkern, sa han.

– Menar du att det har nåt samband? frågade Hansson förvånat.

– Naturligtvis inte, svarade Wallander. Det är bara det att vi måste hinna med att försöka ta reda på vem hon är samtidigt som vi håller på med Wetterstedt.

– Vi har inte fått nåt positivt svar på vår datasökning, sa Martinsson. Inte heller på bokstavskombinationen. Men jag lovar att jag ska fortsätta med det.

– Nån måste sakna henne, sa Wallander. En ung flicka. Jag tycker det här är konstigt.

– Det är sommar, sa Svedberg. Många unga människor är i rörelse. Det kan gå ett par veckor innan man börjar sakna en person.

– Du har naturligtvis rätt, erkände Wallander. Vi får tåla oss.

Kvart i åtta bröt de upp. Wallander hade drivit mötet i ett hårt tempo eftersom de alla hade mycket arbete som väntade. När han kom in på sitt rum gick han hastigt igenom sina telefonlappar. Det var ingenting som verkade brådskande. Han tog fram ett kollegieblock ur en låda och skrev Gustaf Wetterstedts namn allra överst på första sidan.

Sedan lutade han sig bakåt i stolen och blundade. *Vad berättar hans död för mig? Vem hugger ner honom med en yxa och skalperar honom?*

Wallander lutade sig åter över bordet.

Han skrev: *Ingenting tyder på att Gustaf Wetterstedt har blivit rånmördad, även om det givetvis inte ännu helt kan uteslutas. Det är heller inget tillfällighetsmord, om det inte har utförts av en galen människa. Mördaren har gett sig tid att dölja kroppen. Då återstår hämndmotivet. Vem har orsak att vilja ta revansch på Gustaf Wetterstedt genom att se honom död?*

Wallander la ifrån sig pennan och läste med stigande missnöje igenom det han hade skrivit.

Det är för tidigt, tänkte han. Jag drar omöjliga slutsatser. Jag måste veta mer.

Han reste sig och lämnade rummet. När han kom ut från polishuset hade det slutat regna. Meteorologen på Sturups flygplats hade haft rätt. Han for raka vägen till Wetterstedts villa.

Avspärrningen på stranden fanns kvar. Nyberg var redan på plats. Tillsammans med sina medarbetare höll han på att vika undan de presenningar som täckte ett område av stranden. Den här morgonen fanns många åskådare på plats utanför avspärrningen. Wallander låste upp ytterdörren med Wetterstedts nyckelknippa och gick sedan raka vägen till arbetsrummet. Metodiskt fortsatte han det sökande som Ann-Britt Höglund hade påbörjat kvällen innan. Det tog honom en knapp halvtimme att leta reda på namnet på den kvinna som av Wetterstedt hade kallats skurgumma. Hon hette Sara Björklund och bodde vid Styrbordsgången som Wallander visste låg strax bortom de stora varuhusen vid stadens västra infart. Han tog telefonen som stod på skrivbordet och slog numret. Efter åtta signaler var det någon som lyfte luren i andra änden. Wallander hörde en skrovlig mansröst svara.

– Jag söker Sara Björklund, sa Wallander.

– Hon är inte hemma, svarade mannen.

– Var kan jag få tag på henne?

– Vem är det som frågar? sa mannen avvisande.

– Kurt Wallander vid Ystadspolisen.

Det blev länge tyst i den andra änden.

– Är ni kvar? sa Wallander och brydde sig inte om att dölja sin otålighet.

– Har det med Wetterstedt att göra? frågade mannen. Sara Björklund är min fru.

– Jag behöver tala med henne.

– Hon är i Malmö. Hon kommer tillbaka först i eftermiddag.

– När kan jag få tag på henne? Vilken tid? Försök vara exakt!

– Hon är säkert hemma till fem.

– Då kommer jag hem till er klockan fem, sa Wallander och avslutade samtalet.

Han lämnade huset och gick ner till Nyberg. Bakom avspärrningarna stod åskådarna packade.

– Hittat nånting? frågade han.

Nyberg stod med en hink sand i ena handen.

– Ingenting, sa han. Men om han blivit dödad här och fallit mot sanden måste det finnas blod. Kanske inte från ryggen. Men från huvudet. Det måste ha sprutat ut blod. Vi har kraftiga ådror i pannan.

Wallander nickade.

– Var hittade ni sprayburken? frågade han sedan.

Nyberg pekade på en punkt bortom avspärrningarna.

– Jag tvivlar på att den har med det här att göra, sa Wallander.

– Jag med, svarade Nyberg.

Wallander skulle just gå tillbaka till sin bil när han kom ihåg att han hade ytterligare en fråga till Nyberg.

– Lampan som sitter vid porten till trädgården är trasig, sa han. Kan du titta på det?

– Vad vill du jag ska göra? undrade Nyberg. Ska jag byta lampa?

– Jag vill bara veta varför den inte lyser, sa Wallander. Ingenting annat.

Han återvände till polishuset. Himlen var grå. Men det regnade inte.

– Det ringer journalister hela tiden, sa Ebba när han passerade receptionen.

– De är välkomna klockan ett, svarade Wallander. Var är Ann-Britt?

– Hon gick ut för en stund sen. Hon sa inte vart hon skulle.

– Hansson då?

– Jag tror han är hos Per Åkeson. Ska jag söka honom?

– Vi måste förbereda presskonferensen. Se till att det kommer in fler stolar i konferensrummet. Det kommer att bli mycket folk.

Wallander gick in i sitt rum och började förbereda det han skulle säga till pressen. Efter ungefär en halvtimme knackade Ann-Britt Höglund på dörren.

– Jag åkte ut till Salomonssons gård, sa hon. Jag tror jag har löst problemet med var den där flickan fick all bensin ifrån.

– Salomonsson hade ett bensinlager i sin lagård?

Hon nickade bekräftande.

– Då var det löst, sa Wallander. Det innebär faktiskt att hon kan ha kommit gående till det där rapsfältet. Hon behöver inte ha kommit i bil eller på cykel. Hon kan ha kommit gående.

– Kan Salomonsson ha känt henne? frågade hon.

Wallander tänkte efter innan han svarade.

– Nej, sa han sedan. Salomonsson ljög inte. Han hade aldrig sett henne tidigare.

– Flickan kommer alltså gående nånstans ifrån. Hon går in i Salomonssons lagård och hittar ett antal bensindunkar. Fem av dom tar hon med sig ut bland rapsen. Sen sätter hon eld på sig själv.

– Ungefär så, sa Wallander. Även om vi lyckas ta reda på vem hon är kommer vi nog aldrig att få veta den fullständiga sanningen.

De hämtade kaffe och pratade igenom vad de skulle säga på presskonferensen. Klockan hade blivit närmare elva när Hansson anslöt sig.

– Jag har pratat med Per Åkeson, sa han. Han sa att han skulle kontakta riksåklagaren.

Wallander såg förvånat upp från sina papper.

– Varför det?

– Gustaf Wetterstedt var en gång en viktig person. För tio år sen blev landets statsminister mördad. Nu hittar vi en justitieminister ihjälslagen. Jag antar att han vill ta reda på om utredningen av det här mordfallet ska ske på nåt speciellt sätt.

– Hade han fortfarande varit justitieminister kunde jag ha förstått det, sa Wallander. Men nu var han en gammal pensionär som för länge sen hade lämnat sina offentliga uppdrag.

– Du får tala med Åkeson själv, sa Hansson. Jag bara berättar vad han sa.

Klockan ett satte de sig på det lilla podiet vid konferensrummets ena kortända. De hade kommit överens om att försöka göra mötet med pressen så kort som möjligt. Det viktigaste var att försöka förhindra alltför många vilda och ogrundade spekulationer. De hade därför också bestämt sig för att medvetet vara otydliga när det gällde att svara på frågan hur Wetterstedt hade blivit dödad. De skulle inte säga någonting alls om den bortskurna skalpen.

Rummet var fyllt till bristningsgränsen av journalister. Precis som Wallander hade föreställt sig hade rikstidningarna omedelbart bestämt sig för att mordet på Gustaf Wetterstedt var en viktig angelägenhet. Wallander räknade till tre olika tevekameror när han såg ut över församlingen.

Efteråt, när det hela var över och den sista journalisten hade försvunnit, kunde Wallander konstatera att det hela hade förlöpt ovanligt väl. De hade varit så knapphändiga som möjligt i sina svar och hela tiden hänvisat till att spaningstekniska skäl omöjliggjorde större öppenhet eller detaljrikedom. Till slut hade journalisterna insett att de inte kunde tränga igenom den osynliga mur som Wallander byggt upp runt sig och sina kollegor. När journalisterna hade lämnat rummet hade han nöjt sig med att låta sig intervjuas av lokalradion medan Ann-Britt Höglund ställde sig framför en av de närvarande tevekamerorna. Han såg på henne och tänkte att han var glad att han för en gångs skull slapp vara den som syntes.

Under slutet av presskonferensen hade Per Åkeson omärkligt kommit in i rummet och ställt sig längst bak i salen. Nu stod han och väntade när Wallander kom ut.

– Jag hörde att du skulle ringa och prata med riksåklagaren, sa Wallander. Har han gett några direktiv?

– Han vill hållas underrättad, svarade Per Åkeson. På samma sätt som du håller mig informerad.

– Du ska få en genomgång varje dag, sa Wallander. Och när vi eventuellt gör ett genombrott i utredningen.

– Du har ingenting avgörande att komma med ännu?

– Ingenting.

Spaningsgruppen möttes mycket hastigt klockan fyra. Wallander visste att det nu var arbetets tid, inte redovisningarnas. Därför lät han bara ordet vandra en runda kring bordet innan han bad var och en återgå till sitt. De bestämde att träffas igen klockan åtta dagen efter om det inte inträffade något som dramatiskt påverkade spaningarna.

Strax före klockan fem lämnade Wallander polishuset och for ut till Styrbordsgången där Sara Björklund bodde. Det var ett område av staden som Wallander nästan aldrig besökte. Han parkerade bilen och gick in genom trädgårdsgrinden. Dörren öppnades redan innan han kommit fram till huset. Kvinnan som stod där var yngre än han hade föreställt sig. Han gissade hennes ålder till trettio år. Och hon hade för Gustaf Wetterstedt varit en skurgumma. Han undrade hastigt om hon visste om vad Wetterstedt hade kallat hen-ne.

– Goddag, sa Wallander. Jag ringde tidigare idag. Är det du som är Sara Björklund?

– Jag känner igen er, sa hon och nickade.

Hon bjöd honom att stiga in. I vardagsrummet hade hon ställt fram ett fat med bullar och kaffe i en termos. Från övervåningen kunde Wallander höra en man huta åt några barn som förde oväsen. Wallander satte sig i en stol och såg sig runt. Det var som om han väntade att en av hans fars tavlor skulle hänga på någon av väggar-na. Det var egentligen den enda som fattades, tänkte han hastigt. Här finns fiskargubben, zigenerskan och det gråtande barnet. Det är bara farsans landskap som fattas. Med eller utan tjäder.

– Vill ni ha kaffe? frågade hon.

– Säg du, sa Wallander. Ja tack.

– Gustaf Wetterstedt fick man inte säga du till, sa hon plötsligt. Han skulle kallas herr Wetterstedt. Det gav han strängt besked om när jag började där.

Wallander kände sig tacksam över att han genast kunde börja tala om det som var viktigt. Han tog upp ett litet anteckningsblock och en penna ur fickan.

– Du har alltså förstått att Gustaf Wetterstedt har blivit dödad, började han.

– Det är förfärligt, sa hon. Vem kan ha gjort det?

– Det undrar vi också, sa Wallander.

– Låg han verkligen på stranden? Under den där fula båten? Som man kunde se från övervåningen?

– Ja, sa Wallander. Men låt oss ta det från början. Du städade åt Gustaf Wetterstedt?

– Ja.

– Hur länge hade du varit hos honom?

– I snart tre år. Jag blev arbetslös. Huset här kostar pengar. Jag var tvungen att börja städa. Jag hittade arbetet på en annons i tid-ningen.

– Hur ofta var du hos honom?

– Två gånger i månaden. Varannan torsdag.

Wallander antecknade.

– Alltid torsdagar?

– Alltid.

– Hade du egna nycklar?

– Nej. Det skulle han aldrig ha gett mig.

– Varför säger du det?

– När jag var i hans hus övervakade han varenda steg jag tog. Det var väldigt påfrestande. Men han betalade ju bra.

– Du la aldrig märke till nåt speciellt?

– Vad skulle det vara?

– Det var aldrig nån annan där?

– Aldrig.

– Han hade inga middagsbjudningar?

– Inte vad jag vet. Det stod aldrig nån disk och väntade när jag kom.

Wallander tänkte efter innan han fortsatte.

– Hur vill du beskriva honom som människa?

Svaret kom fort och bestämt.

– Han var det man brukar kalla struntförnäm.

– Vad menar du med det?

– Att han behandlade mig nedlåtande. För honom var jag inget annat än en obetydlig skurkärring. Trots att han en gång representerade det parti som ansågs föra vår talan. Skurkärringarnas talan.

– Vet du om att han kallade dig skurgumma i sin kalender?

– Det förvånar mig inte alls.

– Men du stannade kvar?

– Jag har redan sagt att han betalade bra.

– Försök minnas ditt senaste besök. Du var där förra veckan?

– Allt var precis som vanligt. Jag har försökt tänka efter. Men han var precis som han brukade.

– Under dom här tre åren hände alltså ingenting utöver det vanliga?

Han upptäckte genast att hon tvekade inför svaret. Han skärpte genast sin uppmärksamhet.

– Det var en gång förra året, började hon trevande. I november. Jag vet inte vad det kom sig av. Men jag hade tagit fel på dag. Jag kom dit en fredagsmorgon istället för på torsdagen. Just då körde en stor svart bil ut från garaget. En bil med fönster man inte kan se in igenom. Sen ringde jag på porten som jag brukade. Det tog lång tid innan han kom och öppnade. När han fick syn på mig blev han rasande. Sen slog han igen porten. Jag trodde jag skulle få sparken. Men när jag kom tillbaka nästa gång sa han ingenting. Han låtsades inte alls om vad som hade hänt.

Wallander väntade på en fortsättning som inte kom.

– Var det allt?

– Ja.

– En stor svart bil som lämnade hans hus?

– Ja.

Wallander insåg att han inte kunde komma längre. Han drack hastigt ur kaffet och reste sig.

– Om du kommer på nåt mer vore jag tacksam om du ringde mig, sa han när det skildes.

Han for tillbaka mot staden.

En stor svart bil som besökte honom, tänkte han. Vilka satt i den bilen? Det måste jag ta reda på.

Klockan var sex. Det hade börjat blåsa en kraftig vind.

Samtidigt återkom regnet.

9

När Wallander återkom till Wetterstedts hus hade Nyberg och hans medarbetare flyttat inomhus. Då hade de burit bort tonvis av sand utan att ha hittat den brottsplats de sökte. När regnet återkom bestämde Nyberg sig genast för att lägga ut presenningarna igen. De skulle bli tvungna att vänta tills vädret hade blivit bättre. Wallander återvände till huset med en känsla av att det Sara Björklund hade sagt om den felaktiga dagen och den stora svarta bilen innebar att de hade knackat ett litet men dock hål på skalet till den perfekte Wetterstedt. Hon hade sett någonting som det inte varit meningen att någon skulle se. På något annat sätt kunde Wallander inte tolka vare sig Wetterstedts raseri eller det faktum att han sedan inte gav henne avsked och heller aldrig låtsades om vad som hade skett. Ilskan och tystnaden var två sidor av samma förhållningssätt.

Nyberg satt på en stol i Wetterstedts vardagsrum och drack kaffe. Wallander tänkte att Nybergs termos måste vara mycket gammal. Den påminde honom om 1950-talet. Nyberg hade lagt en tidning under sig för att skydda stolssitsen.

– Vi har inte hittat din mordplats än, sa Nyberg. Och nu går det inte att leta eftersom det regnar.

– Jag hoppas ni har säkrat presenningarna, sa Wallander. Det blåser upp mer och mer.

– Dom flyttar sig inte, svarade Nyberg.

– Jag tänkte fortsätta att gå igenom hans skrivbord, sa Wallander.

– Hansson ringde, fortsatte Nyberg. Han hade talat med Wetterstedts barn.

– Först nu? sa Wallander. Det trodde jag han hade gjort för länge sen?

– Det vet jag ingenting om, svarade Nyberg. Jag bara talar om vad han sa.

Wallander gick in i arbetsrummet och satte sig vid skrivbordet. Han riktade in lampan så att den spred ljuset i en så vid cirkel som möjligt. Sedan drog han ut en av lådorna i den vänstra hurtsen. Där låg en kopia av årets självdeklaration. Wallander tog upp den och la den framför sig på bordet. Han kunde se att Wetterstedt hade deklarerat en inkomst på nästan en miljon kronor. När han gick igenom deklarationen såg han att inkomsterna främst härrörde från eget, privat pensionssparande och utdelning på aktier. I en översikt från Värdepapperscentralen noterade Wallander att Wetterstedt hade aktier i den traditionella svenska storindustrin. Han hade investerat i Ericsson, Asea Brown Boveri, Volvo och Rottneros. Frånsett dessa inkomster hade Wetterstedt redovisat ett arvode från utrikesdepartementet och ett från Tidens bokförlag. Under posten förmögenhet hade Wetterstedt deklarerat för fem miljoner. Wallander antecknade detta i sitt minne. Han la tillbaka deklarationen och drog ut nästa låda. Där låg något som såg ut att vara ett fotoalbum. Nu kommer familjebilderna Ann-Britt saknade, tänkte han. Han la albumet framför sig på bordet och letade reda på första sidan. Med stigande förvåning bläddrade han sig fram sida för sida. Albumet var fullt med ålderdomliga pornografiska bilder. En del av dem var mycket avancerade. Wallander märkte att några av sidorna lättare föll upp än andra. Wetterstedt hade med förkärlek vänt upp de sidor där modellerna varit unga. Han hörde plötsligt hur det slog i ytterdörren. Strax efter kom Martinsson in. Wallander nickade och pekade på det uppslagna albumet.

– Vissa samlar på frimärken, sa Martinsson. Andra tydligen på såna här bilder.

Wallander slog igen albumet och la tillbaka det i skrivbordslådan.

– Det ringde en advokat Sjögren från Malmö, sa Martinsson. Han meddelade att han hade Gustaf Wetterstedts testamente. Det är ganska stora tillgångar i boet. Jag frågade om det fanns några oväntade arvingar. Men allt tillfaller bröstarvingarna. Sen har Wetterstedt också skapat en stiftelse som ska dela ut stipendier till unga jurister. Men dom pengarna har han redan för länge sen placerat där och betalat skatt för.

– Då vet vi det, sa Wallander. Gustaf Wetterstedt var en förmögen man. Men föddes han inte som son till en fattig hamnarbetare?

– Svedberg håller på med hans historia, sa Martinsson. Jag hörde att han hade letat reda på en gammal partisekreterare med gott minne som hade mycket att säga om Gustaf Wetterstedt. Men jag kom hit för att tala om flickan som begick självmord i Salomonssons rapsåker.

– Har du hittat henne?

– Nej. Men jag har via datorn fått mer än två tusen förslag på vad bokstavskombinationen kan betyda. Det blev en ganska lång dataremsa.

Wallander tänkte efter. Vad skulle de göra nu?

– Vi får gå ut via Interpol, sa han. Och vad heter det nya? Europol?

– Det stämmer.

– Skicka ut en fråga på hennes signalement. Imorgon ska vi också fotografera smycket. Madonnabilden. Även om allting drunknar i svallvågorna efter Wetterstedts död måste vi försöka få ut den bilden i tidningarna.

– Jag lät en juvelerare titta på smycket, sa Martinsson. Han sa att det var av rent guld.

– Nån måste till slut sakna henne, sa Wallander. Det är mycket sällan människor är alldeles utan anhöriga.

Martinsson gäspade och frågade om Wallander behövde någon hjälp.

– Inte ikväll, sa han.

Martinsson lämnade huset. Wallander fortsatte i ytterligare en timme att gå igenom skrivbordet. Sedan släckte han lampan och blev sittande i dunklet. Vem var Gustaf Wetterstedt? tänkte han. Bilden jag har är fortfarande mycket vag.

Oväntat fick han en idé. Han gick ut i vardagsrummet och letade reda på ett namn i telefonkatalogen. Klockan var ännu inte nio. Han slog numret och fick svar nästan genast. Han sa vem han var och undrade om han kunde komma på besök. Sedan avslutade han samtalet som varit mycket kort. Han letade reda på Nyberg som befann sig på husets övervåning och sa att han skulle komma tillbaka senare under kvällen. Vinden var kraftig och mycket byig när han kom ut. Regnet slog mot hans ansikte. Han sprang till bilen för att inte bli alldeles genomvåt. Sedan körde han in mot staden igen och stannade utanför ett hyreshus i närheten av Österportskolan.

Han ringde på porttelefonen och dörren öppnades. När han kom upp till andra våningen stod Lars Magnusson och väntade på honom i strumplästen. Inifrån lägenheten hördes vacker pianomusik.

– Det var inte igår, sa Lars Magnusson när han tog Wallander i hand.

– Nej, svarade Wallander. Det måste vara mer än fem år sen vi träffades.

En gång för mycket länge sedan hade Lars Magnusson varit journalist. Efter ett antal år på Expressen hade han tröttnat på storstaden och återvänt till Ystad där han en gång hade blivit född. Han och Wallander hade träffats genom att deras fruar börjat umgås. Inte minst hade de märkt att de delade ett intresse för opera. Det hade dröjt många år, och då hade Wallander och Mona redan skilt sig, innan han hade upptäckt att Lars Magnusson var svårt alkoholiserad. Men när det till slut brast så var det med besked. Av en tillfällighet hade Wallander befunnits sig på polishuset en sen kväll när en patrull ordningspoliser hade släpat in Lars Magnusson. Han hade varit så berusad att han inte hade kunnat stå upprätt. I det tillståndet hade han kört bil och hamnat rakt in i ett bankfönster sedan han mist kontrollen över bilen. Han dömdes senare till sex månaders fängelse. När han kom tillbaka till Ystad återvände han aldrig till tidningen. Hans hustru hade då också gett upp deras barnlösa äktenskap. Han fortsatte att dricka men lyckades i fortsättningen undvika att gå alltför långt över gränsen. Efter det att han hade slutat som journalist livnärde han sig på att konstruera schackproblem för olika tidningar. Det som gjorde att han ännu inte hade druckit ihjäl sig var att han varje dag tvingade sig att inte ta det första glaset sprit förrän han hade konstruerat minst ett schackproblem. Nu när han hade fax behövde han inte ens gå till posten längre. Han kunde sända sina konstruktioner direkt från sitt hem.

Wallander steg in i hans enkla lägenhet. Han kände på lukten att Lars Magnusson hade druckit. På soffbordet stod också en flaska vodka. Däremot kunde Wallander inte se något glas.

Lars Magnusson var några år äldre än Wallander. Han hade ett grått hårsvall som föll ner över den smutsiga skjortkragen. Ansiktet var rött och svullet. Men Wallander såg att hans ögon var egendomligt klara. Ingen hade någonsin heller haft orsak att tvivla på Lars Magnussons intelligens. Ryktet gick också att han en gång fått en diktsamling antagen av Bonniers, men att han i sista stund hade dragit tillbaka den och återbetalat det lilla förskott han lyckats utverka.

– Du kommer oväntat, sa Lars Magnusson. Sätt dig. Vad kan jag bjuda på?

– Ingenting, sa Wallander och slog sig ner i en soffa efter att ha makat undan en hög med tidningar.

Lars Magnusson tog ogenerat en klunk ur vodkaflaskan och satte sig mitt emot Wallander. Pianomusiken hade han dämpat.

– Det är länge sen, sa Wallander. Jag försöker minnas när det var.

– På Systembolaget, svarade Lars Magnusson hastigt. För nästan exakt fem år sen. Du köpte vin och jag köpte allt det andra.

Wallander nickade. Han kom ihåg.

– Ditt minne är det inget fel på, sa han.

– Det är ännu inte bortsupet, sa Lars Magnusson. Jag sparar det till sist.

– Du har aldrig tänkt på att sluta?

– Varje dag. Men jag antar att det inte var därför du kom. För att övertyga mig om att jag borde bli nykter?

– Du har säkert läst i tidningarna att Gustaf Wetterstedt blivit mördad?

– Jag har sett det på teve.

– Jag har ett vagt minne av att du nån gång berättade om honom. Om skandalerna som omgav honom. Men som alltid tystades ner.

– Vilket var den största skandalen av dom alla, avbröt Lars Magnusson.

– Jag försöker förstå vem han var, fortsatte Wallander. Jag tänkte du kunde hjälpa mig.

– Frågan är bara om du vill höra dom obekräftade ryktena eller om du vill veta sanningen, sa Lars Magnusson. Jag är inte säker på att jag klarar att skilja dom åt.

– Det är sällan det uppstår rykten utan att det finns en orsak, sa Wallander.

Lars Magnusson sköt undan vodkaflaskan, som om han plötsligt bestämt sig för att den stod för nära honom.

– Jag började som femtonårig volontär på en av stockholmstidningarna, sa han. Det var 1955, på våren. Det fanns en gammal nattredaktör där som hette Ture Svanberg. Han var ungefär lika försupen då som jag är nu. Men han skötte sitt arbete prickfritt. Han var dessutom ett geni på att skapa säljande löpsedlar. Han tålde inte hafsigt skrivna texter. Jag kan fortfarande komma ihåg hur han en gång blev så ursinnig över ett slarvigt utfört reportage att han rev sönder manuset och åt upp bitarna. Han tuggade i sig pappren. Sedan sa han: 'Det här är inte värt att komma ut på annat sätt än som skit.' Det var Ture Svanberg som lärde upp mig till journalist. Han brukade säga att det fanns två typer av tidningsskribenter. 'Den ena typen gräver i jorden efter sanningen. Han står nere i gropen och skottar upp grus. Men ovanför står en annan man och skottar tillbaka gruset. Han är också journalist. Mellan dom här två råder alltid en tvekamp. Den tredje statsmaktens styrkemätning om herraväldet som aldrig tar slut. Du har journalister som vill avslöja och avtäcka. Du har andra journalister som springer maktens ärenden och bidrar till att dölja vad som egentligen sker.' Och så var det ju. Det lärde jag mig snart, trots att jag bara var femton år gammal. Maktens män

97

håller sig alltid med symboliska rengöringsfirmor och begravningsbyråer. Det finns gott om journalister som inte tvekar att sälja sina själar för att springa deras ärenden. Att skotta tillbaka gruset. Begrava skandalerna. Upphöja skenet till sanning, garantera illusionen om det rentvättade samhället.

Med en grimas drog han till sig flaskan igen och tog en klunk. Wallander såg hur han efteråt tog sig åt magen.

– Gustaf Wetterstedt, sa han. Vad var det egentligen som hände?

Lars Magnusson plockade fram ett skrynkligt cigarettpaket ur skjortfickan. Han tände en cigarett och blåste ut ett rökmoln.

– Horor och konst, sa han. Under många år var det ett allmänt känt faktum att den gode Gustaf varje vecka lät hämta upp en flicka åt sig till lägenheten i Vasastan där han hade en liten lägenhet som hans fru inte kände till. Han hade en personlig betjänt som tog sig an det hela. Jag hörde rykten den gången om att han var beroende av morfin, som Wetterstedt tillhandahöll. Han hade många läkarvänner. Att han la sig med horor var inget för tidningarna att bry sig om. Han var varken den förste eller den siste svenske minister som gjorde det. En intressant fråga kan vara om vi talar om regeln eller undantaget. Det händer att jag undrar. Men det gick för långt en dag. En av gatflickorna tog mod till sig och polisanmälde honom för övergrepp.

– När var det? avbröt Wallander.

– I mitten av 60-talet. Han hade slagit henne med ett läderbälte och skurit henne i fötterna med rakblad, stod det i hennes anmälan. Det var nog det sista, det med rakbladen och fotsulorna, som gjorde att det tog hus i helvete. Perversionen började plötsligt bli intressant och få läsvärde. Problemet var nu bara att polisen hade fått en anmälan mot den högste beskyddaren av den svenska rättssäkerheten, näst kungen, som ingen ändå brydde sig om efter alla rättsskandaler under 50-talet. Det hela tystades alltså ner. Anmälningen försvann.

– Försvann?

– Den gick bokstavligen upp i rök.

– Men flickan som hade gjort den? Vad hände med henne?

– Hon blev plötsligt innehavare av en lönsam klädaffär i Västerås.

Wallander skakade på huvudet.

– Hur vet du det här?

– Jag kände en journalist på den tiden som hette Sten Lundberg. Han bestämde sig för att rota i det hela. Men när det började gå rykten om att han höll på att nosa sig fram till sanningen blev han satt på undantag. I praktiken fick han skrivförbud.

– Och han accepterade det?

– Han hade inget val. Han hade tyvärr en svag sida som inte gick att dölja. Han spelade. Hade stora skulder. Det gick rykten om att dom där spelskulderna plötsligt försvann. På samma sätt som horans anmälan för övergrepp. Allt var tillbaka på ruta ett igen. Och Gustaf Wetterstedt fortsatte att skicka ut morfinisten efter flickor.

– Du sa att det hade varit en sak till, sa Wallander.

– Det gick rykten om att han var inblandad i en del av dom konststölder som utfördes i Sverige under den tid han var justitieminister. Tavlor som aldrig återfanns och som nu sitter på väggar hos samlare som inte har för avsikt att visa dom för offentligheten. Polisen tog en hälare en gång, en mellanhand. Av misstag måste man nog tyvärr säga. Och han gick ed på att Gustaf Wetterstedt var inblandad. Men det gick naturligtvis aldrig att bevisa. Det begravdes. Dom som skottade igen gropen var fler än dom som stod där nere och skottade uppåt.

– Det är ingen trevlig bild du ger, sa Wallander.

– Du minns vad jag frågade om? Vill du ha sanningen eller ryktena? För ryktet om Gustaf Wetterstedt sa att han var en skicklig politiker, en lojal partikämpe, en älskvärd människa. Bildad och kunnig. Det är också vad som kommer att stå i hans eftermäle. Såvida inte nån av flickorna han spöade bestämmer sig för att ropa ut vad hon vet.

– Vad hände när han avgick? frågade Wallander.

– Jag tror inte han gick så bra ihop med en del av dom yngre ministrarna. Särskilt inte dom kvinnliga. Det var ett stort generationsskifte den gången. Jag tror han insåg att hans tid var över. Det var min med. Jag slutade som journalist. Efter det han kom till Ystad har jag aldrig offrat honom en tanke. Inte förrän nu.

– Kan du tänka dig nån som så här lång tid efteråt skulle vara beredd att ta livet av honom?

Lars Magnusson ryckte på axlarna.

– Det är omöjligt att svara på.

Wallander hade bara en fråga kvar.

– Kan du påminna dig att du nånsin har hört talas om ett mord i det här landet där offret blivit skalperat?

Lars Magnussons ögon smalnade. Han betraktade Wallander med ett plötsligt uppvaknat intresse.

– Hade han blivit det? Det sa dom inte på teve. Det skulle dom ha gjort om dom vetat om det.

– Oss emellan, sa Wallander och såg på Lars Magnusson som nickade.

– Vi ville inte släppa det redan nu, fortsatte han. Vi kan ju alltid dölja oss bakom att vi inte kan avslöja det av så kallade spaningstekniska skäl. Polisens allomfattande ursäkt för att presentera halva sanningar. Men den här gången är det faktiskt sant.

– Jag tror dig, sa Lars Magnusson. Eller jag tror dig inte. Det spelar ingen roll eftersom jag inte längre är journalist. Men nån skalpmördare kan jag inte påminna mig. Det hade onekligen gjort sig bra på en löpsedel. Ture Svanberg skulle ha älskat det. Klarar du att undvika läckor?

– Jag vet inte, svarade Wallander uppriktigt. Jag har tyvärr en hel del dåliga erfarenheter.

– Jag ska inte sälja nyheten, sa Lars Magnusson.

Sedan följde han Wallander till dörren.

– Hur fan orkar du vara polis? sa han när Wallander redan hade gått ut genom dörren.

– Jag vet inte, svarade han. Du ska få besked nån gång när jag vet.

Ovädret hade ökat. Vindbyarna gick upp till stormstyrka. Wallander for tillbaka till Wetterstedts hus. Några av Nybergs medarbetare höll på att säkra fingeravtryck på ovanvåningen. Genom altanfönstret upptäckte Wallander Nyberg uppstigen på en svajande stege vid trädgårdsgrindens lyktstolpe. Han var tvungen att klamra sig fast vid stolpen för att vinden inte skulle riva ner stegen. Wallander bestämde sig för att hjälpa honom när han såg att Nyberg var på väg att klättra ner. Han gick ut i tamburen och mötte honom.

– Det kunde ha väntat, sa Wallander. Du kunde ha blåst ner från stegen.

– Om jag fallit ner kunde det ha gått mig illa, sa Nyberg vresigt. Och naturligtvis kunde undersökningen av lampan ha väntat. Det kunde ha blivit bortglömt och aldrig utfört. Men eftersom det var du som undrade och jag har en viss respekt för din förmåga att utföra ditt arbete, så bestämde jag mig för att titta på lampan. Men jag kan lova dig att det bara var för att det var du som bett mig om det.

Wallander blev förvånad över Nybergs erkännande. Men han försökte låta bli att visa det.

– Vad hittade du? frågade han istället.

– Lampan var inte trasig, sa Nyberg. Den var bortskruvad.

Wallander försökte hastigt överlägga med sig själv om vad det betydde. Sedan bestämde han sig direkt.

– Vänta ett ögonblick, sa han och gick in i vardagsrummet och ringde till Sara Björklund. Det var hon själv som svarade.

– Jag ber om ursäkt att jag stör så här på kvällen, började han.

Men jag har en fråga som jag behöver ett svar på. Vem bytte glödlampor i Wetterstedts hus?

– Det gjorde han själv.

– Även utomhus?

– Det tror jag. Han skötte trädgården själv. Jag var nog den enda som kom in i hans hus.

Frånsett de som satt i den svarta bilen, tänkte Wallander.

– Det står en stolpe med en lampa vid trädgårdsporten, fortsatte han. Brukade den lysa?

– På vinterhalvåret när det var mörkt hade han den alltid tänd.

– Det var allt jag ville veta, sa Wallander. Tack för samtalet.

– Klarar du att klättra upp på stegen en gång till? frågade han Nyberg när han återvänt ut i tamburen. Jag skulle vilja att du skruvade i en ny lampa.

– Reservlamporna ligger i rummet innanför garaget, sa Nyberg och började dra på sig sina stövlar.

De återvände ut i ovädret. Wallander höll stegen medan Nyberg klättrade upp och skruvade i lampan. Genast började den lysa. Nyberg satte fast ytterkåpan och klättrade nerför stegen igen. De gick ut på stranden.

– Skillnaden är stor, sa Wallander. Det är ljus ända ner till vattnet.

– Säg vad du tänker, sa Nyberg.

– Jag tror att platsen där han blev mördad ligger nånstans inom det område som ljuset täcker, sa Wallander. Har vi tur kanske det går att hitta fingeravtryck inne i kupan.

– Du menar alltså att mördaren planerade det hela? Skruvade bort lampan för att det var för ljust?

– Ja, svarade Wallander. Jag menar ungefär så.

Nyberg återvände in i trädgården med stegen. Wallander stod kvar och kände regnet piska mot ansiktet.

Avspärrningarna var fortfarande kvar. En polisbil stod parkerad just ovanför de yttersta sanddynerna. Frånsett en man på moped fanns det inga nyfikna kvar.

Wallander vände sig om och gick tillbaka in i huset.

10

Han steg in i källaren strax efter sju på morgonen, och golvet var svalt mot hans nakna fötter. Han stod alldeles stilla och lyssnade. Sedan stängde han dörren bakom sig och låste. Han satte sig på huk och undersökte det tunna lager av mjöl han hade strött ut på golvet senast han varit här. Men ingen hade trängt in i hans värld. Det fanns inga avtryck av fotsteg i dammet på golvet. Sedan undersökte han råttfällorna. Han hade haft tur. I alla fyra burarna hade han fått fångst. I en av burarna fanns den största råtta han någonsin hade sett. *Någon gång i slutet av sitt liv hade Geronimo berättat om den pawneekrigare han en gång i sin ungdom hade besegrat. Han hade hetat Björnen Med Sex Klor, eftersom han hade haft sex fingrar på sin vänstra hand. Det hade varit hans värsta fiende. Geronimo hade den gången varit nära att dö trots att han varit mycket ung. Det sjätte fingret högg han av sin fiende och la det i solen för att torka. Sedan bar han det i en liten läderpung i sitt bälte under många år.* Han bestämde sig för att prova en av sina yxor på den stora råttan. På de mindre skulle han undersöka vilken effekt försvarssprayen egentligen hade.

Men ännu var det länge till dess. Först skulle han genomgå den stora förvandlingen. Han satte sig framför speglarna, rättade in ljuset så att inga reflexer studsade tillbaka från spegelytorna och betraktade sedan sitt ansikte. På vänstra kinden hade han ristat in en liten skåra. Såret hade redan läkts. Det första steget mot den slutliga förvandlingen. *Hugget hade varit perfekt. Det hade varit som att klyva ett vedträ när han slog av ryggraden på det första monstret. Inom sig hade han hört jublet från andevärlden. Han hade vält monstret på rygg och skurit av hans skalp, utan att tveka. Nu låg den där den skulle, nergrävd i jorden, med en av hårslingorna ovanför marken.*

Snart skulle där finnas ännu en skalp.

Han såg på sitt ansikte och övervägde om han skulle rista in den nya skåran intill den andra. Eller skulle han låta kniven inviga den andra kinden? Egentligen spelade det ingen roll. När han var färdig skulle ändå hela hans ansikte vara fyllt av skåror.

Han började omsorgsfullt förbereda sig. Ur ryggsäcken plockade han fram sina vapen, färgerna och penslarna. Sist av allt tog han fram den röda boken, där Uppenbarelserna och Uppgiften var nerskrivna. Han la den försiktigt på bordet mellan sig själv och speglarna.

Det var igår kväll han hade grävt ner den första skalpen. Det fanns en vakt vid sjukhusområdet. Men han visste var staketet hade rasat ner. Den fasta paviljongen, där det fanns galler för både fönster och dörrar låg för sig själv i utkanten av det stora parkliknande området. När han besökte sin syster hade han räknat ut bakom vilket fönster hon sov på nätterna. Det hade varit alldeles mörkt i hennes fönster. Ett svagt ljus från en korridor var allt som trängde ut från det tunga och hotfulla huset. Han hade grävt ner skalpen och viskat till sin syster att han var på väg. Han skulle förgöra monstren, ett efter ett. Sedan skulle hon kunna återvända ut i världen igen.

Han tog av sig på överkroppen. Trots att det var sommar rös han i kylan som dröjde sig kvar i källaren. Han slog upp den röda boken och bläddrade förbi det som stod skrivet om den man som hetat Wetterstedt, men som nu inte längre existerade. Det var på den sjunde sidan den andra skalpen var beskriven. Han läste vad hans syster hade skrivit och tänkte att han denna gång skulle använda den minsta yxan.

Han slog igen boken och såg på sitt ansikte i spegeln. Han hade sin mors ansiktsform. Men ögonen hade han ärvt efter sin far. De låg djupt, som två tillbakadragna kanonmynningar. Just för ögonens skull kunde han tänka att det var synd att också hans far skulle behöva offras. Men bara därför och bara som en känsla av tveksamhet han snabbt kunde besegra. Hans första barndomsminne var dessa ögon. De hade stirrat på honom, de hade hotat honom, och han hade efteråt aldrig kunnat se sin far som annat än ett par jättelika ögon som hade ben och armar och rytande röst.

Han torkade av sitt ansikte med en handduk. Sedan doppade han en av de breda penslarna i den svarta färgen och drog det första strecket över pannan, precis där kniven skar upp huden i Wetterstedts panna.

Han hade tillbringat många timmar utanför polisens avspärrningar. Det hade varit en stor upplevelse att se alla dessa poliser ägna sina krafter åt att försöka förstå vad som hade hänt och vem

som hade dödat mannen som nu låg under roddbåten. Vid flera till-
fällen hade han känt ett behov av att ropa ut att det varit han.

Det var en svaghet som han ännu inte helt behärskade. Det han
gjorde, den uppgift han hämtade ur sin systers uppenbarelsebok var
enbart till för hennes skull, inte hans egen. Den svagheten måste han
behärska.

Han drog det andra strecket över sin panna. Redan nu, innan för-
vandlingen knappt ens var påbörjad, kände han att stora delar av
hans yttre identitet höll på att lämna honom.

Han visste inte varför han hade fått namnet Stefan. Vid ett tillfälle
när hans mor varit någorlunda nykter hade han frågat henne. Var-
för Stefan? Varför det namnet och inget annat? Hennes svar hade
varit mycket vagt. Ett fint namn, hade hon sagt. Det mindes han. Ett
fint namn. Ett namn som var populärt. Han skulle slippa ett namn
som han skulle vara ensam om. Han mindes fortfarande hur upp-
rörd han hade blivit. Han hade lämnat henne där hon låg på soffan i
deras vardagsrum och gått ut ur huset. Sedan hade han cyklat ner till
havet. Där hade han gått på stranden och valt sig ett annat namn.
Han hade valt Hoover. Efter FBI-chefen. Han hade läst en bok om
honom. Det gick rykten om att han hade en droppe indianblod i sina
ådror. Han hade undrat om han själv också i det förflutna hade haft
indianer i släkten. Hans morfar hade sagt att många i deras familj
hade utvandrat till Amerika för länge sedan. Kanske någon hade
slagit sig ihop med en indian. Även om blodet inte rann direkt i hans
egna ådror kunde det finnas i familjen.

Det var först efteråt, när hans syster blivit inlåst på sjukhuset,
som han hade bestämt sig för att smälta samman Geronimo med
Hoover. Han hade påmint sig hur hans morfar en gång hade visat
honom hur man smälte tenn och hällde i gipsformar som föreställde
miniatyrsoldater. Han hade tagit reda på formarna och tennskopan
när morfadern hade dött. De hade sedan dess legat i en pappkartong
i deras källarförråd. Nu hade han tagit fram dem igen och han hade
ändrat i formen så att det smälta tennet skulle forma en figur som
både var en polisman och en indian. En sen kväll när alla sovit och
hans pappa hade suttit i fängelse och alltså inte kunde komma in-
stormande i deras lägenhet vilken tid på dygnet som helst, hade han
stängt in sig i köket och begått den stora ceremonin. Genom att
smälta samman Hoover med Geronimo hade han skapat sin nya
identitet. Han var en fruktad polisman som hade indiankrigarens
mod. Han skulle vara osårbar. Inget skulle hindra honom från att
utkräva den nödvändiga hämnden.

Han fortsatte med att dra de bågformade svarta strecken ovanför ögonen. De gjorde att hans ögon sjönk ännu djupare in i sina hålor. De vilade där som lurande rovdjur. Två rovdjur, två blickar. Han tänkte långsamt igenom det som väntade. Det var midsommarafton. Att det blåste och regnade skulle göra uppgiften svårare. Men det skulle inte hindra honom. Han tänkte att han måste klä sig varmt inför resan till Bjäresjö. Den fråga han inte skulle kunna få något svar på var om den fest han skulle besöka flyttades inomhus på grund av vädret. Men han intalade sig själv att han måste lita på sitt tålamod. Det var en dygd som Hoover alltid hade predikat för sina rekryter. Liksom Geronimo. Det uppstår alltid ett ögonblick när en människas vaksamhet slappnar. Då skulle man slå till. Samma gällde om festen flyttade inomhus. Förr eller senare skulle den man han kommit för att besöka visa sig utanför huset. Då skulle ögonblicket vara inne.

Dagen innan hade han varit där. Han hade lämnat mopeden i en skogsdunge och letat sig upp på en kulle där han kunde spana ostört. Arne Carlmans hus låg precis som Wetterstedts för sig själv. Det fanns inga grannar alldeles intill tomten. En nerklippt pilallé ledde fram till den gamla vitkalkade skånegården.

Förberedelserna för midsommarfesten hade redan börjat. Han hade sett hur man från en lastbil med öppet flak hade lastat av ett antal fällbord och stapelbara stolar. I ena hörnet av trädgården hade man hållit på att spänna upp ett serveringstält.

Arne Carlman hade också varit där. I kikaren hade han kunnat se hur mannen han skulle besöka dagen efter hade gått omkring i trädgården och dirigerat arbetet. Han hade varit klädd i en träningsoverall. På huvudet hade han haft en basker nerdragen. Han hade inte kunnat undvika att tänka på sin syster tillsammans med denne man och illamåendet hade genast kommit över honom. Efteråt hade han inte behövt se mer. Han visste hur han skulle gå till väga.

När han var färdig med pannan och skuggorna kring ögonen drog han två kraftiga vita streck på var sida om näsbenet. Redan kände han hur Geronimos hjärta slog i hans bröst. Han böjde sig ner och startade bandspelaren som stod på källargolvet. Trummorna var mycket kraftiga. Andarna började tala inom honom.

Först sent på eftermiddagen var han färdig. Han valde ut de vapen han skulle ta med sig. Sedan släppte han ut de fyra råttorna i en stor låda. De försökte klättra upp längs väggarna, men utan att lyckas. Han måttade med den yxa han ville prova mot den största av de feta råttorna. Hugget klöv råttan i två delar. Det gick så fort att den aldrig hann skrika. De andra råttorna började däremot att klösa mot väggarna för att ta sig ut i friheten. Han gick till kroken på väggen där hans skinnjacka hängde. Han stoppade in ena handen i innerfickan för att ta fram sprayburken som skulle finnas där. Men den var borta. Han kände i jackans övriga fickor. Ingenstans kunde han hitta den. Han stod ett ögonblick alldeles stilla. Hade trots allt någon varit här? Han bestämde sig för att det inte var möjligt. För att kunna tänka klart satte han sig framför speglarna igen. Sprayburken måste ha ramlat ur hans jacka. Han tänkte långsamt och metodiskt igenom de dagar som gått sedan han hade besökt Gustaf Wetterstedt. Då förstod han hur det hade gått till. Han måste ha tappat burken när han betraktade polisens arbete utanför avspärrningarna. Vid ett tillfälle hade han tagit av sig jackan för att sätta på sig en tröja. Så måste det ha gått till. Han bestämde sig för att det inte utgjorde någon fara. Vem som helst kunde ha tappat en sprayburk. Även om hans fingeravtryck fanns på den så hade inte polisen dem i sina register. FBI-chefen Hoover skulle ha varit hjälplös när det gällde att spåra sprayburken. Han reste sig från sin plats framför speglarna och återvände till råttorna i lådan. När de fick syn på honom började de kasta sig fram och tillbaka mellan väggarna. Med tre hugg av yxan dödade han dem. Sedan hällde han ner de blodiga råttkadavren i en plastpåse som han noga knöt igen innan han stoppade ner den i ytterligare en plastpåse. Han torkade av eggen och kände sedan på den med fingertopparna.

Strax efter klockan sex på eftermiddagen var han färdig. Vapnen och påsen med råttliken hade han stoppat ner i sin ryggsäck. Eftersom det regnade och blåste satte han på sig strumpor och gymnastikskor. Tidigare hade han filat bort mönstret under skosulorna. Han släckte ljuset och lämnade källaren. Innan han gick ut på gatan drog han ner hjälmen över huvudet.

Strax bortom avtagsvägen till Sturup svängde han in på en parkeringsplats och stoppade plastpåsen med råttliken i en soptunna. Sedan fortsatte han mot Bjäresjö. Blåsten hade avtagit. Det hade plötsligt blivit ett väderomslag. Kvällen skulle bli varm.

*

Midsommarafton var en av konsthandlaren Arne Carlmans stora ögonblick under året. I mer än femton år hade det varit tradition att han bjöd på fest på sin skånegård där han bodde under somrarna.

Bland konstnärer och galleriägare var det viktigt att bli inbjuden till Carlmans sommarfest. Han hade ett avgörande inflytande bland de som köpte och sålde konst i landet. Han kunde skänka berömmelse och rikedom åt en konstnär han bestämde sig för att satsa på. Han kunde störta andra som inte följde hans råd eller gjorde som han sa. För mer än trettio år sedan hade han i en gammal bil rest landet runt som konstnasare. Det hade varit fattiga år. Men det hade lärt honom vilken typ av tavlor man kunde sälja till vilken kund. Han hade lärt sig branschen och en gång för alla gjort sig av med föreställningar om att konst var något som stod ovanför den verklighet som styrdes av pengar. Han hade sparat ihop tillräckligt för att öppna en ramaffär kombinerad med galleri på Österlånggatan i Stockholm. Med en skoningslös blandning av smicker, sprit och ovikta sedlar hade han köpt upp tavlor från unga konstnärer och sedan byggt upp deras ställning. Han mutade, hotade och ljög sig fram. Efter tio år hade han ett trettiotal gallerier över hela Sverige. Han hade då också börjat sälja konst per postorder. I mitten på 70-talet var han en förmögen man. Han köpte gården i Skåne och började med sina sommarfester några år senare. Det var tillställningar som hade nått berömmelse vida omkring för sitt gränslösa överdåd. Varje gäst kunde förvänta sig en present som inte hade kostat mindre än femtusen kronor. Just detta år hade han låtit framställa ett begränsat antal reservoarpennor som en italiensk designer hade skapat.

När Arne Carlman vaknade vid sin hustrus sida tidigt på midsommaraftonens morgon hade han gått fram till fönstret och sett ut över ett landskap nertyngt av regn och blåst. En sky av missbelåten irritation drog hastigt över hans ansikte. Men han hade lärt sig att acceptera det oundvikliga. Vädret rådde han inte över. Redan fem år tidigare hade han låtit sy upp en speciell kollektion med regnkläder som skulle finnas tillgängliga när gästerna kom. De som ville kunde vara ute i trädgården, de som föredrog det kunde vara inne i den gamla lagården som han för många år sedan hade förvandlat till ett stort öppet rum.

Gästerna började anlända vid åttatiden på kvällen. Det envisa regnandet hade upphört. Det som hade verkat bli en blöt och otrevlig midsommarafton hade plötsligt förvandlats till en vacker sommarkväll. Arne Carlman mötte i smoking och en av hans söner följde honom med ett uppspänt paraply. Han inviterade alltid 100 personer varav hälften skulle vara där för första gången. Strax efter tio på kvällen klingade han i sitt glas och höll sitt traditionella sommartal.

Han gjorde det i vetskapen om att minst hälften av de närvarande antingen hatade honom eller föraktade honom. Men nu, vid 66 års ålder, hade han slutat att bry sig om vad människor tyckte och tänkte. Hans solida imperium fick tala för sig själv. Två av hans söner var beredda att överta verksamheten när han inte längre orkade. Men ännu hade han inte tänkt ge sig. Det var också vad han sa i sitt sommartal som enbart handlade om honom själv. Ännu skulle de inte räkna ut honom. Ännu kunde de se fram mot ett antal midsommarfester då vädret förhoppningsvis skulle bli bättre än just detta år. Hans ord möttes av kraftlösa applåder. Sedan började en orkester spela inne i lagården. De flesta gästerna sökte sig inomhus. Arne Carlman anförde dansen med sin hustru.

– Vad tyckte du om mitt lilla tal? frågade han när de dansade.

– Så elak som i år har du aldrig varit, svarade hon.

– Låt dom hata, sa han. Vad rör det mig? Vad rör det oss? Än har jag mycket ogjort.

Strax före midnatt tog Arne Carlman med en ung konstnärinna från Göteborg till en berså som låg för sig själv i utkanten av den stora trädgården. Det var en av de talangscouter han hade på sina avlöningslistor som hade gett honom rådet att bjuda in henne till sin sommarfest. Han hade sett ett antal färgbilder av hennes oljemålningar och genast insett att hon kom med något nytt. Det var en ny form av idyllmåleri. Kalla förorter, stenöknar, ensamma människor, omslutna av paradisiska blomsterängar. Han hade redan då insett att han skulle lansera konstnärinnan som den ledande företrädaren för en ny konstriktning som kunde kallas nyillusionismen. Hon var mycket ung, tänkte han när de gick mot bersån. Dessutom var hon varken vacker eller mystisk. Arne Carlman hade lärt sig att lika viktigt som måleriet var den framtoning som konstnären hade. Han undrade vad han skulle kunna göra med denna magra och bleka människa som gick bredvid honom.

Gräset var fortfarande fuktigt. Kvällen var vacker. Dansen pågick fortfarande. Men många av gästerna hade börjat samlas kring de teveapparater som fanns på Carlmans gård. Teveutsändningen av Sveriges match mot Ryssland skulle börja om ungefär en halvtimme. Han ville klara av sitt samtal med henne för att sedan själv kunna se matchen. Han hade ett kontrakt i fickan.

Det skulle ge henne en större summa kontanter mot att han fick ensamrätten att under tre år sälja hennes arbeten. På ytan var det ett mycket fördelaktigt kontrakt. Det finstilta som inte gick att läsa i sommarnattens bleka ljus gav honom dessutom ett stort antal övriga rättigheter till hennes framtida målningar. När de kom in i bersån torkade han av två stolar med en näsduk och bad henne sätta sig. Det tog honom en knapp halvtimme att övertyga henne om att hon skulle skriva på kontraktet. Sedan räckte han henne en av de pennor som italienaren hade formgivit och hon skrev under.

Hon lämnade bersån och gick tillbaka till lagården. Efteråt skulle hon med bestämdhet hävda att klockan då hade varit exakt tre minuter i tolv. Hon hade av någon anledning kastat en blick på sitt armbandsur när hon gick längs en av grusgångarna upp mot huset. Med samma övertygelse svor hon också på att Arne Carlman hade varit alldeles som vanligt när hon lämnade honom. Han hade inte gett uttryck för att han varit orolig. Inte heller att han hade väntat på någon. Han hade bara sagt att han skulle sitta kvar några minuter för att njuta av den friska luften efter regnet.

Hon hade aldrig vänt sig om. Men ändå var hon säker att det inte hade funnits någon annan människa i trädgården. Inte heller hade hon mött någon som varit på väg mot bersån.

*

Hoover hade legat gömd på kullen under hela den långa kvällen. Fukten från marken gjorde att han kände sig frusen trots att det hade slutat regna. Då och då reste han sig för att skaka liv i sina frusna leder. Strax efter elva hade han sett i sin kikare att ögonblicket närmade sig. Det var färre och färre människor ute i trädgården. Han hade tagit fram sina vapen och stoppat ner dem i bältet. Han hade också tagit av sig strumporna och skorna och stoppat ner dem i ryggsäcken. Sedan hade han försiktigt, hukande, glidit ner från kullen och sprungit längs en kärrväg i skydd av ett rapsfält. Han hade kommit fram till baksidan av trädgården där han sjunkit ner på den blöta marken. Genom häcken hade han överblick över trädgården.

En knapp timme senare var hans väntan över. Arne Carlman kom gående rakt emot honom. I sällskap hade han en ung kvinna. De hade satt sig i bersån. Hoover hade haft svårt att uppfatta vad de talade om. Efter ungefär trettio minuter hade kvinnan rest sig, men Arne Carlman hade suttit kvar. Trädgården hade varit öde. Från lagården hördes inte längre musik. Däremot det uppskruvade ljudet från flera teveapparater. Hoover hade rest sig, dragit sin yxa och pressat sig igenom häcken alldeles intill bersån. En sista gång hade han hastigt kontrollerat att trädgården var folktom. Sedan hade all tvekan varit borta, hans systers uppenbarelser manade honom att utföra sin uppgift. Han störtade in i bersån och högg yxan rakt i ansiktet på Arne Carlman. Det våldsamma hugget klöv skallen ner till överkäken. Han blev sittande på bänken med de två ansiktshalvorna pekande åt olika håll. Hoover drog sin kniv och skar av håret på den del av huvudet som var närmast till. Sedan försvann han lika hastigt som han hade kommit. Han återvände till kullen, hämtade sin ryggsäck och sprang sedan till den lilla grusväg där han ställt sin moped bakom en av vägverkets baracker.

Två timmar senare begravde han skalpen intill den andra under sin systers fönster.

Vinden hade mojnat. På himlen fanns inte längre ett enda moln.

Midsommardagen skulle bli både vacker och varm.

Sommaren hade kommit. Fortare än någon kunnat ana.

Skåne

25–28 juni 1994

Larmet kom till Ystadspolisen strax efter två på natten.

I samma ögonblick gjorde Thomas Brolin mål för Sverige i matchen mot Ryssland. Han slog in en straffspark. Ett jubel gick genom den svenska sommarnatten. Det hade varit en ovanligt lugn midsommarafton. Polismannen som tog emot samtalet gjorde det stående eftersom han farit upp från sin stol och vrålat när Brolin gjort mål. Trots sin glädje uppfattade han omedelbart att det telefonsamtal som nådde honom var allvarligt. Kvinnan som skrek i hans öra verkade nykter. Hennes hysteri kom från en chockupplevelse som var alldeles verklig. Polismannen ringde in till Hansson som hade känt sitt tillfälliga förordnande som polischef så betungande att han inte ens hade vågat lämna polishuset under midsommaraftonen. Han hade löpande försökt bedöma var hans begränsade personalresurser behövdes bäst vid varje enskilt tillfälle. Klockan elva hade det utbrutit två våldsamma bråk samtidigt på två olika privata fester. I det ena fallet hade det rört sig om svartsjuka. Men i det andra hade den svenske fotbollsmålvakten Thomas Ravelli varit orsak till det tumult som hade uppstått. I ett protokoll som sedermera upprättades av Svedberg hade han konstaterat att det var Ravellis agerande vid Kameruns andra mål som utlöst det våldsamma gräl som utmynnat i att tre personer behövt föras till sjukhus för att få sina skador omsedda. Men nu när han fick besked om larmet från Bjäresjö hade redan en av patrullbilarna kommit tillbaka. I normala fall brukade dåligt väder vara den bästa garanten för en lugn midsommarafton. Men detta år hade historien vägrat att upprepa sig.

Hansson gick ut till operationscentralen och talade med polismannen som tagit emot larmet.

– Sa hon verkligen att en man hade fått sitt huvud delat mitt itu?

Polismannen nickade. Hansson tänkte efter.

– Vi får be Svedberg åka ut, sa han sedan.

– Han håller ju på med den där misshandelshistorien i Svarte?

– Det hade jag glömt, sa Hansson. Då får du ringa Wallander.

För första gången på över en vecka hade Wallander lyckats somna redan före midnatt. Han hade i ett svagt ögonblick tänkt att han borde förena sig med resten av det svenska folket och se utsändningen av fotbollsmatchen mot Ryssland. Men han hade somnat i väntan på att spelarna skulle komma in på planen. Telefonen slungade upp honom till ytan och han visste först inte var han befann sig. Han famlade efter telefonen som stod vid sidan av sängen. Efter många års senfärdighet hade han bara några månader tidigare kommit sig för med att låta installera ett extra jack som gjorde att han inte behövde stiga ur sängen för att svara.

– Väckte jag dig? frågade Hansson.

– Ja, svarade Wallander. Vad är det?

Han förvånades över att han sa som det var. Tidigare hade han alltid brukat hävda att han var vaken när någon ringde honom oavsett tidpunkt.

Hansson berättade kortfattat om larmet som kommit. Efteråt skulle Wallander många gånger grubbla över varför han inte redan då hade insett att det som hänt i Bjäresjö påminde om vad som skett med Gustaf Wetterstedt. Var det för att han inte ville tänka tanken att de hade fått en seriemördare på halsen? Eller kunde han helt enkelt inte föreställa sig att ett mord som det på Wetterstedt kunde vara något annat än en enskild händelse? Det enda han gjorde när klockan var tjugo minuter över två var att be Hansson skicka ut en ordningspatrull till platsen, så skulle han själv följa efter så fort han hade klätt sig. Klockan fem i tre stannade han utanför den gård i Bjäresjö som han fått sig angiven. På bilradion hörde han att Martin Dahlin nickade in sitt andra mål mot Ryssland. Han insåg att Sverige skulle vinna och att han hade förlorat ytterligare en hundralapp. När han fick syn på Norén som kom honom till mötes springande insåg han genast att något allvarligt hade hänt. Men det var först när han hade kommit in i trädgården och passerat ett antal människor som antingen var hysteriska eller stumma som han förstod vad som verkligen hade inträffat. Mannen som hade suttit på bänken i en berså hade verkligen fått sitt huvud kluvet i två delar. På den vänstra huvudhalvan hade någon dessutom skurit av en stor skinnbit med vidhängande hår. Wallander hade stått alldeles orörlig i mer än en minut. Norén hade sagt någonting som han inte uppfattade. Han hade stirrat på den döde mannen och tänkt att det måste vara samma mördare som huggit ihjäl Wetterstedt några dagar tidigare. Han hade då under ett kort ögonblick känt en svårtydbar sorg inom sig. Senare hade han i samtal med Baiba försökt förklara den oväntade och mycket lite polisiära känsla som drabbat honom. Det hade varit som om den sista fördämningen hade brustit inom honom. Och den fördämningen hade varit en illusion. Nu hade han vetat att det inte längre existerade några osynliga skiljelinjer i landet. Det våld som tidigare varit koncentrerat till de stora städerna hade en gång för alla också nått hans eget polisdistrikt. Världen hade krympt och svällt på en och samma gång.

Känslan av sorg hade sedan ersatts av rädsla. Han hade vänt sig mot Norén som varit mycket blek.

– Det ser ut att vara samme gärningsman, sa Norén.

Wallander nickade.

– Vem var han? frågade han.

– Han heter Arne Carlman. Det är han som äger gården. Det pågick en midsommarfest.

– Se till att ingen försvinner härifrån. Ta reda på vem som eventuellt har sett nånting.

Wallander tog upp sin telefon, slog numret till polisen och bad att få tala med Hansson.

– Det ser illa ut, sa han när Hansson hade kommit till telefonen.

– Hur illa?

– Jag har svårt att tänka mig nåt värre. Det är med säkerhet samma mördare som tog livet av Wetterstedt. Den här har också blivit skalperad.

Wallander kunde höra hur Hansson andades.

– Du måste rycka upp alla vi har, fortsatte Wallander. Dessutom vill jag att Per Åkeson kommer hit.

Wallander avslutade samtalet innan Hansson hann ställa några ytterligare frågor. Vad gör jag nu? tänkte han. Vem är det jag ska leta efter? En psykopat? En gärningsman som handlar försiktigt och beräknande?

Innerst inne visste han dock vad han måste göra. Det måste finnas ett samband mellan Gustaf Wetterstedt och den man som hette Arne Carlman. Det var vad han först av allt skulle leta efter.

Efter tjugu minuter började utryckningsfordonen att komma. När Wallander fick syn på Nyberg tog han med honom direkt till bersån.

– Det ser inte vackert ut, var Nybergs första kommentar.

– Det är med säkerhet samme man som tog livet av Gustaf Wetterstedt, sa Wallander. Han har kommit tillbaka och slagit till igen.

– Det ser inte ut som om vi behöver tveka om brottsplatsen den här gången, sa Nyberg och pekade på blodet som hade stänkt över häcken och det lilla serveringsbordet.

– Han har också fått håret avskuret, sa Wallander.

Nyberg kallade på sina medarbetare och satte igång. Norén hade samlat alla festdeltagarna inne i lagården. Trädgården var egendomligt övergiven. Norén kom Wallander till mötes och pekade upp mot boningshuset.

– Han har en hustru och tre barn därinne. Dom är naturligtvis chockade.

– Vi borde kanske skaffa en läkare.

– Hon har ringt själv.

– Jag ska tala med dom, sa Wallander. När Martinsson och Ann-Britt och dom andra kommer vill jag att du säger åt dom att tala med dom som eventuellt har sett nånting. Dom andra kan åka hem. Men skriv upp deras namn. Och begär att få se legitimation. Det finns inga ögonvittnen?

– Ingen som har anmält sig.

– Har du nån tidtabell?

Norén tog upp ett anteckningsblock ur fickan.

– Halv tolv har man med säkerhet sett Carlman i livet. Två hittas han död. Under de timmarna måste mordet ha skett.

– Den tiden måste vara möjlig att korta av, sa Wallander. Försök leta reda på den som såg honom i livet senast. Och naturligtvis den som hittade honom.

Wallander gick in i huset. Bostadsdelen av skånelängan var pietetsfullt restaurerad. Wallander steg in i ett stort rum som samtidigt var både kök, matsal och vardagsrum. Överallt på väggarna hängde oljemålningar. I ett hörn av rummet, i en soffgrupp av svarta skinnmöbler satt den dödes familj. En kvinna i femtioårsåldern reste sig och kom emot honom.

– Fru Carlman? frågade Wallander.

– Ja. Det är jag.

Wallander kunde se att hon hade gråtit. Han letade också efter tecken på om hon var nära ett sammanbrott. Men hon gav intryck av att vara förvånansvärt samlad.

– Jag beklagar det som har hänt, sa Wallander.

– Det är fruktansvärt.

Wallander uppfattade något mekaniskt i hennes svar. Han tänkte efter innan han kom med sin första fråga.

– Kan ni föreställa er nån som skulle ha kunnat göra det här?

– Nej.

116

Wallander tänkte genast att svaret kom för hastigt. Hon hade varit förberedd på frågan. Det finns med andra ord många som skulle ha kunnat tänka sig att ta livet av honom, sa han till sig själv.

– Får jag fråga vad er man sysslade med?

– Han var konsthandlare.

Wallander stelnade till. Hon missuppfattade hans koncentrerade blick och upprepade sitt svar.

– Jag hörde, sa Wallander. Ursäkta mig ett ögonblick.

Wallander vände tillbaka ut på gårdsplanen. Med alla sinnen på helspänn tänkte han på vad kvinnan inne i huset hade sagt. Han la ihop det med vad Lars Magnusson hade berättat om de rykten som en gång i det förflutna hade omgett Gustaf Wetterstedt. Det hade handlat om konststölder. Och nu var en konsthandlare död, mördad av samma hand som tagit livet av Wetterstedt. Med en känsla av lättnad och tacksamhet insåg han att ett samband mellan de två redan på detta tidiga stadium var etablerat. Han skulle just återvända in i huset när Ann-Britt Höglund kom runt husknuten. Hon var blekare än vanligt. Och mycket spänd. Wallander påminde sig sina tidigaste år som kriminalpolis, då varje våldsbrott hade blivit en personlig angelägenhet. Rydberg hade från början lärt honom att en polis aldrig fick tillåta sig att göra sig till vän med ett våldsoffer. Det hade tagit Wallander lång tid att lära sig.

– En till? frågade hon.

– Samme gärningsman, svarade Wallander. Eller gärningsmän. Mönstret upprepar sig.

– Har han också blivit skalperad?

– Ja.

Han såg hur hon ofrivilligt ryggade tillbaka.

– Jag tror att jag redan har hittat nåt som binder ihop dom här två männen, fortsatte Wallander och förklarade vad han menade. Under tiden hade också Svedberg och Martinsson kommit. Wallander upprepade hastigt vad han sagt till Ann-Britt Höglund.

– Ni måste tala med gästerna, sa Wallander. Om jag har förstått Norén rätt är det minst hundra. Och dom ska legitimera sig innan dom försvinner härifrån.

Wallander återvände in i huset. Han drog fram en trästol och satte sig vid soffgruppen där familjen var samlad. Frånsett Carlmans änka fanns där två pojkar i tjuguårsåldern och en flicka som var några år äldre. Alla verkade oväntat behärskade.

– Jag lovar att bara ställa dom frågor som är absolut nödvändiga att få svar på så fort som möjligt, sa han. Allt annat kan vi återkomma till senare.

Det blev tyst. Ingen av dem sa någonting. Wallander insåg att hans första fråga var given.

– Vet ni vem gärningsmannen är? frågade han. Var det en av gästerna?

– Vem skulle det annars ha varit? svarade en av sönerna. Han hade blont kortklippt hår. Med obehag insåg Wallander att han kunde ana en likhet med det deformerade ansikte han nyss hade tvingats bese ute i bersån.

– Är det nån särskild du tänker på? fortsatte Wallander.

Pojken skakade på huvudet.

– Det verkar inte särskilt troligt att nån skulle ha valt att komma hit utifrån när det pågår en stor fest, sa fru Carlman.

En tillräckligt kallblodig person skulle inte ha tvekat, tänkte Wallander. Eller någon som är tillräckligt galen. Någon som kanske inte ens bryr sig om ifall han blir gripen eller inte.

– Er man var konsthandlare, fortsatte Wallander. Kan ni beskriva för mig vad det innebär?

– Min man har över trettio gallerier runt om i landet, sa hon. Han har också gallerier i dom övriga nordiska länderna. Han säljer tavlor per postorder. Han hyr ut tavlor till företag. Han ansvarar för ett stort antal konstauktioner varje år. Och mycket annat.

– Kan han ha haft några fiender?

– En man som lyckas blir alltid illa omtyckt av dom som har samma ambitioner men saknar förmågan.

– Har er man någonsin talat om att han har känt sig hotad?

– Nej.

Wallander såg på barnen som satt i soffan. De skakade nästan samtidigt på huvudet.

– När såg ni honom senast? fortsatte han.

– Jag dansade med honom vid halv elva-tiden, sa hon. Sen skymtade jag honom ett par gånger till. Kanske klockan var elva när jag såg honom sista gången.

Inget av barnen hade sett honom vid någon senare tidpunkt. Wallander insåg att alla andra frågor kunde vänta. Han stoppade tillbaka sitt anteckningsblock i fickan och reste sig. Han borde säga några medkännande ord. Men han hittade dem inte. Han nickade bara helt kort och lämnade huset.

Sverige hade vunnit fotbollsmatchen med 3–1. Målvakten Ravelli hade varit strålande, Kamerun var glömt och Martin Dahlin var genialisk med sitt huvudspel. Wallander uppfattade fragment av samtal som pågick runt honom. Pusslade ihop och la samman. Tydligen hade Ann-Britt Höglund och ytterligare två polismän tippat rätt resultat. Wallander anade att han förstärkte sin position som den sämste. Han kunde inte bestämma sig för om det gjorde honom irriterad eller belåten.

De arbetade hårt och effektivt under de närmaste timmarna. Wallander hade inrättat ett provisoriskt högkvarter i ett lagerrum som låg i anknytning till lagården. Strax efter fyra på morgonen kom Ann-Britt Höglund in till honom med en ung kvinna som talade utpräglad göteborgsdialekt.

– Hon var den sista som såg honom i livet, sa Ann-Britt. Hon var tillsammans med Carlman i bersån strax före midnatt.

Wallander bad henne sitta ner. Hon berättade att hon hette Madelaine Rhedin och var konstnär.

– Vad gjorde ni i bersån? frågade Wallander.

– Arne ville att jag skulle skriva på ett kontrakt.

– Vad för sorts kontrakt?

– Han skulle sköta försäljningen av mina målerier.

– Och du skrev på kontraktet?

– Ja.

– Vad hände sen?

– Ingenting.

– Ingenting?

– Jag reste mig och gick därifrån. Jag såg på klockan. Den var tre minuter i tolv.

– Varför såg du på klockan?

– Jag brukar göra det när det händer nåt viktigt.

– Kontraktet var viktigt?

– Jag skulle få tvåhundra tusen kronor på måndag. För en fattig konstnär är det en viktig händelse.

– Fanns det nån i närheten när ni satt i bersån?

– Inte vad jag kunde se.

– Och när du gick därifrån?

– Det var tomt.

– Vad gjorde Carlman när du gick?

– Han satt kvar.

– Hur vet du det? Vände du dig om?

– Han sa att han skulle njuta av luften. Jag hörde inte att han reste sig.

– Verkade han orolig?

– Nej, han var på gott humör.

Wallander avslutade samtalet.

– Försök att tänka efter, sa han. I morgon kanske du kommer på nånting mer. Vad du än minns så kan det vara viktigt. Då vill jag att du hör av dig.

När hon lämnade rummet kom Per Åkeson från andra hållet. Han var alldeles vit i ansiktet. Han satte sig tungt på stolen Madelaine Rhedin just hade lämnat.

– Det var det jävligaste jag har sett, sa han.

– Du behövde inte ha tittat på honom, sa Wallander. Det var inte därför jag ville att du skulle komma.

– Jag förstår inte hur du står ut, sa Åkeson.

– Inte jag heller, svarade Wallander.

Per Åkeson blev med ens allvarlig.

– Är det samme man som dödade Wetterstedt? frågade han.

– Utan tvivel.

De såg på varandra och visste att de tänkte samma tanke.

– Han kan med andra ord slå till igen?

Wallander nickade. Åkeson gjorde en grimas.

– Om vi aldrig har prioriterat nån utredning tidigare så ska vi göra det nu, sa han. Jag antar att du behöver mer folk? Jag kan dra i dom trådar som är nödvändiga.

– Inte än, sa Wallander avvärjande. Antalet poliser kan möjligen underlätta gripandet av en person som vi vet utseende och namn på. Men vi är inte där än.

Sedan berättade han vad Lars Magnusson hade sagt och att Arne Carlman varit konsthandlare.

– Det finns ett samband, slutade han. Och det kommer att underlätta arbetet.

Per Åkeson var tveksam.

– Jag hoppas du inte lägger alla ägg i samma korg för tidigt, sa han.

– Jag stänger inga dörrar, sa Wallander. Men jag måste luta mig mot den vägg jag hittar.

Per Åkeson stannade kvar i ytterligare en timme innan han for tillbaka till Ystad. Vid femtiden på morgonen hade journalister börjat dyka upp på gården. Wallander ringde ilsket in till Ystad och begärde att Hansson skulle ta sig an journalisterna. Då hade han redan insett att de inte kunde dölja att Arne Carlman hade blivit skalperad. Hansson höll en improviserad och ytterst kaotisk presskonferens på vägen utanför gården. Under tiden slussade Martinsson, Svedberg och Ann-Britt Höglund långsamt ut de gäster som alla fick genomgå ett kortare förhör. Wallander hade själv ett längre samtal med den kraftigt berusade skulptör som hade upptäckt Arne Carlman.

– Varför gick du ut i trädgården? frågade Wallander.

– För att kräkas.

– Och det gjorde du?

– Ja.

– Var kräktes du?

– Bakom ett av äppelträden.

– Vad hände sen?

– Jag tänkte sätta mig i bersån och ta igen mig.

– Vad hände då?

– Jag hittade honom.

Vid det svaret hade Wallander varit tvungen att avbryta förhöret eftersom skulptören åter hade börjat må illa. Han reste sig och gick ner till bersån. Himlen var alldeles klar, solen stod redan högt. Wallander tänkte att midsommardagen skulle bli både varm och vacker. När han kom ner till bersån såg han till sin lättnad att Nyberg hade täckt över Carlmans huvud med en plastduk som inte var genomskinlig. Nyberg låg på knä intill den häck som avgränsade trädgården från det intilliggande rapsfältet.

– Hur går det? frågade Wallander uppmuntrande.

– Det finns ett svagt spår av blod här på häcken, sa han. Så långt kan det knappast ha stänkt från bersån.

– Vad betyder det? frågade Wallander.

– Det är din sak att svara på, svarade Nyberg.

Han pekade på häcken.

– Just här är den mycket gles, sa han. Det hade varit möjligt för en person som inte är alltför kraftigt byggd att ta sig in i trädgården och ut den här vägen. Vi ska se vad vi hittar på andra sidan. Men jag föreslår att du får hit en hund. Snarast möjligt.

Wallander nickade.

Hundföraren kom med sin schäfer när klockan hade blivit halv sex. De sista gästerna höll då på att lämna gården. Wallander nickade åt hundföraren som hette Eskilsson. Polishunden var gammal och hade varit med länge. Den gick under namnet Skytt.

Hunden fick genast upp vittring i bersån och började dra mot häcken. Just där Nyberg hade hittat blodspår ville den tränga genom. Eskilsson och Wallander sökte upp ett annat ställe där häcken var gles och kom ut i de traktorspår som skilde tomten från åkern. Hunden hittade vittringen igen och drog längs fältet mot en kärrväg som ledde bort från gården. På Wallanders förslag släppte Eskilsson hunden och sa åt den att söka. Wallander kände en plötslig spänning inom sig. Hunden sökte längs kärrvägen och nådde slutet av rapsfältet. Här tycktes den för ett ögonblick förlora sitt spår. Sedan hittade den tillbaka igen och sökte vidare mot en kulle som låg vid en damm som till hälften var vattenfylld. På kullen tog spåret slut. Eskilsson sökte i olika riktningar utan att hunden fick upp vittringen igen.

Wallander såg sig runt. Ett ensamt träd stod vindkrökt på toppen av kullen. Rester av en gammal cykelram låg halvt begravd i jorden. Wallander ställde sig intill trädet och betraktade gården på avstånd. Han insåg att utsikten över trädgården var mycket god. Med en kikare skulle det vara möjligt att urskilja vem som vid varje ögonblick befann sig utomhus.

Wallander rös plötsligt till. En känsla av att någon annan, en för honom okänd människa, hade stått på samma ställe tidigare under natten fyllde honom med obehag. Han återvände till trädgården igen. Hansson och Svedberg satt på trappan till boningshuset. De var gråa i ansiktet av trötthet.

– Var är Ann-Britt? frågade Wallander.

– Hon släpper iväg den sista gästen, svarade Svedberg.

– Martinsson? Vad gör han?

– Han talar i telefon.

Wallander satte sig bredvid de andra på trappan. Solen hade redan börjat värma.

– Vi måste försöka orka lite till, sa han. När Ann-Britt är klar åker vi tillbaka in till Ystad. Vi måste sammanfatta och bestämma oss för hur vi ska gå vidare.

Ingen svarade. Det var heller inte nödvändigt. Ann-Britt Höglund kom ut från lagården. Hon satte sig på huk framför de andra.

– Att så många människor kan se så lite, sa hon med trött stämma. Det övergår mitt förstånd.

Eskilsson passerade med sin hund. Sedan hördes Nybergs irriterade röst bortifrån bersån.

Martinsson kom gående runt husknuten. Han hade en telefon i handen.

– Det är kanske ovidkommande just nu, sa han. Men det har kommit ett meddelande från Interpol. Dom har en positiv bekräftelse på flickan som brände sig till döds. Dom tror att dom vet vem hon är.

Wallander såg undrande på honom.

– Flickan i Salomonssons rapsåker?
– Ja.
Wallander reste sig.
– Vem är det?
– Jag vet inte. Men det ligger ett meddelande inne på polishuset.
Strax därpå lämnade de Bjäresjö och återvände till Ystad.

12

Dolores Maria Santana.

Klockan var kvart i sex på midsommardagens morgon när Martinsson läste upp den avskrift från Interpol som gav tillbaka flickan som bränt sig till döds hennes identitet.

– Var kommer hon ifrån? frågade Ann-Britt Höglund.

– Meddelandet kommer från Dominikanska Republiken, svarade Martinsson. Det har gått via Madrid.

Sedan såg han sig frågande runt i rummet.

Ann-Britt Höglund var den som visste svaret.

– Dominikanska Republiken är andra delen av den ö där Haiti ligger, svarade hon. I Västindien. Heter den inte Hispaniola?

– Hur i helvete har hon hamnat här, sa Wallander. I Salomonssons rapsåker? Vem är hon? Vad skriver Interpol mer?

– Jag har inte hunnit gå igenom det i detalj, sa Martinsson. Men om jag förstår det rätt så har hon varit efterlyst av sin far och anmäld försvunnen sen i november i fjol. Anmälan är ursprungligen inlämnad i en stad som heter Santiago.

– Den ligger väl i Chile? avbröt Wallander förvånat.

– Den här staden heter Santiago de los Treinta Caballeros, sa Martinsson. Finns det verkligen ingen världskarta nånstans?

– Det finns det, sa Svedberg och försvann.

Några minuter senare kom han tillbaka och skakade på huvudet.

– Det måste ha varit Björks privata karta, sa han. Jag hittar den inte.

– Ring och väck bokhandlarn, sa Wallander. Jag vill ha hit en karta.

– Är du klar över att klockan inte ens är sex på midsommardagens morgon? undrade Svedberg

– Det kan inte hjälpas. Ring honom. Och skicka ner en bil att hämta kartan.

Wallander plockade fram en hundralapp ur sin plånbok och gav den till Svedberg som försvann för att ringa till bokhandeln. Några minuter senare hade han dragit upp den yrvakne bokhandlaren och bilen var på väg för att hämta kartan.

De hade tagit kaffe och gått in i konferensrummet och stängt dörren bakom sig. Hansson hade sagt till om att de inte ville bli störda av någon annan än Nyberg den närmaste timmen. Wallander såg sig runt kring bordet. Han mötte blickarna från ett antal gråa och uttröttade ansikten och undrade hastigt och med obehag hur han själv såg ut.

– Vi får återkomma till flickan i rapsåkern, började han. Nu måste vi koncentrera oss på det som har hänt i natt. Och vi kan lika gärna slå fast från början att det är samme gärningsman som dödade Gustaf Wetterstedt som har slagit till nu igen. Tillvägagångssättet är detsamma, även om Carlman blivit huggen i huvudet och Wetterstedt fick ryggraden avslagen. Men båda har blivit skalperade.

– Jag har aldrig sett nåt liknande, sa Svedberg. Han som har gjort det här måste vara fullständigt bestialisk.

Wallander höjde avvärjande handen.

– Låt mig tala till punkt, fortsatte han. Vi vet också nånting mer. Att Arne Carlman var konsthandlare. Och nu ska jag berätta nånting som jag fick reda på igår.

Wallander redogjorde för sitt samtal med Lars Magnusson, om de rykten som en gång hade omgivit Gustaf Wetterstedt.

– Vi har med andra ord ett tänkbart samband, slutade han. Nyckelorden och bindeledet är konst, konststölder och konsthälerier. Och nånstans där vi hittar den punkt som binder dom samman kanske också gärningsmannen finns.

Det blev tyst. Alla tycktes överväga det som Wallander hade sagt.

– Vi vet med andra ord vad vi ska koncentrera spaningsarbetet på, fortsatte Wallander. Att söka efter beröringspunkten mellan Wetterstedt och Carlman. Men det här innebär inte att vi inte också har ett annat problem.

Han såg sig runt bordet och insåg att de förstod vad han syftade på.

– Den här mannen kan slå till igen, sa Wallander. Vi vet inte varför han har dödat Wetterstedt och Carlman. Vi vet därför inte heller om han är ute efter flera personer. Vi vet inte vem det kan vara. Det enda vi kan hoppas på är att dom som kan vara hotade själva inser det.

– Det är en sak till vi inte vet, sa Martinsson. Är mannen galen eller är han det inte? Vi vet inte om motivet är hämnd eller nåt annat. Vi kan inte ens vara säkra på att gärningsmannen inte har uppfunnit ett motiv som inte har några rötter i verkliga händelser. Ingen kan förutsäga vad som sker i en förvirrad hjärna.

– Du har naturligtvis rätt, svarade Wallander. Vi kommer att röra oss med många osäkra faktorer.

– Kanske vi bara har sett början, sa Hansson dystert. Kan det verkligen vara så illa att vi har fått en seriemördare på halsen?

– Det kan vara så illa, svarade Wallander bestämt. Därför tycker jag också att vi omedelbart ska ta hjälp utifrån. Framförallt från Rättspsykiatriska avdelningen i Stockholm. Den här mannens tillvägagångssätt är så anmärkningsvärt, inte minst med tanke på att han tar skalper, att dom kanske kan göra det som kallas en psykologisk profil av gärningsmannen.

– Har den här gärningsmannen mördat tidigare? frågade Svedberg. Eller är det först nu han har släppt lös sig själv?

– Jag vet inte, svarade Wallander. Men han är försiktig. Jag har fått en stark känsla av att han noga planerar det han ska göra. När han väl slår till gör han det utan att tveka. Till det kan det finnas minst två skäl. Det ena är att han helt enkelt inte vill åka fast. Det andra är att han i alla fall inte vill bli avbruten innan han är färdig med vad han har föresatt sig.

Vid Wallanders sista ord drog en sky av olust och obehag genom rummet.

– Vi har det här att utgå ifrån, sa han som avslutning. Var finns brytpunkten mellan Wetterstedt och Carlman? Var löper deras linjer ihop? Det är vad vi måste klarlägga. Och vi måste göra det så fort som det överhuvudtaget är möjligt.

– Vi kanske också ska ha klart för oss att vi inte längre kommer att få arbeta ifred, sa Hansson. Journalister kommer att svärma runt oss. Dom vet att Carlman blev skalperad. Dom har fått den nyhet dom har längtat efter. Av nån underlig anledning tycks svenska folket älska att läsa om våldsbrott när dom har semester.

– Det kanske inte bara är av ondo, sa Wallander. Åtminstone kanske det kan varna dom som eventuellt har orsak att vara rädda för att dom finns med på gärningsmannens osynliga turordningslista.

– Vi borde poängtera att vi vill ha tips, sa Ann-Britt Höglund. Om vi antar att du har rätt, att mördaren har en lista som han följer, och att det bör vara möjligt för vissa personer att inse att dom kanske också är hotade, då borde det finnas en möjlighet att nån av dom också vet, eller åtminstone anar, vem gärningsmannen är.

– Du har rätt, sa Wallander och vände sig sedan till Hansson. Kalla till ett pressmöte så fort som möjligt. Där ska vi säga precis allt vi vet. Att vi söker en gemensam gärningsman. Och att vi behöver alla tips vi kan få.

Svedberg reste sig och öppnade ett fönster. Martinsson gäspade högt och ljudligt.

– Vi är alla trötta, sa Wallander. Ändå måste vi fortsätta. Försök sova när ni kommer åt.

Det knackade på dörren. En polisman lämnade in en karta. De bredde ut den på bordet och letade reda på Dominikanska Republiken och staden Santiago.

– Vi får vänta med den här flickan, sa Wallander. Vi klarar det inte nu.

– Jag ska i alla fall skicka ett svar, sa Martinsson. Och vi kan ju alltid be om att få fördjupade informationer om hennes försvinnande.

– Jag undrar hur hon har hamnat här, mumlade Wallander.

– Meddelandet från Interpol anger hennes ålder till 17 år, sa Martinsson. Och hennes längd till drygt 160 centimeter.

– Skicka över en beskrivning av smycket, sa Wallander. Om pappan kan identifiera det är saken klar.

Klockan tio minuter över sju lämnade de konferensrummet. Martinsson for hem för att prata med sin familj och ställa in en resa till Bornholm. Svedberg gick ner i källaren och duschade. Hansson försvann längs korridoren för att organisera mötet med pressen. Wallander följde med Ann-Britt Höglund in på hennes rum.

– Tar vi honom? frågade hon allvarligt.

– Jag vet inte, sa Wallander. Vi har ett spår som verkar hållbart. Vi kan avskriva alla tankar på att det här är en gärningsman som dödar den som råkar komma i hans väg. Han är ute efter nånting. Skalperna är hans troféer.

Hon hade satt sig i sin stol medan Wallander lutade sig mot dörrposten.

– Varför tar man troféer? frågade hon.

– För att kunna stoltsera med dom.

– För sig själv eller för andra?

– Båda delarna.

Plötsligt insåg han varför hon hade frågat om troféerna.

– Du tänker att han har tagit dom här skalperna för att visa dom för nån?

– Det kan i alla fall inte uteslutas, svarade hon.

– Nej, sa Wallander. Det kan inte uteslutas. Det lika lite som nåt annat.

Han skulle just lämna rummet när han vände sig om.

– Ringer du till Stockholm? frågade han.

– Det är midsommardagen idag, sa hon. Jag tror knappast dom har jour.

– Då får du ringa nån hem, sa Wallander. Eftersom vi ingenting vet om han kommer att slå till igen har vi heller ingen tid att förlora.

Wallander gick till sitt eget rum och satte sig tungt i sin egen besöksstol. Det knakade betänkligt i ett av benen. Hans huvud värkte av trötthet. Han lutade huvudet bakåt och slöt ögonen. Snart sov han.

Han vaknade med ett ryck av att någon kom in i hans rum. Han kastade en blick på sitt armbandsur och såg att han hade sovit i nästan en timme. Den molande värken i huvudet fanns kvar. Ändå tyckte han att lite av tröttheten hade släppt.

Det var Nyberg som kommit in genom dörren. Hans ögon var blodsprängda och håret stod på ända.

– Jag menade inte att väcka dig, sa han ursäktande.

– Jag slumrade bara, svarade Wallander. Har du några nyheter?

Nyberg skakade på huvudet.

– Inte mycket, sa han. Det enda jag kan tänka mig är att den som slog ihjäl Carlman måste ha fått sina kläder nerblodade. Om jag föregriper den rättsmedicinska undersökningen så tror jag man kan slå fast att slaget kom rakt uppifrån. Det tyder på att den som höll i yxan stod mycket nära.

– Du är säker på att det var en yxa?

– Jag är inte säker på nånting, sa Nyberg. Det kan naturligtvis ha varit en kraftig sabel. Eller nåt annat. Men nog verkade huvudet kluvet som ett vedträ.

Wallander blev genast illamående.

– Det räcker, sa han. Gärningsmannen har alltså fått sina kläder nerblodade. Nån kan ha sett honom. Det utesluter dessutom gästerna på festen. Ingen av dom var nersölad med blod.

– Vi har sökt längs häcken, fortsatte Nyberg. Vi letade oss fram längs rapsåkern och upp mot den där kullen. Lantbrukaren som hade marken runt Carlmans gård kom och frågade om han fick hugga rapsen. Det sa jag ja till.

– Det gjorde du rätt i, sa Wallander. Är det inte ovanligt sent i år?

– Jag tror det, sa Nyberg. Det är ju redan midsommar.

– Kullen, sa Wallander.

– Nån har varit där, sa Nyberg. Gräset var nertrampat. På ett ställe verkade det som om nån hade satt sig ner. Vi har tagit prover på gräset och jorden.

– Ingenting annat?

– Jag tror knappast att den gamla cykeln har nåt intresse för oss, sa Nyberg.

– Polishunden tappade spåret, sa Wallander. Varför gjorde den det?

– Det ska du väl egentligen fråga hundföraren om, svarade Nyberg. Men det kan vara så att en främmande substans plötsligt är så stark att hunden mister den lukt den tidigare har följt. Det finns många förklaringar till att spår oförklarligt upphör.

Wallander begrundade det Nyberg hade sagt.

– Gå hem och sov nu, sa han sen. Du ser alldeles färdig ut.

– Det är jag också, svarade Nyberg.

När Nyberg hade gått gick Wallander in i matrummet och bredde en smörgås. En flicka från receptionen kom och gav honom en bunt telefonlappar. Han bläddrade igenom dem och såg att det var journalister som hade ringt. Han funderade på om han skulle åka hem och byta kläder. Sedan bestämde han sig hastigt för att göra något helt annat. Han knackade på dörren till Hanssons rum och sa att han skulle åka ut till Carlmans gård.

– Jag har sagt att vi ska tala med pressen klockan ett, sa Hansson.

– Till dess är jag tillbaka, svarade Wallander. Men om det inte händer nåt alldeles speciellt vill jag inte att nån söker mig därute. Jag behöver tänka.

– Och alla behöver sova, sa Hansson. Aldrig hade jag väl kunnat tänka mig att vi skulle få ett sånt helvete som nu.

– Det kommer alltid när man minst anar det, sa Wallander.

Han for ut mot Bjäresjö i den vackra sommarmorgonen med sidorutan nervevad. Han tänkte att han idag måste besöka sin far. Dessutom skulle han ringa till Linda. Dagen efter skulle Baiba vara tillbaka i Riga efter sin resa till Tallinn. Om mindre än fjorton dagar skulle hans semester börja.

Han parkerade bilen vid avspärrningarna som omslöt Carlmans vidsträckta gård. Små grupper av nyfikna hade samlats på vägen. Wallander nickade åt polismannen som vaktade avspärrningen. Sedan gick han runt den stora trädgården och följde kärrvägen upp mot kullen. Han ställde sig på den plats där hunden hade förlorat vittringen och såg sig omkring. *Han hade valt kullen med omsorg. Härifrån kunde han se det som försiggick i trädgården. Han måste också ha kunnat uppfatta musiken inifrån lagården. Sent på kvällen glesnar det i trädgården. Det råder samstämmighet bland de som deltog i festen om att alla sökte sig inomhus. Ungefär klockan halv tolv kommer Carlman gående mot bersån med Madelaine Rhedin. Vad gör du då?*

Wallander besvarade inte sin egen tänkta fråga. Istället vände han sig om och betraktade baksidan av kullen. På nersidan gick ett traktorspår. Han följde grässlänten tills han nådde vägen. Åt ena hållet ledde traktorspåret in i en skogsdunge, åt det andra ner mot en biväg som ledde mot huvudvägen till Malmö och Ystad. Wallander följde traktorspåret bort mot skogsdungen. Han kom in i skuggan av en klunga höga bokar. Solljuset skimrade genom bladverket. Det doftade från marken. Traktorspåret tog slut vid en avverkningsplats där några nyligen fällda och kvistade träd väntade på att transporteras bort. Wallander letade förgäves efter någon stig som ledde vidare. Han försökte se vägkartan framför sig. Om någon ville nå huvudvägen från skogsdungen skulle han vara tvungen att passera två boningshus och ett flertal åkrar. Han beräknade avståndet till huvudvägen till två kilometer. Sedan återvände han samma väg han kommit och fortsatte åt andra hållet. Han räknade sina steg till en knapp kilometer innan han nådde den plats där bivägen var framme vid E65. Bivägen var full av bilspår. Vid sidan av vägen stod en av vägverkets baracker. Han kände på dörren att den var låst. Han stod alldeles stilla och såg sig omkring. Sedan gick han till baksidan av baracken. Där låg en hopvikt presenning och ett par järnrör. Han skulle just gå därifrån när hans ögon uppfångade något som låg på marken. Han böjde sig ner och såg att det var en bit som rivits av från en brun papperspåse. Den hade några mörka fläckar. Han tog den försiktigt mellan tummen och pekfingret och höll upp den. Han kunde inte avgöra vad det var för fläckar. Försiktigt la han tillbaka pappersbiten på marken igen. Under de närmaste minuterna letade han noga igenom området bakom baracken. Men det var först när han tittade under baracken som var uppallad på fyra betongblock som han hittade resten av papperspåsen. Han sträckte in ena armen och drog fram den. Han kunde genast se att pappersbiten hade rivits av från påsen. Men på själva påsen fanns det inga fläckar. Han stod alldeles stilla och funderade. Sedan la han ifrån sig papperspåsen och ringde in till polishuset. Han fick tag på Martinsson som just hade kommit tillbaka från sitt besök i hemmet.

– Jag behöver Eskilsson och hans hund, sa Wallander.

– Var är du? Har det hänt nåt?

– Jag är ute vid Carlmans gård, svarade Wallander. Jag vill bara förvissa mig om en sak.

Martinsson lovade att ta kontakt med Eskilsson. Wallander gav honom en beskrivning av var han befann sig.

Eskilsson kom med sin hund efter en halvtimme. Wallander förklarade vad han ville.

– Gå till kullen där hunden miste spåret, sa han. Kom sen hit igen.

Eskilsson försvann. Efter ungefär tio minuter var han tillbaka. Wallander såg att hunden hade slutat söka. Men just när den kom fram till baracken reagerade den. Eskilsson såg undrande på Wallander.

– Släpp den, sa Wallander.

Hunden gick rakt på pappersbiten och markerade. Men när Eskilsson försökte få den att fortsätta sitt sökande gav den snart upp. Spåret hade åter upphört.

– Är det blod? frågade Eskilsson och pekade på det avrivna pappret.

– Jag tror det, sa Wallander. Hur som helst så har vi hittat nåt som hänger ihop med den man som varit uppe på kullen.

Eskilsson for därifrån med sin hund. Wallander skulle just ringa till Nyberg när han upptäckte att han hade en plastpåse i ena fickan. Han mindes att han hade stoppat på sig den när de hade gjort den tekniska undersökningen av Wetterstedts villa. Försiktigt stoppade han ner den avrivna pappersbiten. *Det kan inte ha tagit dig många minuter att komma hit från Carlmans gård. Antagligen har här funnits en cykel. Du har bytt kläder eftersom du varit kraftigt nerblodad. Men du har också torkat av något föremål. Kanske en kniv eller en yxa. Sedan har du gett dig av, antingen mot Malmö eller Ystad. Förmodligen har du bara korsat huvudvägen och valt en av alla de mindre vägar som går kors och tvärs i detta landskap. Hit kan jag följa dig just nu. Men inte längre.*

Wallander gick tillbaka till Carlmans gård och hämtade sin bil. Han frågade polismannen som vaktade avspärrningen om familjen fortfarande var kvar.

– Jag har inte sett nån, fick han till svar. Men ingen har lämnat huset.

Wallander nickade och gick mot sin bil. Många nyfikna stod utanför avspärrningarna. Wallander kastade en hastig blick på dem och undrade över att människor kunde offra en sommarmorgon för möjligheten att vädra blod.

Det var först när han redan hade kört därifrån som han insåg att han hade lagt märke till något som var viktigt utan att reagera. Han saktade farten och försökte minnas vad det var.

Det hade nånting att göra med de människor som stod utanför avspärrningarna. Vad var det han hade tänkt? Om människor som offrar en sommarmorgon för att vädra blod?

Han bromsade och gjorde en sväng över vägen. När han kom tillbaka till Carlmans hus stod fortfarande nyfikna kvar utanför avspärrningarna. Wallander såg sig runt utan att hitta någon förklaring till sin reaktion. Han frågade polismannen om några av de nyfikna just hade gett sig av.

– Kanske. Folk kommer och går hela tiden.

– Ingen särskild du minns?

Polismannen tänkte efter.

– Nej.

Wallander återvände till sin bil.

Klockan hade blivit tio minuter över nio på midsommardagens morgon.

13

När Wallander återvände till polishuset strax före halv tio sa flickan i receptionen att han hade ett besök som väntade i hans rum. För en gångs skull tappade Wallander alldeles fattningen och började svära och ryta åt flickan som var sommarvikarie. Han ropade att ingen, vem det än var, fick släppas in att vänta på hans rum. Sedan gick han med arga steg genom korridoren och ryckte upp dörren till sitt rum.

Det var hans far som satt i besöksstolen och såg på honom.

– Värst vad du sliter i dörrarna, sa fadern. Man kan ju nästan tro att du är arg.

– Jag fick bara veta att det var nån som väntade i mitt rum, sa Wallander häpet och urskuldande. Men inte att det var du.

Wallander tänkte att det var första gången som hans far hade besökt honom på hans arbetsplats. Det hade aldrig hänt tidigare. Under de år Wallander hade gått klädd i uniform hade fadern vägrat att släppa honom över tröskeln utom när han hade civila kläder. Men nu satt han i besöksstolen och Wallander kunde se att han hade sin bästa kostym på sig.

– Jag måste säga att jag blir förvånad, sa Wallander. Vem var det som körde dig hit?

– Jag har en fru som har både körkort och bil, svarade fadern. Hon åkte och hälsade på en släkting medan jag besökte dig. Såg du matchen i natt?

– Nej. Jag arbetade.

– Den var utmärkt. Jag kom ihåg hur det var 1958, när VM gick i Sverige.

– Du har väl aldrig varit intresserad av fotboll?

– Jag har alltid tyckt om fotboll.

Wallander såg undrande på honom.

– Det visste jag inte?

– Det är mycket du inte vet. 1958 hade Sverige en back som hette

Sven Axbom. Han hade stora svårigheter med en av Brasiliens yttrar kommer jag ihåg. Har du glömt det?

– Hur gammal var jag 1958? Jag var ju knappt född den gången.

– Du har aldrig haft mycket till bollsinne. Kanske det är därför du blev polis?

– Jag tippade att Ryssland skulle vinna, sa Wallander.

– Det tror jag så gärna, svarade fadern. Själv tippade jag 2–0. Gertrud däremot var försiktig. Hon trodde att det skulle bli 1–1.

Fotbollssamtalet tog slut.

– Vill du ha kaffe? frågade Wallander.

– Ja tack.

Wallander gick och hämtade kaffe. I korridoren stötte han ihop med Hansson.

– Vill du se till att jag inte blir störd den närmaste halvtimmen, sa han.

Hansson rynkade bekymrat på pannan.

– Jag måste ovillkorligen få tala med dig.

Wallander irriterade sig över Hanssons uppstyltade språk.

– Om en halvtimme, upprepade han. Då kan du få prata så mycket du vill.

Han återvände till sitt rum och stängde dörren. Fadern tog plastmuggen mellan sina händer. Wallander satte sig bakom skrivbordet.

– Jag måste säga att det var oväntat, sa han. Aldrig trodde jag att jag skulle få se dig på polishuset.

– Det är oväntat för mig också, svarade fadern. Jag skulle inte ha kommit om det inte var alldeles nödvändigt.

Wallander ställde ifrån sig plastmuggen på skrivbordet. Han borde ha insett från första ögonblicket att det var något mycket angeläget som gjorde att hans far sökte upp honom på polishuset.

– Har det hänt nåt? frågade Wallander.

– Ingenting annat än att jag är sjuk, svarade fadern enkelt.

Wallander kände genast en knut i magen.

– Hur då? frågade han.

– Jag håller på att tappa förståndet, fortsatte fadern oberört. Det är en sjukdom som har ett namn jag inte kommer ihåg. Det är som att bli senil. Men man kan bli ilsken av sig. Och det kan gå fort.

Wallander visste vad fadern talade om. Han påminde sig att Svedbergs mor hade drabbats av sjukdomen. Men inte heller han kunde komma ihåg namnet.

– Hur vet du det? frågade han. Har du varit hos läkare? Varför har du inte sagt nånting tidigare?

– Jag har till och med varit inne hos en specialist i Lund, sa fadern. Det är Gertrud som har kört mig.

Fadern tystnade och drack sitt kaffe. Wallander visste inte vad han skulle säga.

– Egentligen har jag kommit hit för att be dig om nånting, sa fadern och såg på honom. Om det inte är för mycket begärt.

I samma ögonblick ringde telefonen. Wallander la av luren utan att svara.

– Jag har tid att vänta, sa fadern.

– Jag har sagt till att jag inte vill bli störd. Berätta hellre vad det är du vill.

– Jag har alltid haft en dröm om att komma till Italien, sa fadern. Innan det blir för sent skulle jag vilja resa dit. Och jag tänkte att du skulle resa med mig. Gertrud har ingenting i Italien att göra. Jag tror inte ens hon vill. Och jag ska betala alltsammans. Det har jag pengar till.

Wallander såg på sin far. Han verkade liten och hopsjunken där han satt i stolen. Det var som om han först nu hade blivit så gammal som han verkligen var. Snart åttio år.

– Det är klart att vi ska åka till Italien, sa Wallander. När hade du tänkt dig att vi skulle fara?

– Det är kanske bäst att inte vänta för länge, svarade han. Jag har hört att det inte är för varmt i september. Men då kanske du inte har tid?

– En vecka ledigt kan jag ta utan vidare. Men du hade kanske tänkt dig att vara borta längre?

– En vecka blir bra.

Fadern lutade sig framåt och ställde ifrån sig kaffemuggen. Sedan reste han sig.

– Nu ska jag inte störa längre, sa han. Jag väntar på Gertrud där ute.

– Det är bättre du sitter kvar här, sa Wallander.

Fadern hötte avvärjande med sin käpp.

– Du har mycket att göra, sa han. Vad det nu än är. Jag väntar därute.

Wallander följde honom ut i receptionen där han satte sig i en soffa.

– Jag vill inte att du väntar här, sa fadern. Gertrud kommer snart.

Wallander nickade.

– Det är klart vi ska åka till Italien, sa han. Jag kommer ut till dig så fort jag hinner.

– Det kanske kan bli en trevlig resa, sa fadern. Man vet ju aldrig.

Wallander lämnade honom och gick bort till flickan i receptionen.

– Jag ber om ursäkt, sa han. Det var alldeles riktigt att du lät min far vänta inne hos mig.

Han återvände till sitt rum. Plötsligt märkte han att han hade fått tårar i ögonen. Även om hans förhållande till fadern var ansträngt och präglat av dåligt samvete kände han nu en stor sorg över att han var på väg bort ifrån honom. Han ställde sig vid fönstret och såg ut i det vackra sommarvädret. *Det fanns en tid när vi stod varandra så nära att ingenting kunde komma emellan oss. Det var den gången Sidenriddarna kom i sina glänsande amerikanska vrålåk och köpte dina tavlor. Redan då talade du om att åka till Italien. En annan gång, för bara några år sedan, började du gå till Italien. Då hittade jag dig, klädd i pyjamas, med en väska i handen, mitt ute i en åker. Men nu ska vi göra den där resan. Och ingenting ska få lov att komma emellan.*

Wallander återvände till skrivbordet och ringde sin syster i Stockholm. En telefonsvarare meddelade att hon skulle vara tillbaka först på kvällen.

Det tog honom en god stund att skjuta undan faderns besök och koncentrera sig på utredningen igen. Han kände sig orolig och märkte att han hade svårt att samla sig. Fortfarande vägrade han att inse omfattningen av det han hade fått höra. Han ville inte acceptera att det var sant.

Efter att ha talat med Hansson gjorde han en grundlig översikt och bedömning av spaningsläget. Strax före elva ringde han hem till Per Åkeson och gav honom sina synpunkter. När samtalet var över for han till Mariagatan, duschade och bytte kläder. Klockan tolv var han tillbaka i polishuset igen. På vägen till sitt rum hämtade han upp Ann-Britt Höglund. Han berättade om det blodiga pappret han hittat bakom vägverkets barack.

– Har du fått tag på psykologerna i Stockholm? frågade han.

– Jag hittade en person som heter Roland Möller, svarade hon. Han var på sitt sommarställe utanför Vaxholm. Allt som behövs är att Hansson som tillförordnad chef gör en formell begäran.

– Har du talat med honom?

– Han har redan gjort det.

– Bra, sa Wallander. Låt oss nu tala om nåt helt annat. Om jag säger att brottslingar återvänder till platsen för brottet – vad säger du då?

– Att det är både en myt och en sanning.

– På vilket sätt är det en myt?

– Att det skulle vara en generell sanning. Nåt som alltid inträffar.

– Och vad säger sanningen?

– Att det faktiskt emellanåt händer. Det mest klassiska exemplet i vår egen rättshistoria är väl härifrån Skåne. Polismannen som i början av 50-talet begick ett antal mord och sedan själv var med om att utreda det som hänt.

– Det är inget bra exempel, invände Wallander. Han var tvungen att återvända. Jag talar om dom som frivilligt vänder tillbaka. Varför gör dom det?

– För att utmana polisen. För att vika ut sin självkänsla. Eller för att undersöka hur mycket polisen egentligen vet.

Wallander nickade tankfullt.

– Varför frågar du det här?

– Jag hade en egendomlig upplevelse, sa Wallander. Jag fick en känsla av att jag såg nån ute vid Carlmans gård som jag också hade sett nere på stranden. När vi undersökte mordet på Wetterstedt.

– Vad skulle kunna hindra att det var samma person? sa hon förvånat.

– Naturligtvis ingenting. Men det var nånting som var speciellt med den här människan. Jag kan bara inte komma på vad det var.

– Jag tror inte jag kan hjälpa dig.

– Jag vet, sa Wallander. Men i fortsättningen vill jag att man så diskret som möjligt ska fotografera dom som står utanför avspärrningarna.

– I fortsättningen?

Wallander insåg att han hade sagt för mycket. Han knackade tre gånger med ett pekfinger i skrivbordet.

– Jag hoppas naturligtvis att ingenting mer ska ske, sa han. Men om.

Wallander följde Ann-Britt Höglund till hennes rum. Sedan fortsatte han ut från polishuset. Hans far satt då inte längre kvar i soffan. Han åkte upp till en grillkiosk som låg vid en av stadens utfarter och åt en hamburgare. På en termometer kunde han se att det var 26 grader varmt. Kvart i ett var han tillbaka på polishuset.

Presskonferensen denna midsommardag på polishuset i Ystad blev minnesvärd på det sättet att Wallander fullständigt tappade fattningen och lämnade lokalen innan det hela var över. Efteråt vägrade han dessutom att ångra sig. De flesta av hans kollegor menade också att han hade gjort alldeles rätt. Dagen efter fick dock Wallander ett telefonsamtal från rikspolisstyrelsen där ett beskäftigt polisbefäl i byråchefs ställning påpekade det direkt olämpliga i att poliser riktade okvädingsord mot journalister. Förhållandet mellan massmedia och poliskåren var tillräckligt ansträngt från tidigare och tålde inte några ytterligare påfrestningar.

Det var mot slutet av presskonferensen det hände. En tillrest journalist från en kvällstidning började pressa Wallander med detaljfrågor kring det faktum att den okände gärningsmannen hade tagit sina offers skalper. Wallander försökte in i det längsta hålla det hela på ett plan där han undgick att lämna ut alltför blodiga detaljer. Han nöjde sig med att säga att en bit av håret på både Wetterstedt och Carlman var bortslitet. Men journalisten vägrade att ge sig. Han fortsatte att kräva detaljer trots att Wallander vid det laget hade nekat att säga något mer under hänvisning till det spaningstekniska läget. Wallander hade vid det laget utvecklat en kraftig huvudvärk. När journalisten hävdade att det hade varit Wallanders skyldighet att redan från början åberopa det spaningstekniska läget för att inte ge en mer detaljerad information kring skalperingarna, och att det nu, mot slutet av presskonferensen verkade som rena hyckleriet att undanhålla detaljer, hade Wallander plötsligt fått nog. Han hade rest sig efter att ha slagit knytnäven hårt i bordsskivan.

– Jag låter inte polisens arbete dikteras av en beskäftig journalist som inte vet att sätta gränser! röt han.

Fotoblixtarna hade exploderat. Sedan hade han hastigt avslutat presskonferensen och lämnat rummet. Efteråt, när han hade lugnat ner sig, hade han bett Hansson om ursäkt för sin förlöpning.

– Det tror jag knappast kommer att förändra hur vissa löpsedlar kommer att se ut imorgon, hade Hansson svarat.

– Det var nödvändigt att dra en gräns, sa Wallander.

– Jag håller naturligtvis med dig, sa Hansson. Men jag misstänker att andra inte gör det.

– Man kan suspendera mig, sa Wallander. Man kan avsätta mig. Men man kan aldrig få mig att be den där jävla journalisten om ursäkt.

– Den ursäkten kommer nog diskret att framföras från rikspolisstyrelsen till tidningens chefredaktör, sa Hansson. Utan att vi kommer att få veta om det.

Klockan fyra på eftermiddagen stängde spaningsgruppen dörrarna om sig. Hansson hade gett stränga besked om att de inte ville bli störda. På Wallanders begäran hade en polisbil åkt och hämtat Per Åkeson. Han visste att de beslut de fattade denna eftermiddag skulle kunna visa sig avgörande. De skulle vara tvungna att gå åt många håll på en och samma gång. Alla dörrar skulle hållas vidöppna. Men samtidigt insåg Wallander att de måste koncentrera sig på huvudspåret. Efter att ha fått ett par huvudvärkstabletter av Ann-Britt Höglund stängde Wallander dörren omkring sig i femton minuter och tänkte ytterligare en gång igenom det Lars Magnusson hade sagt, och det faktum att det existerade en gemensam nämnare mellan Wetterstedt och Carlman. Eller fanns det något annat som han hade förbisett? Han rannsakade sitt trötta huvud utan att kunna hitta någon bärande orsak att ändra sig. Tills vidare skulle de koncentrera spaningarna längs huvudspåret, som handlade om konsthandel och konststölder. De skulle bli tvungna att gräva djupt i snart trettioåriga rykten kring Wetterstedt, och de skulle tvingas att gräva fort. Wallander hade dessutom inga illusioner om att de skulle få så värst mycket hjälp på vägen. Lars Magnusson hade talat om begravningsentreprenörerna som städade i de upplysta salar och mörka gränder där maktens tjänare huserade. Det var dit in de måste lyckas lysa med sina lampor och det skulle bli mycket svårt.

Det spaningsmöte som började prick klockan fyra blev ett av de längsta som Wallander någonsin hade varit med om. De satt samlade i nästan nio timmar innan Hansson kunde blåsa av det hela. Alla hade då varit gråa av trötthet. Ann-Britt Höglunds tub med huvudvärkstabletter hade vandrat laget runt och var nu tom. Ett berg av kaffemuggar täckte bordet. Kartonger med halvätna pizzor stod staplade i ett hörn av rummet.

Men Wallander insåg att detta långa möte i spaningsgruppen också hade varit ett av de bästa han någonsin upplevt som kriminalpolis. Koncentrationen hade hela tiden funnits där, alla hade bidragit med synpunkter och spaningsuppläggningen hade växt fram som ett resultat av den samfällda viljan att tänka logiskt. Efter att Svedberg hade gått igenom de samtal per telefon han hade haft med Gustaf Wetterstedts två barn och hans senaste frånskilda hustru, hade de fortfarande inte kunnat uppenbara något tänkbart motiv. Hansson hade dessutom hunnit med att tala med den nästan åttioårige man som varit partisekreterare under Wetterstedts justitieministertid, utan att något uppseendeväckande hade framkommit. Han hade fått bekräftat att Wetterstedt hade varit omdiskuterad inom partiet. Men ingen hade någonsin kunnat bortse från hans starka partilojalitet. Martinsson hade haft ett längre samtal med Carlmans änka. Hon hade fortfarande varit mycket behärskad, även om Martinsson tyckte hon hade verkat påverkad av lugnande mediciner.

Inte heller hon, eller något av barnen, hade kunnat föreställa sig ett mordmotiv som kunde anses vara uppenbart. Wallander å sin sida hade refererat sitt samtal med Sara Björklund, »skurgumman«. Han hade vidare redovisat upptäckten att lampan i stolpen vid trädgårdsgrinden hade varit bortskruvad. Som avslutning på den första delen av mötet hade han berättat om det blodiga papper han hittat bakom en av vägverkets baracker.

Ingen av de närvarande hade kunnat märka att han också hela tiden tänkte på sin far. Efteråt hade han vid ett tillfälle frågat Ann-Britt Höglund om hon hade noterat hur splittrad han hade varit hela den långa kvällen. Hon hade svarat att det kom som en överraskning för henne. Han hade verkat mera sammanbiten och koncentrerad än någonsin.

Vid niotiden på kvällen hade de grundligt vädrat ut rummet och tagit en paus. Martinsson och Ann-Britt Höglund hade ringt hem, medan Wallander äntligen hade lyckats få tag på sin syster. Hon hade börjat gråta när han berättade om deras fars besök och att han nu var på väg bort ifrån dem. Wallander hade försökt trösta henne så gott han kunnat men hade själv kämpat mot en klump i halsen. Till sist hade de kommit överens om att hon skulle ringa och tala med Gertrud dagen efter och att hon skulle komma på besök så fort som möjligt. Innan de avslutade samtalet hade hon frågat om han verkligen trodde att fadern skulle kunna klara av en resa till Italien. Wallander hade svarat som sant var, att han inte visste. Men han försvarade resan och han påminde henne om hur fadern ända sedan de varit barn hade drömt om att en gång i livet få komma till Italien.

Wallander hade under pausen också försökt få tag på Linda. Efter femton signaler gav han upp. Han bestämde sig irriterat för att han skulle ge henne pengar så att hon kunde köpa en telefonsvarare.

När de hade återvänt till mötesrummet hade Wallander börjat med att tala om beröringspunkten. Det var den de skulle söka efter, utan att för den skull utesluta andra möjligheter.

– Carlmans änka var säker på att hennes man aldrig hade haft nånting med Wetterstedt att göra, sa Martinsson. Inte heller hennes barn kände till det. De letade igenom alla hans telefonböcker utan att hitta Wetterstedts namn.

– Arne Carlman fanns inte heller i Wetterstedts telefonbok, sa Ann-Britt Höglund.

– Alltså är beröringspunkten osynlig, sa Wallander. Osynlig eller rättare sagt ljusskygg. Nånstans måste vi kunna hitta ett samband. Gör vi det kommer vi kanske också att skymta en tänkbar gärningsman. Eller åtminstone ett tänkbart motiv. Vi måste gräva fort och djupt.

– Innan han slår till igen, sa Hansson. Ingen av oss vet om det sker.

– Vi vet inte heller vem vi ska varna, sa Wallander. Det enda vi vet om gärningsmannen, eller kanske gärningsmännen, är att dom planerar vad dom gör.

– Vet vi? avbröt Per Åkeson. Den slutsatsen förefaller mig för tidigt dragen.

– Det finns i alla fall ingenting som talar för att vi har att göra med en tillfällighetsmördare som dessutom får spontan lust att slita håret av sina offer, svarade Wallander och märkte att han blev irriterad.

– Det är slutsatsen jag reagerar på, sa Per Åkeson. Det är inte samma sak som att jag förnekar indicierna.

Stämningen i rummet blev för ett ögonblick mycket tryckt. Ingen hade kunnat undgå att märka spänningen som uppstått mellan de bägge männen. I normala fall hade Wallander inte tvekat att gå i öppet gräl med Åkeson. Men den här kvällen valde han att retirera, framförallt eftersom han var mycket trött och visste att han skulle vara tvungen att hålla liv i spaningsmötet många timmar än.

– Jag håller med, sa han bara. Vi stryker slutsatsen och nöjer oss med att det troligtvis är planerat.

– Det kommer en psykolog från Stockholm redan i morgon, sa Hansson. Jag ska själv möta honom på Sturup. Vi får hoppas att han kan hjälpa oss.

Wallander nickade. Sedan kastade han ur sig en fråga som han egentligen inte hade förberett. Men nu var tillfället lämpligt.

– Mördaren, sa han. Låt oss för enkelhets skull tills vidare tänka oss honom som en man och som ensam. Vad ser ni framför er? Vad tänker ni?

– Stark, sa Nyberg. Yxhuggen har delats ut med våldsam kraft.

– Jag skräms av att han samlar troféer, sa Martinsson. Bara en galen människa kan göra nåt sånt.

– Eller nån som vill leda oss vilse med skalperna som villospår, sa Wallander.

– Jag har ingen åsikt alls, sa Ann-Britt Höglund. Men nog måste det vara fråga om en människa som är mycket störd.

Frågan om gärningsmannen blev till slut hängande i luften. Wallander samlade ihop dem till ytterligare en genomgång där de la upp det vidare spaningsarbetet och fördelade uppgifter emellan sig. Ungefär vid midnatt bröt Per Åkeson upp efter att ha meddelat att han skulle vara behjälplig med att skaffa förstärkningar till spaningsgruppen när de ansåg att det behövdes. Trots att alla nu var mycket trötta gick Wallander igenom det vidare spaningsarbetet ytterligare en gång.

– Ingen av oss kommer att få sova särskilt mycket dom närmaste dagarna, sa han till slut. Dessutom inser jag att det utbryter kaos i semesterplaneringen. Men vi måste arbeta med alla dom krafter vi har. Det finns ingen annan möjlighet.

– Vi måste ha förstärkning, sa Hansson.

– Låt oss bestämma det på måndag, sa Wallander. Låt oss vänta till dess.

De bestämde att mötas först på eftermiddagen dagen efter. Innan dess skulle Wallander och Hansson ha en genomgång med psykologen från Stockholm.

Sedan skildes de och försvann åt olika håll.

Wallander blev stående vid sin bil och såg upp mot den bleka natthimlen.

Han försökte tänka på sin far.

Men hela tiden kom någonting annat emellan.

En fruktan för att en okänd gärningsman skulle slå till igen.

14

Klockan sju på söndagsmorgonen den 26 juni ringde det på dörren till Wallanders lägenhet på Mariagatan i centrala Ystad. Han rycktes upp ur sin djupa sömn och trodde först att det var telefonen som hade ringt. Det var först när det åter ringde på dörren som han hastigt steg upp, letade reda på sin badrock som låg halvvägs inunder sängen och gick ut i tamburen och öppnade. Utanför dörren stod hans dotter Linda tillsammans med en väninna som Wallander aldrig tidigare hade sett. Det var också knappt han kände igen sin egen dotter som hade klippt ner sitt långa ljusa hår till stubb och dessutom färgat det rött. Men framförallt kände han lättnad och glädje över att se henne igen. Han släppte in dem och hälsade på Lindas väninna som presenterade sig som Kajsa. Wallander var full av frågor. Inte minst undrade han hur det kom sig att de ringde på hans dörr klockan sju en söndagsmorgon. Fanns det verkligen tågförbindelser så tidigt? Linda förklarade att de hade kommit redan kvällen innan, men att de tillbringat natten hos en av Lindas skolkamrater, vars föräldrar var bortresta. De skulle fortsätta att bo där den närmaste veckan. Att de kom så tidigt berodde på att Linda efter att ha läst tidningarna dagarna innan midsommar insåg att det skulle bli mycket svårt att få tag på sin pappa. Wallander lagade frukost till dem av de matrester han lyckades leta fram från sitt kylskåp. När de satt vid köksbordet fick han veta att de skulle ägna en vecka åt att repetera in ett scenuppträdande som de hade skrivit text till. Därefter skulle de åka till Gotland för att vara med på en teaterkurs. Wallander lyssnade och försökte låta bli att visa att han i hög grad oroade sig över att hon höll på att släppa taget om sin gamla dröm, att bli möbeltapetserare, och som utlärd slå sig ner i Ystad och öppna eget. Han kände också ett stort behov av att tala med henne om sin far. Han visste att de två hade ett nära förhållande. Han var säker på att hon skulle söka upp honom när hon befann sig i Ystad. Han passade på när Kajsa gick på toaletten.

– Det är så mycket som händer, sa han. Jag skulle behöva prata med dig i lugn och ro. Bara du och jag.

– Det är det bästa med dig, svarade hon. Att du alltid blir så glad över att se mig.

Hon skrev upp sitt telefonnummer och lovade honom att komma när han ringde.

– Jag har sett i tidningarna, sa hon. Är det verkligen så illa som dom skriver?

– Det är värre, svarade Wallander. Jag har så mycket att göra att jag inte riktigt vet hur jag ska orka. Det var rena turen att du hittade mig hemma.

De satt och pratade tills klockan var över åtta. Då ringde Hansson och sa att han befann sig på Sturup och att psykologen från Stockholm just hade landat. De bestämde att träffas på polishuset klockan nio.

– Jag måste nog gå, sa han till Linda.

– Det ska vi också göra, svarade hon.

– Har den där teaterpjäsen ni ska framföra nåt namn? undrade Wallander när de hade kommit ut på gatan.

– Det är ingen pjäs, svarade Linda. Det är en kabaré.

– Jaha, svarade Wallander, medan han försökte bestämma sig för vad som var skillnaden mellan en kabaré och en teaterpjäs. Och den har inte heller nåt namn?

– Inte än, sa Kajsa.

– Kan man få se den? undrade Wallander försiktigt.

– När vi är klara, sa Linda. Inte förr.

Wallander undrade om han kunde köra dem någonstans.

– Jag ska visa henne stan, sa Linda.

– Var kommer du ifrån? frågade han Kajsa.

– Från Sandviken, svarade hon. Jag har aldrig varit i Skåne tidigare.

– Det jämnar ut sig, sa Wallander. Jag har aldrig varit i Sandviken.

Han såg dem försvinna runt gathörnet. Det vackra vädret hade hållit i sig. Wallander kände att det skulle bli ännu varmare idag. Han var på gott humör eftersom hans dotter oväntat hade dykt upp. Även om han aldrig helt lyckades vänja sig med att hon under de senaste åren drastiskt hade börjat experimentera med sitt utseende. När hon denna morgon hade stått i dörren hade han för första gången upptäckt att det som många redan tidigare hade sagt till honom verkligen stämde. Linda var lik honom. Han hade plötsligt upptäckt sitt eget ansikte i hennes.

När han kom in på polishuset kände han att Lindas uppdykande hade gett honom förnyade krafter. Han tog ut stegen i korridoren, tänkte självironiskt att han klampade på som den tunga och överviktiga elefant han var, och kastade av sig jackan när han kommit in i sitt rum. Han grep telefonluren innan han ens hade satt sig ner och bad receptionen att söka Sven Nyberg. Just innan han somnat natten innan hade han fått en tanke som han ville undersöka. Det tog fem minuter för flickan i växeln att lokalisera Nyberg åt den otålige Wallander.

– Det är Wallander, sa han. Kommer du ihåg att du talade med mig om en burk med nån sorts tårgasspray som du hittade utanför avspärrningarna på stranden?

– Naturligtvis kommer jag ihåg det, svarade Nyberg.

Wallander översåg helt med att Nyberg uppenbarligen var på dåligt humör.

– Jag tänkte att vi skulle undersöka fingeravtrycken, sa han. Och jämföra dom med vad du kan hitta på den där blodiga pappersbiten jag plockade reda på i närheten av Carlmans hus.

– Det ska bli, svarade Nyberg. Men det hade vi nog gjort ändå, utan att du hade behövt be om det.

– Jag vet, sa Wallander. Men du vet hur det är.

– Det vet jag inte alls, svarade Nyberg. Men du ska få besked så fort jag har nåt att komma med.

Wallander dängde telefonluren på plats som bekräftelse på sin nyfunna energi. Han ställde sig vid fönstret och såg ut över det gamla vattentornet medan han la upp en plan över vad han skulle försöka hinna med under dagen. Av erfarenhet visste han att det nästan alltid inträffade något som rubbade planerna. Om han lyckades hinna med hälften av det han föresatt sig var det ett bra resultat. Klockan nio lämnade han sitt rum, hämtade kaffe och gick in i ett av de mindre mötesrummen där Hansson väntade med psykologen från Stockholm. Det var en man i sextioårsåldern som presenterade sig som Mats Ekholm. Hans handslag var kraftfullt och Wallander fick genast ett förmånligt intryck av honom. Liksom många andra poliser hade Wallander tidigare känt en stor tveksamhet inför vad psykologer egentligen kunde tillföra en pågående brottsutredning. Men inte minst genom samtal med Ann-Britt Höglund hade han insett att hans negativa inställning var ogrundad och möjligen också fördomsfull. När han nu satt vid samma bord som Mats Ekholm bestämde han sig för att verkligen ge honom en möjlighet att visa vad han kunde.

Utredningsmaterialet låg framför dem på bordet.

– Jag har läst på så gott jag har kunnat, sa Mats Ekholm. Jag föreslår att vi börjar med att tala om vad som inte står i pappren.

– Allt står där, sa Hansson förvånat. Är det nåt poliser har tvingats lära sig så är det att skriva rapporter.

– Jag tror du vill veta vad vi tänker, avbröt Wallander. Är det inte så?

Mats Ekholm nickade.

– Det finns en elementär psykologisk regel som säger att poliser aldrig letar efter ingenting, sa han. Om man inte vet hur en gärningsman ser ut så sätter man dit en ställföreträdare. Nån som många poliser bara tycker sig se ryggen av. Men det är ofta så att fantombilden visar sig ha likheter med den gärningsman som till sist blir gripen.

Wallander kände igen sina egna reaktioner i Mats Ekholms beskrivning. Inne i hans huvud fanns alltid en projicerad bild av en brottsling så länge en utredning pågick. Han letade aldrig i ett absolut tomrum.

– Två mord har blivit begångna, fortsatte Mats Ekholm. Tillvägagångssättet är detsamma, även om det finns några intressanta olikheter. Gustaf Wetterstedt har blivit dödad bakifrån. Mördaren har huggit honom i ryggen, inte i huvudet. Vilket också är intressant. Han har valt det svårare alternativet. Eller kan det vara så att han har velat undvika att trasa sönder Wetterstedts huvud? Det vet vi inte. Efter dådet skär han av honom skalpen och ger sig tid att gömma kroppen. Om vi sen övergår till det som hände Carlman så kan vi lätt identifiera likheterna och skillnaderna. Också Carlman blir nerhuggen. Också han får en bit av sin skalp avsliten. Men han blir dödad rakt framifrån. Han måste ha sett mannen som dödade honom. Gärningsmannen har dessutom valt ett tillfälle där det finns ett stort antal människor i närheten. Risken för en upptäckt är alltså relativt stor. Han gör sig inget besvär med att försöka dölja kroppen. Han inser att det knappast går. Den första frågan man kan ställa sig är enkel: Vilket är viktigast? Likheterna eller skillnaden?

– Han dödar, sa Wallander. Han har valt ut två personer. Han planerar. Han måste ha besökt stranden utanför Wetterstedts hus vid flera tillfällen. Han har till och med gett sig tid att skruva ut en glödlampa för att mörklägga området mellan trädgården och havet.

– Vet vi om Gustaf Wetterstedt hade för vana att ta en kvällspromenad på stranden? frågade Mats Ekholm.

– Nej, sa Wallander. Det vet vi faktiskt inte. Men det borde vi naturligtvis ta reda på.

– Fortsätt din tankegång, sa Mats Ekholm.

– På ytan ser mönstret helt annorlunda ut när det gäller Carlman, sa Wallander. Omgiven av människor på en midsommarfest. Men kanske mördaren inte såg det så? Kanske han tänkte att han kunde utnyttja den ödslighet som också finns inbyggd som en del av en fest? Att ingen till slut ser nånting alls? Det är aldrig så svårt att få fram detaljbilder som när människor i en stor församling ska försöka minnas.

– För att få svar på det måste vi undersöka vilka alternativ han kan ha haft, sa Mats Ekholm. Arne Carlman var en affärsman som rörde sig mycket. Alltid omgiven av människor. Kanske festen trots allt var ett riktigt val?

– Likheten och skillnaden, sa Wallander. Vilket är alltså det avgörande?

Mats Ekholm slog ut med händerna.

– Det är naturligtvis för tidigt att svara på. Vad vi kan ana oss till är att han planerar sina gärningar med omsorg och att han är mycket kallblodig.

– Han tar skalper, sa Wallander. Han samlar troféer. Vad betyder det?

– Han utövar makt, sa Mats Ekholm. Troféerna är beviset för hans gärningar. För honom är det inte märkligare än att en jägare sätter upp ett par horn på sin vägg.

– Men valet att skalpera, fortsatte Wallander. Varför just det?

– Det är knappast särskilt konstigt, sa Mats Ekholm. Jag vill inte verka cynisk. Men vilken del av en människa passar egentligen bättre att ta som trofée? En människokropp ruttnar. En skinnflik med hår är lättare att bevara.

– Ändå kan jag inte låta bli att tänka på indianer, sa Wallander.

– Det kan naturligtvis inte uteslutas att din gärningsman har en fixering vid en indiankrigare, sa Mats Ekholm. Människor som befinner sig i ett psykiskt gränsland väljer ofta att gömma sig i en annan människas identitet. Eller förvandlar sig till en mytologisk skepnad.

– Gränslandet, sa Wallander. Vad innebär det?

– Din gärningsman har redan begått två mord. Vi kan inte utesluta att hans avsikt är att fortsätta eftersom vi inte känner till hans motiv. Det betyder att han sannolikt har passerat en psykisk gräns som innebär att han har gjort sig fri från alla normala hämningar.

En människa kan begå ett mord eller dråp i hastigt mod. En mördare som upprepar sina handlingar följer helt andra psykiska lagar. Han befinner sig i ett skymningsland där vi bara delvis kan följa honom. Alla de gränser som existerar för honom har han själv dragit upp. På ytan kan han leva ett alldeles vanligt liv. Han kan gå till ett arbete varje morgon. Han kan ha familj och ägna sina kvällar åt att spela golf eller ansa sina trädgårdsrabatter. Han kan sitta i soffan med sina barn runt sig och se på nyhetssändningar som rapporterar om de mord han själv har begått. Han kan utan att avslöja minsta rörelse förfasa sig över att såna människor får gå lösa. Han har två olika identiteter som han helt och hållet behärskar. Han rycker i sina egna snören. Han är både marionett och marionettmästare, på en och samma gång.

Wallander satt tyst och tänkte på vad Mats Ekholm hade sagt.

– Vem är han? sa han sedan. Hur ser han ut? Hur gammal är han? Jag kan inte leta efter en sjuk hjärna som dessutom på ytan är alldeles normal. Jag kan bara söka efter en människa.

– Det är för tidigt att svara på, sa Mats Ekholm. Jag behöver tid att sätta mig in i materialet för att kunna skissera en psykisk profil på gärningsmannen.

– Jag hoppas du inte betraktar den här söndagen som en vilodag, sa Wallander trött. Vi skulle behöva den där profilen så fort som det överhuvudtaget är möjligt.

– Jag ska försöka prestera nånting till i morgon, sa Mats Ekholm. Men du och dina kollegor måste vara klara över att svårigheterna och felmarginalerna är både många och stora.

– Jag inser det, svarade Wallander. Men ändå behöver vi all den hjälp vi kan få.

När samtalet med Mats Ekholm var över lämnade Wallander polishuset. Han körde ner till hamnen och gick ut på piren där han suttit några dagar tidigare och försökt formulera sitt avskedstal till Björk. Han satte sig på bänken och betraktade en fiskebåt som var på väg ut ur hamnen. Han knäppte upp skjortan och blundade mot solen. Någonstans i närheten hörde han några barn skratta. Han försökte slå bort alla tankar och bara njuta av värmen. Men efter några få minuter reste han sig och lämnade hamnen. *Din gärningsman har redan begått två mord. Vi kan inte utesluta att hans avsikt är att fortsätta eftersom vi inte känner till hans motiv.* Mats Ekholms ord kunde ha varit hans egna. Inte förrän de hade fått tag på den person som dödat Gustaf Wetterstedt och Arne Carlman skulle hans oro gå över. Wallander kände sig själv. Hans styrka låg i att han aldrig gav sig. Och att han ibland även kunde visa upp vissa tecken på ett plötsligt påkommet skarpsinne. Men hans svaghet var också mycket lätt att identifiera. Han kunde inte undgå att det yrkesmässiga ansvaret också blev en personlig angelägenhet. *Din* gärningsman, hade Mats Ekholm sagt. Bättre kunde hans svaghet inte beskrivas. Mannen som dödat Wetterstedt och Carlman var verkligen hans eget ansvar. Vare sig han ville det eller inte.

Han satte sig i bilen och bestämde sig för att följa den plan han upprättat åt sig själv samma morgon. Han körde ut till Wetterstedts villa. Avspärrningarna på stranden var borta. Göran Lindgren och en äldre man som han antog var Lindgrens far höll på att slipa på båten. Han brydde sig inte om att gå fram och hälsa. Han hade fortfarande kvar nyckelknippan och låste upp ytterdörren. Stillheten var bedövande. Han satte sig i en av vardagsrummets skinnstolar. Avlägsna ljud från stranden nådde honom svagt. Han såg sig runt i rummet. Vad berättade föremålen? Hade gärningsmannen någonsin varit inne i huset? Han märkte att han hade svårt att hålla ihop sina tankar. Han reste sig ur stolen och gick fram till det stora panoramafönster som vette mot trädgården, stranden och havet. Här hade Gustaf Wetterstedt säkert stått många gånger. Han kunde urskilja att parkettgolvet var slitet just här. Han såg ut genom fönstret. Någon hade stängt av vattnet till trädgårdsfontänen, noterade han. Han lät blicken vandra och hittade tillbaka till den tanketråd han tidigare hade följt. *På kullen ovanför Carlmans hus stod min gärningsman och följde festen som pågick. Han kan ha varit där många gånger. Därifrån kunde han utöva den makt som det innebär att se utan att bli sedd. Frågan är nu var den kulle ligger från vilken du kunde ha samma uppsikt över Gustaf Wetterstedt. Varifrån kunde du se honom utan att själv bli sedd?* Han gick runt i huset och stannade vid alla fönster. Från köksfönstret betraktade han länge ett par träd som växte utanför Wetterstedts tomt. Men det var ungbjörkar som inte skulle ha klarat tyngden av någon som klättrat upp.

Det var först när han kom till arbetsrummet och såg ut genom fönstret som han insåg att han kanske hade funnit ett svar. Från det utskjutande garagetaket var det möjligt att se rakt in i rummet. Han lämnade huset och gick runt garaget. Han insåg att en yngre man med god fysik kunde hoppa upp och få grepp om taklisten och sedan häva sig upp. Wallander hämtade en stege som han hade sett på andra sidan huset. Han riktade in den mot garagetaket och klättrade upp. Taket var av ålderdomlig tjärpapp. Eftersom han var osäker på hur mycket det tålde kröp han på alla fyra fram till en plats där han kunde se in i Wetterstedts arbetsrum. Han letade därefter metodiskt tills han hittade den punkt där han befann sig längst bort från fönstret men ändå hade fullgod insyn. Han stod på alla fyra och synade tjärpappen. Nästan genast upptäckte han några skåror som korsade varandra. Han strök med fingertopparna över tjärpappen. Någon hade skurit i den med en kniv. Han såg sig runt. Varken från stranden eller vägen på ovansidan av Wetterstedts hus var det möjligt att upptäcka honom. Wallander klättrade ner och la tillbaka stegen. Sedan synade han omsorgsfullt marken alldeles intill garagets stenfot. Det enda han hittade var några smutsiga och sönderrivna blad från en serietidning som hade blåst in på tomten. Han återvände in i huset igen. Stillheten var lika bedövande. Han gick upp till övervåningen. Genom fönstret i Wetterstedts sovrum kunde han se hur Göran Lindgren och hans far höll på att välta båten på rätt köl. Han såg att de måste vara två för att orka vända den.

Ändå visste han nu att gärningsmannen hade varit ensam, både här och när han hade dödat Arne Carlman. Även om spåren var få talade hela hans intuition för att det hade varit en ensam människa som suttit på Wetterstedts garagetak och Carlmans kulle.

Jag har att göra med en ensam gärningsman, tänkte han. En ensam man som lämnar sitt gränsland och hugger ihjäl människor för att sedan ta deras skalper som troféer.

Klockan var elva när han lämnade Wetterstedts hus. När han kom ut i solen igen var det som en stor lättnad. Han körde in vid OK:s bensinstation och åt på serveringen. En flicka vid ett bord i närheten nickade mot honom och sa hej. Han hälsade tillbaka utan att genast komma ihåg vem hon var. Först när hon redan hade gått påminde han sig att hon hette Britta-Lena Bodén och var bankkassörska. En gång hade hennes utmärkta minne varit honom till stor hjälp under en brottsutredning.

Klockan tolv var han tillbaka på polishuset igen.

Ann-Britt Höglund kom honom till mötes i receptionen.

– Jag såg dig genom mitt fönster, sa hon.

Wallander insåg genast att något hade hänt. Han väntade spänt på vad hon skulle säga.

– Det finns en beröringspunkt, sa hon. I slutet av 60-talet satt Arne Carlman under en tid i fängelse. På Långholmen. Under samma tid var Gustaf Wetterstedt justitieminister.

– Den beröringspunkten är inte tillräcklig, sa Wallander.

– Jag är inte färdig än, fortsatte hon. Arne Carlman skrev brev till

Gustaf Wetterstedt. Och när han hade kommit ut ur fängelset så träffades dom.

Wallander stod orörlig.

– Hur vet du det här?

– Kom med till mitt rum så ska jag berätta.

Wallander visste vad det betydde.

Om beröringspunkten var upptäckt hade de brutit igenom utredningens yttersta och hårdaste skal.

15

Det hade börjat med att telefonen ringde.

Ann-Britt Höglund hade varit på väg genom korridoren för att tala med Martinsson när hon blivit anropad över högtalarsystemet. Hon hade återvänt till sitt rum och tagit samtalet. Det hade varit en man som talat med så låg röst att hon först hade trott att han varit sjuk, eller kanske skadad. Men hon hade förstått att han hade velat tala med Wallander. Ingen annan hade dugt, minst av allt en kvinna. Hon hade då förklarat att Wallander var utgången, ingen visste var han fanns, ingen kunde heller svara på när han skulle återkomma. Men mannen i telefonluren hade varit mycket påstridig, trots att hon egentligen inte hade kunnat förstå att en man som talade så tyst kunde ge intryck av en så stor vilja. Ett ögonblick hade hon tänkt koppla över samtalet till Martinsson och låta honom spela rollen av Wallander. Men hon hade låtit bli. Någonting i mannens röst hade sagt henne att han kanske visste hur Wallander talade.

Redan från början hade han sagt att han hade viktiga upplysningar att komma med. Hon hade frågat om det hade med Gustaf Wetterstedts död att göra. *Kanske*, hade han svarat. Sedan hade hon frågat om det rörde Arne Carlman. *Kanske*, hade han svarat, ännu en gång. Hon hade insett att hon på något sätt måste hålla honom kvar, trots att han både vägrade att uppge sitt namn och ge sitt telefonnummer.

Det var han själv som till sist hade löst problemet. Han hade då varit tyst så länge i luren att Ann-Britt Höglund hade trott att samtalet hade blivit brutet. Men just i det ögonblicket hade han återkommit och frågat efter polisens faxnummer. *Ge det till Wallander*, hade mannen sagt. *Inte till nån annan.*

En timme senare hade faxet kommit. Och nu låg det på hennes bord. Hon räckte det till Wallander som hade satt sig i hennes besöksstol. Han upptäckte till sin förvåning att faxets avsändare var Skoglunds Järnaffär i Stockholm.

– Jag letade reda på numret och ringde dit, sa hon. Jag tyckte också att det var underligt att en järnaffär hade öppet en söndag. Genom en hänvisning på en telefonsvarare fick jag tag på ägaren via hans mobiltelefon. Han förstod inte heller hur någon kunde ha skickat ett fax från hans kontor. Han hade varit på väg att spela golf men lovade att undersöka saken. En halvtimme senare ringde han och berättade upprört att nån hade brutit sig in på hans kontor.

– Märklig historia, sa Wallander.

Sedan läste han faxet. Det var skrivet för hand och bitvis svårläsligt. Han tänkte återigen att han snart måste skaffa glasögon. Känslan av att bokstäverna gled undan framför hans ögon gick inte längre att bortförklara med att han för tillfället var trött eller överansträngd. Brevet hoppade mellan skrivstil och tryckbokstäver och tycktes vara skrivet i stor hast. Wallander läste det tyst för sig själv. Sedan upprepade han det högt, för att kontrollera att han inte hade missförstått nånting.

– 'Arne Carlman satt på Långholmen under våren 1969 för häleri och bedrägeri. Den gången var Gustaf Wetterstedt justitieminister. Carlman skrev brev till honom. Han skröt med det. När han kommit ut träffade han Wetterstedt. Vad talade dom om? Vad gjorde dom? Det vet vi inte. Men sen gick det bra för Carlman. Inte satt han i fängelse igen. Och nu är dom döda. Båda två.' Har jag tolkat texten riktigt?

– Jag kom fram till samma sak, sa hon.

– Ingen namnteckning, sa Wallander. Och vad menar han egentligen? Vem är han? Hur vet han det här? Är det överhuvudtaget sant?

– Jag vet inte, svarade hon. Men jag fick en bestämd känsla av att den här mannen visste vad han talade om. Dessutom är det ju inte svårt att undersöka om Carlman verkligen satt på Långholmen under våren 1969. Att Wetterstedt var justitieminister den gången vet vi redan.

– Hade man inte lagt ner Långholmen då? undrade Wallander.

– Det skedde några år efteråt. 1975, tror jag. Jag kan ta reda på exakt när, om du vill veta det.

Wallander viftade avvärjande med händerna.

– Varför ville han bara tala med mig? frågade han. Gav han ingen förklaring?

– Jag fick en känsla av att han hade hört talas om dig.

– Det var alltså ingen som påstod att han kände mig?

– Nej.

Wallander tänkte efter.

– Låt oss hoppas att det är sant det han skriver, sa han. Då har vi redan nu etablerat ett samband mellan dom.

– Det bör ju inte vara så svårt att ta reda på om det stämmer, sa Ann-Britt Höglund. Trots att det är söndag.

– Jag vet, sa Wallander. Jag ska åka ut och prata med Carlmans änka redan nu. Hon måste ju veta om mannen suttit i fängelse.

– Vill du att jag ska följa med dig?

– Det behövs inte.

En halvtimme senare hade Wallander parkerat bilen utanför avspärrningarna i Bjäresjö. En uttråkad polis satt i en bil och läste tidningen. Han stramade upp sig när han upptäckte Wallander.

– Håller Nyberg på här fortfarande? frågade Wallander förvånat. Är inte brottsplatsundersökningen klar?

– Jag har inte sett nån tekniker, svarade polismannen.

– Ring in till Ystad och fråga varför avspärrningen inte är borta, sa Wallander. Är familjen hemma?

– Änkan är nog där, sa polismannen. Och dottern. Men sönerna försvann i en bil för några timmar sen.

Wallander gick in på gården. Han upptäckte att bänken och bordet i bersån var borta. I det vackra sommarvädret blev händelserna några dagar innan alldeles overkliga. Han knackade på dörren. Kvinnan som var Arne Carlmans änka öppnade nästan genast.

– Jag beklagar att jag stör, sa Wallander. Men jag har några frågor som jag behöver få svar på så fort som möjligt.

Han såg att hon fortfarande var mycket blek. När han passerade henne kände han den svaga doften av alkohol. Någonstans ifrån ropade Carlmans dotter en fråga om vem det var som hade kommit. Wallander försökte påminna sig vad kvinnan som gick framför honom hette. Hade han överhuvudtaget hört hennes namn? Sedan mindes han att det var Anita. Han hade hört Svedberg använda det under midsommardagens utdragna spaningsmöte. Han satte sig i soffan mitt emot henne. Hon tände en cigarett och betraktade honom. Hon var klädd i en ljus sommarklänning. En ogillande tanke drog hastigt genom Wallanders huvud. Även om hon inte hade älskat sin man hade han dock blivit dödad. Brydde sig människor inte längre om att ha respekt för döden? Kunde hon inte ha valt något mindre färgglada kläder?

Sedan tänkte han att han ibland hade så konservativa åsikter att han själv blev förvånad. Sorg och respekt följde inga färgskalor.

– Vill kommissarien ha nåt att dricka? frågade hon.

– Nej tack, sa Wallander. Jag ska dessutom fatta mig mycket kort.

Plötsligt märkte han att hon kastade en blick förbi hans ansikte. Han vände sig om. Dottern hade ljudlöst kommit in i rummet och satt sig på en stol i bakgrunden. Hon rökte och gav ett intryck av att vara nervös.

– Gör det nåt att jag lyssnar? frågade hon med en stämma som Wallander genast uppfattade som aggressiv.

– Inte alls, svarade han. Ni kan gärna sitta med här.

– Jag sitter bra där jag sitter, svarade hon.

Kvinnan som var hennes mor skakade nästan omärkligt på huvudet. För Wallander var det som om hon därmed markerade en uppgivenhet inför sin dotter.

– Egentligen har jag kommit hit därför att det idag råkar vara söndag, började Wallander. Det innebär att det är svårt att få fram uppgifter ur olika register och arkiv. Eftersom vi behöver få svaret så fort som möjligt har jag kommit hit.

– Ni behöver inte ursäkta er för att det är söndag, sa kvinnan. Vad är det ni vill veta?

– Satt er man i fängelse på våren 1969?

Hennes svar kom mycket hastigt och bestämt.

– Han satt på Långholmen mellan den nionde februari och den åttonde juni. Jag körde honom dit och jag hämtade honom. Han hade blivit dömd för häleri och bedrägeri.

Hennes uppriktighet gjorde att Wallander för ett ögonblick kom av sig. Vad hade han egentligen förväntat sig? Att hon skulle neka?

– Var det första gången han blev dömd till fängelsestraff?

– Första och sista.

– Han hade blivit dömd för häleri och bedrägeri?

– Ja.

– Kan ni säga nåt mer om det?

– Han blev dömd mot sitt nekande. Han hade varken tagit emot stulna målningar eller förfalskat några checker. Det var andra som hade gjort det och använt hans namn.

– Ni menar alltså att han var oskyldig?

– Det är inte fråga om vad jag menar eller inte. Han var oskyldig.

Wallander bestämde sig för att byta infallsvinkel.

– Det har framkommit uppgifter som tyder på att er man kände Gustaf Wetterstedt. Trots att både ni och era barn tidigare har påstått att så inte var fallet.

– Om han hade känt Gustaf Wetterstedt så hade jag vetat om det.

– Kunde han ha haft den kontakten utan er kännedom?

Hon tänkte efter innan hon svarade.

– Det har jag mycket svårt att tro, sa hon sedan.

Wallander insåg genast att hon inte talade sanning. Men han kunde inte genast reda ut för sig själv vad lögnen innebar. Eftersom han inte hade några fler frågor reste han sig.

– Ni hittar kanske själv till dörren, sa kvinnan i soffan. Hon verkade plötsligt mycket trött.

Wallander gick mot dörren. Just när han skulle passera flickan som satt på en stol och följde alla hans rörelser, reste hon sig upp och ställde sig mitt framför honom. Cigaretten höll hon mellan fingrarna på vänster hand.

Från ingenstans kom hennes örfil som träffade Wallander hårt på vänstra kinden. Han blev så överraskad att han tog ett steg bakåt och snubblade omkull på golvet.

– Varför lät ni det hända? skrek flickan.

Sedan började hon slå på Wallander som med stort besvär lyckades hålla henne ifrån sig medan han samtidigt försökte resa sig upp. Kvinnan i soffan hade rest sig och kom honom till undsättning. Hon gjorde samma sak som flickan nyss hade gjort mot Wallander. Hon slog sin dotter hårt i ansiktet. När hon hade lugnat sig ledde kvinnan henne till soffan. Sedan återvände hon till Wallander som stod med sin svidande kind och pendlade mellan ursinne och förvåning.

– Hon har blivit mycket nerstämd över det som har hänt, sa Anita Carlman. Hon har förlorat kontrollen över sig själv. Kommissarien måste ursäkta henne.

– Kanske hon borde ha kontakt med en läkare, sa Wallander och märkte att rösten var ostadig.

– Det har hon redan.

Wallander nickade och gick ut genom dörren. Fortfarande var han chockad över den våldsamma örfilen. Han försökte påminna sig när han senast hade blivit slagen. Det var mer än tio år sedan. Han hade förhört en person som varit misstänkt för inbrott. Plötsligt hade mannen flugit upp från bordet och slagit honom med en knytnäve rakt över munnen. Den gången hade Wallander slagit tillbaka. Hans ursinne hade varit så häftigt att han slagit av mannens näsben. Efteråt hade han försökt stämma Wallander för polisövergrepp och misshandel, men Wallander hade naturligtvis blivit frikänd. Mannen hade sedan också lämnat in en anmälan till JO mot Wallander som även den blivit lämnad utan åtgärd.

Av en kvinna hade han aldrig blivit slagen. När hans hustru Mona varit så upprörd att hon inte längre kunnat behärska sig hade hon kastat saker på honom. Men hon hade aldrig slagit honom. Han hade ofta med rädsla undrat vad som skulle ha hänt om hon hade gjort det. Hade han då slagit tillbaka? Han visste med sig att risken skulle ha varit mycket stor.

Han blev stående i trädgården och kände på kinden som sved. Det var som om all den energi han hade känt på morgonen när Linda hade stått med sin väninna utanför hans dörr nu var borta. Han var så trött att han inte ens orkade hålla kvar de oväntade krafttillskott han blev erbjuden.

Han gick tillbaka till sin bil. Polismannen höll långsamt på med att samla ihop avspärrningsbanden.

Han tryckte in en kassett i bandspelaren. Figaros Bröllop. Han skruvade upp ljudet så högt att det dånade i bilen. Fortfarande sved det i kinden. I backspegeln kunde han se att den var röd. När han kom till Ystad svängde han in på den stora parkeringsplatsen vid möbelvaruhuset. Allt var stängt, parkeringsplatsen öde. Han öppnade bildörren och lät musiken flöda. Barbara Hendricks fick honom för ett ögonblick att glömma Wetterstedt och Carlman. Men den brinnande flickan sprang fortfarande genom hans medvetande. Rapsåkern tycktes oändlig. Hon sprang och sprang. Och hon brann och brann.

Han skruvade ner musiken och började att gå fram och tillbaka på parkeringsplatsen. Som alltid när han tänkte gick han och såg i marken. Därför märkte han heller aldrig den pressfotograf som av en tillfällighet hade upptäckt honom och fotograferade honom genom en telelins när han gick omkring i det rutsystem där det denna sommardag inte fanns några andra bilar än hans egen. Några veckor senare, när Wallander till sin häpnad upptäckte bilden av sig själv på parkeringsplatsen, hade han glömt att han faktiskt stannat där för att försöka ge sig själv och den omfattande brottsutredningen en positionsbestämning.

Spaningsgruppen träffades denna söndag mycket kort klockan två. Mats Ekholm var med och sammanfattade det han tidigare hade talat om med Hansson och Wallander. Ann-Britt Höglund la fram innehållet i det anonyma fax som kommit och Wallander meddelade att Anita Carlman hade bekräftat de anonyma uppgifterna. Däremot sa han ingenting om den örfil han hade fått. När Hansson försiktigt frågade om han kunde tänka sig att tala med de journalister som samlades kring polishuset och alltid tycktes veta när spaningsgruppen satt i möte, svarade han nej.

– Vi måste lära journalisterna att vi sysslar med ett lagarbete, sa han och hörde själv hur uppstyltat det lät. Ann-Britt kan ta hand om dem. Jag vill inte.

– Är det nånting jag inte ska säga? frågade hon.

– Att vi har en misstänkt gärningsman, svarade Wallander. För det är nämligen inte sant.

Efter mötet växlade Wallander några ord med Martinsson.

– Har det kommit nånting mer om flickan som brände sig till döds? undrade han.

– Inte ännu, svarade Martinsson.

– Håll mig underrättad så fort det händer nånting.

Wallander gick in på sitt rum. Samtidigt ringde telefonen. Han hajade till. Varje gång det ringde väntade han att någon i operationsrummet skulle ge honom besked om att ett nytt mord hade inträffat. Men det var hans syster. Hon berättade att hon hade talat med Gertrud, hemvårdarinnan som hade gift sig med deras far. Det rådde inga tvivel om att han hade drabbats av Alzheimers sjukdom. Wallander hörde att hon var ledsen.

– Han är trots allt snart åttio år, tröstade han. Förr eller senare måste ju nånting hända.

– Men ändå, sa hon.

Wallander visste mycket väl vad hon menade. Han kunde själv ha använt samma ord. Alltför ofta var livet förminskat till de kraftlösa protestorden *men ändå*.

– Han klarar inte av en resa till Italien, sa hon.

– Om han vill så klarar han det, svarade Wallander. Dessutom har jag lovat honom.

– Kanske jag borde följa med?

– Nej. Det här är hans och min resa.

Han avslutade samtalet, osäker på om hon hade blivit förtörnad över att han inte ville ha henne med sig till Italien. Men han slog undan tankarna och bestämde sig för att han nu äntligen skulle resa ut och hälsa på fadern. Han letade reda på den lapp där han hade antecknat Lindas telefonnummer och ringde upp. Eftersom han hade förväntat sig att de var ute i det vackra vädret blev han förvånad när Kajsa genast svarade. När Linda kom till telefonen frågade han om hon kunde slita sig från repetitionerna och åka med honom ut till sin farfar.

– Kan Kajsa följa med? frågade hon.

– Det kan hon, svarade Wallander. Men just idag skulle jag föredra att det bara var du och jag. Det är nåt jag måste tala med dig om.

Han hämtade henne en halvtimme senare vid Österportstorg. På vägen ut mot Löderup berättade han för henne om faderns besök på polishuset och att han var sjuk.

– Hur fort det går kan ingen svara på, sa Wallander. Men han kommer att lämna oss. Ungefär som ett fartyg som försvinner allt längre bort mot horisonten. Vi kommer att fortsätta att se honom tydligt. Men för honom blir vi allt mera som gestalter i dimma. Våra utseenden, våra ord, våra gemensamma minnen, allt blir otydligt för att till slut helt försvinna. Han kan bli elak utan att han vet om det själv. Han kan bli en helt annan människa.

Wallander märkte att hon blev ledsen.

– Kan man inte göra nånting? frågade hon efter att länge ha suttit tyst.

– Det kan bara Gertrud svara på, sa han. Men jag tror inte att det finns några mediciner.

Han berättade också om den resa fadern ville göra till Italien.

– Det blir bara han och jag, sa Wallander. Kanske vi äntligen kan klara ut allt det som legat emellan oss under så många år.

Gertrud mötte dem på trappan när de svängde in på gårdsplanen. Linda försvann genast in till sin farfar som satt och målade ute i den ateljé han hade inrättat åt sig i den gamla ladugårdsdelen. Wallander satte sig i köket och talade med Gertrud. Det var som han trodde. Det fanns ingenting annat att göra än att försöka leva som vanligt och att vänta.

– Klarar han att resa till Italien? frågade Wallander.

– Han talar inte om annat, sa hon. Och skulle han dö när han är där så vore det sannerligen inte det värsta som kunde ske.

Hon berättade för honom att han tagit beskedet om sin sjukdom med stort lugn. Det förvånade Wallander som alltid hade upplevt hur hans far hade blivit kinkig för den minsta krämpa.

– Jag tror han har hunnit ifatt sin egen ålder, sa Gertrud. Jag tror han tänker att han i stort sett skulle ha levt samma liv som han levt om han fått en möjlighet till.

– I det livet hade han säkert hindrat mig från att bli polis, svarade Wallander.

– Det är förfärligt det jag läser i tidningarna, sa hon. Allt hemskt som du måste hålla på med.

– Nån måste göra det, sa Wallander. Det är bara så.

De stannade och åt middag i trädgården. Wallander upplevde att hans far var på ovanligt gott humör under hela kvällen. Han antog att det var Linda som var huvudorsaken. När de for hem hade klockan redan hunnit bli elva.

– Vuxna kan vara så barnsliga, sa hon plötsligt. Ibland för att dom gör sig till. Eller för att verka ungdomliga. Men farfar kan vara barnslig på ett sätt som känns alldeles äkta.

– Din farfar är en mycket speciell person, sa Wallander. Det har han alltid varit.

– Vet du att du börjar likna honom? frågade hon plötsligt. Du blir mera lik för varje år som går.

– Jag vet, sa Wallander. Men jag vet inte om jag tycker om det.

Han lämnade av henne på samma ställe där han hade hämtat henne. De bestämde att hon skulle ringa någon av de närmaste dagarna. Han såg henne försvinna vid Österportskolan och insåg till sin förvåning att han under hela kvällen inte hade ägnat den pågående utredningen en tanke. Genast fick han dåligt samvete. Men han slog undan det. Han visste att han inte kunde göra mer än vad han gjorde.

Han körde upp till polishuset och stannade helt kort. Ingen av kriminalpoliserna var inne. Det fanns heller inga meddelanden till honom som han bedömde som så viktiga att han måste åtgärda dem redan samma kväll. Han for hem, parkerade bilen och gick upp till sin lägenhet.

Wallander blev sittande uppe länge den natten. Han hade fönstren öppna mot den varma sommarnatten. På grammofonen spelade han musik av Puccini. Han hade hällt upp ett glas med de sista resterna av innehållet i en whiskyflaska. För första gången tyckte han sig ha återfunnit något av den glädje han hade känt den eftermiddag han hade varit på väg ut mot Salomonssons gård. Det var innan katastrofen hade slagit till. Nu befann han sig mitt inne i en utredning som präglades av två grundläggande förutsättningar. Dels att de hade mycket lite att gå efter när det gällde att identifiera gärningsmannen. Dels att det mycket väl kunde vara så att han just i detta ögonblick var i färd med att genomföra sitt tredje mord. Ändå tyckte Wallander att han under denna sena nattimme kunde hålla utredningen ifrån sig. För en kort stund hade också den brinnande flickan slutat springa i hans huvud. Han måste inse att han inte ensam kunde stå emot alla de våldsbrott som drabbade Ystads polisdistrikt. Han kunde inte göra mer än sitt yttersta. Det kunde ingen.

Han hade lagt sig på soffan och dåsade till musiken och sommarnatten med whiskyglaset inom räckhåll.

Då var det något som drog upp honom till ytan igen. Det var något som Linda hade sagt i bilen. Några ord i ett samtal som plötsligt fick en helt annan betydelse. Han satte sig upp i soffan med rynkad panna. Vad var det hon hade sagt? *Att vuxna ofta är så barnsliga*. Det var nånting där som han inte fick grepp om. *Vuxna är ofta så barnsliga*.

Sedan insåg han vad det var. Just då kunde han inte förstå hur han kunde ha varit så lättsinnig och slarvig. Han satte på sig skorna, letade fram en ficklampa i en av kökslådorna och lämnade lägenheten. Han körde ut på Österleden, svängde till höger och stannade utanför Wetterstedts villa som låg i mörker. Han öppnade porten i trädgårdsmuren. Han ryckte till av en katt som försvann som en skugga bland vinbärsbuskarna. Sedan lyste han med ficklampan längs garagets stenfot. Han behövde inte söka länge innan han hittade vad han sökte. Han tog de sönderrivna bladen av serietidningen mellan tummen och pekfingret och lyste på dem med lampan. De var ur ett nummer av Fantomen. Han letade i fickorna efter en plastpåse och stoppade ner tidningsbladen.

Sedan for han hem. Han irriterade sig fortfarande över att han hade varit så slarvig. Han borde ha vetat bättre.

Vuxna är som barn.

En vuxen man kunde mycket väl ha suttit på garagetaket och läst ett exemplar av Fantomen.

16

När Wallander vaknade tidigt i gryningen hade en molnbank drivit in från väster och nått Ystad strax före fem på morgonen. Det var måndagen den 27 juni. Fortfarande dock inget regn. Wallander låg kvar i sängen och försökte förgäves somna om. Strax före sex steg han upp, duschade och drack kaffe. Tröttheten, bristen på sömn, var som en molande värk i hans kropp. Han tänkte med saknad på när han varit tio eller femton år yngre och nästan aldrig känt sig morgontrött, hur lite han än hade sovit. Men den tiden var förbi och den skulle aldrig komma tillbaka.

Fem minuter i sju steg han in genom dörrarna till polishuset. Ebba hade redan kommit och log mot honom när hon gav honom några lappar med telefonmeddelanden.

– Jag trodde du hade semester, sa Wallander förvånat.

– Hansson bad mig stanna några dagar extra, svarade Ebba. När det är så oroligt som nu.

– Hur går det med handen?

– Det är som jag har sagt. Det är inte roligt att bli gammal. Då blir det bara skit med allting.

Wallander kunde inte påminna sig att han tidigare hade hört Ebba uttrycka sig så drastiskt. Han övervägde hastigt om han skulle berätta om sin far och hans sjukdom. Men han lät det bero. Han hämtade kaffe och satte sig vid sitt skrivbord. Efter att ha ögnat igenom telefonlapparna och lagt dem överst i den bunt han fått kvällen innan, lyfte han telefonluren och ringde till Riga. Han kände genast ett hugg av dåligt samvete eftersom det var ett privatsamtal och han var gammalmodig nog att helst inte vilja belasta sin arbetsplats med en utgift som egentligen var hans egen. Han tänkte på situationen några år tidigare då Hansson hade varit besatt av en passion för att spela på hästar. Då hade han ägnat halva sina arbetsdagar åt att ringa runt till landets olika travbanor i jakten på de senaste stalltipsen. Alla hade vetat om det men ingen hade reagerat. Wallander hade förvånats över att det bara var han som tydligen ansåg att någon borde tala med Hansson. Men sedan en dag hade alla travprogram och halvvägs ifyllda spelbongar plötsligt varit försvunna från Hanssons skrivbord. Wallander hade ryktesvägen hört att det hade berott på att Hansson helt enkelt hade bestämt sig för att sluta spela innan han hade satt sig i skuld.

Baiba svarade efter tredje signalen. Wallander var nervös. Han kände det fortfarande som om hon vid varje telefonsamtal skulle säga att hon inte ville att de skulle träffas mer. Han var lika osäker på hennes känslor som han var säker på sina egna. Men nu när han hörde hennes stämma lät hon glad. Den glädjen gjorde han genast till sin egen. Hon berättade att beslutet att resa till Tallinn hade fattats mycket hastigt. En väninna skulle åka dit och hon hade frågat om Baiba ville åka med. Just den här veckan hade hon inga lektioner på universitetet. Det översättningsarbete som hon var sysselsatt med var det heller ingen överhängande brådska med att avsluta. Hon berättade i korthet om resan och frågade sedan hur det var i Ystad. Wallander bestämde sig för att tills vidare ingenting säga om att deras gemensamma resa till Skagen hade kommit i fara på grund av den senaste veckans händelser. Han sa bara att allt var bra. De bestämde att han skulle ringa henne samma kväll. Efteråt blev Wallander sittande med handen på telefonluren. Genast hade han börjat oroa sig för hur hon skulle reagera om han blev tvungen att skjuta på sin semester.

Wallander tänkte att det var ett dåligt karaktärsdrag som växte sig allt starkare och mer dominerande ju äldre han blev. Han oroade sig för allting. Han oroade sig för att hon hade rest till Tallinn, han oroade sig för att han själv skulle bli sjuk, han oroade sig för att han skulle försova sig, eller för att hans bil skulle gå sönder. Han omgav sig med onödiga orosmoln. Med en grimas undrade han om Mats Ekholm även kunde göra en psykologisk profil på honom och föreslå åtgärder för att han skulle bli i stånd att göra sig fri från alla problem han ständigt tog ut i förskott.

Han avbröts i sina tankar av att Svedberg knackade på hans halvöppna dörr och steg in. Wallander såg att han hade varit oförsiktig i solen dagen innan. Flinten var alldeles sönderbränd, liksom pannan och näsan.

– Jag lär mig aldrig, sa Svedberg dystert. Det svider som fan.

Wallander tänkte på svedan efter den örfil han hade fått dagen innan. Men han sa ingenting.

– Jag ägnade dagen igår åt att tala med dom som bor i det område där Wetterstedts villa ligger, sa han. Det kom fram att Wetterstedt var en man som ofta tog promenader. Dels på morgonen, dels på kvällen. Han var alltid artig och hälsade på dom han mötte. Men han umgicks inte med nån av dom som bodde i närheten.

– Hade han alltså för vana att ta en promenad även på kvällen?

Svedberg konfererade med sina anteckningar.

– Han brukade gå ner på stranden.

– Det var alltså en vana som upprepade sig?

– Om jag förstod det rätt så är svaret ja.

Wallander nickade.

– Just vad jag trodde, sa han.

– Det kom fram en sak som kanske kan vara av intresse, fortsatte Svedberg. En pensionerad kanslichef vid kommunen som hette Lantz påstod att en journalist vid nån tidning hade ringt på hans dörr måndagen den 20 juni. De hade frågat efter vägen till Wetterstedts hus. Lantz hade förstått det så att journalisten och en fotograf var på väg dit för att göra ett reportage. Det betyder med andra ord att nån var inne i hans villa den sista dagen han var i livet.

– Och att det finns fotografier, sa Wallander. Vilken tidning var det?

– Det visste inte Lantz.

– Då får du sätta nån på att ringa runt, sa Wallander. Det här kan vara viktigt.

Svedberg nickade och lämnade rummet.

– Du borde smörja in den där solbrännan, sa Wallander. Den ser inte bra ut.

När Svedberg hade gått ringde Wallander upp Nyberg. Några minuter senare kom han till Wallanders rum och hämtade de lösrivna bladen ur Fantomen.

– Jag tror inte att din man kom på cykel, sa Nyberg. Vi har hittat en del spår bakom den där baracken som tyder på att en moped eller en motorcykel kan ha stått där. Vi lyckades få reda på att alla dom från vägverket som använder baracken har bilar.

En minnesbild glimtade hastigt förbi i Wallanders huvud utan att han kunde gripa fatt i den. Han gjorde en anteckning i sitt kollegieblock om det Nyberg hade sagt.

– Vad förväntar du dig att jag ska göra med det här? frågade Nyberg och höll upp påsen med serietidningsbladen.

– Fingeravtryck, sa Wallander. Som kanske passar med andra avtryck.

– Jag trodde det bara var barn som läste Fantomen, sa Nyberg.

– Nej, svarade Wallander. Där tar du fel.

När Nyberg hade gått kände Wallander sig ett ögonblick tveksam om vad han skulle göra. Rydberg hade lärt honom att en polis alltid måste välja att gripa tag i det som för ögonblicket var viktigast. Men vad var egentligen det? De befann sig i en fas av utredningen där allting var mycket oklart och ingenting definitivt kunde påstås vara viktigare än något annat. Wallander visste att det som nu gällde var att lita på tålamodet.

Han gick ut i korridoren och knackade på dörren till det rum Mats Ekholm hade fått låna. När han hörde Ekholms röst öppnade han och steg in. Ekholm satt med fötterna på skrivbordet och läste igenom några papper. Han nickade mot besöksstolen och slängde ifrån sig pappren på bordet.

– Hur går det? frågade Wallander.

– Dåligt, svarade Ekholm glatt. Det är svårt att ringa in den här personen. Det är synd att vi inte har lite mer material att gå på.

– Han borde med andra ord ha begått flera mord?

– För att säga det rätt ut så hade det gjort saken enklare, sa Ekholm. I många amerikanska undersökningar om seriemördare som FBI har legat bakom visar det sig att ett genombrott ofta kommer vid det tredje eller fjärde mordet i en kedja. Då kan man sålla bort det som är tillfälligheter i det enskilda fallet och börja filtrera ut ett genomgående mönster. Och det är ett mönster vi letar efter. Ett mönster som vi kan använda som en spegel för att börja se hjärnan bakom det hela.

– Vad kan man säga om vuxna människor som läser serietidningar? frågade Wallander.

Ekholm lyfte på ögonbrynen.

– Har det med den här saken att göra?

– Kanske.

Wallander berättade om sin upptäckt dagen innan. Ekholm lyssnade med koncentrerat intresse.

– Känslomässig omognad eller känslomässig deformation är nästan alltid närvarande hos människor som begår upprepade våldshandlingar, sa Ekholm. Dom saknar en förmåga att identifiera sig med andra människors värde. Därför reagerar dom inte heller inför det lidande dom tillfogar andra människor.

– Alla vuxna som läser Fantomen begår knappast mord, sa Wallander.

– På samma sätt som det finns exempel på seriemördare som varit specialister på Dostojevskij, svarade Ekholm. Man får lägga in en pusselbit och se om den passar nånstans. Eller om den kanske tillhör ett helt annat pussel.

Wallander började känna sig otålig. Han hade inte tid att ge sig in i någon utdragen diskussion med Ekholm.

– Nu har du läst igenom vårt material, sa han. Vad drar du för slutsatser av det?

– Egentligen bara en, svarade Ekholm. Att han kommer att slå till igen.

Wallander väntade på en fortsättning, en förklaring, som aldrig kom.

– Varför?

– Nånting i helhetsbilden säger mig det. Utan att jag egentligen kan motivera det med mer än erfarenheter. Från andra tillfällen med troféjägare.

– Vad ser du framför dig? frågade Wallander. Säg vad du tänker just nu. Vad som helst. Och jag lovar att du efteråt inte ska behöva stå för det du sagt.

– En vuxen man, svarade Ekholm. Med tanke på offrens ålder och att han på nåt sätt ska ha haft med dom att göra tror jag att han är minst trettio år. Men förmodligen äldre. Den tänkbara identifikationen med en myt, kanske en indian, gör att jag föreställer mig att han är i mycket god fysisk kondition. Han är både försiktig och djärv. Vilket innebär att han är beräknande. Jag tror att han lever ett regelbundet och välorganiserat liv. Den inre dramatiken gömmer han bakom en yta av odramatisk normalitet.

– Och han kommer att slå till igen?

Ekholm slog ut med armarna.

– Låt oss hoppas att jag tar fel. Men du bad mig säga det jag tänker just nu.

– Det gick tre dygn emellan Wetterstedt och Carlman, sa Wallander. Om han håller tredagarsintervallen ska han alltså döda nån idag igen.

– Det är absolut inte nödvändigt, sa Ekholm. Eftersom han är beräknande spelar tidsfaktorn ingen avgörande roll. Han slår till när han är säker på att lyckas. Det kan naturligtvis ske nånting i dag. Men det kan också dröja flera veckor. Eller många år.

Wallander hade inte flera frågor. Han bad Ekholm vara med när spaningsgruppen en stund senare skulle samlas till ett möte. Han återvände till sitt rum och kände ett växande obehag inför det Ekholm hade sagt. Mannen de sökte, och som de inte visste någonting om, skulle slå till igen.

Han drog till sig blocket där han antecknat det Nyberg sagt och försökte fånga den flyktiga minnesbild som hade passerat genom hans huvud. Wallander hade en känsla av att det var viktigt. Han var säker på att det hade att göra med vägverkets barack. Men han kom inte på vad det var.

Strax efteråt reste han sig och gick in i mötesrummet. Han tänkte att han just nu saknade Rydberg mer än någonsin.

Wallander satte sig på sin vanliga plats, vid bordets ena kortände. Han såg sig runt. Alla som skulle vara där hade kommit. Han kunde genast känna den speciella atmosfären av koncentration som uppstod när alla hoppades att de skulle göra ett genombrott i en brottsutredning. Wallander visste att de skulle bli besvikna. Ingen skulle dock visa det. De polismän som var samlade i rummet höll en hög nivå.

– Vi gör en genomgång av vad som har hänt det senaste dygnet i skalputredningen, började han.

Han hade inte planerat att säga *skalputredningen*; det kom av sig självt. Men från det ögonblicket kallades utredningen aldrig för något annat inom spaningsgruppen.

Om det inte var av behovet påkallat brukade Wallander vänta till sist med att själv rapportera. Inte minst berodde det på att alla förväntade sig att han skulle göra sammanfattningen och leda dem vidare. Det var naturligt att Ann-Britt Höglund var den första att gripa ordet. Telefaxet som kommit från Skoglunds järnaffär gick runt bordet. Genom landets centrala fängelseregister hade uppgifterna som redan bekräftats av Anita Carlman kunnat kontrolleras. Det svåraste arbetet hade hon dock bara hunnit påbörja. Att få fram bekräftelser och helst kopior av de brev som Carlman påstods ha skrivit till Wetterstedt.

– Problemet är att allt ligger så långt tillbaka, slutade hon. Även om vi lever i ett land där register och arkiv är välorganiserade tar det lång tid att leta sig ner till händelser och dokument som inträffade eller upprättades för mer än 25 år sen. Vi befinner oss dessutom då i en tid innan datorerna helt hade tagit över hanteringen av olika register och arkiv.

– Ändå måste vi gräva där, sa Wallander. Beröringspunkten mellan Wetterstedt och Carlman är avgörande för att vi ska komma vidare.

– Mannen som ringde, sa Svedberg och gned på sin sönderbrända näsa. Varför ville han inte uppge vem han var? Vem gör inbrott för att sända ett fax?

– Jag har tänkt på det, sa Ann-Britt Höglund. Alldeles uppenbart ville han sätta oss på ett bestämt spår. Att han vill skydda sin identitet kan naturligtvis ha många orsaker. En av dom kan helt enkelt vara att han är rädd.

Det blev stilla i rummet.

Wallander insåg att Ann-Britt Höglund tänkte riktigt. Han nickade åt henne att fortsätta.

– Det är naturligtvis en ren gissning. Men anta att han känner sig hotad av den man som dödat Wetterstedt och Carlman. Han har naturligtvis allt intresse i världen av att vi griper gärningsmannen. Utan att han talar om vem han är.

– Han borde i så fall ha varit tydligare, sa Martinsson.

– Han kanske inte kunde det, invände Ann-Britt Höglund. Om min gissning skulle vara riktig, att han kontaktar oss eftersom han är rädd, så har han sannolikt också sagt allting han vet.

Wallander lyfte handen.

– Låt oss tänka vidare, sa han. Mannen som sänder ett fax ger oss kunskaper där utgångspunkten är Carlman. Inte Wetterstedt. Det är en avgörande punkt. Han påstår att Carlman skrev brev till Wetterstedt och att de träffades efter det att Carlman hade blivit frisläppt. Vem kan ha en sån information?

– En annan intagen på fängelset, sa Ann-Britt Höglund.

– Det var också min tanke, sa Wallander. Men å andra sidan faller nog då din hypotes om att han kontaktar oss eftersom han är rädd. Om kontakten med Carlman bara varit den tillfällige medfångens?

– Det finns trots allt en fortsättning, sa Ann-Britt Höglund. Han vet att Carlman och Wetterstedt träffas efter det att Carlman har lämnat fängelset. Det tyder på att kontakten har fortsatt.

– Han kan ha varit vittne till nåt, sa Hansson som hittills hade förhållit sig tyst. Av nån anledning har nu detta blivit orsak till att två människor mördas tjugufem år senare.

Wallander vände sig till Mats Ekholm som satt för sig själv längst ner vid en av bordets långsidor.

– Tjugufem år är en lång tid, sa Wallander.

– Inkubationstiden för att hämnas kan vara oändlig, svarade Ekholm. De psykiska processerna har inga preskriptionstider. Det är en av de allra äldsta kriminologiska sanningarna att en hämnare kan vänta hur länge som helst. Om det nu är fråga om hämnd.

– Vad skulle det annars kunna vara? frågade Wallander. Vi kan utesluta egendomsbrott. Med stor sannolikhet när det gäller Gustaf Wetterstedt, alldeles säkert i Carlmans fall.

– En motivbild kan ha många beståndsdelar, sa Ekholm. Även det rena lustmordet kan vara uppbyggt kring ett motiv som vid första anblicken inte är synligt. En seriemördare kan välja sina offer utifrån orsakssammanhang som för oss verkar vara helt planlösa. Om vi betänker skalperna så kan vi fråga oss om han är ute efter en speciell sorts hår. På fotografier kan jag se att Wetterstedt och Carlman hade samma kraftiga, gråa hårsvall. Vi kan inte utesluta nånting. Men som lekman när det gäller polisers sätt att koncentrera sina spaningar håller jag med om att beröringspunkten just nu bör vara det viktigaste att få grepp om.

– Kan det vara så att vi tänker alldeles fel? sa Martinsson plötsligt. Kanske det är så att gärningsmannen menar att det finns en symbolisk beröringspunkt mellan Wetterstedt och Carlman? Medan vi letar och gräver i verkligheten kanske han ser ett symboliskt sammanhang som är osynligt för oss? Nånting som är helt otänkbart för våra rationella huvuden?

Wallander visste att Martinsson i enskilda ögonblick kunde ha förmågan att vrida en utredning runt sin axel för att få den in på rätt spår.

– Du tänker nånting, sa han. Fortsätt.

Martinsson ryckte på axlarna och tycktes redan vara på väg att retirera från sitt utspel.

– Wetterstedt och Carlman var rika människor, sa han. De tillhörde båda överklassen. Som symboliska representanter för den politiska och ekonomiska makten är de båda väl utvalda.

– Är du ute efter ett terroristiskt motiv? undrade Wallander förvånat.

– Jag är inte ute efter nånting, svarade Martinsson. Jag lyssnar på vad ni säger och jag försöker tänka själv. Jag är minst lika rädd som nån annan i det här rummet för att han ska slå till igen.

Wallander såg på de som satt runt bordet. Bleka, allvarliga ansikten. Förutom Svedberg med sin solsveda.

Först nu insåg han att de alla var lika rädda som han själv.

Det var inte bara han som fruktade nästa telefonsignal.

De bröt mötet strax före klockan tio. Wallander hade dock bett Martinsson stanna kvar.

– Hur går det med flickan? frågade han. Dolores Maria Santana?

– Jag väntar fortfarande på att Interpol ska reagera.

– Gör en påstötning, sa Wallander.

Martinsson betraktade honom undrande.

– Har vi verkligen tid med henne just nu?

– Nej. Men vi kan inte heller låta det bli liggande.

Martinsson lovade att sända iväg en förnyad begäran om information kring Dolores Maria Santana. Wallander gick in på sitt rum och ringde Lars Magnusson. Det tog lång tid innan han svarade. Wallander kunde höra på hans röst att han var berusad.

– Jag behöver fortsätta vårt samtal, sa han.

– Du ringer för sent, svarade Lars Magnusson. Vid den här tiden på dagen för jag överhuvudtaget inga samtal.

– Koka kaffe, sa Wallander. Och ställ undan flaskorna. Jag kommer inom en halvtimme.

Han la på luren mitt i Lars Magnussons protester. Sedan läste han igenom de två preliminära obduktionsprotokoll som någon hade lagt in på hans bord. Under årens lopp hade Wallander lärt sig att förstå de oftast svårbegripliga rapporter som patologer och rättsläkare upprättade. För många år sedan hade han också genomgått en kurs som anordnats av rikspolisstyrelsen. De hade varit i Uppsala och Wallander mindes fortfarande hur obehagligt det varit att besöka en obduktionssal.

Han tyckte inte han fann något oväntat i de två protokollen. Han la dem åt sidan och såg ut genom fönstret.

Han försökte föreställa sig den gärningsman de letade efter. Hur såg han ut? Vad gjorde han just nu?

Bilden var tom. Wallander såg bara rakt in i ett mörker.

Olustig reste han sig och gick.

17

Wallander lämnade Lars Magnussons lägenhet efter över två timmars fruktlösa försök att föra ett organiserat samtal. Mest av allt ville han då gå hem och lägga sig i badkaret. Första gången han hade varit uppe hos Magnusson hade han inte uppfattat den ingrodda smutsen. Men nu hade förfallet varit påfallande. Ytterdörren hade stått på glänt när Wallander kommit. Inne i lägenheten hade Magnusson legat på sin soffa medan en kaffepanna höll på att koka över ute i köket. Han hade hälsat Wallander med orden att han helst av allt borde dra åt helvete. Inte visa sig mer, bara försvinna och glömma att det fanns någon som hette Lars Magnusson. Men Wallander hade stannat kvar. Han hade tolkat det sönderkokade kaffet i köket som att Magnusson trots allt under en kort stund hade övervägt om han inte borde frångå sin vana att inte föra samtal med människor mitt på dagen. Wallander hade förgäves letat efter ett par rena koppar. I diskhon stod tallrikar där matrester och fett hade stelnat till egendomliga fossilliknande upphöjningar på porslinet. Till sist hade han lyckats leta fram två koppar som han diskade och tog med sig in i vardagsrummet. Magnusson var endast iförd ett par smutsiga kortbyxor. Han var orakad och höll en flaska dessertvin mellan händerna, som om han krampaktigt klamrade sig fast vid ett krucifix. Wallander hade först känt sig illa berörd av förfallet. Det som han fann mest motbjudande var att han nu upptäckte att Lars Magnusson hade börjat tappa tänderna. Sedan hade han blivit irriterad och till sist arg över att mannen i soffan inte tycktes höra vad han sa. Han hade tagit flaskan ifrån honom och helt enkelt krävt att få svar på de frågor han ställde. Vilken auktoritet han åberopade visste han inte. Men Lars Magnusson hade gjort som han sagt. Han hade till och med hasat sig upp i sittande ställning i soffan. Wallander hade försökt att tränga djupare in i den gamla värld där Gustaf Wetterstedt varit en justitieminister som omgivits av mer eller mindre förtäckta rykten om skandaler. Men Lars Magnusson tycktes ha glömt allting. Han mindes inte längre vad han hade sagt vid Wallanders tidigare besök. Först när Wallander hade lämnat tillbaka flaskan och han kunnat ta ytterligare några klunkar hade vissa bräckliga minnesbilder börjat återkomma. När Wallander till slut lämnade lägenheten hade han bara lyckats få reda på en sak som kunde ha intresse. I ett oväntat ögonblick av klarhet hade Magnusson erinrat sig att det funnits en polisman vid bedrägeriroteln i Stockholm som fattat ett alldeles eget intresse för Gustaf Wetterstedt. I tidningsvärlden hade det gått rykten om att denne man, som Magnusson efter viss möda erinrade sig hette Hugo Sandin, hade lagt upp ett privat arkiv över Wetterstedt. Vad Magnusson visste hade det aldrig kommit någonting ut av det. Men däremot hade han hört att Hugo Sandin efter sin pensionering hade flyttat söderut och nu bodde hos sin son som hade ett krukmakeri utanför Hässleholm.

– Om han fortfarande lever, hade Lars Magnusson sagt och lett sitt tandlösa leende, som om han i grunden hoppades att Hugo Sandin gått före honom över gränsen.

När Wallander kom ut på gatan hade han bestämt sig för att trots allt undersöka om Hugo Sandin fortfarande var i livet. Han övervägde om han skulle åka hem och bada för att göra sig av med obehaget av att ha vistats i den instängda unkenheten hos Lars Magnusson. Klockan var närmare ett. Han kände sig inte alls hungrig trots att han bara hade ätit en slarvig frukost. Han for tillbaka till polishuset med föresatsen att genast ta reda på om Lars Magnusson hade rätt i att Hugo Sandin bodde i närheten av Hässleholm. I receptionen stötte han ihop med Svedberg som fortfarande plågades av sitt sönderbrända ansikte.

– Wetterstedt blev intervjuad av en journalist från MagaZenit, sa Svedberg.

Wallander hade aldrig hört talas om tidningen.

– Den får alla som är pensionärer, svarade Svedberg. Journalisten hette Anna-Lisa Blomgren. Hon hade en fotograf med sig. Eftersom Wetterstedt är död kommer de inte att publicera sitt material.

– Tala med henne, sa Wallander. Och be fotografen om bilderna.

Wallander fortsatte till sitt rum. Under det korta samtalet med Svedberg hade han påmint sig något han genast skulle undersöka. Han ringde ut till växeln och bad dem söka Nyberg som var utgången. Efter en kvart hörde Nyberg av sig.

– Kommer du ihåg att jag gav dig en väska med kamera i Wetterstedts hus? frågade Wallander.

– Naturligtvis kommer jag ihåg det, svarade Nyberg irriterat.

– Jag bara undrar om filmen har blivit framkallad. Jag tror det var sju bilder som hade blivit exponerade.

– Har du inte fått dom? frågade Nyberg förvånat.

– Nej.

– Dom skulle ha skickats över till dig redan i lördags.

– Jag har inte fått dom.

– Är du säker på det?

– Dom har väl blivit liggande nånstans?

– Jag ska undersöka det här, sa Nyberg. Jag återkommer.

Wallander la på luren med en känsla av att någon mycket snart skulle drabbas av Nybergs vrede. Just då var han glad att det inte var han.

Han letade reda på telefonnumret till polisen i Hässleholm och lyckades efter vissa ansträngningar få tag på en intendent som kunde ge honom Hugo Sandins telefonnummer. På Wallanders direkta fråga svarade han att Hugo Sandin var närmare 85 år gammal, men att han fortfarande var klar i huvudet.

– Han brukar komma in och hälsa på nån gång om året, sa polisintendenten som presenterade sig med namnet Mörk.

Wallander noterade numret och tackade för hjälpen. Sedan grep han luren igen och ringde till Malmö. Han hade tur och fick genast tag på den läkare som hade obducerat Wetterstedt.

– Det står ingenting om när han har dött, sa Wallander. Det är en uppgift som är viktig för oss.

Läkaren ursäktade sig med att han måste hämta sina papper. Han återkom efter ungefär en minut och beklagade sig.

– Det har tyvärr ramlat ur utskriften, sa han. Ibland blir det fel på min diktafon. Men Wetterstedt dog tidigast tjugufyra timmar innan han blev funnen. Vi väntar fortfarande på en del laboratoriesvar som kan innebära att vi minskar tidsmarginalen ytterligare.

– Då väntar vi på det, sa Wallander och tackade.

Han gick in till Svedberg som satt och skrev på sin dator.

– Har du pratat med den där journalisten?

– Det är det jag skriver ut just nu.

– Fick du några tider?

Svedberg letade bland sina anteckningar.

– Dom kom till Wetterstedts hus klockan tio. Och stannade till ett.

– Efter det klockslaget var det ingen mer som såg honom i livet?

Svedberg tänkte efter.

– Inte som jag kan påminna mig.

– Då vet vi det, sa Wallander och lämnade rummet.

Han skulle just ringa till den gamle polismannen Hugo Sandin när Martinsson kom in i rummet.

– Har du tid? frågade han.

– Alltid, svarade Wallander. Vad vill du?

Martinsson viftade med ett brev i handen.

– Det här kom med posten idag, sa han. Det är en person som påstår att han gav en flicka lift från Helsingborg mot Tomelilla på måndagskvällen den 20 juni. Av dom beskrivningar av flickan som brände sig till döds han har sett i tidningarna tror han att det kan ha varit hon.

Martinsson räckte kuvertet till Wallander som tog ut brevpappret och läste vad som stod skrivet.

– Ingen underskrift, sa han.

– Men brevhuvudet är intressant.

Wallander nickade.

– 'Smedstorps församling', sa han. Riktigt statskyrkopapper.

– Vi måste väl undersöka det, sa Martinsson.

– Visst måste vi det, svarade Wallander. Om du ägnar dig åt Interpol och allt annat du har för händerna ska jag ta mig an det här.

– Jag förstår fortfarande inte att vi hinner med henne, sa Martinsson.

– Vi hinner därför att vi måste, svarade Wallander.

Först när Martinsson hade lämnat honom ensam insåg Wallander att Martinsson hade riktat en dold kritik mot honom för att han inte tills vidare la undan allt som hade med den döda flickan att göra. För ett ögonblick tänkte Wallander att Martinsson naturligtvis hade rätt. Det fanns ingen tid just nu för annat än Wetterstedt och Carlman. Sedan bestämde han sig för att kritiken var obefogad. Det fanns ingen gräns för vad polisen orkade. De måste helt enkelt hinna med och orka allt.

Som för att bevisa att hans uppfattning var riktig lämnade Wallander polishuset och körde ut från staden, mot Tomelilla och Smedstorp. Bilturen gav honom också tid att tänka på Wetterstedt och Carlman. Sommarlandskapet han färdades genom var en overklig inramning till hans tankar. Två män blir ihjälhuggna och skalperade, tänkte han. Dessutom går en ung flicka ut i ett rapsfält och bränner sig till döds. Och runt mig är det sommar. Vackrare än så här kan Skåne inte bli. Det finns ett paradis gömt i varje avkrok av den här världen. Bara man har ögonen öppna så upptäcker man paradiset. Men man ser kanske också de osynliga likbilar som smyger fram längs vägarna.

Han visste var Smedstorps pastorsexpedition hade sitt kontor. När han hade passerat Lunnarp svängde han till vänster. Han visste också att församlingshusen hade mycket udda öppettider. Men när han kom fram till den vita byggnaden såg han att det stod några bilar parkerade utanför. En man gick omkring och klippte gräs i närheten. Wallander kände på dörren. Den var låst. Han ringde på klockan medan han läste på mässingsskylten att pastorsexpeditionen nästa gång skulle ha öppet på onsdagen. Han väntade. Sedan ringde han igen samtidigt som han bultade på dörren. I bakgrunden slamrade gräsklipparen. Wallander skulle just gå när ett fönster på övervåningen öppnades. En kvinna stack ut sitt huvud.

– Vi håller öppet på onsdagar och fredagar, ropade hon.

– Jag vet, svarade Wallander. Men jag har ett ärende som brådskar. Jag kommer från polisen i Ystad.

Huvudet försvann. Strax efteråt öppnades dörren. En kvinna med blont hår och klädd helt i svart stod framför honom. Hon var starkt sminkad i ansiktet. På fötterna hade hon högklackade skor. Men det som förvånade Wallander var den lilla vita prästkragen som bröt av mot allt det svarta. Han sträckte fram handen och hälsade.

– Gunnel Nilsson, svarade hon. Jag är kyrkoherde här i församlingen.

Wallander följde efter henne in. Hade jag nu stigit in på en nattklubb hade jag haft lättare att förstå det, tänkte han hastigt. Kyrkoherdar nuförtiden ser inte ut som jag trodde att dom gjorde.

Hon öppnade dörren till ett kontor och bad honom stiga in och sätta sig. Wallander noterade att Gunnel Nilsson var en mycket attraktiv kvinna. Däremot kunde han för sig själv inte avgöra om det faktum att hon var kyrkoherde var en bidragande orsak till den känsla han hade.

Wallander såg att det låg ett kuvert på hennes skrivbord. Han kände igen församlingens huvud.

– Det kom ett brev till polisen, började han. Som är skrivet på ert brevpapper. Det är därför jag är här.

Han berättade om flickan som hade bränt sig till döds. Han såg på henne att hon blev illa berörd. När han efteråt frågade sa hon att hon hade varit sjuk några dagar och inte läst några tidningar.

Wallander visade henne brevet.

– Kan ni tänka er vem som har skrivit det? frågade han. Vem har tillgång till era brevpapper?

Hon skakade på huvudet.

– Ett pastorsämbete är ju inte som en bank, svarade hon. Och här är bara kvinnor anställda.

– Det framgår inte om det är en man eller en kvinna som skrivit brevet, påpekade Wallander.

– Jag vet inte vem det kan vara, sa hon.

– Helsingborg? Är det nån på pastorsexpeditionen som bor där? Eller som ofta åker dit?

Hon skakade återigen på huvudet. Wallander märkte att hon verkligen försökte hjälpa honom.

– Hur många är ni som arbetar här? frågade han.

– Vi är fyra med mig. Och sen Andersson som hjälper till med trädgården. Vi har också en vaktmästare på heltid. Sture Rosell. Men han håller mest till på kyrkogårdarna och i våra kyrkor. Vem som helst av dom kan naturligtvis ha tagit med sig ett brevpapper härifrån. Plus alla dom som besöker pastorsexpeditionen i nåt ärende.

– Och du känner inte igen stilen?

– Nej.

– Det är inte förbjudet att ta upp liftare, sa Wallander. Varför skriver man då ett anonymt brev? För att man vill dölja att man överhuvudtaget har varit i Helsingborg? För mig är den här anonymiteten förbryllande.

– Jag kan naturligtvis undersöka om nån av personalen har varit i Helsingborg just den dagen, sa hon. Och jag kan försöka se om stilen påminner om hur nån här skriver.

– Jag vore tacksam för den hjälpen, sa Wallander och reste sig. Du kan nå mig på polishuset i Ystad.

Han skrev ner sitt telefonnummer på ett papper som hon sträckte fram. Hon följde honom ut.

– Jag har aldrig träffat en kvinnlig präst tidigare, sa han.

– Många blir fortfarande förvånade, svarade hon.

– I Ystad har vi fått vår första kvinnliga polischef, sa han. Allting förändras.

– Förhoppningsvis till det bättre, svarade hon och log.

Wallander såg på henne och tänkte att hon var mycket vacker. Han kunde inte upptäcka någon ring på hennes hand. När han återvände till bilen kunde han inte låta bli att tänka några förbjudna tankar. Hon hade verkligen varit mycket attraktiv.

Mannen som klippte gräset hade satt sig på en bänk för att röka en cigarett. Utan att Wallander efteråt helt kunde reda ut för sig själv varför han gjorde det, satte han sig på bänken och började prata med mannen som var ungefär sextio år gammal. Han var klädd i en öppen blå arbetsblus och smutsiga manchesterbyxor. På fötterna hade han ett par ålderdomliga gymnastikskor. Wallander noterade att han rökte Chesterfield utan filter. Han påminde sig att hans far hade rökt just det märket när han varit barn.

– Hon brukar inte öppna när det egentligen ska vara stängt, sa mannen filosofiskt. Om jag ska vara ärlig så är det första gången det händer.

– Kyrkoherden är mycket vacker, sa Wallander.

– Dessutom är hon trevlig, sa mannen. Och hon predikar bra. Frågan är om vi har haft en bättre präst tidigare. Men det är naturligtvis många som hellre skulle velat ha en man.

– Jaså? sa Wallander frånvarande.

– Det är nog många som inte kan tänka sig att ha nåt annat än en manlig präst. Skåningar är konservativa. För det mesta.

Samtalet dog bort. Det var som om de båda på bänken hade uttömt sina krafter. Wallander lyssnade på sommarfåglarna. Det doftade från det nyklippta gräset. Han tänkte att han borde ta kontakt med sin kollega vid Östermalmspolisen, Hans Vikander, och höra om det hade framkommit något vid det samtal han förmodligen hade haft med Gustaf Wetterstedts gamla mor. Det var många saker han borde göra. Minst av allt hade han tid att sitta på en bänk utanför Smedstorps pastorsexpedition.

– Skulle ni ha flyttningsbevis? frågade mannen plötsligt. Wallander spratt till som om han hade överraskats i en opassande situation.

– Jag skulle bara ställa några frågor, sa han.

Mannen kisade emot honom.

– Jag känner igen dig, sa han. Är du från Tomelilla?

– Nej, svarade Wallander. Jag kommer ursprungligen från Malmö. Men jag har bott i många år i Ystad.

Sedan reste han sig och vände sig mot mannen för att ta avsked. Han råkade kasta en blick mot den vita undertröja som skymtade under den uppknäppta arbetsblusen. Han upptäckte att den gjorde reklam för färjelinjen mellan Helsingborg och Helsingör. Han insåg omedelbart att det kunde vara en tillfällighet. Men han bestämde sig hastigt för att det inte var det. Han satte sig på bänken igen. Mannen tryckte ner cigarettfimpen i gräset och skulle just resa sig.

– Sitt kvar en stund, sa Wallander. Det är nånting jag vill fråga dig om.

Mannen måste ha hört att Wallanders röst hade förändrats. Han såg på honom med en avvaktande blick.

– Jag är polis, sa Wallander. Jag kom faktiskt inte hit för att tala med kyrkoherden. Jag kom för att tala med dig. Jag undrar varför du inte undertecknade det brev du skrev till oss. Om flickan som du hade gett lift från Helsingborg.

Det var en våldsam satsning, det visste han. Den stred mot allt han hade lärt sig. Det var ett kraftigt slag under bältet på den regel som sa att man som polis inte hade rätt att ljuga för att locka fram en sanning. I alla fall inte när inget brott var begånget.

Men slaget hade tagit. Mannen ryckte till, utfallet från Wallander hade kommit alldeles oväntat. Det hade tagit så hårt att alla rimliga och tänkbara invändningar omedelbart tycktes ha försvunnit. Hur kunde Wallander veta att det var han som skrivit brevet? Hur kunde han överhuvudtaget veta nånting alls?

Wallander märkte allt det här. Nu när slaget hade träffat kunde han genast lyfta upp honom från det imaginära golvet och lugna ner honom igen.

– Det är ingen olaglig handling att skriva anonyma brev, sa han. Det är heller inget olagligt i att ta upp liftare. Jag vill bara veta varför du skrev brevet. Och när du tog upp henne och var du släppte av henne. Vad klockan var. Och om hon sa nånting i bilen under resan.

– Nu känner jag igen dig, mumlade mannen. Det är du som är den där polisen som sköt en människa i dimman för några år sen. På skjutfältet utanför Ystad.

– Du har rätt, sa Wallander. Det var jag. Jag heter Kurt Wallander.

– Hon stod vid södra utfarten, sa mannen plötsligt. Klockan var sju på kvällen. Jag hade varit och köpt ett par skor. Min kusin har skoaffär i Helsingborg. Han slår av på priset. Jag brukar aldrig ta upp liftare. Men hon såg så övergiven ut.

– Vad hände då?

– Ingenting hände?

– När du stannade bilen? Vad talade hon för språk?

– Inte vet jag vad hon talade för språk. Det var i varje fall inte svenska. Och jag talar inte engelska. Jag sa att jag skulle till Tomelilla. Då nickade hon. Hon nickade till allt jag sa.

– Hade hon nån packning?

– Ingenting.

– Inte ens en handväska?

– Hon hade ingenting.

– Och sen for ni?

– Hon satte sig i baksätet. Under resan sa hon inte ett enda ord. Jag tyckte det hela var konstigt. Jag ångrade att jag hade tagit upp henne.

– Varför det?

– Hon kanske inte alls skulle till Tomelilla! Vem fan ska till Tomelilla?

– Hon sa alltså ingenting?

– Inte ett ord.

– Vad gjorde hon?

– Vad hon gjorde?

– Sov hon? Tittade hon ut genom fönstren? Vad gjorde hon?

Mannen tänkte efter.

– Det var en sak som jag grubblade på efteråt. Varje gång vi blev omkörda kröp hon ihop i baksätet. Som om hon inte ville synas.

– Hon var alltså rädd?

– Hon var väl det.

– Vad hände sen?

– Jag stannade vid rondellen utanför Tomelilla och släppte av henne. Om jag ska vara ärlig så tror jag inte hon hade en aning om var hon var.

– Hon skulle alltså inte till Tomelilla?

– Om jag får tro nånting så är det att hon ville bort från Helsingborg. Jag for vidare. Men när jag kommit nästan hem så tänkte jag: jag kan inte låta henne stå där. Så jag for tillbaka. Men då var hon borta.

– Hur lång tid tog det?

– Högst tio minuter.

Wallander tänkte efter.

– När du tog upp henne utanför Helsingborg, stod hon vid motorvägen? Kunde man tänka sig att hon hade fått en lift till Helsingborg? Eller kom hon från staden?

Mannen tänkte efter.

– Från staden, sa han sedan. Om hon hade blivit avsläppt norrifrån så hade hon aldrig stått där hon stog.

– Sen såg du henne aldrig mer? Du for inte efter henne?

– Varför skulle jag ha gjort det?

– Vad var klockan när allt det här hände?

– Jag släppte av henne klockan åtta. Jag minns att nyheterna på bilradion började precis när hon steg ur bilen.

Wallander tänkte på det han hade hört. Han visste att han hade haft tur.

– Varför skrev du till polisen? frågade han. Varför skrev du anonymt?

– Jag läste om flickan som hade bränt ihjäl sig, sa han. Jag fick genast en känsla av att det kunde ha varit hon. Men jag ville helst slippa ge mig till känna. Jag är gift. Att jag tog upp en lifterska kunde ha blivit missförstått.

Wallander kände på sig att mannen vid hans sida talade sanning.

– Det här samtalet kommer inte ut, sa han. Men jag måste ändå be om att få ditt namn och ditt telefonnummer.

– Jag heter Sven Andersson, sa mannen. Jag hoppas det inte blir några obehagligheter?

– Inte om du har sagt allt som det var, sa Wallander.

Han skrev upp telefonnumret.

– En sak till, sa han. Kan du komma ihåg om hon hade ett smycke runt halsen?

Sven Andersson tänkte efter. Sedan skakade han på huvudet. Wallander reste sig och tog honom i hand.

– Du har varit till stor hjälp, sa han.

– Är det hon? frågade Sven Andersson.

– Förmodligen, svarade Wallander. Frågan är nu bara vad hon gjorde i Helsingborg.

Han lämnade Sven Andersson och gick till sin bil.

Just när han öppnade bildörren ringde mobiltelefonen.

Hans första tanke var att mannen som dödat Wetterstedt och Carlman hade slagit till igen.

18

I bilen på väg tillbaka mot Ystad bestämde sig Wallander för att redan samma dag åka till Hässleholm och tala med den gamle polismannen Hugo Sandin. När Wallander hade svarat i telefonen och hört att det var Nyberg som berättade att de sju framkallade bilderna nu låg på hans bord och att det alltså inte hade varit bud om att den man som hade dödat Wetterstedt och Carlman nu hade slagit till igen, hade Wallander först känt en stor lättnad. Efteråt, när han redan hade lämnat Smedstorp, hade han tänkt att han var tvungen att kontrollera sin oro bättre. Det var inte säkert att mannen hade flera offer på sin osynliga lista. Han kunde inte ge efter för en rädsla som bara vållade oreda i hans huvud. Han, liksom hans kollegor, måste fortsätta sitt spaningsarbete som om allt hade hänt och ingenting mer skulle ske. Annars skulle de förvandlas till poliser som ägnade sin tid åt en fruktlös väntan.

Han gick raka vägen till sitt kontor och skrev ner ett referat av sitt samtal med Sven Andersson. Han försökte få tag på Martinsson utan att lyckas. Ebba visste bara att han hade lämnat polishuset och inte meddelat vart han skulle. När Wallander försökte nå honom över mobiltelefonen fick han besked om att den var avstängd. Han blev irriterad över att Martinsson så ofta gjorde sig omöjlig att få tag på. Vid spaningsgruppens nästa möte skulle han ge besked om att alla alltid måste vara möjliga att få kontakt med. Sedan påminde han sig fotografierna som Nyberg påstod skulle ligga på hans skrivbord. Utan att han hade märkt det hade han lagt sitt kollegieblock över kuvertet med bilder. Han tog fram dem, tände skrivbordslampan och såg på dem, ett efter ett. Utan att han hade klart för sig vad han egentligen hade hoppats på blev han besviken. Bilderna föreställde ingenting annat än utsikten från Wetterstedts hus. De var tagna från övervåningen. Han kunde se Lindgrens upp och nervända båt och havet som låg stilla. Det fanns inga människor på bilderna. Stranden var öde. Två av bilderna var dessutom oskarpa. Han la dem framför sig på bordet och undrade varför Wetterstedt hade tagit dem. Om det nu var han som hade gjort det. I en av skrivbordslådorna letade han fram ett förstoringsglas. Fortfarande kunde han inte hitta något av intresse i bilderna. Han la tillbaka dem i kuvertet och tänkte att han skulle be någon annan i spaningsgruppen se på dem för att få en bekräftelse på att motiven inte innehöll något av intresse som han hade förbisett. Han skulle just ringa till Hässleholm när en sekreterare knackade på dörren och kom in med ett telefax från Hans Vikander i Stockholm. Det var ett referat på fem tättskrivna sidor av ett samtal han hade haft med Wetterstedts mor. Han läste hastigt igenom det: noggrant gjort men alldeles fantasilöst. Där fanns inte en fråga som Wallander inte hade kunnat förutsäga. Hans erfarenhet var att ett förhör eller ett annat samtal som hade med en brottsutredning att göra måste innehålla lika mycket grundfrågor som överraskningsmoment. Samtidigt tänkte han att han nog var orättvis mot Hans Vikander. Vad fanns det för möjligheter att en nittiofyraårig dam skulle kunna säga något oväntat om sin son som hon knappast såg utan bara utväxlade korta telefonsamtal med? Efter att ha läst igenom det Hans Vikander hade skrivit insåg han att där inte fanns någonting som förde dem vidare. Han hämtade kaffe och tänkte frånvarande på den kvinnliga kyrkoherden i Smedstorp. När han kommit tillbaka till sitt rum ringde han det nummer han fått i Hässleholm. Det var en yngre man som svarade. Wallander presenterade sig och framförde sitt ärende. Det dröjde sedan flera minuter innan Hugo Sandin kom till telefonen. Wallander hörde en röst som var klar och bestämd. Hugo Sandin meddelade att han var beredd att träffa Wallander redan samma dag. Wallander drog till sig sitt kollegieblock och skrev ner vägbeskrivningen. Klockan var kvart över tre när han lämnade polishuset. På vägen mot Hässleholm stannade han och åt. Klockan hade blivit över fem när han svängde in vid den ombyggda kvarn där en skylt förkunnade att ett krukmakeri existerade. En äldre man gick omkring utanför huset och ryckte upp maskrosor. När Wallander steg ur bilen torkade han av sig om händerna och kom emot honom. Wallander hade svårt att tro att den spänstige man som kom emot honom var över åttio år gammal. Tanken på att Hugo Sandin och hans egen far nästan var jämngamla var svår att förstå.

– Det är sällan jag får besök, sa Hugo Sandin. Alla mina gamla vänner är borta. Jag har en kollega från den gamla mordroteln kvar i livet. Men han sitter på ett vårdhem utanför Stockholm och minns inte längre några händelser som inträffat efter 1960. Att bli gammal är sannerligen bara skit.

Wallander tänkte att Hugo Sandin upprepade de ord som han hört Ebba säga. Där fanns i alla fall en skillnad mot hans egen far, som sällan eller aldrig beklagade sig över sin ålderdom.

I ett gammalt vagnsskjul som var ombyggt till utställningslokal för krukmakeriets produkter stod ett bord med en termos och koppar. Wallander misstänkte att hövligheten krävde av honom att han ägnade några minuter åt att beundra den utställda keramiken. Hugo Sandin hade satt sig vid bordet och serverade kaffe.

– Du är den första polis jag har träffat som intresserar sig för keramik, sa han ironiskt.

Wallander satte sig vid bordet.

– Egentligen är jag nog inte så intresserad, medgav han.

– Poliser brukar tycka om att fiska, sa Hugo Sandin. Vid ensamma, enslighet belägna fjällsjöar. Eller djupt inne i dom småländska skogarna.

– Det visste jag inte, sa Wallander. Jag fiskar aldrig.

Sandin betraktade honom uppmärksamt.

– Vad gör du när du inte arbetar?

– Jag har nog väldigt svårt att koppla av.

Sandin nickade gillande.

– Att vara polis är ett kall, sa han. Precis som att vara läkare. Vi har ständig tjänst. Vare sig vi är i uniform eller inte.

Wallander bestämde sig för att inte argumentera, även om han inte alls var överens med Hugo Sandin om att polismannens yrke var ett kall. En gång hade han nog trott att det var så. Men det gjorde han inte längre. Åtminstone tvekade han.

– Berätta, uppmanade Sandin. Jag har läst i tidningarna om vad ni har för er i Ystad. Berätta vad som inte står där.

Wallander refererade omständigheterna kring de två morden. Då och då sköt Hugo Sandin in en fråga, alltid väl motiverad.

– Det är med andra ord troligt att han kan döda igen, sa han när Wallander hade tystnat.

– Vi kan inte bortse ifrån det.

Hugo Sandin sköt stolen en bit bakåt från bordet för att kunna sträcka ut benen.

– Och nu vill du att jag ska berätta om Gustaf Wetterstedt, sa han. Det ska jag också gärna göra. Får jag först bara fråga dig hur du har fått reda på att jag en gång för länge sen ägnade honom mitt alldeles speciella och närgångna intresse?

– Det finns en journalist i Ystad, tyvärr väldigt alkoholiserad, som berättade det för mig. Lars Magnusson heter han.

– Namnet säger mig ingenting.

– Hur som helst var det han som kände till det.

Hugo Sandin satt tyst och strök med ena fingret över läpparna. Wallander fick en känsla av att han sökte efter en lämplig startpunkt.

– Sanningen om Gustaf Wetterstedt är mycket enkel att redovisa, sa Hugo Sandin. Han var en skurk. Som justitieminister var han möjligen formellt kompetent. Men han var olämplig.

– Varför?

– Hans politiska verksamhet präglades mer av omsorg om den personliga karriären än om landets bästa. Det är det absolut sämsta betyg man kan ge en minister.

– Ändå var han påtänkt som partiledare?

Hugo Sandin skakade energiskt på huvudet.

– Det är fel, sa han. Det var tidningarna som spekulerade. Inom partiet stod det klart att han aldrig kunde bli partiledare. Frågan är om han ens var medlem i partiet.

– Men han var justitieminister under många år? Alldeles oduglig kan han ju inte ha varit?

– Du är för ung för att minnas. Men nånstans under 1950-talet går en skiljelinje. Den är osynlig men den finns där. Sverige seglade i en nästan ofattbar medvind. Det fanns obegränsade medel för att bygga bort de sista resterna av fattigdomen. Samtidigt gick en osynlig rörelse genom det politiska livet. Politikerna blev yrkesmänniskor. Karriärister. Innan hade idealiteten varit en dominerande beståndsdel i det politiska livet. Nu började den idealiteten förtunnas. Fram klev personer som Gustaf Wetterstedt. Dom politiska ungdomsförbunden blev kläckningsanstalter för de politiker som var ämnade för framtiden.

– Låt oss tala om skandalerna som omgav honom, sa Wallander, rädd att Hugo Sandin skulle förlora sig i upprörda politiska minnesbilder.

– Han höll sig med prostituerade, sa Hugo Sandin. Vilket han naturligtvis inte var ensam om. Men han hade speciella böjelser som gick ut över flickorna.

– Jag har hört om en flicka som gjorde en anmälan, sa Wallander.

– Hon hette Karin Bengtsson, sa Hugo Sandin. Hon kom från olyckliga familjeomständigheter i Eksjö. Hon rymde till Stockholm och dyker upp i sedlighetsrotelns papper första gången 1954. Några år senare har hon hamnat i den grupp som Wetterstedt valde sina flickor ur. I januari 1957 lämnar hon in en anmälan emot honom. Han har skurit henne med rakblad i fötterna. Jag träffade henne själv den gången. Hon kunde knappast stå på benen. Wetterstedt insåg att han hade gått för långt. Anmälan försvann och Karin Bengtsson köptes ut till tystnad. Hon fick pengar att investera i en väl inarbetad modeaffär i Västerås. 1959 dök det upp pengar på hennes konto som gjorde att hon kunde skaffa en villa. Från 1960 reste hon varje år till Mallorca.

– Vem skaffade fram dom pengarna?

– Redan på den tiden fanns så kallade reptilfonder. Det svenska hovet hade föregått med ett exempel när man köpte ut människor som varit alltför intima med dåvarande kungen.

– Lever Karin Bengtsson?

– Hon dog i maj 1984. Hon gifte sig aldrig. Jag träffade henne inte efter det att hon kom till Västerås. Men hon ringde då och då. Ända till det sista året hon levde. Oftast var hon då berusad.

– Varför ringde hon till dig?

– Redan när det började gå rykten om att det fanns en gatflicka som ville göra anmälan mot Wetterstedt hade jag tagit kontakt med henne. Jag ville hjälpa henne. Hon hade fått sitt liv förstört. Hennes självförtroende var sannerligen inte mycket värt.

– Varför kom du att engagera dig?

– Jag blev upprörd. Jag var nog ganska radikal den gången. Alltför många poliser accepterade rättsrötan. Jag gjorde det inte. Lika lite då som nu.

– Vad hände efteråt? När Karin Bengtsson var borta?

– Wetterstedt fortsatte som tidigare. Han skar i många flickor. Men ingen gjorde nånsin mer anmälan. Däremot var det åtminstone två flickor som bara försvann.

– Vad menar du med det?

Hugo Sandin såg undrande på Wallander.

– Jag menar att dom försvann. Dom hördes aldrig av igen. Dom blev efterlysta, efterforskade. Men dom var borta.

– Vad hade hänt? Vad är din åsikt?

– Min åsikt är att dom givetvis hade blivit dödade. Uppfrätta i kalk, sänkta i havet. Vad vet jag?

Wallander hade svårt att tro det han hörde.

– Kan det här verkligen vara sant? sa han tveksamt. Det låter minst sagt otroligt.

– Vad är det man brukar säga? Otroligt men sant?

– Skulle Wetterstedt ha begått mord?

Hugo Sandin skakade på huvudet.

– Jag säger inte att han personligen har gjort det. Det är jag faktiskt övertygad om att han inte har. Exakt vad som hänt vet jag inte. Det kommer vi säkert heller aldrig att få veta. Slutsatser kan man dra ändå. Även om bevisen saknas.

– Jag har fortfarande svårt att tro det, sa Wallander.

– Naturligtvis är det sant, sa Hugo Sandin bestämt, som om han inte tålde några invändningar. Wetterstedt var samvetslös. Men ingenting kunde naturligtvis nånsin bevisas.

– Det gick många rykten om honom.

– Alla var befogade. Wetterstedt använde sin position och sin makt till att underhålla sina perverterade sexuella önskemål. Men han blandade sig också i affärer som gjorde honom rik i all hemlighet.

– Konsthandel?

– Konststölder snarare. På min fritid la jag ner stor möda på att försöka utreda alla samband. Jag drömde nog om att en gång kunna drämma en utredning i riksåklagarens bord som var så vattentät att Wetterstedt inte bara skulle tvingas avgå utan dessutom få ett rejält fängelsestraff. Tyvärr kom jag aldrig så långt.

– Du måste ha en stor mängd material från den tiden?

– Jag brände alltsammans för några år sen. I sonens keramikugn. Det var nog minst tio kilo papper.

Wallander svor invärtes. Han hade inte föreställt sig möjligheten att Hugo Sandin hade gjort sig av med det material han så mödosamt hade samlat ihop.

– Jag har fortfarande ett bra minne, sa Sandin. Förmodligen kommer jag ihåg allt som fanns i det jag brände.

– Arne Carlman, sa Wallander. Vem var han?

– En man som lyfte upp konstnasandet till en högre nivå, svarade Sandin.

– 1969 på våren satt han på Långholmen. Vi har fått ett anonymt tips om att han då hade kontakt med Wetterstedt. Och att dom träffades efter det att Carlman kommit ut från fängelset.

– Carlman förekom då och då i olika utredningar. Jag tror han hamnade på Långholmen för nåt så simpelt som ett checkbedrägeri.

– Hittade du nånsin några förbindelselänkar mellan honom och Wetterstedt?

– Det fanns uppgifter om att dom träffades så tidigt som i slutet av 1950-talet. Tydligen hade dom ett gemensamt intresse i att spela på hästar. I samband med en razzia på Täby galopp omkring 1962 så förekom deras namn. Även om Wetterstedts namn ströks eftersom det ansågs olämpligt att meddela offentligheten att en justitieminister hade befunnit sig på en kapplöpningsbana.

– Vad hade dom för samröre med varandra?

– Ingenting som gick att fastslå. Dom cirklade som planeter i skilda banor som då och då möttes.

– Jag behöver det där sambandet, sa Wallander. Jag är övertygad om att vi måste hitta den punkten för att vi ska kunna identifiera den som har dödat dom.

– Man brukar hitta det man söker om man gräver tillräckligt djupt, sa Hugo Sandin.

Mobiltelefonen som Wallander hade lagt på bordet började surra. Wallander kände omedelbart den isande rädslan för att något allvarligt hade hänt.

Men han tog miste. Även denna gång. Det var Hansson.

– Jag ville bara höra om du har tänkt dig hit nåt mer idag. I annat fall tycker jag vi sätter ett möte imorgon.

– Har det hänt nåt?

– Ingenting avgörande. Alla sitter djupt i det dom håller på med.

– Klockan åtta i morgon bitti, sa Wallander. Ingenting mer ikväll.

– Svedberg har åkt till sjukhuset för att få sina brännsår omsedda, sa Hansson.

– Han borde vara mer försiktig, svarade Wallander. Det här händer varje år.

Han avslutade samtalet och la ifrån sig telefonen.

– Du är en omskriven polisman, sa Hugo Sandin. Du tycks ha gått dina egna vägar ibland.

– Det mesta som sägs är inte riktigt, svarade Wallander undvikande.

– Jag frågar mig ofta hur det är att vara polis idag, sa Hugo Sandin.

– Det gör jag också, svarade Wallander.

De reste sig och gick mot Wallanders bil. Kvällen var mycket vacker.

– Kan du tänka dig nån som dödat Wetterstedt? sa Wallander.

– Det borde finnas många, svarade Hugo Sandin.

Wallander stannade i steget.

– Kanske vi tänker fel, sa han. Kanske vi bör separera utredningarna? Inte leta efter den gemensamma nämnaren. Utan söka två helt olika lösningar. För att på så sätt hitta beröringspunkten.

– Morden har begåtts av samme man, sa Hugo Sandin. Då måste också utredningarna flätas samman. Annars är jag rädd att ni hamnar på villospår.

Wallander nickade. Men han sa ingenting. De tog adjö.

– Hör av dig igen, sa Hugo Sandin. Jag har all tid i världen till mitt förfogande. Åldrande är ensamhet. En tröstlös väntan på det oundvikliga.

– Ångrade du nånsin att du blev polis? frågade Wallander.

– Aldrig, svarade Hugo Sandin. Varför skulle jag ha gjort det?

– Jag bara undrar, sa Wallander. Tack för att du tog dig tid.

– Ni tar honom nog, sa Hugo Sandin uppmuntrande. Även om det kan dröja.

Wallander nickade och satte sig i bilen. När han for kunde han se i backspegeln att Hugo Sandin fortsatte att dra upp maskrosor ur gräsmattan.

Klockan hade blivit närmare kvart i åtta när Wallander återkom till Ystad. Han parkerade bilen utanför sitt hus och skulle just gå in genom porten när han påminde sig att han inte hade någon mat hemma.

I samma ögonblick insåg han också att han hade glömt att besiktiga bilen.

Han svor högt.

Sedan gick han in mot staden och åt middag på kinarestaurangen vid torget. Han var den enda gästen i lokalen. Efter middagen promenerade han ner till hamnen och gick ut på piren. Medan han betraktade båtarna som gungade lojt vid sina förtöjningar tänkte han på de två samtal han hade haft under dagen.

En flicka vid namn Dolores Maria Santana hade stått vid utfarten från Helsingborg en kväll och velat ha lift. Hon talade inte svenska och hon var rädd för omkörande bilar. Av vad de hittills lyckats ta reda på visste de bara att hon var född i Dominikanska Republiken.

Han betraktade en gammal välskött träbåt medan han formulerade de avgörande frågorna.

Varför och hur hade hon kommit till Sverige? Från vad hade hon varit på flykt? Varför hade hon bränt sig till döds i Salomonssons rapsåker?

Han gick vidare ut på piren.

I en segelbåt pågick en fest. Någon lyfte ett glas och skålade med Wallander. Han nickade tillbaka och formade ena handen som ett glas.

Längst ut på piren satte han sig på en pollare och gick i huvudet igenom det samtal han hade haft med Hugo Sandin. Han tyckte fortfarande att allt var en otydlig härva. Han såg inga öppningar, inga spår som kunde leda dem mot ett genombrott.

Samtidigt fanns rädslan där. Han kom inte ifrån den. Att det skulle hända igen.

Klockan närmade sig nio. Han kastade en näve grus i vattnet och reste sig. Festen i segelbåten fortsatte. Han gick tillbaka genom staden. Högen med smutskläder låg fortfarande på golvet. Han skrev en lapp åt sig själv som han la på köksbordet. *Bilbesiktningen, för fan.* Sedan satte han på teven och la sig på soffan.

När klockan hade blivit tio ringde han till Baiba. Hennes röst hördes mycket tydligt och nära.

– Du låter trött, sa hon. Har du mycket att göra?
– Inte farligt, svarade han undvikande. Men jag saknar dig.
Han hörde hur hon skrattade.
– Vi ses ju snart, sa hon.
– Vad gjorde du egentligen i Tallinn?
Hon skrattade igen.
– Träffade en annan man. Vad trodde du?
– Just precis det.
– Du behöver sova, sa hon. Det hör jag ända hit till Riga. Jag förstår att det går bra för Sverige i fotbolls-VM.
– Är du intresserad av sport? frågade Wallander förvånat.
– Ibland. Särskilt när Lettland spelar.
– Här är folk som galna.
– Men inte du?
– Jag lovar att bättra mig. När Sverige spelar mot Brasilien ska jag försöka hålla mig uppe och titta.
Han hörde hur hon skrattade.

Han tänkte att han ville säga något mer. Men han kom inte på någonting. När samtalet var över återvände han till teven. För en stund försökte han följa med i filmen som visades. Sedan slog han av och gick och la sig.

Innan han somnade tänkte han på sin far.

I höst skulle de resa till Italien.

19

Urets neonlysande visare var formade som två krampaktigt hop-slingrade ormar. Just nu visade de tio minuter över sju på tisdags-kvällen den 28 juni. Några timmar senare skulle Sverige spela fot-boll mot Brasilien. Även det ingick i hans plan. Alla skulle vara vän-da inåt mot det som skedde i teverutan. Ingen skulle tänka på det som hände där ute, i sommarnatten. Källargolvet var kyligt mot hans nakna fötter. Han hade suttit framför sina speglar sedan tidigt på förmiddagen. Han hade redan för flera timmar sedan avslutat den stora förvandlingen. Han hade denna gång gjort en förändring i mönstret på höger kind. Det cirkelformade ornamentet hade han målat med den blåa färg som drog mot svart. Tidigare hade han an-vänt blodröd färg. Han var nöjd med förändringen. Hela hans an-sikte hade djupnat ännu mer, mot nånting som var än mer skräm-mande. Han la ifrån sig den sista penseln och tänkte på den uppgift som väntade honom denna kväll. Det var det största offer han hit-tills hade kunnat ge sin syster. Även om han hade tvingats göra en förändring av sina planer. Den situation som hade uppstått var oväntad. Han hade för ett kort ögonblick känt det som om de onda krafter som verkade runt honom hade fått övertaget. För att nå klar-het i hur han skulle behärska den nya situationen hade han tillbring-at en hel natt i skuggorna under systerns fönster. Han hade suttit mellan de två skalper han tidigare grävt ner och väntat på att kraf-ten ur jorden skulle tränga in i honom. I ljuset av en ficklampa hade han läst i den heliga boken hon gett honom och han hade insett att ingenting hindrade honom från att ändra i den ordningsföljd som hon hade upptecknat.

Det sista offret skulle ha varit den onde man som var deras far. Eftersom den man som egentligen skulle ha mött sitt öde denna kväll plötsligt hade rest utomlands måste ordningsföljden ändras.

Han hade lyssnat till Geronimos hjärta som dunkade i bröstet. Slagen var som signaler som nådde honom ur det förflutna. Hjärtat trummade ett meddelande om att det viktigaste var att han inte bröt den heliga uppgift han fått sig förelagd. Jorden under hennes fönster ropade redan efter den tredje vedergällningen.

Den tredje mannen skulle få vänta tills han återkom från sin resa. I hans ställe trädde nu deras far.

Under den långa dagen han suttit framför speglarna och genomgått den stora förändringen hade han märkt att han såg fram mot att möta sin far med en extra stor förväntan. Uppgiften hade krävt ett antal särskilda förberedelser. När han stängt dörren om sig till källarrummet tidigt på morgonen hade han börjat med att förbereda det verktyg han skulle bruka mot fadern. Det hade tagit honom mer än två timmar att smida fast den nya eggen på skaftet till den leksaksyxa han en gång fått av honom i födelsedagspresent. Han hade varit sju år den gången. Han kunde fortfarande minnas hur han redan då hade tänkt att han en gång skulle bruka den mot honom som hade gett honom presenten. Nu hade tillfället äntligen kommit. För att inte plastskaftet med den illa utförda färgdekorationen skulle gå sönder när han riktade hugget, hade han förstärkt det med den speciella tejp som ishockeyspelare brukade använda på klubbladen. *Du vet inte vad det kallas. Det är ingen vanlig vedyxa. Det är en tomahawk.* Han kände ett våldsamt förakt när han tänkte på hur hans far den gången hade presenterat sin present. Den gången hade det varit en meningslös leksak, tillverkad som en plastkopia i ett asiatiskt land. Nu, med den riktiga eggen hade han förvandlat den till en verklig yxa.

Han väntade till klockan var halv nio. En sista gång tänkte han igenom allting. Han såg på sina händer och märkte att han inte skakade. Allt var under kontroll. De förberedelser han hade gjort under de två senaste dagarna garanterade att allting skulle gå bra.

Han packade ner sina vapen, glasflaskan som var inlindad i en handduk, och repen i sin ryggsäck. Sedan satte han på sig hjälmen, släckte ljuset och lämnade rummet. När han kom ut på gatan såg han upp mot himlen. Det var molnigt. Kanske skulle det bli regn. Han startade mopeden han stulit dagen innan och for ner mot stadens centrum. Vid järnvägsstationen gick han in i en telefonkiosk. Han hade på förhand valt ut en som låg avsides. På ena sidan av glasfönstret hade han klistrat upp en affisch till en påhittad konsert i en ungdomsklubb som inte existerade. Det fanns inga människor i närheten. Han drog av sig hjälmen och ställde sig med ansiktet mot den uppklistrade affischen. Sedan stack han in sitt telefonkort och slog numret. Med vänster hand höll han en bit trassel framför munnen. Klockan var sju minuter i nio. Han väntade medan signalerna gick fram. Han var alldeles lugn eftersom han visste vad han skulle säga. Hans far lyfte på luren och svarade. På hans röst kunde Hoover höra att han var irriterad. Det betydde att han hade börjat dricka och inte ville bli störd.

Han talade in i trasslet och höll luren en bit ifrån sig.

– Det är Peter, sa han. Jag har nånting som borde intressera dig.

– Vad då? Fadern var fortfarande irriterad. Men han hade genast accepterat att det var Peter som ringde. Därmed var det största hotet undanröjt.

– Frimärken för minst en halv miljon.

Fadern dröjde med svaret.

– Är det säkert?

– Minst en halv miljon. Kanske mer.

– Kan du inte tala högre?

– Telefonledningen måste vara dålig.

– Var kommer de ifrån?

– En villa i Limhamn.

Fadern lät nu mindre irriterad. Hans intresse var väckt. Hoover hade valt frimärken eftersom fadern en gång hade tagit ifrån honom en samling han hade byggt upp och sedan sålt den.

– Kan det inte vänta till imorgon? Matchen mot Brasilien börjar snart.

– Jag ska till Danmark imorgon. Antingen tar du dom ikväll. Eller så får nån annan dom.

Hoover visste att hans far aldrig skulle låta en stor summa pengar hamna i någon annan människas fickor. Han väntade och han var fortfarande alldeles lugn.

– Jag kommer, sa han. Var är du?

– Vid båtklubben i Limhamn. Parkeringsplatsen.

– Varför inte inne i stan?

– Jag sa att det var en villa i Limhamn. Sa jag inte det?

– Jag kommer, sa fadern.

Hoover hängde tillbaka luren och satte på sig hjälmen.

Telefonkortet lät han sitta kvar i apparaten. Han visste att han hade god tid på sig att åka ut till Limhamn. Fadern klädde alltid av sig innan han började dricka. Han gjorde heller aldrig någonting med brådska. Hans lättja var lika stor som hans girighet. Han startade mopeden och for genom staden tills han kom ut på vägen som ledde mot Limhamn. När han kom fram till parkeringsplatsen utanför båtklubben stod där bara några få bilar. Han körde in mopeden bakom några buskar och slängde nycklarna. Han lyfte av sig hjälmen och tog upp yxan. Hjälmen pressade han ner i ryggsäcken, försiktigt för att inte skada glasflaskan.

Sedan väntade han. Han visste att fadern brukade parkera sin skåpbil där han transporterade tjuvgods i ena hörnet av parkeringsplatsen. Hoover gissade att han skulle göra det igen. Hans far var en vanemänniska. Dessutom skulle han redan vara berusad, hans omdöme omtöcknat, hans reaktioner avtrubbade.

Efter tjugu minuters väntan hörde Hoover billjudet närma sig. Strålkastarna slog mellan träden innan bilen svängde in på parkeringsplatsen. Precis som Hoover hade förutsett stannade han i sitt vanliga hörn. Hoover sprang i skuggorna på sina bara fötter över parkeringsplatsen tills han nådde bilen. När han hörde hur fadern öppnade dörren vid förarplatsen rörde han sig hastigt runt från motsatt håll. Som han hade förutsett såg fadern ut mot parkeringsplatsen och vände ryggen mot honom. Han lyfte yxan och slog med den trubbiga änden mot hans bakhuvud. Det var det mest kritiska ögonblicket. Han ville inte slå så hårt att fadern ögonblickligen dog. Men ändå tillräckligt hårt för att fadern som var stor och mycket stark omedelbart skulle bli medvetslös.

Fadern föll utan ett ljud mot asfalten. Hoover väntade ett kort ögonblick med yxan höjd på att han skulle vakna, men han låg stilla. Hoover sträckte sig in efter bilnycklarna och låste upp skåpbilens sidodörrar. Han lyfte upp fadern och välte honom in i bilen. Han hade förberett sig på att det skulle bli mycket tungt. Det tog honom flera minuter att få in hela kroppen. Sedan hämtade han ryggsäcken och kröp in i bilen och drog igen dörrarna. Han tände belysningen och såg att fadern fortfarande var medvetslös. Han plockade fram repen och band hans händer på ryggen. Med en rännsnara kopplade han samman benen med ett stolsfäste i bilen. Sedan tejpade han igen faderns mun och släckte ljuset. Han klättrade över till förarplatsen och startade motorn. Han påminde sig när fadern några år tidigare hade lärt honom köra bil. Alltid hade han haft en skåpbil. Hoover visste hur växlarna låg, var instrumenten satt placerade. Han svängde ut från parkeringsplatsen och tog av mot den ringled som ledde runt Malmö. Eftersom hans ansikte var målat ville han inte köra där gatubelysningen kunde lysa in genom bilfönstren. Han körde ut på E65 och fortsatte österut. Klockan var några minuter i tio. Matchen mot Brasilien skulle snart börja.

Han hade funnit platsen av en tillfällighet. Det var på vägen tillbaka mot Malmö när han ägnat dagen åt att vara åskådare till polisens arbete på stranden utanför Ystad där han genomfört den första i raden av de heliga uppgifter hans syster hade ålagt honom. Han hade kört längs kustvägen när han hade upptäckt bryggan som låg undangömd, nästan helt omöjlig att upptäcka från vägen. Han hade genast insett att han hade funnit det rätta stället.

Klockan hade passerat elva när han kom fram och svängde av från vägen och slog av strålkastarna. Fadern var fortfarande medvetslös men han hade börjat att stöna svagt. Han skyndade sig att lossa det rep som satt fast i stolsbenet och drog sedan ut honom ur bilen. Fadern stönade när han släpade ner hans kropp till bryggan. Där vände han honom på rygg och band fast hans armar och ben i de järnringar som fanns i bryggan. Han tänkte att fadern låg som en uppspänd djurhud. Han var klädd i en skrynklig kostym. Skjortan var uppknäppt till långt ner på magen. Hoover drog av honom hans skor och strumpor. Sedan hämtade han ryggsäcken i bilen. Vinden var mycket svag. Enstaka bilar for förbi på vägen. Strålkastarljusen nådde aldrig ner till bryggan.

När han kom tillbaka med ryggsäcken hade fadern vaknat upp ur medvetslösheten. Hans ögon stirrade. Huvudet rörde sig fram och tillbaka. Han ryckte i sina armar och ben utan att komma loss. Hoover kunde inte låta bli att stanna i skuggorna och betrakta honom. Han såg inte längre en människa framför sig. Fadern hade genomgått den förvandling han hade bestämt för honom. Han var nu ett djur.

Hoover lämnade skuggorna och gick ut på bryggan. Fadern såg på honom med stirrande ögon. Hoover insåg att han inte kände igen honom. Rollerna var ombytta. Han tänkte på alla de gånger han hade känt den isande skräcken när fadern hade stirrat på honom. Nu var det tvärtom. Rädslan hade bytt skepnad. Han lutade sig så tätt intill faderns ansikte att han kunde se igenom det målade ansiktet och upptäcka att där bakom fanns hans egen son. Det var också det sista han skulle se. Det var den bild han skulle bära med sig när han dog. Hoover hade skruvat av locket på glasflaskan. Han höll den i ena handen bakom sin rygg. Sedan tog han fram den och hällde hastigt några droppar saltsyra i faderns vänstra öga. Någonstans under tejpen började han vråla. Han slet av alla krafter i repen. Hoover tvingade upp det andra ögat som var ihopknipet och hällde i saltsyra. Sedan reste han sig och kastade flaskan ut i havet. Det han såg framför sig var ett djur som kastade sig fram och tillbaka i sin dödskamp. Hoover såg åter på sina händer. Fingrarna skakade lätt. Det var allt. Djuret som låg på bryggan framför honom ryckte i kramp. Hoover tog fram kniven ur ryggsäcken och skar av skinnet på djurets hjässa. Han lyfte skalpen mot den mörka himlen. Sedan tog han fram sin yxa och högg rakt igenom djurets panna med sådan kraft att yxeggen fastnade i bryggan under.

Det var över. Hans syster var på väg att återkomma till livet igen.

*

Strax före ett körde han in i Ystad. Staden var öde. Han hade länge tvekat om han gjorde rätt. Men Geronimos dunkande hjärta hade övertygat honom. Han hade sett de famlande poliserna på stranden, han hade sett dem röra sig som i dimma utanför den gård där han besökt en pågående midsommarfest. Geronimo hade uppmanat honom att utmana dem. Han svängde in vid järnvägsstationen. Han hade redan tidigare utsett platsen. Det pågick arbete med att byta ut gamla avloppsledningar. En presenning täckte en grop. Han släckte strålkastarna och vevade ner rutan. På avstånd hördes några berusade människor skråla. Han lämnade bilen och drog undan en bit av presenningen. Sedan lyssnade han igen. Inga människor var på väg, inga bilar. Hastigt öppnade han skåpdörrarna och drog ut faderns kropp och tryckte ner honom i gropen. Efter att ha lagt presenningen på plats igen startade han motorn och for därifrån. Klockan var tio minuter i två när han parkerade bilen på den öppna parkeringen utanför Sturups flygplats. Han kontrollerade noga att han inte hade glömt någonting. Det fanns mycket blod i bilen. Han hade blod på sina fötter. Han tänkte på all den förvirring han skapade, som skulle göra poliserna än mer famlande i ett mörker de inte alls hade förutsättningarna att förstå.

Det var då han fick tanken. Han hade stängt bilens dörrar. Plötsligt blev han stående orörlig. *Mannen som hade rest utomlands skulle kanske inte återvända. Det skulle innebära att han måste skaffa en ersättning. Han tänkte på poliserna han hade sett på stranden vid den omkullvälta båten. Han tänkte på dem han hade sett utanför gården där midsommarfesten hade skett. En av dem. En av dem kunde offra sig för att hans syster skulle återvända till livet. Han skulle välja en av dem. Han skulle ta reda på deras namn och sedan kasta stenar i ett rutsystem, precis som Geronimo hade gjort, och han skulle döda den som slumpen valde ut åt honom.*

Han drog ner hjälmen över huvudet. Sedan gick han till sin moped som han hade kört ut dagen innan och parkerat vid en av lykt-stolparna. Han hade låst den med en kedja och sedan tagit en flyg-buss tillbaka till staden. Han startade motorn och körde därifrån. Det var redan ljust när han grävde ner sin fars skalp under sin systers fönster.

Halv fem låste han försiktigt upp dörren till lägenheten i Rosen-gård. Han stod stilla och lyssnade. Sedan tittade han in i rummet där hans bror låg och sov. Allt var stilla. I hans mammas sovrum var sängen tom. Hon låg på soffan i vardagsrummet och sov med öppen mun.

Bredvid henne på bordet stod en halvtom vinflaska. Han la för-siktigt en filt över henne. Sedan låste han om sig i badrummet och torkade av färgen från sitt ansikte. Papprel spolade han ner på toa-letten.

Klockan var nästan sex innan han hade klätt av sig och lagt sig. Från gatan hördes en man som hostade.

Hans huvud var alldeles tomt.

Han somnade nästan genast.

Skåne

29 juni–4 juli 1994

20

Mannen som lyfte på presenningen skrek.

Sedan sprang han därifrån.

En av järnvägens biljettförsäljare hade stått utanför stationshuset och rökt en cigarett. Klockan hade varit några minuter i sju på morgonen den 29 juni. Dagen skulle bli mycket varm. Biljettförsäljaren hade ryckts upp ur sina tankar som just då handlade mindre om de biljetter han skulle sälja under dagen och mer om den resa till Grekland han skulle påbörja några dagar senare. Han hade vridit på huvudet när han hört skriket och sett hur mannen hade kastat presenningen ifrån sig. Sedan hade han alltså sprungit därifrån. Det hela hade varit märkligt, som om det hade pågått en filminspelning, utan att han någonstans kunde se en uppställd kamera. Mannen hade sprungit bort mot färjeterminalen. Biljettförsäljaren hade slängt cigarettstumpen och gått fram till gropen som varit övertäckt av presenningen. Först när det redan var för sent hade han tänkt tanken att det kunde vara något obehagligt som väntade honom. Men då hade han redan stått med presenningen i handen och inte kunnat hejda sin rörelse. Han hade stirrat ner på ett blodigt huvud. Han hade släppt presenningen som om den hade bränt honom och sedan sprungit in i stationshuset, snubblat över ett par väskor som en tidig resande mot Simrishamn slarvigt ställt ifrån sig, och sedan slitit till sig en av telefonerna inne på trafikklarerarens kontor.

Larmet kom till Ystadspolisen över 90 000 fyra minuter efter sju. Svedberg som var ovanligt tidigt på plats denna morgon hade blivit tillkallad och tagit över samtalet. När han hade hört den förvirrade biljettförsäljaren tala om ett blodigt huvud hade han blivit alldeles kall. Med en hand som darrade hade han skrivit ner ett enda ord, järnvägen, och sedan avslutat samtalet. Två gånger tryckte han sedan på felaktiga knappar och fick börja om igen innan han lyckades komma igenom till Wallander. Det hördes att Wallander, när han grep telefonen, var yrvaken trots att han genast förnekade det.

– Jag tror det har hänt igen, sa Svedberg.

Under några korta sekunder hade Wallander inte förstått vad Svedberg menat, trots att han varje gång telefonen ringde, vare sig det var hemma eller på polishuset, tidigt eller sent, hade fruktat just detta. Men när det nu hände så upplevde han ett ögonblick av förvåning, eller kanske ett desperat och från början dödsdömt försök att fly från det hela.

Sedan insåg han vad som hade skett. Det var ett av de ögonblick då han genast visste att han upplevde någonting han aldrig skulle glömma. Han tänkte hastigt att det var som att ana sin egen död. Ett ögonblick när ingenting längre var möjligt att vare sig förneka eller undkomma. *Jag tror det har hänt igen.* Det hade hänt igen. Han kände det som om han varit en mekanisk docka. Svedbergs stammande ord var som vridande händer kring den osynliga polisnyckel han hade i ryggen. Han vreds upp, från sömnen och sängen, från drömmar han inte mindes men som ändå kunde ha varit behagliga, och han klädde sig med en ursinnig nervositet som gjorde att knapparna rök och skosnörena förblev oknutna när han rasade nerför trappan och ut i ett solsken han inte la märke till. När han kom slirande i sin bil, som han denna dag borde ha beställt en ny besiktningstid för, var Svedberg redan där. Några ordningspoliser under ledning av Norén höll på att spänna upp de randiga avspärrningsband som förkunnade att världen ånyo hade brutit samman. Svedberg stod och klappade tafatt en gråtande biljettförsäljare på axeln, medan några män i blå overaller stod och betraktade den grop de skulle ha stigit ner i men som nu hade förvandlats till en mardröm. Wallander lämnade bildörren öppen när han sprang fram mot Svedberg. Varför han sprang visste han inte. Kanske det polisiära urverket hade börjat rusa? Eller kanske han var så rädd för det han skulle se att han helt enkelt inte vågade närma sig långsamt?

Svedberg var vit i ansiktet. Han nickade mot gropen. Wallander gick långsamt emot den, som om han var inblandad i en duell där han med säkerhet skulle vara den som förlorade. Han tog flera djupa andetag innan han såg ner i gropen.

Det var värre än han hade kunnat föreställa sig. Han tyckte för ett ögonblick att han såg rakt in i en död människas hjärna. Det var något oanständigt i hela upplevelsen, som om den döde i gropen hade blivit avslöjad i en intim situation där han kunde ha krävt att få vara ensam. Ann-Britt Höglund hade ställt sig vid hans sida. Wallander märkte hur hon ryckte till och vände sig bort. Hennes reaktion gjorde att han plötsligt började tänka klart igen. Han började tänka överhuvudtaget. Känslorna gled undan, han var brottsutredare igen och han insåg att den man som dödat Gustaf Wetterstedt och Arne Carlman nu hade slagit till på nytt.

– Inget tvivel om saken, sa han till Ann-Britt Höglund och vände sig bort mot gropen. Det är han igen.

Hon var mycket blek. Ett ögonblick var Wallander rädd att hon skulle svimma. Han grep henne om axlarna.

– Hur mår du? frågade han.

Hon nickade utan att svara.

Martinsson hade kommit tillsammans med Hansson. Wallander såg hur de båda ryckte till när de såg ner i gropen. Han drabbades plötsligt av ursinne. Den som hade gjort det här måste stoppas, till vilket pris som helst.

– Det måste vara samma man, sa Hansson med ostadig röst. Ska det här aldrig ta slut? Jag kan inte ansvara för det här längre. Visste Björk om det här när han slutade? Jag begär förstärkning från rikskrim.

– Gör det, sa Wallander. Men låt oss först ta upp honom och se om vi kan lösa det här själva.

Hansson stirrade vantroget på Wallander, som för ett kort ögonblick insåg att Hansson misstänkte att de själva skulle lyfta upp den döde mannen ur gropen.

Det hade redan samlats mycket folk utanför avspärrningarna. Wallander påminde sig den känsla han hade fått i samband med mordet på Carlman. Han tog Norén till sidan och bad honom att låna en kamera av Nyberg och så diskret som möjligt fotografera de som stod utanför avspärrningarna. Under tiden hade utryckningsfordon från brandkåren anlänt till platsen. Nyberg hade redan börjat dirigera sina medarbetare kring gropen. Wallander gick fram till honom samtidigt som han försökte undvika att se på den döde.

– Dags igen, sa Nyberg. Wallander hörde att han varken var cynisk eller likgiltig. Deras blickar möttes.

– Vi måste ta den som har gjort det här, sa Wallander.

– Helst så fort som möjligt, svarade Nyberg. Han hade lagt sig på mage för att kunna se så djupt ner i gropen att han kunde studera den dödes ansikte. När han rätade på sig igen ropade han till Wallander som just varit på väg att gå och tala med Svedberg. Han återvände till gropen.

– Har du sett hans ögon? frågade Nyberg.

Wallander skakade på huvudet.

– Vad är det med dom?

Nyberg grimaserade.

– Han tycks inte ha nöjt sig med att skalpera den här gången, svarade Nyberg. Det ser ut som om han har stuckit ut ögonen på honom också.

Wallander betraktade honom oförstående.

– Vad menar du med det?

– Jag bara menar att han som är nertryckt i gropen inte har några ögon, sa Nyberg. Där dom en gång har funnits återstår nu bara två hål.

Det tog dem två timmar att få upp kroppen ur gropen. Under tiden hade Wallander haft ett samtal med den kommunalarbetare som lyft på presenningen och biljettförsäljaren som stått på järnvägsstationens trappa och drömt om Grekland. Han hade skrivit ner en tidtabell. Han hade bett Nyberg leta igenom den dödes fickor för att de skulle kunna fastställa hans identitet. Efteråt hade Nyberg meddelat honom att fickorna var tomma.

– Ingenting? undrade Wallander förvånat.

– Ingenting, svarade Nyberg. Men nånting kan naturligtvis ha ramlat ur. Vi ska leta där nere.

De tog upp honom med en sele. Wallander tvingade sig att se på hans ansikte. Nyberg hade rätt. Mannen som blivit skalperad hade inga ögon. Det bortslitna håret gav Wallander en känsla av att det var ett dött djur som låg på plastduken framför hans fötter.

Wallander gick och satte sig på trappan till järnvägsstationen. Han studerade sin tidtabell. Han ropade till sig Martinsson som stod och talade med läkaren som kommit.

– Den här gången vet vi att han inte har legat länge, sa han. Jag pratade med dom som arbetar med att byta avloppsrören. De la över presenningen klockan fyra igår eftermiddag. Kroppen måste ha kommit dit efter det, men nån gång före klockan sju i morse.

– Här är mycket folk på kvällarna, svarade Martinsson. Folk som promenerar, trafik till och från stationen och färjeläget. Det måste ha skett nån gång i natt.

– Hur länge har han varit död? frågade Wallander. Det är vad jag först och främst vill veta. Och vem han är.

Nyberg hade inte hittat någon plånbok. De hade ingenting att gå efter när det gällde att fastställa den dödes identitet. Ann-Britt Höglund kom och satte sig bredvid dem på trappan.

– Hansson talar om att begära hit förstärkningar från rikskrim, sa hon.

– Jag vet, svarade Wallander. Men han gör ingenting förrän jag ber honom om det. Vad sa läkaren?

Hon såg efter i sina anteckningar.

– Omkring 45 år gammal, sa hon. Kraftig, välbyggd.

– Då är han den yngste hittills, sa Wallander.

– Märkligt ställe att gömma kroppen på, sa Martinsson. Trodde han att arbetet var inställt under semestermånaden?

– Han kanske bara ville göra sig av med kroppen, sa Ann-Britt Höglund.

– Varför valde han då gropen? invände Martinsson. Det måste ha kostat en väldig möda att få ner honom där. Dessutom var risken för upptäckt stor.

– Kanske han ville att den skulle hittas, sa Wallander tankfullt. Vi kan inte utesluta den möjligheten.

De såg undrande på honom. Men de väntade förgäves på en fortsättning.

Kroppen fördes bort. Wallander hade gett besked om att den omedelbart skulle till Malmö. Klockan kvart i tio lämnade de det avspärrade området och for upp till polishuset. Wallander hade sett att Norén då och då fotograferade den stora och växlande folksamlingen utanför avspärrningsbanden.

Mats Ekholm hade anslutit sig redan vid niotiden. Han hade länge betraktat den döda kroppen. Wallander hade efteråt gått fram till honom.

– Du fick som du ville, sa han. Ännu en.

– Det var inte jag som ville, svarade Ekholm avvisande.

Efteråt ångrade Wallander vad han sagt. Han skulle förklara för Ekholm vad han egentligen hade menat.

Strax efter tio hade de stängt in sig i konferensrummet. Hansson hade gett stränga besked om att de inte tog emot några telefonsamtal. Men de hade inte ens börjat mötet förrän det ringde. Hansson slet till sig luren och var alldeles röd i ansiktet när han svarade med ett hotfyllt rytande. Sedan föll han långsamt bakåt i stolen. Wallander insåg genast att det var någon mycket högt uppe som hade ringt. Även den hopkrypande undfallenheten hade Hansson tagit efter Björk. Han gjorde korta inpass, svarade på frågor, men lyssnade mest. När samtalet var slut la han tillbaka luren i klykan som om den hade varit en ovärderlig och bräcklig antikvitet.

– Låt mig gissa på rikspolisstyrelsen, sa Wallander. Eller riksåklagaren. Eller en journalist från teve.

– Rikspolischefen, sa Hansson. Han gav uttryck för lika delar missnöje och uppmuntran.

– Det låter som en mycket egendomlig blandning, anmärkte Ann-Britt Höglund torrt.

– Han är välkommen att resa hit och hjälpa till, sa Svedberg.

– Vad kan han om polisarbete, fräste Martinsson. Absolut ingenting.

Wallander knackade med pennan i bordet. Han visste att alla var upprörda och osäkra över hur de skulle gå vidare. Utbrotten av irritation kunde komma när som helst. Den utsatthet som ofta kunde lamslå en spaningsgrupp som hade kört fast kunde på kort tid fördärva alla möjligheter att vända det hela rätt igen. Wallander anade att de nu hade mycket kort tid på sig innan de skulle börja utsättas för en spärreld av kritik för påstådd passivitet och oförmåga. Helt kunde de aldrig göra sig immuna mot den yttre pressen de utsattes för. De kunde bara motarbeta den genom att koncentrera sig inåt, mot spaningens rörliga centrum, och låtsas som om utredningens ände också var världens ände. Han försökte samla sig till en sammanfattning, trots att han visste att de egentligen inte hade någonting att gå på.

– Vad vet vi? började han, och såg sig om runt bordet, som om han innerst inne hoppades att någon skulle dra upp en osynlig kanin som funnits gömd under det mörka sammanträdesbordet. Men det kom ingen kanin, det kom ingenting annat än grå och missmodig koncentration som var riktad mot honom. Wallander kände sig som en präst som tappat tron. Han hade inte ett enda ord att komma med, tänkte han. Ändå måste han försöka säga något som förde dem ut igen, i samlad tropp, med åtminstone en känsla av att de hade förstått något av det som skedde runt dem.

– Mannen måste ha hamnat där i gropen bland avloppsrören nån gång i natt, fortsatte han. Låt oss anta att det har skett på småtimmarna. Vi kan utgå från att han inte har blivit mördad just intill gropen. Det måste ha blivit många blodspår, samlade på ett ställe. Nyberg hade ingenting hittat när vi lämnade platsen. Det talar för att han transporterats dit med ett fordon. Personalen i korvkiosken intill järnvägsbommarna kanske har lagt märke till nånting. Enligt läkaren har han dödats med ett våldsamt hugg rakt framifrån. Det har gått tvärs igenom huvudet. Det är med andra ord den tredje varianten vi har av vad ett huggverktyg kan göra med ett ansikte.

Martinsson var alldeles vit i ansiktet. Han reste sig utan ett ord och lämnade hastigt rummet. Wallander bestämde sig för att fortsätta utan att vänta på hans återkomst.

– Han hade blivit skalperad som dom andra. Dessutom hade han alltså fått ögonen utstuckna. Läkaren var inte säker på vad som hade skett. Det fanns några fläckar intill ögonen som kunde tyda på att han fått nåt frätande in i ögonen. Vad det här betyder kanske vår specialist har några synpunkter på.

Wallander vände sig mot Ekholm.

– Inte än, svarade Ekholm. Det är för tidigt.

– Vi behöver ingen utförlig och fulländad analys, sa Wallander bestämt. På det här stadiet måste vi tänka högt. Bland alla dumheter, misstag och felaktiga tankar vi lämnar ifrån oss kan en sanning plötsligt ha smugit sig in. Vi tror inte på mirakel. Men vi tar emot dom när dom ändå trots allt emellanåt inträffar.

– Jag tror att dom utstuckna ögonen betyder nånting, sa Ekholm. Att det är samma man som varit framme kan vi utgå ifrån. Den här mannen var yngre än de två tidigare. Dessutom utsätts han för att mista synen. Förmodligen har det skett medan han levde. Det måste ha varit ohyggligt plågsamt. Tidigare har han tagit skalper av dom han har dödat. Det gör han också denna gång. Men han förblindar honom också. Varför gör han det? Vad är det för speciell hämnd han utkräver den här gången?

– Mannen måste vara en sadistisk psykopat, sa Hansson plötsligt. En seriemördare som jag trodde förekom bara i USA. Men här? I Ystad? I Skåne?

– Ändå finns det nåt kontrollerat hos honom, sa Ekholm. Han vet vad han vill. Han dödar och skalperar. Han sticker ut eller fräter sönder ögonen. Det finns inget som tyder på ett okontrollerat raseri. Psykopat, ja. Men han har fortfarande kontroll över det han gör.

– Finns det exempel på att sånt här har hänt tidigare? frågade Ann-Britt Höglund.

– Inte som jag omedelbart kan påminna mig, svarade Ekholm. I alla fall inte här i Sverige. I USA finns det studier om vad ögon har spelat för roll för olika mördare med grava mentala störningar. Jag ska friska upp mitt minne under dagen.

Wallander hade frånvarande lyssnat på samtalet mellan Ekholm och hans kollegor. En tanke som han inte kunde få grepp om hade dykt upp i hans huvud.

Det var någonting med ögon.

Något som någon hade sagt. Om ögon.

Han försökte få tag i minnesbilden. Men den gled undan från honom.

Han återvände till verkligheten i mötesrummet. Tanken fanns dock kvar som en oklar och molande oro.

– Har du mer? frågade han Ekholm.

– Inte just nu.

Martinsson återkom till mötesrummet. Han var fortfarande mycket blek.

– Jag har en tanke, sa Wallander. Jag vet inte om den betyder nånting. Efter att ha hört Mats Ekholm är jag ännu mer övertygad än tidigare om att mordplatsen är nån annanstans. Mannen som fick sina ögon förstörda måste ha skrikit. Det kan helt enkelt inte ha skett utanför järnvägsstationen utan att nån har lagt märke till nånting. Eller hört nåt. Vi ska naturligtvis kontrollera det. Men låt oss tills vidare utgå från att jag har rätt. Det leder mig till frågan varför han har valt gropen som gömställe. Jag pratade med en av dom som arbetade där. Persson hette han, Erik Persson. Han sa att gropen funnits där sen i måndags eftermiddag. Alltså mindre än två dygn. Den som har valt platsen kan naturligtvis ha gjort det av en slump. Men det stämmer inte med att allt ger intryck av att vara välplanerat. Det betyder med andra ord att gärningsmannen varit utanför järnvägsstationen nån gång efter måndag eftermiddag. Han måste ha sett ner i gropen för att bedöma att den varit tillräckligt djup. Vi måste alltså tala mycket noga med dom som arbetade där. Har dom lagt märke till nån som visat ovanligt intresse för deras grop? Har personalen på järnvägen märkt nånting?

Han märkte att de som satt runt bordet hade skärpt sin uppmärksamhet. Det styrkte honom i tron att hans tankar inte var alldeles felaktiga.

– Jag tror dessutom att frågan om det är ett gömställe eller inte är avgörande, fortsatte han. Han måste ha insett att kroppen skulle upptäckas redan på morgonen dagen efter. Varför valde han då gropen? Just för att den skulle upptäckas? Eller kan det finnas nån annan förklaring?

Alla i rummet väntade att han själv skulle ge svaret.

– Utmanar han oss? sa Wallander. Vill han hjälpa oss på sitt sjuka sätt? Eller lurar han oss? Lurar han mig att tänka just på det sätt som jag nu tänker högt? Hur ser tvärtom ut?

Det blev tyst runt bordet.

– Tidsfaktorn är också viktig, sa Wallander. Det här mordet ligger mycket nära i tiden. Det kan hjälpa oss.

– Till det behöver vi hjälp, sa Hansson. Han hade väntat på ett lämpligt tillfälle att ta upp frågan om förstärkningar.

– Inte än, sa Wallander. Låt oss bestämma det senare idag. Eller kanske imorgon. Så vitt jag vet är det ingen i det här rummet som ska gå på semester just idag. Eller imorgon. Låt oss hålla den här gruppen intakt några dagar till. Sen kan vi förstärka den om det behövs.

Hansson böjde sig för Wallander som hastigt undrade om Björk hade gjort detsamma.

– Sambandet, sa Wallander avslutningsvis. Nu är det en till som vi ska passa in i den bild vi ännu inte har. Men det är ändå där vi ska fortsätta.

Han såg sig runt bordet ännu en gång.

– Vi måste naturligtvis också inse att han kan slå till igen, sa han. Så länge vi inte vet vad det här handlar om måste vi utgå ifrån att han gör det.

Mötet var över. De visste alla vad de hade att göra. Wallander blev sittande vid bordet medan de andra försvann ut genom dörren. Han försökte ännu en gång få tag på sin minnesbild. Han var nu övertygad om att det var något som någon sagt i samband med utredningen av de tre morden. Någon hade talat om ögon. Han gjorde ett återtåg i sitt huvud till den dag han fått besked om att Gustaf Wetterstedt hade blivit funnen mördad. Han sökte längst in i de mörkaste hörnen av sitt minne. Men han hittade ingenting. Irriterat slängde han pennan ifrån sig och reste sig ur stolen. Han gick ut i matrummet och hämtade en kopp kaffe. När han kommit till sitt rum ställde han kaffekoppen på bordet. Han vände sig om för att stänga dörren när han såg Svedberg komma längs korridoren.

Svedberg gick fort. Det gjorde han bara när det hade inträffat något viktigt. Wallander fick genast en knut i magen. Inte en till, tänkte han. Det klarar vi inte.

– Vi tror vi har mordplatsen, sa Svedberg.

– Var?

– Kollegorna på Sturup har hittat en nerblodad skåpbil på parkeringen.

Wallander tänkte hastigt efter. Sedan nickade han mot Svedberg, men kanske mest till sig själv.

En skåpbil. Det passade. Det kunde stämma.

Några minuter senare lämnade de polishuset. Wallander hade bråttom. Han kunde inte påminna sig att han någonsin tidigare i sitt liv hade haft så lite tid till sitt förfogande.

När de kom ut ur staden sa han åt Svedberg som körde att sätta ut blåljuset på taket.

På en åker intill vägen höll en försenad lantbrukare på att slå sitt rapsfält.

21

De kom till Sturups flygplats strax efter elva på förmiddagen. Luften stod stilla i värmen som höll på att bli tryckande.

Det tog dem mindre än en timme att fastslå att bilen med stor sannolikhet var mordplatsen.

De trodde sig då också veta vem den döde mannen var.

Skåpbilen var en Ford av den gamla typen, från slutet av 1960-talet, med skjutbar sidodörr. Den var svartmålad, ett mycket slarvigt utfört arbete, och den grå urspungsfärgen lyste fläckvis igenom. Bilkarossen var intryckt av många törnar och smällar. Där den stod på en avsides plats av parkeringen påminde den om en gammal boxare som just blivit uträknad och hänger på repen i sin hörna. Wallander kände några av kollegorna på Sturup från tidigare. Han visste också att han inte var särskilt populär efter en händelse som inträffat där året innan. Svedberg och han klev ur bilen. Sidodörren på Forden stod öppen. Några kriminaltekniker höll redan på att gå igenom bilen. En polisinspektör som hette Waldemarsson kom dem till mötes. Trots att de hade kört som vansinniga från Ystad försökte Wallander ge intryck av att vara alldeles lugn. Han ville inte avslöja den upphetsning han hade känt ända sedan telefonsamtalet kom på morgonen och ryckte upp honom ur det bedrägliga hoppet om att allt trots allt skulle vara över.

– Det ser inte vackert ut, sa Waldemarsson när de hade hälsat.

Wallander och Svedberg gick fram till Forden och tittade in. Waldemarsson lyste med en ficklampa. Bilgolvet var verkligen täckt av blod.

– Vi hörde på morgonnyheterna att han hade slagit till igen, sa Waldemarsson. Jag ringde och pratade med en kvinnlig kriminalare som jag inte minns namnet på.

– Ann-Britt Höglund, sa Svedberg.

– Vad hon än hette så sa hon att ni sökte en brottsplats, fortsatte Waldemarsson. Och ett transportfordon.

Wallander nickade.

– När hittade ni bilen? frågade han.

– Vi går över parkeringsplatsen varje dag. Vi har haft en del problem med bilstölder här. Men det vet ju du.

Wallander nickade igen. Under den tröstlösa utredningen om den organiserade exporten av stulna bilar till Polen hade han flera gånger haft kontakt med polisen på flygplatsen.

– Vi vet att bilen inte stod här igår eftermiddag, fortsatte Waldemarsson. Den kan högst ha varit här cirka 24 timmar.

– Vem äger den? frågade Wallander.

Waldemarsson tog upp ett anteckningsblock ur fickan.

– Björn Fredman, sa han. Han bor i Malmö. Vi har ringt på hans telefonnummer men vi har inte fått nåt svar.

– Kan det vara han som låg i gropen?

– Vi vet en del om Björn Fredman, sa Waldemarsson. Malmö har plockat fram uppgifter åt oss. Han var känd som hälare och har suttit inne vid ett flertal tillfällen.

– Hälare, sa Wallander och kände en omedelbar spänning. Av konst?

– Det framgår inte. Du måste nog tala med kollegorna själva.

– Vem är det jag ska tala med? frågade han och tog upp sin mobiltelefon ur fickan.

– En kommissarie som heter Forsfält. Sten Forsfält.

Wallander hade Malmöpolisens nummer inprogrammerat. Efter en dryg minut hade han fått tag på Forsfält. Han förklarade vem han var och att han befann sig på flygplatsen. För ett ögonblick drunknade samtalet i ljudet av ett startande jetplan. Hastigt tänkte Wallander på den resa till Italien han till hösten skulle göra tillsammans med sin far.

– Vi måste först av allt identifiera mannen i gropen, sa Wallander när flygplanet hade försvunnit i riktning mot Stockholm.

– Hur såg han ut, sa Forsfält. Jag har träffat Fredman flera gånger. Wallander försökte ge en så noggrann beskrivning han kunde.

– Det kan vara han, svarade Forsfält. Stor var han i alla fall.

Wallander tänkte efter.

– Kan du åka till sjukhuset och identifiera honom? sa han. Vi behöver ett positivt besked så fort som överhuvudtaget är möjligt.

– Ja, sa Forsfält.

– Bered dig på att det inte är nån vacker syn, sa Wallander. Han har fått ögonen utstuckna. Eller sönderfrätta.

Forsfält svarade inte.

– Vi kommer till Malmö, sa Wallander. Vi behöver hjälp att ta oss in i hans lägenhet. Hade han ingen familj?

– Som jag minns var han frånskild, svarade Forsfält. Jag har för mig att han senast satt inne för misshandel.

– Jag trodde det var häleri?

– Det också. Björn Fredman sysslade med många olika saker i sitt liv. Men aldrig nånting som var lagligt. Där var han konsekvent.

Wallander avslutade samtalet och ringde till Hansson. Han redogjorde kort för vad som hade hänt.

– Bra, sa Hansson. Hör av dig när du har mer information. Vet du förresten vem som ringde?

– Nej? Rikspolischefen igen?

– Nästan. Lisa Holgersson. Björks efterträdare. Efterträderska, kanske det heter. Hon önskade oss lycka till. Ville bara förhöra sig om situationen, som hon uttryckte sig.

– Det är väl bra att folk önskar oss lycka till, svarade Wallander som inte alls kunde förstå varför Hansson berättade om telefonsamtalet med ett så ironiskt tonfall.

Wallander lånade Waldemarssons ficklampa och lyste in i bilen. På ett ställe upptäckte han ett fotavtryck i blodet. Han lyste på det och lutade sig framåt.

– Nån har varit barfota, sa han förvånat. Det där är inget skoavtryck. Det är en vänsterfot.

– Barfota? sa Svedberg förvånat. Sedan såg han att Wallander hade haft rätt.

– Han klafsar alltså omkring barfota i blodet av den han dödar?

– Vi vet inte om det är en han, svarade Wallander tveksamt.

De tog adjö av Waldemarsson och hans kollegor. Wallander väntade i bilen medan Svedberg sprang in till flygplatscaféet och köpte några smörgåsar.

– Priserna är hutlösa, klagade han när han kommit tillbaka. Wallander brydde sig inte om att svara.

– Kör nu, sa han bara.

Klockan var närmare halv ett när de stannade utanför polishuset i Malmö. Just när han steg ur bilen upptäckte Wallander Björk som var på väg emot honom. Björk tvärstannade och stirrade på honom, som om han hade ertappat Wallander med att göra något som inte var tillåtet.

– Du här? sa han.

– Jag tänkte jag skulle be dig komma tillbaka, sa Wallander i ett misslyckat försök att skämta. Sedan förklarade han hastigt vad som hade skett.

– Det är förfärligt det som händer, sa Björk, och Wallander uppfattade att hans bekymrade hållning var alldeles äkta. Det hade inte slagit honom tidigare att det faktiskt kunde vara så att Björk saknade dem han arbetat med under så många år i Ystad.

– Ingenting är sig riktigt likt, svarade Wallander.

– Hur går det för Hansson?

– Jag tror inte han trivs i rollen.

– Han får gärna ringa mig om han behöver hjälp.

– Jag ska säga till honom det.

Björk försvann och de gick in i polishuset. Forsfält hade fortfarande inte kommit tillbaka från sjukhuset. Medan de väntade drack de kaffe i matrummet.

– Undrar hur det skulle vara att arbeta här, sa Svedberg och såg sig runt bland de många poliser som just höll på att äta lunch.

– En dag kanske vi alla hamnar här, svarade Wallander. Om distrikten läggs ner. En polisstation i varje län.

– Det skulle aldrig gå.

– Nej. Det skulle det inte. Men det kan bli så ändå. Vare sig det går eller inte. Rikspolisstyrelsen och dom politiska byråkraterna har en sak gemensamt. Dom försöker alltid bevisa det omöjliga.

Plötsligt stod Forsfält vid deras sida. De reste sig, hälsade, och följde med till hans kontor. Wallander fick genast ett positivt intryck av honom. På något sätt påminde han honom om Rydberg. Forsfält var minst sextio år gammal med ett vänligt ansikte. Han haltade lätt på höger ben. Forsfält tog in en extra stol i rummet. Wallander hade satt sig ner och betraktade några fotografier av skrattande barn som satt uppnålade på ena väggen. Han gissade att det var Forsfälts barnbarn.

– Björn Fredman, sa Forsfält. Visst är det han. Det var fruktansvärt vad han såg ut. Vem är det som gör det här?

– Om vi bara visste, svarade Wallander. Men det gör vi alltså inte. Vem var Björn Fredman?

– En man i 45-årsåldern som aldrig haft ett hederligt arbete i sitt liv, började Forsfält. Det är många detaljer jag inte känner till. Men jag har begärt att datorerna ska plocka fram allting åt oss. Han har sysslat med häleri och han har åkt dit för misshandel. Ganska grova överfall, så vitt jag minns.

– Kan han ha sysslat med köp och försäljning av konst?

– Inte vad jag kan påminna mig.

– Det var synd, sa Wallander. Då hade vi kunnat koppla ihop honom med Wetterstedt och Carlman.

– Jag har mycket svårt att tänka mig att Björn Fredman och Gustaf Wetterstedt kunde ha haft nåt utbyte av varandra, sa Forsfält eftertänksamt.

– Varför inte?

– Låt mig svara enkelt och grovt, sa Forsfält. Björn Fredman var det man förr brukade kalla en rå sälle. Han söp och slogs. Hans bildning måste nog anses ha varit obefintlig, om man bortser från att han hjälpligt kunde läsa, skriva och räkna. Hans intressen kan knappast ha kallats särskilt sofistikerade. Dessutom var han en brutal man. Vid några tillfällen har jag själv förhört honom. Jag kan fortfarande minnas att hans språk nästan enbart bestod av svordomar.

Wallander lyssnade uppmärksamt. När Forsfält tystnat såg han på Svedberg.

– Då går den här utredningen in i sin andra andning, sa Wallander långsamt. Hittar vi inget samband mellan Fredman och dom två andra är vi tillbaka vid utgångspunkten igen.

– Det kan naturligtvis finnas nåt jag inte känner till, sa Forsfält.

– Jag drar inga slutsatser, sa Wallander. Jag tänker bara högt.

– Hans familj, sa Svedberg. Finns den här i staden?

– Han var frånskild sen några år, sa Forsfält. Det minns jag bestämt.

Han lyfte på telefonluren och ringde ett internsamtal. Efter några minuter kom en sekreterare in med en personakt och gav den till Forsfält. Han ögnade hastigt igenom den och la sedan ifrån sig den på bordet.

– Han skilde sig 1991. Frun bor kvar med barnen i lägenheten. Den ligger i Rosengård. Det finns tre barn i familjen, varav det minsta var nästan nyfött när dom flyttade isär. Björn Fredman drog sig tillbaka till en lägenhet på Stenbrottsgatan som han hade haft under många år. Mest som kontor och lager. Jag tror knappast frun kände till den där lägenheten. Det var dit han också tog alla sina andra dambekanta.

– Vi börjar med lägenheten, sa Wallander. Familjen får vänta. Jag antar att ni sköter om att dom får besked om att han är död?

Forsfält nickade. Svedberg hade gått ut i korridoren för att ringa till Ystad och tala om att de nu visste vem den döde var. Wallander hade ställt sig vid ett fönster och försökte bestämma sig för vad som nu var viktigast. Han oroade sig över att det tycktes saknas en länk mellan de två första offren och Björn Fredman. För första gången kände han en föraning om att de var ute på villospår. Hade han missat att det kanske fanns en helt annan förklaring till det som hände? Han bestämde sig för att han redan samma kväll måste gå igenom allt utredningsmaterial och förutsättningslöst betrakta det på nytt.

Svedberg ställde sig bredvid honom.

– Hansson var lättad, sa han.

Wallander nickade. Men han sa ingenting.

– Enligt Martinsson hade det kommit in ett utförligt meddelande från Interpol om flickan i rapsåkern, fortsatte han.

Wallander hade inte hört. Han var tvungen att fråga Svedberg vad han hade sagt. Det var som om flickan han hade sett springa som en brinnande fackla tillhörde något som hade hänt för länge sedan. Ändå visste han att han förr eller senare måste intressera sig för henne igen.

De stod tysta.

– Jag trivs inte i Malmö, sa Svedberg plötsligt. Jag mår egentligen bara bra när jag är hemma i Ystad.

Wallander kände till att Svedberg mycket ogärna lämnade den stad där han en gång hade blivit född. På polishuset var det ett till leda upprepat skämt när Svedberg inte var i närheten. Samtidigt undrade Wallander när han själv egentligen mådde bra.

Han påminde sig dock senast det hade hänt. När Linda hade stått utanför hans dörr klockan sju på söndagsmorgonen.

Forsfält hade klarat av några ärenden och kom och sa att de kunde ge sig av. De åkte ner till polishusets garage och for ut mot ett industriområde som låg norr om staden. Det hade börjat blåsa. Fortfarande var himlen molnfri. Wallander satt bredvid Forsfält i framsätet.

– Kände du Rydberg? frågade han.

– Om jag kände Rydberg, svarade han långsamt. Visst gjorde jag det. Vi kände varandra väl. Det hände att han kom in hit till Malmö och hälsade på.

Wallander blev förvånad över svaret. Han hade alltid trott att Rydberg varit en gammal polis som för länge sedan hade avskrivit allt som inte hade med yrket att göra, inklusive vänner.

– Det var han som lärde mig det jag kan, sa Wallander.

– Hans bortgång var tragisk, sa Forsfält. Han borde ha fått leva lite längre. Han drömde om att en gång i sitt liv komma till Island.

– Island?

Forsfält kastade en hastig blick på honom och nickade.

– Det var hans stora dröm. Att komma till Island. Men det blev aldrig av.

Wallander drabbades av en oklar känsla av att Rydberg hade undanhållit något för honom som han borde ha vetat om. Han hade aldrig kunnat ana att Rydberg gått och burit på en dröm om en pilgrimsfärd till Island. Han hade aldrig föreställt sig att Rydberg hade haft några drömmar överhuvudtaget. Framförallt hade han aldrig kunnat föreställa sig att Rydberg hade burit på några hemligheter inför honom själv.

Forsfält bromsade in utanför ett hyreshus med tre våningar. Han pekade på en rad med fördragna fönster på nedre botten. Huset var gammalt och illa underhållet. Glasrutan i ytterporten var lagad med en masonitskiva. Wallander hade en känsla av att han steg in i ett hus som egentligen inte längre existerade. Stred inte förekomsten av detta hus rent av mot den svenska grundlagen? tänkte han ironiskt. Det luktade urin i trappuppgången. Forsfält låste upp. Wallander undrade för sig själv var han hade fått nyckeln ifrån. De steg in i en tambur och tände lampan. Några reklambroschyrer var allt som fanns på golvet. Eftersom Wallander befann sig på främmande territorium lät han Forsfält leda. De gick först igenom lägenheten, som för att kontrollera att ingen var där. Den bestod av tre rum och ett litet trångt kök som vette mot ett upplag med bensinfat. Frånsett sängen som verkade nyinköpt präglades lägenheten av likgiltighet. Möblemanget verkade tillfälligt utspritt över golvytorna. I en bokhylla av 50-talsmodell stod några billiga och dammiga porslinspjäser. I ett hörn fanns en tidningsstapel och några hantlar. En CD-skiva som någon hade spillt kaffe på låg i en soffa. Wallander såg till sin stora förvåning på etiketten att det var turkisk folkmusik. Gardinerna var fördragna. Forsfält gick runt i lägenheten och tände systematiskt alla lampor som fanns. Wallander följde några steg bakom honom, medan Svedberg hade satt sig på en pinnstol i köket för att ringa till Hansson och meddela var de befann sig. Wallander petade med foten upp en dörr till skafferiet. Där stod ett antal oöppnade originalkartonger med Grant's whisky. Av en smutsig fraktsedel framgick det att de varit destinerade från det skotska destilleriet till en vinhandlare med adress i Gent i Belgien. Han undrade tankfullt hur de hade hamnat hos Björn Fredman. Forsfält kom in i köket med ett par fotografier av lägenhetens innehavare. Wallander nickade. Det rådde inget tvivel om att det var han som hade suttit nertryckt i gropen utanför Ystads järnvägsstation. Han gick tillbaka till vardagsrummet igen och försökte bestämma sig för vad han egentligen hoppades att finna. Fredmans lägenhet var raka motsatsen till Wetterstedts villa, och även till den dyrbart renoverade gården som

Arne Carlman ägt. Det är så här Sverige ser ut, tänkte han. Skillnaderna mellan folk är lika stora nu som den gång en del bodde på herresäten och andra i kojor.

Hans blick föll på ett skrivbord som var fullbelamrat med tidskrifter om antikviteter. Han antog att det hade med Fredmans häleriaffärer att göra. Det fanns bara en låda i skrivbordet. Den var olåst. Frånsett en massa kvitton, trasiga pennor och ett cigarettetui fanns där ett fotografi som var inramat. Det föreställde Björn Fredman omgiven av sin familj. Han log stort och brett mot fotografen. Bredvid honom satt hon som måste ha varit hans fru. Hon höll ett nyfött barn i sina armar. Snett bakom modern stod en flicka i början av tonåren. Hennes ögon såg med något som påminde om förfäran mot fotografen. Vid hennes sida, alldeles bakom modern, stod en pojke som var några år yngre. Han hade ett sammanbitet ansikte, som om han in i det sista ville bjuda fotografen motstånd. Wallander tog med sig fotografiet fram till ett fönster och drog undan gardinen. Han såg länge på det och försökte förstå vad det var han såg. En olycklig familj? En familj som fortfarande inte hade upptäckt sin olycka? Ett nyfött barn som inte anade vad som väntade? Det var någonting i bilden som gjorde honom beklämd, kanske nerstämd, utan att han direkt kunde säga vad det var. Han tog med sig bilden in i sovrummet där Forsfält låg på knä och kikade under sängen.

– Du sa att han hade suttit inne för misshandel, sa Wallander.

Forsfält reste sig upp och såg på fotografiet som Wallander höll i sin hand.

– Han slog sin fru halvt fördärvad, sa han. Han slog henne när hon var gravid. Han slog henne när barnet var nyfött. Men det åkte han märkligt nog aldrig i fängelse för. En gång knäckte han näsbenet på en taxichaufför. Han slog halvt ihjäl en tidigare kumpan som han ansåg hade lurat honom. Det var för taxichauffören och kumpanen han åkte in.

De fortsatte att gå igenom lägenheten. Svedberg hade avslutat sitt telefonsamtal med Hansson. Han skakade på huvudet när Wallander undrade om det hade hänt något viktigt. Det tog dem två timmar att systematiskt undersöka lägenheten. Wallander tänkte att hans egen bostad var som en ombonad idyll gentemot Björn Fredmans. De hittade inget av intresse, frånsett en resväska med antika ljusstakar som Forsfält drog fram ur de inre gömmorna av en garderob. Wallander började mer och mer förstå vad det innebar att Björn Fredmans språk hade präglats av en nästan obruten rad av svordomar. Lägenheten var lika tom och kraftlös som hans språk. Klockan halv fyra lämnade de lägenheten och gick ut på gatan igen. Vinden hade tilltagit. Forsfält ringde in till polishuset och fick en bekräftelse på att Fredmans familj hade blivit underrättad om dödsfallet.

– Jag vill gärna tala med dom, sa Wallander när de hade satt sig i bilen. Men jag tror att det kanske är bättre att vänta till imorgon.

Han märkte att han inte var uppriktig.

Han borde ha sagt som det var, att han alltid drog sig för att tränga sig på en familj där en anhörig nyligen hade ljutit en våldsam död. Framförallt orkade han inte med tanken att behöva tala med barn som nyss mist en förälder. Att vänta till dagen efter gjorde naturligtvis ingen skillnad för dem. Men för Wallander innebar det ett andrum.

De skildes utanför polishuset. Forsfält skulle ta kontakt med Hansson för att klara ut en del formella detaljer mellan de två polisdistrikten. Med Wallander avtalade han att de skulle mötas nästa dag klockan tio.

De bytte till sin egen bil och for tillbaka mot Ystad.

Wallander hade huvudet fullt av tankar.

De växlade inte ett ord med varandra under hela resan.

22

Silhuetten av Köpenhamn skymtade i soldiset.

Wallander undrade om han verkligen skulle komma att möta Baiba där om knappt tio dagar, eller om den gärningsman de sökte, men som de nu visste om möjligt ännu mindre om, skulle tvinga honom att skjuta upp sin semester.

Han stod och tänkte på det här medan han väntade utanför svävarterminalen i Malmö. Det var morgonen dagen efter, den 30, sista dagen i juni. Wallander hade redan kvällen innan bestämt sig för att byta Svedberg mot Ann-Britt Höglund när han återvände till Malmö för att tala med Björn Fredmans familj. Han hade ringt henne hem och hon hade frågat om de kunde åka så tidigt att hon hann uträtta ett ärende på vägen innan de träffade Forsfält klockan halv tio. Svedberg hade minst av allt känt sig trampad på tårna när Wallander meddelat honom att han inte behövde följa med till Malmö. Hans lättnad över att slippa lämna Ystad två dagar i rad hade inte gått att ta miste på. Medan Ann-Britt Höglund uträttade sitt ärende inne på terminalen – Wallander hade naturligtvis inte frågat vad det var – gick han längs piren och såg ut över sundet mot Köpenhamn. En flygbåt, Löparen tyckte han det stod målat på skrovet, var på väg ut ur hamnbassängen. Det var varmt. Han hade tagit av sig jackan och slängt den över ena axeln. Han gäspade.

Kvällen innan, sedan de hade återvänt från Malmö, hade han haft ett hastigt sammankallat möte med de i spaningsgruppen som då fortfarande fanns kvar på polishuset. I receptionen hade han också med Hanssons hjälp hållit en improviserad presskonferens. På mötet just innan hade Ekholm varit med. Han sökte fortfarande efter den fördjupade psykologiska profil av gärningsmannen där de utstuckna eller bortfrätta ögonen kunde placeras in och ges en tänkbar förklaring och därmed övergå till att bli en viktig ledtråd. De hade dock kommit överens om att Wallander inför pressen redan nu skulle kungöra att de med säkerhet spanade efter en man som knappast kunde betraktas som allmänfarlig, men som i högsta grad var det för de offer han hade utpekat. Det hade rått skilda uppfattningar om det kloka i att göra detta utspel. Men Wallander hade med kraft hävdat att de inte kunde bortse från att ett tänkbart offer skulle kunna identifiera sig själv och av ren självbevarelsedrift lockas att ta kontakt med polisen. Journalisterna hade kastat sig över det han hade haft att säga. Med ett allt mer ökande obehag hade han tvingats inse att de hade gett tidningarna den bästa av alla nyheter just i det kritiska ögonblicket; när hela landet var på väg att stanna av och stänga in sig i den befästning som utgjordes av den kollektiva sommarledigheten. Efteråt, när både mötet och presskonferensen var över, hade han känt sig mycket trött.

Men han hade ändå gett sig tid att tillsammans med Martinsson gå igenom det långa telexmeddelande som kommit från Interpol. Om den brinnande flickan i Salomonssons rapsåker visste de nu att hon hade försvunnit från Santiago de los Treinta Caballeros någon gång under december året innan. Det var hennes far, Pedro Santana som angavs som lantarbetare, som hade gjort polisanmälan om hennes försvinnande den 14 januari. Dolores Maria som då var sexton år, men hade fyllt sjutton den 18 februari – och det var en detalj som gjorde Wallander märkbart nerstämd – hade befunnit sig i Santiago för att söka arbete som hembiträde. Innan dess hade hon levt tillsammans med sin far i en liten by sju mil från staden. Hon hade bott hos en avlägsen släkting, en kusin till fadern, när hon plötsligt bara hade försvunnit. Den dominikanska polisen tycktes enligt det magra utredningsmaterialet inte ha offrat särskilt många efterforskningsinsatser på hennes försvinnande. Det var den ihärdige fadern som hade jagat på dem att inte glömma att söka efter henne. Han hade lyckats intressera en journalist för hennes fall, och till slut hade polisen slagit fast att hon sannolikt hade lämnat landet för att söka sin eventuella lycka någon annanstans.

Där hade det tagit slut. Utredningen hade försvunnit och upplösts i ett tomrum. Interpols kommentar var kortfattad. Det existerade inga indikationer på att Dolores Maria Santana efteråt hade varit synlig i något av de länder som ingick i det världsomspännande polisiära samarbetet. Inte förrän nu.

Det var allt.

– Hon försvinner i en stad som heter Santiago, sa Wallander. Ett drygt halvår senare dyker hon upp i lantbrukare Salomonssons rapsåker. Där bränner hon sig till döds. Vad betyder det?

Martinsson skakade uppgivet på huvudet.

Trots att Wallander var så trött att han egentligen inte orkade tänka ryckte han genast upp sig. Martinssons passivitet irriterade honom.

– Vi vet en hel del, sa han bestämt. Vi vet att hon inte helt hade försvunnit från jordens yta. Vi vet att hon befunnit sig i Helsingborg och fått lift av en man från Smedstorp. Vi vet att hon gav intryck av att vara på flykt. Och vi vet att hon är död. Det här ska nu meddelas tillbaka till Interpol. Och jag vill att du speciellt begär att det kontrolleras att flickans far verkligen får besked om att hon är död. När väl det här andra helvetet är över ska vi ta reda på vem det var hon var rädd för i Helsingborg. Jag förutsätter att du tar en kontakt med kollegorna i Helsingborg redan nu, helst i morgon bitti. Det kan ju hända att dom har någon idé om vad som kan ha hänt.

Efter det stillsamma utbrottet av protest mot Martinssons passivitet hade Wallander åkt hem. Han hade stannat vid en korvkiosk och köpt med sig en hamburgare. Överallt hängde löpsedlar som skrek ut de senaste nyheterna från fotbolls-VM. Han kände plötsligt en impuls att riva ner dem och ropa att det var nog. Men han sa naturligtvis ingenting. Han väntade tålmodigt i kön tills det blev hans tur. Han betalade, fick sin hamburgare i en påse och satte sig i bilen igen. När han kom hem slog han sig ner vid köksbordet och rev upp påsen. Till hamburgaren drack han ett glas vatten. Efteråt hade han kokat starkt kaffe och rensat undan på köksbordet. Trots att han borde ha gått och lagt sig hade han tvingat sig att gå igenom allt utredningsmaterial på nytt. Känslan av att de var på fel spår hade inte lämnat honom. Wallander var inte den som helt ensam hade snitslat den bana de följde. Men det var ändå han som ledde spaningsgruppens arbete, och det var med andra ord han som bestämde både färdriktning och när det var dags att stanna och byta spår. Han sökte efter de punkter längs vägen där de kanske borde ha rört sig långsammare och mera uppmärksamt och frågat sig om beröringspunkterna mellan Wetterstedt och Carlman redan var klart synliga utan att de hade lagt märke till dem. Han gick noga igenom alla de tecken på gärningsmannens närvaro som de hade kunnat följa, ibland med handfasta bevis, ibland bara som en kall vindpust som oväntat blåste till i deras nackar. Vid sidan av sig hade han ett kollegieblock där han noterade alla frågor som fortfarande inte hade blivit besvarade. Det irriterade honom att resultaten från många laboratorieundersökningar fortfarande saknades. När klockan redan hade passerat midnatt var han frestad av sin otålighet att ringa till Nyberg och fråga om det var så att analytikerna och kemisterna i Linköping hade slagit igen för sommaren. Men han lät det klokt nog bero. Han satt lutad över sina papper tills ryggen värkte och bokstäverna hoppade framför hans ögon. Först när klockan var närmare halv tre på natten gav han upp. I hans trötta huvud hade en lägesbeskrivning formulerat sig som trots allt var en bekräftelse på att de knappast kunde göra annat än att fortsätta längs den inslagna vägen. Det måste helt enkelt finnas en beröringspunkt mellan de som dödades och fick sina skalper avslitna. Han tänkte också att det faktum att Björn Fredman verkade passa så illa ihop med de två andra kunde bidra till att de hittade lösningen. Det som inte stämde kunde som ansiktet i den omvända spegelbilden tala om för dem vad som faktiskt stämde, vad som var upp och vad som var ner. De skulle med andra ord fortsätta som nu. Men då och då skulle Wallander skicka ut spanare att granska terrängen runt dem. Han skulle se till att det fanns en ordentlig baktrupp, och han skulle framförallt tvinga sig själv att tänka mer än en tanke åt gången.

När han till slut gick och la sig låg högen med smutstvätt fortfarande på golvet. Han tänkte att den påminde honom om den oreda som rådde i hans eget huvud. Dessutom hade han återigen glömt att ordna tid för sin bil på bilprovningen. Han övervägde om han nu trots allt borde begära att få förstärkning från rikskriminalen. Han bestämde sig för att tala med Hansson om det tidigt på morgonen när han hade sovit några timmar.

Men klockan sex när han steg upp hade han ändrat sig. Han ville vänta ännu en dag. Däremot ringde han till Nyberg som han visste var morgontidig och beklagade sig över att de fortfarande inte hade fått svar på en del av de föremål och blodspår som skickats till Linköping. Han hade varit beredd på att Nyberg skulle få ett vredesutbrott. Men till Wallanders stora förvåning höll han med om att det gick ovanligt långsamt. Han lovade att han personligen skulle ta itu med trögheten. Sedan talade de en stund om den undersökning Nyberg hade gjort av gropen där de hittat Björn Fredman. Blodspår runt omkring tydde på att mördaren hade parkerat sin bil alldeles intill. Nyberg hade dessutom hunnit med att besöka Sturup och själv se på Fredmans bil. Att den använts för att transportera liket rådde det inget tvivel om. Men Nyberg misstrodde möjligheten att den också skulle ha varit själva mordplatsen.

– Björn Fredman var stor och stark, sa han. Hur nån skulle ha kunnat slå ihjäl honom inne i bilen är mer än jag förstår. Jag tror mordet skedde nån annanstans.

– Frågan är alltså vem som körde bilen, sa Wallander. Och var skedde mordet?

Strax efter sju hade Wallander kommit till polishuset. Han hade ringt Ekholm på det hotell där han bodde och hittat honom i frukostmatsalen.

– Jag vill att du koncentrerar dig på ögonen, sa han. Jag vet inte varför. Men jag är övertygad om att dom är viktiga. Kanske avgörande. Varför gör han det mot Fredman? Men inte mot dom andra? Det vill jag veta.

– Allt måste ses i en helhet, invände Ekholm. En psykopat skapar nästan alltid rationella mönster som han sen följer som om dom varit upptecknade i en helig bok. Ögonen måste sättas in i det konceptet.

– Gör som du vill, sa Wallander kort. Men jag vill veta vad det betyder att just Fredman fick dom utstuckna. Koncept eller inte koncept.

– Det var nog syra, sa Ekholm.

Wallander insåg att han hade glömt att fråga Nyberg om just den detaljen.

– Kan det anses klarlagt? frågade han.

– Det verkar så. Nån har droppat syra i Fredmans ögon.

Wallander grimaserade av obehag.

– Vi talas vid i eftermiddag, sa han och avslutade samtalet.

Strax efter åtta hade han lämnat Ystad tillsammans med Ann-Britt Höglund. Det hade varit en lättnad att ge sig av från polishuset. Det ringde hela tiden journalister. Dessutom hade nu allmänheten börjat höra av sig. Jakten på gärningsmannen hade lämnat de hemliga polisiära skogarna och blivit en angelägenhet för hela landet. Wallander visste att det både var bra och nödvändigt. Men det krävdes en stor insats från polisens sida för att kunna organisera och undersöka alla de tips som rann in från allmänheten i ett allt stridare flöde.

Ann-Britt Höglund hade kommit ut från svävarterminalen och gått ikapp honom på piren.

– Jag undrar hur sommaren blir i år, sa han tankspritt.

– Min farmor som bor i Älmhult kan spå väder, svarade Ann-Britt Höglund. Hon påstår att vi ska få en lång och varm och torr sommar.

– Brukar hon ha rätt?

– Nästan alltid.

– Jag tror det blir tvärtom. Regn och kyla och fanskap.

– Kan du också spå väder?

– Nej. Men ändå.

De gick tillbaka mot bilen. Wallander undrade nyfiket vad hon hade gjort inne på svävarterminalen. Men han frågade inte.

Klockan halv tio bromsade de in framför polishuset i Malmö. Forsfält stod redan på trottoaren och väntade. Han satte sig i baksätet och dirigerade hur Wallander skulle köra samtidigt som han började tala om vädret med Ann-Britt Höglund. När de hade stannat utanför hyreshuset i Rosengård gav han dem en kort sammanfattning av vad som hade hänt dagen innan.

– När jag kom med budet om att Björn Fredman var död, tog hon det med fattning. Jag märkte det inte själv. Men den kvinnliga kollega jag hade med mig påstod att hon luktade sprit. Det var ostädat och en rätt sjabbig lägenhet. Minsta pojken är bara fyra år. Han kan väl knappast reagera så mycket på att den far han nästan inte har sett inte finns mer. Sonen i huset verkade dock förstå vad det handlade om. Den äldre dottern var inte hemma.

– Vad heter hon? frågade Wallander.

– Dottern?

– Hustrun. Den frånskilda hustrun.

– Anette Fredman.

– Har hon nåt arbete?

– Inte vad jag vet.

– Vad lever hon av?

– Vet inte. Men jag tvivlar på att Björn Fredman var särskilt generös mot sin familj. Han verkade inte vara av den sorten.

Wallander hade inget mer att fråga om. De steg ur bilen och gick in och tog hissen upp till fjärde våningen. Någon hade krossat en glasflaska mot hissgolvet. Wallander utbytte en blick med Ann-Britt Höglund och skakade på huvudet. Forsfält ringde på dörren. Det dröjde nästan en hel minut innan den öppnades. Kvinnan som öppnade var mycket tunn och blek. Det förstärktes av att hon var alldeles svartklädd. Hon såg med skrämda ögon på de två ansikten hon inte kände igen. När de stod inne i tamburen och hängde av sig sina ytterkläder la Wallander märke till att någon hastigt kikade ut genom dörröppningen till det inre av lägenheten och sedan försvann igen. Han tänkte att det måste ha varit den äldre sonen eller dottern. Forsfält presenterade Wallander och Ann-Britt Höglund. Han gjorde det omsorgsfullt och med stor vänlighet. Det fanns ingen brådska i hans beteende. Wallander tänkte att han kanske hade lika mycket att lära av Forsfält som en gång av Rydberg. Hon bjöd dem att stiga in i vardagsrummet. Med tanke på den beskrivning Forsfält hade gett i bilen måste hon ha städat. Den sjabbighet Forsfält hade talat om såg han inga spår av. Vardagsrummet hade en soffgrupp som verkade vara nästan oanvänd. Där fanns grammofon, video och television från Bang & Olufsen, ett märke som Wallander ofta hade sneglat på men som han aldrig hade trott sig om att få råd att köpa. Hon hade dukat fram kaffe. Wallander lyssnade efter ljud. Det skulle finnas en fyraårig pojke i familjen. Barn i den åldern var sällan ljudlösa. De satte sig runt bordet.

– Jag ska naturligtvis be att få beklaga sorgen, sa han och försökte låta lika vänlig som Forsfält.

– Tack, svarade hon med en röst som var mycket låg och så bräcklig att den när som helst tycktes kunna brista.

– Tyvärr måste jag ställa några frågor, fortsatte Wallander. Även om jag helst skulle vilja vänta med dom.

Hon nickade utan att svara. I samma ögonblick öppnades en dörr till ett av de rum som hade förbindelse direkt med vardagsrummet. En kraftigt byggd pojke i 14-årsåldern kom in i rummet. Han hade ett öppet och vänligt ansikte, även om hans ögon var vaksamma.

– Det är min son, sa hon. Han heter Stefan.

Pojken var mycket väluppfostrad, noterade Wallander. Han gick runt och tog dem alla i hand. Sedan satte han sig bredvid sin mor i soffan.

– Jag vill gärna att han är med, sa hon.

– Det möter inget hinder, svarade Wallander. Jag kanske bara ska säga att jag är ledsen för det som har hänt din pappa.

– Vi träffades inte så ofta, svarade pojken. Men tack i alla fall.

Wallander fick genast ett positivt intryck av honom. Han verkade ovanligt mogen för sin ålder. Han antog att det berodde på att han hade fått fylla tomrummet efter den frånvarande pappan.

– Om jag har förstått det rätt finns det ytterligare en son i familjen, fortsatte Wallander.

– Han är hos en väninna och leker med hennes son, svarade Anette Fredman. Jag tänkte att det skulle vara lugnare här utan honom. Han heter Jens.

Wallander nickade åt Ann-Britt Höglund som gjorde anteckningar.

– Dessutom finns det alltså en äldre syster?

– Hon heter Louise.

– Men hon är inte hemma?

– Hon har rest bort några dagar för att vila sig.

Det var pojken som sa att hon hade rest bort. Han tog över ordet från sin mor, som om han ville avlasta henne en alltför stor börda. Hans svar hade kommit lugnt och vänligt. Ändå hade Wallander uppfattat att något med systern inte var som det skulle. Kanske hade svaret kommit lite för fort? Eller hade det kommit för långsamt?

Han märkte att hans uppmärksamhet ögonblickligen skärptes. Hans osynliga antenner fälldes ljudlöst ut.

– Jag förstår att det som har hänt måste ha varit påfrestande för henne, fortsatte han försiktigt.

– Hon är mycket känslig, svarade hennes bror.

Det är någonting som inte stämmer, tänkte Wallander igen. Något sa honom samtidigt att han inte skulle gå längre just nu. Det var bättre att han återkom till flickan senare. Han kastade en hastig blick på Ann-Britt Höglund. Det verkade inte som om hon hade reagerat.

– Dom frågor som ni redan har besvarat behöver jag inte upprepa, sa Wallander och serverade sig en kopp kaffe, som för att tala om att allt var som det skulle. Han märkte att pojken hela tiden följde honom med blicken. Det fanns en vaksamhet i hans ögon som påminde Wallander om en fågel. Han tänkte att pojken alltför tidigt hade tvingats överta ett ansvar han inte kunde ha varit mogen för. Tanken gjorde honom nerstämd. Det fanns ingenting som plågade Wallander mer än att se barn eller unga människor fara illa. Han tänkte att han i alla fall aldrig hade tvingat Linda att överta någon värdinneroll i hans hem efter det att Mona hade flyttat ifrån honom. Även om han sannolikt hade varit en mycket dålig förälder hade han inte utsatt henne för just det.

– Jag vet att ingen av er hade sett Björn på flera veckor, fortsatte han. Jag antar att det också gällde Louise?

Den här gången var det mamman som svarade.

– Sist han var hemma hade Louise gått ut, sa hon. Det var nog flera månader sen hon såg honom senast.

Wallander gick nu långsamt in på de svåraste frågorna. Även om han insåg att det knappast var möjligt att undvika plågsamma minnen försökte han röra sig så försiktigt som möjligt.

– Det var nån som dödade honom, sa han. Kan nån av er tänka er vem som kan ha gjort det?

Anette Fredman såg på honom med ett förvånat uttryck i ansiktet. När hon öppnade munnen kom svaret gällt. Den tidigare lågmäldheten var med ens borta.

– Borde man inte hellre fråga sig vem som inte har gjort det? svarade hon. Jag vet inte hur många gånger jag själv skulle ha önskat att jag hade haft kraft nog att slå ihjäl honom.

Sonen la en arm runt sin mor.

– Det var nog inte så han menade, sa han lugnande.

Hon samlade sig hastigt efter det korta utbrottet.

– Jag vet inte vem som har gjort det, sa hon. Jag vill inte veta det heller. Men jag vill heller inte ha dåligt samvete för att jag känner en stor lättnad över att han aldrig mer kommer att kliva in genom den här dörren.

Hon reste sig häftigt och gick ut i badrummet. Wallander såg att Ann-Britt Höglund för ett ögonblick tvekade om hon skulle följa efter. Men hon blev sittande när pojken i soffan började tala.

– Mamma är väldigt upprörd, sa han.

– Det förstår vi, svarade Wallander som började få alltmer sympati för honom. Men du som ger intryck av att vara väldigt redig kanske har haft några tankar själv. Även om jag vet att dom är obehagliga.

– Jag kan inte förstå annat än att det måste ha varit nån ur pappas umgänge, sa han. Min pappa var tjuv, tillade han. Han brukade dessutom misshandla människor. Även om jag inte vet så tror jag också att han var det man brukar kalla torped. Han drev in skulder, han hotade folk.

– Hur vet du det?

– Jag vet inte.

– Det är inte så att det är nån speciell person du tänker på?

– Nej.

Wallander satt tyst och lät honom tänka.

– Nej, sa han igen. Jag vet inte.

Anette Fredman återvände från badrummet.

– Kan nån av er påminna sig att han har haft kontakt med en person som hette Gustaf Wetterstedt? Han var en gång det här landets justitieminister. Eller en konsthandlare som hette Arne Carlman?

De skakade båda på huvudet efter att ha sökt bekräftelse hos varandra.

Samtalet trevade sig fram. Wallander försökte hjälpa dem att minnas. Då och då gjorde Forsfält några stillsamma inbrytningar. Till slut insåg Wallander att de inte kunde komma längre. Han bestämde sig också för att avstå från att fråga något mer om dottern. Istället nickade han åt Ann-Britt Höglund och Forsfält. Han var färdig. När de skildes ute i tamburen sa han dock att han säkert skulle bli tvungen att höra av sig igen, förmodligen mycket snart, kanske redan dagen efter. Han gav dem också sitt telefonnummer, både till polisen och hem.

När de kom ut på gatan såg han att Anette Fredman stod i fönstret och såg efter dem.

– Systern, sa Wallander. Louise Fredman. Vad vet vi om henne?

– Hon var inte här igår heller, svarade Forsfält. Hon kan naturligtvis ha rest bort. Hon är sjutton år, det vet jag.

Wallander stod ett ögonblick tankfull.

– Jag vill gärna tala med henne, sa han sedan.

De andra reagerade inte. Han förstod att han var den ende som hade märkt den hastiga skiftningen, från vänlighet till vaksamhet, när han frågat efter henne.

Han tänkte också på pojken, Stefan Fredman. På hans vaksamma ögon. Han tyckte synd om honom.

– Det var allt tills vidare, sa Wallander när de skildes utanför polishuset. Men vi håller naturligtvis kontakten.

De tog Forsfält i hand och sa adjö.

De återvände mot Ystad, genom ett skånskt sommarlandskap när det var som allra vackrast. Ann-Britt Höglund hade lutat sig bakåt i sätet och slutit ögonen. Wallander hörde hur hon gnolade på någon improviserad melodi. Han skulle önskat att han hade kunnat dela hennes förmåga att koppla av från den utredning som fyllde honom med så mycket oro. Rydberg hade många gånger hävdat att en polisman aldrig var helt befriad från sitt ansvar. I ett ögonblick som detta kunde Wallander tänka att på den punkten hade Rydberg tagit fel.

Strax efter det att de hade passerat avtagsvägen mot Skurup märkte han att hon hade somnat. Han försökte köra så mjukt som möjligt för att hon inte skulle vakna. Först när han tvingades bromsa in och stanna vid infarten till rondellen utanför Ystad slog hon upp ögonen. I samma ögonblick ringde biltelefonen. Han nickade åt henne att svara. Han kunde inte avgöra vem det var hon talade med. Men han insåg genast att något allvarligt hade hänt. Hon lyssnade utan att ställa några frågor. De hade nästan kommit fram till infarten vid polishuset när hon avslutade samtalet.

– Det var Svedberg, sa hon. Carlmans dotter har försökt ta livet av sig. Hon ligger i respirator på sjukhuset.

Wallander sa ingenting förrän han hade kört in bilen på en ledig parkeringsplats och slagit av motorn.

Sedan vände han sig emot henne. Han hade uppfattat att hon ännu inte hade sagt allt.

– Vad sa han mer?

– Hon kommer förmodligen inte att klara sig.

Wallander stirrade ut genom framrutan.

Han tänkte på hur hon hade slagit honom i ansiktet.

Sedan steg han ur bilen utan att säga ett ord.

23

Värmeböljan fortsatte.

Wallander insåg att han redan befann sig mitt inne i högsomma-ren, utan att han egentligen hade lagt märke till det. Han svettades när han gick backen ner från polishuset mot staden och sjukhuset.

Han hade inte ens gått in i receptionen för att se om han hade någ-ra meddelanden när de återkommit från Malmö och fått samtalet från Svedberg. Han hade stått alldeles orörlig intill bilen, som om han plötsligt hade tappat alla sina inre riktningar, och sedan lång-samt, nästan släpigt sagt till Ann-Britt Höglund att hon fick ta hand om avrapporteringen till kollegorna medan han promenerade ner till sjukhuset där Carlmans dotter låg och dog. Han hade inte väntat på något svar ifrån henne, han hade bara vänt sig om och gått, och det var då, i backen, när han redan hade börjat svettas, som han in-såg att han var omsluten av en sommar som kanske skulle bli lång och varm och torr. Han hade aldrig märkt att Svedberg hade kört om honom och vinkat. Sin vana trogen gick han med blicken mot gatstenen när han hade mycket att tänka på, vilket han nästan alltid hade. Den här gången hade han försökt använda den korta sträckan mellan polishuset och sjukhusinfarten till att bearbeta en tanke som var alldeles ny och som han inte visste hur han skulle hantera. Ut-gångspunkten var dock mycket enkel. På alldeles för kort tid, när-mare bestämt mindre än tio dagar, hade en flicka bränt sig till döds i en rapsåker, en annan hade försökt begå självmord efter det att hen-nes far hade blivit mördad, medan en tredje, som också hade fått sin far mördad, hade försvunnit genom att på ett oklart och delvis mys-tiskt sätt ha rest bort. De var i olika ålder, Carlmans dotter var äldst, men de var ändå alla unga. Två av flickorna hade indirekt råkat ut för samma gärningsman, medan den tredje hade varit sin egen bane-man. Det som skilde dem åt var att flickan i rapsåkern inte alls hade med de två andra att göra. Men i Wallanders huvud kändes det nu åter som om han på sin egen generations vägnar, och inte minst som den dålige far han tyckte han var för sin egen dotter Linda, tog på sig ett personligt ansvar för alla dessa händelser. Wallander hade lätt att gå ner sig. Då kunde han bli tung och frånvarande, fylld av en melankoli som han knappt kunde sätta ord på. Ofta ledde det till en period av sömnlösa nätter. Men eftersom han nu trots allt var tvungen att fungera, som polisman i en utkant av världen och som ledare för en spaningsgrupp, försökte han skaka av sig oron och reda ut sina tankar genom en promenad.

Han ställde sig den tröstlösa frågan om vad det var för värld han egentligen levde i. Där unga människor brände sig till döds eller försökte ta livet av sig på andra sätt. Han bestämde sig för att de just nu levde djupt inne i en epok som kunde kallas för misslyckandets tid. Någonting de hade trott på och byggt upp hade visat sig vara mindre hållbart än väntat. De hade trott att de hade byggt ett hus medan de i själva verket varit sysselsatta med att resa ett monument över någonting som redan var förbi och halvvägs bortglömt. Nu rasade Sverige omkring honom, som om ett gigantiskt politiskt hyllsystem höll på att välta. Ingen visste vilka snickare som stod ute i farstun och väntade på att få komma till med att sätta upp nya hyllor. Ingen visste naturligtvis heller hur de nya hyllorna skulle se ut. Allt var mycket oklart, frånsett att det var varmt och sommar. Unga människor tog livet av sig, eller åtminstone försökte de göra det. Människor levde för att glömma, inte för att minnas. Bostäder var gömställen snarare än ombonade hem. Och poliserna stod stumma och väntade på det ögonblick när deras arrestlokaler skulle börja bevakas av män i andra uniformer, de privata vaktbolagens män.

Wallander strök svetten ur pannan och tänkte att det fick vara nog. Han orkade inte hur mycket som helst. Han tänkte på pojken med de vaksamma ögonen som suttit bredvid sin mor i soffan. Han tänkte på Linda och till slut visste han inte vad det var han tänkte.

Ungefär då hade han kommit fram till sjukhuset. Svedberg hade stått på trappan och väntat på honom. Plötsligt hade Wallander vinglat till, som om han var på väg att falla omkull, utsatt för ett oväntat yrselanfall. Svedberg hade tagit ett steg emot honom och sträckt ut handen. Men Wallander hade viftat undan den och de hade fortsatt uppför sjukhustrappan. För att skydda sig mot solen hade Svedberg prytt sig med en lustig men alltför stor keps. Wallander hade muttrat något ohörbart men sedan dragit med honom till cafeterian som låg till höger om ingången. Bleka människor i rullstolar eller släpande på mobila droppställningar satt och drack kaffe med uppmuntrande vänner och släktingar som helst av allt ville återvända ut i solen, och glömma allt som hette sjukhus, död och elände. Wallander köpte kaffe och en smörgås medan Svedberg nöjde sig med ett glas vatten. Wallander insåg det djupt olämpliga i att ge sig tid till denna matpaus, eftersom det tydligen var så att Carlmans dotter höll på att dö. Samtidigt var det en besvärjelse mot allt som skedde runt honom. Kaffepausen var hans absolut sista befästning. Hans egen slutstrid, vad den än skulle handla om, skulle utspelas på en sista skans där han hade förvissat sig om att han hade tillgång till kaffe.

– Det var Carlmans änka som ringde, sa Svedberg. Hon var alldeles hysterisk.

– Vad hade flickan gjort? frågade Wallander.

– Hon hade tagit tabletter.

– Vad hände?

– Nån hade hittat henne av en tillfällighet. Då var hon djupt medvetslös. Pulsen var nästan borta. Hon fick hjärtstillestånd just när dom kom in till sjukhuset. Hon är tydligen väldigt dålig. Du kan alltså inte räkna med att prata med henne.

Wallander nickade. Han insåg att hans promenad till sjukhuset mera hade varit till för hans egen skull.

– Vad sa hennes mor? frågade han. Fanns det nåt brev? Nån förklaring?

– Det hade tydligen kommit helt oväntat.

Wallander tänkte återigen på det slag hon hade gett honom i ansiktet.

– Hon verkade vara helt ur balans när jag träffade henne, sa han. Hade hon verkligen inte lämnat nånting efter sig?

– I alla fall sa inte mamman nåt.

Wallander tänkte efter. Sedan bestämde han sig.

– Gör mig en tjänst, sa han. Åk dit ut och kräv att få veta om det fanns ett brev eller inte. Finns det nånting ska du gå igenom det noga.

De lämnade cafeterian. Wallander åkte med Svedberg tillbaka till polishuset. Han tänkte att han lika gärna kunde kontakta en läkare per telefon för att höra hur det var med flickan.

– Jag la in ett par papper på ditt bord, sa Svedberg. Jag gjorde ett förhör per telefon med journalisten och fotografen som besökte Wetterstedt samma dag han dog.

– Gav det nåt?

– Det bekräftar bara det vi har trott. Att Wetterstedt var som vanligt. Ingenting tycks ha hotat i hans omgivning. Ingenting som han var medveten om.

– Du menar med andra ord att jag inte behöver läsa igenom det?

Svedberg ryckte på axlarna.

– Det är alltid bättre med fyra ögon än med två.

– Jag är inte alldeles säker på det, svarade Wallander frånvarande medan han såg ut genom bilfönstret.

– Ekholm håller på att lägga sista handen vid en psykologisk profil, sa Svedberg.

Wallander muttrade något ohörbart till svar.

Svedberg lämnade av honom utanför polishuset och for sedan genast för att tala med Carlmans änka. Wallander plockade till sig ett antal meddelanden som låg i receptionen. Det var en ny flicka där igen. Han frågade efter Ebba och fick svaret att hon var på lasarettet för att ta bort gipset runt handleden. Henne kunde jag ha hälsat på, tänkte Wallander. När jag ändå var där. Om det nu gick att hälsa på någon som bara skulle ta bort sitt gips.

Han gick till sitt rum och slog upp fönstret på vid gavel. Utan att sätta sig ner bläddrade han igenom de papper Svedberg hade talat om. Plötsligt påminde han sig att han också hade bett om att få se fotografierna. Var fanns dom? Utan att kunna behärska sin ilska letade han reda på Svedbergs mobilnummer och ringde honom.

– Fotografierna? frågade han. Var är dom?

– Ligger dom inte på ditt bord? svarade Svedberg förvånat.

– Här finns ingenting.

– Då ligger dom inne hos mig. Jag måste ha glömt dom. Dom kom med posten idag.

Bilderna låg i ett brunt kuvert på Svedbergs pedantiskt ordnade skrivbord. Wallander bredde ut dem framför sig och satte sig i Svedbergs stol. Wetterstedt poserade i hemmet, i trädgården och nere på stranden. På ett av korten skymtade den omkullvälta roddbåten i bakgrunden. Wetterstedt log mot fotografen. Det gråa hår som snart skulle slitas av hans huvud hade rufsats till av vinden. Bilderna utstrålade en harmonisk jämvikt och visade en man som tycktes ha försonats med sin ålderdom. Ingenting i bilderna lät ana vad som snart skulle komma att ske. Wallander tänkte att Wetterstedt hade mindre än 15 timmar kvar att leva när bilderna togs. Fotografierna som låg framför honom visade hur Wetterstedt hade sett ut på den yttersta dagen. Wallander fortsatte att begrunda bilderna under några minuter innan han stoppade tillbaka dem i kuvertet och lämnade Svedbergs rum. Han började gå mot sitt kontor men ändrade sig plötsligt och stannade utanför Ann-Britt Höglunds dörr som alltid stod öppen.

Hon satt lutad över några papper.

– Stör jag? frågade han.

– Inte alls.

Han gick in och satte sig i hennes besöksstol. De växlade några ord om Carlmans dotter.

– Svedberg är på jakt efter ett avskedsbrev, sa Wallander. Om det nu finns nåt.

– Hon måste ha stått sin far mycket nära, sa Ann-Britt Höglund.

Wallander svarade inte. Han bytte samtalsämne.

– Märkte du nåt underligt, när vi var hemma hos familjen Fredman?

– Underligt?

– En kall vind som plötsligt drog genom rummet?

Han ångrade genast sitt sätt att uttrycka sig. Ann-Britt Höglund rynkade pannan, som om han hade sagt något olämpligt.

– Att dom verkade undvikande när jag ställde frågor om Louise, förtydligade han sig.

– Nej, svarade hon. Men jag märkte att du blev annorlunda.

Han förklarade den känsla han hade fått. Hon tänkte efter och försökte minnas innan hon svarade.

– Du har kanske rätt, sa hon. Nu när du säger det, verkade dom bli på sin vakt. Den kalla vinden du talar om.

– Frågan är om det gällde båda två eller bara den ene av dom, sa Wallander dunkelt.

– Var det så?

– Jag vet inte. Jag talar om en känsla jag fick.

– Var det inte så att pojken började svara på frågor du egentligen ställde till hans mamma?

Wallander nickade.

– Det var just det, sa han. Jag undrar varför.

– Ändå kan man fråga sig om det är särskilt viktigt, sa hon.

– Naturligtvis, erkände han. Jag har ibland en tendens att hänga upp mig på obetydliga detaljer. Men jag vill nog ändå gärna prata med den där flickan.

Den här gången var det hon som bytte samtalsämne.

– Jag blir alldeles kall när jag tänker på det Anette Fredman sa. Om att hon kände en lättnad över att mannen aldrig mer skulle komma in genom deras dörr. Jag har nog svårt att helt förstå vad det innebär att leva under såna omständigheter.

– Han misshandlade henne, sa Wallander. Kanske han också gav sig på barnen. Men ingen av dom har gjort någon anmälan.

– Pojken verkade alldeles normal, sa hon. Dessutom väluppfostrad.

– Barn lär sig överleva, sa Wallander och tänkte för ett ögonblick på sin egen ungdom och den han hade erbjudit Linda.

Han reste sig.

– Jag försöker nog få tag på flickan, sa han. Louise Fredman. Redan imorgon om det är möjligt. Jag har en stark känsla av att hon inte alls är bortrest.

Han gick till sitt kontor och hämtade en kopp kaffe på vägen. Han höll på att kollidera med Norén och påminde sig de foton han hade bett om av dem som stod utanför avspärrningarna och följde polisens arbete.

– Jag har lämnat rullarna till Nyberg, sa Norén. Men jag tror inte att jag är nån särskilt bra fotograf.

– Vem fan tror du är det? svarade Wallander, utan att låta ovänlig. Han stängde dörren om sig när han kommit till sitt rum. Han satt och stirrade på sin telefon och samlade sig innan han ringde bilprovningen och bad om att få en ny tid. När han insåg att den tid han blev erbjuden låg under den period han avsåg att tillbringa med Baiba på Skagen blev han arg. När han berättat för kvinnan som svarat om alla de gräsligheter som han höll på att lösa gav hon honom en reservtid som plötsligt fanns ledig. Utan att fråga undrade han stilla vem den tiden hade varit ämnad för. När han hade lagt på luren bestämde han sig för att han denna kväll skulle tvätta. Om det inte fanns någon ledig tid i tvättstugan skulle han i alla fall anteckna sig på listan.

Telefonen ringde. Det var Nyberg.

– Du hade rätt, sa han. Fingeravtrycken på det där blodiga pappret du hittade bakom Vägverkets barack var samma som de vi kunde hitta på den sönderrivna Fantomentidningen. Vi behöver alltså inte längre tvivla på att det är samma person som varit framme. Om ett par timmar vet vi också om vi kan knyta honom till den nerblodade bilen på Sturup. Vi försöker också få fram fingeravtryck från Björn Fredmans ansikte.

– Går det?

– Om nån har hällt syra i hans ögon måste han nog ha använt ena handen till att spärra upp hans ögonlock, sa Nyberg. Obehagligt är det. Men sant. Har vi tur hittar vi avtryck på just ögonlocken.

– Det är tur att folk inte hör hur vi pratar med varandra, sa Wallander.

– Eller tvärtom, invände Nyberg. Så kanske dom tog lite bättre vara på oss som ska försöka hålla rent i det här samhället.

– Lampan, frågade Wallander. Den trasiga lyktan vid Wetterstedts trädgårdsgrind?

– Jag skulle just komma till den, sa Nyberg. Du hade rätt där också. Vi hittade fingeravtryck.

Wallander rätade upp sig i stolen. Det tidigare missmodet var borta. Nu kände han spänningen stiga. Utredningen började visa tecken på att öppna sig.

– Har vi honom i arkiven? frågade han.

– Tyvärr inte, sa Nyberg. Men jag har bett om att Centralregistret ska kontrollera en gång till.

– Låt oss ändå anta att det är som du säger, fortsatte Wallander. Det betyder att vi har med en tidigare ostraffad person att göra.

– Det är troligt.

– Kör avtrycken via Interpol också, sa Wallander. Och Europol. Be om högsta prioritet. Säg att det rör sig om en massmördare.

Nyberg lovade att göra som han sa. Wallander la på luren och lyfte den genast igen. Han bad flickan i växeln leta reda på Mats Ekholm. Efter några minuter ringde hon tillbaka och meddelade att han hade gått ut för att äta lunch.

– Var? frågade Wallander.

– Jag tyckte han sa Continental.

– Sök honom där, sa Wallander. Be honom komma hit så fort han kan.

Klockan hade blivit halv tre när Ekholm knackade på dörren. Wallander satt då och talade med Per Åkeson i telefonen. Han pekade på stolen och bad Ekholm sätta sig ner. Wallander avslutade samtalet när han hade övertygat en skeptisk Åkeson om att inget i utredningen på kort sikt skulle kunna göras bättre med en utökad spaningsgrupp. Åkeson gav till sist med sig och de bestämde att utsätta beslutet ytterligare några dagar.

Wallander lutade sig bakåt i stolen och knäppte händerna bakom nacken. Han berättade för Ekholm om den positiva bekräftelsen av att fingeravtrycken varit desamma.

– Dom fingeravtryck vi hittar på Björn Fredmans kropp kommer också att vara desamma, sa han. Vi behöver inte anta eller misstänka nånting längre. Från och med nu vet vi att vi har att göra med samma mördare. Frågan är nu bara vem han är.

– Jag har tänkt på ögonen, sa Ekholm. Alla tillgängliga erfarenheter säger oss att ögonen näst efter könsorganen är dom kroppsdelar som oftast utsätts för den slutliga hämnden.

– Vad betyder det?

– Enkelt uttryckt att man sällan börjar med att sticka ut en människas ögon. Man slutar med det.

Wallander nickade åt honom att fortsätta.

– Man kan gå från två håll, sa Ekholm. Man kan fråga sig varför just Björn Fredman fick sina ögon sönderfrätta av syra. Man kan också vända på det hela och fråga varför dom andra två inte fick sina ögon angripna.

– Vad är ditt svar?

Ekholm lyfte avvärjande på händerna.

– Det har jag inget, sa han. När man talar om människors psyken, och särskilt om störda och sjuka, människor med deformerade mentala förhållningssätt till världen, så rör man sig i en terräng där det inte existerar några absoluta svar.

Ekholm såg ut som om han väntade på en kommentar. Men Wallander skakade avvärjande på huvudet.

– Jag anar ett mönster, fortsatte Ekholm. Den person som har gjort det här har valt ut sina offer redan från början. Det existerar en grundläggande orsak till att allt det här händer. På nåt sätt har han en relation till dom här männen. Han behöver inte ha känt dom personligen. Det kan vara ett symboliskt förhållande. Utom för Björn Fredman. Där är jag så övertygad man kan bli om att ögonen avslöjar att gärningsmannen har känt sitt offer. Mycket kan tala för att dom också står varandra nära.

Wallander hade lutat sig framåt och betraktade Ekholm med forskande ögon.

– Hur nära? frågade han.

– Dom kan ha varit vänner. Arbetskamrater. Rivaler.

– Och nånting har hänt?

– Nånting har hänt. I verkligheten eller i gärningsmannens fantasi.

Wallander försökte bestämma sig för vad Ekholms ord betydde för utredningen. Samtidigt frågade han sig om han trodde på det Ekholm hade sagt.

– Vi borde med andra ord koncentrera oss på Björn Fredman, sa han när han hade tänkt färdigt.

– Det kan vara en möjlighet.

Wallander irriterades plötsligt över att Ekholm tycktes fly undan från alla bestämda åsikter. Han irriterades även om han insåg att Ekholm hade rätt i att lämna de flesta av sina dörrar uppslagna.

– Låt oss tänka oss att du hade varit i mitt ställe, sa Wallander. Jag lovar att inte citera dig. Eller anklaga dig om du har fel. Men vad hade du gjort då?

Ekholms svar kom omedelbart.

– Jag hade koncentrerat mig på att kartlägga Björn Fredmans liv, sa han. Men jag hade hållit ögonen öppna och ofta kastat en blick över axeln.

Wallander nickade. Han hade förstått.

– Vad är det för typ av människa vi egentligen letar efter? frågade han sedan.

Ekholm viftade undan ett bi som hade flugit in genom fönstret.

– De praktiska slutsatserna kan du dra själv, sa han. Att det är en man. Att han förmodligen är stark. Att han är praktisk, noggrann och inte rädd för blod.

– Dessutom finns han inte i kriminalregistren, insköt Wallander. Han är med andra ord ute för första gången.

– Det stärker mig i uppfattningen att han i grunden lever ett mycket normalt liv, sa Ekholm. Det psykotiska jaget, det mentala sammanbrottet, är väl skyddat från insyn. Han kan sätta sig vid middagsbordet med skalperna i fickan och äta middag med god aptit. Om du förstår min bild rätt.

Wallander trodde han förstod.

– Det finns med andra ord bara två sätt vi kan få fatt på honom på, sa han. Antingen att vi tar honom på bar gärning. Eller att vi har en bevisbörda där hans namn lyser som i eldskrift.

– Ungefär så. Det är alltså ingen lätt uppgift ni har.

Just när Ekholm skulle gå formulerade Wallander sin sista fråga.

– Kommer han att slå till igen?

– Det kan vara slut, sa Ekholm. Björn Fredman och hans ögon som slutpunkt.

– Tror du det?

– Nej. Han kommer att slå till igen. Det vi har sett hittills är nog bara början på en mycket lång kedja.

När Wallander blivit ensam jagade han ut biet genom fönstret med sin jacka. Sedan satt han alldeles stilla i sin stol med slutna ögon och tänkte igenom allt vad Ekholm hade sagt. Klockan fyra reste han sig och gick och hämtade nytt kaffe. Sedan fortsatte han till konferensrummet där de andra i spaningsgruppen redan väntade på honom.

Han bad Ekholm upprepa allt det han själv redan hade hört. Efteråt hade det varit tyst länge. Wallander hade väntat ut tystnaden eftersom han visste att var och en försökte omfatta betydelsen av vad de just hade hört. Det var den enskilda korrigeringen som pågick, tänkte han. Sedan ska vi fortsätta att reda ut hur spaningsgruppens gemensamma tankar egentligen ser ut.

De hade varit eniga med Ekholm. De skulle koncentrera sig på Björn Fredmans liv. Men de skulle samtidigt inte glömma att kasta blickar bakåt, över axeln.

De avslutade mötet med att lägga upp hur spaningarna närmast skulle fortsätta.

Strax efter sex bröt de upp. Martinsson var den ende som lämnade polishuset. Han skulle hämta sina barn. De andra återvände till arbetet.

Wallander ställde sig vid sitt fönster och såg ut i sommarkvällen.

Någonting inom honom fortsatte att oroa.

Tanken att de trots allt var på fel väg.

Vad var det han inte såg?

Han vände sig om och såg sig runt i rummet som om det hade kommit in en osynlig besökare.

Det är så det är, tänkte han. Jag jagar ett spöke. När jag borde leta efter en levande människa. Som kanske hela tiden finns i en annan riktning än dit jag för tillfället ser.

Han blev sittande med utredningen ända till midnatt.

Först när han lämnade polishuset påminde han sig den hög med smutstvätt som fortfarande låg på hans golv.

24

I gryningen dagen efter gick Wallander halvsovande ner i tvättstugan och upptäckte till sin förvåning att någon hade varit där före honom. Tvättmaskinen var upptagen och han fick nöja sig med att anteckna sig för en tid samma eftermiddag. Hela tiden försökte han behålla närvaron av en dröm han hade haft under natten. Den hade varit erotisk, våldsam och begärande, där Wallander hade kunnat se sig själv på avstånd, agerande i ett drama han aldrig varit i närheten av under vaket tillstånd. Det var inte Baiba som hade trätt in i hans dröm, som om hon öppnat dörren till hans sovrum. Först när han var på väg uppför trappan från tvättstugan insåg han att kvinnan i drömmen hade påmint om den kvinnliga präst han hade mött på Smedstorps pastorsexpedition. Det gjorde honom först förvånad, därefter anade han en svag känsla av skamsenhet över sin dröm som sedan, när han hade kommit tillbaka upp till sin lägenhet igen, övergick till att bli det den egentligen var: en dröm som skapades och utplånades enligt sina helt egna regler. Han satte sig vid köksbordet och drack kaffe som han redan hade gjort i ordning. Genom det halvöppna fönstret kände han värmen. Kanske Ann-Britt Höglunds farmor hade spått rätt, att de stod inför en sommar som skulle bli riktigt vacker. Klockan var några minuter över sex. Han drack kaffet och tänkte på sin far. Ofta, och då särskilt på morgnarna, vandrade hans tankar bakåt i tiden, till Sidenriddarnas tid, när deras förhållande hade varit gott och han varje morgon hade vaknat med en känsla av att vara ett barn som hans far älskade. Men nu, mer än fyrtio år senare, hade han svårt att urskilja hur fadern egentligen hade varit som ung. Hans tavlor hade varit desamma, landskapen med eller utan tjäder hade målats med samma osvikliga känsla för att inte förändra någonting från den ena tavlan till den andra. Wallander kunde tänka att fadern i verkligheten bara hade målat en enda tavla i sitt liv. Redan från början hade han varit nöjd med resultatet. Han hade aldrig försökt förbättra någonting. Resultatet hade varit fulländat från det första fullbordade försöket. Han drack upp det sista av kaffet och försökte föreställa sig en tillvaro där hans far inte längre var i livet. Han märkte att det var svårt. Han undrade vad han skulle göra av det hålrum som skulle uppstå efter hans nu ständigt dåliga samvete. Den resa till Italien som de skulle göra i september kanske var den sista möjligheten de hade att förstå varandra, kanske försonas, och binda samman den lyckliga tiden, Sidenriddarnas tid, med allt som varit därefter. Han ville inte att minnet skulle ta slut när han burit ut de sista tavlorna och ställt dem i någon av uppköparnas vrålåk och sedan stått vid faderns sida och vinkat åt Sidenriddaren som försvunnit i ett dammoln, på väg att sälja tavlorna för tre eller fyra gånger det belopp han skalat av från en tjock sedelbunt och stuckit till fadern som betalning.

Halv sju blev han polis igen. Minnesbilderna stuvades undan. Han klädde sig medan han försökte bestämma i vilken ordning han skulle utföra de uppgifter han förelagt sig för dagen. Klockan sju steg han in genom polishusets dörr efter att ha växlat några ord med Norén som hade kommit samtidigt. Norén skulle egentligen ha varit på väg till sin sista arbetsdag före semestern. Men han hade nu skjutit på den, på samma sätt som många andra av kollegorna.

– Det börjar säkert regna när ni har gripit mördaren, sa han. Vilken vädergud bryr sig om en enkel polisman? När en seriemördare är i farten?

Wallander hade mumlat något ohörbart till svar. Men han bortsåg inte ifrån att det kunde ligga en dunkel sanning i vad Norén just hade sagt.

Han gick in till Hansson som tycktes tillbringa all sin tid på polishuset, nertyngd av oro inför den svåra utredningen och den börda han tvingades bära av att vara tillförordnad chef. Han var grå som trottoarsten i ansiktet. Han höll just på att raka sig med en uråldrig elektrisk rakapparat när Wallander steg in i hans rum. Hans skjorta var skrynklig och ögonen blodsprängda.

– Du måste försöka sova några timmar då och då, sa Wallander. Ditt ansvar är inte större än nån annans.

Hansson stängde av rakapparaten och betraktade dystert resultatet i en fickspegel.

– Jag tog en sömntablett i går, sa han. Men jag somnade inte ändå. Det enda resultatet var att jag fick huvudvärk.

Wallander betraktade Hansson under tystnad. Han kände medlidande med honom. Att vara chef hade aldrig förekommit bland Hanssons drömmar. Så väl trodde han sig om att känna honom.

– Jag åker tillbaka till Malmö, sa han. Jag vill prata en gång till med Björn Fredmans familj. Särskilt med dom som inte var med igår.

Hansson betraktade honom undrande.

– Ska du förhöra en fyraårig pojke? Det har du inte lov till.

– Jag tänkte mest på dottern, svarade Wallander. Hon är ändå sjutton år gammal. Och jag är inte ute efter att förhöra nån.

Hansson nickade och reste sig tungt från skrivbordet. Han pekade på en bok som låg uppslagen på skrivbordet.

– Den här har jag fått av Ekholm, sa han. Beteendevetenskap med utgångspunkt i ett antal fallstudier över beryktade seriemördare. Det är otroligt vad folk kan ställa till med när dom är tillräckligt sjuka i huvudet.

– Står det nånting om skalper? frågade Wallander.

– Det tillhör den lindriga formen av trofésamlande. Om du visste vad man har hittat hemma hos folk skulle du må illa.

– Jag mår illa redan nu, sa Wallander. Jag tror jag kan tänka mig vad som står i den där boken.

– Vanliga människor, sa Hansson uppgivet. På ytan helt normala. Där under mentalsjuka rovdjur. En man i Frankrike, föreståndare för ett kolupplag, brukade skära upp magsäckarna på sina offer och stoppa in huvudet för att försöka kväva sig. Bara som ett exempel.

– Det räcker så bra, sa Wallander avvärjande.

– Ekholm ville att jag skulle ge dig boken när jag hade läst den, sa Hansson.

– Det ville han säkert, svarade Wallander. Men jag tvivlar på att jag egentligen har tid att läsa den. Eller lust.

Wallander bredde en smörgås i matrummet och tog den med sig när han lämnade polishuset. Han åt upp den i bilen medan han funderade på om han skulle våga ringa till Linda redan nu. Men han lät det bero. Det var ännu för tidigt.

Han kom till Malmö vid halv niotiden. Redan nu hade sommarstiltjen börjat lägga sig över landet. Trafiken på motorlederna som korsade varandra vid Malmös infart var glesare än vanligt. Han tog av mot Rosengård och stannade utanför huset där han varit dagen innan. Han slog av motorn. Sedan blev han sittande och försökte reda ut för sig själv vad det var som gjorde att han redan nu hade kommit tillbaka. De hade bestämt sig för att rikta in utredningen mot Björn Fredmans liv. Så långt kände han sitt motiv. Dessutom var det nödvändigt för honom att träffa den frånvarande dottern. Pojken på fyra år var mindre viktig. Han letade reda på ett smutsigt bensin-kvitto i handskfacket och tog fram en penna. Till sin stora irritation märkte han att den hade läckt ut bläck kring bröstfickan där han hade haft den instucken. Fläcken var stor som en halv handflata. Mot den vita skjortan såg det ut som om han hade blivit skjuten mitt i hjärtat. Skjortan var nästan ny. Baiba hade köpt den åt honom un-der julen när hon gått igenom hans garderob och rensat ut gamla och slitna kläder.

Hans omedelbara impuls var att i uppgivenhetens namn återvän-da till Ystad och lägga sig att sova. Hur många skjortor per år han kastade på grund av att han glömt att skjuta in bläckstiftet innan han stoppat pennan i bröstfickan visste han inte.

Han övervägde om han skulle åka ner till stan och köpa en ny. Det skulle tvinga honom att vänta minst en timme tills affärerna öppna-de. Han lät det bero. Den nerkladdade pennan kastade han ut ge-nom fönstret och letade sedan fram en annan bland skräpet som fyllde handskfacket. På baksidan av bensinkvittot skrev han någ-ra nyckelord. *B.Fs vänner. Då och nu. Oväntade händelser.* Han knycklade ihop lappen och skulle just stoppa ner den i bröstfickan när han hejdade sig. Han steg ur bilen och tog av sig jackan. Bläcket från fickan hade inte hunnit smeta av sig på jackfodret. Han tog den i handen och betraktade dystert sin skjorta. Sedan gick han in i huset och tryckte på hissdörren. Glassplittret från dagen innan låg fortfa-rande kvar. Han steg ur på fjärde våningen och tryckte på ring-klockan. Inifrån lägenheten kom inga ljud. Kanske de fortfarande låg och sov. Han väntade i över en minut. Sedan ringde han igen. Dörren öppnades. Det var pojken som hette Stefan. Han tycktes bli överraskad av att se Wallander. Men han log. Ögonen var dock vak-samma.

– Jag hoppas jag inte kommer för tidigt på morgonen, sa Wallan-der. Jag skulle naturligtvis ha ringt innan. Men jag var i Malmö i ett annat ärende. Jag tänkte jag skulle passa på.

Lögnen var dålig, tänkte han. Samtidigt låg den närmast till hands.

Pojken som hette Stefan släppte in honom i tamburen. Han var klädd i en avklippt undertröja och ett par jeans. Han var barfota.

– Jag är ensam hemma, sa han. Min mamma har gått ut med min lillebror. Dom skulle åka till Köpenhamn.

– Det är en fin dag för en resa till Köpenhamn, sa Wallander in-ställsamt.

– Ja, hon tycker om att åka dit. För att komma ifrån allting.

Orden klingade ödsligt i tamburen. Wallander tänkte att pojken lät egendomligt oberörd när han snuddade vid faderns död. De hade kommit in i vardagsrummet. Wallander la jackan på en stol och pekade på bläckfläcken.

– Det händer alltid, sa han.

– Det händer aldrig mig, svarade pojken och log. Jag kan koka kaffe om du vill ha.

– Nej tack.

De hade satt sig på var sin sida av bordet. En filt och en kudde som låg i soffan tydde på att någon hade sovit där. Under en stol skymtade Wallander halsen till en tom vinflaska. Pojken upptäckte genast att han hade sett den. Hans vaksamhet tycktes inte slappna av för ett ögonblick. Wallander frågade sig hastigt om han egentligen hade rätt att utsätta en minderårig pojke för ett samtal som handlade om hans fars död, utan att det skedde i korrekta former, med en anhörig närvarande. Samtidigt ville han inte låta tillfället gå honom förbi. Dessutom var pojken obegripligt mogen för sin ålder. Wallander hade hela tiden en känsla av att han talade med någon som var jämnårig med honom själv. Till och med Linda som var flera år äldre kunde verka barnslig vid jämförelse.

– Vad ska du göra i sommar? frågade Wallander. Vi har fått fint väder.

Pojken log.

– Jag har mycket att göra, svarade han.

Wallander väntade på en fortsättning som aldrig kom.

– I vilken klass ska du börja till hösten?

– Åttan.

– Går det bra?

– Ja.

– Vad tycker du är roligast?

– Ingenting. Men matematik är enklast. Vi har bildat en klubb som sysslar med talmystik.

– Det vet jag knappast vad det är?

– Heliga tretal. De sju svåra åren. Att försöka läsa ut sin framtid genom att kombinera siffror i ens eget liv.

– Det låter intressant.

– Ja.

Wallander märkte att han blev alltmer fascinerad av pojken som satt mitt emot honom. Den storvuxna kroppen kontrasterade starkt mot det barnsliga ansiktet. Men hans huvud var det uppenbarligen inget fel på.

Wallander tog fram det skrynkliga bensinkvittot ur jackan. Husnycklarna ramlade ur fickan. Han la tillbaka dem. Wallander satte sig igen.

– Jag har några frågor, sa han. Men det här är absolut inget förhör. Om du vill vänta tills din mamma kommer tillbaka ska du bara säga till.

– Det behövs inte. Jag svarar om jag kan.

– Din syster, sa Wallander. När kommer hon tillbaka?

– Jag vet inte.

Pojken såg på honom. Frågan tycktes inte ha besvärat honom. Svaret hade kommit utan att han tvekat. Wallander började undra om han misstagit sig dagen innan.

– Jag antar att ni har kontakt med henne? Att ni vet var hon är?

– Hon bara gav sig av. Det är inte första gången. Hon kommer hem när hon själv vill.

– Jag hoppas du förstår att jag tycker det låter lite underligt.

– Inte för oss.

Pojken tycktes orubblig. Wallander var övertygad om att han visste var hans syster befann sig. Men han skulle inte kunna tvinga ur honom ett svar. Han kunde heller inte bortse från möjligheten att flickan varit så upprörd att hon verkligen hade flytt från hela situationen.

– Det är inte så att hon befinner sig i Köpenhamn? frågade han försiktigt. Och att din mamma har åkt dit idag för att hälsa på henne?

– Hon skulle köpa skor.

Wallander nickade.

– Låt oss tala om nåt helt annat, fortsatte han. Du har haft tid att tänka. Kan du nu föreställa dig vem som kan ha tagit livet av din far?

– Nej.

– Håller du med din mamma om att det kan ha varit många som hade lust till det?

– Ja.

– Varför det?

För första gången var det som om pojkens orubbliga och hövliga vänlighet började spricka upp. Hans svar kom med oväntad häftighet.

– Min far var en ond man, sa han. Han hade för länge sen mist rätten att leva.

Wallander blev illa berörd av det han hörde. Hur kunde en ung människa vara så full av hat?

– Man kan nog inte säga så, svarade han. Att en människa mister sin rätt att leva. Oavsett vad han har gjort.

Pojken var åter oberörd.

– Vad var det han gjorde som var så illa? fortsatte Wallander. Många människor är tjuvar. Många säljer tjuvgods. För den skull behöver de inte vara monster.

– Han skrämde oss.

– Hur då?

– Alla var rädda för honom.

– Även du?

– Ja. Men inte det sista året.

– Varför inte?

– Rädslan försvann.

– Din mamma?

– Hon var rädd.

– Din bror?

– Han sprang och gömde sig när han trodde att pappa kom.

– Din syster?

– Hon var räddast av alla.

Wallander märkte en nästan omärklig skiftning i pojkens röst. Det hade funnits ett ögonblick av tvekan, det var han säker på.

– Varför det? frågade han försiktigt.

– Hon var känsligast.

Wallander bestämde sig hastigt för att ta en risk.

– Rörde din pappa henne?

– Hur då?

– Jag tror du förstår vad jag menar.

– Ja. Men han rörde henne aldrig.

Där kom det, tänkte Wallander, och försökte undvika att avslöja sin reaktion. Han kanske har missbrukat sin egen dotter. Kanske också den yngste pojken. Kanske också han som jag nu talar med.

Wallander ville inte gå längre. Frågan om var systern befann sig och vad som kunde ha hänt henne tidigare ville han inte hantera ensam. Tanken på det tänkbara övergreppet gjorde honom upprörd.

– Hade din pappa nån god vän? frågade han.

– Han umgicks med många. Men om nån var hans vän vet jag inte.

– Om du skulle föreslå nån som kände din pappa väl? Vem skulle du tycka att jag borde tala med då?

Pojken log ett ofrivilligt leende men återvann sedan genast kontrollen.

– Peter Hjelm, svarade han.

Wallander skrev upp namnet.

– Varför skrattade du?

– Jag vet inte.

– Känner du Peter Hjelm?

– Jag har naturligtvis träffat honom.

– Var kan jag få tag på honom?

– Han står i telefonkatalogen under diversearbetare. Han bor på Kungsgatan.

– På vilket sätt kände dom varandra?

– Dom söp tillsammans. Det vet jag. Vad dom gjorde mer kan jag inte svara på.

Wallander såg sig runt i rummet.

– Hade din pappa några saker kvar här i lägenheten?

– Nej.

– Ingenting?

– Inte ett dugg.

Wallander stoppade ner pappret i byxfickan. Han hade inget mer att säga.

– Hur är det att vara polis? frågade pojken plötsligt.

Wallander uppfattade att han verkligen var intresserad. Det glimtade till i de vaksamma ögonen.

– Det är nog både och, svarade Wallander, plötsligt osäker om vad han för ögonblicket egentligen ansåg om sitt yrke.

– Hur är det att gripa en mördare?

– Kallt och grått och eländigt, svarade han, och tänkte med avsmak på alla förljugna teveserier pojken måste ha sett.

– Vad kommer du att göra när du fångar den som har dödat min pappa?

– Jag vet inte, svarade Wallander. Det beror på.

– Han måste vara farlig. Eftersom han redan har dödat flera andra personer?

Wallander upplevde pojkens nyfikenhet som besvärande.

– Vi tar honom, sa han bestämt för att avsluta samtalet. Förr eller senare tar vi honom.

Han reste sig ur stolen och frågade efter toaletten. Pojken pekade på en dörr i korridoren till sovrummen. Wallander stängde om sig. Han betraktade sitt ansikte i spegeln. Vad han mest av allt behövde var sol. När han hade kissat öppnade han försiktigt toalettskåpet. Det stod några tablettburkar där. På en av dem fanns Louise Fredmans namn. Han såg att hon var född den nionde november. Han la namnet på medicinen och läkaren som skrivit ut den på minnet. *Saroten.* Han hade aldrig hört talas om den medicinen tidigare. Han skulle slå upp den i polisens Fass-katalog när han kom tillbaka till Ystad.

När han kom ut i vardagsrummet satt pojken kvar i samma ställning som tidigare. Wallander undrade hastigt om pojken egentligen var riktigt normal. Hans brådmogenhet och självkontroll gav ett egendomligt intryck.

Pojken vände sig mot honom och log. För ett ögonblick verkade vaksamheten i hans ögon ha försvunnit. Wallander slog bort det han hade tänkt just innan och tog sin jacka.

– Jag kommer att höra av mig igen, sa han. Glöm inte att tala om för din mamma att jag har varit här. Det vore bra om du berättade för henne vad vi har talat om.

– Kan jag komma och hälsa på dig nån gång? frågade pojken.

Wallander blev överraskad av frågan. Det var som om han hade fått en boll kastad emot sig som han inte lyckats fånga.

– Du menar att du vill komma till polishuset i Ystad?

– Ja.

– Visst får du det, svarade Wallander. Men ring innan. Det är ofta jag är ute. Det är inte heller alltid som det passar.

Wallander gick ut i trappuppgången och tryckte på hissknappen. De nickade mot varandra. Pojken stängde dörren. Wallander åkte ner och steg ut i solskenet. Det var den varmaste dagen hittills under sommaren. Han stod ett ögonblick stilla och njöt av värmen. Samtidigt försökte han bestämma sig för vad han skulle göra. Han fattade sitt beslut utan svårigheter. Han for ner till polishuset. Forsfält fanns på sitt kontor. Wallander berättade om sitt samtal med pojken. Han gav Forsfält läkarens namn, *Gunnar Bergdahl*, och bad honom ta kontakt snarast möjligt. Sedan berättade han om sina misstankar om att Björn Fredman kanske hade förgripit sig på sin dotter och kanske också på de två pojkarna. Forsfält var säker på att några misstankar om den typen av övergrepp aldrig hade riktats mot honom. Men han lovade att undersöka saken snarast möjligt. Wallander övergick till att tala om Peter Hjelm. Forsfält kunde upplysa honom om att det var en man som på många sätt påminde om Björn Fredman. Han hade åkt ut och in i många fängelser. Vid ett tillfälle hade han blivit fälld tillsammans med Fredman i ett gemensamt hälerimål. Forsfält var av åsikten att Hjelm oftast var den som tillhandahöll de stulna varor som Fredman sedan sålde vidare. Wallander undrade om Forsfält hade någonting emot att han talade med Hjelm ensam.

– Jag är glad om jag slipper, svarade Forsfält.

– Jag vill ha dig som eftertrupp, sa Wallander.

Wallander slog upp Hjelms adress i Forsfälts telefonkatalog. Han gav också Forsfält sitt mobiltelefonnummer. De bestämde att äta lunch tillsammans. Forsfält hoppades att han då skulle ha en kopia klar av allt det material som Malmöpolisen hade samlat under åren kring Björn Fredman. Wallander lät bilen stå utanför polishuset och promenerade mot Kungsgatan. Han gick in i en klädaffär och köpte en skjorta som han genast satte på sig. Den som hade förstörts av bläcket kastade han efter viss tvekan. Trots allt hade han fått den av Baiba. Han gick tillbaka ut i solen igen. Under några minuter satt han på en bänk och blundade mot solen. Sedan fortsatte han till huset där Hjelm bodde. Dörren hade en portkod. Wallander hade tur. Efter bara några få minuter kom en äldre man ut med sin hund. Wallander nickade vänligt mot honom och steg in genom porten. Han läste på namntavlan att Hjelm bodde på tredje våningen. Just när han skulle öppna hissdörren ringde hans mobiltelefon. Det var Forsfält.

– Var är du? frågade han.

– Jag står utanför hissen i huset där Hjelm bor.

– Det var det jag hoppades. Att du inte hade kommit fram.

– Har det hänt nåt?

– Jag fick tag på läkaren. Det visade sig att vi kände varandra. Det hade jag alldeles glömt.

– Vad sa han?

– Nåt han nog egentligen inte borde ha avslöjat. Men jag lovade att inte hänvisa till honom. Det kan med andra ord inte du heller göra.

– Jag lovar.

– Han menade att den person vi talar om men som vi inte säger namnet på eftersom vi talar i mobiltelefoner var intagen på en psykiatrisk klinik.

Wallander höll andan.

– Det förklarar att hon rest bort, sa han.

– Nej, sa Forsfält. Det gör det inte. Hon har varit intagen på kliniken i tre år.

Wallander stod tyst. Någon tryckte på hissen som med ett slamrande försvann uppåt.

– Vi får prata sen, sa han.
– Lycka till med Hjelm.
Samtalet bröts.
Wallander tänkte en lång stund på det han hade hört.
Sedan började han gå trapporna mot tredje våningen.

25

Wallander hade hört musiken som trängde ut från Hjelms lägenhet vid något tidigare tillfälle i sitt liv. Han lyssnade med ena örat tätt intill dörren. Då påminde han sig att det var Linda som i en period hade spelat den. Wallander erinrade sig vagt att bandet hette »Grateful Dead«. Han ringde på dörrklockan och tog ett steg bakåt. Musiken stod på mycket högt. Han ringde ännu en gång utan att få någon reaktion. Först när han bultade kraftigt stängdes musiken av. Han hörde steg och sedan öppnades dörren. Av någon anledning hade Wallander förväntat sig att dörren bara skulle öppnas på glänt. När den slogs upp på vid gavel måste han ta ett steg bakåt för att inte få dörrkarmen i ansiktet. Mannen som hade öppnat var naken. Han hade absolut ingenting på sig. Wallander insåg dessutom att han var påverkad av någonting. Det fanns en nästan osynlig, svajande rörelse inbyggd i den stora kroppen. Wallander presenterade sig och visade sin legitimation. Mannen brydde sig inte om att se på den. Han fortsatte att stirra på Wallander.

– Dig har jag sett, sa han. På teve. Och i tidningarna. Jag läser aldrig tidningar. Därför måste jag ha sett dig på nån framsida. Eller löpsedel. Den efterlyste snuten. Som skjuter folk utan att först be om lov. Vad sa du att du hette? Wahlgren?

– Wallander. Är det du som är Peter Hjelm?

– *Yes*.

– Jag vill tala med dig.

Den nakne mannen gjorde en menande gest inåt lägenheten. Wallander antog att det betydde att han hade sällskap av en kvinna.

– Det kan inte hjälpas, sa Wallander. Det kommer möjligtvis inte heller att ta så lång tid.

Hjelm släppte ovilligt in honom i tamburen.

– Sätt på dig nånting, sa Wallander myndigt.

Hjelm ryckte på axlarna och rev ner en överrock från en hängare och satte på sig den. Som om Wallander hade bett om det drog han också en gammal hatt över öronen. Wallander följde efter honom genom en lång korridor. Det var en gammaldags och rymlig lägenhet som Hjelm bodde i. Wallander hade ibland drömt om att han själv skulle hitta en sådan i Ystad. Vid ett tillfälle hade han hört sig för om en av de stora lägenheterna i bokhandelns röda hus vid torget. Men han hade häpnat när hörde månadshyran. När de kom in i vardagsrummet upptäckte Wallander till sin förvåning en naken man som virat ett lakan runt sig. Wallander blev ställd inför något han inte väntat sig. I hans förenklade och stundom fördomsfulla verklighetsuppfattning ingick att en naken man som öppnade en dörr och gjorde en menande gest hade en naken kvinna i lägenheten, inte en naken man. För att dölja sitt bryderi anslog Wallander en ton av bestämt myndighetsutövande. Han satte sig i en stol och pekade åt Hjelm att sätta sig mitt emot.

– Vem är ni? frågade han sedan den andre mannen som var betydligt yngre än Hjelm.

– Geert förstår inte svenska, sa Hjelm. Han kommer från Amsterdam. Han är bara på tillfälligt besök, kan man säga.

– Säg åt honom att jag vill se en legitimation, sa Wallander. Nu.

Hjelm talade en mycket dålig engelska, betydligt sämre än Wallander. Mannen i lakanet försvann och kom tillbaka med ett holländskt körkort. Som vanligt hade Wallander ingenting att skriva med. Han noterade mannens efternamn i minnet, van Loenen, och gav tillbaka körkortet. Sedan ställde han några korta frågor på engelska. van Loenen påstod att han var servitör på ett café i Amsterdam och att det var där han träffat Peter Hjelm. Det var tredje gången han var i Malmö. Han skulle återvända med tåg till Amsterdam två dagar senare. Wallander bad honom sedan att lämna rummet. Hjelm hade satt sig på golvet, iklädd sin överrock och med hatten djupt nerdragen i pannan. Wallander blev arg.

– Ta av dig hatten! röt han. Och sätt dig i en stol. Annars ringer jag efter en bil och tar med dig till polishuset.

Hjelm gjorde som han blivit tillsagd. Hatten kastade han ifrån sig i en vid båge så att den hamnade mellan två blomkrukor i en av fönsternischerna. Wallander var fortfarande arg när han började ställa sina frågor. Ilskan hade gjort att han hade börjat svettas.

– Björn Fredman är död, sa han brutalt. Men det kanske du redan vet om?

Hjelm blev stilla. Han hade inte vetat om det, insåg Wallander.

– Han blev mördad, fortsatte Wallander. Nån hade dessutom hällt syra i hans ögon. Och skurit av honom en bit av hans hår. Det här hände för tre dagar sen. Nu söker vi efter den person som har gjort det. Och gärningsmannen har tidigare dödat två personer. En före detta politiker vid namn Wetterstedt. Och en konsthandlare som hette Arne Carlman. Men det kanske du har uppfattat?

Hjelm nickade långsamt. Wallander försökte tyda hans reaktioner utan att lyckas.

– Nu förstår jag varför Björn inte svarade i telefonen, sa han efter en stund. Jag ringde honom hela dagen igår. Och idag på morgonen fortsatte jag.

– Vad ville du honom?

– Jag hade tänkt bjuda honom på middag.

Wallander insåg att det naturligtvis inte var sant. Eftersom han fortfarande var arg över Hjelms arroganta attityd var det lätt för honom att skärpa greppet. Endast vid två tillfällen under sina många år som polis hade Wallander tappat fattningen och slagit till personer som han hade förhört. Han visste att han oftast kunde kontrollera sin ilska.

– Ljug inte, sa han. Din enda möjlighet att se mig gå ut genom den där dörren inom rimlig tid är att du svarar klart och tydligt och framförallt sant på mina frågor. Annars kommer helvetet att bryta lös här. Vi har att göra med en galen seriemördare. Och det har gett polisen speciella befogenheter.

Det sista var naturligtvis inte sant. Men Wallander såg att det gjorde ett visst intryck på Hjelm.

– Jag ringde för att tala om en påse vi hade ihop.

– Vad för sorts påse?

– Lite export och import. Han var skyldig mig lite pengar.

– Hur lite?

– Lite. Hundratusen ungefär. Inte mer.

Wallander tänkte att den lilla summan pengar motsvarade många månadslöner för honom själv. Det gjorde honom ännu argare.

– Vi kan återkomma till dina affärer med Fredman, sa han. Det är nånting som Malmöpolisen kommer att ta hand om. Jag vill veta om du kan svara på vem som kan tänkas ha dödat Fredman.

– I alla fall inte jag.

– Det tror jag inte heller. Finns det nån annan?

Wallander såg att Hjelm verkligen försökte tänka efter.

– Jag vet inte, svarade han till sist.

– Du verkar tveksam?

– Det var mycket som Björn höll på med som jag inte vet nåt om.

– Jag vet inte.

– Svara ordentligt!

– Men för fan! Jag *vet* inte. Vi hade en del affärer ihop. Vad Fredman gjorde resten av tiden kan väl inte jag svara på. I den här branschen ska man inte veta för mycket. Man ska inte veta för lite heller. Men det är en annan sak.

– Ge mig ett förslag på vad Fredman kan ha hållit på med!

– Jag tror han inkasserade en del.

– Han var det man kallar en torped?

– Ungefär.

– Vem var hans uppdragsgivare?

– Vet inte.

– Ljug inte.

– Jag ljuger inte. Jag vet faktiskt inte.

Wallander trodde honom nästan.

– Och mer?

– Han var rätt hemlighetsfull av sig. Han reste mycket. Och när han kom tillbaka var han brun. Och hade souvenirer med sig.

– Vart reste han?

– Det sa han aldrig. Men efter resorna brukade han ha gott om pengar.

Björn Fredmans pass, tänkte Wallander. Det har vi inte hittat.

– Vem kände Björn Fredman mer än du?

– Det måste vara många.

– Vem kände honom lika bra som du?

– Ingen.

– Hade han nån kvinna?

– Vilken fråga? Det är klart han hade kvinnor!

– Var det nån speciell?

– Han bytte ofta.

– Varför bytte han?

– Varför byter man? Varför byter jag? Varför träffar jag nån från Amsterdam ena dagen och nån från Bjärred den andra?

– Bjärred?

– Som exempel, för fan! Halmstad då, om det är bättre!

Wallander stannade upp. Han betraktade Hjelm med rynkad panna. Han kände en instinktiv ovilja mot honom. Mot en tjuv som betraktade hundra tusen kronor som lite pengar.

– Gustaf Wetterstedt, sa han sen. Och Arne Carlman. Jag såg på dig att du visste om att dom hade blivit dödade.

– Jag läser inga tidningar. Men jag ser på teve.

– Kan du påminna dig om Björn Fredman nånsin nämnde deras namn?

– Nej.

– Kan du ha glömt det? Kan det ha varit så att han trots allt kände dom?

Hjelm satt tyst i över en minut. Wallander väntade.

– Jag är ganska säker, sa han sedan. Men det är möjligt att han kände dom utan att jag vet om det.

– Den här mannen som går lös är farlig, sa Wallander. Han är iskall och beräknande. Och galen. Han hällde syra i ögonen på Fredman. Det måste ha varit ohyggligt plågsamt. Förstår du vad jag menar?

– Ja.

– Jag vill att du gör lite fotarbete för mig. Sprider ut att polisen söker en koppling mellan dom här tre männen. Jag antar att du är överens om att vi måste få bort den här galningen från gatorna. Som häller syra i din kompis ögon.

Hjelm grimaserade av obehag.

– Det är klart.

Wallander reste sig.

– Ring kommissarie Forsfält, sa han. Eller hör av dig till mig. I Ystad. Allt vad du kan komma på är viktigt.

– Björn hade en tjej som heter Marianne, sa Hjelm. Hon bor borta vid Triangeln.

– Vad heter hon mer?

– Eriksson tror jag.

– Vad arbetar hon med?

– Jag vet inte.

– Har du hennes telefonnummer?

– Jag kan ta reda på det.

– Gör det nu.

Wallander väntade medan Hjelm försvann ut ur rummet. Han kunde höra viskande röster, varav åtminstone den ena lät irriterad. Hjelm kom tillbaka och gav en lapp till Wallander. Sedan följde han honom ut i tamburen.

Hjelm gav intryck av att ha nyktrat till från vad det än var han hade påverkats av. Ändå verkade han totalt oberörd av det som hade hänt hans vän. Wallander kände ett starkt obehag inför den känslokyla Hjelm visade. För honom var den obegriplig.

– Den där galningen..., började Hjelm, utan att avsluta meningen. Wallander förstod innebörden av frågan som aldrig blivit ställd.

– Han är ute efter vissa människor. Om du inte kan se dig själv i nåt samband med Wetterstedt, Carlman och Fredman behöver du knappast vara orolig.

– Varför tar ni honom inte?

Wallander stirrade på Hjelm. Han kände hur ilskan återvände.

– Bland annat därför att såna som du har så otroligt svårt att svara på frågor, sa han.

Han lämnade Hjelm och brydde sig inte om att vänta på hissen. När han kom ut på gatan ställde han sig återigen med solen mot ansiktet och blundade. Han tänkte igenom samtalet med Hjelm och fick tillbaka känslan av att de var på fel spår. Han slog upp ögonen och gick till husväggen där det var skugga. Upplevelsen av att han höll på att styra in hela utredningen i en återvändsgränd ville inte släppa. Han blev också påmind om den instinktiva känsla han vid flera tillfällen hade fått, om att det var någonting som någon hade sagt som var betydelsefullt. *Det är någonting jag inte ser i det här, tänkte han. Det finns ett samband mellan Wetterstedt och Carlman och Fredman som jag snubblar över utan att märka det.* Han kände att oron hade satt sig i hans mage. Mannen de letade efter kunde slå till igen och Wallander insåg att sanningen om deras utredningsläge var mycket enkel. De hade ingen aning om vem han var. De visste dessutom mycket lite om var de skulle leta. Han lämnade skuggan vid husväggen och vinkade till sig en ledig taxi som for förbi.

Klockan hade blivit över tolv när han betalade och steg ur utanför polishuset. När han kom upp till Forsfälts kontor fick han besked om att han skulle ringa till Ystad. Genast återkom oron över att något allvarligt åter hade inträffat. Det var Ebba som svarade. Hon kunde först lugna honom och lotsade honom sedan vidare till Nyberg. Forsfält hade överlåtit sin skrivbordsstol till Wallander. Han drog till sig ett papper och skrev upp det Nyberg hade att säga. De hade hittat fingeravtryck på Fredmans vänstra ögonlock. Det hade varit otydligt. Men de hade ändå lyckats identifiera det till att överensstämma med de avtryck de hittat vid de två tidigare brottsplatserna. Inget tvivel behövde längre råda om att de var ute efter samme gärningsman. Den rättsmedicinska undersökningen kunde fastslå att Fredman blivit dödad mindre än tolv timmar innan kroppen hade hittats. Rättsläkaren var också säker på att syran hade hällts i hans ögon medan han varit i livet.

Efter samtalet med Nyberg lotsade Ebba honom vidare till Martinsson som hade fått en positiv bekräftelse från Interpol om att Dolores Maria Santanas far hade känt igen smycket. Det hade tillhört henne. Martinsson kunde dessutom berätta att Dominikanska republikens svenska ambassad hade visat sig ytterst ovillig att stå för kostnaderna det innebar att föra kistan med kvarlevorna tillbaka till Santiago. Wallander lyssnade då bara med en begränsad koncentration. När Martinsson var klar med att beklaga sig över ambassadens oginhet ställde han några frågor om vad Svedberg och Ann-Britt Höglund höll på med. Martinsson sa som det var. Att de grävde. Men att ingen av dem hade brutit igenom det hårda skal som omgav hela utredningen. Wallander sa att han skulle vara tillbaka i Ystad under eftermiddagen och avslutade samtalet. Forsfält stod under tiden ute i korridoren och nös.

– Allergi, sa han och snöt sig. Det är värst på sommaren.

De gick genom det vackra vädret till en lunchrestaurang som Forsfält brukade besöka och åt spaghetti. Efter det att Wallander berättat om sitt möte med Hjelm började Forsfält tala om sin sommarstuga som låg i trakten av Älmhult. Wallander förstod att han inte ville förstöra lunchen med att tala om den pågående utredningen. I normala fall skulle Wallander haft svårt att tåla sig. Men i Forsfälts sällskap gick det lätt. Wallander lyssnade med tilltagande fascination på hur den gamle polismannen på andra sidan bordet kärleksfullt beskrev hur han höll på att restaurera en gammal smedja. Först vid kaffet tillät han att de återgick till utredningen. Han lovade att han skulle förhöra Marianne Eriksson redan samma dag. Men viktigare ändå var upptäckten att Louise Fredman hade varit intagen på ett psykiatriskt sjukhus i tre år.

– Jag vet inte, sa Forsfält. Men jag gissar att hon är i Lund. På S:t Lars sjukhus. Det är där dom svårare fallen hamnar, tror jag.

– Det är svårt att ta sig igenom alla spärrar man möter när man vill komma åt patientjournaler, sa Wallander. Det är naturligtvis bra att det är så. Men jag tror det här med Louise Fredman är viktigt. Inte minst för att familjen inte talade om sanningen.

– Kanske ändå inte, invände Forsfält. Psykisk sjukdom i familjen är nåt man ogärna talar om. Jag hade en faster som åkte ut och in på olika mentalsjukhus i hela sitt liv. Jag minns att man nästan aldrig talade om henne när utomstående var i närheten. Det var en skam.

– Jag ska be en av åklagarna i Ystad ta kontakt med Malmö, sa Wallander. Här måste det nog till en hel del formaliteter.

– Vad kommer du att åberopa? frågade Forsfält.

Wallander tänkte efter.

– Jag vet inte, sa han. Jag misstänker att Björn Fredman kanske missbrukade henne.

– Det är inte hållbart, sa Forsfält bestämt.

– Jag vet, sa Wallander. På nåt sätt måste jag hävda att det är av stor betydelse för hela mordutredningen att få informationer om Louise Fredman. Om henne och av henne.

– Vad är det du tror att hon ska kunna hjälpa dig med?

Wallander slog ut med armarna.

– Jag vet inte, sa han. Kanske ingenting blir klarare av att få veta vad det är som håller henne instängd på sjukhus. Kanske hon är oförmögen att föra ett samtal med en annan människa.

Forsfält nickade eftertänksamt. Wallander insåg att Forsfälts invändningar var berättigade. Han kunde dock inte bortse från sin egen intuition som sa honom att Louise Fredman var en viktig person i utredningen. Men med Forsfält förde man inte samtal om intuitiva aningar.

Wallander bjöd på lunchen. När de återkommit till polishuset gick Forsfält in i receptionen och hämtade en svart plastsäck.

– Här har du ett antal kilo kopior som nog rätt bra sammanfattar Björn Fredmans oroliga liv, sa han och log.

Sedan blev han plötsligt allvarlig, som om leendet alldeles innan hade varit olämpligt.

– Stackars fan, sa han. Han måste ha plågats fruktansvärt. Vad hade han egentligen gjort för att förtjäna det?

– Det är just det, sa Wallander. Vad hade han gjort? Vad hade Wetterstedt gjort? Och Carlman? Mot vem?

– Skalper och syra i ögonen. Vart är vi egentligen på väg?

– Enligt rikspolisstyrelsen mot ett samhälle där ett polisdistrikt som Ystads inte nödvändigtvis ska ha bemanning under veckosluten, sa Wallander.

Forsfält stod tyst en stund innan han svarade.

– Jag tror knappast det är rätt sätt att reagera på utvecklingen, sa han.

– Säg det till rikspolischefen, sa Wallander.

– Vad kan han göra? invände Forsfält. Han har en styrelse över sig. Bakom dom finns politikerna.

– Han kan i alla fall säga ifrån, sa Wallander. Han borde kunna avgå om det går för långt.

– Kanske det, sa Forsfält frånvarande.

– Tack för hjälpen, sa Wallander. Och inte minst för berättelsen om smedjan.

– Du skulle komma upp och hälsa på nån gång, sa Forsfält. Om Sverige är så fantastiskt som man kan läsa överallt, vet jag inte. Men däremot är landet fortfarande stort. Och vackert. Och förvånansvärt orört. Om man bara orkar se efter.

– Marianne Eriksson, sa Wallander.

– Jag ska se om jag kan hitta henne redan nu, svarade Forsfält. Jag ringer dig senare under eftermiddagen.

Wallander låste upp sin bil och slängde in plastsäcken. Sedan lämnade han staden och svängde ut på E65. Han vevade ner rutan och lät sommarvinden blåsa över ansiktet. När han kom fram till Ystad svängde han in vid matvaruhusen som låg till höger och handlade. Han hade redan ställt sig vid kassan när han upptäckte att han hade glömt tvättmedel. Han for hem och bar upp varorna till sin lägenhet.

När han skulle öppna upptäckte han att han hade tappat sina nycklar.

Han gick ner och letade igenom bilen utan att hitta dem. Han ringde Forsfält och fick veta att han var utgången. En av hans kollegor gick in på hans kontor och såg efter om Wallander hade lagt ifrån sig nyckelknippan på bordet. Inte heller där fanns de. Han ringde till Peter Hjelm som svarade nästan genast. Han återkom efter några minuter och sa att han inte kunde hitta dem. Han letade reda på den papperslapp där han hade antecknat numret till familjen Fredman i Rosengård. Det var sonen som svarade. Wallander väntade medan han letade. Sonen återvände till telefonluren. Inte heller han hade kunnat hitta nycklarna. Wallander övervägde hastigt om han skulle berätta att han nu visste att hans syster Louise var intagen på sjukhus sedan flera år. Men han lät det bero. Han tänkte efter. Han kunde ha tappat nycklarna där han ätit lunch med Forsfält. Eller i affären där han köpt en ny skjorta. Han återvände irriterat till bilen och for upp till polishuset. Ebba förvarade ett par reservnycklar i receptionen. Han nämnde namnet på klädaffären och lunchrestaurangen i Malmö. Hon lovade att undersöka om nycklarna fanns där. Wallander lämnade polishuset och återvände hem utan att ha talat med någon av sina kollegor. Han kände ett stort behov av att tänka igenom det som hänt under dagen. Inte minst behövde han planera sitt samtal med Per Åkeson. Han bar in varorna och ställde det han hade handlat i skafferi och kylskåp. Klockan hade redan passerat den tvättid han antecknat sig för. Han tog paketet med tvättmedel och samlade ihop den stora högen som låg på golvet. När han kom ner i tvättstugan var den fortfarande tom. Han sorterade smutstvätten och gissade sig till vilka klädesplagg som krävde samma tvättemperatur. Efter vissa besvär lyckades han få igång de två maskinerna. Inte utan tillfredsställelse återvände han upp till lägenheten.

Han hade just stängt dörren när telefonen ringde. Det var Forsfält som berättade att Marianne Eriksson befann sig i Spanien. Han skulle fortsätta att söka henne på det hotell som resebyrån hade uppgett. Wallander packade upp innehållet i den svarta plastsäcken. Det fyllde hela hans köksbord. Med en känsla av plötslig leda tog han fram en öl ur kylskåpet och satte sig i vardagsrummet. Han lyssnade på Jussi Björling. Efter en stund sträckte han ut sig på soffan med ölburken intill på golvet. Snart hade han somnat.

Han vaknade med ett ryck när musiken tog slut. Ölburken var halvtom. Han låg kvar på soffan och drack upp den. Tankarna i hans huvud vandrade fritt. Telefonen ringde. Han gick in i sovrummet och svarade. Det var Linda. Hon undrade om hon kunde bo hemma hos honom några dagar. Väninnans föräldrar skulle komma tillbaka samma dag. Wallander kände sig plötsligt full av energi. Han flyttade undan alla papper som låg på köksbordet och bar in dem till sängen i sovrummet. Sedan bäddade han i det rum där Linda brukade sova. Han öppnade alla fönster och lät den varma kvällsvinden blåsa igenom lägenheten. När hon kom hade klockan blivit nio. Han hade då varit nere i tvättstugan och plockat ur de två maskinerna. Till hans förvåning hade inga plagg eller lakan blivit missfärgade. Han hängde in tvätten i torkskåpen och återvände till lägenheten. Hon hade sagt att hon inte ville ha någon mat när hon kom. Han kokade potatis och stekte en köttbit. Medan han åt funderade han på om han skulle ringa till Baiba.

Han tänkte också på sina försvunna nycklar. På Louise Fredman. På Peter Hjelm. På alla papper som låg inne i sovrummet.

Framförallt tänkte han på mannen som fanns där ute i sommarkvällen.

Mannen som de snart skulle bli tvungna att gripa. Innan han slog till igen.

Han stod vid det öppna fönstret och såg henne komma nere på gatan.

– Jag älskar dig, sa han högt för sig själv.

Sedan slängde han ner sin nyckelknippa som hon fångade i handen.

26

Trots att han hade suttit uppe halva natten och pratat med Linda, tvingade sig Wallander upp ur sängen redan klockan sex. Han stod länge halvsovande i duschen, innan han hade lyckats få trötheten att börja retirera ur kroppen. Han rörde sig tyst i lägenheten och tänkte att det bara varit vid de tillfällen då antingen Baiba eller Linda hade funnits där som han känt en verklig hemkänsla. När han var ensam hade lägenheten mera karaktär av gömställe, av att vara det tillfälliga och utbytbara taket över huvudet. Han kokade kaffe och gick ner i tvättstugan och tömde torkskåpen. En av grannarna i huset som just stod och matade in tvätt i en maskin påpekade att Wallander inte hade gjort rent efter sig dagen innan. Det var en äldre, ensamstående kvinna, som han brukade nicka åt när han stötte samman med henne. Han visste knappt vad hon hette. Hon visade på ett ställe på golvet där det låg en liten hög med utspillt tvättmedel. Wallander ursäktade sig och lovade att bättra sig i fortsättningen. Käring, tänkte han ilsket när han var på väg uppför trappan. Samtidigt visste han att hon hade haft rätt. Han hade slarvat med städningen. Han la tvätten på sängen och bar sedan ut de rapportpärmar han fått av Forsfält till köket. Han hade dåligt samvete för att han inte orkat läsa dem under natten. Men samtalet med Linda som dragit ut, timme efter timme, hade på så många sätt varit viktigt. Natten hade varit mycket varm. De hade suttit ute på balkongen och han hade lyssnat på henne och tänkt att det var en vuxen människa han hade bredvid sig, en vuxen människa som talade till honom. Hon var inget barn längre, och han förvånades över att så var fallet. Någonting hade hänt som han inte hade lagt märke till tidigare. Hon hade berättat för honom att Mona hade talat om att hon kanske skulle gifta om sig. Det hade gjort Wallander oväntat nerslagen. Han hade förstått att hon hade fått uppdraget att informera honom. Nyheten som berörde honom illa, utan att han egentligen förstod varför, hade lett till att han för första gången på allvar hade talat med henne om sin upplevelse av varför äktenskapet hade vittrat sönder. På hennes kommentarer kunde han förstå att Monas beskrivning var annorlunda. Sedan hade hon ställt frågor om Baiba och han hade försökt svara så ärligt som möjligt, trots att mycket ännu var oklart också för honom själv när det gällde deras relation. När de till sist hade gått och lagt sig tyckte han ändå att han hade fått en bekräftelse på det för honom viktigaste. Att hon inte klandrade honom för det som hade hänt, att hon nu kunde se på sina föräldrars skilsmässa som något som varit nödvändigt.

Han satte sig vid köksbordet och vände upp den första sidan i det omfattande material som beskrev Björn Fredmans oroliga och tilltrasslade liv. Det tog honom två timmar att gå igenom alltsammans, och då hade han ändå bara skummat igenom stora delar. Då och då hade han gjort en anteckning på ett av sina kollegieblock som han plockat fram ur en köksslåda. När han sköt undan den sista pärmen och sträckte på sig hade klockan blivit åtta. Han hällde upp ännu en kopp kaffe och ställde sig vid det öppna fönstret. Det skulle bli ännu en vacker sommardag. Han kom inte längre ihåg när det senast hade regnat. Han försökte i huvudet göra en sammanfattning av det han hade läst. Björn Fredman hade varit en sorglig skepnad redan från första stund i sitt liv. Han hade växt upp under svåra och oroliga hemförhållanden och redan vid sju års ålder haft sina första kontakter med polisen i samband med en stulen cykel. Efter det hade de egentligen aldrig upphört. Björn Fredman hade redan från början slagit tillbaka mot en tillvaro som han minst av allt hade orsak att betrakta med tillgivenhet. Wallander tänkte att han under sitt liv som polis ständigt tvingades läsa dessa gråa, färglösa sagor, där man redan från första meningen kunde förutsäga att det skulle sluta illa. Sverige var ett land som växt sig ur fattigdomen, till stor del av egen kraft, hjälpt av lyckliga omständigheter. Wallander kunde själv från sin barndom påminna sig att det fortfarande hade funnits verkligt fattiga människor, även om de redan då hade varit få. Men den andra fattigdomen, tänkte han, när han stod med kaffekoppen vid köksfönstret. Den kom vi aldrig åt. Den övervintrade bakom alla fasader. Och nu, när framgångarna för tillfället tycks vara förbi, när det rycks och slits i välfärden från olika håll, då kommer också den övervintrande fattigdomen, familjemisären upp till ytan igen. Björn Fredman var aldrig ensam. Vi lyckades aldrig skapa ett samhälle där sådana som han kunde känna sig hemma. När vi sprängde det gamla samhället i luften, där familjerna fortfarande hade hållit samman, glömde vi att ersätta dem med något annat. Den stora ensamheten var ett pris som vi inte visste om att vi måste betala. Eller kanske vi valde att inte låtsas om den?

Han la tillbaka pärmarna i den svarta säcken och lyssnade sedan åter en gång utanför Lindas dörr. Hon sov. Han kunde inte motstå frestelsen att försiktigt öppna dörren och se på henne. Hon sov hopkurad, bortvänd mot väggen. Han skrev en lapp åt henne på köksbordet och funderade på vad han skulle göra med nycklarna. Han gick in i sovrummet och ringde till polishuset. Ebba var hemma, fick han veta av flickan som svarade. Han letade reda på hennes hemnummer. När hon svarade kunde hon bara ge honom ett negativt besked. Varken lunchrestaurangen eller klädaffären hade hittat några nycklar. Han gjorde ett tillägg på lappen i köket om att hon skulle lägga nycklarna under dörrmattan. Sedan lämnade han lägenheten och for upp till polishuset. Han kom strax före halv nio. Hansson satt inne på sitt rum och verkade gråare i ansiktet än någonsin. Wallander tyckte plötsligt synd om honom. Han undrade hur länge Hansson skulle orka. Tillsammans gick de ut i matrummet och drack kaffe. Eftersom det var lördag och dessutom juli månad märktes inte mycket av att den största efterforskningen i Ystadspolisens historia pågick för fullt. Wallander ville tala med Hansson om att han nu insåg att de behövde den förstärkning de tidigare hade talat om. Rättare sagt, att Hansson behövde avlastning. Han tyckte fortfarande att de hade tillräckliga resurser att skicka ut på fältet. Men Hansson behövde avlastning på hemmafronten. Han försökte protestera. Men Wallander gav sig inte. Hanssons gråa ansikte och oroliga ögon var tillräckliga argument. Till slut gav Hansson med sig och lovade att tala med länspolismästaren på måndagen. De behövde låna in en intendent någonstans ifrån.

Ett möte i spaningsgruppen var satt till klockan tio. Wallander lämnade Hansson som redan verkade känna lättnad. Han satte sig på sitt kontor och ringde till Forsfält som han inte genast lyckades lokalisera. Det dröjde femton minuter innan Forsfält ringde tillbaka. Wallander tog upp frågan om Björn Fredmans pass.

– Det borde naturligtvis finnas i hans lägenhet, sa Forsfält. Konstigt att vi inte har hittat det.

– Jag vet inte om det betyder nånting, sa Wallander. Men jag vill ändå ta reda på mer om dom där resorna som Peter Hjelm talade om.

– Europeiska länder ger knappast några in- och utresestämplar längre, sa Forsfält.

– Jag fick en känsla av att Hjelm pratade om resor som gick längre än så, svarade Wallander. Men jag kan naturligtvis ta fel.

Forsfält lovade att de omedelbart skulle börja leta efter Fredmans pass.

– Jag talade med Marianne Eriksson igår kväll, sa han. Jag tänkte ringa dig. Men det var så sent.

– Var hittade du henne?

– I Malaga. Hon visste inte ens om att Björn Fredman var död.

– Vad hade hon att säga?

– Inte mycket, måste jag säga. Hon blev naturligtvis upprörd. Jag besparade henne nog tyvärr inga detaljer. De hade träffats då och då under det sista halvåret. Jag fick en stark känsla av att hon faktiskt tyckte om Björn Fredman.

– I så fall är hon den första, svarade Wallander. Om man bortser från Peter Hjelm.

– Hon trodde att han var affärsman, fortsatte Forsfält. Hon hade ingen aning om att han i hela sitt liv hade sysslat med olagligheter. Hon visste inte heller om att han hade varit gift och hade tre barn. Jag tror hon blev ganska upprörd. Den bild hon haft av Björn Fredman bröt jag nog tyvärr i bitar under det där telefonsamtalet.

– Hur kunde du märka att hon hade tyckt om honom?

– Hon blev ledsen över att han hade ljugit för henne.

– Kom det fram nåt annat?

– Egentligen inte. Men hon är på väg tillbaka till Sverige. Hon kommer hem på fredag. Jag ska tala med henne då.

– Och sen går du på semester?

– Jag hade i alla fall tänkt mig det. Skulle inte du också börja din ledighet då?

– Just nu vill jag helst inte tänka på det.

– Det kan gå fort när det väl börjat rulla upp sig.

Wallander kommenterade inte det sista som Forsfält hade sagt. De avslutade samtalet. Wallander lyfte genast på telefonluren igen och ringde ut till växeln och bad dem söka Per Åkeson. Efter mindre än en minut återkom de och sa att Åkeson befann sig i hemmet. Wallander såg på klockan. Fyra minuter över nio. Han bestämde sig hastigt och lämnade sitt rum. I korridoren stötte han ihop med Svedberg som fortfarande hade sin egendomliga mössa på huvudet.

– Hur går det med brännsåren? frågade Wallander.

– Bättre. Men jag vågar inte vara utan mössan.

– Tror du att det finns nån låssmed öppen på en lördag? frågade Wallander.

– Det är nog tveksamt. Har du låst dig ute så finns det ju låssmeder som har jourer.

– Jag behöver kopiera ett par nycklar.

– Har du låst dig ute?

– Jag har tappat mina nycklar.

– Stod det ditt namn och adress på dem?

– Naturligtvis inte.

– Då behöver du i alla fall inte byta lås.

Wallander gav besked till Svedberg om att han kanske skulle komma lite sent till mötet. Han hade ett möte med Per Åkeson innan som var viktigt.

Per Åkeson bodde i ett villaområde ovanför sjukhuset. Wallander hade varit hemma hos honom tidigare och kände vägen. När han kom fram och hade stigit ur bilen såg han Åkeson gå runt med en gräsklippare i trädgården. Han stängde av den när han upptäckte Wallander.

– Har det hänt nåt? frågade han när de möttes vid grinden.

– Både ja och nej, svarade Wallander. Det händer alltid mycket. Men ingenting avgörande. Jag måste ha din hjälp för att efterforska en person.

De gick in i trädgården. Wallander tänkte dystert att den påminde om de flesta andra trädgårdar han beträdde. Han tackade nej till kaffe. De satte sig i skuggan i ett öppet uterum där det fanns en uppmurad grill.

– Min fru kanske kommer ut, sa Per Åkeson. Jag vore tacksam om du inte talade om att jag ska resa till Afrika i höst. Det är fortfarande ett mycket känsligt kapitel.

Wallander lovade. Sen berättade han kortfattat om Louise Fredman, om sina misstankar att hon kunde ha varit utsatt för övergrepp av sin far. Han sa precis som det var, att det kanske var ytterligare ett blindspår, att det inte skulle tillföra utredningen någonting. Men han kunde inte ta risken att det förhöll sig tvärtom. Han utvecklade den nya spelöppning de hade gett utredningen i och med bekräftelsen på att Fredman blivit dödad av samme gärningsman som Wetterstedt och Carlman. *Björn Fredman var det svarta fåret i den skalperade familjen*, sa han och märkte genast att beskrivningen var tveksam. På vilket sätt passade han in i bilden? På vilket sätt passade han inte in? Kanske de kunde upptäcka beröringspunkten just genom att söka den från Fredmans håll, där den inte på något sätt var given. Åkeson lyssnade uppmärksamt. Han gjorde inga invändningar.

– Jag talade med Ekholm, sa han när Wallander hade tystnat. En bra karl, tror jag. Kunnig. Realistisk. Det intryck jag fick av honom är att den här mannen vi söker kan slå till igen.

– Den tanken har jag hela tiden.

– Hur går det med frågan om förstärkningar?

Wallander berättade om sitt samtal med Hansson tidigare på morgonen. Per Åkeson reagerade med tveksamhet.

– Jag tror du tar fel, sa han. Det är inte tillräckligt att Hansson får stöd. Jag tror du har en tendens att överskatta din och dina kollegors arbetskapacitet. Den här utredningen är stor, den är *för* stor. Jag vill se mer folk i arbete. Mer folk betyder åtminstone att flera saker kan göras på en och samma gång. Inte i tur och ordning. Vi har att göra med en man som kan döda igen. Det betyder att vi inte har nån tid alls till vårt förfogande.

– Jag vet vad du menar, sa Wallander. Jag går hela tiden omkring med en oro över att vi redan är för sent ute.

– Förstärkningar, upprepade Per Åkeson. Vad säger du?

– Jag säger tills vidare nej. Det är inte det som är problemet.

Det uppstod en omedelbar spänning emellan dem.

– Låt oss säga att jag som förundersökningsledare inte kan acceptera det här, sa Per Åkeson. Och du vill inte ha mer resurser. Var hamnar vi då?

– I en besvärlig situation.

– Mycket besvärlig. Och obehaglig. Om jag mot polisens vilja ska begära mer resurser så kan jag bara argumentera med att den nuvarande spaningsenheten inte har visat sig hålla måttet. Jag måste odugligförklara er, även om det kan ske i vänliga ordalag. Och det vill jag inte.

– Jag antar att du gör det om du måste, sa Wallander. I samma ögonblick tar jag avsked som polis.

– Men för fan, Kurt!

– Det var du som startade den här diskussionen. Inte jag.

– Du har dina tjänsteregler. Jag har mina. Jag anser alltså att jag begår tjänstefel om jag inte begär att ni får ytterligare personalresurser till ert förfogande.

– Och hundar, sa Wallander. Jag vill ha polishundar. Och helikoptrar.

Samtalet tog slut. Wallander ångrade att han hade slagit över. Han kunde inte heller helt reda ut sina motiv, varför han var så emot att de fick förstärkningar. Av erfarenhet visste han att det mycket lätt uppstod samarbetsproblem som skadade och försenade en efterforskning. Men han kunde inte motsäga Per Åkesons argument om att fler saker kunde undersökas samtidigt.

– Tala med Hansson, sa han. Det är han som avgör.

– Hansson gör ingenting utan att fråga dig. Och sen gör han som du har sagt.

– Jag kan vägra att uttala mig. Den hjälpen kan du få.

Per Åkeson reste sig och stängde av en droppande vattenledning där en grön plastslang var fastsatt. Sedan satte han sig igen.

– Låt oss vänta till måndag, sa han.

– Låt oss göra det, svarade Wallander. Sedan återvände han till Louise Fredman igen. Han underströk flera gånger att det inte fanns någonting som sa att Björn Fredman skulle ha missbrukat sin dotter. Men Wallander kunde inte utesluta att det var så, han kunde inte utesluta någonting, och därför behövde han nu Åkesons hjälp att öppna dörrarna till Louise Fredmans sjukrum.

– Det är möjligt att jag tar alldeles fel, slutade Wallander. Det skulle i så fall inte vara första gången. Men jag har inte råd att missa några möjligheter. Jag vill veta varför Louise Fredman är intagen på ett psykiatriskt sjukhus. Och när jag vet det ska jag tillsammans med dig avgöra om det finns skäl att gå ett steg vidare.

– Vilket skulle vara?

– Att tala med henne.

Per Åkeson nickade. Wallander hade en bestämd känsla av att han kunde räkna med välvillighet från hans sida. Han kände Åkeson väl. Han respekterade Wallanders intuitiva bedömningar, även när de saknade alla former av handfasta bevis att stödja sig på.

– Det kan vara en komplicerad process, sa Per Åkeson. Men jag ska försöka göra nånting redan nu under helgen.

– Det vore jag tacksam för, svarade Wallander. Du kan ringa mig på polishuset eller hemma, när du vill.

Per Åkeson gick in för att kontrollera att han i sin telefonbok hade Wallanders alla telefonnummer.

Spänningen mellan dem tycktes ha försvunnit. Per Åkeson följde honom till grinden.

– Sommaren har börjat bra, sa han. Men jag antar att du inte hinner tänka så mycket på den.

Wallander hörde att det fanns en viss medkänsla hos honom.

– Inte mycket, svarade han. Men Ann-Britts Höglunds farmor har spått att den ska hålla i sig länge.

– Kan hon inte hellre spå om var vi ska söka gärningsmannen? sa Per Åkeson.

Wallander skakade uppgivet på huvudet.

– Det kommer in mängder med tips hela tiden. Våra vanligaste siare och en del av dom som påstår sig vara synska har också börjat höra av sig. Vi har några polisaspiranter som arbetar med att organisera allt som flyter in. Sen går Ann-Britt och Svedberg igenom det. Men hittills har det inte gett nånting. Ingen har sett nånting, vare sig utanför Wetterstedts hus eller vid Carlmans gård. Tipsen om gropen utanför järnvägsstationen eller bilen på flygplatsen är ännu inte så många. Men inte heller dom verkar ha gett nånting.

– Mannen du jagar är försiktig, sa Åkeson.

– Försiktig, förslagen och fullständigt utan mänskliga hänsyn, sa Wallander. Jag kan inte föreställa mig hur hans hjärna fungerar. Till och med Ekholm verkar förstummad. För första gången i mitt liv har jag en känsla av att det är ett monster som går löst.

Åkeson tycktes för ett ögonblick begrunda vad Wallander hade sagt.

– Ekholm berättade att han håller på att databearbeta all information, sa han. Enligt ett program som utvecklats av FBI. Det kanske kan ge nånting.

– Låt oss hoppas, svarade Wallander.

Fortsättningen av meningen lämnade han outtalad. Åkeson hade förstått den ändå:

Innan han slår till igen.

Utan att vi vet var vi ska söka honom.

Wallander for tillbaka till polishuset. Han kom några minuter för sent till mötesrummet. För att muntra upp sin hårt arbetande personal hade Hansson personligen åkt ner till Fridolfs konditori och köpt wienerbröd. Wallander satte sig på sin vanliga plats och såg sig runt. Martinsson uppträdde för första gången under året i kortbyxor. Ann-Britt Höglund började visa de första tecknen på solbränna. Han undrade avundsjukt hur hon hann med att sola sig. Den ende som var korrekt klädd var Ekholm som hade inrättat sitt högkvarter vid nedre änden av bordet.

– Jag såg att en av våra kvällstidningar har haft den goda smaken att i en av sina bilagor ge läsarna skalperingskonstens historiska bakgrund, sa Svedberg dystert. Man kan ju hoppas att det inte blir en ny makaber modefluga hos alla galningar som går lösa.

Wallander knackade med en blyertspenna i bordet.

– Låt oss komma igång, sa han. Vi letar efter den värsta gärningsman vi nånsin haft att göra med. Han har redan begått tre brutala mord. Vi vet att det är samma man. Men det är också allt vi vet. Frånsett att risken för att han ska slå till igen är fullt tänkbar och dessutom stor.

Det blev stilla kring bordet. Wallander hade inte avsett att skapa en tryckt atmosfär. Han visste av erfarenhet att komplicerade utredningar underlättades om tonen var lätt, även om de brott som låg till grund för efterforskningen var grova och tragiska. Han insåg att alla i rummet var lika betryckta som han själv. Känslan av att de jagade ett mänskligt monster, vars känslomässiga deformation var så svår att den i det närmaste föreföll omöjlig att omfatta, delades av alla i spaningsgruppen.

Det blev ett av de tyngsta möten som Wallander någonsin hade upplevt under sina år som polisman. Utanför fönstren en sommar som nästan var overkligt vacker, Hanssons wienerbröd som rann och smetade i värmen, och hans egen olust som gjorde honom illamående. Trots att han uppmärksamt följde med i allt som sas runt bordet tänkte han också på hur han egentligen fortfarande stod ut med att vara polis. Hade han inte kommit till en punkt där han borde inse att han hade gjort sitt? Livet måste vara någonting mer. Men han insåg också att det som gjorde honom modfälld var det faktum att de inte såg en enda genombrottsmöjlighet, en spricka i muren som de kunde vidga och därefter tränga igenom. De hade inte kört fast, de hade fortfarande många uppslagsändar. Vad de saknade var det självklara valet av riktningar. Det brukade alltid uppstå en osynlig navigationspunkt, mot vilken de kunde korrigera sig. Men den här gången saknades den fasta punkten. Det var inte längre nog att de sökte efter en gemensam beröringspunkt. De började svikta i övertygelsen om att den verkligen existerade.

När mötet var över tre timmar senare hade de bara en sak att göra. Fortsätta. Wallander såg på de trötta ansikten han hade runt sig och sa också åt dem att försöka vila. Han ställde in alla möten under söndagen. På måndagsmorgonen skulle de träffas igen. Reservationen behövde han inte nämna. Om något allvarligt hände. Om mannen som fanns där ute i sommaren slog till igen.

När Wallander kom hem på eftermiddagen hade Linda skrivit en lapp om att hon skulle vara borta till kvällen. Wallander var trött och sov några timmar. Sedan ringde han till Baiba vid två tillfällen utan att få svar. Han pratade med Gertrud som sa att allt var som vanligt med hans far. Enda skillnaden var kanske att han ofta pratade om den resa till Italien de skulle göra i september. Wallander dammsög lägenheten och lagade en trasig fönsterhake. Hela tiden malde tanken på den okände gärningsmannen i hans huvud. Klockan sju lagade han en enkel middag, djupfryst torskfilé och kokt potatis. Han satt sedan med en kopp kaffe på balkongen och bläddrade förstrött i en gammal Ystads Allehanda. Kvart över nio kom Linda. De drack te i köket. Dagen efter skulle Wallander få se en repetition av den teaterföreställning hon höll på med tillsammans med Kajsa. Hon var mycket hemlighetsfull och ville inte avslöja vad den handlade om. Halv tolv gick de båda och la sig.

Wallander somnade nästan genast. Linda låg vaken i sitt rum och lyssnade på nattfåglarna. Sedan somnade även hon. Dörren till sitt rum hade hon lämnat på glänt.

*

Ingen av dem märkte att ytterdörren försiktigt öppnades strax efter klockan två. Hoover var barfota. Han stod alldeles stilla i tamburen och lyssnade in i tystnaden. Han kunde höra en man som snarkade från ett rum som låg till vänster om vardagsrummet. Han rörde sig försiktigt inåt lägenheten. En dörr till ett rum stod på glänt. Han såg att det låg någon och sov därinne. En flicka som kunde vara i hans systers ålder. Han kunde inte motstå frestelsen att gå in och stå alldeles intill henne. Hans makt över den sovande var fullkomlig. Sedan lämnade han rummet och fortsatte mot det rum varifrån snarkningarna kom. Polismannen som hette Wallander låg på rygg och hade sparkat av sig allt utom en bit av lakanet. Han sov tungt. Bröstkorgen hävde sig i djupa vågrörelser.

Hoover stod alldeles stilla och betraktade honom.

Han tänkte på sin syster som snart skulle vara befriad från allt det onda. Som snart skulle återvända ut i livet.

Han såg på den sovande mannen. Tänkte på flickan i rummet intill som måste vara hans dotter.

Han fattade sitt beslut.

Om några få dygn skulle han återvända.

Han lämnade lägenheten lika ljudlöst som han kommit. Låste med nycklarna han tagit ur polismannens jacka.

Strax efter bröts tystnaden av en moped som startade och försvann.

Sedan var allt tyst igen.

Utom nattfåglarna som sjöng.

27

När Wallander vaknade på söndagsmorgonen kände han sig för första gången på mycket lång tid utsövd. Klockan var över åtta. Genom glipan i gardinen kunde han se en flik av blå himmel. Det vackra vädret fortsatte. Han låg kvar i sängen och lyssnade efter ljud. Sedan steg han upp, satte på sig den nyvättade badrocken och kikade in genom dörren som stod på glänt till Lindas rum. Hon sov. Han kände sig för ett kort ögonblick förflyttad tillbaka i tiden, när hon ännu var barn. Han log vid minnet och gick ut i köket och kokade kaffe. Termometern utanför köksfönstret visade att det redan var 19 grader varmt. När kaffet var klart förberedde han en frukostbricka till Linda. Han mindes vad hon ville ha. Ett ägg kokt i tre minuter, rostat bröd, några ostskivor och en uppskuren tomat. Bara vatten att dricka. Han drack sitt kaffe och väntade tills klockan hade blivit kvart i nio. Då gick han in och väckte henne. Hon spratt upp ur sömnen när han sa hennes namn. När hon fick syn på brickan han hade i händerna brast hon i skratt. Han satte sig vid fotänden och såg på medan hon åt. Han hade inte ägnat en tanke åt mordutredningen sedan den första hastiga reflexionen i samma ögonblick han vaknade. Han hade upplevt det tidigare, bland annat den gången de genomled en svår utredning efter vem eller vilka som hade dödat ett äldre lanbrukarpar som bodde på en enslig gård i närheten av Knickarp. Varje morgon hade utredningen rusat genom hans huvud, sammankrympt till några korta sekunder, där alla detaljer och obesvarade frågor hade varit inrymda.

Hon sköt ifrån sig brickan och lutade sig bakåt i sängen samtidigt som hon sträckte på sig.

– Vad gjorde du uppe i natt? frågade hon. Har du svårt att sova?

– Jag har sovit som en sten, svarade Wallander. Jag har inte ens varit uppe på toaletten.

– Då måste jag ha drömt, sa hon och gäspade. Jag tyckte precis att du öppnade min dörr och kom in i rummet.

– Du har nog drömt, svarade han. För en gångs skull har jag sovit hela natten utan att vakna.

En timme senare lämnade Linda lägenheten. De hade bestämt att de skulle träffas vid Österportstorg klockan sju på kvällen. Linda hade frågat om han var klar över att Sverige skulle spela åttondelsfinal mot Saudiarabien just då. Wallander hade svarat att han inte brydde sig om det. Däremot hade han tippat att Sverige skulle vinna med 3–1 och betalat ytterligare hundra kronor till Martinsson. De hade fått hjälp med att låna en tom affärslokal där de kunde hålla sina repetitioner. När Wallander blivit ensam tog han fram sin strykbräda och började gå över de nytvättade skjortorna. Efter att hjälpligt ha klarat av två tröttnade han och ringde istället till Baiba i Riga. Hon svarade nästan genast, och han kunde höra att hon blev glad över att han ringde. Han berättade att Linda var på besök och att han för första gången på flera veckor kände sig utsövd. Baiba höll på att avsluta sitt arbete på universitetet inför sommaren. Hon talade om resan till Skagen med nästan barnslig förväntan. När samtalet var över gick Wallander ut i vardagsrummet och satte på Aida med högt uppskruvat ljud. Han kände sig glad och full av energi. Han satte sig på balkongen och läste grundligt igenom de senaste dagarnas tidningar. Referaten från mordutredningen hoppade han dock över. Han hade gett sig själv ledighet och total tanketomhet fram till tolvslaget. Då skulle han åter gripa fatt i arbetet. Riktigt som han hade tänkt sig blev det dock inte eftersom Per Åkeson ringde honom redan kvart över elva. Han hade då varit i kontakt med chefsåklagaren i Malmö och de hade gemensamt diskuterat Wallanders begäran. Åkeson trodde att det skulle vara möjligt för Wallander att få svar på en del av sina frågor om Louise Fredman redan inom några få dagar. Han hade dock en undran som han lät Wallander ta del av.

– Hade det ändå inte varit enklare att få flickans mor att svara på dom här frågorna? sa han.

– Jag vet inte, sa Wallander. Jag är inte säker på att jag skulle få fram den sanning jag vill ha.

– Och vilken är det? Om det nu finns mer än en sanning?

– Mamman skyddar sin dotter, sa Wallander. Det är naturligt. Det skulle jag också ha gjort. Även om hon berättade för mig skulle det hon sa präglas av att hon skyddade henne. Läkarjournaler eller läkarutlåtanden talar ett annat språk.

– Jag antar att du vet bäst, sa Åkeson och lovade att han skulle höra av sig igen under måndagen, så fort han hade något mer att säga.

Samtalet med Per Åkeson hade fört in Wallander på utredningen igen. Han bestämde sig för att ta med ett kollegieblock och sätta sig ute för att gå igenom spaningsuppläggningen för den kommande veckan. Han började känna sig hungrig och tänkte att han kunde tillåta att bjuda sig själv på lunch denna söndag. Strax före tolv lämnade han lägenheten, vitklädd som en tennisspelare, med sandaler på fötterna. Han for ut mot Österlen med tanken att han senare under dagen kunde hälsa på sin far. Hade han inte haft utredningen hängande över sig kunde han ha tagit med både honom och Gertrud till lunch någonstans. Men nu kände han att han behövde tiden för sig själv. Under veckorna var han nästan ständigt omgiven av människor, inblandad i enskilda samtal och spaningsgruppens möten. Nu ville han vara ensam. Utan att han egentligen märkte det körde han ända till Simrishamn. Han stannade nere vid båtarna och tog en promenad. Sedan gick han och åt på Hamnkrogen. Han hittade ett hörnbord för sig själv och satt och betraktade alla sommarlediga människor som fyllde restaurangen. En av de som sitter här kan vara den man jag letar efter, tänkte han. Om Ekholms teorier stämmer, att gärningsmannen lever ett alldeles normalt liv, utan några yttre tecken på att han inom sig bär på en deformerad själ som tillåter honom att utsätta andra människor för det värsta våld som tänkas kan, kan han vara en av de som sitter här och äter.

I det ögonblicket gled sommardagen honom ur händerna. Han började åter gå igenom allt det som hade hänt. Av någon anledning, som han inte helt förstod, började tankarna med flickan som bränt sig till döds i Salomonssons rapsåker. Hon hade inte med de andra händelserna att göra, det hade varit ett självmord, ännu obekant varför, och det var ingen som huggit en yxa genom hennes ryggrad eller i hennes huvud. Ändå var det där Wallander började. Det hände varje gång han gjorde ett av sina återtåg genom utredningen. Men just denna söndag, när han satt på Hamnkrogen i Simrishamn, började något oroa i hans undermedvetna. Oklart påminde han sig att någon hade sagt något i samband med den döda flickan i rapsfältet. Han blev sittande med gaffeln i handen och försökte locka upp tanken till ytan. Vem hade sagt något? Vad hade blivit sagt? På vilket sätt var det viktigt? Efter en stund gav han upp. Han visste med sig att han förr eller senare skulle påminna sig vad det var. Hans undermedvetna krävde alltid hans tålamod. Som för att bevisa att han verkligen var i besittning av detta tålamod beställde han för ovanlighetens skull efterrätt innan han drack kaffe. Han hade också belåtet kunnat konstatera att de sommarbyxor han hade på sig för första gången detta år stramade betydligt mindre runt midjan än året innan. Han åt äppelpaj och beställde sedan sitt kaffe. Under den närmaste timmen gjorde han sedan ännu en gång ett återtåg genom utredningen. Han försökte avläsa sina tankar som en kritisk skådespelare betraktar en pjästext för första gången. Var fanns groparna och ihåligheterna? Var är tankarna dåligt tänkta? Var har jag alltför släpphänt kombinerat fakta med omständigheter och dragit en felaktig slutsats genom en förenkling? I sitt huvud gick han återigen igenom Wetterstedts hus, genom trädgården, ut på stranden, och han hade Wetterstedt framför sig, han var själv gärningsmannen som följde honom som en ljudlös skugga. Han klättrade upp på garagetaket och läste en trasig Fantomentidning medan han väntade på att Wetterstedt satte sig vid sitt skrivbord och kanske började bläddra i sin samling av antika pornografiska fotografier. Han gjorde sedan samma sak med Carlman, ställde en motorcykel bakom vägverkets barack och följde kärrvägen upp mot den kulle där han hade uppsikt över Carlmans gård. Då och då gjorde han en anteckning på sitt block. *Garagetaket. Vad är det han hoppas få se? Carlmans kulle. Kikare?* Metodiskt gick han igenom allt som hade skett, döv och blind för allt oväsen runt honom. Han gjorde ett nytt besök hos Hugo Sandin, han samtalade ännu en gång med Sara Björklund och han skrev att han nu skulle ta kontakt med henne igen. Kanske skulle samma frågor kunna ge andra, mer genomtänkta svar? Och i vad skulle då skillnaden bestå? Han tänkte länge på Carlmans dotter som hade slagit till honom i ansiktet, han tänkte på Louise Fredman. Och hennes bror som var så väluppfostrad. Han märkte snabbt att han hade fått ett flöde i sitt återtåg. Han var utvilad, tröttheten borta, tankarna lyfte lätt och steg på hans inre uppvindar. När han till slut kallade till sig sin servitör och betalade notan hade det gått över en timme. Tiden låg begravd i återtågets spår. Han kastade en blick på det han klottrat ner på blocket som om det varit en magisk självskrift och lämnade sedan Hamnkrogen. På en av bänkarna i parken utanför hotell Svea satte han sig och såg ut över havet. Vinden som blåste var svag och varm. Besättningen på en danskflaggad segelbåt kämpade en hopplös kamp mot en ovillig spinnaker. Wallander läste igenom de hastigt nerskrivna anteckningarna. Sedan la han blocket under ena låret.

Han tänkte att beröringspunkten höll på att flytta sig. Från föräldrar till barn. Han tänkte på Carlmans dotter och Louise Fredman. Var det verkligen en tillfällighet att en av dem försökte begå självmord när fadern var död och att den andra sedan lång tid vistades på en psykiatrisk klinik? Han hade plötsligt svårt att tro det. Wetterstedt var undantaget. Där fanns bara två vuxna barn. Wallander påminde sig något Rydberg en gång hade sagt. *Det som händer först behöver inte vara början.* Kunde det stämma i det här fallet? Han försökte föreställa sig att den gärningsman de sökte var kvinna. Men tanken var omöjlig. Kroppsstyrkan som de hade sett tecken på, skalperna, yxhuggen, syran i Fredmans ögon. Det måste vara en man, bestämde han. Det är en man som dödar män. Medan kvinnorna begår självmord eller är psykiskt sjuka. Han reste sig och gick till en annan bänk, som för att markera att det också fanns andra tänkbara förklaringar. Gustaf Wetterstedt hade varit inblandad i ljusskygga affärer, hur mycket justitieminister han än hade varit. Det fanns en svag men ändå klarlagd förbindelse mellan honom och Carlman. Det handlade om konst, stölder, kanske förfalskningar. Framförallt handlade det om pengar. Det var inte otänkbart att Björn Fredman också kunde stängslas in på samma område, om de grävde tillräckligt djupt. I det material han fått av Forsfält hade han inte hittat någonting. Men det behövde ändå inte avskrivas. Ingenting behövde överhuvudtaget avskrivas, och det var på samma gång ett problem och en möjlighet.

Wallander betraktade tankfullt den danska segelbåten där besättningen nu hade börjat packa ihop spinnakern. Sedan tog han fram blocket och såg på det sista ordet han skrivit. *Mystiken*. Det fanns ett drag av ritual i morden. Han hade tänkt det själv och även Ekholm hade påpekat det vid deras senaste möte i spaningsgruppen. Skalperna var en ritual som trofésamlande alltid var. Skalpens innebörd var densamma som älghuvudet på jägarens vägg. Det var beviset. Beviset på vad? För vem? För gärningsmannen enbart eller även för någon annan? För en gud eller djävul som uppstått i en sjuk människas huvud? För en annan människa vars odramatiska yttre var lika oansenligt och lite uppseendeväckande som gärningsmannens? Wallander tänkte på det Ekholm hade sagt om besvärjelser och initiationsriter. Man offrade för att någon annan skulle erhålla nåd. Bli rik, erhålla en förmåga, bli frisk? Möjligheterna var många. Det fanns motorcykelgäng som hade fasta regler för hur nya medlemmar skulle visa sig värdiga. I USA var det inte ovanligt att man måste döda en människa, tillfälligt vald eller utpekad, för att anses värdig att upptas i gemenskapen. Den makabra vanan hade redan börjat sprida sig även hit. Wallander stannade till vid motorcykelgängen som också fanns i Skåne och tänkte på vägverkets barack nedanför Carlmans kulle. Tanken var svindlande, att spåren, eller rättare sagt bristen på spår skulle föra dem till motorcykelgängen. Wallander slog undan tanken även om han visste att ingenting kunde uteslutas.

Han reste sig och gick tillbaka till den bänk där han suttit tidigare. Han var tillbaka vid utgångspunkten. Vart hade återtåget lett honom? Han insåg att han inte kunde komma längre utan att ha någon att tala med. Han tänkte på Ann-Britt Höglund. Kanske han kunde tillåta sig att störa henne på söndagseftermiddagen? Han reste sig och gick till sin bil och ringde. Hon var hemma. Han var välkommen. Med en känsla av dåligt samvete ställde han hastigt in sitt besök hos fadern. Det var nu han måste konfrontera sina tankar med en annan människas. Om han väntade var risken stor att han tappade bort sig bland sina olika tankekedjor. Han körde tillbaka mot Ystad och låg hela tiden strax ovanför den tillåtna hastigheten. Han hade inte hört talas om några trafikkontroller just denna söndag.

Klockan hade blivit tre när han bromsade in utanför Ann-Britt Höglunds hus. Hon tog emot honom i en ljus sommarklänning. Hennes två barn lekte på en av granntomterna. Hon placerade Wallander i en hammock och satte sig själv i en korgstol.

– Jag menar verkligen inte att komma och störa, sa han. Du kunde ha sagt nej.

– Igår var jag trött, svarade hon. Som vi alla var trötta. *Är* trötta. Idag känns det bättre.

– Natten som gick var nog dom sovande polisernas natt, sa Wallander. Det kommer till en viss punkt där man inte kan pressa sig längre. Det kommer bara ut tom och grå trötthet. Vi hade nått den punkten igår.

Han berättade om sin resa ut på Österlen, om hur han gått fram och tillbaka mellan bänkarna i parken nere vid hamnen.

– Jag vandrade igenom allting på nytt, sa han. Det händer att man ibland gör oväntade upptäckter. Men det vet du redan.

– Jag hoppas mycket på Ekholms arbete, sa hon. Datorer som är riktigt programmerade kan korsköra utredningsmaterial och få fram oanade sammanhang. De *tänker* inte. Men de *kombinerar* ibland bättre än vad vi gör.

– Min misstro mot datorer beror nog på att jag börjar bli gammal, sa Wallander. Men det betyder inte att jag inte önskar att Ekholm och hans beteendevetenskapliga utgångspunkter för att jaga mördare ska lyckas. För mig är det naturligtvis likgiltigt vem som lägger ut den snara han fastnar i. Bara det sker. Snart.

Hon betraktade honom allvarligt.

– Slår han till igen?

– Jag tror det. Utan att jag kan få grepp om det så upplever jag att det är nånting *ofärdigt* i den här mordbilden. Om du ursäktar uttrycket. Det är nånting som saknas. Det gör mig rädd. Det tyder på att han kan slå till igen.

– Hur ska vi hitta platsen där Fredman blev mördad? frågade hon.

– Det gör vi inte, sa Wallander. Om vi inte har tur. Eller om nån har hört nånting.

– Jag har undersökt om det kommit in några tips från nån som hört skrik, sa hon. Men jag har inte hittat nånting.

Det osynliga skriket blev hängande över deras huvuden. Wallander gungade långsamt i sin plastklädda soffa.

– Det är sällan en lösning kommer helt oväntat, sa han när tystnaden blivit för lång. Nån gång när jag gick fram och tillbaka mellan bänkarna där i parken vid havet undrade jag om jag redan hade tänkt den tanke som gav lösningen. Jag kunde ha tänkt riktigt. Men jag hade inte märkt det.

Hon begrundade hans ord utan att svara. Då och då kastade hon en blick mot granntomten där hennes barn höll till.

– Om en man som tog skalper och hällde syra i ögonen på sina offer lärde vi oss ingenting på polishögskolan, sa hon. Verkligheten har visat sig vara precis så oberäknelig som jag alltid trodde redan den gången.

Wallander nickade utan att svara. Sedan tog han sats, osäker på om han skulle orka, och gick igenom det han hade tänkt under timmarna i Simrishamn. Han visste av erfarenhet att ett referat för en lyssnare gav en annan genomlysning av ett tankeproblem än när han var hänvisad till sig själv. När han ringde till Ann-Britt Höglund hade han hoppats att han skulle upptäcka var hans tankar signalerade ett budskap som tidigare hade gått honom förbi. Men trots att hon lyssnade uppmärksamt, nästan som en elev vid mästarens fötter, stoppade hon honom aldrig för att säga att han begått ett misstag eller dragit en felaktig slutsats. Det enda hon sa när han hade slutat var att hon kände sig överväldigad av hans förmåga att tränga igenom och sedan omfatta hela det, åtminstone för henne, så oöverskådliga utredningskomplexet. Men hon hade inget som hon ville tillföra eller dra ifrån. Även om Wallanders ekvationer var korrekt uppställda saknades de avgörande komponenterna. Ann-Britt Höglund kunde inte hjälpa honom, hon lika lite som någon annan.

Hon hämtade koppar och en termos med kaffe. Hennes yngsta flicka kom och kröp upp i hammocken bredvid Wallander. Eftersom hon var mycket olik sin mor antog han att hon var lik sin far som befann sig i Saudiarabien. Wallander tänkte att han fortfarande inte hade träffat honom.

– Din man är en levande gåta, sa han. Jag börjar undra om han verkligen existerar. Eller om han är nånting du har hittat på.

– Det händer att jag också ställer mig den frågan, svarade hon och skrattade.

Flickan försvann in i huset.

– Carlmans dotter? frågade Wallander och såg efter henne. Hur går det?

– Svedberg hade kontakt med sjukhuset igår, svarade hon. Krisen var inte över. Men ändå fick jag en känsla av att läkarna var lite mer hoppfulla.

– Hon hade inte lämnat nåt brev?

– Ingenting.

– Först och främst är hon naturligtvis en människa, sa Wallander. Men jag kan inte hjälpa att jag också upplever henne som ett vittne.

– Till vad?

– Till nåt som kan ha med hennes fars död att göra. Jag har svårt att tro att tidpunkten för självmordsförsöket var tillfälligt vald.

– Vad är det som gör att jag inte tycker att du verkar särskilt övertygad om det du säger?

– Jag är inte övertygad, sa Wallander. Jag trevar och famlar mig fram. Det finns bara ett faktum som är ovedersägligt i den här utredningen. Vi har inget konkret spår att gå efter.

– Vi vet alltså inte om vi är på väg åt rätt eller fel håll?

– Eller om vi går i cirkel. Eller stampar på samma fläck. Medan fläcken rör sig. Inte vi, fast vi tror att det är så.

Hon tvekade innan hon ställde nästa fråga.

– Kanske vi är för få?

– Hittills har jag spjärnat emot, sa Wallander. Men jag har börjat vackla. Frågan kommer upp i morgon med full kraft.

– Per Åkeson?

Wallander nickade.

– Vad har vi egentligen att förlora på det?

– Små enheter rör sig lättare än stora. Mot det kan man invända att fler huvuden tänker bättre. Och så det som är Åkesons argument: att vi kan arbeta på en bredare front. Infanteriet sträcks ut och täcker en större yta.

– Som om vi gick skallgång.

Wallander nickade. Hennes bild var träffande. Det som saknades var ett tillägg, att den skallgång de bedrev skedde i en terräng de bara nödtorftigt kunde orientera sig i. Och att de inte alls visste vem de sökte efter.

– Det är nånting vi inte ser, sa Wallander efter en stunds tystnad. Dessutom söker jag efter några ord som nån sa. Just när Wetterstedt blivit mördad. Men jag minns inte vem. Jag bara vet att det var viktigt. Men då var det för tidigt för att jag skulle förstå.

– Du brukar hävda att polisarbete oftast är en fråga om tålamodets triumf.

– Det är det också. Men tålamodet har gränser. Nånting kan dessutom hända just i detta ögonblick. En människa kan bli dödad. Vi kan aldrig komma ifrån att vår spaning inte bara är en fråga om att lösa begångna brott. Just nu känns det mer som om vi måste förhindra att det sker flera mord.

– Vi kan inte göra mer än vi gör.

– Hur vet vi att det är så? frågade Wallander. Hur vet man egentligen att man anstränger sig till sitt allra yttersta?

Hon hade inget svar. Wallander kunde själv heller inte besvara sin fråga.

Han blev sittande ytterligare en stund. När klockan blivit halv fem tackade han nej till att äta middag och lämnade hennes trädgård.

– Tack för att du kom, sa hon när hon hade följt honom till grinden. Ska du se matchen?

– Nej. Jag ska träffa min dotter. Men jag tror att vi vinner med 3–1.

Hon såg förvånat på honom.

– Det har jag också tippat.

– Då vinner vi båda eller förlorar vi båda, sa Wallander.

– Tack för att du kom, sa hon igen.

– Tack för vadå? frågade han förvånat. För att jag störde din söndag?

– För att du trodde att jag skulle kunna ha nåt vettigt att säga.

– Jag har sagt det tidigare och jag säger det gärna igen, svarade han. Jag tycker du är en duktig polis. Dessutom tror du på datorernas förmåga att inte bara underlätta vårt arbete, utan också förbättra det. Det gör knappast jag. Men du kanske kan övertyga mig.

Wallander satte sig i bilen och for ner mot staden. Vid en söndagsöppen butik gick han in och handlade. Sedan la han sig i vilstolen på sin balkong och väntade på att klockan skulle bli sju. Utan att han märkte det nickade han till. Hans sömnbehov var mycket stort. Fem minuter i sju stod han dock på Österportstorg. Linda kom och hämtade honom och tog honom med till den tomma affären strax intill. De hade riggat upp några fotolampor och satt fram en stol till honom. Genast kände han sig besvärad och oroad att han inte skulle förstå eller kanske skratta på fel ställe. De försvann in i ett angränsande rum. Wallander väntade. Det gick över en kvart. När de äntligen återvände hade de bytt kläder och såg nu likadana ut. Efter att ha ordnat med lamporna och den enkla dekoren kom de till slut igång. Det visade sig också att den timslånga föreställningen handlade om ett tvillingpar. Wallander kände sig spänd över att vara den ende åskådaren. Han var van att sitta i det trygga mörkret, bland många andra, vid de tillfällen han besökte en operaföreställning i Malmö eller Köpenhamn. Mest av allt oroade han sig över att Linda skulle vara dålig. Men det dröjde inte många minuter förrän han insåg att de två hade skapat en underfundig text som med drastisk humor gav en kritisk dubbelbild av Sverige. Ibland kom de av sig, ibland märkte han att deras agerande inte var helt övertygande. Men han såg att de trodde på det de gjorde och det i sin tur gjorde honom glad. När det hela var över och de frågade vad han tyckte sa han som han kände, att han var överraskad, att det hade varit roligt, att det hade varit tänkvärt. Han kunde se att Linda noga gav akt på om han talade sanning. När hon insåg att han menade det han sa blev hennes glädje mycket stor. Hon följde honom ut på gatan när han skulle gå.

– Jag visste inte att du kunde det här, sa han. Jag trodde det var möbeltapetserare du ville bli.

– Ingenting är för sent, svarade hon. Låt mig försöka.

– Visst ska du försöka, svarade han. Det är när man är ung som man har tid i överflöd. Inte när man är en gammal polis som jag.

De skulle repetera ytterligare några timmar. Han skulle vänta på henne hemma.

Sommarkvällen var vacker. Han gick långsamt mot Mariagatan, uppfylld av det han just hade sett. Frånvarande noterade han att han blev omkörd av tutande bilar. Sedan insåg han att Sverige hade vunnit. Han frågade en person han mötte på trottoaren hur det hade gått. Sverige hade vunnit med 3–1. Han brast i skratt. Sedan återvände han i tankarna till sin dotter. Han undrade vad han egentligen visste om henne. Det han ännu inte hade frågat om var om hon för tillfället hade någon pojkvän.

Klockan var halv tio när han öppnade dörren till sin lägenhet. Han hade just stängt dörren när telefonen ringde. Genast högg det till i hans mage. När han svarade och hörde att det var Gertrud blev han lugnare.

Men han hade reagerat för tidigt. Gertrud var upprörd. Först hade han svårt att förstå vad hon sa. Han bad henne att lugna sig.

– Du måste komma, sa hon. Genast.

– Vad är det som har hänt?

– Jag vet inte. Men din pappa har börjat elda upp sina tavlor. Han bränner allt som han har i ateljén. Och han har låst dörren. Du måste komma.

Hon la på luren för att han inte skulle ställa några frågor utan genast sätta sig i bilen.

Han stirrade på telefonen.

Sedan skrev han en hastig lapp till Linda och la på dörrmattan.

Några minuter senare var han på väg mot Löderup.

28

Den natten stannade Wallander hos sin far i Löderup.

När han kommit fram till den lilla gården, efter en ångestfylld bilresa, mötte Gertrud honom på gårdsplanen. Han kunde se att hon hade gråtit, trots att hon nu var kontrollerad och svarade behärskat på hans frågor. Faderns sammanbrott, om det nu verkligen var det det var, hade kommit helt oväntat. De hade ätit middag på söndagskvällen och allt hade verkat som vanligt. De hade inte druckit någonting. Efter måltiden hade han som vanligt gått ut i den ombyggda lagården för att fortsätta att måla. Plötsligt hade hon hört oväsen. När hon gått ut på förstutrappan hade hon sett hur fadern kastade ut ett antal tomma färgburkar på gården. Först hade hon tänkt att han höll på att städa sin kaotiska ateljé. Men när han började kasta ut oanvända ramar hade hon reagerat. När hon hade gått fram till honom och frågat vad han höll på med hade han inte svarat. Han hade gett intryck av att vara helt frånvarande, utan att höra att hon talade till honom. När hon hade gripit tag om hans arm hade han ryckt sig lös och sedan låst in sig. Genom fönstret hade hon sett att han börjat elda i kaminen, och det var när han började riva sönder sina dukar och stoppa in dem i elden som hon hade ringt. De hade skyndat över gårdsplanen medan de talade. Wallander hade sett grå rök välla upp ur skorstenen. Han hade ställt sig vid fönstret och sett in i ateljen. Fadern hade gett intryck av att vara vild och galen. Håret hade stått på ända, glasögonen måste han ha tappat, och hela ateljén var i det närmaste raserad. Fadern klafsade barfota omkring bland utrunna färgburkar, taveldukar låg utspridda och söndertrampade. Wallander tyckte sig upptäcka att en av hans skor just nu brann i kaminen. Fadern rev och slet i dukarna och pressade in bitarna i eldsluckan. Wallander knackade på fönsterrutan. Men fadern reagerade inte. Wallander kände på dörren som mycket riktigt var låst. Han bultade och ropade att det var han som kommit. Inifrån kom inget svar. Oväsendet fortsatte. Wallander såg sig runt efter något att bryta upp dörren med. Men han visste att fadern förvarade alla sina verktyg och redskap inne i det rum där han nu hade spärrat in sig. Wallander betraktade bistert dörren som han själv en gång hade varit med om att sätta upp. Han tog av sig sin jacka och gav den till Gertrud. Sedan tog han sats och kastade sig med ena axeln så hårt han kunde mot dörren. Hela dörrfästet lossnade och Wallander tumlade in i rummet och slog huvudet i en skottkärra. Fadern kastade bara en frånvarande blick på honom. Sedan fortsatte han att riva sönder sina dukar. Gertrud ville komma in men Wallander lyfte avvärjande handen. Han hade upplevt fadern på detta sätt en gång tidigare, den egendomliga kombinationen av frånvaro och manisk förvirring. Då hade han i pyjamas varit på väg över en lerig åker med en väska i handen. Han gick fram till honom, tog honom om axlarna och började tala lugnande. Han frågade om någonting inte var som det skulle. Han sa att tavlorna var bra, de var de bästa som fanns, och tjädrarna var vackert målade. Allt var som det skulle. Ett tillfälligt överslag kunde vem som helst råka ut för. Nu skulle de sluta med det meningslösa eldandet, varför skulle de elda mitt i sommaren, och sedan skulle de städa upp och prata om resan till Italien. Wallander pratade oavbrutet, han höll ett kraftigt tag om faderns axlar, inte som om han höll på att arrestera honom, utan som för att hålla honom kvar i verkligheten. Fadern hade blivit alldeles stilla och såg på honom med närsynta ögon. Medan Wallander fortsatte att tala lugnande med honom upptäckte han glasögonen söndertrampade på golvet. Han frågade hastigt Gertrud som befann sig i bakgrunden om fadern hade några i reserv. Det hade han och hon sprang in i huset för att hämta dem. Hon gav dem till Wallander som putsade av dem på sin skjortärm och sedan satte dem på faderns näsa. Hela tiden talade han lugnande, han upprepade sina ord som om han hade läst de enda verser av en bön som han kunde komma ihåg, och fadern betraktade honom först osäkert och förvirrat, sedan alltmer förundrat och till sist hade det verkat som om han hade återkommit till sig själv igen. Wallander hade då släppt greppet om hans axlar. Fadern såg sig försiktigt runt i förödelsen.

– Vad är det som har hänt? frågade han. Wallander förstod att allting var borta för honom. Det som hade hänt hade egentligen inte inträffat. Han mindes ingenting av det. Gertrud hade börjat gråta. Men Wallander sa strängt åt henne att gå in i köket och koka kaffe. De skulle snart följa efter. Till slut var det som om fadern insåg att han själv verkligen varit delaktig i förödelsen.

– Har jag ställt till med det här? frågade han och såg på Wallander med oroliga ögon, som om han fruktade det svar som skulle komma.

– Vem kan inte tröttna på allt? försökte Wallander svara. Men det är över nu. Det här städar vi fort upp igen.

Fadern betraktade den sprängda dörren.

– Vem behöver en dörr mitt i sommaren, sa Wallander. I Rom i september finns inga stängda dörrar. Du måste vänja dig redan nu.

Fadern gick långsamt runt i resterna av det ursinne som varken han eller någon annan kunde förklara. Wallander insåg att han inte alls kunde förstå vad som hade hänt. Han kunde inte begripa att han själv hade gjort allt detta. Wallander kände en klump växa i halsen. Det fanns något hjälplöst och övergivet hos hans far som han inte visste hur han skulle förhålla sig till. Wallander lyfte upp den trasiga dörren och lutade den mot stallväggen. Sedan började han städa upp i rummet och upptäckte att många av faderns dukar ändå hade klarat sig. Fadern hade då satt sig på pallen vid sin arbetsbänk och följde hans rörelser. Gertrud kom och sa att kaffet var klart. Wallander nickade åt henne att ta fadern under armen och följa honom till huset. Sedan städade han upp i den värsta röran. Innan han gick in i köket ringde han hem från telefonen i bilen. Linda hade kommit. Hon ville veta om något hade hänt, hon hade nästan inte kunnat tyda hans hastigt nerkrafsade meddelande. Wallander som inte ville oroa henne sa att fadern bara hade känt sig dålig, men att allt nu var bra igen. För säkerhets skull tänkte han dock stanna kvar i Löderup över natten. Sedan hade han gått in i köket. Fadern hade varit trött och snart gått och lagt sig. Wallander hade blivit sittande med Gertrud några timmar vid köksbordet. Det fanns ingen annan möjlighet att förklara det som hänt än att det varit ett tecken på faderns smygande sjukdom. Men när Gertrud sa att det här uteslöt någon resa till Italien under hösten hade Wallander protesterat. Han var inte rädd för att ta ansvar för sin egen far. Han var inte rädd för att göra den långa resan med honom. Den skulle bli av, om fadern fortfarande ville och då ännu kunde stå på benen.

Den natten sov han på en utfällbar säng som stod i vardagsrummet. Länge låg han och såg ut i den ljusa sommarnatten innan han somnade.

På morgonen när han drack kaffe med sin far tycktes denne ha glömt allting. Han kunde inte förstå vad som hade hänt med dörren. Wallander sa som det var, att det var han som hade tagit ner den. Ateljén behövde en ny dörr och han skulle själv tillverka den.

– När skulle du ha tid med det? frågade fadern. Du som inte ens har tid att ringa i förväg och tala om att du ska komma på besök.

I det ögonblicket hade Wallander förstått att allt var som vanligt igen. Strax efter sju lämnade han Löderup och for mot Ystad. Han gjorde det i vetskapen om att det inte var sista gången som något liknande kunde hända. Med en rysning tänkte han på hur det skulle ha varit om inte Gertrud funnits.

Kvart över sju steg Wallander in genom polishusets port. Det vackra vädret höll fortfarande i sig. Alla pratade fotboll. Sommarklädd polispersonal omgav honom. Det var bara de med uniformstvång som verkligen såg ut som poliser. Wallander tyckte själv att han i sina vita kläder kunde ha klivit ut från rollistan på någon av de italienska operor han sett i Köpenhamn. När han passerade receptionen vinkade Ebba till honom att han hade telefon. Det var Forsfält som trots den tidiga timmen kunde meddela att de hade hittat Björn Fredmans pass, väl undangömt i hans lägenhet, tillsammans med en större summa pengar i utländsk valuta. Wallander frågade om stämplarna.

– Jag måste nog göra dig besviken, sa Forsfält. Han har haft passet i fyra år. Under den tiden har han fått stämplar i Turkiet, Marocko och Brasilien. Det är allt.

Wallander blev mycket riktigt besviken utan att han visste vad han egentligen hade förväntat sig. Forsfält lovade skicka över alla detaljer om passet och stämplarna per fax. Sedan hade han ytterligare något att berätta, som inte direkt berörde utredningen, men som ändå kom att väcka tankar till liv hos Wallander.

– Vi hittade ett par nycklar till ett vindskontor när vi letade efter passet, sa Forsfält. Bland all bråte som stod samlad där hittade vi en låda som innehöll några antika ikoner. Vi kunde ganska snart konstatera att dom härrörde från ett inbrott. Gissa var?

Wallander tänkte efter utan att genast kunna komma på något svar.

– Ett inbrott i ett hus utanför Ystad, sa Forsfält. För ett drygt år sen. Ett hus som stod under förvaltning av ett dödsbo. Efter en advokat som hette Gustaf Torstensson.

Wallander mindes. Den ene av de två advokater som blivit mördade året innan. Wallander hade själv sett samlingen av ikoner i den äldre av de två advokaternas källare. Han hade även en av dem hängande på sin sovrumsvägg. En present han fått av den döde advokatens sekreterare. Han påminde sig nu också inbrottet som Svedberg hade haft utredningsansvar för.

– Då vet vi det, sa Wallander. Jag antar att det där fallet aldrig blev löst?

– Du kommer att få fortsättningen, svarade Forsfält.

– Inte jag, sa Wallander. Svedberg.

Forsfält frågade hur det gick med Louise Fredman. Wallander berättade om sitt senaste telefonsamtal med Per Åkeson.

– Med lite tur kommer vi att få veta nånting redan under dagen, sa Wallander.

– Jag hoppas du håller mig informerad.

Det lovade Wallander. När samtalet var över gjorde han en kontroll av den minneslista han ständigt förde över obesvarade frågor. Några av dem kunde han stryka, andra skulle han ta upp under det möte i spaningsgruppen som snart skulle börja. Innan dess hann han dock besöka det rum där två polisaspiranter höll överblick över de tips som kom in från allmänheten. Han frågade om det kommit in någonting som kunde antyda exakt var Björn Fredman blivit mördad. Wallander visste att det kunde ha stor betydelse för utredningen om de kunde fastställa var mordet hade skett.

Den ene av poliserna hade kortsnaggat hår och hette Tyrén. Han hade intelligenta ögon och påstods vara duktig. Wallander kände honom inte närmare. Han förklarade hastigt vad han var ute efter.

– Nån som har hört skrik, sa Tyrén. Och sett en Fordbuss? Måndagen den 27 juni?

– Ja.

Tyrén skakade på huvudet.

– Det skulle jag ha kommit ihåg, sa han. En kvinna skrek i en lägenhet i Rydsgård. Men det var på tisdagen. Och hon var full.

– Jag vill genast bli underrättad om det kommer in nånting, sa Wallander.

Han lämnade Tyrén och gick in i mötesrummet. Hansson stod och pratade med en journalist i receptionen. Wallander påminde sig att han hade sett honom tidigare. Han representerade en av de två stora kvällstidningarna, men han kunde inte påminna sig vilken. De väntade några minuter tills Hansson blev av med journalisten och stängde dörren. Hansson satte sig och gav genast ordet till Wallander. Just när han skulle börja tala kom Per Åkeson in och satte sig längst ner vid bordets kortände, bredvid Ekholm. Wallander lyfte frågande på ögonbrynen. Åkeson nickade. Wallander insåg att det betydde nyheter om Louise Fredman. Även om han hade svårt att bärga sin nyfikenhet lät han först ordet gå till Ann-Britt Höglund som kunde meddela senaste nytt från sjukhuset där Carlmans dotter vårdades. Läkarna bedömde nu att den livshotande krisen var över. Det skulle vara möjligt att kontakta henne inom 24 timmar. Ingen hade något att invända mot att hon och Wallander skulle uppsöka sjukhuset tillsammans och tala med henne. Sedan gick Wallander raskt igenom listan med obesvarade frågor. Nyberg var som vanligt väl förberedd och kunde fylla många av de luckor där olika laboratorieresultat nu förelåg. Ingenting var dock så uppseendeväckande att det vållade några längre diskussioner. Det mesta var bekräftelser på slutsatser de redan hade dragit. Det enda som gjorde att spaningsgruppen lystrade var att man hade funnit svaga spår av blåstång på Björn Fredmans kläder. Det kunde tydas som att Björn Fredman varit i närheten av havet den sista dagen han levde. Wallander tänkte efter.

– Var fanns spåren av tång? frågade han.

Nyberg kontrollerade i sina anteckningar.

– På kostymjackans ryggparti.

– Han kan ha blivit dödad nånstans i närheten av havet, sa Wallander. Såvitt jag minns blåste en svag vind den kvällen. Det kan förklara att ingen har hört nånting.

– Hade det skett på stranden skulle vi ha hittat rester av sand, sa Nyberg.

– Det kanske var ett båtdäck, föreslog Svedberg.

– Eller en brygga, sa Ann-Britt Höglund.

Frågan blev hängande i luften. Att undersöka tusentals fritidsbåtar och bryggor skulle inte vara möjligt. Wallander noterade bara att man skulle vara extra observant på tips av olika slag som kom in från personer som bodde nära havet.

Sedan gav han ordet till Per Åkeson.

– Jag har lyckats ordna en del upplysningar om Louise Fredman, sa han. Jag behöver knappast påpeka att det är nåt som är ytterst konfidentiellt och alltså inte får refereras i nåt sammanhang utanför spaningsgruppen.

– Vi ska vara tysta som möss, sa Wallander.

– Louise Fredman vistas på Sankt Lars sjukhus i Lund, fortsatte Per Åkeson. Hon har varit intagen i över tre år. Diagnosen är en djup psykos. Hon har slutat att prata, måste i perioder tvångsmatas, och visar inga tecken på en förbättring. Hon är sjutton år gammal. Enligt ett fotografi jag sett är hon mycket söt.

Det blev tyst i rummet. Wallander anade beklämningen bland sina kollegor över det Per Åkeson hade sagt. Han delade den fullt ut.

– En psykos brukar utlösas av nånting, sa Ekholm.

– Hon blev intagen fredagen den 9 januari 1991, sa Per Åkeson efter att ha letat bland sina papper. Om jag har förstått saken rätt slog hennes sjukdom ner som den berömda blixten från den klara himlen. Hon hade varit försvunnen hemifrån under en vecka. Det framgår att hon då hade haft stora problem i skolan och för det mesta varit frånvarande. Drogmissbruk antyds. Men hon använde ingen tyngre narkotika. Mest amfetaminer. Kanske kokain. Man hittade henne i Pildammsparken. Hon var helt förvirrad.

– Visade hon några tecken på yttre skador? frågade Wallander som hade lyssnat uppmärksamt.

– Inte vad som framgår av det material jag hittills har fått till mitt förfogande.

Wallander tänkte efter.

– Henne kan vi alltså inte tala med, sa han sedan. Men jag vill veta om hon uppvisade skador. Och jag vill tala med dom som hittade henne.

– Det är tre år sen, sa Per Åkeson. Men jag antar att det ska gå att spåra personerna.

– Jag ska tala med Forsfält på kriminalen i Malmö, sa Wallander. En polispatrull måste ha varit inblandad om man hittat henne förvirrad i Pildammsparken. Det finns en rapport nånstans.

– Varför undrar du om hon hade skador? undrade Hansson.

– Det är bara för att bilden ska bli så fullständig som möjligt, svarade Wallander.

De lämnade Louise Fredman och gick vidare. Eftersom Ekholm fortfarande väntade på att datorerna skulle bli färdiga med sin korskörning av allt utredningsmaterial och eventuellt hade gjort några oväntade upptäckter i kombinationerna, kunde Wallander föra över mötet till frågan om förstärkningarna. Hansson hade redan fått ett positivt besked från länspolismästaren om att en polisintendent från Malmö skulle lånas ut. Han skulle komma till Ystad vid lunchtid.

– Vem är det? frågade Martinsson som hittills suttit tyst under mötet.

– Han heter Sture Holmström, sa Hansson.

– Vet inte vem det är, sa Martinsson.

Ingen kände honom. Wallander lovade att han skulle ringa Forsfält för att efterhöra skvaller.

Wallander vände sig sedan mot Per Åkeson.

– Frågan är nu om vi ska be om ytterligare förstärkningar, började Wallander. Vad är den gemensamma åsikten? Jag vill att alla yttrar sig. Jag lovar också att jag ska böja mig för majoriteten. Även om jag fortfarande är tveksam till om personella förstärkningar kommer att höja kvaliteten på vårt arbete. Jag är rädd för att vi kommer att tappa tempot i arbetet. Åtminstone på kort sikt. Men jag vill alltså höra era åsikter.

Det visade sig att Martinsson och Svedberg var för att man begärde ytterligare personal till utredningen. Ann-Britt Höglund höll däremot med Wallander under det att Hansson liksom Ekholm valde att inte ha någon åsikt alls. Wallander insåg att ytterligare en osynlig men betungande ansvarsmantel hade hängts på hans axlar. Per Åkeson valde att skjuta på frågan några dagar till.

– Ett mord till så blir det oundvikligt, sa han. Men låt oss tills vidare fortsätta som nu.

De bröt upp från mötet strax före klockan tio. Wallander gick till sitt rum. Den glåmiga tröttheten som han upplevt under lördagen var nu borta. Det hade varit ett bra möte, även om de inte egentligen kommit vidare. De hade visat varandra att energin och viljan var obruten.

Wallander skulle just ringa till Forsfält när Martinsson dök upp i dörren.

– Det var bara en sak jag tänkte på, sa han och lutade sig mot dörrposten.

Wallander väntade på fortsättningen.

– Louise Fredman irrade omkring på en stig i en park, sa Martinsson. Jag kom bara att tänka på att det fanns en likhet med flickan som sprang omkring i rapsåkern.

Martinsson hade rätt. Det fanns en likhet, även om den var avlägsen.

– Jag håller med, sa han. Synd bara att det inte har med vartannat att göra.

– Ändå är det egendomligt, sa Martinsson.

Han stannade i dörren.

– Du hade tippat rätt den här gången.

Wallander nickade.

– Jag vet, sa han. Och Ann-Britt med.

– Ni får dela på en tusenlapp.

– När är det dags för nästa match?

– Jag återkommer om den, sa Martinsson och gick.

Wallander ringde till Malmö.

Medan han väntade såg han ut genom det öppna fönstret. Det vackra vädret fortsatte.

Sedan hörde han Forsfälts röst i andra ändan och sköt alla tankar på vädret åt sidan.

Hoover lämnade källaren strax efter nio på kvällen. Han hade länge valt mellan de yxor som låg blankslipade på det svarta tygstycket av siden. Till sist hade han bestämt sig för den minsta yxan, den enda som han ännu inte hade använt. Han stack in den i det breda läderbältet och drog hjälmen över sitt huvud. Som tidigare var han barfota när han lämnade rummet och låste dörren.

Kvällen var mycket varm. Han körde på småvägar som han noga hade valt ut på en karta. Det skulle ta honom nästan två timmar. Strax efter elva räknade han med att vara framme.

Dagen innan hade han varit tvungen att ändra sina planer. Den man som hade försvunnit till utlandet hade plötsligt återkommit. Han hade då genast bestämt sig för att inte ta risken att han försvann ännu en gång. Han hade lyssnat till Geronimos hjärta. Det rytmiska dunkandet från trummorna han hade inne i sitt bröst hade lämnat honom sitt budskap. Han skulle inte vänta. Han skulle gripa tillfället.

Sommarlandskapet hade en blå färg innanför hans hjälm. Han skymtade havet till vänster, de blinkande ljusen från fartyg och det danska fastlandet. Han kände sig upprymd och glad. Det skulle nu inte dröja länge förrän han kunde bringa sin syster det sista offret som skulle hjälpa henne ut ur dimman som omgav henne. Hon skulle återvända till livet mitt i sommarens vackraste tid.

Han kom till staden strax efter elva. Femton minuter senare stannade han på en gata intill den stora villan som låg djupt inne i en gammal trädgård, full av höga och skyddande träd. Han ställde ifrån sig mopeden vid en lyktstolpe och låste den med en kedja. På andra sidan trottoaren gick ett äldre par och luftade sin hund. Han väntade tills de hade försvunnit innan han drog av sig hjälmen och stoppade ner den i ryggsäcken. I skydd av skuggorna sprang han till baksidan av den stora trädgården som vette mot en fotbollsplan av grus. Han gömde ryggsäcken i gräset och kröp sedan igenom häcken, där han för länge sedan hade förberett en öppning. Det rispade och stack mot hans bara armar och fötter. Men han stålsatte sig mot alla smärtor. Geronimo skulle inte tåla att han visade tecken på svaghet. Han hade ett heligt uppdrag, som det stod skrivet i den bok han fått av sin syster. Uppdraget krävde all hans styrka och han var beredd att hängivet offra den.

Han befann sig inne i trädgården, så nära odjuret som han hittills aldrig hade varit. Det lyste på övervåningen medan allt var mörkt på nedre botten. Han tänkte med vrede på att hans syster hade varit här före honom. Hon hade beskrivit huset och han tänkte att han en dag skulle bränna ner det till grunden. Men ännu inte. Försiktigt sprang han fram till husväggen och lirkade försiktigt upp det källarfönster han tidigare hade skruvat bort hakarna ifrån. Det gick mycket lätt att krypa in. Han visste att han befann sig i en äppelkällare. Han omgavs av den svaga doften av syrliga äpplen som legat där tidigare. Han lyssnade efter ljud. Allt var stilla. Försiktigt smög han sig uppför källartrappan. Han kom in i det stora köket. Fortfarande lika stilla. Det enda som hördes var det svaga bruset i några vattenrör. Han satte på ugnen och öppnade ugnsluckan. Sedan fortsatte han mot trappan som ledde till övervåningen. Yxan hade han nu tagit fram ur bältet. Han var alldeles lugn.

Dörren till badrummet stod på glänt. I mörkret i korridoren skymtade han mannen han skulle döda. Han stod framför badrumsspegeln och smorde in sitt ansikte med kräm. Hoover gled in på baksidan av badrumsdörren. Väntade. När mannen släckte ljuset inne i badrummet lyfte han yxan. Han högg bara en enda gång. Mannen föll utan ett ljud mot mattan. Med yxan slet han av en bit av håret på hjässan. Skalpen stoppade han i fickan. Sedan drog han mannen nerför trappan. Han var klädd i pyjamas. Byxorna gled av kroppen och släpade med längs ena foten. Han undvek att se på honom.

När han hade dragit in mannen i köket lutade han honom över ugnsluckan. Sedan körde han in hans huvud i värmen. Nästan genast kände han lukten av ansiktskrämen som började smälta. Han lämnade huset samma väg han hade kommit.

I gryningen grävde han ner skalpen under sin systers fönster. Nu återstod bara det extra offer han kunde bjuda henne. En sista skalp skulle han gräva ner. Sedan skulle allt vara över.

Han tänkte på det som väntade. Mannen vars bröstkorg hade hävt sig i djupa vågrörelser. Mannen som hade suttit mitt emot honom i soffan och ingenting förstått av det heliga uppdrag han hade att utföra.

Ännu hade han inte bestämt sig för om han även skulle ta med sig den flicka som sovit i rummet intill.

Nu skulle han vila. Gryningen var nära.

Dagen efter skulle han fatta sitt sista beslut.

Skåne

5–8 juli 1994

29

Waldemar Sjösten var en medelålders kriminalpolis i Helsingborg som ägnade all sin lediga tid under sommarhalvåret åt en gammal mahognybåt från 1930-talet som han hade kommit över av en slump. Han hade inte för avsikt att bryta sin vana denna tisdagsmorgon, den 5 juli, när han lät rullgardinen framför sovrumsfönstret fara upp med en smäll strax före sex på morgonen. Han bodde i ett nyrenoverat hyreshus i centrala staden. En gata, järnvägsspåren och hamnområdet var allt som skilde honom från Sundet. Vädret var precis lika vackert som tidningarna dagen innan hade utlovat. Hans semester skulle inte börja förrän i slutet av juli. I väntan på den sista arbetsdagen ägnade han ett par tidiga morgontimmar åt sin båt som låg i fritidsbåtshamnen på kort cykelavstånd. Waldemar Sjösten skulle fylla femtio år under hösten. Han hade varit gift tre gånger i sitt liv och hade sex barn. Nu planerade han för ett fjärde äktenskap. Den kvinna han träffat delade hans intresse för den gamla mahognybåten som bar det imposanta namnet *Havskung 2*. Namnet hade han hämtat från den vackra koster i vilken han hade tillbringat sin barndoms somrar tillsammans med sina föräldrar. Den hade hetat *Havskung I*. När han varit tio år hade hans far till hans stora sorg sålt den till Norge. Han hade aldrig glömt den. Ofta undrade han om den fortfarande fanns kvar eller om den hade sjunkit eller ruttnat upp.

Han drack en hastig kopp kaffe och gjorde sig beredd att gå. Just då ringde telefonen. Den tidiga timmen gjorde honom förvånad. Han tog telefonluren som hängde på köksväggen.

– Waldemar? frågade en röst som han igenkände som intendent Birgerssons.

– Ja, det är jag.

– Jag hoppas jag inte väckte dig.

– Jag var på väg ut.

– Tur att jag fick tag på dig. Det är bäst du kommer hit genast.

Waldemar Sjösten visste att Birgersson aldrig skulle ha ringt om det inte hade inträffat något mycket allvarligt.

– Jag kommer, svarade han. Vad är det?

– Rökutveckling i en av dom gamla villorna uppe på Tågaborg. När brandkårens dykare gick in hittade dom en man i köket.

– Död?

– Mördad. Du kommer att förstå varför jag har ringt när du ser honom.

Waldemar Sjösten såg sina morgontimmar med båten försvinna. Eftersom han var en plikttrogen polisman som dessutom inte förlorat all känsla för den spänning som kunde uppstå inför oväntade dödsfall, hade han inga svårigheter att ställa om sig. Istället för nyckeln till kedjan som låste cykeln grep han sina bilnycklar och lämnade lägenheten. Det tog honom bara några minuter att köra till polishuset. Birgersson stod på trappan och väntade. Han satte sig i bilen och sa vart de skulle köra.

– Vem är det som är död? frågade Sjösten.

– Åke Liljegren.

Sjösten visslade till. Åke Liljegren var en känd person, inte bara i staden utan över hela landet. Han kallade sig revisor och hade nått sin ryktbarhet som den grå eminensen bakom ett antal omtalade skalbolagsaffärer under 1980-talet. Frånsett en villkorlig dom på sex månader hade polisen och domstolarna aldrig lyckats få fram fällande domar för den uppenbart lagvidriga verksamhet han bedrev. Åke Liljegren hade blivit symbolen för den värsta formen av ekonomisk brottslighet, samtidigt som det faktum att han alltid befann sig på fri fot visade rättssamhällets svaga beredskap mot sådana som han. Han härstammade från Båstad men hade under senare år varit bosatt i Helsingborg under de perioder han vistades i landet. Sjösten påminde sig ett reportage han sett i en tidning, som försökte klarlägga hur många bostäder Åke Liljegren egentligen hade, spridda över hela världen.

– Har du nån tidtabell? frågade Sjösten.

– En morgontidig joggare upptäckte att det rök ur husets ventiler. Han slog larm. Brandkåren kom dit kvart över fem. När dom hade tagit sig in hittade dom honom i köket.

– Var brann det?

– Ingenstans.

Sjösten kastade en frågande blick på Birgersson.

– Liljegren stod lutad över den utfällda ugnsluckan, fortsatte Birgersson. Huvudet var instucket i ugnen som stod på för fullt. Han höll bokstavligen på att stekas.

Sjösten grimaserade. Han började ana vad han skulle bli tvungen att titta på.

– Hade han begått självmord?

– Nej. Nån hade huggit en yxa i huvudet på honom.

Sjösten trampade ofrivilligt på bromspedalen. Han såg på Birgersson som nickade.

– Ansiktet och håret var ju nästan helt bortbrända. Men läkaren tyckte han ändå kunde bestämma att nån huggit av en bit av skalpen.

Sjösten sa ingenting. Han tänkte på det som hade hänt i Ystad. Det var den stora nyheten denna sommar. En galen mördare som högg ihjäl människor och tog deras skalper.

De kom fram till Liljegrens villa på Aschebergsgatan. En brandbil stod utanför grindarna tillsammans med några polisbilar och en ambulans. Hela den stora trädgården var avspärrad med markeringsband och skyltar. Sjösten steg ur bilen och vinkade avvärjande mot en journalist som hastigt närmade sig. Han klev över avspärrningarna tillsammans med Birgersson och gick upp mot villan. När de steg in i huset kände Sjösten en märklig lukt. Sedan insåg han att den kom från Liljegrens kropp. Han fick en näsduk av Birgersson som han höll framför munnen och näsan. Birgersson nickade mot köket. En ordningspolis som var mycket blek stod vakt utanför köksdörren. Sjösten tittade in i köket. Synen som mötte honom var grotesk. Den halvnakne mannen stod på knä. Kroppen lutade mot ugnsluckan. Halsen och huvudet försvann in i ugnen. Med obehag tänkte Sjösten hastigt på sagan om häxan och Hans och Greta. Läkaren stod på knä intill kroppen och lyste in i ugnen med en ficklampa. Sjösten prövade att andas utan näsduken framför ansiktet. Han andades genom munnen. Läkaren nickade mot honom. Sjösten lutade sig fram och tittade in i ugnen. Han tänkte på en svartbränd stek.

– Jisses, sa han. Det var inte vackert.

– Han har fått ett hugg i bakhuvudet, sa läkaren.

– Här i köket?

– På övervåningen, sa Birgersson som stod bakom honom.

Sjösten reste sig upp.

– Ta ut honom ur ugnen, sa han. Är fotografen klar?

Birgersson nickade. Sjösten följde honom upp till övervåningen. De gick försiktigt eftersom trappstegen var fulla med blodspår. Birgersson stannade utanför badrumsdörren.

– Som du såg var han klädd i pyjamas, sa Birgersson. En tänkbar beskrivning av det som har skett är att Liljegren var inne i badrummet. När han gick ut därifrån väntade mördaren på honom. Han slog honom med en yxa i bakhuvudet och släpade sedan ner kroppen i köket. Det kan förklara varför pyjamasbyxorna hängde kring ena benet. Sen har han arrangerat kroppen vid ugnen, satt den på full värme och gett sig av. Hur han har tagit sig in i huset och sen ut har vi ingen aning om ännu. Det tänkte jag att du skulle ta dig an.

Sjösten sa ingenting. Han tänkte. Sedan återvände han ner till köket. Kroppen låg nu på en plastduk på köksgolvet.

– Är det han? frågade Sjösten.

– Nog är det Liljegren, svarade läkaren. Även om han inte har nåt ansikte längre.

– Det var inte det jag menade. Är det mannen som tar skalper?

Läkaren vek undan en flik av det plastskynke som dolde det svartbrända ansiktet.

– Jag är ganska övertygad om att han har huggit eller slitit av håret längst fram på hjässan, sa läkaren.

Sjösten nickade. Sedan vände han sig mot Birgersson.

– Jag vill att du ringer till Ystadspolisen, sa han. Få tag på Kurt Wallander. Jag vill tala med honom. Nu.

Wallander hade för ovanlighetens skull lagat en ordentlig frukost denna tisdagsmorgon. Han hade stekt ägg och just satt sig vid bordet med tidningen när telefonen ringde. Genast fick han tillbaka känslan av att något hade hänt. När han hörde att det var polisen i Helsingborg, en intendent som presenterade sig som Sture Birgersson, blev hans oro ännu starkare.

Han insåg omedelbart att det han hade fruktat hade hänt. Den okände mannen hade slagit till igen. Han svor tyst för sig själv, en svordom som innehöll lika mycket rädsla som ilska.

Waldemar Sjösten kom till telefonen. De kände varandra från tidigare. I början på 1980-talet hade de samarbetat om en utredning kring en narkotikahärva som sträckte sig över hela Skåne. Trots sina stora personliga olikheter hade de haft lätt att samarbeta och utvecklat något som kanske var början till en vänskap.

– Kurt?

– Jag är här.

– Det var länge sen vi talades vid.

– Vad är det som har hänt? Stämmer det jag hör?

– Tyvärr gör det nog det. Den gärningsman du letar efter har dykt upp här i Helsingborg.

– Är det bekräftat?

– Det finns inget som tyder på motsatsen. Ett yxhugg mot huvudet. Sen river han av offret skalpen.

– Vem är det?

– Åke Liljegren? Säger namnet dig nånting?

Wallander tänkte efter.

– Är det 'riksrevisorn'?

– Just han. En före detta justitieminister, en konsthandlare, och nu en revisor.

– Däremellan en hälare, sa Wallander. Glöm inte honom.

– Jag ringer därför att jag tycker att du ska komma hit. Vi har chefer och intendenter som kan ta på sig det formella ansvaret för att vi kliver över varandras gränser.

– Jag kommer, sa Wallander. Jag undrar om det inte vore klokt att jag tog med Sven Nyberg. Vår kriminaltekniker.

– Ta med dom du vill. Jag lägger inte några hinder i vägen. Jag tycker bara inte om att han har kommit hit.

– Inom två timmar är jag i Helsingborg, sa Wallander. Kan du då svara på om det finns ett samband mellan Liljegren och dom andra som blivit dödade har vi kommit ett gott stycke på väg. Finns det några spår efter honom?

– Inte direkt. Men vi vet hur det har gått till. Fast den här gången har han inte hällt syra i ögonen. Han har stekt honom. Åtminstone hans huvud och halva halsen.

– Stekt?

– I en ugn. Du kan vara glad att du slipper se.

– Vad vet du mer?

– Jag har just kommit hit. Jag kan egentligen inte svara på nånting alls.

När Wallander hade lagt på luren såg han på sitt armbandsur. Tio minuter över sex. Det han hade fruktat hade hänt. Han letade reda på Nybergs telefonnummer och ringde honom. Nyberg svarade nästan genast. Wallander förklarade kort vad som hade hänt. Nyberg lovade att vara utanför Wallanders hus på Mariagatan inom femton minuter. Wallander slog sedan numret till Hansson. Men han ändrade sig, la på luren, lyfte den på nytt och ringde till Martinsson. Som alltid var det Martinssons fru som svarade. Det dröjde flera minuter innan hennes man kom till telefonen.

– Han har slagit till igen, sa Wallander. I Helsingborg. En revisor som heter Åke Liljegren.

– Företagsslaktaren? frågade Martinsson.

– Just han.

– Mördaren har omdöme.

– Skitprat, sa Wallander irriterat. Jag åker dit med Nyberg. Dom har ringt och bett oss komma. Jag vill att du meddelar Hansson. Jag hör av mig så fort jag har nåt att säga.

– Det här innebär att rikskriminalen kommer att gå in, sa Martinsson. Kanske det är lika bra.

– Bäst vore om vi kunde ta den här galningen snart, svarade Wallander. Jag åker nu. Jag ringer sen.

Han stod och väntade när Nyberg svängde in med sin gamla Amazon på Mariagatan. Han satte sig bredvid honom. De körde ut ur Ystad. Morgonen var mycket vacker. Nyberg körde fort. Vid Sturup svängde de av mot Lund och kom sedan ut på huvudvägen mot Helsingborg. Wallander gav honom de få detaljer han hade. När de hade passerat Lund ringde Hansson på mobiltelefonen. Wallander hörde att han var andfådd. Hansson har säkert fruktat det här mer än jag, tänkte han hastigt.

– Förfärligt att det har hänt igen, sa Hansson. Det förändrar allting.

– Tills vidare förändrar det ingenting, svarade Wallander. Det beror helt och hållet på vad som egentligen har skett.

– Det är dags för rikskrim att ta över nu, sa Hansson. Wallander anade på Hanssons röst att det var vad han helst av allt önskade, att bli befriad från sitt ansvar. Wallander märkte att det irriterade honom. Han kom inte ifrån att det fanns ett drag av nervärdering av spaningsgruppens arbete i det Hansson hade sagt.

– Vad som ska ske är ditt och Per Åkesons ansvar, sa Wallander. Det som har hänt i Helsingborg är deras sak. Men det är dom som har bett mig komma. Vad som händer sen får vi tala om när det blir aktuellt.

Wallander avslutade samtalet. Nyberg sa ingenting. Men Wallander visste att han hade lyssnat.

De möttes av en polisbil vid infarten till Helsingborg. Wallander tänkte att det måste ha varit ungefär här som Sven Andersson från Lunnarp hade stannat för att ge Dolores Maria Santana lift på det som skulle bli hennes sista resa. De körde efter polisbilen upp mot Tågaborg och stannade utanför Liljegrens stora trädgård. Wallander och Nyberg passerade avspärrningarna och möttes av Sjösten som stod nedanför trappan till den stora villan som Wallander gissade var byggd kring sekelskiftet. De hälsade och växlade några ord om när de senast hade träffats. Sedan sammanförde Sjösten Nyberg med den kriminaltekniker från Helsingborg som hade ansvaret för brottsplatsundersökningen. De försvann in i huset.

Sjösten släckte cigaretten mot marken och begravde fimpen i gruset med klacken.

– Det är din man som har kommit hit, sa han. Det behöver vi knappast tvivla på.

– Vad vet du om mannen som är död?

– Åke Liljegren var en känd person.

– Ökänd skulle jag vilja kalla honom.

Sjösten nickade.

– Det är nog många som i sina drömmar har tagit livet av den mannen, sa han. Med ett bättre fungerande rättsväsende, med färre och mer svårforcerade kryphål i de lagar som antas kontrollera den ekonomiska brottsligheten, hade det här aldrig behövt inträffa. Då hade han nämligen suttit inne. Än så länge har inte svenska fängelser utrustat cellerna med vare sig badrum eller stekugnar.

Sjösten tog med sig Wallander in i huset. Stanken av bränd hud var fortfarande märkbar. Sjösten gav Wallander ett munskydd som han tveksamt satte på sig. De gick in i köket där den döda kroppen låg under ett plastöverdrag. Wallander nickade åt Sjösten att låta honom se kroppen. Det var lika bra att gå igenom obehaget med en gång. Vad han hade förväntat sig visste han egentligen inte. Men han hajade ändå till när han såg Liljegrens ansikte. Det fanns inte kvar. Huden var bortbränd, stora delar av kraniet framträdde tydligt. Där ögonen suttit fanns bara två hål. Håret liksom öronen var också bortbrända. Wallander nickade åt Sjösten att lägga tillbaka plastduken. Sjösten beskrev hastigt hur Liljegren hade legat lutad över ugnsluckan. Av fotografen som just höll på att lämna köket för att börja arbeta på övervåningen fick Wallander några polaroidfoton. Det var nästan värre att se det hela avbildat. Wallander skakade på huvudet med en grimas och lämnade ifrån sig bilderna. Sjösten tog honom med till övervåningen samtidigt som han förevisade blodspåren i trappan och beskrev hur det hela troligen hade gått till. Wallander ställde då och då en fråga om någon detalj. Men redan från början framstod Sjöstens beskrivning som övertygande.

– Finns det några vittnen? frågade Wallander. Spår efter mördaren? Hur tog han sig in i huset?

– Genom ett källarfönster.

De återvände till köket och gick ner i den stora källarvåning som sträckte sig under hela huset. I ett rum där Wallander anade den kvardröjande doften av lagrade vinteräpplen från tidigare år, stod ett litet fönster på glänt.

– Vi tror att han har tagit sig in den här vägen, sa Sjösten. Och försvunnit på samma sätt. Även om han kunde ha spatserat rakt ut genom huvudingången. Åke Liljegren bodde ensam.

– Har han lämnat nånting efter sig? undrade Wallander. Tidigare har han varit mycket noga med att undvika att förse oss med ledtrådar. Men han har å andra sidan inte heller varit överdrivet noggrann. Vi har en hel uppsättning fingeravtryck. Enligt Nyberg är det bara vänster lillfinger som saknas.

– Fingeravtryck som han vet att polisen inte har i sina register, sa Sjösten.

Wallander nickade. Sjöstens kommentar var helt riktig. Han hade bara inte själv formulerat tanken på samma sätt tidigare

– I köket intill ugnen har vi hittat ett fotavtryck, sa Sjösten.

– Han var alltså barfota igen, sa Wallander.

– Barfota? undrade Sjösten.

Wallander berättade om det avtryck de hade hittat i Björn Fredmans nerblodade bil. Han insåg att bland det första som måste ske var att Sjösten och hans kollegor gjordes delaktiga i allt utredningsmaterial som samlats ihop kring de tre första morden.

Wallander undersökte källarfönstret. Han tyckte sig kunna se svaga skrapmärken vid den ena haken som slitits av från sitt fäste. När han böjde sig ner såg han den, trots att den var svår att upptäcka mot det mörka jordgolvet. Han tog inte i den med fingrarna.

– Det kan verka som om den blivit lösgjord tidigare, sa han.

– Han hade förberett sin ankomst?

– Inte otänkbart. Det stämmer med hans tidigare vana att förbereda sig. Han utsätter sina offer för övervakning. Han spanar. Varför och hur länge vet vi inte. Vår beteendevetenskapliga specialist, Mats Ekholm, hävdar att det ofta karaktäriserar personer med psykotiska drag.

De gick in i ett intilliggande rum där fönstret var av samma sort. Fönsterhakarna var intakta.

– Man borde nog söka fotavtryck i gräset utanför det andra fönstret, sa Wallander.

Sedan ångrade han sig. Han hade ingen orsak att tala om för en så erfaren brottsutredare som Waldemar Sjösten vad som behövde göras.

De återvände till köket. Liljegrens kropp höll på att föras bort.

– Det jag hela tiden har letat efter är beröringspunkten, sa Wallander. Först sökte jag den mellan Gustaf Wetterstedt och Arne Carlman. Den hittade jag till slut. Sen sökte jag den mellan Björn Fredman och de två andra. Den har vi fortfarande inte kunnat identifiera. Ändå är jag övertygad om att den finns. Nu tror jag det är bland det första som måste ske här. Går det att hitta ett samband mellan Åke Liljegren och de tre andra? Helst alla, men åtminstone någon av dem.

– På sätt och viss finns det ju redan en mycket klar beröringspunkt, sa Sjösten stillsamt.

Wallander betraktade honom frågande.

– Jag menar, gärningsmannen är ju en identifierbar beröringspunkt, fortsatte Sjösten. Även om vi alltså inte vet vem han är.

Sjösten nickade mot utgångsdörren. Wallander insåg att Sjösten ville tala med honom ostört. När de kom ut i trädgården kisade de båda mot solen. Det skulle bli ännu en varm och torr sommardag. Wallander kunde inte längre påminna sig när det senast hade regnat. Sjösten tände en cigarett och drog med sig Wallander mot några trädgårdsmöbler som stod en bit från huset. De flyttade stolarna så att de hamnade i skugga.

– Det går många rykten om Åke Liljegren, sa Sjösten. Hans skalbolagsaffärer är nog bara en del av hans verksamhet. Vi här i Helsingborg har hört mycket annat. Lågt flygande Cessnor som släpper kokainlaster. Heroin, marijuana. Lika svårt att bevisa som att argumentera emot. Personligen har jag lite svårt att förknippa den sortens verksamhet med Åke Liljegren. Men det kan naturligtvis vara min begränsade fantasi. Man föreställer sig att det fortfarande ska vara möjligt att dela in förbrytare i olika fållor. Vissa arter av brott kan spaltas upp i grupper. Förbrytarna ska sen hålla sig inom sina respektive gränser. Inte trampa in på andras territorier som rör till våra indelningar.

– Jag har ibland tänkt i samma banor, erkände Wallander. Men den tiden är nog förbi. Den värld vi lever i håller på att bli både mer översiktlig och kaotisk på en och samma gång.

Sjösten viftade med cigaretten mot den stora villan.

– Det har också gått andra rykten, sa han. Mera handfasta. Om våldsamma fester i det här huset. Kvinnor, prostitution.

– Våldsamma? frågade Wallander. Har ni behövt rycka ut?

– Aldrig, svarade Sjösten. Jag vet egentligen inte varför jag kallar festerna våldsamma. Men här har ibland samlats människor. Som sedan lika hastigt har försvunnit igen.

Wallander sa ingenting. Han begrundade det Sjösten nyss hade sagt. En svindlade tanke drog hastigt förbi i hans hjärna. Han såg Dolores Maria Santana stå vid Helsingborgs södra utfart. Kunde det finnas ett samband med det Sjösten hade talat om? Prostitution? Han slog undan tanken. Den var inte bara ogrundad, den var ett uttryck för att han blandade samman olika utredningar i sitt huvud.

– Vi kommer att behöva samarbeta, sa Sjösten. Du och dina kollegor har flera veckors försprång. Nu lägger vi till Liljegren. Hur ser bilden ut då? Vad förändras? Vad blir tydligare?

– Jag tror det är uteslutet att inte rikskrim kommer att gå in nu, sa Wallander. Det är naturligtvis bra. Men jag är alltid rädd för att det uppstår samarbetsproblem och att information inte når fram dit den ska.

– Samma oro har jag, svarade Sjösten. Därför vill jag komma med ett förslag. Att du och jag bildar en informell enhet som kan gå lite vid sidan av när det passar oss.

– Gärna, svarade Wallander.

– Vi minns båda hur det var på gamla riksmordkommissionens tid, sa Sjösten. Nånting som fungerade mycket bra bröts sönder. Och har sen aldrig egentligen blivit så bra som det var den gången.

– Tiden var annorlunda, sa Wallander. Våldet hade ett annat utseende, morden var dessutom färre. De riktigt grova förbrytarna rörde sig i mönster som på ett annat sätt än idag var igenkännbara. Jag håller med dig om att riksmordkommissionen var bra. Men jag är inte säker på att den hade varit lika slagkraftig idag.

Sjösten reste sig.

– Men vi är överens? sa han.

– Naturligtvis, svarade Wallander. När vi tycker att det behövs drar vi oss undan och resonerar.

– Du kan bo hos mig, sa Sjösten. Om du behöver stanna här. Det kan vara skönt att slippa bo på hotell.

– Gärna, tackade Wallander. Men innerst inne hade han inte haft något emot att bo på hotell om det blev nödvändigt. Hans behov av att åtminstone några timmar per dag få vara för sig själv var mycket stort.

De gick tillbaka mot huset. Till vänster låg ett stort garage med två portar. Medan Sjösten fortsatte in i huset bestämde sig Wallander att kasta en blick in i garaget. Han drog med besvär upp en av fällportarna. Inne i garaget stod en svart Mercedes. Wallander gick in och betraktade bilen från sidan. Då upptäckte han att fönstren var färgade för att omöjliggöra insyn. Han blev stående och funderade.

Sedan gick han in i huset och lånade Nybergs mobiltelefon.

Han ringde till Ystad och bad att få tala med Ann-Britt Höglund. Kortfattat berättade han vad som hade hänt. Så kom han fram till sitt egentliga ärende.

– Jag vill att du kontaktar Sara Björklund, sa han. Minns du henne?

– Wetterstedts städerska?

– Just hon. Jag vill att du ringer henne och tar henne med dig hit till Helsingborg. Utan dröjsmål.

– Varför?

– Jag vill att hon ska se på en bil. Och jag ska stå bredvid henne och hoppas av alla krafter att hon känner igen den.

Ann-Britt Höglund frågade inget mer.

30

Sara Björklund stod länge och såg på den svarta bilen.

Wallander höll sig intill henne, men ändå i bakgrunden. Han ville göra henne trygg med sin närvaro. Men han ville inte vara så nära henne att han blev ett störande moment för den uppgift han pålagt henne. Han förstod att hon ansträngde sig till det yttersta för att komma fram till en övertygelse. Hade hon sett den här bilen tidigare, den där fredagsmorgonen när hon kom till Wetterstedts hus, i tron att det bara var torsdag? Hade den sett likadan ut, kunde det till och med vara just den och ingen annan bil som hon sett svänga ut från huset där den gamle ministern bodde?

Sjösten var överens med Wallander när denne förklarade sin tanke. Även om Sara Björklund, den av Wetterstedt så föraktfullt beskrivna skurgumman, kom fram till att det kunde ha varit en bil av samma märke hon sett, skulle det inte bevisa nånting. Allt de kunde få var en indikation, en tänkbarhet. Ändå var det viktigt, det insåg de båda.

Sara Björklund tvekade. Eftersom det satt nycklar i tändningslåset bad han Sjösten köra ett varv med den runt gårdsplanen. Om hon blundade och lyssnade, kunde hon känna igen motorljudet? Bilar lät på olika sätt. Hon gjorde som han sa, hon lyssnade.

– Kanske, sa hon efteråt. Den ser ut som den bil jag såg den där morgonen. Men om det var just den kan jag inte veta. Jag såg inga skyltar.

Wallander nickade.

– Det begär jag inte heller, sa han. Jag är ledsen att jag var tvungen att be dig komma hit.

Ann-Britt Höglund hade påpassligt nog tagit med sig Norén, som nu fick uppdraget att köra Sara Björklund tillbaka till Ystad. Själv ville hon stanna kvar.

Det var fortfarande tidigt på morgonen. Ändå tycktes hela landet redan veta om vad som hade hänt. Sjösten improviserade en presskonferens ute på gatan, medan Wallander och Ann-Britt Höglund åkte ner till färjeterminalen och åt frukost.

Han gav henne en detaljerad beskrivning av vad som hade skett.

– Åke Liljegren förekom i vårt utredningsmaterial om Alfred Harderberg, sa hon efteråt. Minns du det?

Wallander vandrade i tankarna tillbaka till året innan. Med olust påminde han sig den ryktbare affärsmannen och konstmecenaten som levt bakom murarna på Farnholms slott. Honom som de till slut hade lyckats hindra från att lämna landet under några dramatiska ögonblick på Sturups flygplats. Åke Liljegrens namn hade förekommit i utredningen. Men det hade varit i utkanten. Det hade aldrig varit aktuellt att ta in honom till förhör.

Wallander satt med sin tredje kopp kaffe och såg ut över Sundet som denna sommarmorgon var fyllt med segelbåtar och färjor.

– Vi ville inte ha det, men vi fick det ändå, sa han. Ytterligare en död och skalperad man. Enligt Ekholm har vi nu nått den magiska gräns där våra möjligheter att identifiera gärningsmannen dramatiskt ska ha ökat. Allt enligt FBI:s modeller. Som sannolikt kan vara av stor betydelse. Nu ska vi ännu klarare kunna påvisa vad som är likt och vad som skiljer.

– Jag tycker mig ana att nåt har blivit grövre, sa hon tveksamt. Om man nu kan gradera yxhugg och skalper.

Wallander väntade intresserat på fortsättningen. Han hade lärt sig att hennes tveksamhet ofta avslöjade att hon kommit en viktig tanke på spåren.

– Wetterstedt låg under en roddbåt, fortsatte hon. Han hade blivit nerhuggen bakifrån. Hans skalp var avskuren. Som om han hade gett sig tid att vara noggrann. Eller kanske fanns där en osäkerhet? Den första skalpen. Carlman blev dödad rakt framifrån. Han måste ha sett den man som gjorde det. Håret var avslitet, inte bortskuret. Man kan ana ett ursinne eller ett förakt, eller kanske ett raseri, nästan okontrollerat. Så kommer Björn Fredman. Han låg antagligen på rygg. Förmodligen bunden. Annars skulle han ha gjort motstånd. Han fick syra i ögonen. Han som gjorde det tvingade med våld upp hans ögonlock. Hugget mot huvudet utdelades med våldsam kraft. Och nu Liljegren. Som får huvudet inkört i en ugn. Nånting ökar. Är det hat? Eller en sjuk människas obegripliga njutning i att demonstrera sin makt?

– Upprepa det du nu har sagt för Ekholm, sa Wallander. Låt honom stoppa in det i sin dator. Jag håller med dig. Vissa förändringar i hans beteende är avläsbara. Nåt är på glid. Men vad säger det oss?

Det känns ibland som om vi ska försöka tyda fotspår som är miljontals år gamla. Dom utdöda djurens fotavtryck som stelnat i vulkanisk aska. Det jag grubblar mest över är kronologin. Som bygger på att vi har hittat offren i en viss ordning. Eftersom dom har blivit dödade i en viss ordning. Då uppstår en för oss naturlig kronologi. Frågan är bara om det finns nån annan ordning mellan dom som vi inte kan tyda? Är nån av dom kanske viktigare än dom andra?

Hon tänkte efter.

– Stod nån av dom närmare han som gjorde det här än dom andra?

– Just det, sa Wallander. Befinner sig Liljegren närmare ett centrum än till exempel Carlman? Och vem är det som befinner sig längst bort? Eller har alla samma förhållande till gärningsmannen?

– Ett förhållande som dessutom kanske bara finns i hans förvirrade medvetande?

Wallander sköt undan sin tomma kaffekopp.

– Det enda vi kan vara säkra på är att dom här männen inte är utvalda av en slump, sa han.

– Björn Fredman skiljer ut sig, sa hon när de reste sig.

– Ja, sa Wallander. Han gör det. Men om man vänder på det kan man säga att det är dom tre andra som utgör undantaget.

De återvände upp till Tågaborg där de möttes av beskedet att Hansson var på väg till Helsingborg för att ha ett möte med polismästaren.

– I morgon har vi rikskriminalen här, sa Sjösten.

– Har nån talat med Ekholm? frågade Wallander. Han borde komma hit så fort som möjligt.

Ann-Britt Höglund gick för att ta reda på hur det var med den saken. Under tiden gick Wallander tillsammans med Sjösten igenom huset på nytt. Nyberg stod på knä i köket tillsammans med de andra teknikerna. När de var på väg upp mot övervåningen kom Ann-Britt Höglund ikapp dem och sa att Ekholm var på väg i samma bil som Hansson. De fortsatte sin husesyn tillsammans. Ingen av dem sa någonting. Var och en följde sin egen osynliga jaktstig. Wallander försökte känna mördarens närvaro, på samma sätt som han sökt honom i dunklet i Wetterstedts hus, eller i den ljusa bersån i Carlmans trädgård. Det var mindre än tolv timmar sedan han hade gått i samma trappa. Det osynliga avtrycket av hans närvaro fanns fortfarande kvar i huset. Wallander rörde sig långsammare än de andra. Han blev ofta stående och såg tomt ut i luften. Eller så satte han sig på en stol och betraktade en vägg eller en matta eller en dörr. Som om han befann sig på ett konstgalleri, djupt försjunken i några av de utställda föremålen. Då och då gick han tillbaka och gjorde om den korta promenaden. Ann-Britt Höglund som såg honom fick ett intryck av att Wallander betedde sig som om han befann sig på ett ytterst bräckligt isunderlag. Om Wallander hade känt till hennes iakttagelse hade han med säkerhet gett henne rätt. Varje steg innebar en risk, ett nytt ställningstagande, en omförhandling med sig själv om en tanke, nyss tänkt. Han rörde sig lika mycket i sitt huvud som på den brottsplats där han för tillfället befann sig. Gustaf Wetterstedts hus hade varit egendomligt tomt. Han hade inte någon gång känt närvaron av mannen som han sökte efter. Det fick honom till slut att bli överens med sig själv om att den man som dödat Wetterstedt aldrig hade varit inne i huset. Han hade aldrig kommit närmare än garagetaket där han fördrivit sin tid med att läsa en Fantomentidning och sedan rivit den i bitar. Men här, i Liljegrens hus, var det annorlunda. Wallander återvände till trappan och såg bort mot badrummet. Här hade han kunnat se den man han snart skulle döda. Om badrumsdörren hade varit öppen. Och varför skulle den ha varit stängd när Liljegren var ensam i huset? Han fortsatte fram mot badrumsdörren och ställde sig vid väggen. Sedan gick han in i badrummet, tog för ett ögonblick på sig att spela Liljegren i det ensamma skådespel han uppförde. Han gick ut genom dörren, tänkte sig hugget som kom tveklöst och med full kraft snett bakifrån. Han såg sig själv falla mot mattan i korridorren. Sedan iklädde han sig åter den andra rollen, mannen som hade en yxa i höger hand. Inte vänster, det hade de kunnat konstatera redan när det gällde Wetterstedts död. Mannen var högerhänt. Wallander gick långsamt nerför trappan och drog det osynliga liket bakom sig. In i köket, fram till ugnen. Han fortsatte ner i källaren och stannade vid det fönster som var för smalt för att han skulle ha kunnat krypa ut genom det. Det var en man utan överflödiga kilon som kunde använda fönstret som ingång till Liljegrens hus. Den man de sökte måste vara magerlagd. Han återvände upp i köket och fortsatte sedan ut i trädgården. Vid källarfönstret på baksidan av huset höll teknikerna på att försöka säkra fotavtryck. Wallander kunde på förhand säga att de ingenting skulle finna. Mannen hade varit barfota, som vid de tidigare tillfällena. Han såg bort mot häcken, det kortaste avståndet mellan källarfönstret och den gata som gick därutanför. Han grubblade över varför mördaren varit barfota. Han hade ställt frågan till Ekholm vid ett flertal tillfällen utan att han tyckte att han hade fått något riktigt bra svar. Att gå barfota innebar att man utsatte sig för risken att skadas. Att halka, sticka sig, skära sig. Ändå gjorde han det. Varför rörde han sig barfota? Varför valde han att ta av sig skorna? Det var ännu en av de avvikande punkterna han måste hålla fast vid. Han tog skalper. Han använde yxa. Han var barfota. Wallander stod alldeles stilla. Tanken kom över honom mycket hastigt. Det undermedvetna hade dragit en slutsats och skickat meddelandet vidare. Nu hade det nått fram.

En indian, tänkte han. En krigare från ett naturfolk.

Plötsligt visste han att han hade rätt. Den man de sökte efter var en ensam krigare som rörde sig längs en osynlig stig han hade valt ut. Han imiterade. Dödade med yxa, skar av skalper, rörde sig barfota. Varför gick en indian omkring i den svenska sommaren och dödade människor? Vem var det egentligen som begick morden? Indianen eller han som spelade rollen?

Wallander höll i tanken hårt för att inte mista den innan han hade följt den fullt ut. Han rörde sig över stora avstånd, tänkte han. Han måste ha en häst. En motorcykel. Som hade stått bakom vägverkets arbetsbod. En bil åker man i, en motorcykel rider man på.

Han gick tillbaka till huset. För första gången under utredningen tyckte han att han anade en bild av den man han sökte. Anspänningen inför upptäckten var ögonblicklig. Hans vaksamhet skärptes. Fortfarande ville han dock hålla tankarna för sig själv.

Ett fönster på övervåningen slogs upp. Sjösten lutade sig ut.

– Kom upp, ropade han.

Wallander återvände in i huset och undrade vad de hade hittat. I ett rum som måste ha varit Liljegrens kontor stod Sjösten och Ann-Britt Höglund framför en bokhylla. Sjösten hade en plastpåse i handen.

– Jag gissar på kokain, sa han. Kan förstås också vara heroin.

– Var låg det? frågade Wallander.

Sjösten pekade på en öppen låda.

– Det kan naturligtvis finnas mer, sa Wallander.

– Jag ska se till att vi får hit en narkotikahund, sa Sjösten.

– Jag tror också att du bör skicka ut lite folk som kan prata med grannarna, sa Wallander. Fråga om dom lagt märke till en man på motorcykel. Inte bara igår kväll eller i natt. Också tidigare. De senaste veckorna.

– Kom han på en motorcykel?

– Jag tror det. Det skulle stämma med hans tidigare sätt att färdas. Du upptäcker det i utredningsmaterialet.

Sjösten lämnade rummet.

– Det står ingenting om nån motorcykel i utredningsmaterialet, sa Ann-Britt Höglund förvånat.

– Det borde det ha gjort, sa Wallander frånvarande. Men visst slog vi väl fast att det var en motorcykel som hade stått vid vägen bortanför Carlmans hus? Gjorde vi inte det?

Genom fönstret upptäckte han i samma ögonblick att Ekholm och Hansson var på väg uppför grusgången som var kantad av rosenbuskar. De hade ytterligare en man i sällskap som Wallander antog var polismästaren i Helsingborg. Intendent Birgersson mötte dem på halva vägen.

– Det är kanske lika bra att vi går ner, sa han. Har du hittat nånting?

– Huset påminner om Wetterstedts, sa hon. Samma dystra borgerlighet. Men här finns i alla fall en del familjefotografier. Om de muntrar upp vet jag inte. Liljegren tycks bara ha haft kavallerister i sin släkt. Skånska Dragoner. Om man ska tro fotografierna.

– Jag har inte sett på dom, ursäktade sig Wallander. Men jag tror dig så gärna. Hans skalbolagsaffärer hade onekligen många likheter med primitiv krigföring.

– Det finns ett foto på ett gammalt par, utanför ett torp, sa hon. Om jag förstod det som stod skrivet på baksidan föreställde bilden hans morföräldrar på Öland.

De fortsatte mot nedre botten. Halva trappan var avspärrad för att skydda blodspåren.

– Äldre ensamma herrar, sa Wallander. Deras hus påminner om varandra eftersom dom kanske var lika. Hur gammal var egentligen Åke Liljegren? Hade han fyllt sjuttio?

Frågan förblev obesvarad eftersom Ann-Britt Höglund inte visste det.

Ett mötesrum blev improviserat i Liljegrens matsal. Ekholm som inte behövde vara med hade av Sjösten tilldelats en polisman som kunde ge honom den information han behövde. När alla hade presenterat sig och satt sig överraskade Hansson Wallander med att vara mycket bestämd i sin syn på vad som borde ske. Under resan upp från Ystad hade han också över telefonen hunnit med att konferera både med Per Åkeson och rikskriminalen i Stockholm.

– Det vore fel att påstå att läget allvarligt har förändrats på grund av det som skett i det här huset, började han. Läget har varit dramatiskt nog ända sedan vi förstod att vi hade med en seriemördare att göra. Möjligen kan man nu säga att vi har passerat en sorts gräns. Det finns ingenting som tyder på att den här mordserien kommer att brytas. Det är nåt vi bara kan hoppas på. Från rikskriminalens sida är man beredd att ge oss den hjälp vi behöver och begär. Formaliteterna med att vi nu måste etablera en spaningsgrupp som dels går över gränser för olika polisdistrikt, dels kommer att innefatta personal från Stockholm ska egentligen inte heller behöva innebära några större problem. Jag antar att ingen här har nåt emot att Kurt blir den nya spaningsgruppens ledare?

Ingen hade något att invända. Sjösten nickade gillande från sin sida av matbordet.

– Kurt har en viss ryktbarhet, sa Hansson, utan minsta antydan om att han gav uttryck för dubbeltydighet. Rikskriminalens chef ansåg det självklart att Kurt skulle fortsätta att leda spaningarna.

– Jag instämmer, sa polismästaren i Helsingborg. Det var också det enda han yttrade under hela mötet.

– Det finns uppdragna riktlinjer för hur ett sånt här samarbete ska kunna starta på kortast möjliga tid, fortsatte Hansson. Åklagarna har sina egna beredskapsprocedurer att följa. Det viktigaste just nu är att försöka precisera vilken typ av hjälp vi egentligen behöver från Stockholms sida.

Wallander hade lyssnat på det Hansson hade sagt med en känsla av både stolthet och oro. Hans självmedvetenhet sa honom samtidigt att någon annan än han själv knappast kunde vara lämpligare som spaningsledare.

– Har nåt som liknar den här serien av mord egentligen inträffat tidigare i vårt land? frågade Sjösten.

– Inte enligt Ekholm, svarade Wallander.

– Det vore naturligtvis bra med poliser som har erfarenhet av den här typen av brott, fortsatte Sjösten.

– I så fall får vi hämta dom från kontinenten eller USA, sa Wallander. Och det tror jag inte så mycket på. I alla fall inte än. Det vi behöver är naturligtvis erfarna mordutredare. Som kan öka vår allmänna kapacitet.

Det tog dem mindre än tjugo minuter att fatta de beslut som var nödvändiga. Efteråt lämnade Wallander hastigt rummet och letade reda på Ekholm. Han hittade honom på övervåningen utanför badrummet. Wallander drog med honom in i ett gästrum som gav intryck av att inte ha använts på länge. Wallander öppnade fönstret för att vädra ut den instängda luften. Sedan satte han sig på sängkanten och berättade för Ekholm om sina tankar tidigare på morgonen.

– Du kan naturligtvis ha rätt, sa Ekholm efteråt. En människa med psykiska störningar som iklätt sig rollen av en ensam krigare. Kriminalhistorien har många exempel på det. Dock inte i Sverige. Det handlar om människor som förvandlar sig till någon annan innan de ger sig ut för att ta hämnd, som är det vanligaste motivet. Förklädnaden befriar dem från skuld. Skådespelaren känner inte samvetet gnaga för de handlingar som hans rollfigur utför. Sedan får man inte glömma att det finns en kategori psykopater som dödar utan annat motiv än sitt eget höga nöje.

– Det är knappast troligt i det här fallet, sa Wallander.

– Svårigheten ligger i att den roll mördaren har iklätt sig, om vi nu exempelvis föreställer oss indiankrigaren, inte behöver säga nåt om motiven för morden. Det behöver inte finnas ens nån yttre överensstämmelse. Om vi tänker oss att du har rätt, en barfotakrigare som har valt sin förklädnad av för oss okända skäl, så kunde han lika gärna ha valt att förvandla sig till japansk samuraj eller *tonton macoute* från Haiti. Det finns bara en person som känner orsakerna till valet. Han själv.

Wallander påminde sig ett av de tidigaste samtalen han hade haft med Ekholm.

– Det skulle kunna betyda att skalperna är ett villospår, sa han. Att han bara tar dom som ett rituellt led i utförandet av den roll han har valt åt sig själv. Inte att han samlar troféer för att nå ett syfte som existerar som en orsak till att han faktiskt dödar alla dessa människor.

– Möjligheten finns.

– Vilket innebär att vi återigen är tillbaka på ruta ett.

– Kombinationerna måste prövas om och om igen, sa Ekholm. Vi återkommer aldrig till utgångspunkten när vi en gång har lämnat den. Vi måste röra oss på samma sätt som gärningsmannen. Han står inte stilla. Det som har hänt här i natt bekräftar det jag säger.

– Har du bildat dig nån uppfattning?

– Ugnen är intressant.

Wallander reagerade på Ekholms ordval. Men han sa ingenting.

– På vilket sätt?

– Skillnaden mellan syran och ugnen är påfallande. I ena fallet använder han ett kemiskt medel för att plåga en människa som fortfarande lever. Det är en del av själva dödandet. I det andra tillfället tjänar det snarast som en hälsning till oss.

Wallander betraktade Ekholm uppmärksamt. Han försökte tolka orden han just hört.

– En hälsning till polisen?

– Det förvånar mig i grunden inte. Mördaren är inte opåverkad av sina egna handlingar. Bilden av honom själv förstoras. Ofta når den en punkt där han måste börja söka en kontakt utanför sig själv. Han är sprickfärdig av självberöm. Han måste söka bekräftelsen på sin storhet utanför sig själv. Offren kan inte stå upp från dom döda och applådera honom. Inte sällan riktar han sig då till polisen. Dom som förföljer honom. Dom som vill hindra honom från att fortsätta. Det kan ta sig olika uttryck. Anonyma telefonsamtal eller brev. Eller varför inte en död människa arrangerad i en grotesk ställning?

– Han utmanar oss?

– Jag tror inte han tänker så. Inför sig själv är han osårbar. Om det stämmer att han har valt rollen som en barfotakrigare kan osårbarheten vara ett av skälen. Det är inte ovanligt med exempel på krigarfolk som smörjer in sig med salvor för att göra sig osårbara för svärd eller pilar. I vår tid kan polisen representera just detta svärd.

Wallander satt tyst en stund.

– Vad blir nästa steg? frågade han. Han utmanar oss genom att stoppa in Liljegrens huvud i ugnen. Nästa gång? Om det skulle ske?

– Det finns många tänkbara möjligheter. En som inte är alldeles okänd för omvärlden är att psykopatiska mördare söker kontakt med enskilda polismän.

– Varför det?

Ekholm lyckades inte dölja att han tvekade innan han svarade.

– Det har hänt att poliser har dödats.

– Du menar att den här galningen skulle ha ögonen på oss?

– Det är inte omöjligt. Utan att vi vet om det kan han roa sig med att dyka upp alldeles i vår närhet. Och sen försvinna igen. En dag kanske det inte längre är nog.

Wallander tänkte tillbaka på den upplevelse han hade haft utanför avspärrningarna vid Carlmans gård. Att han hade tyckt sig känna igen ett ansikte bland de nyfikna åskådarna till polisens arbete. Någon som också funnits på stranden utanför banden och skyltarna när de vände båten och drog fram den döde justitieministern.

Ekholm såg allvarligt på honom.

– Framförallt tror jag att du ska vara medveten om det här, sa han. Oavsett det här samtalet hade jag ändå tänkt tala med dig.

– Varför just jag?

– Du är den som syns mest. Spaningen efter mannen som har begått dom här fyra morden har många personer inblandade. Men det enda namn och det enda ansikte som syns regelbundet är ditt.

Wallander grimaserade.

– Ska jag verkligen ta det du säger på allvar?

– Det avgör du själv.

När samtalet var över och Ekholm hade lämnat rummet satt Wallander kvar. Han försökte reda ut för sig själv hur han egentligen reagerade på Ekholms ord.

Det var som om en kall vind drog genom rummet, tänkte han.

Det och ingenting mer.

Strax efter tre på eftermiddagen återvände Wallander tillsammans med de andra mot Ystad. De hade bestämt att spaningsarbetet skulle fortsätta att ledas från Ystad. Wallander satt tyst under hela resan och svarade bara fåordigt när Hansson ställde några frågor till honom. När de kom fram hade de ett kort informationsmöte med Svedberg, Martinsson och Per Åkeson. Svedberg kunde upplysa om att det nu var möjligt att tala med Carlmans dotter som hade hämtat sig tillräckligt efter självmordsförsöket. De bestämde att Wallander och Ann-Britt Höglund skulle besöka sjukhuset följande morgon. När klockan var sex ringde Wallander ut till sin far. Det var Gertrud som svarade. Fadern verkade alldeles som vanligt igen. Han tycktes redan ha glömt det som inträffat några dagar tidigare.

Wallander ringde också hem. Ingen svarade. Linda var inte där. På väg ut från polishuset frågade han Ebba om det var något nytt om hans nycklar. Ingenting. Han körde ner till hamnen och tog en promenad längs piren. Sedan satte han sig på hamncaféet och drack öl. Plötsligt märkte han att han satt och observerade de människor som kom och gick. Olustigt reste han sig och gick ut på piren till bänken som stod vid Sjöräddningens röda barack.

Sommarkvällen var varm och vindstilla. Någon spelade dragspel i en båt. På andra sidan piren skymtade han en av Polenfärjorna som var på väg in mot terminalen. Utan att han egentligen var medveten om det började han plötsligt se ett sammanhang framför sig. Han satt alldeles stilla och lät tankarna arbeta. Han började ana konturerna av ett drama som var värre än han någonsin kunnat föreställa sig. Fortfarande fanns många luckor. Men han tyckte sig nu kunna se var de skulle koncentrera efterforskningen.

Han tänkte att det inte hade varit fel på den spaningsuppläggning de hittills hade arbetat efter.

Felet var de tankar och slutsatser han hade dragit.

Han åkte hem och gjorde en skriftlig sammanfattning vid köksbordet.

Strax före midnatt kom Linda. Hon hade sett i en tidning vad som hade hänt.

– Vem är det som gör det här? frågade hon. Hur kan en sån människa vara funtad?

Wallander tänkte efter innan han svarade.

– Som du och jag, sa han sedan. I stort sett precis som du och jag.

31

Wallander vaknade med ett ryck.

Han slog upp ögonen och låg alldeles stilla. Sommarnattens ljus var ännu grått. Någon rörde sig i lägenheten. Han kastade en hastig blick på klockan som stod på nattduksbordet. Den visade på kvart över två. Rädslan var ögonblicklig. Han visste att det inte var Linda. Från det hon somnade på kvällen rörde hon sig inte ur sängen innan morgonen. Han höll andan och lyssnade. Ljudet var mycket lågt.

Den som rörde sig var barfota.

Wallander reste sig försiktigt ur sängen. Han såg sig om efter någonting att försvara sig med. Sitt tjänstevapen hade han inlåst i skrivbordet på polishuset. Det enda som fanns i sovrummet var den trasiga träarmen på en stol. Han tog försiktigt loss den och lyssnade igen. Stegen tycktes komma från köket. Han lät morgonrocken vara eftersom den skulle hindra hans rörelsefrihet. Han lämnade sovrummet och såg mot vardagsrummet. Han passerade dörren till Lindas rum. Den var stängd. Hon sov. Han var nu mycket rädd. Ljuden kom från köket. Han stod i dörröppningen till vardagsrummet och lyssnade. Tänkte att Ekholm alltså hade haft rätt. Han förberedde sig på att möta någon som var mycket stark. Den träarm han höll i handen skulle inte vara till mycket hjälp. Han påminde sig att han hade en kopia av ett par ålderdomliga knogjärn liggande i en av bokhyllans lådor. De hade en gång varit den idiotiska vinsten i ett polislotteri. Han bestämde sig för att hans nävar var ett bättre skydd än träarmen. Ljuden hördes fortfarande från köket. Han rörde sig försiktigt över parkettgolvet och öppnade lådan. Knogjärnen låg under en kopia av hans senaste självdeklaration. Han satte dem över högerhandens knogar. I samma ögonblick insåg han att ljuden i köket hade tystnat. Han vände sig häftigt om och lyfte armarna.

Linda stod i dörren och såg på honom med en blandning av undran och rädsla. Han stirrade tillbaka.

– Vad gör du? frågade hon. Vad är det du har på handen?

– Jag trodde det var nån som gjorde inbrott, sa han och tog av sig knogjärnet.

Hon såg att han var uppskakad.

– Det är bara jag som har svårt att sova.

– Dörren till ditt rum var inte öppen?

– Då hade jag väl stängt den? Jag skulle dricka vatten. Jag var väl rädd att den skulle slå igen i korsdraget.

– Du vaknar ju aldrig om nätterna?

– Den tiden är förbi. Jag sover dåligt ibland. När jag har mycket i huvudet.

Wallander tänkte att han borde känna sig dum. Men lättnaden var starkare. Bakom hans reaktion låg ett faktum som hade fått sin bekräftelse. Han hade tagit Ekholms ord på betydligt större allvar än han själv varit medveten om. Han satte sig i soffan. Hon stod kvar på golvet och såg på honom.

– Jag har ofta undrat hur du kan sova så bra som du gör, sa hon. När jag tänker på allt som du måste se. Allt som du tvingas vara med om.

– Det blir en vana, svarade Wallander och visste att det han sa inte alls var sant.

Hon satte sig bredvid honom i soffan.

– Jag bläddrade i en kvällstidning när Kajsa köpte cigaretter, fortsatte hon. Det stod mycket om det som hänt i Helsingborg. Jag förstår inte hur du står ut.

– Tidningarna överdriver.

– Kan man överdriva att nån får huvudet instoppat i en ugn?

Wallander försökte komma undan hennes frågor. Han visste inte om det var för sin egen skull eller för hennes.

– Det där är en sak för rättsläkaren, svarade han. Jag gör en undersökning av brottsplatsen och försöker förstå vad som har hänt.

Hon skakade uppgivet på huvudet.

– För mig har du aldrig kunnat ljuga. För mamma kanske, men aldrig för mig.

– Jag ljög väl aldrig för Mona?

– Du talade aldrig om för henne hur mycket du tyckte om henne. Det man inte säger kan också vara ett osant intygande.

Han såg förvånat på henne. Hennes ordval var oväntat.

– När jag var liten brukade jag tjuvläsa alla papper som du hade med dig hem om kvällarna. Jag tog med mig kamrater ibland när du höll på med nåt som vi tyckte var spännande. Vi satt inne i mitt rum och läste utskrifter av vittnesförhör. Jag lärde mig många ord den gången.

– Det hade jag aldrig en aning om.

– Det var inte meningen heller. Säg hellre vem du trodde var här i lägenheten.

Hon bytte samtalsämne mycket fort. Han bestämde sig lika hastigt för att åtminstone delvis säga som det var. Han berättade att det hände, dock ytterst sällan, att polismän i hans ställning, dessutom de som ofta förekom på bild i tidningar eller framträdde i teve, kunde uppmärksammas av brottslingar som blev fixerade av dem. Eller bländade kanske var ett riktigare uttryck. Det var normalt ingenting att vara orolig för. Men vad som egentligen längre var normalt kunde man aldrig helt förutsäga. Det kunde vara klokt att känna till fenomenet, att vara medveten om vad som bländade och fixerade. Men därifrån var steget mycket stort till att vara orolig.

Hon trodde honom inte för ett ögonblick.

– Det var ingen människa som stod där med knogjärnen och visade att han var medveten, sa hon efteråt. Det jag såg var min pappa som är polis. Och han var rädd.

– Jag kanske hade haft nån mardröm, sa han tveksamt. Tala nu om varför du inte kan sova.

– Jag tänker på vad jag ska göra med mitt liv, svarade hon.

– Det du och Kajsa visade för mig var bra.

– Men inte så bra som vi skulle vilja.

– Du har tid att pröva dig fram.

– Egentligen kanske det är nåt helt annat jag vill göra.

– Vad då?

– Det är det jag funderar på när jag vaknar om nätterna. Jag slår upp ögonen och tänker att jag fortfarande inte vet.

– Du kan alltid väcka mig, sa han. Som polis har jag i alla fall lärt mig att lyssna. Svar kan du nog tyvärr få bättre av andra.

Hon lutade sitt huvud mot hans axel.

– Jag vet, sa hon. Du lyssnar bra. Mycket bättre än mamma. Men svaren är det nog bara jag själv som kan ge mig.

De blev sittande länge i soffan. Först när klockan blivit fyra och det redan var alldeles ljust gick de och la sig igen. Wallander tänkte att en av de saker som hon sagt hade gjort honom belåten. Att han lyssnade bättre än Mona.

I ett framtida liv skulle han inte ha något emot att göra allting bättre än hon. Inte nu, när Baiba fanns.

Wallander steg upp strax före sju. Linda sov. Han drack bara en hastig kopp kaffe innan han gav sig av. Vädret var fortfarande vackert. Men det hade börjat blåsa. När han kom till polishuset mötte han en upprörd Martinsson som kunde berätta att det hade blivit kaos med alla semestrar, eftersom så många hade flyttats fram på obestämd tid när de hade fått den svåra utredningen över sig.

– Det här slutar med att jag kanske först kan få ledigt i september, sa han ilsket. Vem fan vill ha semester då?

– Jag, svarade Wallander. Då ska jag resa till Italien med min far.

När Wallander kom in på sitt rum insåg han plötsligt att det redan var onsdagen den 6 juli. På lördagsmorgonen, om lite drygt tre dygn, skulle han stå på Kastrup och ta emot Baiba. Det var först nu som han på allvar insåg att deras semesterresa måste ställas in, åtminstone uppskjutas på obestämd tid. Han hade undvikit att tänka på det under de senaste hektiska veckorna. Denna morgon förstod han att det inte kunde fortsätta längre. Han måste avboka biljetter och hotellbeställningar. Han gruvade sig för hur Baiba skulle komma att reagera. Han blev sittande i stolen och märkte att han hade fått ont i magen. Det måste finnas ett alternativ, tänkte han. Baiba kan komma hit. Kanske vi dessutom lyckas gripa den här satans personen som dödar folk och skär av deras hår?

Han var rädd för hennes besvikelse som skulle komma. Även om hon själv tidigare hade varit gift med en polisman, föreställde sig Wallander att hon inbillade sig att allting var annorlunda i ett land som Sverige. Han kunde dock inte vänta längre med att tala om för henne att de inte skulle resa till Skagen som de planerat. Han borde lyfta på telefonluren och ringa till Riga redan nu. Men han sköt det obehagliga samtalet framför sig. Han var ännu inte beredd. Han drog till sig ett kollegieblock och skrev upp vilka avbeställningar och ombokningar han måste göra.

Sedan gjorde han sig till polisman igen.

Han tänkte igenom det han tyckte hade uppenbarat sig för honom kvällen innan, när han suttit ute på Sjöräddningens bänk. Innan han hade gått hemifrån hade han rivit ur sidorna med den sammanfattning han gjort i kollegieblocket. Han la dem framför sig på bordet och läste vad han skrivit. Han tyckte fortfarande att det var hållbart. Han lyfte telefonluren och bad Ebba leta reda på Waldemar Sjösten i Helsingborg. Några minuter senare ringde hon tillbaka.

– Han tycks tillbringa sina morgnar med att skrapa på en båt, sa hon. Men han var på ingående. Han ringer säkert inom tio minuter.

Det hade gått nästan en kvart när Sjösten hörde av sig. Wallander lyssnade kort på det han hade att säga om den fortsatta brottsutredningen. De hade fått fram några vittnen, ett äldre par, som påstod sig ha sett en motorcykel på Aschebergsgatan samma kväll Liljegren mördades.

– Undersök det noga, sa Wallander. Det kan vara mycket viktigt.

– Jag hade tänkt ta mig an det själv.

Wallander lutade sig fram över bordet, som om han behövde ta spjärn inför nästa fråga.

– Jag skulle vilja be dig om en sak, sa han. Nåt som bör ha högsta tänkbara prioritet. Jag vill att du letar reda på nån av dom kvinnor som medverkade på dom fester som hölls i Liljegrens villa.

– Varför det?

– Jag tror det är viktigt. Vi måste ta reda på vilka som var med på dom där festerna. Jag behöver vara deltagare i efterhand. Du förstår när du går igenom utredningsmaterialet.

Wallander visste mycket väl att hans fråga inte skulle få sin förklaring i det material de hade kring de tre andra morden. Just nu ville han bara inte fördjupa sig alltför mycket. Ännu en tid behövde han jaga ensam.

– Du vill alltså att jag plockar fram en hora, sa Sjösten.

– Ja. Om det nu var såna som deltog i festerna.

– Det ryktas så.

– Jag vill att du hör av dig så fort som möjligt. Sen kommer jag till Helsingborg.

– Om jag nu hittar nån; ska jag anhålla henne?

– Anhålla henne för vad då?

– Inte vet jag.

– Det gäller ett samtal. Ingenting annat. Tvärtom ska du göra klart för henne att hon inte behöver vara orolig. Jag har ingen nytta av nån som är rädd och bara säger det hon tror jag vill höra.

– Jag ska försöka, sa Sjösten. Intressant uppdrag så här i högsommaren.

De avslutade samtalet. Wallander återgick till sina anteckningar från kvällen innan. Strax efter åtta ringde Ann-Britt Höglund in till hans rum och frågade om han var klar. Han reste sig, tog sin jacka och mötte henne i receptionen. På hans förslag promenerade de ner till sjukhuset för att få tid att förbereda sitt samtal med Carlmans dotter. Wallander insåg att han inte ens visste vad hon som hade slagit till honom i ansiktet hette.

– Erika, svarade Ann-Britt Höglund. Ett namn som passar dåligt ihop med henne.

– Varför det? frågade Wallander förvånat.

– Jag tänker åtminstone på en robust person när jag hör namnet Erika, sa hon. En kallskänka på ett hotell, en traversförare.

– Passar jag att heta Kurt? frågade han.

Hon nickade glatt.

– Det är naturligtvis bara dumheter att man kan para ihop en personlighet med ett namn, sa hon. Det roar mig, som en lek utan djupare mening. Men å andra sidan kan man knappast tänka sig en katt heta Fido. Eller en hund Missan.

– De finns nog, sa Wallander. Vad vet vi nu om Erika Carlman?

De hade vinden i ryggen och solen snett från sidan när de gick mot sjukhuset. Ann-Britt Höglund kunde berätta att Erika Carlman var 27 år gammal. Att hon under en kort period varit flygvärdinna vid ett mindre engelskt inrikes charterbolag. Att hon hade sysslat med många olika saker utan att någonsin stanna särskilt länge eller visa något djupare engagemang. Hon hade rest över hela världen, väl understödd ekonomiskt av sin far. Ett äktenskap med en peruansk fotbollsspelare hade upplösts efter kort tid.

– Det låter på mig som en vanlig överklassflicka, sa Wallander. Som fått det mesta gratis redan från början.

– Enligt mamman visade hon redan i tonåren hysteriska tendenser. Hon använde just det ordet, hysterisk. Riktigare är förmodligen att tala om neurotiska anlag.

– Hade hon försökt begå självmord tidigare?

– Aldrig. Inte som någon kände till i alla fall. Jag hade ingen känsla av att mamman ljög för mig.

Wallander tänkte efter.

– Hon måste ha menat allvar, sa han. Hon ville verkligen dö.

– Det är mitt intryck också.

De fortsatte att gå. Wallander insåg att han inte längre kunde undanhålla för Ann-Britt Höglund att Erika hade slagit till honom. Möjligheten var stor att hon skulle nämna händelsen. Det skulle då inte längre kunna finnas någon förklaring till varför han inte hade berättat det, annat än möjligen hans manliga fåfänga.

Just vid infarten till sjukhuset stannade Wallander och berättade. Han såg att det han sa förvånade henne.

– Jag tror knappast det var annat än ett utslag av det hysteriska anlag mamman talat om, slutade han.

De fortsatte att gå. Sedan stannade hon igen.

– Det kanske kan vålla bekymmer, sa hon. Hon är sannolikt i mycket dåligt skick. Hon inser säkert att hon befann sig i dödens väntrum under flera kritiska dygn. Vi vet inte ens om hon sörjer eller förbannar att hon inte lyckades ta död på sig själv. Om du kommer in i rummet kan det krossa ett redan dåligt samvete. Eller göra henne aggressiv, rädd, oemottaglig.

Wallander insåg genast att hon hade rätt.

– Det är alltså bäst att du talar med henne ensam. Jag sätter mig i cafeterian och väntar.

– Då måste vi först gå igenom vad det är vi egentligen vill ha ut av henne.

Wallander pekade på en bänk vid sjukhusets taxihållplats. De satte sig.

– I en utredning som den här hoppas man alltid att svaren är intressantare än frågorna, började han. På vilket sätt hade hennes nästan genomförda självmord med hennes fars död att göra? Det måste vara din utgångspunkt. Hur du tar dig dit kan jag inte hjälpa dig med. Den kartan får du rita själv. Hennes svar kommer att skapa de frågor du behöver.

– Låt oss anta att hon säger ja, sa Ann-Britt Höglund. Hon var så förkrossad av sorg att hon inte ville leva längre.

– Då vet vi det.

– Men vad vet vi egentligen?

– Det är där du måste ställa dom följdfrågor vi inte kan förutsäga nu. Var det ett normalt kärleksfullt förhållande mellan far och dotter? Eller var det nåt annat?

– Och om hon svarar nej?

– Då ska du börja med att inte tro henne. Utan att säga det. Men jag vägrar att acceptera att hon av andra skäl passar på att försöka ordna till en dubbelbegravning.

– Ett nej betyder med andra ord att jag bör intressera mig för vilka skäl hon kan ha för att inte tala sanning?

– Ungefär så. Sen existerar det naturligtvis också en tredje möjlighet. Att hon försökte begå självmord därför att hon visste nåt om sin fars död som hon inte kunde hantera på annat sätt än genom att ta det med sig i graven.

– Kan hon ha sett mördaren?

– Det är tänkbart.

– Och hon vill inte att han ska bli avslöjad?

– Också tänkbart.

– Varför vill hon det inte?

– Återigen finns det minst två möjligheter. Hon vill skydda honom. Eller hon vill skydda sin fars minne.

Hon suckade uppgivet.

– Jag vet inte om jag klarar det här.

– Naturligtvis gör du det. Jag väntar på dig i cafeterian. Eller här ute. Använd all den tid du behöver.

Wallander följde henne in i receptionen. Han tänkte hastigt på den gång några veckor tidigare när han hade varit på samma ställe och fått veta att Salomonsson hade dött. Föga hade han då anat vad som väntade. Hon frågade efter vägen vid informationsdisken och försvann längs korridoren. Wallander gick in i cafeterian, men ångrade sig och återvände till taxibänken istället. Med sin ena fot fortsatte han att skrapa ihop ett berg av grus som Ann-Britt Höglund hade påbörjat. På nytt gick han igenom sina tankar från kvällen innan. Han blev avbruten av att telefonen han hade i jackfickan ringde. Det var Hansson som lät mycket jäktad på rösten.

– Det kommer två spanare från rikskrim till Sturup i eftermiddag. Ludwigsson och Hamrén. Känner du till dom?

– Bara till namnen. Det ska vara duktigt folk. Hamrén var väl med och löste historien med lasermannen?

– Har du möjlighet att möta dom?

– Nej, svarade Wallander efter att ha tänkt efter ett ögonblick. Jag reser troligen tillbaka till Helsingborg.

– Det sa inte Birgersson nånting om? Jag talade med honom alldeles nyss.

– Dom har väl samma interna kommunikationsproblem som vi, svarade Wallander tålmodigt. Jag tycker det vore en bra markering om du åkte och hämtade dom.

– Markering av vad då?

– Respekt. När jag var i Riga för några år sen blev jag mött med en limousin. Rysk och gammal. Men i alla fall. Det är viktigt att folk känner sig välkomna och omhändertagna.

– Bra, sa Hansson. Då gör vi så. Var befinner du dig nu?

– På sjukhuset.

– Är du dålig?

– Carlmans dotter. Har du glömt henne?

– Om jag ska vara ärlig så hade jag det.

– Vi får vara glada så länge vi alla inte samtidigt glömmer samma saker, sa Wallander.

Efteråt var han aldrig klar över om Hansson hade förstått hans försök att vara ironisk. Han la telefonen bredvid sig på bänken och betraktade en gråsparv som balanserade på kanten av en kommunal soptunna. Redan hade hon varit borta i närmare tretti minuter. Han blundade och lyfte ansiktet mot solen. Försökte bestämma sig för vad han skulle säga till Baiba. En man med gipsat ben satte sig med en duns på bänken. Han fortsatte att se mot solen. Efter fem minuter kom en taxi. Mannen med det gipsade benet försvann. Han gick några vändor framför sjukhusentrén. Sedan satte han sig igen. En timme hade gått.

Hon kom ut från sjukhuset efter 1 timme och 5 minuter och satte sig bredvid honom på bänken. Han kunde inte avgöra av hennes ansiktsuttryck hur det hade gått.

– Jag tror vi hade missat ett skäl till varför en människa försöker begå självmord, sa hon. Livsleda.

– Var det hennes svar?

– Jag behövde inte ens fråga. Hon satt på en stol i ett vitt rum, klädd i en av sjukhusets badrockar. Okammad, blek, frånvarande. Säkert fortfarande djupt nere i en blandning av sin kris och mediciner. 'Varför ska man leva?' Det var hennes hälsningsord. Om jag ska vara ärlig tror jag hon kommer att försöka ta livet av sig igen. Av leda.

Wallander insåg sitt misstag. Han hade översett det vanligaste motivet för att ta livet av sig. Att helt enkelt inte vilja leva längre.

– Jag antar att du trots allt talade om hennes far.

– Hon avskydde honom. Men jag är ganska säker på att hon aldrig hade blivit missbrukad av honom.

– Sa hon det?

– Vissa saker behöver knappast sägas.

– Mordet?

– Hon var egendomligt ointresserad av det.

– Och hon verkade trovärdig?

– Jag tror hon sa precis vad hon kände. Hon undrade varför jag hade kommit. Jag sa som det var. Vi letar efter en gärningsman. Hon sa att det säkert fanns många som hade önskat livet ur hennes far. För hans hänsynslöshet i affärer. För hans sätt att vara.

– Hon antydde ingenting om att han kunde ha haft nån annan kvinna?

– Ingenting.

Wallander betraktade missmodigt gråsparven som hade återvänt till soptunnan.

– Då vet vi det, sa han. Vi vet att vi inte vet nånting mer.

De gick tillbaka upp mot polishuset. Klockan var kvart i elva. Vinden som de nu hade rakt emot sig hade tilltagit. När de kommit halvvägs ringde Wallanders telefon. Han vände sig i lä och svarade. Det var Svedberg.

– Vi tror att vi har hittat platsen där Björn Fredman blev dödad, sa han. En brygga strax väster om stan.

Wallander kände hur missmodet efter det innehållslösa besöket på sjukhuset omedelbart försvann.

– Bra, sa han.

– Ett tips, fortsatte Svedberg. Den som ringde talade om blodfläckar. Det kan ju ha varit nån som har rensat fisk. Men jag tror det knappast. Han som ringde var laborant. Han har sysslat med blodprover i trettifem år. Dessutom påstod han att det fanns hjulspår alldeles i närheten. Där det vanligtvis inte finns några. En bil har stått parkerad där. Varför inte en Ford från 1967?

– Om fem minuter kan vi åka och börja ta reda på det, sa Wallander.

De fortsatte uppför backen, nu betydligt fortare. Wallander redogjorde för samtalet.

Ingen av dem tänkte längre på Erika Carlman.

*

Hoover steg av tåget i Ystad klockan 11.03. Han hade valt att låta sin moped vara kvar hemma denna dag. När han gick ut från stationen på baksidan och såg att polisens avspärrningsband kring den grop där han satt ner sin far var borta, kände han ett styng av besvikelse och vrede. De poliser som förföljde honom var alltför svaga. De skulle aldrig ha klarat ens de enklaste inträdeproven till FBI:s akademi. Han kände att Geronimos hjärta började trumma inom honom. Budskapet uppfattade han tydligt och klart. Han skulle fullfölja det han redan bestämt sig för. Innan hans syster återvände till livet skulle han bringa henne sina två sista offer. Två skalper under hennes fönster. Och flickans hjärta. Som en gåva. Sedan skulle han gå in på sjukhuset för att hämta henne och de skulle lämna det tillsammans. Livet skulle bli helt annorlunda. En dag skulle de kanske läsa i hennes dagbok tillsammans. Minnas händelserna som hade lett henne tillbaka ut ur mörkret.

Han promenerade in till centrum av staden. För att inte väcka uppmärksamhet hade han satt på sig skor. Han märkte att hans fötter inte tyckte om det. När han kom till torget svängde han till höger och gick till det hus där polismannen bodde med den flicka som måste vara hans dotter. Det var för att ta reda på mer om det som han denna dag hade rest till staden. Själva handlingen hade han bestämt till kvällen efter. Eller allra senast efter ytterligare en dag. Inte mer. Hans syster skulle inte behöva stanna på sjukhuset längre. Han satte sig på trappan till ett av grannhusen. Han övade sig i att glömma tiden. Bara sitta, tanketom, tills han åter grep tag i sitt uppdrag. Ännu hade han mycket att lära innan han behärskade konsten till fulländning. Men han tvekade inte om att han en dag skulle lyckas.

Hans väntan tog slut efter två timmar. Då kom hon ut genom porten. Hon hade tydligen bråttom och gick in mot staden.

Han följde efter henne och släppte henne inte ur sikte.

32

När de var framme vid bryggan blev Wallander genast säker på att de hade kommit rätt. Det var just så han hade tänkt sig platsen. Verkligheten, som den såg ut här vid havet ungefär en mil väster om Ystad, överensstämde med hans tidigare föreställningar. De hade kört längs kustvägen och stannat när en man i kortbyxor och en tröja som gjorde reklam för golfklubben i Malmberget hade stått vid vägrenen och vinkat. Han hade lotsat dem nerför en nästan osynlig avtagsväg och de hade genast upptäckt bryggan som var dold från vägen. De hade stannat för att inte förstöra de bilspår som fanns där från tidigare. Laboranten som hette Erik Wiberg och var i femtioårsåldern berättade att han under somrarna bodde i en stuga som låg norr om vägen och att han ofta brukade gå ner till den här bryggan och läsa sin morgontidning. Just den här morgonen, den 29 juni, hade han inte frångått sin vana. Han hade då lagt märke till bilspåren och de mörka fläckarna på det bruna träet. Men han hade inte tänkt vidare på det. Samma dag hade han rest med sin familj till Tyskland, och det var först när han kom tillbaka och i en tidning såg att polisen letade efter en mordplats, sannolikt i närheten av havet, som han på nytt kom att tänka på de mörka fläckarna. Eftersom han arbetade på ett laboratorium där de ofta gjorde analyser av blod från nötboskap hade han tyckt sig kunna fastställa att det som fanns på bryggan åtminstone liknade blod. Nyberg som kommit i en bil strax efter Wallander och de andra stod på knä vid bilspåren. Han hade tandvärk och var mer irriterad än någonsin. Det var egentligen bara Wallander som han orkade tala med.

– Det kan nog vara Fredmans Ford, sa han. Men vi måste naturligtvis undersöka det här ordentligt.

Tillsammans gick de ut på bryggan. Wallander insåg att de hade haft tur. Den torra sommaren hjälpte dem. Hade det regnat skulle de knappast ha kunnat säkra några spår. Han sökte en bekräftelse hos Martinsson som hade det bästa väderminnet.

– Har det regnat efter den 28 juni? frågade han.

Martinssons svar kom genast.

– Det stänkte på midsommaraftonens morgon, sa han. Efter det har det varit torrt.

– Då stänger vi av det här, sa Wallander och nickade mot Ann-Britt Höglund som gick och ringde efter personal som kunde spärra av området kring bryggan.

– Tänk på var ni sätter fötterna, sa Wallander.

Han ställde sig vid bryggans landfäste och såg blodfläckarna som var koncentrerade ungefär mitt på den fyra meter långa bryggan. Han vände sig om och såg upp mot vägen. Han hörde trafikljudet. Men han såg inga bilar. Bara en bit av taket på en hög lastbil skymtade hastigt förbi. Han slogs av en tanke. Ann-Britt Höglund talade fortfarande i telefon med Ystad.

– Be dom ta med en karta, sa han. Som innefattar Ystad, Malmö och Helsingborg. Sen gick han längst ut på bryggan och tittade ner i vattnet. Bottnen var stenig. Erik Wiberg stod på stranden några meter därifrån.

– Var ligger närmaste hus? frågade Wallander.

– Ett par hundra meter bort, svarade Wiberg. På andra sidan vägen. Åt väster.

Nyberg hade kommit ut på bryggan.

– Ska vi dyka? frågade han.

– Ja, sa Wallander. Vi börjar med en radie på 25 meter runt bryggan.

Sedan pekade han på ringarna som var nerfällda i träet.

– Fingeravtryck, sa han. Om Björn Fredman dödades här måste han ha blivit fastspänd. Vår gärningsman rör sig barfota och har inte handskar.

– Vad ska dykarna leta efter?

Wallander funderade.

– Jag vet inte, sa han. Låt oss se om dom får upp nånting. Men nog tror jag du kommer att hitta spår av blåstång på slänten från den plats där bilspåren upphör och ner till bryggan.

– Bilen har inte vänt, sa Nyberg. Han har backat tillbaka upp på vägen. Han kan inte ha sett om det har kommit några bilar. Då finns det bara två möjligheter. Om han inte är alldeles galen.

Wallander höjde på ögonbrynen.

– Han är galen, sa han.

– Inte på det sättet, sa Nyberg.

Wallander förstod vad han menade. Han skulle inte ha kunnat

backa upp mot vägen om han inte haft en medhjälpare som vinkade upp honom när det inte var någon trafik. Eller så hade det skett om natten. När billjusen talade om att det var ofarligt att ta sig ut på huvudvägen igen.

– Han har ingen medhjälpare, sa Wallander. Och vi vet att det måste ha skett på natten. Frågan är bara varför han körde in Fredmans lik till gropen utanför stationen i Ystad.

– Han är galen, sa Nyberg. Du sa det själv.

Några minuter senare kom bilen med kartan. Wallander bad Martinsson om en penna och satte sig sedan på en sten intill bryggan. Han ritade ringar kring Ystad, Bjäresjö och Helsingborg. Sist markerade han bryggan som låg strax intill avtagsvägen mot Charlottenlund. Han skrev nummer vid sina markeringar. Sedan vinkade han till sig Ann-Britt Höglund, Martinsson och Svedberg som kommit sist och denna dag hade bytt ut kepsen mot en smutsig solhatt. Han pekade på kartan han hade i knäet.

– Här har vi hans rörelser, sa han. Och mordplatserna. Som allt annat bildar de ett mönster.

– En gata, sa Svedberg. Med Ystad och Helsingborg som ytterpunkter. Skalpmördaren på Söderslätt.

– Det där var knappast roligt, sa Martinsson.

– Jag försöker inte vara rolig, protesterade Svedberg. Jag bara säger som det är.

– I det stora hela stämmer det nog, sa Wallander. Området är begränsat. Ett mord sker inne i Ystad. Ett mord sker kanske här, vi är ännu inte säkra, och kroppen förs till Ystad. Ett mord sker strax utanför Ystad, i Bjäresjö där kroppen också återfinns. Och sen har vi till sist Helsingborg.

– Det mesta är koncentrerat till Ystad, sa Ann-Britt Höglund. Innebär det att den man vi söker bor där?

– Med undantag av Björn Fredman har offren blivit funna i närheten av eller direkt i sina hem, sa Wallander. Det här är offrens karta, inte mördarens.

– Då borde Malmö också markeras, sa Svedberg. Där bodde Björn Fredman.

Wallander ringade in även Malmö. Vinden slet i kartan.

– Nu blir bilden annorlunda, sa Ann-Britt Höglund. Vi får en vinkel och inte en gata. Malmö ligger i mitten.

– Det är hela tiden Björn Fredman som skiljer ut sig, sa Wallander.

– Vi borde kanske rita en ring till, sa Martinsson. Kring flygplatsen. Vad får vi då?

– En rörelse, sa Wallander. Kring mordet på Fredman.

Han visste att de nu var på väg mot en avgörande slutsats.

– Rätta mig om jag tar fel, fortsatte han. Björn Fredman bor i Malmö. Tillsammans med den som dödar honom, antingen han hålls fången eller inte, färdas han österut i Forden. De kommer hit. Här dör Björn Fredman. Färden går vidare mot Ystad. Kroppen dumpas i ett hål under en presenning i Ystad. Sen återvänder bilen västerut. Den parkeras vid flygplatsen, ungefär mitt emellan Malmö och Ystad. Där upphör alla spår.

– Från Sturup finns det många möjligheter att få transport, sa Svedberg. Taxibilar, flygbussar, hyrbilar. Ett annat fordon man tidigare har parkerat.

– Det betyder med andra ord att mördaren knappast bor i Ystad, sa Wallander. Det kan tala för Malmö. Men det kan lika gärna vara Lund. Eller Helsingborg. Eller varför inte Köpenhamn?

– Såvida han inte driver oss ut på villospår, sa Ann-Britt Höglund. Och i själva verket bor i Ystad. Men helst inte vill att vi ska upptäcka det.

– Det är naturligtvis möjligt, sa Wallander tveksamt. Men jag har svårt att tro det.

– Vi bör med andra ord koncentrera oss mer på Sturup än vi gjort hittills, sa Martinsson.

Wallander nickade.

– Jag tror alltså att den man vi söker använder motorcykel, sa han. Det har vi talat om tidigare. En motorcykel har kanske också blivit iakttagen utanför huset i Helsingborg där Liljegren dog. Det finns vittnen som kanske har sett nånting. Sjösten håller på med det just nu. Eftersom vi får förstärkningar i eftermiddag tycker jag vi har råd att göra en ordentlig undersökning av transportmöjligheterna från Sturup. Vi letar efter en man som parkerade Forden där på natten mellan den 28 och 29 juni. På nåt sätt har han tagit sig därifrån. Såvida han inte arbetar där.

– Det är en fråga vi inte alls kan svara på, sa Svedberg. Hur ser det här monstret ut?

– Om hans ansikte vet vi ingenting, sa Wallander. Men vi vet så mycket som att han är stark. Dessutom berättar ett källarfönster i Helsingborg att han är magerlagd. Summan av de här två sakerna blir med andra ord att vi har att göra med en vältränad person. Som dessutom kan tänkas uppträda barfota.

– Du talade om Köpenhamn nyss, sa Martinsson. Betyder det att han kan vara utlänning?

– Knappast, svarade Wallander. Jag tror att vi har med en äkta svensk seriemördare att göra.

– Det är inte mycket att gå efter, sa Svedberg. Har man inte hittat ett enda hårstrå? Är han blond eller mörk?

– Vi vet inte, sa Wallander. Enligt Ekholm är det knappast heller troligt att han försöker väcka uppmärksamhet. Hur han är klädd när han begår morden kan vi inte uttala oss om.

– Finns det nån ålder på den här personen? frågade Ann-Britt Höglund.

– Nej, sa Wallander. Hans offer har varit äldre män. Frånsett Björn Fredman. Tanken på att han är vältränad, rör sig barfota och kanske färdas på motorcykel leder knappast till föreställningar om en äldre man. Det går inte att gissa.

– Över 18 år, sa Svedberg. Om han nu kör motorcykel.

– Eller 16, invände Martinsson. Lätt motorcykel.

– Kan man inte utgå från Björn Fredman? undrade Ann-Britt Höglund. Han skiljer ut sig från dom andra männen som är betydligt äldre. Kanske man kan tänka sig en åldersmässig överensstämmelse mellan Björn Fredman och den som slog ihjäl honom? Då talar vi om en man som är under femti år. Och bland såna finns det ju en del som är vältränade.

Wallander betraktade dystert sina kollegor. De var alla under femtio, Martinsson yngst med sina drygt trettio. Men ingen av dem var särskilt vältränad.

– Ekholm bearbetar just nu sina skisser till den här mannens psykologiska profil, sa Wallander och reste sig. Det är viktigt att vi alla läser igenom den varje dag. Det kan ge oss idéer.

Norén kom emot Wallander med en telefon i handen. Wallander satte sig på huk mot vinden. Det var Sjösten.

– Jag tror jag har hittat en person åt dig, sa han. En kvinna som vid tre tillfällen varit på fest i Liljegrens villa.

– Bra, sa Wallander. När kan jag träffa henne?

– När som helst.

Wallander såg på sin klocka. Den var tjugu minuter över tolv.

– Jag är hos dig senast klockan tre, sa han. För övrigt har vi nog hittat den plats där Björn Fredman dog.

– Jag hörde det, sa Sjösten. Jag hörde också att Ludwigsson och Hamrén är på väg från Stockholm. Det är bra karlar, bägge två.

– Hur går det med vittnena som hade sett en man på motorcykel?

– Dom hade inte sett nån man, sa Sjösten. Men däremot hade

dom sett en motorcykel. Vi håller på att försöka få fram vilken typ det var. Men det är besvärligt. Båda vittnena är gamla. Dom är dessutom passionerade frisksportare som avskyr alla bensindrivna fordon. I slutänden kanske det visar sig att det var en skottkärra de såg.

Det skrapade till i telefonen. Samtalet försvann i vinden. Nyberg stod intill bryggan och gned sin svullna kind.

– Hur går det? frågade Wallander uppmuntrande.

– Jag väntar på dykarna, svarade Nyberg.

– Har du mycket ont?

– Det är en visdomstand.

– Dra ut den.

– Jag ska. Men först vill jag ha hit dykarna.

– Är det blod, det vi ser på bryggan?

– Med största säkerhet. Senast i kväll ska du dessutom få veta om det en gång runnit omkring i Fredmans kropp.

Wallander lämnade Nyberg och sa till de andra att han nu reste till Helsingborg. När han var på väg till bilen kom han ihåg något han nästan hade glömt. Han gick tillbaka igen.

– Louise Fredman, sa han till Svedberg. Har Per Åkeson kommit fram med nåt mer?

Svedberg visste inte. Men han lovade att tala med Åkeson.

Wallander svängde upp vid Charlottenlund och tänkte att den som hade valt platsen där Fredman blivit mördad hade varit omsorgsfull. Närmaste hus låg tillräckligt långt undan för att Fredmans skrik inte skulle ha kunnat höras. Han körde upp till E65 och tog av mot Malmö. Blåsten slet i bilen. Men himlen var fortfarande alldeles klar. Han tänkte på samtalet de hade haft kring kartbladet. Mycket talade alltså för att gärningsmannen bodde i Malmö. Han var åtminstone inte bosatt i Ystad. Men varför hade han gjort sig besvär med att stoppa ner Björn Fredmans kropp i en grop utanför järnvägsstationen? Kunde det stämma som Ekholm hade sagt, att han nu höll på att utmana polisen? Wallander svängde av mot Sturup och tänkte hastigt att han kunde köra in till flygplatsen. Men han ändrade sig. Vad kunde han egentligen uträtta? Viktigare var det samtal som väntade honom i Helsingborg. Han tog av mot Lund och funderade på vad det var för kvinna Sjösten hade hittat åt honom.

Hon hette Elisabeth Carlén. Hon satt mitt emot Wallander på det kontor i Helsingborgs polishus som normalt användes av kriminalinspektören Waldemar Sjösten. Klockan hade blivit fyra och kvinnan som var drygt trettio år gammal hade just kommit in i rummet. Wallander hade tagit henne i hand och tänkt att hon påminde om den kvinnliga präst han träffat veckan innan i Smedstorp. Kanske var det för att hon var klädd i svart och var starkt målad? Han hade bett henne sätta sig ner samtidigt som han tänkte att Sjöstens beskrivning av hennes yttre var mycket träffande. Sjösten hade sagt att hon var attraktiv just därför att hon alltid betraktade omvärlden med ett kallt och avvisande uttryck i ansiktet. För Wallander var det som om hon hade bestämt sig för att vara en utmaning för alla män som kom i hennes närhet. Han tänkte att han aldrig tidigare hade sett en blick som hennes. Den uttryckte förakt och intresse på en och samma gång. Wallander repterade hastigt hennes historia tyst för sig själv medan hon tände en cigarett. Sjösten hade varit föredömligt kort och precis.

– Elisabeth Carlén är en hora, hade han sagt. Frågan är om hon nånsin har varit nåt annat sen hon var tjugo. Hon gick ut grundskolan och serverade sen på en av färjorna över Sundet. Tröttnade och försökte sig på att öppna en affär med en väninna. Det gick inte alls. Hon hade investerat lånade pengar som hennes föräldrar hade tecknat borgen för. Efter det råkade hon i konflikt med dom och levde ett ganska kringflackande liv. Köpenhamn en tid, så Amsterdam. När hon var sjutton åkte hon dit som kurir för ett parti amfetamin. Hon använde det nog också själv men verkade kunna kontrollera det. Det var också första gången jag träffade henne. Sen var hon borta några år, svarta hål som jag inte vet nånting närmare om. Men plötsligt dyker hon upp i Malmö i en mycket skickligt förtäckt bordellhärva.

På den punkten i Sjöstens redogörelse hade Wallander avbrutit honom.

– Finns det fortfarande bordeller? hade han frågat förvånat.

– Horhus då, hade Sjösten sagt. Kalla det vad du vill. Men visst fan finns dom. Har ni inte det i Ystad? Bara lugn, det kommer.

Wallander hade inte frågat något mer. Sjösten hade tagit upp sin tråd igen.

– Hon sprang naturligtvis aldrig omkring på gatan, hade han fortsatt. Hon etablerade sig i hemmet. Byggde upp en krets av exklusiva kunder. Hon hade tydligen något som attraherade och höjde hennes marknadsvärde till skyarna. Hon förekom inte ens i småannonserna som publiceras i vissa pornografiska tidningar. Du kan ju fråga henne vad det är som gör henne så speciell. Kunde vara intressant att veta. Det är under dom här senare åren som hon dyker upp i kretsar som då och då tangerar Åke Liljegren. Hon syns med en del av hans direktörer på restauranger. Stockholm noterar att hon finns med vid en del inte alldeles lämpliga tillfällen, när polisen har skäl att intressera sig för den man eller dom män hon för tillfället håller under armen. Det är i korthet Elisabeth Carlén. En rätt lyckosam svensk prostituerad, i sammandrag.

– Varför valde du henne?

– Hon är trevlig. Jag har pratat med henne många gånger. Hon är inte rädd av sig. Om jag säger att hon inte är misstänkt för nånting så tror hon mig. Jag inbillar mig att hon dessutom har en horas självbevarelsedrift. Hon lägger med andra ord märke till saker och ting. Hon tycker inte om poliser. Ett bra sätt att slippa oss är att hålla sig väl med såna som dig och mig.

Wallander hade hängt av sig sin jacka och flyttat undan en del papper på bordet. Elisabeth Carlén rökte. Hon följde alla hans rörelser med blicken. Wallander tänkte på en vaksam fågel.

– Du vet redan att du inte är misstänkt för nånting, började han.

– Åke Liljegren blev stekt i sitt kök, sa hon. Jag har sett hans spis. Den är mycket avancerad. Men det var inte jag som satte på den.

– Det tror vi inte heller, sa Wallander. Vad jag söker är information. Jag försöker skapa en bild. Jag har en tom ram. Där skulle jag vilja placera ett fotografi. Taget på en fest hemma hos Liljegren i hans villa. Jag vill att du pekar ut hans gäster.

– Nej, svarade hon. Det vill du inte alls. Du vill att jag ska tala om för dig vem som dödade honom. Det kan jag inte.

– Vad tänkte du när du fick veta att Liljegren var död?

– Jag tänkte inte alls. Jag brast i skratt.

– Varför det? En människas död är sällan skrattretande.

– Du känner tydligen inte till att han hade andra planer än att hamna i sin egen ugn? Mausoleet på kyrkogården utanför Madrid? Där skulle han begravas. Skanska byggde efter hans egna ritningar. I marmor från Italien. Han fick dö i sin egen spis. Jag tror han skulle ha skrattat själv.

– Hans fester, sa Wallander. Låt oss återvända till dom. Det påstås att dom var våldsamma.

– Det var dom också.

– På vilket sätt?

– På alla sätt.

– Kan du vara lite mera utförlig?

Hon drog några djupa bloss på sin cigarett medan hon tänkte

333

efter. Hela tiden hade Wallander hennes blick rakt in i sina ögon.

– Åke Liljegren tyckte om att föra samman människor som hade förmågan att leva ut, sa hon. Låt oss säga att det var omättliga människor. Omättliga på makt, på rikedom, på sex. Dessutom hade Åke Liljegren rykte om sig att vara pålitlig. Han skapade en säkerhetszon kring sina gäster. Inga hemliga kameror, inga spioner. Inget läckte nånsin ut från festerna. Han visste också vilka kvinnor han kunde bjuda.

– Såna som du?

– Såna som jag.

– Och mer?

Hon tycktes först inte förstå hans fråga.

– Vilka andra kvinnor var där?

– Det berodde på önskemålen.

– Vilka önskemål?

– Gästernas. Männens.

– Vad kunde det vara?

– Det fanns dom som önskade att jag var med.

– Det har jag förstått. Vilka andra?

– Du får inga namn.

– Vilka var dom?

– Unga, ännu yngre, blonda, bruna, svarta. Äldre ibland, en och annan som var mycket kraftig. Det växlade.

– Du kände dom?

– Inte alltid. Inte ofta.

– Hur fick han tag på dom?

Hon släckte sin cigarett och tände en ny innan hon svarade. Inte ens när hon fimpade släppte hon honom med blicken.

– Hur fick en människa som Åke Liljegren tag på det han ville? Han hade obegränsat med pengar. Han hade medhjälpare. Han hade kontakter. Han kunde hämta en flicka från Florida för att hon skulle vara med på en fest. Hon anade förmodligen inte att hon råkat besöka Sverige. Ännu mindre Helsingborg.

– Du säger att han hade medhjälpare. Vilka var dom?

– Hans chaufförer. Hans assistent. Han hade ofta en inhyrd butler med sig. Naturligtvis engelsk. Men dom växlade.

– Vad hette han?

– Inga namn.

– Vi tar reda på dom i alla fall.

– Det gör ni säkert. Men det betyder inte att namnen kommer från mig.

334

– Vad skulle hända om du gav mig några namn?

Hon verkade alldeles oberörd när hon svarade.

– Då skulle jag kunna dö. Kanske inte med huvudet i en stekugn. Men på ett minst lika obehagligt sätt.

Wallander tänkte efter innan han gick vidare. Han insåg att han aldrig skulle få ur Elisabeth Carlén några namn.

– Hur många av hans gäster var offentliga personer?

– Många.

– Politiker?

– Ja.

– Förre justitieministern Gustaf Wetterstedt?

– Jag sa att du inte får några namn.

Plötsligt märkte han att hon gav honom ett budskap. Orden hade en undertext. Hon visste vem Gustaf Wetterstedt var. Men han hade aldrig varit på någon av festerna.

– Affärsmän?

– Ja.

– Konsthandlaren Arne Carlman.

– Hette han nästan som jag?

– Ja.

– Du får inga namn. Jag säger det inte en gång till. Då reser jag mig och går.

Inte han heller, tänkte Wallander. Hennes signaler var mycket tydliga.

– Artister? Det man brukar kalla kändisar?

– Nån enstaka gång. Men sällan. Jag tror inte att Åke litade på dom. Förmodligen med rätta.

– Du pratade om unga flickor. Bruna flickor. Du menar inte brunetter? Utan flickor med mörk hy?

– Ja.

– Kan du påminna dig att du nånsin mötte en flicka som hette Dolores Maria?

– Nej.

– En flicka från Dominikanska Republiken?

– Det vet jag inte ens var det ligger.

– Kan du påminna dig en flicka som hette Louise Fredman? 17 år? Kanske yngre? Ljushårig?

– Nej.

Wallander vred samtalet i en annan riktning. Fortfarande tycktes hon inte ha tröttnat.

– Festerna var våldsamma?

– Ja.

– Berätta?

– Vill du ha detaljer?

– Gärna.

– Beskrivningar av nakna kroppar?

– Inte nödvändigtvis.

– Det var orgier. Resten kan du föreställa dig.

– Kan jag? sa Wallander. Jag är inte så säker på det.

– Om jag klädde av mig och la mig på ditt skrivbord skulle det vara ganska oväntat, sa hon. Ungefär så.

– Oväntade händelser?

– Det blir så när omättliga människor möts?

– Omättliga män?

– Just det.

Wallander gjorde en hastig sammanfattning i huvudet. Fortfarande skrapade han bara på ytan.

– Jag har ett förslag, sa han. Och ytterligare en fråga.

– Jag sitter fortfarande kvar.

– Mitt förslag är att du ger mig möjlighet att träffa dig ytterligare en gång. Snart. Inom några dagar.

Hon nickade jakande. Wallander fick en obehaglig känsla av att han ingick en annan sorts avtal. Vagt påminde han sig den förfärliga tiden han tillbringat i Västindien några år tidigare.

– Min fråga är enkel, sa han. Du talade om Liljegrens chaufförer. Och hans växlande personliga tjänare. Men du sa att han hade en assistent. Det var inte flertal. Stämmer det?

Han uppfattade en svag skiftning i hennes ansikte. Hon insåg att hon hade försagt sig utan att nämna något namn.

– Det här samtalet hamnar bara i mina minnesanteckningar, sa Wallander. Hörde jag rätt eller fel?

– Du hörde fel, sa hon. Naturligtvis hade han mer än en assistent. Alltså rätt, tänkte Wallander.

– Då räcker det för den här gången, sa han och reste sig.

– Jag ska gå när jag har rökt färdigt, svarade hon. För första gången under samtalet släppte hon honom med blicken.

Wallander öppnade dörren till korridoren. Sjösten satt på en stol och läste en båttidning. Wallander nickade. Hon släckte cigaretten, reste sig och tog honom i hand. När Sjösten hade följt henne till utgången och kommit tillbaka stod Wallander vid fönstret och såg henne stiga in i sin bil.

– Gick det bra? frågade Sjösten.

– Kanske, sa Wallander. Hon gick med på att träffa mig igen.

– Vad sa hon?

– Egentligen ingenting.

– Och det tycker du var bra?

– Det var det hon inte visste som intresserar mig, sa Wallander. Jag vill ha bevakning dygnet runt av Liljegrens hus. Jag vill också att du sätter bevakning på Elisabeth Carlén. Förr eller senare kommer nån att dyka upp som vi behöver tala med.

– Det låter som en ganska bristfälligt underbyggd motivering för bevakning, sa Sjösten.

– Det avgör jag, sa Wallander vänligt. Jag har enhälligt utsetts att vara spaningsledare.

– Jag är glad att det inte är jag, svarade Sjösten. Stannar du över natten?

– Nej, jag åker hem.

De gick trapporna till nedre botten.

– Läste du om flickan som brände sig till döds i en rapsåker? frågade Wallander just innan de skildes.

– Jag läste om det. Förfärlig historia.

– Hon fick lift från Helsingborg, fortsatte Wallander. Och hon var rädd. Jag undrar just om hon kan ha haft med det här att göra. Trots att det verkar alldeles orimligt.

– Det gick rykten om Liljegren och flickhandel, sa Sjösten. Bland tusen andra rykten.

Wallander betraktade honom uppmärksamt.

– Flickhandel?

– Det gick rykten om att Sverige användes som transitland för fattiga flickor från Sydamerika, på väg till bordeller i södra Europa. Till de forna öststaterna. Vi har faktiskt hittat ett par flickor några gånger som kommit undan. Men vi har aldrig fått tag på dom som hållit i den här handeln. Vi har heller aldrig kunnat bevisa nånting. Men vi tror det vi tror.

Wallander stirrade på Sjösten.

– Och det säger du först nu?

Sjösten skakade oförstående på huvudet.

– Du har faktiskt inte frågat förrän nu.

Wallander stod orörlig. Flickan som brann hade åter börjat springa i hans huvud.

– Jag ändrar mig, sa han sedan. Jag stannar kvar över natten.

Klockan var fem. Fortfarande onsdagen den 6 juli.

De återvände med hissen till Sjöstens kontor.

33

Strax efter sju den vackra sommarkvällen tog Wallander och Sjösten färjan över till Helsingör och åt middag på en restaurang som Sjösten kände till. Som genom ett tyst samförstånd underhöll han under middagen Wallander med att berätta historier om den båt han höll på att ställa i ordning, om sina många äktenskap och sina ännu flera barn. Det var först vid kaffet som de började tala om mordutredningen igen. Wallander hade tacksamt lyssnat på Sjösten som var en medryckande berättare. Han hade varit mycket trött. Efter den goda middagen kände han sig dåsig. Men huvudet hade vilat ut. Sjösten hade druckit några snapsar och öl medan Wallander hade hållit sig till mineralvatten. När de hade fått in kaffet bytte de roller. Sjösten lyssnade medan Wallander talade. Han gick igenom allt som hade hänt. Han lät för första gången flickan som bränt sig till döds i rapsåkern utgöra inledningen till den serie av mord om vilken de ännu inte visste om den var avslutad. Han talade till Sjösten på ett sätt som gjorde att han var tvungen att klargöra saker även för sig själv. Det som hittills för honom hade varit helt osannolikt, att Dolores Maria Santanas död kunde ha ett samband med det som hade skett efteråt, erkände han för sig själv som en felaktigt dragen slutsats, eller förmodligen ingen slutsats alls, bara ett utslag av oansvarigt och slött feltänkande. Sjösten var en uppmärksam lyssnare som omedelbart slog ner på honom när han blev otydlig.

Efteråt skulle han tänka på kvällen i Helsingör som den punkt när hela utredningen ömsade skinn. Det mönster han tyckte sig ha upptäckt när han satt på Sjöräddningens bänk bekräftades. Luckor fylldes i, hål tätades, frågor fick sina svar, eller blev åtminstone mera tydligt formulerade och inordnade i ett sammanhang. Han marscherade fram och tillbaka genom utredningens landskap och tyckte sig för första gången ha fått en samlad överblick. Men hela tiden fanns där också en gnagande känsla av skuld, att han borde ha sett allt det han nu såg mycket tidigare, att han hade vandrat med obegriplig målmedvetenhet längs villospår istället för att inse att riktningen han borde följa var en helt annan. Utan att han ställde frågan till Sjösten fanns den hela tiden närvarande inom honom. Kunde något av morden, åtminstone det sista, eller i alla fall det senaste, det på Liljegren, ha kunnat undvikas? Han kunde inte besvara frågan, han kunde bara ställa den, och han visste att den skulle följa honom under mycket lång tid, kanske utan att han någonsin fick ett svar han kunde förstå och sedan leva med.

Det enda som egentligen återstod var att det inte fanns någon gärningsman. Det fanns heller inga direkta spår som ledde åt ett visst bestämt håll. Det fanns ingen misstänkt, inte ens en grupp människor bland vilka de skulle kunna sänka ner sin håv och hoppas få upp den de sökte efter.

Tidigare under dagen, när Elisabeth Carlén hade lämnat dem och Sjösten stod på polishusets trappa och i en bisats nämnde att det fanns misstankar om att Sverige, och då närmare bestämt Helsingborg, fungerade som transitland och stad för handel med flickor från Sydamerika, destinerade till sydeuropeiska bordeller, hade Wallanders reaktion alltså varit omedelbar. De hade återvänt upp till det kontor där lukten från Elisabeth Carléns cigaretter fortfarande hängde kvar trots att fönstret var öppet. Sjösten hade varit förvånad över Wallanders plötsliga energi, och utan att de tänkte på det hade Wallander satt sig i Sjöstens stol medan denne fick nöja sig med att vara på besök på sitt eget kontor. När Wallander sedan hade berättat allt han visste om Dolores Maria Santana, och att hon uppenbarligen varit på flykt när hon liftade från Helsingborg, hade Sjösten börjat förstå Wallanders intresse.

– Det kom en svart bil en gång i veckan till Gustaf Wetterstedts hus, sa Wallander. Av en tillfällighet upptäckte städhjälpen det. Hon var här och som du redan vet tyckte hon sig nästan känna igen den bil som stod i Liljegrens garage. Vad drar du för tänkbar slutsats av det?

– Ingen alls, svarade Sjösten. Svarta mercedesar med rökfärgat glas finns det många av.

– Slå samman det med ryktena som omgav Liljegren. Rykten om flickhandel. Vad är det som hindrar att han inte bara hade fester i det egna huset? Varför skulle han inte också ha kunnat stå till tjänst med hemkörning?

– Ingenting hindrar det, sa Sjösten. Men det verkar väldigt obevisat.

– Jag vill veta om den där bilen lämnade Liljegrens hus på torsdagarna, sa Wallander. Och kom tillbaka på fredagarna.

– Hur ska det vara möjligt att ta reda på det?

– Det finns grannar som kan ha sett nånting. Vem körde bilen? Allt verkar så egendomligt tomt runt Liljegren. Han hade personal anställd. Han hade en assistent. Var finns alla människor?

– Vi arbetar med det, svarade Sjösten.

– Låt oss prioritera, sa Wallander. Motorcykeln är viktig. Liksom Liljegrens assistent. Och bilen på torsdagarna. Börja med det. Avdela all personal du har till att undersöka det här.

Sjösten hade lämnat rummet och organiserat spaningsarbetet. Han kunde sen också bekräfta att Elisabeth Carlén redan hade börjat skuggas.

– Vad gör hon? frågade Wallander.

– Hon befinner sig i sin lägenhet, svarade Sjösten. Ensam.

Wallander hade därefter ringt till Ystad och talat med Per Åkeson.

– Jag tror inte jag kommer förbi att jag behöver tala med Louise Fredman, sa han.

– Då måste du lägga fram mycket starka utredningsskäl, svarade Åkeson. Annars kan jag inte hjälpa dig.

– Jag vet att det kan vara viktigt.

– Det måste vara påtagligt, Kurt.

– Det finns alltid en väg som leder förbi allt byråkratiskt krångel.

– Vad är det egentligen du tror att hon kan svara på?

– Om hon har blivit skuren i fotsulorna med en kniv. Som exempel.

– Herregud. Varför skulle hon ha blivit det?

Wallander bryddе sig inte om att svara.

– Kan inte hennes mor ge mig tillåtelse? frågade han. Fredmans änka?

– Det är precis just det jag sitter och tänker på, svarade Per Åkeson. Det är den vägen det måste gå.

– Då åker jag till Malmö i morgon, sa Wallander. Behöver jag nåt papper från dig?

– Inte om hon ger dig tillstånd, sa Per Åkeson. Men du får inte pressa henne.

– Brukar jag hota folk? frågade Wallander förvånat. Det visste jag inte.

– Jag bara säger vad du har att rätta dig efter. Ingenting annat.

Det var efter samtalet med Per Åkeson som Sjösten hade föreslagit att de skulle åka över Sundet för att äta middag och få tid att pratas vid i lugn och ro. Wallander hade inte haft någonting att invända. Ännu var det för tidigt att ringa till Baiba. Eller det kanske inte var för tidigt att ringa men väl för tidigt för honom själv. Han tänkte hastigt att Sjösten, med alla sina erfarenheter av äktenskap, kanske kunde ge honom ett råd hur han skulle förklara för Baiba som gladde sig, att resan måste ställas in eller uppskjutas på obestämd tid. De for över Sundet, Wallander hade önskat att resan varit längre, och sedan åt de den middag som Sjösten insisterade att få bjuda på. Klockan var ungefär halv tio när de promenerade genom staden för att ta färjan tillbaka. Utanför en portuppgång stannade Sjösten.

– Här inne bor en man som uppskattar svenskar, sa han och log.

Wallander läste på en skylt intill porten att en läkare hade sin praktik där.

– Han skriver ut i Sverige förbjudna bantningsmedel, fortsatte Sjösten. Här är köer av överviktiga svenskar varje dag.

– Vart åker danskarna? frågade Wallander när de fortsatte mot färjeterminalen.

Det visste inte Sjösten.

De befann sig i trappan till avgångshallen när Sjöstens mobiltelefon ringde. Sjösten fortsatte att gå medan han lyssnade.

– En kollega som heter Larsson har sprungit på något som verkar vara en riktig guldgruva, sa Sjösten när samtalet var över. En man i närheten av Liljegrens hus som sett både det ena och det andra.

– Vad hade han sett?

– Svarta bilar, motorcyklar. Vi pratar med honom i morgon.

– Vi pratar med honom ikväll, sa Wallander. Klockan är bara tio när vi kommer tillbaka till Helsingborg.

Sjösten nickade men sa ingenting. Han ringde tillbaka till polishuset och bad Larsson möta dem vid terminalen.

Det var en yngre polisman som påminde Wallander om Martinsson som väntade dem efter överfarten. De satte sig i hans bil och for upp mot Tågaborg. Under tiden förberedde han dem på vem de skulle möta. Wallander noterade att en flagga från HIF hängde vid backspegeln.

– Han heter Lennart Heineman och har varit ambassadråd, sa Larsson på en skånska som var så grötig att Wallander var tvungen att anstränga sig för att förstå vad han sa. Han är nästan åttio år. Men mycket ungdomlig. Hans fru lever också men hon är tydligen bortrest. Heineman har en trädgård som ligger snett emot huvudinfarten till Liljegrens trädgård. Han har både lagt märke till och kommit ihåg saker och ting.

– Vet han att vi kommer? frågade Sjösten.

– Jag ringde, svarade Larsson. Han sa att det gick utmärkt eftersom han sällan la sig förrän klockan tre på natten. Han påstod att han höll på att skriva en kritisk granskning av den svenska utrikesförvaltningen. Vad nu det kan innebära.

Wallander påminde sig med obehag en beskäftig kvinna från utrikesdepartementet som hade besökt dem i Ystad några år tidigare, i samband med den utredning som lett till att han hade träffat Baiba. Han försökte komma ihåg hennes namn utan att lyckas. Det hade med rosor att göra, det mindes han. Han slog bort tanken när de bromsade in utanför Heinemans villa. På andra sidan gatan stod en polisbil parkerad utanför Liljegrens hus. En högrest man med kortklippt vitt hår kom gående emot dem på andra sidan grinden. Han hade ett kraftigt handslag. Wallander fick genast förtroende för honom. Den stora villa han bjöd dem att stiga in i verkade vara byggd under samma tid som Liljegrens. Ändå var skillnaden mycket stor. Huset utstrålade något livgivande, ett uttryck för den energiske gamle man som bodde där. Han bad dem slå sig ner och frågade om han fick bjuda på något att dricka. Wallander fick en känsla av att han var van vid att representera, att ta emot människor han inte kände från förr. De tackade alla nej.

– Förfärliga saker som händer, sa Heineman när han själv hade satt sig.

Sjösten gav Wallander en nästan omärklig nick att han skulle leda det hela.

– Det är därför vi inte kan skjuta upp det här samtalet till i morgon, sa Wallander.

– Varför skulle det uppskjutas? sa Heineman. Jag har aldrig begripit varför svenskar lägger sig så orimligt tidigt på kvällarna. Den kontinentala vanan med siesta är betydligt sundare. Hade jag lagt mig tidigt på kvällarna hade jag varit död för länge sen.

Wallander begrundade för ett ögonblick Heinemans kraftfulla kritik av tiden för det svenska sänggåendet.

– Vi är intresserade av alla iakttagelser ni har gjort, sa han. Om trafiken till och från Liljegrens villa. Det är dock några frågor som intresserar oss mer än andra. Låt oss börja med att tala om Liljegrens svarta Mercedes.

– Han bör ha haft minst två, sa Heineman.

Wallander blev förvånad över svaret. Han hade inte tänkt sig mer än en bil, trots att det kunde ha rymts både två och tre bilar i Liljegrens stora garage.

– Vad får er att tro att det var mer än en bil?

– Jag föreslår att vi säger du, sa Heineman. Det här orimliga niandet trodde jag bara vissa ålderdomliga kretsar inom UD höll fast vid.

– Två bilar, upprepade Wallander. Varför tror du det?

– Jag inte bara tror, sa Heineman. Jag vet. Två bilar kunde lämna huset samtidigt. Eller komma tillbaka samtidigt. När Liljegren var borta stod bilarna kvar här. Från min övervåning kan jag se en bit av hans trädgård. Där stod två bilar.

Det betyder att en fattas, tänkte Wallander. Var befinner sig den just nu?

Sjösten hade tagit upp ett anteckningsblock. Wallander såg att han gjorde noteringar.

– Jag skulle vilja fråga om torsdagar, fortsatte Wallander. Kan du påminna dig att en eller kanske båda bilarna regelbundet lämnade Liljegrens villa sent på torsdagseftermiddagen eller kvällen? Och att den eller dom återkom under natten eller morgonen dagen därpå?

– Jag är inte mycket till datummänniska, svarade Heineman. Men det är riktigt att en av bilarna brukade lämna villan på kvällen. Och återkomma först på morgonen dagen efter.

– Det är mycket viktigt om vi kan slå fast att det gäller torsdagar, sa Wallander.

– Min fru och jag har aldrig hållit oss med den idiotiska mattraditionen att äta ärtsoppa just på torsdagarna, sa Heineman.

Wallander väntade medan Heineman försökte minnas. Larsson satt och såg i taket, Sjösten slog lätt med anteckningsblocket mot ena knäet.

– Möjligen, sa Heineman plötsligt. Möjligen kan jag kombinera ihop ett svar. Jag minns nämligen bestämt att min hustrus syster var här vid ett tillfälle förra året när bilen for ut på en av sina regelbundna turer. Varför jag vet det så bestämt kan jag inte svara på. Men jag tar inte miste. Hon bor i Bonn och hälsar mycket sällan på. Det är därför jag har noterat det.

– Varför tror du att det var en torsdag? frågade Wallander. Har du skrivit upp det i en kalender?

– Jag har aldrig befattat mig med kalendrar, svarade Heineman med avsmak i rösten. Under alla mina år inom UD skrev jag aldrig upp ett enda möte. Men under fyrtio års tjänst missade jag heller aldrig något. Vilket däremot dom råkade ut för många gånger som inte gjorde annat än skrev upp i sina kalendrar.

– Varför en torsdag? upprepade Wallander.

– Jag vet inte om det var en torsdag, sa Heineman. Men det var min hustrus systers namnsdag. Det vet jag bestämt. Hon heter Frida.

– Vilken månad? frågade Wallander.

– Februari eller mars.

Wallander klappade på sin jackficka. I hans fickkalender fanns inte året innan. Även Sjösten skakade på huvudet. Larsson hade ingen fickalmanacka alls.

– Det finns händelsevis inte en gammal kalender i huset? frågade Wallander.

– Det är möjligt att nån av barnbarnens julkalendrar ligger kvar på vinden, sa Heineman. Min hustru har ovanan att spara på en massa gammal skit. Jag slänger kontinuerligt. Också en erfarenhet från UD. Den första dagen i månaden kastade jag obarmhärtigt allt som inte längre behövde sparas från månaden innan. Jag hade som regel att hellre kasta för mycket än för lite. Jag saknade aldrig nåt jag slängt.

Wallander nickade åt Larsson.

– Ring och ta reda på vilken dag som Frida har namnsdag, sa han. Och vilken veckodag det var 1993.

– Vem vet det? frågade Larsson.

– För fan, sa Sjösten irriterat. Ring polishuset. Du har precis fem minuter på dig att komma med svaret.

– Telefonen står i tamburen, sa Heineman.

Larsson försvann.

– Jag måste säga att jag uppskattar klar ordergivning, sa Heineman belåtet. Även den förmågan tycks ha gått förlorad under senare år.

Wallander hade svårt att komma vidare medan de avvaktade svaret. För att fördriva väntetiden frågade Sjösten var Heineman hade haft sina utlandsplaceringar. Det visade sig att han hade varit posterad vid ett stort antal beskickningar.

– Det har blivit bättre på senare år, sa han. Men när jag började min bana var det ofta en beklämmande låg nivå på dom personer som var satta att representera vårt land på främmande kontinenter.

När Larsson kom tillbaka hade det gått nästan tio minuter. Han hade gjort en anteckning på en papperslapp som han hade i handen.

– Frida har namnsdag den 17 februari, sa han. Den 17 februari 1993 var en torsdag.

– Just vad jag trodde, sa Wallander.

Sedan tänkte han att polisarbete i grunden inte var någonting annat än att inte ge sig förrän en avgörande detalj fanns bekräftad på en papperslapp.

Alla övriga frågor som Wallander hade planerat att ställa till Heineman föreföll efter detta möjliga att vänta med. För syns skull ställde han dock ytterligare några frågor, om Heineman hade gjort några iakttagelser om det Wallander oklart kallade för en eventuell flicktrafik.

– Det pågick fester, sa Heineman stramt. Från övervåningen här i huset var det ofrånkomligt att jag uppfattade vissa interiörer. Naturligtvis var det kvinnor inblandade.

– Träffade du nånsin Åke Liljegren?

– Ja, svarade Heineman. Jag träffade honom vid ett tillfälle i Madrid. Det var under ett av mina sista år som aktiv inom UD. Han hade begärt företräde för att få hjälp med vissa introduktioner till bland annat några stora spanska byggföretag. Vi visste naturligtvis mycket väl vem Liljegren var. Skalbolagsaffärerna var i full gång. Vi behandlade honom så hövligt som vi kunde. Men det var ingen behaglig människa att ha att göra med.

– Varför inte?

Heineman tänkte efter innan han svarade.

– Han var helt enkelt obehaglig, sa han sedan. Han betraktade sin omvärld med ett alldeles öppet och odelat förakt.

Wallander visade tecken på att han inte hade för avsikt att förlänga samtalet.

– Mina kollegor kommer att ta kontakt med dig igen, sa han och reste sig.

Heineman följde dem till grinden. Polisbilen utanför Liljegrens villa stod kvar. Huset var mörkt. Wallander gick över gatan sedan han tagit avsked av Heineman. En av poliserna i bilen steg ur och gjorde honnör. Wallander lyfte handen och viftade något som skulle föreställa ett svar på den överdrivna hälsningen.

– Har det hänt nåt? frågade han.

– Här är lugnt. En del nyfikna har stannat till. Annars ingenting.

De åkte ner till polishuset där Larsson släppte av dem. Själv for han sedan hem för att lägga sig. Medan Wallander ringde några telefonsamtal återvände Sjösten till sin båttidning. Wallander började med att ringa till Hansson som kunde meddela att Ludwigsson och Hamrén från rikskriminalen hade kommit. Han hade inkvarterat dem på Hotel Sekelgården.

– Det verkar vara bra folk, sa Hansson. Inte alls så dryga som jag befarade.

– Varför skulle dom ha varit det?

– Stockholmare, sa Hansson. Det vet man väl hur dom är. Minns du inte den där åklagaren som var här istället för Per Åkeson? Vad var det hon hette? Bodin?

– Brolin, svarade Wallander. Men jag minns henne inte.

Wallander mindes mycket väl. Han kunde känna obehaget komma krypande genom sin kropp när han tänkte på hur han en gång alldeles hade förlorat omdömet och kastat sig över henne i berusat tillstånd. Det var något av det han skämdes allra mest för i sitt liv. Då hjälpte det inte att han och Anette Brolin vid ett senare tillfälle hade tillbringat en natt i Köpenhamn under betydligt angenämare former.

– Dom kommer att börja bearbeta Sturup i morgon, sa Hansson.

Wallander berättade kortfattat om det som hade hänt hos Heineman.

– Det betyder med andra ord att vi är igenom nånting, sa Hansson. Du tror alltså att Liljegren en gång i veckan skickade en prostituerad till Wetterstedt i Ystad?

– Ja.

– Kan det också ha hänt med Carlman?

– Kanske inte på samma sätt. Men jag måste tro att Carlmans och Liljegrens cirklar också har tangerat varandra. Ännu vet vi bara inte var.

– Och Björn Fredman?

– Han är fortfarande det stora undantaget. Han passar inte in i nånstans. Minst av allt i Liljegrens kretsar. Om han nu inte var torped för honom. Jag tänker åka tillbaka till Malmö i morgon och tala med familjen på nytt. Inte minst behöver jag träffa dottern som vistas på sjukhus.

– Per Åkeson har berättat om ert samtal. Du är naturligtvis medveten om att resultatet kan bli lika negativt som ert möte med Erika Carlman?

– Naturligtvis.

– Jag ska kontakta Ann-Britt och Svedberg redan ikväll, sa Hansson. Trots allt kommer du med goda nyheter.

– Glöm inte Ludwigsson och Hamrén, sa Wallander. Dom ingår också i gruppen från och med nu.

Wallander la på telefonluren. Sjösten hade gått för att hämta kaffe. Wallander slog sitt eget nummer i Ystad. Till hans förvåning svarade Linda genast.

– Jag kom just hem, sa hon. Var är du?

– I Helsingborg. Jag stannar här över natten.

– Har det hänt nåt?

– Jag har varit i Helsingör och ätit middag.

– Det var inte det jag menade.

– Vi arbetar.

– Det gör vi med, sa Linda. Vi spelade igenom allting i kväll igen. Vi hade publik igen.

– Vem då?

– En pojke som frågade om han fick se på. Han stod utanför på gatan och sa att han hade hört att vi höll på med teater. Vi lät honom titta på. Förmodligen var det dom i korvkiosken som hade berättat för honom.

– Var det ingen ni kände?

– Han var nog bara turist här i stan. Han följde mig hem efteråt.

Wallander kände ett styng av svartsjuka.

– Är han i lägenheten nu?

– Han följde mig till Mariagatan. En promenad på fem minuter. Om man går långsamt. Sen for han hem.

– Jag bara undrar.

– Han hade ett konstigt namn. Han hette Hoover. Men han var väldigt snäll. Jag tror han tyckte om det vi gjorde. Om han hade tid skulle han komma tillbaka i morgon.

– Det gör han säkert, sa Wallander.

Sjösten kom in i rummet med två kaffemuggar. Wallander frågade efter hans hemnummer som han sedan gav till Linda.

– Min dotter, sa han när han hade lagt på luren. Till skillnad från dig har jag bara ett barn. Hon åker till Visby på lördag för att gå en teaterkurs.

– Ens barn ger ändå livet ett skimmer av meningsfullhet, sa Sjösten och räckte kaffemuggen till Wallander.

De resonerade igenom samtalet med Lennart Heineman ännu en gång. Wallander kunde märka på Sjösten att han var mycket tveksam till att det faktum att Wetterstedt hade fått tillgång till prostituerade genom Liljegren skulle innebära att de också hade kommit ett stort steg närmare att ringa in mördaren.

– Jag vill att du i morgon plockar fram allt material om den här flicktrafiken som haft Helsingborg som mellanstation. Varför just här? Hur har dom kommit hit? Det måste finnas en förklaring. Dessutom är det obegripligt med detta tomrum kring Liljegren. Jag förstår det inte.

– Det där med flickorna är mest spekulationer, sa Sjösten. Vi har aldrig gjort nån utredning av det. Vi har helt enkelt inte haft anledning till det. Birgersson pratade med en av åklagarna vid nåt tillfäl-

347

le. Han avvisade omedelbart en utredning och sa att vi hade viktigare saker att göra. Vilket han naturligtvis hade rätt i.

– Jag vill ändå att du går igenom det, sa Wallander. Gör en sammanfattning åt mig under morgondagen. Skicka det på fax till Ystad så fort du kan.

Klockan hade närmat sig halv tolv när de åkte till Sjöstens lägenhet. Wallander tänkte att han nu måste ringa till Baiba. Det fanns ingen återvändo längre. Snart var det torsdag. Hon höll redan på att packa. Han kunde inte längre uppskjuta att ge henne beskedet.

– Jag behöver ringa ett telefonsamtal till Lettland, sa han. Ett par minuter bara.

Sjösten visade honom var telefonen fanns. Först när Sjösten hade gått in i badrummet grep Wallander luren. Han slog numret. När den första signalen gick fram la han hastigt på luren. Han visste inte alls vad han skulle säga. Han vågade inte. Han tänkte att han skulle vänta till kvällen efter och då säga något som inte var sant, att det hela var plötsligt påkommet, att han nu ville att hon kom till Ystad istället.

Han tänkte att det var den bästa lösningen. Åtminstone för honom själv.

De pratade ytterligare en halvtimme över ett glas whisky. Sjösten ringde ett samtal för att kontrollera att Elisabeth Carlén fanns under bevakning.

– Hon sover, sa han. Det borde kanske vi också göra.

Wallander bäddade upp med de lakan han fick av Sjösten i ett rum där det satt barnteckningar på väggarna. Han släckte ljuset och somnade nästan genast.

När han vaknade var han genomvåt av svett. Han måste ha haft en mardröm, även om han ingenting mindes. Han såg på armbandsklockan att den var halv tre. Han hade bara sovit i två timmar. Han undrade varför han hade vaknat. Han vände sig på sidan för att somna om. Men plötsligt var han klarvaken. Var känslan hade kommit ifrån visste han inte. Det fanns ingen grund för den. Ändå hade han gripits av panik.

Han hade lämnat Linda ensam i Ystad. Hon kunde inte vara där ensam. Han måste hem.

Utan att betänka sig steg han upp, klädde sig och krafsade ner ett meddelande till Sjösten. Kvart i tre satt han i sin bil på väg ut ur staden. Han tänkte att han borde ringa henne. Men vad skulle han säga? Hon skulle bara bli uppskrämd. Han körde genom den ljusa sommarnatten. Han förstod inte var paniken hade kommit ifrån. Men den fanns där och den släppte honom inte.

Strax före fyra parkerade han på Mariagatan. När han kom till sin lägenhet låste han försiktigt upp dörren. Rädslan för något han inte visste vad det var hade inte släppt. Först när han försiktigt sköt upp hennes dörr som stod på glänt, såg hennes huvud på kudden och hörde henne andas, blev han åter lugn.

Han satte sig i soffan. Rädslan hade då ersatts av genans. Han skakade på huvudet åt sig själv, skrev en lapp till henne som han la på soffbordet att planerna ändrats och att han kommit hem under natten. Innan han la sig i sin egen säng satte han väckarklockan på fem. Han visste att Sjösten steg upp mycket tidigt för att ägna några morgontimmar åt sin båt. Hur han skulle förklara sitt nattliga uppbrott för Sjösten visste han inte.

Han låg i sängen och undrade varför han hade fått denna känsla av panik. Men han hittade inget svar.

Det dröjde länge innan han somnade.

34

När dörrklockan ringde visste han genast att det inte kunde vara
någon annan än Baiba som stod där utanför. Det gjorde honom
egendomligt nog inte alls orolig, trots att han skulle få mycket
svårt att förklara för henne varför han ingenting hade sagt om att
deras resa hade blivit uppskjuten på obestämd tid. Men när han
ryckte till i sängen och satte sig upp fanns hon naturligtvis inte där.
Det var bara väckarklockan som hade ringt, och visarna stod som
ett uppspärrat gap på tre minuter över fem. Efter den första, korta
förvirringen slog han handen över larmknappen och satt sedan all-
deles stilla i sängen och tystnaden. Långsamt återkom verklighe-
ten till honom. Staden var ännu stilla. Mycket få ljud annat än få-
gelsång trängde in i hans rum och hans medvetande. Han kunde
inte ens påminna sig om han hade drömt om Baiba eller inte. Den
plötsliga flykten från barnrummet i Sjöstens lägenhet tycktes ho-
nom nu som ett obegripligt genant avsteg från hans normala för-
måga att bete sig överlagt. Med en ljudlig gäspning reste han sig
och gick ut i köket. Linda sov. På köksbordet upptäckte han en
lapp. Den var skriven av henne. Jag umgås med min dotter genom
ett oändligt antal lappar, tänkte han. När hon gör ett av sina till-
fälliga nerslag i Ystad. Han läste igenom det hon hade skrivit och
insåg att drömmen om Baiba, uppvaknandet i tron att hon stod
utanför dörren, ändå hade inneburit ett varsel. När han kommit
hem på natten hade han inte upptäckt Lindas meddelande. Nu såg
han att Baiba hade ringt och att hon då hade bett Linda säga till sin
far att han skulle höra av sig omgående. Han anade hennes irrita-
tion i Lindas referat. Det var knappt märkbart, men det fanns där.
Han kunde inte ringa till henne. Inte nu. Först sent ikväll, eller
möjligen dagen efter, skulle han ringa henne. Eller kanske han
skulle låta Martinsson göra det? Han skulle få överlämna det be-
klagliga meddelande som sa att den man hon avsåg att åka till Ska-
gen med, den man som antogs stå beredd på Kastrup om två dagar

för att ta emot henne, just nu befann sig jagad av jakten efter en galen människa som högg yxor genom skallbenen på sina medmänniskor och dessutom skar av deras skalper. Det han kanske skulle låta Martinsson säga var sant men ändå inte sant. Det var en lögn som fått ett par falska vingar påklistrade, det liknade en sanning, det kunde förstås. Men det kunde aldrig förklara eller försvara att han var så feg – eller var det så att han var rädd för Baiba? – att han inte betedde sig som han borde och ringde henne själv.

Halv sex lyfte han telefonluren, inte för att ringa till Baiba, men väl till Sjösten i Helsingborg för att presentera en nödtorftig förklaring till varför han hade brutit upp under natten. Vad kunde han egentligen säga? Sanningen borde ha varit möjlig. Om den plötsliga oron för dottern, en oro alla föräldrar känner till utan att någon egentligen kan förklara var den plötsliga paniken kommer ifrån. Men när Sjösten svarade sa han något helt annat, att han hade glömt något, ett avtalat möte med sin far tidigt denna morgon. Något som Sjösten alltså aldrig skulle kunna kontrollera om han hade haft den avsikten. Eller något som omöjligt kunde komma att avslöjas av en tillfällighet, eftersom Sjösten och hans far med all sannolikhet aldrig skulle se sina vägar korsas. De bestämde att de skulle ha kontakt senare under dagen, när Wallander hade varit i Malmö.

Efteråt hade allt känts mycket lättare. Det var inte första gången i sitt liv han startade sin dag med ett antal små lögner, undanflykter och självbedrägerier. Han duschade, drack kaffe, skrev en ny lapp till Linda och lämnade lägenheten strax efter halv sju. Allt var mycket stilla på polishuset när han kom dit. Det var i den tidiga ensamma timmen, när uttröttad nattpersonal gav sig av hemåt, och det ännu var för tidigt för dagpersonalen, som Wallander tyckte mest om att gå genom korridoren mot sitt kontor. Livet hade en alldeles speciell mening under den tidiga ensamma morgontimmen. Han hade aldrig förstått varför det var så. Men minnet av känslan kunde han följa djupt ner i sin egen privata forntid, kanske så långt som tjugu år tillbaka i tiden. Rydberg, hans gamle mentor och vän, hade haft det på samma sätt. *Alla människor har små men ytterst personliga heliga ögonblick*, hade Rydberg sagt en gång, vid ett av de få tillfällen då de hade suttit på antingen hans eller Wallanders kontor och delat en liten flaska whisky bakom väl stängda dörrar. Det dracks ingen sprit på polishuset. Men de hade kanske haft anledning att fira något? Eller sörja något, för den delen. Wallander mindes inte orsakerna. Men han saknade svårt de korta och sällsynta filosofiska stunderna med Rydberg. De hade varit ögonblick av vänskap, av den alldeles outbytbara förtroligheten. Wallander satte sig vid sitt skrivbord och bläddrade hastigt igenom en hög med lappar som låg på hans bord. I ett PM som hade kommit någonstans ifrån såg han att Dolores Maria Santanas lik hade frigivits för begravning och nu vilade i en grav på samma kyrkogård som Rydberg. Det återförde honom till utredningen igen, han kavlade upp ärmarna som om han snart skulle ge sig ut i världen för att slåss, och han läste sedan i rasande fart igenom de kopior av utredningsmaterial som hans kollegor hade presterat. Där fanns papper från Nyberg, olika laboratorieundersökningar, där Nyberg krafsat frågetecken och kommentarer i marginalerna, sammanställningar av tipsinlämningen som skjutit fart men ändå förblev ovanligt liten och således präglades av sommartiden. Tyrén måste vara en utomordentligt nitisk ung man, tänkte Wallander, utan att han kunde bestämma sig för om det tydde på att Tyrén skulle bli en bra polis på fältet i framtiden, eller om han redan nu visade att han hörde hemma någonstans inom byråkratins jaktmarker. Han läste fort men uppmärksamt. Ingenting av värde gick honom förbi. Viktigast av allt tycktes honom vara att de mycket snabbt hade kunnat fastslå att Björn Fredman verkligen hade blivit mördad på bryggan nedanför avtagsvägen mot Charlottenlund. Han sköt undan pappershögarna och lutade sig tankfullt tillbaka i stolen. Vad har de här männen gemensamt? tänkte han. Fredman passar inte in i bilden. Men han tillhör den här gruppen i alla fall. En före detta justitieminister, en konsthandlare, en revisor och en smått juv. De mördas av samma gärningsman som också tar deras skalper. Vi hittar dem i den ordning de har blivit ihjälslagna. Wetterstedt, den förste, har knappast blivit gömd, men väl undanlagd. Carlman, den andre, dödas mitt under en pågående midsommarfest i sin egen berså. Björn Fredman tas till fånga, förs till en ensligt belägen brygga och placeras sedan, nästan som om han blir utställd, mitt i Ystad. Han sitter i en avloppsgrop med en presenning över huvudet. Som en staty som väntar på att bli avtäckt. Slutligen flyttar gärningsmannen sig till Helsingborg och dödar Åke Liljegren. Vi slår nästan omedelbart fast ett samband mellan Wetterstedt och Liljegren. Det gäller nu att vi hittar sambanden mellan de övriga. När vi sedan vet exakt vad som band dem samman kan vi också ställa frågan: Vem kan ha haft orsak att vilja döda dem? Och varför dessa skalper? Vem är den ensamme krigaren?

Wallander satt länge och tänkte på Björn Fredman och Åke Liljegren. Där hade något tillkommit. Bortförandet och syran i ögonen när det gällde Fredman, Liljegrens huvud i ugnen. Det var något mer. För gärningsmannen hade det inte varit nog med att slå ihjäl dem och ta deras skalper. Varför? Han tog ännu ett steg. Vattnet djupnade runt honom. Bottnen slipprig. Lätt att halka. Skillnaden mellan Björn Fredman och Liljegren. Mycket tydlig. Björn Fredman hade fått saltsyra i sina ögon medan han levde. Liljegren var död när han placerades framför ugnen. Han försökte föreställa sig gärningsmannen igen. Mager, vältränad, barfota, galen. Om han jagar onda män måste Björn Fredman ha varit den värsta. Därefter Liljegren. Carlman och Wetterstedt i ungefär samma kategori. Wallander reste sig och gick fram mot fönstret. Det var någonting med ordningsföljden som oroade honom. Björn Fredman hade varit den tredje. Varför inte den förste eller den hittills siste? Ondskans rot, den första eller sista att dras upp, av en gärningsman som var galen men försiktig och välorganiserad. Bryggan måste ha valts på grund av sin lämplighet. *Hur många bryggor såg han innan han bestämde sig?* Är det en man som ständigt befinner sig vid havet? En välartad man, en fiskare, eller någon anställd vid Kustbevakningen? Eller varför inte Sjöräddningen som har den här stadens bästa bänk om man vill vara ifred och tänka? Han lyckas dessutom föra bort Björn Fredman. I hans egen bil. Varför gör han sig allt detta besvär? För att det är hans enda sätt att komma åt honom? De har träffats någonstans. De kände varandra. Peter Hjelm hade varit mycket tydlig. Björn Fredman gjorde resor och hade efteråt mycket pengar. Det gick rykten om att han var torped. Han kände bara till delar av Björn Fredmans liv. Resten var obekant och återstod för polisen att försöka genomlysa.

Wallander satte sig i stolen igen. Ordningsföljden stämde inte. Vad kunde förklaringen vara? Han gick och hämtade kaffe. Svedberg och Ann-Britt Höglund hade kommit. Svedberg hade bytt mössa. Hans kinder var rödfnasiga. Ann-Britt Höglund allt brunare, Wallander allt blekare. Strax efter kom Hansson med Mats Ekholm i släptåg. Även Ekholm hade börjat bli brun. Hanssons ögon var blodsprängda av trötthet. Han betraktade Wallander med förvånade ögon, samtidigt som han tycktes leta efter ett missförstånd i sitt huvud. Hade inte Wallander sagt att han skulle vara i Helsingborg? Klockan var ännu bara halv åtta. Hade något hänt som gjort att han rest till Ystad redan nu? Wallander som anade Hanssons tankar skakade nästan omärkligt på huvudet. Allt var som det skulle, ingen hade missförstått någonting och ingen hade möjligen heller förstått. De hade inte planerat något möte i spaningsgruppen. Ludwigsson och Hamrén hade redan åkt ut till Sturup, Ann-Britt Höglund planerade att följa efter, medan Svedberg och Hansson höll på med eftersläpande arbete om Wetterstedt och Carlman. Någon stack in huvudet och sa att Wallander hade telefon från Helsingborg. Wallander tog samtalet på en apparat bredvid kaffemaskinen. Det var Sjösten som kunde berätta att Elisabeth Carlén fortfarande sov. Ingen hade besökt henne, inga utom ett antal nyfikna hade heller rört sig kring Liljegrens villa.

– Hade Åke Liljegren ingen familj? frågade Martinsson, nästan irriterat, som om Liljegren hade begått något ytterst olämpligt genom att inte vara gift.

– I hans spår fanns endast ett antal sörjande, sönderplockade företag, sa Svedberg.

– De arbetar med Liljegren i Helsingborg, sa Wallander. Vi får bara avvakta.

Hansson hade informerat noga, förstod Wallander. Alla var överens om att Liljegren måste ha levererat kvinnor till Wetterstedt på bestämda tider.

– Han lever med andra ord upp till det gamla ryktet, sa Svedberg.

– Vi måste hitta en likartad koppling till Carlman, fortsatte Wallander. Den finns där, det är jag övertygad om. Låt Wetterstedt vara tills vidare. Koncentration på Carlman är viktigare.

Alla hade bråttom. Den fastlagda beröringspunkten hade pumpat in ny energi i spaningsgruppen. Wallander tog med sig Ekholm in i sitt rum. Han redogjorde för de tankar han tänkt tidigare denna morgon. Ekholm var som alltid en uppmärksam lyssnare.

– Saltsyran och ugnen, sa Wallander. Jag försöker tyda hans språk. Han talar till sig själv och han talar till offren. Vad är det han egentligen säger?

– Din tanke om ordningsföljden är intressant, sa Ekholm. Psykopatiska mördare har ofta ett inslag av pedanteri i sitt blodiga hantverk. Nåt kan ha inträffat som rubbat hans planer.

– Vad?

– Ingen utom han kan svara på det.

– Ändå måste vi försöka.

Ekholm svarade inte. Wallander fick en känsla av att han just nu hade mycket lite att säga.

– Låt oss ge dom nummer, sa Wallander. Wetterstedt nummer ett. Vad ser vi om vi kastar om dom?

– Fredman först eller sist, sa Ekholm. Liljegren alldeles innan eller efter, beroende på vilken variant som är den riktiga. Wetterstedt och Carlman har positioner som förhåller sig till dom andra.

– Kan vi anta att han är färdig? sa Wallander.

– Jag vet inte, sa Ekholm. Han följer sina egna spår.

– Vad säger dina datorer? Vad har dom lyckats kombinera fram?

– Egentligen ingenting.

Ekholm gav uttryck för att han själv var förvånad över det svar han gav.

– Hur tolkar du det? frågade Wallander.

– Som att vi har att göra med en seriemördare som på avgörande punkter skiljer ut sig från sina föregångare.

– Och vad innebär det?

– Att han kommer att ge oss en helt ny erfarenhet. Om vi får tag på honom.

– Det måste vi, sa Wallander och märkte hur lite övertygande han lät.

Han reste sig och lämnade rummet tillsammans med Ekholm.

– Beteendevetenskapare hos både FBI och Scotland Yard har hört av sig, sa Ekholm. Dom följer vårt arbete med stor uppmärksamhet.

– Har dom inga förslag att komma med? Vi tar emot alla uppslag vi kan få.

– Jag ska säga till om det kommer in nåt av värde.

De skildes i receptionen. Wallander gav sig tid att växla några ord med Ebba som tagit av gipset från sin handled. Sedan for han raka vägen till Sturup. Han hittade Ludwigsson och Hamrén inne på flygplatspolisens kontor. Wallander kände en stor olust vid åsynen av en ung polisman som året innan hade svimmat framför hans fötter i samband med gripandet av en man som höll på att fly ur landet. Han tog honom i hand och försökte ge sken av att han beklagade det som inträffat.

Sedan insåg Wallander att han hade träffat Ludwigsson tidigare, vid ett besök i Stockholm. Det var en storväxt och kraftig man som med all sannolikhet led av för högt blodtryck. Hans ansikte var rött men inte av solen. Hamrén var hans raka motsats, liten och spenslig, med starka glasögon. Wallander önskade dem lite slarvigt välkomna och undrade hur det gick. Det var Ludwigsson som förde ordet.

– Det tycks vara väldigt mycket bråk mellan dom olika taxibolagen här ute, började han. Precis som på Arlanda. Hittills har vi inte lyckats kartlägga vilka möjligheter han kan ha haft att lämna flygplatsen under dom aktuella timmarna. Nån motorcykel är det heller ingen som har lagt märke till. Men vi har knappast kommit särskilt långt.

Wallander drack en kopp kaffe och svarade på en del frågor som de två männen från rikskriminalen hade. Sedan lämnade han dem och fortsatte in till Malmö. Klockan var tio när han parkerade utanför huset i Rosengård. Det var mycket varmt. Återigen vindstilla. Han tog hissen upp till fjärde våningen och ringde på dörren. Den här gången var det inte sonen utan Björn Fredmans änka som öppnade. Wallander märkte genast att det luktade vin om henne. Vid hennes fötter kurade en pojke ihop sig, som var tre eller fyra år gammal. Han verkade mycket skygg. Eller snarare rädd. När Wallander böjde sig ner mot honom blev han alldeles skräckslagen. I samma ögonblick virvlade en hastig minnesbild förbi i Wallanders huvud. Han lyckades aldrig gripa den. Men han la situationen på minnet. Något som tidigare hade hänt, eller som någon sagt, något som var viktigt hade återigen gjort sig påmint i hans undermedvetna. Förr eller senare skulle han lyckas fånga den flyktiga minnesbilden, det visste han. Hon bjöd honom att stiga in. Pojken hängde vid hennes ben. Hon var okammad och omålad. Filten på soffan sa honom att det var där hon hade tillbringat sin natt. De satte sig ner, Wallander i den stol han nu använde för tredje gången. I samma ögonblick kom sonen in, Stefan Fredman. Hans ögon var lika vaksamma som senast Wallander hade varit där. Han kom fram och tog i hand och hälsade. Samma förvuxna beteende. Sedan satte han sig bredvid sin mor i soffan. Allting upprepade sig. Skillnaden var den yngste brodern som satt uppkrupen i hennes knä. Han klamrade sig fast vid henne. Någonting verkade inte riktigt normalt med honom. Han släppte inte Wallander med blicken. På något sätt blev han påmind om Elisabeth Carlén. Vi lever i en tid när människor håller varandra under vaksam observation, tänkte han. Vare sig det är en hora, en fyraårig pojke eller en äldre bror. Hela tiden denna fruktan, brist på förtroende. Denna oroliga vaksamhet.

– Jag har kommit för Louise, sa Wallander. Det är naturligtvis svårt att tala om en familjemedlem som vistas på ett psykiatriskt sjukhus. Ändå är det nödvändigt.

– Varför kan hon inte få vara ifred? frågade kvinnan. Hennes röst var plågad och osäker, som om hon redan från början betvivlade sin förmåga att försvara sin dotter.

Wallander kände sig genast beklämd. Helst av allt hade han velat slippa detta samtal. Han var också osäker på hur han skulle gå fram.

– Naturligtvis ska hon få vara ifred, sa han. Men det ingår i polisens ibland trista uppgift att samla in all upptänklig information för att vi ska kunna lösa ett grovt brott.

– Hon träffade inte sin far på många år, svarade hon. Hon kan inte berätta nånting för er som är viktigt.

En tanke slog honom plötsligt.

– Vet Louise om att hennes far är död?

– Varför skulle hon göra det?

– Det är väl ändå inte alldeles orimligt?

Wallander såg att kvinnan i soffan höll på att bryta samman. Olusten inom honom ökade med varje fråga och varje svar. Utan att han önskade det hade han satt henne under en press hon nästan inte orkade stå emot. Pojken bredvid henne sa ingenting.

– Ni måste förstå att Louise inte längre har nåt förhållande till verkligheten, sa kvinnan med en stämma som var så låg att Wallander var tvungen att luta sig framåt för att kunna uppfatta vad hon sa. Louise har lämnat allting bakom sig. Hon lever i en egen värld. Hon talar inte, hon lyssnar inte, hon leker en lek att hon inte finns.

Wallander tänkte noga efter innan han fortsatte.

– Ändå kan det vara viktigt för polisen att veta, sa han. Vad som gjorde att hon blev sjuk. Jag kom faktiskt hit för att be om ert tillstånd att få träffa henne. Tala med henne. Nu inser jag att det kanske inte är lämpligt. Men då måste istället ni svara på mina frågor.

– Jag vet inte vad jag ska svara, sa hon. Hon blev sjuk. Det kom från ingenstans.

– Hon blev hittad i Pildammsparken, sa Wallander.

Både sonen och mamman stelnade till. Även den minste pojken i hennes knä tycktes reagera, smittad av de andra.

– Hur vet ni det? frågade hon.

– Det finns en rapport om hur och när hon fördes till sjukhus, sa Wallander. Men det är också allt jag vet. Allt om hennes sjukdom är en hemlighet mellan henne och hennes läkare. Och er. Sen har jag förstått det så att hon hade haft en del besvär i skolan tiden innan hon blev sjuk.

– Hon hade aldrig några besvär. Men hon var alltid mycket känslig.

– Det var hon säkert. Ändå brukar det vara så att det är vissa bestämda händelser som utlöser akuta psykiska sjukdomstillstånd.

– Hur kan ni veta det? Är ni läkare?

– Jag är polis. Men jag vet så mycket som jag säger.

– Ingenting hade hänt.

– Men ni måste ha grubblat över det? Natt och dag?

– Jag har inte gjort nåt annat sen den gången.

Wallander började känna stämningen så olidlig att han önskade att han kunde avbryta samtalet och gå. De svar han fick ledde ho-

nom inte vidare, även om han trodde att det för det mesta var san-
ningen, eller åtminstone en del av den som han fick höra.

– Ni har kanske ett fotografi på henne som jag kan få se?

– Vill ni det?

– Gärna.

Wallander märkte att pojken som satt bredvid henne gjorde en
ansats att säga någonting. Det gick mycket fort. Men Wallander
hann uppfatta det. Han undrade varför. Ville pojken inte att han
skulle se hans syster? Och i så fall varför?

Mamman reste sig med den minste pojken fastklamrad vid sin
kropp. Hon öppnade en låda i ett skåp och kom tillbaka med några
fotografier. Wallander la dem framför sig på bordet. Flickan som
hette Louise log mot honom. Hon var ljushårig och lik sin äldre
bror. I hennes ögon fanns dock ingenting av den vaksamhet han
kände sig omgiven av. Hon log öppet och förtroendeingivande mot
fotografen. Hon var mycket söt.

– En stilig flicka, sa han. Vi måste naturligtvis hoppas att hon en
dag blir frisk.

– Jag har slutat hoppas, sa hon. Varför skulle jag göra det?

– Läkarna är duktiga, svarade Wallander tveksamt.

– En dag kommer Louise att lämna det där sjukhuset, sa pojken
plötsligt. Hans röst var mycket bestämd. Han log mot Wallander.

– Inte minst är det nog viktigt att hon har en familj som stöder
henne, sa Wallander och irriterade sig över att han uttryckte sig så
stelt.

– Vi stöder henne på alla sätt, fortsatte pojken. Polisen ska leta
efter den som dödade vår pappa. Inte störa henne.

– Om jag söker upp henne på sjukhuset så är det inte för att störa,
sa Wallander. Då ingår det i utredningen.

– Vi vill helst att hon får vara ifred, sa han envist.

Wallander nickade. Pojken var mycket bestämd.

– Om åklagaren som är förundersökningsledare bestämmer så
måste jag söka upp henne, sa Wallander. Det kommer förmodligen
också att ske. Mycket snart. Redan idag eller i morgon. Men jag lo-
var att jag inte ens kommer att säga att hennes far är död.

– Vad ska ni då dit att göra?

– Se henne, sa Wallander. Ett fotografi är ändå bara ett fotografi.
Men jag behöver ta det med mig.

– Varför det?

Pojkens fråga kom mycket hastigt. Wallander blev överraskad av
all den ovilja som fanns samlad i hans röst.

– Jag behöver visa fotografiet för några personer, sa han. För att se om dom känner igen henne. Ingenting annat.

– Ni kommer att ge det till journalister, sa pojken. Hennes ansikte kommer att finnas på varenda löpsedel.

– Varför skulle jag göra det? sa Wallander.

Pojken reste sig ur soffan med en hastig rörelse, lutade sig över bordet och slet till sig de två fotografierna. Det gick så fort att Wallander inte hann reagera. Sedan samlade han sig och märkte att han blivit irriterad.

– Nu tvingas jag återvända hit med ett domstolsutslag på att ni måste ge mig bilderna, sa han utan att hålla sig till sanningen. Då är risken stor att olika journalister kommer att få reda på det och följer med hit. Jag kan inte hindra dom. Om jag får låna en bild nu och kopiera den behöver det inte hända.

Pojken betraktade Wallander med en stirrande blick. Vaksamheten från tidigare hade övergått i någonting annat. Utan ett ord lämnade han tillbaka ett av fotografierna.

– Jag har bara några frågor till, sa Wallander. Vet ni om Louise nånsin träffade en man som hette Gustaf Wetterstedt?

Mamman såg oförstående på honom. Pojken hade rest sig ur soffan och stod och såg ut genom den öppna balkongdörren med ryggen vänd emot dem.

– Nej, sa hon.

– Säger namnet Arne Carlman er någonting?

Hon skakade på huvudet.

– Åke Liljegren?

– Nej.

Hon läser inte tidningarna, tänkte Wallander. Under den där filten ligger förmodligen en vinflaska. Och i den flaskan finns hennes liv.

Han reste sig ur stolen. Pojken vid balkongdörren vände sig om.

– Kommer ni att besöka Louise? frågade han igen.

– Det är inte omöjligt, svarade Wallander.

Wallander tog adjö och lämnade lägenheten. När han kom ut ur huset kände han lättnad. Pojken stod uppe i ett fönster och såg efter honom. Wallander satte sig i bilen och bestämde sig för att han tills vidare skulle låta ett besök hos Louise Fredman bero. Däremot ville han omedelbart ta reda på om Elisabeth Carlén kände igen henne från fotografiet. Han vevade ner rutan och slog numret till Sjösten på telefonen. Pojken i fönstret på fjärde våningen var nu borta. Medan han väntade på svar letade han i minnet efter förklaringen till att han känt en oro i sitt undermedvetna vid anblicken av den lille rädde pojken. Men han kom fortfarande inte på vad det var. Sjösten svarade. Wallander sa att han nu var på väg till Helsingborg. Han hade ett fotografi som han ville att Elisabeth Carlén skulle få se.

– Enligt den senaste rapporten låg hon och solade på sin balkong, sa Sjösten.

– Hur går det med Liljegrens medarbetare?

– Vi håller på att försöka lokalisera den som bör ha varit hans närmaste man. En person vid namn Hans Logård.

– Hade Liljegren ingen familj? frågade Wallander.

– Det verkar inte så. Vi har talat med en advokatbyrå som sköter en del av hans allra mest privata affärer. Det finns egendomligt nog inget testamente. Men dom hade heller inga uppgifter om några bröstarvingar. Åke Liljegren tycks ha levt i ett alldeles eget universum.

– Det är bra, sa Wallander. Jag kommer till Helsingborg inom en timme.

– Ska jag ta hit Elisabeth Carlén?

– Gör det. Men behandla henne vänligt. Hämta henne inte i en patrullbil. Jag har en känsla av att vi kommer att behöva henne ett tag framåt. Hon kan slå helt bakut om det inte passar henne längre.

– Jag ska hämta henne själv, svarade Sjösten. Hur mådde din pappa?

– Min far?

– Skulle du inte träffa honom i morse?

Wallander hade glömt den ursäkt han gett för att ha lämnat Sjöstens lägenhet under natten.

– Han mådde bra, svarade han. Men det var viktigt att jag träffade honom, mycket viktigt.

Wallander hängde tillbaka telefonen. Han kastade en blick upp mot fönstren på fjärde våningen. Ingen stod och såg på honom.

Han startade motorn och gav sig iväg. Han kastade en blick på bilklockan. Han skulle vara framme i Helsingborg före klockan tolv.

*

Hoover kom till sin källare strax efter klockan ett. Han låste dörren och tog av sig skorna. Kylan från stengolvet trängde upp genom hans kropp. Solljuset skymtade svagt genom några sprickor i den färg han målat över källarfönstret. Han satte sig på stolen och betraktade sitt ansikte i speglarna.

Han kunde inte tillåta att polismannen besökte hans syster. De var nu så nära målet, det heliga ögonblicket, när de onda andarna i hennes huvud skulle ha fördrivits för gott. Han kunde inte tillåta att någon trängde sig på henne.

Han insåg att hans tanke hade varit riktig. Polismannens besök hade varit en påminnelse om att han inte kunde vänta längre. För säkerhets skull kunde inte heller hans syster vara kvar längre än nödvändigt där hon befann sig.

Det som återstod måste han göra nu.

Han tänkte på flickan det hade varit så lätt att komma i kontakt med. På något sätt hade hon varit lik hans syster. Också det var ett gott tecken. Hans syster skulle behöva alla de krafter han kunde ge henne.

Han tog av sig sin jacka och såg sig runt i rummet. Allt han behövde fanns där. Ingenting var bortglömt. Yxorna och knivarna glimmade där de låg på det svarta tygstycket.

Sedan tog han en av de breda penslarna och drog ett ensamt streck över sin panna.

Tiden, om den någonsin hade funnits, hade nu tagit slut.

35

Wallander la fotografiet av Louise Fredman med baksidan upp.

Elisabeth Carlén följde hans rörelser med blicken. Hon var klädd i en vit sommarklänning som Wallander gissade var mycket dyrbar. De befann sig i Sjöstens kontorsrum, Wallander vid skrivbordet, Sjösten i bakgrunden, lutad mot dörrposten, Elisabeth Carlén i besöksstolen. Klockan var tio minuter över tolv. Sommarvärmen svepte in genom det öppna fönstret. Wallander märkte att han svettades.

– Du ska få se ett fotografi, sa han. Och du ska svara på den enkla frågan om du känner igen den person som jag visar dig.

– Varför måste poliser vara så onödigt dramatiska? frågade hon.

Hennes överlägsna oberördhet gjorde Wallander arg. Men han behärskade sig.

– Vi försöker få tag på en man som har dödat fyra personer, sa Wallander. Som dessutom skär av dem håret. Häller saltsyra i deras ögon. Och stoppar in deras huvuden i ugnsluckor.

– En sån galning ska naturligtvis inte gå lös, svarade hon lugnt. Ska vi se på fotografiet nu?

Wallander sköt över det mot henne och nickade. Hon lutade sig framåt och vände på det. Louise Fredmans leende var mycket stort. Wallander betraktade Elisabeth Carléns ansikte. Hon tog fotografiet i handen och tycktes tänka efter. Det gick nästan en halv minut. Sedan skakade hon på huvudet.

– Nej, sa hon. Jag har aldrig sett henne tidigare. I alla fall inte som jag kan komma ihåg.

– Det är mycket viktigt, sa Wallander som kände besvikelsen komma.

– Jag har bra minne för ansikten, sa hon. Men jag är säker. Jag har aldrig träffat henne tidigare. Vem är hon?

– Tills vidare spelar det ingen roll, sa Wallander. Tänk efter.

– Var vill du helst att jag ska ha sett henne? Hemma hos Åke Liljegren?

– Ja.
– Hon kan naturligtvis ha passerat förbi där nån gång då jag inte var närvarande.
– Hände det ofta?
– Inte dom senaste åren.
– Hur många år är det?
– Ungefär fyra.
– Men hon kunde ha varit där?
– Unga flickor är populära hos en del män. De riktiga krakarna.
– Vilka krakar?
– Dom som förmodligen bara har en enda dröm i sitt huvud. Att gå till sängs med sina egna döttrar.

Wallander började bli arg igen. Det hon sa var naturligtvis sant. Men han retade sig på hennes oberördhet. Hon var en del av hela den här marknaden som drog in allt fler oskyldiga barn och förstörde deras liv.

– Om inte du kan svara på om hon nånsin varit med på nån av Wetterstedts fester, vem kan då svara på det?
– Nån annan.
– Svara ordentligt. Vem? Jag vill ha namn och adress.
– Det hela gick alltid mycket anonymt till, svarade Elisabeth Carlén tålmodigt. Det var en av förutsättningarna för dom här festerna. Man kände igen ett och annat ansikte. Men man bytte inte visitkort med varandra.
– Var kom flickorna ifrån?
– Från olika håll. Danmark, Stockholm, Belgien, Ryssland.
– Dom kom och dom försvann?
– Ungefär så.
– Men du bor här i Helsingborg?
– Jag var den enda som gjorde det.

Wallander såg på Sjösten, som om han sökte en bekräftelse på att samtalet ännu inte helt hade spårat ur, innan han fortsatte.

– Flickan på bilden heter Louise Fredman, sa han. Säger namnet dig nånting?

Hon rynkade ögonbrynen.

– Hette han inte så? Han som blev dödad? Fredman?

Wallander nickade. Hon såg på bilden igen. Hon tycktes för ett ögonblick uppröras av sambandet.

– Är det hans dotter?
– Ja.

Hon skakade på huvudet igen.

– Jag har aldrig sett henne.

Wallander visste att hon talade sanning. Om inte annat så för att hon inte hade något att vinna på att ljuga. Han drog till sig fotografiet och vände det upp och ner igen, som om han ville bespara Louise Fredman vidare deltagande.

– Var du nånsin hemma hos en man som hette Gustaf Wetterstedt? frågade han. I Ystad?

– Vad skulle jag ha gjort där?

– Samma som du normalt lever av. Var han din kund?

– Nej.

– Säkert.

– Ja.

– Helt säkert?

– Ja.

– Var du nånsin hemma hos en konsthandlare som hette Arne Carlman?

– Nej.

Wallander slogs av en tanke. Kanske det gällde också där, att det aldrig förekom några namn?

– Du ska strax få se några andra fotografier, sa han och reste sig. Han tog med sig Sjösten ut ur rummet.

– Vad tror du? frågade han.

Sjösten ryckte på axlarna.

– Hon ljuger inte, svarade han.

– Vi behöver fotografier av Wetterstedt och Carlman, sa Wallander. Fredman också. Det ligger i utredningsmaterialet.

– Som finns hos Birgersson, sa Sjösten. Jag ska hämta det.

Wallander gick tillbaka in i rummet och frågade om hon ville ha kaffe.

– Hellre en gin och tonic, svarade hon.

– Baren har inte öppnat än, svarade Wallander.

Hon log. Hans svar hade tilltalat henne. Wallander gick tillbaka ut i korridoren. Elisabeth Carlén var mycket vacker. Hennes kropp skymtade genom den tunna klänningen. Han tänkte på att Baiba förmodligen var ursinnig över att han aldrig hörde av sig. Sjösten kom ut ur Birgerssons rum med en plastmapp i handen. De återvände in i rummet. Elisabeth Carlén satt och rökte. Wallander la ett fotografi av Wetterstedt framför henne.

– Jag känner igen honom, sa hon. Från teve. Var det inte han som sprang med horor i Stockholm?

– Möjligen kan han ha fortsatt med det.

– Inte med mig, svarade hon, fortfarande lika oberört.

– Men du har aldrig varit hemma hos honom i Ystad?

– Aldrig.

– Vet du nån annan som har varit där?

– Nej.

Wallander bytte bild. La fram Carlman. Han stod vid sidan av ett abstrakt konstverk. Wetterstedt hade varit allvarlig på bilden, Carlman log med öppen mun mot kameran. Den här gången skakade hon inte på huvudet.

– Honom har jag sett, sa hon bestämt.

– Hos Liljegren?

– Ja.

– När var det?

Wallander såg att Sjösten hade tagit upp ett anteckningsblock ur fickan. Elisabeth Carlén tänkte. Wallander satt i smyg och såg på hennes kropp.

– För ungefär ett år sen, sa hon.

– Det är du säker på?

– Ja.

Wallander nickade. Någonting hettade till inom honom. Ännu en, tänkte han. Nu återstår bara att hitta rätt ruta att placera Fredman på.

Han visade henne Björn Fredman. Det var en fängelsebild. Björn Fredman spelade gitarr. Bilden måste vara gammal. Fredman var långhårig, byxbenen vida, färgerna urblekta.

Återigen skakade hon på huvudet. Hon hade aldrig sett honom.

Wallander lät sina händer falla med en smäll mot bordsskivan.

– Det var vad jag ville veta just nu, sa han. Nu byter jag plats med Sjösten.

Wallander intog positionen vid dörren. Han övertog också Sjöstens anteckningsblock.

– Hur fan kan man leva ett liv som ditt? började Sjösten överraskande. Han ställde frågan med ett stort och brett leende. Han lät mycket vänlig. Elisabeth Carlén föll inte för ett ögonblick ur sin roll.

– Vad har du med det att göra?

– Ingenting. Det är bara ren nyfikenhet. Hur du kan stå ut med att se dig själv i spegeln varje morgon?

– Vad tänker du själv när du ser dig i spegeln?

– Att jag i alla fall inte lever av att lägga mig på rygg för vem som helst för ett antal kronor. Tar du kreditkort?

– Dra åt helvete.

Hon gjorde en ansats att resa sig och gå. Wallander hade redan hunnit bli irriterad över Sjöstens sätt att reta henne. Fortfarande kunde hon vara till nytta för dem.

– Jag ber om ursäkt, sa Sjösten, fortfarande lika övertygande och vänligt. Låt oss lämna ditt privatliv. Hans Logård? Säger det namnet dig nånting?

Hon betraktade honom utan att svara. Sedan vände hon sig om och såg på Wallander.

– Jag ställde en fråga, upprepade Sjösten.

Wallander hade förstått hennes blick. Hon kunde bara tänka sig att svara på frågan till Wallander. Han gick ut i korridoren och gjorde tecken åt Sjösten att följa efter. Där förklarade han att Sjösten hade bränt sitt förtroende i förhållande till Elisabeth Carlén.

– Då anhåller vi henne, sa Sjösten. Inte fan att jag tänker låta mig köras upp av en hora.

– Anhålla henne för vad då? sa Wallander. Vänta här så går jag in och tar svaret. Lugna dig nu, för fan!

Sjösten ryckte på axlarna. Wallander gick tillbaka in i rummet. Han satte sig bakom skrivbordet.

– Hans Logård brukade umgås med Liljegren, sa hon.

– Vet du var han bor?

– På landet nånstans.

– Vad menas med det?

– Att han inte bor i stan.

– Men du vet inte var?

– Nej.

– Vad gör han?

– Det vet jag inte heller.

– Men han var med på festerna?

– Ja.

– Som gäst eller värd?

– Som värd. Och gäst.

– Du vet inte var vi kan få tag på honom?

– Nej.

Fortfarande hade Wallander ett intryck av att hon talade sanning. Genom henne skulle de förmodligen inte kunna hitta Logård.

– Hur var deras förhållande? Liljegrens och Logårds?

– Hans Logård hade alltid mycket pengar. Vad han än gjorde för Liljegren så fick han bra betalt.

Hon fimpade sin cigarett. Wallander fick en känsla av att det var han som blivit beviljad en audiens och inte tvärtom.

– Nu går jag, sa hon och reste sig.

– Jag följer dig ner, sa Wallander.

Sjösten vankade i korridoren. När de passerade såg hon rakt igenom honom. Wallander följde henne med blicken när hon gick mot sin bil, en Nissan med soltak. När hon gav sig av väntade Wallander på trappan tills han hade sett att någon följde efter henne. Hon var fortfarande under bevakning. Än hade kedjan inte brustit. Wallander återvände upp till kontoret.

– Varför retade du henne? frågade han.

– Hon står för nånting som jag avskyr, svarade Sjösten. Gör inte du?

– Vi behöver henne, sa Wallander undvikande. Avsky henne får vi göra efteråt.

De hämtade kaffe och gjorde en sammanfattning. Sjösten tog in Birgersson som bisittare.

– Problemet är Björn Fredman, sa Wallander. Han passar inte in. Annars har vi nu ett antal länkar som trots allt tycks hänga ihop. Ett antal bräckliga beröringspunkter.

– Kanske det är just så det förhåller sig, sa Sjösten tankfullt.

Wallander lystrade instinktivt. Han förstod att Sjösten grubblade på nånting. Han väntade på fortsättningen. Men den kom inte.

– Du tänker nåt, sa han.

Sjösten fortsatte att stirra ut genom fönstret.

– Varför skulle det inte kunna vara så? sa han. Att Björn Fredman inte passar in i bilden. Vi kan utgå från att han har blivit dödad av samme man som dom andra. Men av ett helt annat motiv.

– Det låter inte rimligt, sa Birgersson.

– Vad är det som är rimligt i hela den här historien? fortsatte Sjösten. Ingenting.

– Vi borde med andra ord leta efter två helt olika motiv, sa Wallander. Är det vad du menar?

– Ungefär så. Men jag kan naturligtvis ta alldeles fel. Det var bara en tanke som slog mig. Ingenting annat.

Wallander nickade.

– Du kan ha rätt, sa han. Vi bör inte bortse från den möjligheten.

– Villospår, sa Birgersson. Blindspår, en återvändsgränd. Det låter helt enkelt inte trovärdigt.

– Vi glömmer det inte, sa Wallander. På samma sätt som vi inte glömmer nånting annat. Men nu måste vi hitta den här mannen som heter Hans Logård. Det är det viktigaste av allt.

– Åke Liljegrens hus är ett mycket egendomligt hus, sa Sjösten. Det finns inte ett enda papper där. Inga adressböcker. Ingenting. Eftersom han hittades så tidigt på morgonen och villan har stått under bevakning sen dess kan ingen ha tagit sig in där och städat undan nånting.

– Vilket betyder att det är vi som inte har letat tillräckligt bra, sa Wallander. Utan Hans Logård kommer vi överhuvudtaget inte vidare.

Sjösten och Wallander åt en hastig lunch på en restaurang som låg alldeles intill polishuset. Strax efter två stannade de utanför Liljegrens villa. Avspärrningarna var fortfarande kvar. En polis öppnade grindarna och släppte in dem. Solljuset sipprade ner genom trädens lövverk. Wallander tänkte att allt plötsligt föreföll honom mycket overkligt. Monster tillhörde mörker och kyla. Inte en sommar som den de hittills fått uppleva detta år. Han påminde sig något Rydberg en gång hade sagt, som ett ironiskt menat skämt. *Galna mördare jagas lämpligast om hösten. På somrarna föredrar vi en och annan gammaldags dynamitard*. Han log vid tanken. Sjösten såg undrande på honom. Men han sa ingenting. De kom in i den stora villan. Polisteknikerna hade avslutat sitt arbete. Med olust kastade Wallander en blick in i köket. Ugnsluckan var stängd. Han tänkte på Sjöstens tanke från tidigare. Björn Fredman som inte passade in och därmed kanske fick sin rätta plats i utredningen. En gärningsman med två motiv? Fanns det såna fåglar? Han såg på telefonen som stod på ett bord. Han lyfte på luren. Den var fortfarande inte avstängd. Han ringde till Ystad. Ebba letade reda på Ekholm åt honom. Det tog nästan fem minuter innan han kom till telefonen. Under tiden hade han sett hur Sjösten gått runt i de stora rummen på nedre bottnen och dragit undan gardinerna från fönstren. Solljuset var plötsligt mycket starkt. Wallander kände den kvardröjande doften av de kemikalier som polisteknikerna använde sig av. Ekholm svarade. Wallander ställde sin fråga direkt. Den var egentligen avsedd för Ekholms datorer. En lite annorlunda slagning. Seriemördare som flätade samman olika typer av motiv i samma serie. Vad fanns det för erfarenheter av det? Hade världens samlade beteendevetenskapliga kriminologer något att säga om det? Ekholm tyckte som alltid att det Wallander sa var intressant. Wallander själv hade vid det laget börjat ställa sig frågan om Ekholm menade allvar eller verkligen var så naivt förtjust över allt han hade att säga honom. Det började påminna honom om alla de nidvisor som sjöngs om den svenska säkerhetspolisens absurda inkompetens. De hade under senare år alltmer lutat sig mot olika specialister. Utan att någon egentligen kunde förklara varför.

Samtidigt ville Wallander inte vara orättvis mot Ekholm. Han hade under sina dagar i Ystad visat sig vara en god lyssnare. Där hade han förstått något grundläggande om polisarbete. Poliser skulle kunna lyssna, minst lika grundligt som de antogs vara i besittning av frågandets svåra konst. Poliser skulle alltid lyssna. På undermeningar och efter tänkbara motivkretsar som kanske inte genast var uppenbara. De skulle också kunna lyssna efter gärningsmäns osynliga avtryck. Precis som i det här huset. Det låg alltid kvar någonting efter ett begånget brott, som inte syntes, som inte kunde penslas fram av teknikerna. En erfaren polisman skulle kunna lyssna sig fram till vad det var. Gärningsmannen kanske inte hade glömt sina skor. Men sina tankar. Wallander avslutade samtalet och gick in till Sjösten som slagit sig ner vid ett skrivbord. Wallander sa ingenting. Inte heller Sjösten. Villan inbjöd till tystnad. Liljegrens ande, om han nu hade haft någon, svävade oroligt omkring deras huvuden. Wallander gick upp på övervåningen, öppnade dörrarna till rum efter rum. Ingenstans fanns några papper. Liljegren hade levt i ett hus där tomheten var det mest utmärkande. Wallander tänkte tillbaka på det Liljegren hade blivit känd eller ökänd för. Skalbolagsaffärerna, företagstömningarna. Han hade dragit ut i världen och gömt sina pengar. Gjorde han på samma sätt i sitt eget liv? Han hade bostäder runt om i olika länder. Villan var ett av hans många gömställen. Wallander stannade vid en dörr som tycktes leda upp på vinden. När han själv var barn hade han inrättat ett gömställe åt sig på vinden i det hus där de hade bott den gången. Han öppnade dörren. Trappan var trång och brant. Han vred om den ålderdomliga ljusknappen. Vindskontoret med sina framträdande bjälkar var nästan tomt. Där stod några skidor, ett antal möbler. Wallander kände samma doft som nere i huset. Kriminalteknikerna hade också varit här uppe. Han såg sig runt.

Inga hemliga dörrar till lika hemliga utrymmen. Det var varmt under takplattorna. Han gick ner igen. Började leta mer systematiskt. Drog undan kläderna i Liljegrens stora garderober. Fortfarande ingenting. Wallander satte sig på sängkanten och försökte tänka. Det var orimligt att Liljegren hade haft allt i huvudet. Någonstans måste det åtminstone finnas en adressbok. Men den fanns inte. Det var också något mer som saknades. Först kom han inte på vad det var. Han gick tillbaka i tankarna och ställde en grundläggande fråga på nytt: Vem var Åke Liljegren? Som kallades riksrevisorn? En farande man var Åke Liljegren. Men det fanns inga väskor i huset. Inte ens en dokumentportfölj. Wallander reste sig och gick ner till Sjösten.

– Liljegren måste ha haft ett hus till, sa Wallander. Eller åtminstone ett kontor.

– Han har hus över hela världen, svarade Sjösten frånvarande.

– Jag menar här i Helsingborg. Här är för tomt för att det ska vara naturligt.

– Det tror jag inte han hade, sa Sjösten. Då skulle vi ha vetat om det.

Wallander nickade utan att säga någonting mer. Ändå var han säker på sin sak. Han fortsatte sin rundvandring. Nu ännu mer envist. Gick ner i källaren. I ett rum stod en gymnastikbänk och några hantlar. Också där fanns en garderob. Där hängde olika träningskläder och regnställ. Wallander betraktade tankfullt kläderna. Sedan gick han upp till Sjösten igen.

– Hade Liljegren nån båt?

– Det hade han säkert. Men inte här. Det skulle jag ha vetat om.

Wallander nickade stumt. Han skulle just lämna Sjösten när han slogs av en tanke.

– Den kanske stod i nån annans namn?

– Vad?

– En båt. Den kanske var registrerad i ett annat namn. Varför inte i Hans Logårds namn?

Sjösten insåg att Wallander menade det han sa.

– Varför tror du att Liljegren hade tillgång till en båt?

– Det hänger kläder i källaren som åtminstone för mig ser ut att vara till för segling.

Sjösten följde med Wallander ner i källaren.

– Du kan ha rätt, sa han när de stod framför den öppna garderoben.

– Hur som helst kan det vara värt att undersöka, sa Wallander. Här i huset är för tomt för att det ska vara normalt.

De lämnade källaren. Sjösten satte sig vid telefonen. Wallander slog upp altandörrarna och steg ut i solskenet. Han tänkte på Baiba igen. Det gav honom genast en knut i magen. Varför ringde han henne inte? Trodde han fortfarande att det skulle vara möjligt för honom att möta henne på Kastrup på lördag förmiddag? Om mindre än två dygn? Han gruvade sig också för att be Martinsson ljuga för hans räkning i telefon. Nu kunde han inte komma undan ens det. Allting var för sent. Med en känsla av yttersta självförakt återvände han in i villan, in i skuggorna. Sjösten talade med någon i telefon. Wallander undrade när gärningsmannen skulle slå till nästa gång. Sjösten avslutade telefonsamtalet och slog genast ett nytt nummer. Wallander gick ut i köket och drack vatten. Han försökte undvika att se på spisen. När han kom tillbaka la Sjösten på luren med en smäll.

– Du hade rätt, sa han. Det finns en segelbåt i Logårds namn nere på båtklubben. Samma som jag själv är medlem i.

– Då åker vi dit, sa Wallander och kände spänningen öka.

När de kom ner till hamnen blev de mötta av en bryggvakt som kunde visa dem var Logårds båt låg förtöjd. Wallander såg att det var en vacker och välvårdad båt. Den var av plast men hade ett däck av teak.

– En Komfortina, sa Sjösten. Mycket vacker. Dessutom en bra seglare.

Han hoppade vant ombord och kunde konstatera att ingången till ruffen var stängd.

– Du känner förstås Hans Logård? frågade Wallander mannen som stod bredvid honom på bryggan. Han hade väderbitet ansikte och bar en tröja som gjorde reklam för norska fiskbullar.

– Han är inte särskilt pratsam av sig. Men visst hälsar vi på varandra när han kommer hit.

– När var han här senast?

Mannen tänkte efter.

– Förra veckan. Men nu när det är högsommar kan man lätt ta fel.

Sjösten hade lyckats lirka upp ruffluckan. Inifrån kunde han öppna de två dörrhalvorna. Wallander klättrade ovant ombord. Båtdäck var för honom detsamma som att beträda nyspolad is. Han kröp ner i sittbrunnen och vidare in i ruffen. Sjösten hade varit förutseende nog att ta med sig en ficklampa. De letade snabbt igenom ruffen utan att hitta någonting.

– Jag förstår det inte, sa Wallander när de stod på bryggan igen. Nånstans ifrån måste Liljegren ha skött sina affärer.

– Vi håller på att undersöka hans mobiltelefoner, sa Sjösten. Det kanske ger nånting.

De började gå tillbaka mot land. Mannen vars tröja hade reklam för fiskbullar gick med dem.

– Ni ska väl se hans andra båt också, sa han när de hade lämnat den långa bryggan. Wallander och Sjösten reagerade samtidigt.

– Har Logård en båt till? frågade Wallander.

Mannen pekade mot den yttersta av pirarna.

– Den vita som ligger längst ut. En Storö. *Rosmarin* heter den.

– Det är klart vi ska se på den, sa Wallander.

Det var en lång och kraftig men samtidigt smäcker motorkryssare de hade framför sig.

– En sån här kostar pengar, sa Sjösten. Mycket, mycket pengar.

De klev ombord. Hyttdörren var låst. Mannen på bryggan betraktade dem.

– Han vet att jag är polis, sa Sjösten.

– Vi har inte tid att vänta, sa Wallander. Bryt upp dörren. Men gör det billigt.

Sjösten lyckades bräcka upp dörren utan att mer än en bit av listen gick sönder. De steg ner i kajutan. Wallander insåg genast att han hade kommit rätt. Längs ena väggen fanns en hylla med ett antal pärmar och plastmappar.

– Viktigast är att vi hittar en adress till Hans Logård, sa Wallander. Resten får vi gå igenom senare.

Det tog dem tio minuter att hitta ett medlemsbevis för en golfklubb utanför Ängelholm där Hans Logårds namn och adress stod uppskrivna.

– Han bor i Bjuv, sa Sjösten. Det är inte långt härifrån.

De skulle just lämna båten när Wallander, driven av sin instinkt, öppnade ett garderobsskåp. Till hans förvåning fanns där ett antal kvinnokläder.

– Dom kanske har haft fester här ombord också, sa Sjösten.

– Kanske, svarade Wallander tankfullt. Men jag är inte alldeles säker.

De lämnade båten och steg ner på bryggan igen.

– Jag vill att du ringer mig om Hans Logård dyker upp, sa Sjösten till bryggvakten.

Han gav honom ett kort med sina telefonnummer.

– Men det ska förstås vara i hemlighet, sa mannen förväntansfullt.

Sjösten log.

– Alldeles rätt uppfattat, svarade han. Låtsas som om allt är som vanligt. Och sen ringer du mig. Vilken tid på dygnet det än är.

– Det är ingen här på nätterna, svarade mannen.

– Då får vi hoppas han dyker upp på dagtid.

– Får man fråga vad han har gjort?

– Fråga får man, sa Sjösten. Men nåt svar får man inte.

De lämnade båtklubben. Klockan var tre.

– Ska vi ta med mer folk? undrade Sjösten.

– Inte än, svarade Wallander. Först måste vi hitta hans hus och försöka ta reda på om han är där.

De lämnade Helsingborg och for mot Bjuv. De befann sig i en del av Skåne som Wallander inte kände till. Det hade blivit mycket kvavt. Wallander anade att det skulle bli regn och åska till kvällen.

– När regnade det senast? frågade han.

– I juni kring midsommar, svarade Sjösten efter att ha tänkt efter. Och det var inte mycket.

De hade just passerat infarten till Bjuv när Sjöstens mobiltelefon började surra. Han bromsade ner farten och svarade.

– Det är till dig, sa han sedan och gav luren till Wallander.

Det var Ann-Britt Höglund som ringde från Ystad. Hon gick rakt på sak.

– Louise Fredman har rymt från sjukhuset.

Det tog ett ögonblick innan Wallander förstod vad hon menade.

– Kan du upprepa det du sa?

– Louise Fredman har rymt från sjukhuset.

– När hände det?

– För en dryg timme sen.

– Hur fick du veta det?

– Nån hade tagit kontakt med Per Åkeson. Han ringde till mig.

Wallander tänkte efter.

– Hur gick det till?

– Nån kom och hämtade henne.

– Vem?

– Det vet jag inte. Det var ingen som såg när det hände. Plötsligt var hon bara borta.

– Helvete också!

Sjösten bromsade ner ytterligare när han förstod att något allvarligt hade hänt.

– Jag hör av mig om en stund, sa han. Försök under tiden att ta reda på absolut allt om vad som har hänt. Framförallt vem det var som hämtade henne.

Ann-Britt Höglund lovade att göra som han sa. Wallander avslutade samtalet.

– Louise Fredman har rymt från sjukhuset, sa han till Sjösten.

– Varför det?

Wallander tänkte efter innan han svarade.

– Jag vet inte, sa han. Men det här har med vår gärningsman att göra. Det är jag säker på.

– Ska vi vända?

– Nej. Vi fortsätter. Nu om nånsin är det viktigt att vi får tag på Hans Logård.

De körde in i samhället och stannade. Sjösten vevade ner rutan och frågade efter vägen till den gata där Hans Logård skulle bo.

De frågade tre personer och fick samma svar.

Ingen hade hört talas om den adress de sökte.

36

De hade varit nära att ge upp och kalla in extra personal när de till sist fick upp spåret efter Hans Logård och hans adress. Det var också då som det föll några ensamma regnstänk över Bjuv. Åskvädret drog förbi längre västerut. Det torra vädret skulle fortsätta.

Den adress de hade sökt efter var Hördestigen. Den hade postnummer i Bjuv. Men den fanns inte där. Wallander var själv inne på postkontoret och tog reda på det. Hans Logård hade heller ingen postbox, åtminstone inte i Bjuv. Till slut fanns det ingen annan utväg för dem än att börja misstänka att Hans Logårds adress var falsk. Men det var då Wallander med bestämda steg klev in på konditoriet i centrum av Bjuv och började föra ett vänligt samtal med de två damerna bakom disken samtidigt som han köpte en påse med kanelbullar. En av dem visste svaret. Hördestigen var ingen väg. Det var ett gårdsnamn, norr om staden, en plats svår att hitta om man inte visste vart man skulle.

– Det bor en man där som heter Hans Logård, hade Wallander sagt. Känner ni honom?

De två kvinnorna hade sett på varandra, som om de rådfrågat sitt kollektiva minne, och hade sedan unisont skakat på huvudena.

– Jag hade en avlägsen släkting som bodde på Hördestigen när jag var barn, sa den ena kvinnan, den magrare av de två. Men när han dog blev den såld till främmande. Och så har det nog fortsatt. Fast Hördestigen heter gården, det vet jag. Men det heter nog nåt annat som postadress.

Wallander bad henne rita en karta. Hon rev sönder en brödpåse och tecknade upp vägen. Sjösten satt under tiden ute i bilen. Klockan hade hunnit bli närmare sex. De hade redan letat efter Hördestigen i många timmar. Eftersom Wallander suttit i nästan oavbrutna telefonsamtal för att mer i detalj få reda på hur det gått till när Louise Fredman försvunnit hade Sjösten varit den som mer eller mindre ensam hade skött letandet efter Hans Logårds försvunna adress. De hade som sagt varit nära att ge upp och begära ut mer personal när Wallander tyckt att de också kunde försöka med konditoriet, den klassiska skvallercentralen. Och de hade alltså haft tur. Wallander kom ut på gatan med den sönderrivna brödpåsen i handen som en trofé. De körde ut ur samhället. Följde vägen mot Höganäs. Wallander dirigerade enligt brödpåsen. De kom till ett område där gårdarna märkbart glesnade. Där körde de fel första gången. Kom in i en bokskog som var förtrollande vacker. Men alltså fel. Wallander dirigerade Sjösten tillbaka, de kom ut på huvudvägen och började om igen. Nästa avtagsväg återigen mot vänster, sedan höger igen och vänster. Vägen tog slut mitt ute i en åker. Wallander svor invärtes, steg ur bilen och såg sig om. Han letade efter ett kyrktorn som damerna på konditoriet hade talat om. Han tänkte att han där ute i åkern egentligen var som en fritt drivande person på havet, letande efter ett fyrtorn att navigera efter. Han hittade kyrkspiran och förstod efter att ha konfererat med brödpåsen varför de hade kört fel. Sjösten dirigerades bakåt, de började om igen och den här gången kom de rätt. Hördestigen var en gammal gård, inte alldeles olik Arne Carlmans, som låg enskilt belägen, utan grannar, omgiven av en bokskog på två av sidorna och svagt sluttande åkerfält på de andra. Vägen tog slut vid gården. Wallander noterade att där inte fanns brevlåda. Någon lantbrevbärare besökte aldrig Logård på denna adress. Hans post måste gå någon annanstans. Sjösten var just på väg ut ur bilen när Wallander hejdade honom.

– Vad är det egentligen vi väntar oss? sa han. Hans Logård? Vem är han?

– Du menar om han är farlig?

– Vi vet faktiskt inte om det är han som har slagit ihjäl Liljegren, sa Wallander. Eller dom andra. Vi vet ingenting alls om Hans Logård.

Sjöstens svar överraskade Wallander.

– Jag har ett hagelgevär i bakluckan. Och ammunition. Det kan du ta. Själv har jag tjänstepistolen.

Sjösten sträckte sig efter den där den låg instucken under stolssätet.

– Reglementsvidrigt, sa han leende. Men om man skulle följa alla bestämmelser som existerar skulle polisarbete för länge sen ha varit förbjudet av dom som bevakar att arbetarskyddslagstiftningen efterföljs.

– Vi struntar i hagelgeväret, sa Wallander. Har du förresten licens för vapnet?

– Klart jag har licens, sa Sjösten. Vad trodde du?

De steg ur bilen. Sjösten hade stoppat sin pistol i jackfickan. De stod stilla och lyssnade. På avstånd åskan. Runt dem stillhet, dessutom mycket kvavt. Ingenstans tecken på vare sig någon bil eller levande person. Hela gården verkade övergiven. De började gå upp mot huset som hade formen av ett utdraget L.

– Ena längan måste ha brunnit, sa Sjösten. Eller så revs den. Men det är ett vackert hus. Välskött. Precis som segelbåten.

Wallander gick fram och knackade på dörren. Inget svar. Sedan bultade han. Fortfarande ingen reaktion. Han tittade in genom ett av fönstren. Sjösten stod i bakgrunden med ena handen i jackfickan. Wallander tyckte inte om denna närhet till vapen. De gick runt huset. Fortfarande inga tecken på liv. Wallander blev stående, mycket tankfull.

– Det sitter klisterlappar överallt om att dörrar och fönster är larmade, sa Sjösten. Men det tar nog en jävla tid innan det kommer nån om larmet går. Vi hinner gå in och ge oss av igen.

– Det är nånting som inte stämmer här, sa Wallander och tycktes helt ha förbisett Sjöstens kommentar.

– Vad då?

– Jag vet inte.

De gick bort mot den länga som tjänade som uthus. Dörren var låst med kraftiga hänglås. Genom fönstren kunde de se att där fanns all möjlig bråte.

– Det är ingen här, sa Sjösten bestämt. Vi får sätta gården under bevakning.

Wallander såg sig omkring. Det var någonting som inte stämde, det var han säker på. Vad det var kunde han inte svara på. Han gick runt huset igen, tittade in genom olika fönster, lyssnade. Sjösten följde honom i bakgrunden. När de kom runt huset för andra gången stannade Wallander vid några svarta sopsäckar som stod intill husväggen. De var slarvigt stängda och omknutna med snören. Flugor surrade kring dem. Han öppnade en av säckarna. Matrester, papptallrikar. Han tog upp ett plastomslag från Scan med tummen och pekfingret. Sjösten stod vid sidan av och betraktade honom. Han såg på de olika märkningsdatum som var läsbara. Han kände att det fortfarande luktade färskt kött från plasten. De hade inte legat här i många timmar. Inte i den här värmen. Han öppnade också den andra säcken. Även den var fylld med omslag till färdigförpackad mat. Mycket mat som ätits under några få dagar.

Sjösten stod bredvid Wallander och såg ner i säckarna.

– Han måste haft en fest.

Wallander försökte tänka. Den kvävande hettan gjorde honom tung i huvudet. Mycket snart skulle han få huvudvärk, det kände han.

– Vi går in, sa han. Jag vill se mig om inne i huset. Finns det inget sätt vi kan komma förbi larmet på?

– Möjligen via skorstenen, svarade Sjösten.

– Då får det bli som det blir, sa Wallander.

– Jag har en kofot i bilen, sa Sjösten.

Han gick och hämtade den. Wallander undersökte dörren på framsidan av huset. Han påminde sig den dörr han nyligen hade sprängt ute hos sin far i Löderup. Detta var på väg att bli dörrarnas sommar i hans liv. Tillsammans med Sjösten gick han till baksidan av huset. Dörren där gav intryck av att vara bräckligare. Wallander bestämde sig för att bryta upp den bakvänt. Han tryckte in kofoten mellan dörrens två gångjärn. Sedan såg han på Sjösten som kastade en blick på sitt armbandsur.

– Klart, sa han.

Wallander spände sig och bräckte till med alla krafter. Gångjärnen rycktes loss, liksom murputs och gammalt tegel. Han hoppade åt sidan för att inte få dörren över sig.

De gick in. Huset påminde om möjligt ännu mer om Carlmans hus på insidan. Väggar hade rivits ner, ytorna var öppna. Moderna möbler, nylagda trägolv. De lyssnade igen. Allt var tyst. För tyst, tänkte Wallander. Som om ett helt hus höll andan. Sjösten pekade på en kombinerad telefon och fax som stod på ett bord. Lampan till telefonsvararen blinkade. Wallander nickade. Sjösten tryckte på uppspelningsknappen. Det knastrade och knäppte. Sedan hördes en röst. Wallander märkte att Sjösten hajade till. En mansröst bad Hans Logård att ringa snarast möjligt. Sen var det tyst igen. Bandet stannade.

– Det var Liljegren, sa Sjösten, uppenbart skakad. Fy fan.

– Då vet vi att meddelandet har funnits där ganska länge, sa Wallander.

– Inte heller Logård har varit här sen dess, sa Sjösten.

– Det behöver inte vara så, invände Wallander. Han kan ha lyssnat på meddelandet. Men inte raderat det. Om det sen blir strömavbrott börjar lampan blinka igen. Det kan ha åskat här. Det vet vi inte.

De gick genom huset. En smal korridor ledde till den del av huset som låg just i L:ets vinkel. Där var dörren stängd. Wallander lyfte plötsligt handen. Sjösten tvärstannade bakom honom. Wallander

378

hörde ett ljud. Först kunde han inte avgöra vad det var. Sedan lät det som ett grävande djur. Sedan som ett försiktigt mumlande. Han såg på Sjösten. Så kände han på dörren. Först då upptäckte han att den var av stål. Den var låst. Mumlandet hade upphört. Sjösten hade nu också uppfattat det.

– Vad fan är det som pågår? viskade han.

– Jag vet inte, svarade Wallander. Den här dörren klarar jag inte att bryta upp med kofoten.

– Jag gissar att vi har en bil från bevakningsföretaget här om ungefär en kvart.

Wallander tänkte efter. Han visste inte vad som fanns på andra sidan, annat än att det var minst en människa, förmodligen fler. Han kände sig illamående. Han visste att han måste få upp dörren.

– Ge mig pistolen, sa han.

Sjösten tog fram den ur fickan.

– Håll er undan från dörren, ropade Wallander med full kraft. Jag tänker skjuta upp dörren.

Han betraktade låset. Tog ett steg bakåt, spände hanen och sköt. Smällen var öronbedövande. Han sköt igen, sedan ytterligare ett skott. Rikoschetterna ven ut mot den bortre väggen i korridoren. Sedan gav han tillbaka pistolen till Sjösten och sparkade upp dörren. Det dånade i öronen av smällarna.

Rummet var stort. Det hade inga fönster. Där fanns ett antal sängar, en avbalkning som innehöll en toalett. Ett kylskåp, glas, koppar, några termosar. Ihopträngda i ett hörn av rummet, skrämda av smällarna, satt fyra unga flickor och klamrade sig fast vid varandra. Åtminstone två av dem påminde Wallander om den flicka han sett på tjugu meters håll i Salomonssons rapsåker innan hon brände sig till döds. Under ett kort ögonblick, med öronen dånande av smällarna, tyckte Wallander att han kunde se allt framför sig, det ena händelseförloppet efter det andra, hur allt hängde ihop och hur ingenting längre var oklart. Men i själva verket såg han ingenting alls, det var bara en känsla som rusade rakt igenom honom, ungefär som ett tåg som i hög fart passerar en tunnel, och sedan bara lämnar efter sig en lätt skakning i jorden. Det fanns heller ingen tid till eftertanke just då. Flickorna som satt sammankrupna i ett hörn var alldeles verkliga liksom deras rädsla och de krävde både hans och Sjöstens närvaro.

– Vad i helvete är det som pågår? sa Sjösten igen.

– Vi måste ha hit personal från Helsingborg, svarade Wallander. Fort som fan.

Han böjde sig ner på knä, Sjösten gjorde samma sak, man kunde tro att de snart skulle brista ut i en gemensam bön, och Wallander försökte sedan tilltala de skrämda flickorna på engelska. Men de tycktes inte förstå, eller i alla fall förstod de hans engelska mycket dåligt. Han tänkte att flera av dem säkert inte var äldre än Dolores Maria Santana.

– Kan du nån spanska? frågade han Sjösten. Jag kan inte ett enda ord.

– Vad vill du jag ska säga?

– Kan du spanska eller inte?

– Jag kan inte tala spanska! För fan! Vem kan det? Jag klarar ett par ord. Vad vill du jag ska säga?

– Vad som helst! Bara så att de känner sig lugna.

– Ska jag säga att jag är polis?

– Nej! Vad som helst. Men inte det!

– *Buenos días*, sa Sjösten tveksamt.

– Le, väste Wallander. Ser du inte hur rädda dom är?

– Jag gör så gott jag kan, klagade Sjösten.

– En gång till, sa Wallander. Vänligt nu.

– *Buenos días*, upprepade Sjösten.

En av flickorna svarade. Hennes röst var mycket tunn. För Wallander var det dock som om han nu fick det svar han väntat på sedan den gången flickan stod ute i rapsfältet och stirrade på honom med sina rädda ögon.

I samma ögonblick hände också något annat. Någonstans bakom dem i huset hördes ett ljud, kanske från en dörr som öppnades. Också flickorna hörde det och kröp ihop igen.

– Det måste vara väktarna från bevakningsföretaget, sa Sjösten. Bäst vi tar emot dom. Annars undrar dom bara vad som pågår här och börjar föra oväsen.

Wallander gjorde ett tecken till flickorna att de skulle vara kvar. De återvände genom den trånga korridoren, den här gången med Sjösten främst.

Det höll på att kosta honom livet. Ty när de kom ut i de stora öppna rummet, där de gamla väggarna var bortrivna, small flera skott. De kom i så tät följd att de måste ha avlossats från ett snabbskjutande halvautomatiskt vapen som kunde ställas in för olika repetitionshastigheter. Den första kulan trängde in i Sjöstens vänstra axel och slog av honom nyckelbenet. Av kraften kastades han bakåt och hamnade som en levande vägg framför Wallander. Det andra, tredje och kanske också fjärde skottet hamnade någonstans ovanför deras huvuden.

– Skjut inte! Polis! skrek Wallander.

Den som sköt och som han inte kunde se avlossade en ny serie. Sjösten blev åter träffad, den här gången genom höger öra.

Wallander kastade sig ner bakom en av de utskjutande väggar som lämnats kvar som dekoration i rummet. Han drog med sig Sjösten som skrek till och sedan svimmade.

Wallander letade fram hans pistol och sköt ut i rummet. Han tänkte oklart för sig själv att det nu borde finnas två eller kanske tre skott kvar i magasinet.

Det kom inget svar. Han väntade med bultande hjärta. Pistolen höjd och skjutklar. Sedan hörde han ljudet av en bil som startade. Då först släppte han Sjösten och sprang hukande fram till ett fönster. Han såg bakänden på en svart Mercedes försvinna längs den smala vägen och snart vara borta i skydd av bokskogen. Han återvände till Sjösten som var blodig och medvetslös. Han hittade pulsen på den nerblodade halsen. Den var hastig och Wallander tänkte att det var bra. Hellre det än motsatsen. Fortfarande med pistolen i hand lyfte han luren på telefonen och slog 90 000.

– Kollega skadad, ropade han när han fick svar. Så lyckades han lugna sig, sa vem han var, vad som hade hänt och var de befann sig. Sedan återvände han till Sjösten som nu hade vaknat till liv igen.

– Det kommer att gå bra, sa Wallander, gång på gång. Hjälpen är på väg.

– Vad var det som hände? frågade Sjösten.

– Prata inte, sa Wallander. Allt ordnar sig.

Hela tiden letade han febrilt efter ingångshålen. Han trodde att Sjösten blivit träffad av minst tre kulor. Men till sist insåg han att det bara var två, den ena i axeln, den andra i örat. Han gjorde två enkla tryckförband, undrade var bevakningsföretaget blivit av och varför hjälpen dröjde. Han tänkte också på Mercedesen som hade gett sig av och att han inte skulle ge sig förrän de hade tagit den man som skjutit mot Sjösten och egentligen aldrig gett honom en chans.

Till slut hörde han sirenerna. Han reste sig och gick ut för att ta emot bilarna från Helsingborg. Först kom ambulansen, sedan Birgersson och ytterligare två patrullbilar, sist av allt brandkåren. Alla hajade till när de fick syn på Wallander. Han hade inte märkt hur blodig han var. Dessutom hade han fortfarande Sjöstens pistol i handen.

– Hur är det med honom? frågade Birgersson.

– Han är därinne. Jag tror han klarar sig bra.

– Vad fan är det som har hänt?

– Det fanns fyra flickor inlåsta här, sa Wallander. Förmodligen är det såna som transiteras via Helsingborg till bordeller i Sydeuropa.

– Vem var det som sköt?

– Jag såg honom aldrig. Men jag antar att det var Hans Logård. Det här huset tillhör honom.

– Det är en Mercedes som har krockat med en bevakningsbil nere vid utfarten till huvudvägen, sa Birgersson. Inga personskador. Men han som körde Mercedesen stal väktarnas bil.

– Då såg dom honom, sa Wallander. Det måste vara han. Väktarna var på väg hit. Larmet måste ha gått när vi bröt oss in.

– Bröt er in?

– Ge fan i det nu. Lys väktarbilen. Få fart på teknikerna här. Jag vill att det ska tas en jävla massa fingeravtryck. Och dom ska jämföras med dom vi hittat i samband med alla dom andra. Wetterstedt, Carlman, allihop.

Birgersson blev plötsligt mycket blek. Sammanhanget tycktes först nu gå upp för honom.

– Var det han?

– Förmodligen. Men vi vet inte. Sätt fart nu. Och glöm inte flickorna. Ta in allihop. Behandla dom vänligt. Skaffa fram tolkar. Spanska tolkar.

– Det var fan vad du vet mycket redan nu, sa Birgersson.

Wallander stirrade på honom.

– Jag vet ingenting, svarade han. Men sätt fart nu.

I samma ögonblick bars Sjösten ut. Wallander följde med honom in till staden i ambulansen. Han hade fått en handduk av en av ambulansförarna. Torkade sig så gott han kunde. Sedan använde han ambulansens telefon för att ta kontakt med Ystad. Klockan var strax efter sju. Han fick tag på Svedberg. Förklarade vad som hade hänt.

– Vem är den där Logård? frågade Svedberg.

– Det är vad vi ska ta reda på nu. Är Louise Fredman fortfarande försvunnen?

– Ja.

Wallander kände plötsligt att han måste tänka. Det som för en stund verkat så tydligt i hans huvud hängde nu inte längre samman.

– Jag hör av mig igen, sa han. Men du måste informera spaningsgruppen om det här.

– Ludwigsson och Hamrén har hittat ett intressant vittne ute på Sturup, sa Svedberg. En nattvakt. Han har sett en man på moped. Tidtabellen stämmer.

– Moped?
– Ja.
– Du tror väl för fan inte att vår gärningsman åker omkring på moped? Det är ju nånting som ungar håller på med.

Wallander märkte att han höll på att bli arg. Det ville han inte. Minst av allt på Svedberg. Han avslutade hastigt samtalet. Sjösten såg på honom där han låg på båren. Wallander log.

– Det går bra det här, sa han.
– Det var som att bli sparkad av en häst, stönade Sjösten. Två gånger.
– Prata inte nu, sa Wallander. Snart är vi på sjukhuset.

Den kvällen och natten mot fredagen den 8 juli blev en av de mest kaotiska som Wallander någonsin hade upplevt i sitt liv som polis. Det fanns ett drag av overklighet över det som hände. Han skulle aldrig glömma den där natten men han skulle heller aldrig vara säker på att han verkligen mindes rätt. Efter det att Sjösten hade blivit omhändertagen på sjukhuset och läkarna kunnat ge Wallander det befriande svaret att det inte var någon fara för hans liv, hade Wallander blivit körd av en patrullbil till polishuset. Intendent Birgersson hade visat sig vara en god organisatör och han tycktes också väl ha uppfattat det Wallander hade sagt ute vid gården där Sjösten blivit skjuten. Han hade varit klarsynt nog att etablera en yttre zon dit alla journalister som snabbt hade börjat samlas släpptes fram. Dit in, där den egentliga spaningen leddes, kom inga journalister. Klockan var tio när Wallander kom från sjukhuset. Av en kollega hade han fått låna en ren skjorta och ett par byxor. De stramade om midjan så att han inte lyckades dra upp gylfen. Birgersson som uppfattade problemet ringde en av ägarna till stadens elegantaste klädekiperingar och hämtade Wallander till luren. Det var en egendomlig upplevelse att stå mitt i allt detta och försöka minnas hur bred han var om midjan. Men till sist hade det ändå kommit några par byxor med bud upp till polishuset och ett av paren hade passat. När Wallander kom från sjukhuset hade Ann-Britt Höglund, Svedberg, Ludwigsson och Hamrén redan anlänt till Helsingborg och inordnats i det pågående arbetet. Zonlarmet efter väktarbilen hade gått ut men den hade ännu inte blivit återfunnen. Dessutom pågick ett stort antal förhör i olika rum. De spansktalande flickorna hade utrustats med var sin tolk. Ann-Britt Höglund hade talat med en av dem medan tre kvinnliga poliser i Helsingborg ägnat sig åt de andra. De två väktarna som blivit påkörda av den flyende mannen hade suttit i andra förhör, medan kriminaltekniker redan höll på att jämföra fingeravtryck. Slutligen satt flera poliser lutade över ett antal datorer och höll på att slå fram allt material som fanns kring mannen som hette Hans Logård. Aktiviteten var mycket stor, men det rådde alltså lugn. Birgersson gick runt, runt och höll ordning så att ringdansen inte spårade ur. När Wallander hade informerat sig om spaningsläget, drog han med sig sina kollegor från Ystad in i ett rum och stängde dörren. Han hade talat med Birgersson och fått dennes gillande. Wallander insåg att Birgersson var ett polisbefäl som uppträdde föredömligt, ett av de verkligt få undantagen. Hos honom fanns nästan ingenting av den avundsjuka skråanda som så ofta spökade och drog ner kvalitén på polisens arbete. Birgersson tycktes vara intresserad av det han skulle, att den som skjutit Sjösten blev fast, att helheten klarnade och växte ut tills de visste vad som hade hänt och vem som var gärningsmannen.

De hade tagit med sig kaffe, dörren var stängd, Hansson var uppkopplad på en telefon och kunde nås på ett par sekunder.

Wallander gav sin version av det som hade hänt. Men det han framförallt ville komma fram till var en förståelse av sin egen oro. Det var alltför mycket han inte fick att hänga ihop. Mannen som hade skjutit Sjösten, som varit Liljegrens medarbetare, som hållit flickorna gömda – var det verkligen samme man som iklätt sig rollen som den ensamme krigaren? Han hade svårt att tro det. Men tiden hade varit för knapp för att han skulle hinna tänka, allt runt honom hela tiden var alltför kaotiskt. Tänkandet fick alltså ske nu, i grupp, när alla var samlade, en enda tunn dörr från den värld där spaningen bedrevs och där tiden för eftertanke var obefintlig. Wallander hade dragit undan sina kollegor, och Sjösten skulle ha varit bland dem, om han inte legat på sjukhuset, för att de skulle utgöra en sorts sänke i botten på spaningsarbetet som nu forcerades. Det fanns alltid en risk att en spaning i ett akut skede började galoppera för att sedan övergå i sken. Wallander såg sig runt och undrade varför Ekholm inte var med.

– Han for till Stockholm i morse, sa Svedberg.

– Det är ju nu vi behöver honom, svarade Wallander förvånat.

– Han skulle komma tillbaka i morgon bitti, sa Ann-Britt Höglund. Jag tror det var ett av hans barn som hade blivit påkörd av en bil. Lindrigt. Men ändå.

Wallander nickade. Just när han skulle fortsätta ringde telefonen. Det var Hansson som ville tala med Wallander.

– Baiba Liepa har ringt ett upprepat antal gånger från Riga, sa

Hansson. Hon vill att du sätter dig i kontakt med henne omgående.

– Jag kan inte just nu, svarade Wallander. Förklara för henne om hon ringer igen.

– Om jag förstod henne rätt skulle du möta henne på Kastrup på lördag. För att ni skulle ha en gemensam semester. Hur hade du tänkt dig att det skulle gå till?

– Inte nu, sa Wallander. Jag ringer sen.

Ingen utom Ann-Britt Höglund tycktes ha uppfattat att samtalet med Hansson hade haft en privat innebörd. Wallander fångade hennes blick. Hon log. Men hon sa ingenting.

– Låt oss fortsätta, sa han. Vi letar efter en man som utsatt mig och Sjösten för mordförsök. Vi hittar några flickor instängda i en gård på landet utanför Bjuv. Vi kan utgå ifrån att Dolores Maria Santana en gång kom från en sån grupp, som passerar genom Sverige mot bordeller och fan vet vad i andra delar av världen. Flickor som luras hit av människor som har med Liljegren att göra. Och inte minst en man som heter Hans Logård. Om det nu är hans verkliga namn. Vi tror att det var han som sköt. Men vi vet ingenting. Vi har inte ens ett fotografi på mannen. Möjligen kan väktarna som han stal bilen ifrån ge ett användbart signalement. Men dom verkar väldigt uppskärrade. Dom såg nog bara hans pistol. Nu jagar vi honom. Men jagar vi verkligen gärningsmannen? Den som dödade Wetterstedt, Carlman, Fredman och Liljegren? Vi vet inte. Och jag vill säga här och nu att jag tvivlar. Vi kan bara hoppas att den här mannen som far runt i väktarnas bil blir fast så fort som möjligt. Under tiden menar jag att vi måste arbeta vidare som om det här bara är en händelse i den stora utredningens utkanter. Jag är minst lika intresserad av vad som har hänt Louise Fredman. Och vad som kommit fram på Sturup. Men först vill jag naturligtvis veta om ni har några invändningar mot hur jag ser på saken just nu.

Det blev tyst i rummet. Ingen sa någonting.

– För mig som kommer utifrån och inte behöver vara rädd för att trampa på nåns tår, eftersom jag säkert trampar på allas tår hela tiden, låter det hela som ett riktigt förhållningssätt. Poliser har ibland tendensen att bara orka tänka en tanke åt gången. Medan dom gärningsmän dom jagar tänker tio.

Det var Hamrén som gripit ordet. Wallander lyssnade gillande även om han var osäker på om Hamrén verkligen menade det han sa.

– Louise Fredman försvann spårlöst, sa Ann-Britt Höglund. Hon fick besök. Sen följde hon besöket ut. Den övriga personalen hade aldrig sett den som kom. Namnet som var inskrivet i besöksboken var fullständigt oläsligt. På grund av att det bara är sommarvikarier där hade det vanliga systemet med kontroller nästan helt brutit samman.

– Nån måste ha sett den som hämtade henne, invände Wallander.

– Ja, sa Ann-Britt Höglund. Ett biträde som heter Sara Pettersson.

– Har nån talat med henne?

– Hon har rest bort.

– Var är hon?

– Hon tågluffar. Hon kan befinna sig ungefär var som helst.

– Helvete.

– Vi kan leta reda på henne via Interpol, sa Ludwigsson sävligt. Det går nog.

– Ja, sa Wallander. Jag tror vi ska göra det. Och den här gången ska vi inte vänta. Jag vill att nån kontaktar Per Åkeson om det redan nu ikväll.

– Det här är Malmös område, påpekade Svedberg.

– Jag skiter just nu i vilket polisdistrikt vi befinner oss i, sa Wallander. Ordna det. Det får bli Per Åkesons bord.

Ann-Britt Höglund lovade att ta sig an den kontakten. Wallander vände sig mot Ludwigsson och Hamrén.

– Jag har hört rykten om en moped, sa han. Ett vittne som sett nåt intressant på flygplatsen.

– Ja, sa Ludwigsson. Tidtabellen stämmer. En moped försvann mot E65 under den aktuella natten.

– Varför är det intressant?

– Därför att vakten är ganska säker på att mopeden försvann ungefär samtidigt som varubilen hade kommit dit. Björn Fredmans Ford.

Wallander insåg att det Ludwigsson sa var mycket viktigt.

– Vi talar om en tid på natten när flygplatsen är stängd, fortsatte Ludwigsson. Ingenting händer. Inga taxibilar, ingen trafik. Allt är mycket stilla. En varubil kommer och ställer sig på parkeringen. Strax efter far en moped iväg.

Det blev mycket stilla i rummet.

Alla insåg att de för första gången befann sig mycket nära den gärningsman de sökte. Om det fanns magiska ögonblick i en komplicerad brottsutredning var detta just ett sådant.

– En man på moped, sa Svedberg. Kan det verkligen stämma?

– Finns det ett signalement? frågade Ann-Britt Höglund.

– Enligt vakten hade han som åkte på mopeden en heltäckande

hjälm över huvudet. Han såg alltså aldrig nåt ansikte. Han har arbetat på Sturup i många år. Det var första gången en moped försvann under natten.

– Hur kan han vara säker på att han for mot Malmö?

– Det var han inte. Det har jag heller inte sagt.

Wallander kände det som om han var tvingad att hålla andan. De andras röster var långt borta, nästan som ett avlägset och svårtydbart eterbrus.

Han visste fortfarande inte vad det var han såg.

Men han insåg att de nu var mycket, mycket nära.

37

Någonstans på avstånd kunde Hoover höra åskan.

Tyst, för att inte väcka sin sovande syster, räknade han sekunderna mellan blixtarna och de utdragna knallarna. Åskvädret drog förbi på avstånd. Det skulle inte nå in över Malmö. Han fortsatte att se på henne. Hon låg på madrassen och sov. Han hade velat erbjuda henne något helt annat. Men allting hade gått så fort. Polismannen som han nu hatade, kavalleriöversten med de blå byxorna, som han nu också givit namnet Perkins, Perkins eftersom han tyckte det passade, och Mannen med Stor Nyfikenhet, när han i tystnaden trummade sina budskap till Geronimo, hade kommit och begärt att få se fotografier på Louise. Han hade också hotat med att besöka henne. I det ögonblicket hade han förstått att han omedelbart måste ändra sina planer. Han skulle hämta Louise redan innan raden med skalper och den sista gåvan, flickans hjärta, låg nergrävda utanför hennes fönster. Allt hade plötsligt varit mycket bråttom. Det var därför han bara hade hunnit ta ner en madrass och en filt i källaren. Han hade tänkt sig något helt annat åt henne. Det stod ett stort hus tomt i Limham. Kvinnan som bodde där ensam reste varje sommar till Kanada för att hälsa på släktingar. En gång hade hon varit hans lärarinna. Efteråt hade han ibland besökt henne och uträttat ärenden åt henne. Därför visste han att hon var borta. Han hade också för länge sedan kopierat en nyckel till ytterdörren. I hennes hus hade de kunnat bo medan de planerade för sin framtid. Men nu hade den nyfikne polismannen kommit i vägen. Tills han var död, och det skulle ske mycket snart, fick de nöja sig med madrassen och källaren.

Hon sov. Han hade tagit mediciner ur ett skåp när han hämtat henne på sjukhuset. Han hade kommit utan att ha målat sitt ansikte. Men han hade haft både en yxa och några knivar med sig, om någon skulle ha försökt hindra honom att ta henne med sig. Det hade varit egendomligt stilla på sjukhuset, nästan ingen personal. Allt hade gått mycket lättare än han kunnat föreställa sig. Louise hade först inte känt igen honom, eller åtminstone varit tveksam. Men när hon hade hört hans röst hade hon inte gjort något motstånd. Han hade haft med sig kläder åt henne. De hade gått genom sjukhusparken, sedan tagit en taxi och ingenting hade varit svårt. Hon sa ingenting, hon undrade inte varför hon skulle ligga på en madrass, och hon hade lagt sig ner och somnat nästan genast. Han hade själv blivit trött. Han hade lagt sig bakom hennes rygg och somnat. De var närmare framtiden nu än någonsin tidigare, hade han tänkt, just innan han somnat. Kraften från de skalper han grävt ner hade redan börjat göra verkan. Hon var på väg ut i livet igen. Snart skulle allt vara förändrat.

Han såg på henne. Det var kväll. Klockan hade passerat tio. Han hade nu bestämt sig. I gryningen dagen efter skulle han återvända till Ystad för sista gången.

*

I Helsingborg hade klockan börjat närma sig midnatt. Ett stort antal journalister belägrade den yttre ring som intendent Birgersson låtit upprätta. Polismästaren var på plats, det hade gått ut rikslarm efter väktarbilen, men fortfarande hade den inte kunnat spåras. På Wallanders envisa och upprepade begäran hade flickan Sara Pettersson som befann sig tågluffande med en väninna blivit efterlyst via Interpol. Genom deras föräldrar höll de på att försöka få fram en tänkbar resplan för flickorna. Det var en hektisk natt på polishuset. I Ystad satt Hansson tillsammans med Martinsson och mottog hela tiden löpande informationer. I gengäld kunde de sända över delar av det spaningsmaterial som Wallander plötsligt kunde upptäcka att han behövde. Per Åkeson befann sig i sin bostad. Men han kunde hela tiden nås. Trots att det var sent hade Wallander skickat Ann-Britt Höglund till Malmö för att besöka familjen Fredman. Han ville förvissa sig om att det inte var de som hade tagit Louise från sjukhuset. Helst av allt hade han velat åka själv. Men han kunde inte vara på två ställen samtidigt. Hon hade satt sig i en bil redan halv elva, efter det att Wallander själv hade talat med Fredmans änka. Wallander räknade med att hon skulle vara tillbaka vid ettiden.

– Vem tar hand om dina barn medan du är här? hade han frågat när hon var på väg att ge sig av till Malmö.

– Jag har en fantastisk grannfru, svarade hon. Annars skulle det inte gå.

Strax efter det att hon hade gett sig av ringde Wallander hem.

Linda var där. Han förklarade så gott han kunde vad som hade hänt. Han visste inte när han skulle komma tillbaka, kanske under natten, kanske först i gryningen. Det berodde på.

– Kommer du innan jag ska resa? frågade hon.

– Resa?

– Har du glömt att jag ska till Gotland? Vi reser, Kajsa och jag, nu på lördag. När du ska till Skagen.

– Det är klart att jag inte har glömt, sa han undvikande. Till dess är jag naturligtvis hemma.

– Har du talat med Baiba?

– Ja, svarade Wallander och hoppades att hon inte skulle höra att det inte var sant.

Han gav henne telefonnumret i Helsingborg. Han funderade sedan på om han också skulle ringa till sin far. Men det var sent. De hade säkert redan gått och lagt sig.

Han gick in i ledningscentralen där Birgersson höll samman spaningsarbetet. Det hade nu gått fem timmar utan att någon hade iakttagit den stulna väktarbilen. Birgersson var överens med Wallander om att det bara kunde betyda att Logård, om det nu var han, inte befann sig ute på vägarna i bilen.

– Han hade två båtar till sitt förfogande, sa Wallander. Och ett hus utanför Bjuv som vi knappt kunde hitta fram till. Han har med all säkerhet fler gömställen.

– Vi har ett par man som går igenom båtarna, sa Birgersson. Och Hördestigen. Jag har sagt åt dem att leta efter tänkbara adresser till andra gömställen.

– Vem är denne förbannade Hans Logård, sa Wallander.

– Dom har redan börjat köra fingeravtrycken, svarade Birgersson. Om han nånsin tidigare har haft med polisen att göra så har vi snart hittat honom.

Wallander gick vidare till de rum där de fyra flickorna höll på att förhöras. Det gick mödosamt, eftersom allting skedde med tolk. Dessutom var flickorna rädda. Wallander hade sagt åt poliserna att de först av allt skulle förklara för flickorna att de inte stod anklagade för några brott. Men han undrade för sig själv hur djupt deras rädsla egentligen gick. Han tänkte på Dolores Maria Santanas rädsla, som varit den största han upplevt i sitt liv. Men nu, vid midnatt, hade en bild ändå börjat ta form. Samtliga flickor var från Dominikanska republiken. De hade utan att känna varandra sökt sig från landsbygden in till någon av de största städerna för att söka arbete som hembiträden eller fabriksarbetare. De hade blivit kontaktade av olika män, alla mycket vänliga, och de hade fått erbjudande om att arbeta som hembiträden i Europa. De hade sett bilder av stora vackra hus vid Medelhavet, deras löner skulle vara nästan det tiodubbla jämfört med vad de kunde hoppas på i hemlandet, om de överhuvudtaget fick några arbeten. Några av dem hade tvekat, andra inte, men de hade alla till slut alltså sagt ja. De hade utrustats med pass, som de dock aldrig fick behålla. Därefter hade de flugits till Amsterdam, åtminstone trodde två av flickorna att staden de hade landat i hade hetat så. Så hade de körts i en liten buss till Danmark. För ungefär en vecka sedan hade de en mörk natt förts över till Sverige med båt. Hela tiden hade nya män omgett dem, och deras vänlighet hade minskat ju längre bort från sitt hemland flickorna kommit. Rädslan hade på allvar infunnit sig när de blivit inlåsta på den ensligt belägna gården. De hade fått mat, och en man hade på dålig spanska förklarat att de snart skulle åka vidare, den sista sträckan. Men de hade nu börjat förstå att ingenting var som de hade blivit utlovade. Rädslan hade börjat övergå i skräck.

Wallander hade bett poliserna som skötte förhören att vara grundliga när de frågade om de män de träffat under de dagar de varit inlåsta. Hade det varit mer än en? Kunde de ge en beskrivning av båten som tagit dem över till Sverige? Hur hade kaptenen sett ut? Hade det funnits någon besättning? Han sa till om att en av flickorna skulle tas ner till båtklubben för att de skulle få veta om hon kände igen kajutan i Logårds motorkryssare. Många frågor kvarstod. Men ett mönster hade ändå börjat framträda. Hela tiden gick Wallander runt och försökte hitta rum som för tillfället var tomma, där han kunde stänga in sig och tänka sina egna tankar.

Han väntade otåligt på Ann-Britt Höglunds återkomst. Och framförallt på att de skulle börja kunna identifiera Hans Logård. Han försökte hitta ett samband mellan en moped på Sturups flygplats, en man som tog skalper och dödade med yxa och en annan man som sköt med ett halvautomatiskt vapen. Hela utredningen rusade fram och tillbaka genom hans huvud. Den huvudvärk han tidigare förutspått hade kommit och han försökte bekämpa den med Dispril utan att den helt försvann. Den låg nu och molade i huvudet. Luften var mycket kvav. Det åskade över Danmark. Om mindre än två dygn borde han befinna sig på Kastrup.

Fem i halv ett på natten stod Wallander vid ett fönster, såg ut i den ljusa sommarnatten och tänkte att världen befann sig i ett oerhört kaos. Det var då Birgersson kom stampande genom korridoren och triumferande viftade med ett papper.

– Vet du vem Erik Sturesson är? frågade han.

– Nej?

– Vet du då vem Sture Eriksson är?

– Nej.

– En och samma person. Som senare har bytt namn ytterligare en gång. Den här gången har han inte bara nöjt sig med att svänga om för- och efternamn. Nu har han letat sig fram till ett namn som andas en doft av finare familjer. Hans Logård.

Wallander glömde genast den kaotiska världen som omgav honom. Birgersson kom och gav honom den klarhet han behövde.

– Bra, sa han. Vad vet vi?

– Fingeravtrycken vi hittade på Hördestigen och i båtarna fanns i registren. På Erik Sturesson och Sture Eriksson. Men alltså inte på nån person vid namn Hans Logård. Erik Sturesson, om vi utgår ifrån honom, eftersom det var Hans Logårds dopnamn, är 47 år gammal. Född i Skövde, pappan var stamanställd militär, mamman hemmafru. Båda döda under slutet av 1960-talet, fadern dessutom alkoholist. Erik hamnar snart i dåligt sällskap. Första inrapporteringen vid 14 års ålder. Sen går det undan. Om jag summerar det hela har han suttit på Österåker, Kumla och Hall. Dessutom ett kortare varv på Norrköping. Det var för övrigt när han lämnade Österåker som han bytte namn första gången.

– Vilken typ av brott?

– Från enklare diversearbete till specialisering, kan man säga. Stölder och bedrägerier i början. En och annan misshandel. Sen allt grövre brott. Narkotika förstås. Tunga varor. Han tycks ha varit fältarbetare för turkiska och pakistanska ligor. Det här är bara ett sammandrag. Det kommer mer nu under natten. Vi gör slagningar på allt vi kan hitta.

– Vi behöver en bild på honom, sa Wallander. Och fingeravtrycken måste köras mot dom vi hittade hos Wetterstedt och Carlman. Fredman också. Glöm inte avtrycken från vänster ögonlock.

– Nyberg i Ystad är i gång, sa Birgersson. Men han verkar så förbannad hela tiden.

– Han är som han är, sa Wallander. Men duktig.

De hade satt sig vid ett bord som var överfyllt med tomma kaffemuggar. Runt dem ringde telefoner hela tiden. De byggde upp en osynlig mur omkring sig. Släppte bara in Svedberg som satte sig vid ena kortänden.

– Det intressanta är att Hans Logård plötsligt upphör att göra besök på våra fängelser, sa Birgersson. Han sitter inne sista gången 1989. Sen dess är det blankt. Som om han hade blivit frälst.

– Om jag inte minns fel sammanfaller det rätt väl med att Åke Liljegren skaffar sig hus här i Helsingborg?

Birgersson nickade.

– Vi är inte riktigt klara med det än, fortsatte han. Men det verkar som om Hans Logård fick sin lagfart på Hördestigen 1991. Det är ett glapp på ett par år. Men ingenting hindrar att han kan ha bott nån annanstans under tiden.

– Det ska vi få svar på genast, sa Wallander och drog till sig en telefon. Vad har Elisabeth Carlén för telefonnummer? Det finns på Sjöstens bord. Har vi bevakning på henne fortfarande?

Birgersson nickade igen. Wallander fattade ett snabbt beslut.

– Dra in den, sa han.

Någon la en lapp framför Wallander. Han slog numret och väntade. Hon svarade nästan genast.

– Det är Kurt Wallander, sa han.

– Så här dags åker jag inte till polishuset, svarade hon.

– Det vill jag inte heller. Jag har bara en fråga: Fanns Hans Logård i Åke Liljegrens sällskap så tidigt som 1989? Eller 1990?

Han hörde hur hon tände en cigarett. Blåste ut rök rakt in i luren.

– Ja, sa hon. Jag tror han fanns med redan då. Åtminstone 1990.

– Bra, sa Wallander.

– Varför håller ni mig under bevakning? frågade hon.

– Säg det, sa Wallander. För att vi inte vill att det ska hända dig nånting. Hur som helst så drar vi in den nu. Men res inte bort utan att ge besked. Då kan jag bli arg.

– Ja, sa hon. Jag tror du kan bli arg.

Hon la på luren.

– Hans Logård finns med, sa Wallander. Det verkar som om han dyker upp hos Liljegren i samband med flyttningen hit till Helsingborg. Några år senare skaffar han sig Hördestigen. Uppenbarligen är det Åke Liljegren som skött om Hans Logårds frälsning.

Wallander försökte få de olika bitarna att hänga ihop.

– Ryktena om flickhandeln började ungefär då. Stämmer det?

Birgersson nickade. Det stämde.

För ett ögonblick begrundade de sina ord under tystnad.

– Har Logård ett förflutet med mycket våld? frågade Wallander.

– En del grova misshandelsbrott, svarade Birgersson. Men han har aldrig skjutit. Inte som vi vet, i alla fall.

– Inga yxor?

– Nej. Ingenting sånt.

– Hur som helst så måste vi hitta honom, sa Wallander och reste sig. Var fan är det han gömmer sig?

– Vi hittar honom, sa Birgersson. Förr eller senare kryper han fram.

– Varför sköt han? frågade Wallander.

– Det får du fråga honom om, svarade Birgersson.

Birgersson lämnade rummet. Svedberg hade tagit av sig sin mössa.

– Är det verkligen samme man som vi letar efter? frågade han tveksamt.

– Jag vet inte, sa Wallander. Men jag tvivlar. Fast jag kan naturligtvis ta fel. Låt oss hoppas jag gör det.

Svedberg lämnade rummet. Wallander var åter ensam. Mer än någonsin saknade han Rydberg. *Det finns alltid ytterligare en fråga du kan ställa.* Rydbergs ord, ofta upprepade. Vilken var alltså frågan han ännu inte hade ställt sig? Han sökte efter den. Hittade ingenting. Frågorna var ställda. Bara svaren fattades.

Därför var det en lättnad när Ann-Britt Höglund steg in i rummet. Klockan var tre minuter i ett. Återigen avundades han henne hennes solbränna. De satte sig.

– Louise var inte där, sa hon. Mamman var berusad. Men hennes oro över dottern verkade äkta. Hon kunde inte alls förstå vad som hade hänt. Jag tror hon talade sanning Jag tyckte väldigt synd om henne.

– Hade hon verkligen ingen idé alls?

– Ingenting. Och hon hade grubblat.

– Hade det hänt tidigare?

– Aldrig.

– Och sonen?

– Den äldre eller den yngre?

– Den äldre. Stefan.

– Han var inte hemma.

– Var han ute och letade efter sin syster?

– Om jag förstod mamman rätt så håller han sig borta då och då. Men det var en sak som jag fäste mig vid. Jag bad att få se mig runt. Ifall Louise nu ändå fanns där. Jag gick in i Stefans rum. Madrassen var borta i hans säng. Där fanns bara ett överkast. Madrassen borta och det fanns inte heller någon kudde eller filt.

– Frågade du henne om var han befann sig?

– Tyvärr inte. Men jag misstänker att hon ändå inte hade kunnat svara.

– Sa hon hur länge han hade varit borta?

Hon tänkte efter och konsulterade sina minnesanteckningar.

– Sen igår eftermiddag.

– Samma dag och tid som Louise försvann.

Hon såg förvånat på honom.

– Skulle det ha varit han som hämtat henne? Var är dom i så fall?

– Två frågor, två svar. Jag vet inte. Jag vet inte.

Wallander kände ett obehag komma krypande genom kroppen. Han kunde inte få tag i dess innehåll. Men det fanns där.

– Du frågade händelsevis inte mamman om Stefan har en moped?

Han såg att hon genast förstod vad han syftade på.

– Nej, svarade hon.

Wallander nickade mot telefonen som stod på bordet.

– Ring henne, sa han. Fråga henne. Hon super på nätterna. Du väcker henne inte.

Hon gjorde som han sa. Det dröjde länge innan det kom svar. Samtalet var mycket kort. Hon la på luren igen. Han såg att hon var lättad.

– Han har ingen moped, sa hon. I alla fall inte som hon känner till. Dessutom har väl Stefan inte fyllt 15 än?

– Det var bara en tanke, sa Wallander. Vi måste veta. Dessutom är det tveksamt om ungdomar idag alltid bryr sig om ifall nåt är tillåtet eller inte.

– Den minste pojken vaknade när jag skulle gå, sa hon. Han sov i soffan intill mamman. Det var nog det som gjorde mig mest illa berörd.

– Att han vaknade?

– När han fick syn på mig. Jag har aldrig sett så rädda ögon på ett barn tidigare.

Wallander slog sin knutna näve i bordet. Hon hajade till.

– Nu vet jag, sa han. Vad det är jag har glömt hela tiden. Fan också!

– Vad?

– Vänta lite. Vänta lite ...

Wallander gned tinningarna för att tvinga fram den minnesbild som så länge hade oroat honom i hans undermedvetna. Nu hade han fångat den.

– Kommer du ihåg den läkare som gjorde obduktionen av Dolores Maria Santana i Malmö?

Hon tänkte efter.

– Var det inte en kvinna?

– Jo. En kvinna. Vad hette hon. Malm?

– Svedberg har bra minne, sa hon. Jag ska hämta honom.

– Det behövs inte, sa Wallander. Nu minns jag. Hon hette Malmström. Henne ska vi ha tag på. Och vi ska ha tag på henne nu. Det vill jag att du tar dig an. Fort som bara fan.

– Varför det?

– Jag ska förklara sen.

Hon reste sig och lämnade rummet. Wallander tänkte att det inte kunde vara sant, det som han nu hade börjat tro på allvar. Kunde verkligen Stefan Fredman vara inblandad i det som hade hänt? Han lyfte telefonluren och ringde Per Åkeson. Han svarade genast. Trots att Wallander egentligen inte hade tid gav han honom en lägesrapport. Sedan övergick han snabbt till sitt egentliga ärende.

– Jag vill att du gör mig en tjänst, sa han. Nu. Mitt i natten. Att du ringer till sjukhuset där Louise var intagen. Att du säger åt dom att de kopierar den sida där den som hämtade henne skrev sitt namn. Och att de faxar den sidan hit till Helsingborg.

– Hur fan tror du det ska gå till?

– Det vet jag inte, svarade Wallander. Men det kan vara viktigt. Dom kan stryka alla andra namn på sidan. Jag vill bara se just den här namnteckningen.

– Som var oläslig?

– Just det. Jag vill se den oläsliga namnteckningen.

Wallander la kraft i sina ord. Per Åkeson förstod att han var ute efter något som kanske var viktigt.

– Ge mig faxnumret, sa Per Åkeson. Jag ska försöka.

Wallander gav honom numret och la på luren. En väggklocka visade på fem över två. Fortfarande kvavt. Wallander svettades i sin nya skjorta. Frånvarande undrade han om det var statsverket som hade betalat den och de nya byxorna. Klockan tre minuter i två kom Ann-Britt Höglund tillbaka och sa att Agneta Malmström befann sig på segelsemester med sin familj någonstans mellan Landsort och Oxelösund.

– Har båten nåt namn?

– Det ska vara nånting som heter Maxi. Namnet är *Sanborombon*. Den har också ett nummer.

– Ring Stockholms Radio, fortsatte Wallander. Dom har säkert kommunikationsradio ombord. Be dom ropa upp båten. Stryk under att det är polislarm. Tala med Birgersson. Jag vill ha kontakt med henne nu.

Wallander märkte att han hade kommit in i en andning där han börjat ge order. Hon försvann för att tala med Birgersson. Svedberg höll på att kollidera med henne i dörren när han kom in med några papper som berättade om väktarnas upplevelser av den situation när de blivit bestulna på sin bil.

– Du har rätt, sa han. Dom såg i stort sett bara pistolen. Allt gick dessutom mycket fort. Men han hade ljust hår, blå ögon och var klädd i nån sorts träningsoverall. Normallängd, talade stockholmska. Gav intryck av att vara drogad.

– Vad menade dom med det?

– Hans ögon.

– Jag antar att signalementet är på väg ut?

– Jag ska kontrollera det.

Svedberg lämnade rummet lika hastigt som han hade kommit. Från korridoren hördes upprörda röster. Wallander gissade att en journalist hade försökt passera den gränslinje som Birgersson dragit upp. Han letade reda på ett anteckningsblock och gjorde hastigt några minnesanteckningar. De saknade inbördes ordning, krafsades ner i den följd han mindes dem. Svetten rann, oavbrutet såg han på väggklockan, och i hans huvud satt Baiba vid telefonen i den spartanska lägenheten i Riga och väntade på det telefonsamtal han borde ha ringt för länge sedan. Klockan närmade sig tre på natten. Väktarbilen var fortfarande försvunnen. Hans Logård gömde sig någonstans. Den flicka som hade kommit tillbaka efter besöket i hamnen hade inte med säkerhet kunnat identifiera båten. Kanske hade det varit den, kanske inte. En man som alltid hade befunnit sig i skugga hade stått vid ratten. Någon besättning kunde hon inte minnas. Wallander talade med Birgersson om att flickorna nu måste få sova. Hotellrum ordnades fram. En av flickorna log skyggt mot Wallander när de möttes i korridoren. Leendet gjorde honom glad, för ett kort ögonblick nästan upprymd. Med jämna mellanrum kom Birgersson in i de olika rum där Wallander för tillfället befann sig och överlämnade kompletterande upplysningar om Hans Logård. Kvart över tre på natten fick Wallander veta att han hade varit gift två gånger och hade två minderåriga barn. Den ena, en flicka bodde hos sin mamma i Hagfors, den andra i Stockholm, en pojke på nio år. Sju minuter senare kom Birgersson tillbaka och meddelade att Hans Logård förmodligen hade ytterligare ett barn, men att det inte hade gått att få bekräftat.

Halv fyra kom en uttröttad polisman in i det rum där Wallander satt med en kaffekopp i handen och fötterna på bordet och sa att

Stockholms Radio hade lyckats få kontakt med den Maxisegelbåt där familjen Malmström befann sig, sju distansminuter sydsydväst om Landsort, på väg mot Arkösund. Wallander spratt upp och följde med till ledningsrummet där Birgersson stod och ropade in i en telefonlur. Sedan räckte han den till Wallander.

– Dom befinner sig nånstans mitt emellan två fyrar som heter Hävringe och Gustaf Dalén, sa han. Du får tala med nån som heter Karl Malmström.

Wallander räckte hastigt tillbaka luren till Birgersson.

– Det är henne jag ska tala med, sa han. Jag skiter i honom.

– Jag hoppas du är klar över att det ligger hundratals fritidsbåtar där ute och lyssnar på samtalen som går över kustradion?

Det hade Wallander i hastigheten glömt.

– En mobiltelefon är bättre, sa han. Fråga om dom har nån ombord.

– Det har jag redan gjort, svarade Birgersson. Det här är människor som anser att semestrar ska firas utan mobiltelefoner.

– Då får dom ta sig till land, sa Wallander. Och ringa upp därifrån.

– Hur lång tid tror du det tar? sa Birgersson. Vet du var Hävringe ligger? Det är mitt i natten. Ska dom sätta segel nu?

– Jag skiter i var Hävringe ligger, sa Wallander. Dessutom kanske dom nattseglar och inte ligger för ankar. Det kanske finns nån annan båt i närheten med mobiltelefon. Säg bara att jag ska ha kontakt med dom inom en timme. Med henne. Inte honom.

Birgersson skakade på huvudet. Sedan började han ropa in i telefonluren igen.

Precis trettio minuter senare ringde Agneta Malmström från en mobiltelefon de hade lånat i en båt som de hade mött i farleden. Wallander brydde sig inte om att be om ursäkt för att han störde. Han gick rakt på sak.

– Minns du flickan som brände sig till döds? frågade han. I en rapsåker för några veckor sen?

– Naturligtvis minns jag det.

– Kommer du också ihåg ett samtal vi hade i telefon den gången? Jag frågade dig om hur unga människor kunde göra så här mot sig själva. Jag minns inte exakt vilka ord jag använde.

– Jag har ett vagt minne, svarade hon.

– Du svarade då genom att ge exempel på nåt du hade upplevt just innan. Du talade om en pojke, en liten pojke, som varit så rädd för sin far att han försökt sticka ut ögonen på sig själv.

Hennes minne var gott.

– Ja, sa hon. Det minns jag. Men det var ingenting jag själv hade upplevt. Det var en kollega som hade berättat det för mig.

– Vem då?

– Min man. Han är också läkare.

– Då är det honom jag behöver tala med. Hämta honom.

– Det tar en stund. Jag måste ro och hämta honom i jollen. Vi har lagt ut ett drivankare en bit härifrån.

Först nu beklagade Wallander att han störde.

– Tyvärr är det nödvändigt, sa han.

– Det dröjer en stund, sa hon.

– Var fan ligger Hävringe? frågade Wallander.

– Mitt ute i havet, svarade hon. Det är mycket vackert där. Men just nu gör vi en nattsegling söderut. Fast vinden är dålig.

Det tog tjugu minuter innan det ringde igen. Karl Malmström kom till telefonen. Under tiden hade Wallander tagit reda på att han var barnläkare i Malmö. Wallander återvände till det samtal han haft med hans hustru.

– Jag minns tillfället, sa han.

– Kan du på rak arm komma ihåg namnet på den där pojken?

– Ja, sa han. Men det kan jag inte stå och ropa ut i en mobiltelefon.

Wallander förstod honom. Han tänkte febrilt.

– Låt oss göra så här, sa han. Jag ställer en fråga till dig. Den kan du svara ja eller nej på. Utan att nämna nåt namn.

– Vi kan ju försöka, svarade Karl Malmström.

– Har det med Bellman att göra? frågade Wallander.

Karl Malmström förstod. Hans svar kom nästan omedelbart.

– Ja, sa han. Det har faktiskt det.

– Då tackar jag för hjälpen, sa Wallander. Jag hoppas jag inte behöver störa mer. Trevlig sommar.

Karl Malmström verkade inte irriterad.

– Det känns tryggt med hårt arbetande polismän, sa han bara.

Samtalet tog slut. Wallander räckte telefonluren till Birgersson.

– Låt oss ha ett möte om en stund, sa han. Jag behöver bara några minuter på mig att tänka.

– Sätt dig i mitt rum, sa Birgersson. Där är det tomt just nu.

Wallander kände sig plötsligt mycket trött. Olusten låg som en molande värk i kroppen. Han ville fortfarande inte tro att det han tänkte var sant. Han hade kämpat emot sin insikt länge. Nu gick det inte längre. Det mönster som framträdde var outhärdligt. Den lille pojkens skräck för sin far. En storebror i närheten. Som häller saltsyra i faderns ögon som hämnd. Som ger sig ut på en vansinnig vedergällning för sin syster som på något sätt blivit missbrukad. Allt var plötsligt mycket klart. Det hela hängde ihop och resultatet var förfärande. Han tänkte också att hans undermedvetna hade sett det för länge sedan. Men han hade skjutit vetskapen ifrån sig. Istället valt att följa andra spår. Som ledde honom bort från målet.

En polisman knackade på dörren.

– Det har kommit ett fax från Lund, sa han. Från ett sjukhus.

Wallander tog emot det. Per Åkeson hade agerat raskt. Det var en kopia från en besökslista till den psykiatriska avdelning där Louise Fredman vistats. Alla namn utom ett var överstrukna. Namnteckningen var verkligen oläslig. Han tog ett förstoringsglas från Birgerssons skrivbord och försökte tyda det. Fortfarande oläsligt. Han la papperet på bordet. Polismannen stod kvar i dörren.

– Hämta Birgersson, sa Wallander. Och mina kollegor från Ystad. Hur går det förresten med Sjösten?

– Han sover, sa polismannen. Dom har tagit ut kulan som satt i hans axel.

Några minuter senare var de samlade. Klockan var nästan halv fem. Alla var utmattade. Hans Logård var fortfarande försvunnen. Ännu inga spår efter väktarnas bil. Wallander nickade åt dem att sätta sig.

Sanningens ögonblick, tänkte han. Nu är det här.

– Vi letar efter en person som heter Hans Logård, började han. Det ska vi naturligtvis fortsätta med. Han sköt Sjösten i axeln. Han är inblandad i människosmuggling. Men det är inte han som har slagit ihjäl dom andra. Det är inte Hans Logård som har tagit skalper. Det är en helt annan person.

Han gjorde en paus, som om han en sista gång behövde överlägga med sig själv. Men det var obehaget som tog överhanden. Han visste nu att han hade rätt.

– Det är Stefan Fredman som har gjort allt det här, sa han. Vi letar med andra ord efter en 14-årig pojke. Som bland annat har dödat sin egen far.

Det blev tyst i rummet. Ingen rörde sig. Alla stirrade på honom.

Det tog Wallander en halv timme att förklara sig. Efteråt rådde inget tvivel. De bestämde också att de nu kunde återvända till Ystad. Största sekretess skulle läggas på det de nu hade talat om. Wallander kunde senare inte avgöra vilken känsla som varit den starkaste bland hans kollegor, bestörtningen eller lättnaden.

De gjorde sig klara för att åka till Ystad.

Svedberg stod och såg på faxet som kommit från Lund medan Wallander ringde och talade med Per Åkeson.

– Egendomligt, sa han.

Wallander vände sig emot honom.

– Vad är det som är egendomligt?

– Den här namnteckningen, sa Svedberg. Det ser nästan ut som om han skrivit in sig under namnet Geronimo.

Wallander tog faxet ur Svedbergs hand.

Klockan var tio minuter i fem.

Han såg att Svedberg hade rätt.

38

De hade skilts åt i gryningen utanför polishuset i Helsingborg. Alla hade varit trötta och glåmiga, men framförallt omskakade av det de nu insåg måste vara sanningen om den gärningsman de så länge hade sökt. De hade bestämt att träffas klockan åtta på polishuset i Ystad. Det innebar att alla hann åka hem och duscha men inte mycket mer. Sedan måste de fortsätta. Wallander hade sagt som det var. Han trodde att allt hade skett för den sjuka systerns skull. Men de kunde inte vara säkra. Det kunde också vara så att hon befann sig i stor fara. De hade bara en sak att utgå ifrån: att frukta det värsta tänkbara. Svedberg åkte i Wallanders bil. Dagen skulle bli vacker. Ingen av dem mindes längre när det senast hade passerat ett ordentligt regnväder över Skåne. De talade mycket lite med varandra under resan. Vid infarten till Ystad upptäckte Svedberg att han måste ha förlagt sin nyckelknippa nånstans. Det påminde Wallander om att hans egna nycklar aldrig hade kommit till rätta. Han sa att Svedberg kunde följa med honom hem. De kom till Mariagatan strax före sju. Linda sov. När de hade duschat och Wallander lånat Svedberg en skjorta satte de sig i vardagsrummet och drack kaffe.

Ingen av dem hade märkt att dörren till klädkammaren som låg intill Lindas rum och varit stängd när de kom nu stod på glänt.

*

Hoover hade kommit till lägenheten tio minuter i sju. Han hade just varit på väg in i Wallanders sovrum med yxan i handen när han hörde hur en nyckel sattes i ytterdörren. Han gömde sig hastigt i klädkammaren. Han hade hört två röster. När han förstod att de befann sig i vardagsrummet hade han försiktigt öppnat dörren på glänt. Han hörde Wallander tilltala den andre mannen med namnet Svedberg. Hoover antog att det också var en polisman. Hela tiden hade han hållit sin yxa i handen. Han hade lyssnat på deras samtal. Till en början hade han inte förstått vad de talade om. Ett namn, Hans Logård, återkom gång på gång. Wallander hade tydligen försökt förklara någonting för den man som hette Svedberg. Han hade lyssnat alltmer uppmärksamt och till slut förstått att det var den gudomliga försynen, Geronimos kraft, som återigen hade börjat verka. Den man som hette Hans Logård hade varit Åke Liljegrens närmaste man. Han hade smugglat flickor från Dominikanska republiken, och kanske också från andra delar av Karibien. Dessutom var det han som med största sannolikhet varit den som skaffat fram flickor till Wetterstedt och förmodligen även till Carlman. Han hade också hört hur Wallander hade förutspått att Hans Logård fanns på den dödslista som måste existera i Stefan Fredmans huvud.

Strax efteråt hade samtalet upphört. Några minuter senare hade Wallander och mannen som han kallade för Svedberg lämnat lägenheten.

Hoover hade stigit ut ur klädkammaren och stått alldeles stilla.

Sedan gick han ljudlöst därifrån.

Han gick till den tomma affär där Linda och Kajsa hade haft sina repetitioner. Han visste att de inte skulle använda den mer. Därför hade han lämnat Louise där medan han begett sig till lägenheten på Mariagatan för att döda kavalleriöverste Perkins och hans dotter. Men när han stod i klädkammaren, med yxan beredd i handen, och hörde samtalet hade han blivit tveksam. Det fanns alltså ytterligare en man som han måste döda. En man han hade förbisett. En man som hette Hans Logård. När de beskrev honom hade han förstått att det måste ha varit han som en gång grovt våldtagit och misshandlat hans syster. Det var innan hon hade drogats ner och förts till både Gustaf Wetterstedt och Arne Carlman, de händelser som till slut hade fört henne in i det mörker som han nu höll på att hämta ut henne ifrån. Allt hade noga stått angivet i den bok han hade övertagit från henne. Den bok där budskapet som styrde hans handlingar fanns nertecknade. Han hade trott att Hans Logård varit en man som inte bodde i Sverige. En främmande farande och ond man. Nu insåg han att han hade tagit fel.

Det hade varit lätt att ta sig in i den tomma affärslokalen. Han hade tidigare sett hur Kajsa la nyckeln på en utskjutande dörrlist. Eftersom han nu rörde sig öppet på dagen hade han inte målat sitt ansikte. Han ville heller inte skrämma Louise. När han kom tillbaka satt hon på en stol och såg tomt framför sig. Han hade redan bestämt att han skulle flytta henne. Han visste också vart. Innan han hade begett sig till Mariagatan hade han tagit mopeden och undersökt att förutsättningarna var de han trodde. Huset stod tomt. Men de skulle flytta dit först på kvällen. Han satte sig på golvet vid hennes sida. Försökte tänka ut hur han skulle kunna finna Hans Logård innan polisen gjorde det. Han vände sig inåt och bad Geronimo om råd. Men hans hjärta var egendomligt stilla denna morgon. Trummorna var så svaga att han inte kunde uppfatta deras budskap.

*

Klockan åtta hade de samlats i mötesrummet. Per Åkeson var där, liksom ett polisbefäl från Malmö. Intendent Birgersson i Helsingborg var uppkopplad på en högtalartelefon. Alla var bleka men fattade. Wallander såg sig om runt bordet och begärde en inledande informationsrunda.

Malmöpolisen letade diskret efter det gömställe som man måste anta att Stefan Fredman hade tillgång till. Fortfarande hade man inte funnit det. Däremot hade en av grannarna i huset kunnat upplysa om att Stefan Fredman flera gånger hade haft en moped, även om hans mor alltså inte visste om det. Enligt polisen var vittnet tillförlitligt. Huset där familjen bodde stod under bevakning. Från Helsingborg kunde Birgersson i högtalaren meddela att Sjösten mådde bra. Men tyvärr skulle nog hans öra bli svårt deformerat.

– Plastikkirurger kan göra underverk idag, ropade Wallander uppmuntrande. Hälsa honom från oss alla.

Birgersson gick vidare. Den pågående kontrollen visade att det inte var Hans Logårds fingeravtryck som fanns vare sig på den sönderrivna Fantomentidningen, den blodiga papperspåsen bakom vägverkets arbetsbod, Liljegrens stekugn eller på Björn Fredmans vänstra ögonlock. Det var en bekräftelse som kom att bli avgörande. Polisen i Malmö höll just på att bestämma Stefan Fredmans fingeravtryck på föremål som hämtats från hans rum i Rosengårdslägenheten. Ingen betvivlade längre att de skulle passa där Hans Logårds hade kunnat avskrivas.

De talade sedan om Hans Logård. Väktarbilen hade fortfarande inte blivit återfunnen. Eftersom han skjutit och både Sjösten och Wallander mycket väl hade kunnat bli dödade måste jakten efter honom fortsätta. Man måste utgå från att han var farlig, även om man fortfarande inte kunde förklara varför. I det sammanhanget insåg Wallander att han borde påpeka en annan förutsättning som de inte fick glömma.

– Även om Stefan Fredman bara är 14 år är han farlig, sa han.

Men även om han naturligtvis är tokig så är han inte dum. Han är dessutom mycket stark och reagerar fort och bestämt. Vi måste med andra ord tänka på att vara försiktiga.

– Allt det här är så jävla vidrigt! utbrast Hansson. Jag kan fortfarande inte förstå att det är sant.

– Det kan nog ingen av oss, sa Per Åkeson. Men det Kurt säger är naturligtvis riktigt. Alla rättar sig efter det.

– Stefan Fredman hämtade ut sin syster från sjukhuset, fortsatte Wallander. Vi letar efter den där tågluffande flickan som ska identifiera honom. Men vi kan utgå ifrån att det blir en positiv bekräftelse. Vi vet inte om han har för avsikt att skada henne. Det enda som nu är viktigt är att vi hittar dom. Vi måste komma åt honom så att han inte skadar henne. Frågan är bara var han befinner sig. Han har en moped och åker omkring med henne därbak. De kan inte komma särskilt långt. Dessutom är flickan sjuk.

– En galning på en moped med en psykiskt sjuk flicka därbak, sa Svedberg. Det är så makabert.

– Han kan köra bil, påpekade Ludwigsson. Han använde faderns Ford. Han kan alltså ha stulit en bil.

Wallander vände sig till polisbefälet från Malmö.

– Stulna bilar, sa han. Dom senaste dygnen. Framförallt i Rosengård. Eller i närheten av sjukhuset.

Polismannen från Malmö reste sig och tog en telefon som stod på ett rullbord vid ett av fönstren.

– Stefan Fredman begår sina gärningar efter omsorgsfull planering, fortsatte Wallander. Vi kan naturligtvis inte veta om bortförandet av systern också var bestämt på förhand. Nu måste vi försöka föreställa oss hans tankar och vad han planerar att göra. Vart är dom på väg? Det är fan att inte Ekholm är här när vi som bäst behöver honom.

– Han kommer om en knapp timme, sa Hansson efter att ha kastat en blick på klockan. Han blir naturligtvis hämtad.

– Hur gick det med hans dotter? frågade Ann-Britt Höglund.

Wallander kände sig genast skamsen över att han hade glömt orsaken till Ekholms frånvaro.

– Bra, svarade Svedberg. En bruten fot. Men hon hade tydligen haft tur.

– I höst ska vi ha en stor trafiksäkerhetskampanj i skolorna, sa Hansson. Det omkommer alldeles för många barn i trafiken.

Polismannen från Malmö avslutade telefonsamtalet och återvände till bordet.

– Jag förutsätter att ni har letat efter Stefan även i hans pappas lägenhet, sa Wallander.

– Vi har letat där och överallt annars där fadern brukade hålla till. Dessutom har vi kört upp en man som heter Peter Hjelm och fått honom att försöka lista ut andra tänkbara gömställen som Björn Fredman kan haft tillgång till och som sonen kan ha känt till. Det är Forsfält som håller i det där.

– Det garanterar att det blir noggrant gjort, sa Wallander.

Mötet fortsatte. Men Wallander visste att det egentligen bara var en utdragen väntan på att något skulle hända. Stefan Fredman fanns någonstans med sin syster Louise. Hans Logård likaså. En stor mängd poliser letade efter dem. De gick ut och in i mötesrummet, hämtade kaffe, skickade efter smörgåsar, nickade till i sina stolar, drack ännu mera kaffe. Då och då hände också någonting. Den tyska polisen hittade Sara Pettersson på Hamburg Hauptbahnhof. Hon hade omgående kunnat identifiera Stefan Fredman. Kvart i tio kom Mats Ekholm från flygplatsen. Alla lyckönskade honom till att det gått så bra med hans dotter. De såg att han fortfarande var skakad och mycket blek.

Wallander bad Ann-Britt Höglund att ta med honom till sitt rum och i lugn och ro ge honom alla de detaljer han fortfarande saknade information om. Strax före klockan elva kom den bekräftelse de väntat på. Det var Stefan Fredmans fingeravtryck som hade funnits på hans fars ögonlock, på Fantomentidningen, det sönderrivna och blodiga papperet bakom vägverkets bod och på Liljegrens ugn. Efteråt hade det varit mycket tyst i mötesrummet. Allt som hördes var det svaga bruset från den högtalare där Birgersson i Helsingborg lyssnade. Det fanns ingen återvändo längre. Alla de många villospåren, inte minst de som hade funnits inom dem själva, hade nu upphört att existera. Kvar fanns bara insikten om hur sanningen såg ut, och den sanningen var förfärande. De letade efter en 14-årig pojke som hade begått fyra kallblodigt planerade mord.

Till sist var det Wallander som bröt tystnaden. Han sa något som många av dem aldrig skulle glömma.

– Då vet vi alltså med säkerhet det vi hoppades slippa få veta.

Den korta stillheten var över. Spaningsgruppen fortsatte sitt arbete och sin väntan. Eftertanken skulle ges utrymme senare. Wallander vände sig till Ekholm.

– Vad gör han? frågade Wallander. Hur tänker han?

– Jag vet att det kan vara ett farligt påstående, sa Ekholm. Men jag tror inte att han är ute efter att skada sin syster. Det finns ett mönster, kalla det gärna logik, i hans beteende. Hämnden för sin lillebror och alltså också sin syster är själva målet. Bryter han ner det så ramlar allt det samman som han så mödosamt byggt upp.

– Varför hämtade han henne från sjukhuset? undrade Wallander.

– Han kanske var rädd för att du på nåt sätt skulle kunna påverka henne.

– Hur då? frågade Wallander förvånat.

– Vi anar en förvirrad pojke som iklätt sig rollen av en ensam krigare. Så många män kan antas ha gjort hans syster så mycket ont. Det är det som driver honom. Om vi antar att den teorin stämmer. Då vill han hålla alla män borta från henne. Han själv utgör undantaget. Dessutom kan man inte komma ifrån att han nog misstänkt dig för att vara honom på spåren. Han vet säkert att det är du som leder spaningsarbetet.

Wallander kom att tänka på något som fallit honom ur minnet.

– Bilderna som Norén tog, sa han. Av åskådarna utanför avspärrningarna? Var är dom?

Sven Nyberg som det mesta av tiden suttit tyst och instängd i sig själv vid mötesbordet reste sig och hämtade dem. Wallander bredde ut dem framför sig på bordet. Någon hämtade ett förstoringsglas. De samlades runt bilderna. Det var Ann-Britt Höglund som upptäckte honom.

– Där, sa hon och pekade.

Han var nästan skymd av några andra åskådare. Men en bit av mopeden var synlig, liksom huvudet.

– Det var fan, sa Hamrén.

– Det skulle kunna gå att identifiera mopeden, sa Nyberg. Om man förstorar detaljerna.

– Gör det, sa Wallander. Allt är viktigt.

Wallander tänkte att det nu var klart att även den andra känsla som gnagt i hans undermedvetna hade haft ett innehåll. Med en grimas tänkte han att han i alla fall kunde avsluta fallet med sin egen inre oro.

Utom på en punkt. Baiba. Klockan hade blivit tolv, Svedberg sov i en stol, Per Åkeson satt i ideliga telefonsamtal med så många olika personer att ingen kunde hålla reda på dem. Wallander tecknade åt Ann-Britt Höglund att följa med honom ut i korridoren. De satte sig i hans rum och stängde dörren. Sedan berättade han utan omsvep, alldeles enkelt, vilken situation han hade försatt sig i. Det skedde med den största självövervinnelse och han skulle efteråt egentligen aldrig förstå hur han kunnat bryta sin orubbliga princip att aldrig ge någon av sina kollegor ett privat förtroende. Det hade han slutat med när Rydberg dog. Nu skedde det igen. Men fortfarande var han osäker på om han skulle kunna få samma förtroliga förhållande med Ann-Britt Höglund som han hade haft med Rydberg. Inte minst var han tveksam eftersom hon var kvinna. Men det sa han naturligtvis aldrig till henne. Det hade han inte mod till. Hon lyssnade uppmärksamt på det han sa.

– Vad fan ska jag göra? sa han till slut.

– Ingenting, svarade hon. Det är som du säger redan för sent. Men jag kan prata med henne om du vill. Jag antar att hon talar engelska? Ge mig hennes telefonnummer.

Wallander skrev ner det på en klisterlapp. Men när hon sträckte sig efter hans telefon bad han henne att vänta.

– Ett par timmar till, sa han.

– Det sker väldigt sällan mirakler, svarade hon.

I samma ögonblick blev de avbrutna av Hansson som ryckte upp dörren.

– De har hittat hans tillhåll, sa Hansson. En källare i ett skolhus som ska rivas. Det ligger alldeles i närheten av huset där han bor.

– Är dom där? frågade Wallander. Han hade rest sig ur stolen.

– Nej. Men dom har varit där.

De återvände till mötesrummet. Ännu en högtalare kopplades in. Wallander hörde plötsligt Forsfälts vänliga stämma. Han beskrev vad de hade hittat. Speglar, penslar, smink. En bandspelare med trummor. Han spelade upp en bit av bandet. Det ekade spökligt i mötesrummet. *Krigsmålning, tänkte Wallander. Vad hade han skrivit in sig som i liggaren på sjukhuset? Geronimo?* Det låg olika yxor på ett tygstycke, dessutom knivar. Trots den opersonliga högtalaren kunde de höra att Forsfält var illa berörd. Det sista han sa var också något som ingen skulle glömma.

– Men vi hittar inga skalper, sa han. Fast vi fortsätter förstås att leta.

– Var fan är dom? sa Wallander.

– Skalperna, sa Ekholm. Dom har han antingen med sig. Eller så har han offrat dom nånstans.

– Var? Har han en egen offerlund?

– Det kan tänkas.

Väntandet fortsatte. Wallander la sig på golvet i sitt rum och lyckades sova nästan en halvtimme. När han vaknade kände han sig ännu tröttare än innan. Det värkte i kroppen. Då och då såg Ann-

Britt Höglund uppfordrande på honom. Men han skakade på huvudet och kände hur självföraktet växte.

Klockan blev sex på kvällen utan att vare sig Hans Logård eller Stefan Fredman och hans syster hade kunnat spåras. De hade haft en lång diskussion om de skulle skicka ut rikslarm även efter Stefan och Louise Fredman. Nästan alla var tveksamma. Risken att det skulle hända Louise något ansågs för stor. Per Åkeson höll med. De fortsatte att vänta. Tystnaderna var ofta långa.

– Ikväll blir det regn, sa Martinsson plötsligt. Det känns i luften.

Ingen svarade. Men alla försökte känna efter om han hade rätt.

*

Strax efter sex tog Hoover med sig sin syster till det hus han valt och som stod tomt. Mopeden parkerade han på trädgårdens strandsida. Han dyrkade snabbt upp låset i porten mot stranden. Gustaf Wetterstedts hus var övergivet. De gick upp längs grusgången mot huvudentrén. Plötsligt tvärstannade han och höll tillbaka Louise. Det stod en bil inkörd i garaget. Den hade inte funnits där på morgonen när han kontrollerade att huset var tomt. Han tvingade försiktigt ner Louise på en sten bakom garageväggen. Han tog fram en yxa och lyssnade. Allt var stilla. Han gick fram och såg på bilen. Upptäckte att den tillhörde ett vaktbolag. Ena framrutan var öppen. Han tittade in i bilen. Det låg några papper på sätet. Han tog upp dem och såg att det bland annat var ett kvitto. Utställt på Hans Logård. Han la tillbaka det och stod alldeles stilla. Höll andan. Trummorna började dunka. Han mindes samtalet han hade lyssnat till under morgonen. Hans Logård hade också varit på flykt.

Han hade alltså tänkt samma tanke om det tomma huset. Han fanns därinne någonstans. Geronimo hade inte övergivit honom. Han hade hjälpt honom att spåra odjuret till dess egen håla. Han behövde inte leta längre. Det kalla mörker som trängt in i hans systers medvetande skulle snart vara borta. Han gick tillbaka till henne och sa att hon skulle sitta där en stund, alldeles stilla och tyst. Han skulle mycket snart vara hos henne igen. Han gick in i garaget. Där stod några färgburkar. Han öppnade två av dem försiktigt. Med en fingertopp drog han två streck över sin panna. Ett rött streck, därefter ett svart. Yxan hade han redan i handen. Han tog av sig skorna. Just när han skulle gå slogs han av en tanke. Han höll andan igen. Det hade han lärt av Geronimo. Nerpressad luft i lungorna gjorde tankarna klarare. Han insåg att hans tanke var god. Det skulle underlätta allting. Redan i natt skulle han kunna gräva ner de sista skalperna utanför det sjukhusfönster där de andra redan låg. Det skulle vara två. Sist av allt skulle han också begrava ett hjärta. Sedan skulle allt vara över. I den sista gropen skulle han lägga ner sina vapen. Han kramade hårt om yxan och började gå mot huset där den man han nu skulle döda befann sig.

*

Klockan halv sju föreslog Wallander Hansson, som var den formellt ansvarige tillsammans med Per Åkeson, att de kunde börja skicka hem folk. Alla var utmattade. De kunde lika gärna vänta i sina hem. Alla skulle ha krav på sig att vara tillgängliga hela kvällen och natten.

– Vilka ska vara kvar? frågade Hansson.

– Ekholm och Ann-Britt, sa Wallander. Plus nån mer. Välj den som är minst trött.

– Vem skulle det vara? frågade Hansson förvånat.

Wallander svarade inte. Det slutade med att både Ludwigsson och Hamrén blev kvar.

De flyttade ihop sig vid ena hörnet av bordet istället för att som väntat sprida ut sig.

– Gömställen, sa Wallander. Vilka krav kan man ställa på en hemlig och helst ointaglig fästning? Vilka krav ställer en galen man som förvandlat sig till en ensam krigare?

– I det här fallet tror jag hans planering har spruckit, sa Ekholm. Annars hade dom nog varit kvar i källaren.

– Kloka djur gräver extra utgångar, sa Ludwigsson tankfullt.

– Du menar att han kanske har ett ställe i reserv?

– Kanske. Rimligtvis ligger det väl också nånstans i Malmö.

Diskussionen dog bort. Ingen sa någonting. Hamrén gäspade. En telefon ringde på avstånd. Strax efter stod någon i dörren och sa att Wallander hade telefon. Han reste sig, alldeles för trött för att fråga vem det var. Det slog honom inte att det kunde vara Baiba. Inte förrän han satt med telefonluren i handen i sitt rum. Då var det för sent. Men det var inte Baiba. Det var en man som talade med en grötig stämma.

– Vem är det jag pratar med? frågade Wallander irriterat.

– Hans Logård.

Wallander höll på att tappa telefonluren.

– Jag behöver träffa dig. Nu.

Hans röst var egendomligt pressad, som om han med yttersta möda lyckades forma orden. Wallander undrade om han var påverkad av droger.

– Var är du?

– Först vill jag ha en garanti för att du kommer. Ensam.

– Den får du inte. Du försökte döda mig och Sjösten.

– För fan! Du måste komma!

De sista orden lät nästan som ett skrik. Wallander blev betänksam.

– Vad är det du vill?

– Jag kan tala om för dig var Stefan Fredman befinner sig. Och hans syster.

– Hur kan jag vara säker på det?

– Det kan du inte. Men du borde tro mig.

– Jag kommer. Du berättar vad du vet. Och sen tar vi in dig.

– Ja.

– Var är du?

– Kommer du?

– Ja.

– Gustaf Wetterstedts hus.

En känsla av att han borde ha tänkt på den möjligheten rusade igenom Wallanders huvud.

– Du har vapen, sa han.

– Bilen står i garaget. Pistolen ligger i handskfacket. Jag lämnar dörren till huset öppet. Du ser mig när du kommer i dörren. Jag ska hålla händerna synliga.

– Jag kommer.

– Ensam?

– Ja. Ensam.

Wallander la på luren. Tänkte febrilt. Han hade ingen som helst avsikt att ge sig av ensam. Men han ville heller inte att Hansson skulle börja organisera en stor insatsstyrka. Ann-Britt och Svedberg, tänkte han. Men Svedberg var hemma. Han ringde honom. Sa åt honom att möta honom utanför sjukhuset om fem minuter. Med sitt tjänstevapen. Hade han det hemma? Det hade han. Wallander sa bara kort att de skulle gripa Hans Logård. När Svedberg ville börja ställa frågor avbröt Wallander honom. Om fem minuter utanför sjukhuset. Till dess telefontystnad. Han låste upp en skrivbordslåda och tog fram sin pistol. Han avskydde att hålla den i handen. Han laddade den och stoppade den i jackfickan. Gick till mötesrummet och vinkade till sig Ann-Britt Höglund. Tog med henne in på sitt rum och förklarade. De skulle mötas utanför polishuset genast. Wallander sa åt henne att ta med sitt tjänstevapen. De for i Wallanders bil. Han hade sagt till Hansson att han bara skulle hem och duscha. Hansson nickade och gäspade. Svedberg väntade utanför sjukhuset. Han satte sig i baksätet.

– Vad är det som pågår? frågade han.

Wallander refererade telefonsamtalet. Om pistolen inte låg i bilen skulle de avbryta. Samma sak om dörren inte var öppen. Eller om Wallander misstänkte att något var galet. De skulle hålla sig osynliga men beredda.

– Du är naturligtvis klar över att den där fan kan ha en pistol till, sa Svedberg. Han kan försöka ta dig som gisslan. Jag tycker inte om det här. Varför vet han var Stefan Fredman befinner sig? Vad är det han vill ha ut av dig?

– Kanske är han dum nog att försöka förhandla sig till strafflindring. Folk tror att det är som i Amerika här i Sverige. Men vi är inte där riktigt än.

Wallander tänkte på Hans Logårds röst. Något sa honom att han faktiskt visste var Stefan Fredman befann sig.

De ställde bilen utom synhåll för huset. Svedberg skulle bevaka strandsidan. När han kom dit var han alldeles ensam. Utom en flicka som satt på den roddbåt under vilken de hade hittat Wetterstedts döda kropp. Hon tycktes vara helt betagen av havet och det svarta regnmoln som hastigt närmade sig. Ann-Britt Höglund ställde sig på utsidan av garaget. Wallander såg att ytterdörren var öppen. Han rörde sig mycket långsamt. Väktarbilen fanns i garaget. Pistolen låg i handskfacket. Han tog upp sin egen pistol, osäkrade den och rörde sig försiktigt mot den öppna huvudingången. Lyssnade. Allt var mycket tyst. Han klev fram till dörren. Hans Logård stod där inne i dunklet. Han hade händerna på huvudet. Wallander kände ett plötsligt obehag. Han visste inte var det kom ifrån. Instinktivt anade han en fara. Men han gick in. Hans Logård såg på honom. Sedan hände allt mycket fort. Den ena av Logårds händer gled ner från huvudet. Wallander såg ett gapande hål efter ett yxhugg. Logårds kropp föll till golvet. Bakom honom stod den person som hållit honom upprätt. Stefan Fredman. Han hade streck målade i ansiktet. Med våldsam fart kastade han sig mot Wallander. Han hade en yxa lyft. Wallander höjde pistolen för att skjuta. Men för sent. Instinktivt duckade han och halkade omkull på en matta. Yxan missade hans huvud men snuddade vid axeln med sidan av eggen. Skottet brann av och träffade en oljemålning på en av väggarna. Samtidigt dök Ann-Britt Höglund upp i dörren. Hon stod i sammankrupen skjutställning. Stefan Fredman hade upptäckt henne, just som han gjorde sig beredd att hugga yxan i Wallanders huvud. Han kastade sig åt sidan. Wallander befann sig i skottlinjen. Stefan Fredman försvann mot den öppna altandörren. Wallander tänkte på Svedberg. Långsamme Svedberg. Han skrek åt henne att hon skulle skjuta Stefan Fredman.

Men han var redan borta. Svedberg som hade hört det första skottet visste inte vad han skulle göra. Han skrek åt flickan som satt på roddbåten att hon skulle ta skydd. Men hon rörde sig inte. Sedan sprang han upp mot trädgårdsporten. Den träffade honom i ansiktet när den flög upp. Han såg ett ansikte han aldrig skulle glömma så länge han levde. Pistolen hade han tappat. Mannen hade en yxa i handen. Svedberg gjorde det enda som återstod. Han sprang därifrån, skrikande på hjälp. Stefan Fredman hämtade sin syster som satt orörlig på roddbåten. Han startade mopeden. De försvann i samma ögonblick som Wallander och Ann-Britt Höglund kom springande.

– Slå larm! skrek Wallander. Och var fan är Svedberg? Jag försöker följa efter dem med bilen.

I samma ögonblick började det regna. Skyfallet var över dem på mindre än en minut. Wallander sprang till sin bil och försökte samtidigt tänka ut vilken väg de kunde ha valt. Sikten var dålig trots att vindrutetorkarna arbetade för fullt. Han trodde att han hade förlorat dem ur sikte när han plötsligt upptäckte dem. De körde på vägen mot Saltsjöbadshotellet. Wallander höll sig på lagom avstånd. Han ville inte skrämma dem. Dessutom körde mopeden mycket fort. Wallander försökte febrilt tänka ut hur han skulle få stopp på det hela. Han skulle just ge besked i telefonen var han befann sig när någonting hände. Kanske var det allt vatten som redan hade samlats på vägbanan. Wallander såg hur mopeden svajade till. Han bromsade. Mopeden for rakt in i ett träd. Flickan som satt bak kastades av, rakt mot trädet. Stefan Fredman hamnade någonstans vid sidan av henne.

Jävlar, tänkte Wallander. Han stannade bilen mitt i gatan och sprang bort mot mopeden.

Han kunde genast se att Louise Fredman var död. Han gissade att hon hade fått nackkotorna avslagna. Hennes vita klänning var egendomligt ljus mot allt det blod som rann från hennes ansikte. Stefan Fredman hade undkommit nästan utan skador. Vad som var färg och vad som var blod i hans ansikte kunde Wallander inte avgöra. Däremot såg han nu en 14-årig pojke framför sig. Han sa ingenting. Såg bara hur Stefan Fredman föll på knä vid sin syster. Regnet vräkte ner. Pojken började gråta. I Wallanders öron lät det som om han ylade. Han hukade sig på knä intill pojken.

– Hon är död, sa han. Det är ingenting vi kan göra åt det.

Stefan Fredman såg på honom med sitt förvridna ansikte. Wallander reste sig hastigt upp, rädd att pojken skulle kasta sig över honom. Men ingenting hände. Pojken fortsatte att yla.

Någonstans bakom honom i regnet hörde han utryckningsfordonen. Det var först när Hansson stod bredvid honom som han märkte att han själv hade börjat gråta.

Wallander överlät allt arbete till de andra. Han berättade bara helt kort för Ann-Britt Höglund vad som hade hänt. När han fick syn på Per Åkeson tog han med honom till sin bil. Regnet trummade mot taket.

– Det är över, sa Wallander.

– Ja, svarade Per Åkeson. Det är över.

– Jag åker på semester i morgon, sa Wallander. Jag inser att det är mängder med rapporter som ska skrivas. Men jag tänkte åka i alla fall.

Per Åkesons svar kom utan tvekan.

– Gör det, sa han. Åk.

Per Åkeson lämnade bilen. Wallander tänkte att han borde fråga hur det gick med hans resa till Sudan. Eller var det Uganda?

Han for hem. Linda var inte där. Han la sig i badkaret. Steg upp och torkade sig när han hörde henne slå i dörren.

Den kvällen berättade han vad som egentligen hade hänt. Och hur han kände sig.

Sedan ringde han till Baiba.

– Jag trodde aldrig du skulle höra av dig, sa hon och dolde inte sin irritation.

– Jag ber om ursäkt, sa Wallander. Jag har haft så väldigt mycket att göra.

– Jag tycker det är en mycket dålig ursäkt.

– Jag vet. Men det är den enda jag har.

Ingen av dem sa någonting mer. Tystnaden vandrade fram och tillbaka mellan Ystad och Riga.

– Vi ses i morgon, sa Wallander till slut.

– Ja, svarade hon. Vi kanske gör det.

Sedan avslutade de samtalet. Wallander märkte att det hade huggit till i hans mage. Kanske hon inte skulle komma?

Efteråt packade Linda och han sina väskor.
Regnet upphörde strax efter midnatt.
Det doftade friskt när de stod ute på balkongen.
– Sommaren är så vacker, sa hon.
– Ja, svarade Wallander. Den är vacker.

Dagen efter tog de tåget tillsammans till Malmö. Skildes och vinkade åt varandra.

Sedan for Wallander med flygbåten till Köpenhamn.

Han såg på vattnet som forsade längs båtens sidor. Beställde tankspritt kaffe och konjak.

Om två timmar skulle planet med Baiba landa.

Någonting som liknade panik grep honom.

Han önskade plötsligt att överfarten till Köpenhamn hade kunnat vara mycket länge.

Men när hon kom så stod han ändå där.

Först då försvann bilden av Louise Fredman ur hans huvud.

Skåne

16–17 september 1994

Epilog

Fredagen den 16 september drog hösten plötsligt in över södra Skåne. Den kom oväntat, som om människorna fortfarande höll sig kvar vid minnet av den sommar som varit varmare och torrare än vad man någonsin tyckte sig ha upplevt förut.

Kurt Wallander hade den morgonen vaknat mycket tidigt. Han hade slagit upp ögonen i mörkret, häftigt, som om han med våld hade kastats ut ur en dröm. Han låg alldeles stilla och försökte minnas. Men där fanns bara det brusande ekot av någonting som redan var borta och aldrig skulle återkomma. Han vred på huvudet och såg på klockan som stod intill sängen. Visarna skimrade i mörkret. Kvart i fem. Han vände sig på sidan för att somna om. Men medvetandet om vilken dag det var höll honom vaken. Han steg upp och gick ut i köket. Gatlyktan utanför fönstret svajade övergivet i vinden. Han såg på termometern att den hade fallit. Det var 7 plusgrader. Han log vid tanken på att han om mindre än två dygn skulle befinna sig i Rom. Där var det fortfarande varmt. Han satte sig vid köksbordet och drack kaffe. I tankarna gick han igenom alla reseförberedelser. Några dagar tidigare hade han varit ute hos sin far och äntligen lagat den dörr han tvingats slå in under sommaren när fadern i ett anfall av stor förvirring låst in sig och börjat bränna upp sina skor och sina tavlor. Han hade då haft tillfälle att beundra faderns nya pass. Han hade växlat till sig italienska lire på Sparbanken och hade ett häfte med resecheckar. Flygbiljetterna skulle han hämta under eftermiddagen på resebyrån.

Nu hade han att gå till sin sista arbetsdag innan den lediga veckan började. Den envisa utredningen om ligan som exporterade stulna bilar till de forna öststaterna förföljde honom fortfarande. Han tänkte att han snart hade hållit på med den i ett år. Fortfarande kunde han inte se något slut på den. Polisen i Göteborg hade nyligen gjort ett tillslag mot en av de verkstäder där de stulna bilarna fick nytt utseende och ny identitet innan de kördes ut ur landet via olika färjelinjer. Men fortfarande var mycket i den omfattande utredningen oklart. Han tänkte att han skulle bli tvungen att återvända till det tröstlösa arbetet när han kommit tillbaka från Italien.

Frånsett bilstölderna hade det varit lugnt i Ystads polisdistrikt under den senaste månaden. Wallander hade kunnat märka på sina kollegor att de hade tid att städa undan på sina skrivbord. Den våldsamma anspänningen från jakten på Stefan Fredman hade äntligen börjat släppa. På Mats Ekholms förslag hade några psykologer utfört en undersökning om hur poliserna i Ystad hade reagerat på den våldsamma stress de varit utsatta för under den intensiva utredningen. Wallander hade vid flera tillfällen blivit intervjuad och han hade då tvingats konfrontera sig med sina minnesbilder på nytt. Under en lång period hade han lidit av en tyngande känsla av nerstämdhet. Han kunde fortfarande påminna sig en natt i slutet av augusti, när han sömnlös hade gett sig ut med sin bil och kört till Mossby strand. Han hade gått längs stranden och tänkt dystra tankar om den tid och den värld han levde i. Var den överhuvudtaget möjlig att förstå? Fattiga flickor som lurades till europeiska bordeller. Handel med småflickor som ledde rakt in i de hemliga rum som utgjorde samhällets översta paradvåningar. Där hemligheterna skulle stanna, gömmas i arkiv, aldrig bli offentliga. Gustaf Wetterstedts porträtt skulle fortsätta att hänga i de korridorer där den högsta polisledningen i landet fick sina direktiv. Wallander hade i det ögonblicket tyckt sig se rakt igenom det herrarnas välde som han en gång trott var brutet, men som han nu såg återkomma. Tanken hade gjort honom illamående. Han kunde heller inte komma ifrån den skakande information som han fått av Stefan Fredman. Att det var han som hade tagit hans nycklar och vid flera tillfällen hade varit inne i lägenheten, i avsikt att döda både honom och Linda. Från den dagen kunde Wallander aldrig mer betrakta världen på samma sätt som tidigare.

Någon gång under natten på stranden hade han stått och lyssnat på bruset från de tusentals osynliga flyttfåglar som redan nu hade börjat lägga sina streck söderut. Det hade varit ett ögonblick av stor ensamhet, men också stor skönhet, och en sorts absolut förvissning om att någonting var över och att annat skulle följa. Han hade upplevt att han fortfarande hade förmågan att känna efter vem han själv var.

Han påminde sig också ett av de sista samtal han hade haft med Ekholm. Det var när spaningen efter mördaren sedan länge varit över.

Ekholm hade kommit ner i mitten av augusti för att gå igenom allt utredningsmaterial. Wallander hade bjudit hem honom sista kvällen innan han återvände för gott till Stockholm. Han hade lagat en enkel spaghettimiddag. Sedan hade de suttit och pratat ända till klockan blivit fyra på morgonen. Wallander hade köpt whisky, de hade båda blivit berusade, och Wallander hade gång på gång ställt frågan om hur det kom sig att unga människor, fortfarande knappt utvuxna barn, kunde begå sådana grymheter. Han hade blivit irriterad över Ekholms kommentarer som enligt hans åsikt alltför mycket hämtade sin näring enbart ur tankar om det mänskliga psyket. Wallander hade hävdat att omgivningen, den obegripliga världen, all den oundvikliga deformeringsprocess som alla människor måste gå igenom bar en ännu större skuldbörda. Ekholm hade vidhållit att nutiden inte var värre än någon annan tid. Att det knakade och svajade i det svenska samhället var heller inte något som kunde motivera förekomsten av en person som Stefan Fredman. Fortfarande var Sverige ett av de tryggaste, grundligaste – Wallander mindes att Ekholm gång på gång hade återkommit till ordet *renaste* – samhällena i världen. Stefan Fredman var ett undantag som inte bekräftade något annat än sin egen existens. Han var ett undantag som knappast någonsin skulle få sin kopia. Wallander hade den där augustinatten försökt tala om alla barn som for illa. Men han hade talat till Ekholm som om han egentligen inte hade haft någon alls att tala med. Hans tankar hade varit oredliga. Men den känsla han hade haft kunde han inte förneka. Han var orolig. För framtiden. För de krafter som alltmer tycktes samla sig och ta spänntag utanför alla former för insyn.

Han hade ofta tänkt på Stefan Fredman. Han hade tänkt på varför han själv så envist hade följt ett villospår. Tanken att en fjortonårig pojke skulle ha legat bakom morden hade känts så omöjlig för honom att han vägrat tro på den. Men han visste att han innerst inne hade insett, kanske redan första gången han träffade honom i lägenheten i Rosengård, att han befunnit sig mycket nära den förfärande sanningen om de händelser som jagade honom. Han hade vetat men valt att följa villospåret, eftersom sanningen hade varit omöjlig för honom att acceptera.

Kvart över sju lämnade han lägenheten och gick ner till sin bil. Luften kändes kylig. Han drog upp blixtlåset i jackan och huttrade till när han satt sig i förarsätet. Under färden mot polishuset tänkte han på det möte han skulle ha denna morgon.

Klockan var precis åtta när han knackade på dörren till Lisa Holgerssons rum. När han hörde hennes röst öppnade han dörren. Hon nickade och bad honom sätta sig ner. Wallander tänkte hastigt att hon bara hade tjänstgjort som deras nya chef under tre veckor, efter Björk som vandrat vidare i karriären. Ändå hade hon redan hunnit sätta sin prägel på mycket av arbetet och stämningen.

Många hade varit skeptiska till kvinnan som kom från ett polisdistrikt i Småland. Wallander var dessutom omgiven av kollegor som levde i en gammal föreställning om att kvinnor knappast ens var lämpade att överhuvudtaget vara utövande poliser. Hur skulle de då kunna vara deras chefer? Men Lisa Holgersson hade snart bevisat sin kapacitet. Wallander hade imponerats av hennes stora integritet, hennes oräddhet och förmåga att göra föredömligt klara föredragningar, vilket ärende det än gällde.

Dagen innan hade hon bett om ett sammanträffande. När Wallander nu hade satt sig i hennes besöksstol visste han fortfarande inte vad det var hon ville.

– Du ska ha semester nästa vecka, sa hon. Jag hörde att du skulle åka till Italien med din far.

– Det är en dröm han har, svarade Wallander. Det är förmodligen sista tillfället vi får. Han är nästan åtti år.

– Jag har en far som är åttifem, svarade hon. Ibland är han alldeles klar i huvudet. Ibland känner han inte igen mig. Men jag har insett att man aldrig kommer ifrån sina föräldrar. Plötsligt växlar rollerna. Man blir sina föräldrars förälder.

– Ungefär så har jag också tänkt, sa Wallander.

Hon flyttade några papper på sitt skrivbord.

– Jag har inget egentligt ärende, sa hon. Men jag insåg plötsligt att jag aldrig har haft någon ordentlig möjlighet att tacka dig för insatsen i somras. Det var ett på många sätt föredömligt spaningsarbete.

Wallander såg undrande på henne. Menade hon allvar?

– Det stämmer knappast, sa han. Jag gjorde många fel. Jag ledde in hela utredningen på fel spår. Den kunde ha havererat.

– En god förmåga att leda spaningar betyder ofta att veta när man ska byta fot, svarade hon. Se åt ett håll man strax innan har avskrivit. Utredningen var föredömlig på många sätt. Inte minst genom er uthållighet. Förmågan att tänka oväntade tankar. Det vill jag att du ska veta. Jag har hört rykten om att rikspolischefen har uttryckt sin tillfredsställelse i olika sammanhang. Förmodligen kommer du att få en inbjudan att hålla ett antal föreläsningar om den här utredningen på polishögskolan.

Wallander slog omedelbart bakut.

– Det kan jag inte, sa han. Be nån annan. Jag kan inte prata inför människor jag inte känner.

– Vi kan ta upp det igen när du är tillbaka, sa hon och log. Det viktigaste just nu är att jag fick tala om vad jag tyckte.

Hon reste sig som tecken på att det korta mötet var över.

När Wallander gick genom korridoren tänkte han att hon faktiskt hade menat det hon sagt. Även om han försökte slå det ifrån sig gjorde uppskattningen honom glad. Det skulle gå lätt att samarbeta med henne i fortsättningen.

Han hämtade kaffe i matrummet och växlade några ord med Martinsson om hans ena dotter som hade halsfluss. När han kommit in på sitt kontor ringde han och beställde tid hos sin frisör. Han hade gjort en minneslista dagen innan som låg framför honom på bordet. Han hade tänkt lämna polishuset redan vid tolvtiden för att uträtta de ärenden som fortfarande väntade.

Han hade just skrivit under några papper som låg på hans bord när det ringde på telefonen. Det var Ebba i receptionen.

– Du har besök, sa hon. Åtminstone tror jag det är så.

Han rynkade pannan.

– Tror?

– Det står en man här som inte alls talar svenska. Inte ett ord. Han har ett brev med sig. På engelska. Det står att det är till Kurt Wallander. Det är med andra ord dig han vill träffa.

Wallander suckade. Han hade egentligen inte tid.

– Jag hämtar honom, sa han, avslutade samtalet och reste sig.

Mannen som väntade honom i korridoren var kortvuxen. Han var mörkhårig och hade en kraftig skäggstubb. Han var mycket enkelt klädd. Wallander gick fram mot honom och hälsade. Mannen svarade på spanska eller kanske portugisiska, samtidigt som han räckte brevet till Wallander.

Han läste igenom det. Det var på engelska. En känsla av vanmakt grep honom med våldsam kraft. Han såg på mannen som stod framför honom. Sedan tog han honom i hand igen och bad honom följa med. Han hämtade kaffe och tog med honom in på sitt kontor.

Brevet var från en katolsk präst som hette Estefano.

Han bad Kurt Wallander, ett namn han fått genom Interpol, att låna något av sin säkert dyrbara tid till Pedro Santana som så sorgligt hade mist sin dotter några månader tidigare i landet där långt borta i norr.

Brevet berättade den gripande historien om en enkel man som ville se sin dotters grav i ett främmande land. Han hade sålt det mesta av det han ägde för att få råd att göra den långa resan. Tyvärr talade han ingen engelska. Men de skulle säkert förstå varandra ändå.

De drack sitt kaffe under tystnad. Wallander kände en stor beklämning.

Det hade börjat regna när de lämnade polishuset. Mannen som var Dolores Marias far frös där han gick bredvid Wallander som han knappt nådde till axlarna. I Wallanders bil for de ut till kyrkogården. De gick längs de små låga gravstenarna och stannade vid den kulle där Dolores Maria var begraven. Den var utmärkt av en träpinne med ett nummer. Wallander nickade och tog ett steg tillbaka.

Mannen föll på knä vid graven. Sedan började han gråta. Han böjde sig med ansiktet mot den blöta jorden, jämrade sig, uttalade ord som Wallander inte förstod. Wallander märkte att han själv fick tårar i ögonen. Han såg på mannen som hade gjort den långa resan, han tänkte på flickan som skyggat för honom i rapsåkern och sedan brunnit som en fackla. Han kände hur en våldsam vrede höll på att ta form inom honom.

Barbariet har alltid mänskliga drag, tänkte han.

Det är det som gör barbariet så omänskligt. Det hade han läst någonstans. Nu visste han att det var sant.

Han hade snart levt i femtio år. Under den tiden hade han sett samhället förändras runt sig, och han hade varit en del av den förändringen. Men det var först nu som han insåg att bara en del av denna dramatiska förvandling hade varit synlig. Något hade också pågått där under, i smyg. Uppbyggnaden hade haft en skugga i den osynliga nerbrytningen som pågått samtidigt. Som en virussjukdom med lång och symtomfri inkubationstid. En gång, när han var en ung polisman, hade det varit självklart att alla problem kunde lösas utan att man använde våld annat än i yttersta nödfall. Sedan hade det skett en gradvis glidning mot en punkt där man aldrig kunde utesluta att våld behövdes för att lösa vissa problem. Och idag var den glidningen fullbordad.

Kunde man inte längre lösa problem utan att tillgripa våld?

Om det var så, vilket han alltmer hade börjat frukta, gjorde framtiden honom rädd. Då hade samhället gått ett varv runt sig själv och återkommit som ett monster.

Solstickspojken och lintotten på kaviartuben.

De fanns kvar. Men ändå inte.

Efter en halvtimme reste sig mannen från graven. Han gjorde

korstecken och vände sig sedan om. Wallander slog ner blicken. Han hade svårt att uthärda det ansikte han hade framför sig.

Han tog med honom till Mariagatan. Lät honom ta ett varmt bad. Tiden hos frisören avbeställde han. Medan Pedro Santana låg i badkaret gick han igenom hans fickor och hittade hans pass och flygbiljetten. Han skulle återvända till Dominikanska republiken redan på söndagen. Wallander ringde till polishuset och bad Ebba att söka Ann-Britt Höglund. Han förklarade för henne vad som hade hänt. Hon lyssnade utan att ställa några frågor. Efteråt lovade hon att göra som han bett henne.

Hon kom till lägenheten en halvtimme senare. I tamburen gav hon Wallander det han hade väntat på.

– Det är naturligtvis olagligt det vi gör, sa hon.

– Naturligtvis, svarade han. Men jag tar ansvaret.

Hon hälsade på Pedro Santana där han satt uppsträckt och stel i Wallanders soffa. Hon tilltalade honom med den lilla spanska hon kunde.

Sedan gav Wallander honom det smycke de hade hittat i åkern. Länge satt han och såg på det. Så vände han sig emot dem och log.

De skildes ute i tamburen. Han skulle bo hos Ann-Britt Höglund. Hon skulle se till att han kom med flygplanet på söndagen.

Wallander stod i köksfönstret och såg honom stiga in i hennes bil. Vreden inom honom var mycket stark.

Samtidigt insåg han att den långa utredningen upphörde i just detta ögonblick. Stefan Fredman fanns någonstans, omhänderta-gen. Han skulle leva. Hans syster Louise var död. På samma sätt som Dolores Maria Santana låg hon i sin grav. Utredningen var över.

Det som fanns kvar hos Wallander var vreden.

Han återvände aldrig till polishuset den dagen. Mötet med Pedro Santana hade inneburit att han åter en gång tvingades återuppleva allt det som hade hänt. Han packade sin väska utan att han egentli-gen var medveten om vad han gjorde. Vid flera tillfällen stod han vid fönstret och såg frånvarande ut över gatan, ut i regnet som hade till-tagit. Det var först sent på eftermiddagen som han lyckades skaka av sig sin olust. Men vreden var kvar. Den skulle inte lämna honom. Kvart över fyra gick han till resebyrån och hämtade biljetterna. Han stannade också till vid Systembolaget och köpte en liten flaska whis-ky. När han kom hem ringde han till Linda. Han lovade att sända henne ett kort från Rom. Hon hade bråttom utan att han ville fråga om varför. In i det längsta försökte han hålla henne kvar. Han berättade om Pedro Santana och hans långa resa. Men det var som om hon inte förstod, eller inte hade tid att lyssna. Samtalet tog slut fortare än vad han skulle ha önskat. Klockan sex ringde han till Löderup och frågade Gertrud om allt var som det skulle. Hon berättade att hans far hade en sådan resfeber att han knappt kunde sitta stilla. Något av den tidigare glädjen återkom hos Wallander. Han gick in till centrum och åt middag på en av pizzeriorna. När han kom tillbaka till Mariagatan ringde han till Ann-Britt Höglund.

– Det är en mycket snäll man, sa hon. Han och mina barn kommer redan bra överens. De behöver inget språk för att förstå varandra. Han har sjungit sånger för dom. Och dansat. Han tycker nog det är ett mycket konstigt land han har kommit till.

– Har han sagt något om sin dotter? frågade Wallander.

– Hon var hans enda barn. Modern dog kort tid efter hennes födelse.

– Berätta inte allt, sa Wallander. Bespara honom det värsta.

– Jag har redan tänkt på det, svarade hon. Jag säger så lite som möjligt.

– Det är bra, sa Wallander.

– Trevlig resa.

– Tack. Min far gläder sig som ett barn.

– Det gör nog du också.

Wallander svarade inte. Men efteråt, när samtalet var över, tänkte han att hon hade rätt. Pedro Santanas oväntade besök hade väckt sovande skuggor till liv. Nu måste de falla till ro igen. Han förtjänade vilan. Han serverade sig ett glas whisky och bredde ut en karta över Rom framför sig. Han hade aldrig varit där. Han kunde inte ett ord italienska. Men vi är två, tänkte han. Min far har heller aldrig varit där annat än i sina drömmar. Inte heller han kan någon italienska. Vi stiger in i den här drömmen gemensamt och får vara färdledare åt varandra.

Fångad av en plötslig impuls ringde han till tornet på Sturup och frågade en av flygledarna om han eventuellt visste vad det var för väder i Rom. De kände varandra till namnet från förr.

– I Rom är det varmt, sa flygledaren. Just nu, klockan tio minuter över åtta är det 21 grader. Det blåser från sydost, en sekundmeter, vilket i praktiken innebär att det är vindstilla. Dessutom lätt dis. Prognosen för dom närmaste 24 timmarna är att det ska bli i stort sett oförändrat väder.

Wallander tackade för hjälpen.

– Ska du ut och resa? frågade flygledaren.

– Jag ska på semester med min gamle far, svarade Wallander.

– Det låter som en bra idé, sa flygledaren. Jag ska be kollegorna i Köpenhamn att lotsa er varsamt ut i luftlederna. Åker du med Alitalia?

– Ja. 10.45.

– Jag ska tänka på dig. Trevlig resa.

Wallander gick igenom sin packning ytterligare en gång. Kontrollerade pengar och resehandlingar. När klockan hade blivit elva ringde han till Baiba. Sedan kom han ihåg att de redan hade tagit farväl kvällen innan. Idag var hon på besök hos släktingar som inte hade någon telefon.

Han satte sig med ett glas whisky och lyssnade på La Traviata. Ljudet var lågt. Han tänkte på den resa han gjort med Baiba till Skagen. Trött och sliten hade han väntat henne i Köpenhamn. Han hade stått där på Kastrup som ett orakat och utlevat spöke. Han visste att hon hade blivit besviken utan att hon sagt någonting. Först när de hade kommit till Skagen och han hade sovit ut några nätter hade han berättat om allt som hade hänt. Efter det hade deras tid tillsammans börjat på allvar.

En av de sista dagarna hade han frågat henne om hon ville gifta sig med honom.

Hon hade svarat nej. I alla fall inte än. Inte nu. Fortfarande var det förflutna alltför nära. Hennes man, poliskaptenen Karlis som också Wallander hade träffat, levde fortfarande i hennes medvetande. Hans våldsamma död följde henne ännu som en skugga. Framförallt tvekade hon över om hon kunde tänka sig att ännu en gång i sitt liv vara gift med en polisman. Han förstod henne. Men det var som om han inte längre kunde klara sig utan försäkringar. Hur länge behövde hon tänka?

Han visste att hon tyckte om honom. Det hade han kunnat känna.

Men var det nog? Var fanns han själv? Ville han egentligen leva ihop med en annan människa? Han visste inte. Genom Baiba hade han sluppit undan ensamheten som jagat honom efter skilsmässan från Mona. Det var ett långt steg, en stor lindring. Kanske han borde nöja sig med det? Åtminstone tills vidare?

Klockan var över ett när han gick och la sig. Frågorna i hans huvud var många.

Han undrade om Pedro Santana sov.

Gertrud hämtade honom klockan sju dagen efter, den 17 september. Det regnade fortfarande. Fadern satt uppsträckt i bilens framsäte, klädd i sin finaste kostym. Wallander såg att Gertrud hade klippt honom.

– Nu reser vi till Rom, sa fadern glatt. Tänk att det ändå blev av till slut.

Gertrud lämnade av dem i Malmö utanför järnvägsstationen där de tog flygbussen över Limhamn och Dragör. På färjan envisades fadern med att stappla ut på det blåsiga däcket. Han pekade mot det svenska fastlandet, mot en punkt söder om Malmö.

– Där växte du upp. Minns du det?

– Hur skulle jag kunna glömma, svarade Wallander.

– Din barndom var mycket lycklig.

– Jag vet.

– Du saknade aldrig nånting.

– Ingenting.

Wallander tänkte på Stefan Fredman. På Louise. På brodern som försökt sticka ut sina egna ögon. På allt som de hade saknat eller blivit berövade. Men han tvingade undan tankarna. De skulle finnas kvar, de skulle återkomma. Just nu befann han sig på resa med sin far. Det var det viktigaste. Allt annat måste vänta.

Planet lyfte exakt 10.45. Fadern satt på en fönsterplats med Wallander i mittsätet.

Det var första gången hans far befann sig i ett flygplan.

Wallander såg på honom när planet tog fart och långsamt bände sig upp från marken. Han hade lutat ansiktet mot fönstret för att kunna se.

Wallander märkte att han log.

En gammal mans leende.

Som fått uppleva lyckan av att ännu en gång i sitt liv känna glädjen hos ett barn.

Efterord

Det här är en roman. Det betyder framför allt att ingen av de personer som förekommer existerar i verkligheten. Alla likheter är dock inte alltid möjliga eller ens nödvändiga att undvika.

För övrigt tackar jag alla de som hjälpt mig under arbetet med den här boken.

Henning Mankell, Paderne, juli 1995

Det här är en bok från

Ordfront

– en oberoende kulturförening
för det fria ordet

🖊 **Ordfront förlag** ger ut skönlitteratur från Sverige och tredje världen, historia, handböcker om skrivande, reportage, typografi och grafisk form, reseböcker, politik och debatt.

🖊 **Ordfront magasin** är Sveriges största debatt- och kulturtidskrift.

🖊 **Ordfronts kurser** lär dig muntligt berättande, att skriva prosa, lyrik och reportage; tränar dig i typografi, layout, bokbinderi och kalligrafi.

🖊 **DemokratiAkademin** ger dig i det inspirerade samtalets form insikter i vad demokrati är eller borde vara.

Bli medlem – sätt in 260:–
på pg 39 01 43-6

Föreningen Ordfront

Box 17506
118 91 Stockholm
Tel 08-462 44 40
Fax 08-462 44 90